# HOME 홈

**HOME by Marilynne Robinson**

Copyright © 2008 by Marilynne Robinson
All rights reserved.

This Korean edition was published by Random House Korea, Inc. in 2011 by arrangement with Marilynne Robinson c/o Trident Media Group, LLC through KCC(Korea Copyright Center Inc.), Seoul.

이 책은 ㈜한국저작권센터(KCC)를 통한 저작권자와의 독점계약으로 랜덤하우스코리아㈜에서 출간되었습니다.
저작권법에 의해 한국 내에서 보호를 받는 저작물이므로
무단 전재와 복제를 금합니다.

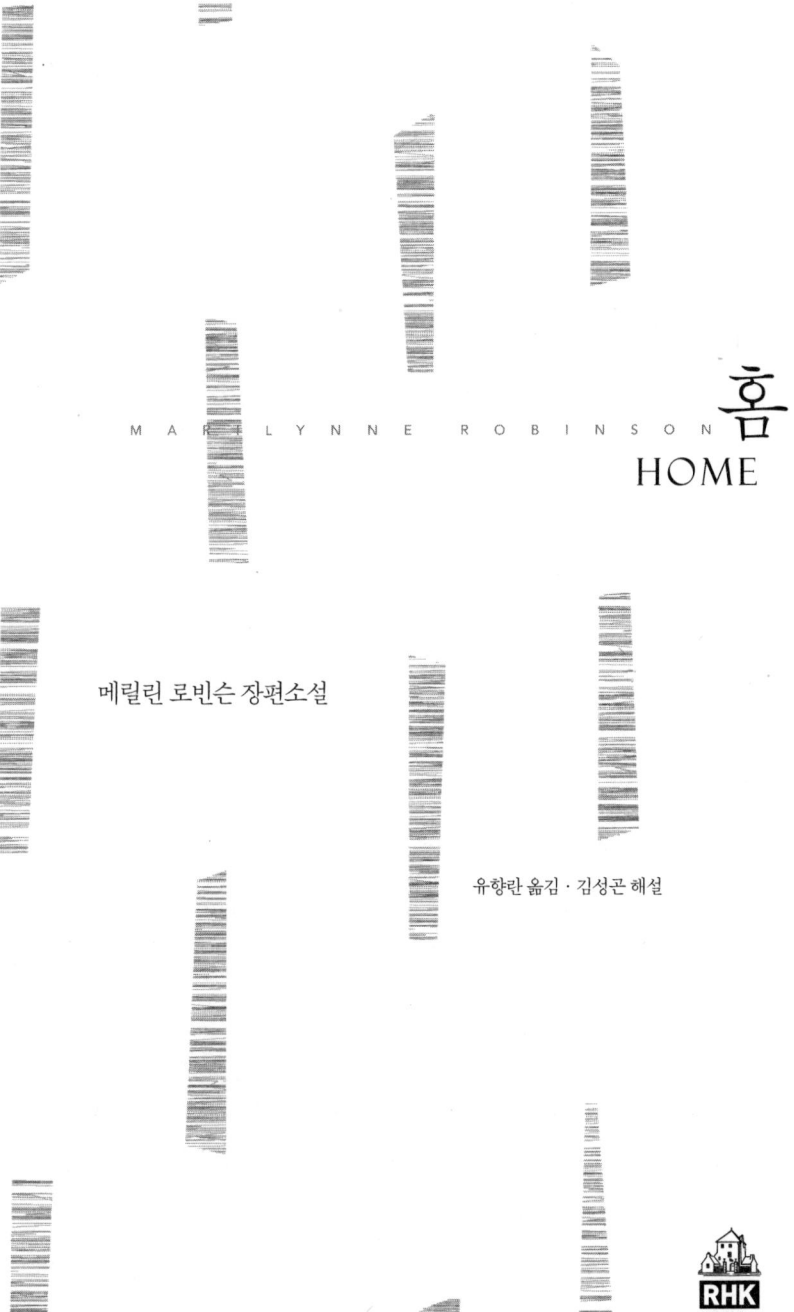

MARILYNNE ROBINSON 홈
HOME

메릴린 로빈슨 장편소설

유향란 옮김 · 김성곤 해설

RHK
랜덤하우스

## 추천의 말

　많은 사람들은 가정은 남부럽지 않게 화목해야 한다고 생각한다. 또 누군가는 가정이 화목하다는 것은 허울 좋은 거짓말이며, 가정은 이제 붕괴되었고, 돌아가도 쓸쓸함만 남는다고 말한다. 많은 사람들은 가족에게 무조건적인 위안을 받아 봤다고 말한다. 그런데 누군가는 가족 사이에 있어도 외로움을 느낀다고 말한다. 또 어떤 사람들은 자신이 집안의 자랑거리가 아닌 것 때문에 괴롭고 자신은 배신자이자 짐이라고 느낀다. 『홈』은 어떤 가정일까?
　이 소설엔 돌아온 탕자가 나온다. 그 옛날 라이너 마리아 릴케도 탕자에 관심이 있었다. 릴케는 도대체 어떤 예술이 탕자의 외투를 걸친 날씬한 모습과 함께 그 광활하고 어두운 공간을 모두 생생하게 재현할 수 있을까, 라고 물었다. 가족이라 할지라도 우리는 그 속사정을 알 수가 없는 것이다. 메릴린 로빈슨은 우리가 어떤 사람을 용서하고 계속 사랑하려 한다면 결국 그의 영혼에 대해 생각을 할 수밖에 없을 것이다, 라고 말한다. 결국 '홈'이란 아주 많은 애를 쓴 끝에야 구성원들의 영혼을 간신히 이해할 수 있게 되는, 그런 곳일지도 모른다.

2011년 가을
정혜윤

## 옮긴이의 말

『홈(Home)』은 미국 소설가 메릴린 로빈슨이 2008년도에 발표한 세 번째 소설로, 작가는 이 작품으로 가장 뛰어난 영어권 여성 작가의 작품에 수여되는 제14회 오렌지 문학상을 수상했다. 1980년, 소설 『하우스키핑(Housekeeping)』으로 데뷔한 이래 30년 가까운 기간 동안 작가는 소설이라고는 딱 세 작품밖에 출간하지 않았다. 『하우스키핑』, 『길리아드(Gilead)』, 그리고 『홈』. 하지만 이 과작(寡作)의 작가는 단 세 권의 소설을 통해 그 어떤 작가도 넘보기 힘든 문학적 내공과 사색의 깊이를 보여 주고 있다.

『홈』은 '돌아온 탕자'의 우화를 아름다우면서도 애잔하게 풀어낸 변주곡이라고 할 수 있다. 38세의 고등학교 교사 글로리는 약혼자에게 배신당하고 빈털터리가 된 몸으로 학교도 그만둔 채 죽어 가는 아버지를 돌보기 위해 집으로 돌아온다. 그리고 몇 달 뒤, 20년 동안이나 연락을 두절한 채 온 가족을 애면글면하게 만들던 방탕한 불량배 오빠 잭이 집으로 돌아온다. 하느님과 가족에 대한 사랑과 책임감으로 평생을 살다 오래전에 목사직에서 은퇴한 병든 아버지가 이들 남매를 조심스럽게 맞아 준다. 세상과 화합하지 못하다 본의 아니게 귀향한 두 사람은 처음에는 손님처럼 서먹서먹하게 지내다가 점차 서로를 향해 서서히 마음을 열어 가면서 상대방의 상처를 보듬어 준다. 물론 그 중심에는 시대에 뒤떨어진 낡고 커다란 고향 집만큼이나 여전히 변할 줄 모르는 아버지의 사랑이 있다. 이들 세 사람이 나누는 짤막짤막한 대화와 일상적인 행동들, 특별할 것도 없는 일과는, 그러나 독자들에게 끊임없이 묻는다. 고향이란 무엇이고, 가족이란 무엇이냐고…….

『홈』의 배경이 되는 아이오와의 길리아드는 19세기에 형성된 소읍이다. 길리아드는 구약성서에 많이 언급되는 지명으로, 아픈 사람을 치유하는 데 효과가 있다는 발삼나무의 서식지로 알려져 있다. 이런 연유로 길리아드라는 이름은 정신적·육체적 온전함에 대한 소망이라는 상징적 의미를 지니고 있다고 한다. 따라서 각자 상처를 안고 도피하듯이 고향 집으로 돌아온 남매에게 길리아드보다 더 어울리는 고향도 없을 것이다. 그래서일까. 『홈』을 읽다 보면 마치 잘 낫지 않는 상처를 서늘하고 부드러운 손길로 어루만지며 진정시켜 주는 듯한 느낌이 든다.

『홈』은 드라마틱한 사건이나 극적인 반전 따위와는 거리가 먼 소설로, 어찌 보면 단순하고 밋밋하게 여겨질 수도 있는 스토리로 구성되어 있다. 하지만 작가는 그 단순한 스토리 속에서 실타래를 풀어내듯 지난날의 기억들을 건져 올리면서 고향과 가족의 진정한 의미를 아름답고 투명한 문장으로 그려 낸다. 그러므로 이 소설은 스토리 전개를 따라가기에 급급해하며 후딱후딱 읽어서는 작품의 진가를 느낄 수 없을 것이다. 정지용의 시 「향수」의 한 구절처럼 '아무렇지도 않고 예쁠 것도 없는' 이들 남매의 추억과 슬픔과 상처에 공감하고, 아버지의 자식 사랑에 가슴이 먹먹해지는 것을 경험하며 천천히 음미하듯 읽어야 한다. 그렇게 읽다 보면 마치 보너스로 주어지는 선물처럼, 이 작가의 장기인 아름다운 산문을 읽는 즐거움도 저절로 누릴 수 있을 것이다.

한편, 『홈』은 작가에게 2004년도 퓰리처상을 안겨 준 소설 『길리아드』와는 단짝 소설이라고 할 수 있다. 두 작품 다 1950년대 중반의 아이오와를 배경으로 하고 있으며, 등장인물 또한 죽마고우인 보턴 목사와 에임스 목사의 가족들이다. 두 소설에서 다루고 있는 사건도 기본적으로는 똑같다. 하지만 각기 다른 인물의 시선으로 사건을 서술하기 때문에 각각의 중심 사건이나 분위기는 완전히 다르며 두 작품은 각각 그 자체로 완벽하다. 그럼에도 두 소설을 함께 읽어 보면 두 작품 간에 인물과 사건들이 서로 완벽하게 맞물리면서 모든 것이 한층 더 세밀하고 선명해지는 것 같은 느낌을 받게 될 것이다. 마치 조각 그림 맞추기를 하는 재미 같다고나 할까.

번역하는 입장에서 볼 때, 이 작가의 소설들은 상당히 골치 아픈 작업 대상이라고 아니할 수 없다. 그럼에도 연전에 이 작가의 『하우스키핑』을 번역하며 그 작품에 매료된 나머지 작가가 집필 중이라는 신작이 어서 나오기를 학수고대했다. 그러면서 이 작가의 골치 아플(ㅆ) 새 작품을 번역하는 즐거움과 괴로움을 다시 한 번 기꺼이 감수하고 싶다고 소망하던 기억이 난다. 처음 『홈』을 읽어 가면서 나도 모르게 눈물을 흘린 장면이 몇 군데 있었다. 그 부분은 본격적으로 번역 작업을 하며 문장을 고치고 다듬는 과정에서 몇 번을 다시 보아도 늘 가슴이 먹먹해지곤 했다. 이 책을 읽는 독자라면 어느 누구라도 다 그럴 것이라는 생각이 든다.

올해 미국과 유럽에 소개된 신경숙 작가의 소설 『엄마를 부탁해』에 그곳 독자들이 열광적인 반응을 보이고 있다는 뉴스를 접하며 나는 『홈』을 떠올리지 않을 수 없었다. 『엄마를 부탁해』의 일자무식한 한국의 엄마와 『홈』의 배울 만큼 배운 미국의 아버지가 시간적, 공간적 배경만 바뀐 채 등장한 똑같은 캐릭터라는 느낌을 지울 수 없었다. 아울러 『엄마를 부탁해』를 읽고 눈물을 흘리는 서양의 독자나 『홈』을 읽으며 눈물을 닦게 될 한국의 독자나 결국은 똑같은 자식들일 것이라는 생각도 들었다. 아무쪼록 많은 독자들이 『홈』의 아름다움과 감동에 흠뻑 빠질 수 있기를, 그리하여 고향과 가족의 의미를 다시 한 번 가슴으로 느낄 수 있기를 기대해 본다.

2011년 가을
유향란

차례

추천의 말 4
옮긴이의 말 6

홈 15

작품 해설 488

노아와 엘리스

그　리　고

비어트리스를 위해

*1*

"집에서 머물겠다고, 글로리?" 아버지의 말에 그녀의 가슴이 무겁게 내려앉았다. 아버지는 글로리의 귀향에 애써 기쁜 눈빛을 보이려 했지만 딸이 가여워 그만 눈시울을 축축이 적시고 말았다. "그래, 이번에는 한동안 머물겠다고?" 아버지는 얼른 고쳐 말하며 지팡이를 기운 없는 손으로 옮겨 쥔 후 딸의 가방을 받아 들었다. '하느님, 오, 하느님.' 이즈음 그녀의 기도는 모조리 이렇게 시작해서 이렇게 끝났으니, 깜짝 놀라 내지르는 비명이나 다름없었다. '아빠가 어쩌면 이렇게 쇠약해지셨지? 그 와중에도 기사도 정신을 발휘해 내 가방을 방에 올려다 주려고, 지팡이를 계단 난간에 걸어 놓으셨어. 오, 하느님.' 아버지는 딸의 가방을 옮겨 주고 나서야 마음을 가라앉히며 방문 옆에 서 있었다.

"블랭크 부인 말이, 이 방이 제일 괜찮다는구나." 아버지가 창문을 가리키며 말했다. "맞바람이 쳐서 통풍도 잘된다나. 나는 잘 모르겠다. 내 눈에는 전부 다 괜찮아 보이니 말이다." 아버지가 미소를 지었다. "아무렴, 아주 훌륭한 집이지." 아버지에게 있어 이 집은 자신의 삶이 대체로 축복받았다는 사실을 두말할 필요 없이 구체적으로 드러내는 명백한 실체였다. 아버지는 항상 그 점을 뿌듯한 마음으로 인정했는데, 특히 슬픔에 맞서 집이 꿋꿋하게 우뚝 서 있을 때 더 그랬다. 어머니가 세상을 뜨자 아버지는 집이 마치 늙은 아내라도 되는 양 더 자주 그렇게 얘기했다. 이 집에서 누려 온 모든 안락과 오랜 세월 변함없이 지켜 온 우아한 자태에 찬사를 바치며. 물론 이 집이 누구의 눈에나 아름다워 보이는 건 아니었다. 정면은 밋밋했고 지붕은 납작했으며, 창문 위로 뾰족하게 튀어나온 돌출부로 인해 근처의 다른 집들에 비해 너무 높았다. "이탈리아식이지." 아버지는 그렇게 설명했지만 그것은 그저 짐작이거나 합리화에 불과했다. 아버지는 무더운 여름밤에 사람들과 어울리기 위해 그 지방 양식에 맞춰 집 앞쪽에다 베란다를 냈다. 그럼에도 이 집은 금욕적이면서도 어딘가 허세를 부리는 듯 보였다. 베란다는 이제 어마어마한 가시나무 덩굴로 무성하게 뒤덮여 있었다. 그러므로 이 집이 훌륭하다는 아버지의 말은, 아무리 외관이 볼썽사납더라도 그 안에 자비로운 마음이 깃들어 있다는 뜻이었다. 베란다 밖에까지 나가는 일이 거의 없는 아버지도 알고 있듯이, 이제 관목을 심은 울타리와 마당은 엉망으로 내팽개쳐져 있었다.

집이 한창 전성기일 때조차 울타리와 마당이 유별나게 볼품 있었던 것은 아니었다. 그녀의 형제자매들은 어린 시절 거기서 숨바

꼭질이나 크로케, 배드민턴, 야구 따위를 하며 놀았다. "너희에게도 그런 시절이 있었다니!" 현재의 황량한 모습이 마치 화려한 행렬이 지나간 뒤에 남은 색종이 조각이나 사탕 껍질이라도 된다는 듯 아버지는 중얼거렸다. 집 앞에는 읍내를 통틀어 제일 나이 많은 떡갈나무 한 그루가 서 있었다. 나무 발치에는 잡석들로 이루어진 포장도로가 깔려 있고, 여느 나무줄기보다 훨씬 굵은 무수한 가지들이 도로를 건너 이 집의 안뜰까지 뻗쳐 들어왔다. 몸통의 뒤틀린 부분 때문에 나무는 금욕 수행 중인 거대한 수도사처럼 보였다. 만일 사람들이 하느님의 눈을 가졌다면, 지질시대에 땅속에서 솟아 나온 그 나무가 태양을 향해 팔을 뻗으며 아이오와의 떡갈나무로 태어난 것을 기뻐하는 모습을 볼 수 있으리라는 게 아버지의 주장이었다. 한때는 이 가정의 다복함을 자랑하듯 그 나뭇가지에 그네가 네 개나 걸린 적도 있었다. 떡갈나무는 여전히 무성하게 우거져 있고 사과나무, 벚나무, 살구나무와 라일락, 가시나무 덩굴, 백합 등도 제자리를 지키고 있었다. 엄마가 심어 놓은 붓꽃도 그럭저럭 꽃을 피웠다. 아직도 부활절이면 그녀와 언니들은 마당에서 꽃을 한 아름 꺾어 올 수 있었다. 그러면 아버지는 그 꽃들이 어떤 추억을 불러일으켰다는 듯, 이것들 덕분에 꽃에 대한 온갖 즐거운 기억이 떠올랐다는 듯 눈물 어린 눈을 반짝이며 말하곤 했다. "오냐, 그래, 그랬었지."

'견고하게 우뚝 서 있는 이 집이 나한테는 왜 이렇게 버려진 듯 보일까? 왜 이렇게 안타깝고 가슴 아프게 느껴지는 걸까? 내 마음이 쓸쓸해서 그런가?' 글로리가 속으로 중얼거렸다. 일곱 명의 형제자매들은 여전히 가능한 한 자주 집에 들렀다. 또 아버지에게 종종 안부 전화와 편지를 했고 선물과 과일 상자를 보내기도 했다. 자식들이 크레용과 연필을 쥘 수 있게 되자, 그들에게도 할아버지와 증조할아버지를 기억하라고 가르쳤다. 게다가 교구민들과 그들의 자식, 손자들도 글로리의 아버지를 열심히 들여다보았다. 새로 부임한 목사가 그게 문제라고 넌지시 지적하지 않았다면 아버지는 그들을 상대하느라 시달렸을 것이다. 그리고 아버지의 또 다른 자아라고 할 수 있는 에임스 목사가 있었다. 목사는 아버지와 아주 오랜 세월 미주알고주알 다 털어놓고 지낸 사이였기에, 이 집안 자식들에게 제2의 아버지나 다름없었다. 말하자면, 불편할 정도로 그들에 대해 속속들이 잘 알고 있었다. 그래서 때때로 그들은 아버지에게 아무한테도 말하지 말라는 약속을 받아 냈는데, 아버지도 그 '아무'가 에임스 목사를 가리킨다는 것을 잘 알고 있었다. 아버지는 무척 신중해서 비밀을 딴사람에게 옮기는 사람이 아니었다. 그런데 독신인 에임스 목사의 썰렁한 부엌에서만은 신중함을 잃고, 그곳이 마치 고해실인 양 온갖 것을 다 털어놓는 듯했다. 그렇다면 도대체 아버지가 말하면 안 되는 것이 무엇이었을까? 바로 그들이 일러 바쳤던 잭에 관한 일이었다. 그들은 잭이 한 말이나 잭이 저질렀거나 저지를 것으로 의심되는 일들을 아버지에게 고해야만 했다.

'그 녀석을 위해 내가 알아야 한다.'라는 게 아버지의 주장이었다. 그 바람에 그들은 불쌍한 불량배 형제가 저지른 짓을 아버지에게 일러야 했고, 잭은 그 사실을 알면 화를 내면서도 은근히 재미있어했다. 잭은 일부러 이런저런 정보나 때로는 잘못된 정보까지 흘렸다. 그래서 형제들로 하여금 아버지에게 그것을 알려야 하지 않을까 절박하게 고민하게 만들기도 했다. 형제들 생각에는 잭의 비행을 알려야만 아버지가 보안관을 만나 사건 무마를 부탁하는 난감한 상황이 또다시 발생하지 않을 것 같았다. 그렇다고 형제들이 원래부터 치사하게 고자질이나 하는 애들은 아니었다. 그들은 자기들 사이에서는 절대로 고자질을 하지 않기로 규칙을 정하고 지켰다. 그러나 잭만은 예외였으니, 다른 수를 쓰기가 두려웠기 때문이다.
"사람들이 잭을 감옥에 집어넣을까?" 읍장 아들이 그들의 집 헛간에서 자신의 사냥용 라이플총을 발견했을 때 그들은 비참한 기분으로 서로에게 물었다. 그들이 그 사실을 미리 알았더라면, 총을 다시 제자리에 갖다 놓아 아버지가 깜짝 놀라거나 망신당하는 일은 없도록 했을 것이다. 하다못해 약간의 사전 경고만 있었더라도 아버지는 그렇게 혼비백산하는 대신 정신을 수습한 후 마음의 준비를 했을 것이다.

다행히 잭은 감옥에 가지 않았다. 대신 아버지 옆에 서서 또다시 용서를 빌면서, 1주일 동안 아침마다 읍사무소 층계를 청소하라는 명령을 받아들였다. 잭은 매일 아침 일찌감치 집을 나섰다. 그러나 그 주일이 다 지나도록 읍사무소 층계에는 나뭇잎과 단풍나무 잔가지들이 그대로 쌓여 있었고, 결국 읍장이 그것을 치웠다. 그렇다고 아버지가 잭을 위해 항상 중재에 나선 것은 아니었다. 잭의 아버지가 보턴 목사라는 사실만으로도 대개는 중재할 필요조차 없었다. 잭은 보턴가의 나머지 아이들이 사도신경을 좔좔 외는 것만큼이나 청산유수로 사죄의 말을 늘어놓을 수 있었다.

크고 작은 밀고가 행해졌던 10여 년 동안 상황은 더욱 나빠졌다.

모든 형제들이 끊임없이 자신의 온갖 위반 행위나 잘못을 감시하고 있다는 사실을 잭이 알아차렸기 때문이다. 게다가 잭은 그들에게 절대로 보복하지 않았는데 그것이 상황을 더욱 악화시켰다. 어쩌면 그들의 고자질이 그의 흥미를 불러일으키기에는 너무 하찮아서 그랬는지도 몰랐다. 형제들이 오늘날까지 잭에 대한 죄책감을 공유하고 있다고 말하는 것은 다소 과장이리라. 잭이 그동안 형제들과 연락을 두절하고 산 데에는 그만의 이유가 있을 것이다. 만약 (하느님, 제발) 그가 살아 있다면 말이다. 돌이켜 보면 그가 온갖 말썽을 부리며 심드렁하게 장난을 치다가 결국은 그런 짓을 하는 데에도 지쳤을 것이라고 상상하기는 그리 어려운 일이 아니었다. 때때로 그는 형제나 누이들을 믿을 수 있기를 바라는 듯했다. 아직도 그들의 기억 속에는 이따금 솔직하고 진지하게 말하던 그의 모습이 남아 있었다. 그러고 나면 그는 으레 웃음을 터트리곤 했는데 아마 쑥스러워서 그랬으리라.

잭이 떠난 후로 오랫동안 그들은 아버지를 세심하게 배려했으니, 아버지의 슬픔을 염두에 두었기 때문이다. 그들은 서로에게 매우 다정하고 명랑했으며, 행복했던 시절을 떠올리며 옛날 사진을 뒤적거리기도 했다. 아버지가 웃음을 터트리며 '오냐, 그래. 골치 아픈 녀석들이었지.'라고 말하기를 바랐기 때문이다. 또 양심의 가책이나 죄책감처럼 느껴지는 슬픔으로 인해 그렇게 한 것이기도 했다. 원래도 착하고 친절하고 명랑한 그들은 그때부터는 의식적으로, 눈에 띄게 착하고 친절하고 명랑하게 굴었다. 어렸을 때도 그들은 착하게 보이기 위해 일부러 그렇게 굴기도 했다. 온 집안에 어두운 그림자를 드리울 만큼 유별나게 못된 잭의 비행을 보상하려는 마음에서였지만, 그래도 거기에선 무언가 위선적인 불온함이 느껴졌다. 그들은 아버지가 바라는 만큼, 아니 그 이상으로 행복했다. 그렇게 유쾌할 수가 없었다! 아버지는 웃음을 터트리며 자식들과 함께 빅터 전축에 맞춰 춤을 추었고 피아노 옆에서 노래를 불렀다. 그렇게 멋진 가족일 수가 없었다! 하지만 잭은 그 자리에 함께 있어도 그저 바라보며 미소만 지을 뿐 절대로 어느 것 하나 동참하지 않았다.

어른이 되고 나서도 그들은 명절이나 휴가 때 집에 모이는 일에 몹시 신경을 썼다. 그래서 글로리는 소녀 시절 이래 집이 텅 비고 조용한 것을 본 적이 없었다. 언니 오빠들이 모두 학교에 가고 나도 집에는 늘 엄마가 있었고, 아버지도 원기왕성하게 집 안을 쿵쿵거리고 다니면서 자잘한 소음을 내고 노래하고 투덜거렸다. "네 아버지는 왜 저렇게 문을 쾅 닫는지 모르겠구나!" 아버지가 목사로서의 임무를 수행하거나 에임스 목사와 장기를 두려고 집을 비울 때면 엄마는 그렇게 툴툴거렸다. 아버지는 층계를 몇 개씩 건너뛰다시피 하면서 내려갔다. 잭과 소녀와 소녀가 낳은 아기 문제로 기절초풍할 지경이었을 때만 해도, 아버지는 상당히 건강했고 의지가 흘러넘쳤다. 마침내 아버지의 기력이 쇠하고 엄마가 죽고 난 다음에도, 가족들은 여전히 집 안을 가득 채웠다. 어린 손자 손녀들이 서로 놀리고 말다툼을 벌이는 바람에 어른들의 대화는 끊어지기 일쑤였고, 그래서 형제들은 글로리의 문제에 대해 시시콜콜 물어볼 기회를 잃어버리곤 했다. 그때만 해도 그녀는 학생을 가르쳤고, 약혼한 상태였다. 약혼자는 두 번이나 그녀와 함께 집에 와서 그녀의 가족들과 악수를 나누고 미소를 지으면서 그들의 정밀 검사를 하는 듯한 은밀한 눈길을 받아 냈다. 아주 잠깐밖에 머무를 수 없었지만 아무튼 그가 아버지를 만나고 간 뒤 아버지는 그가 썩 마음에 든다고 선언했는데, 그 말에 언니 오빠들은 물론, 그녀 자신조차 품고 있던 의심을 조금이나마 덜 수 있었다. 그런데 이제 그녀 혼자 불쌍한 늙은 아빠, 슬픔에 잠긴 늙은 아빠와 단둘이 집에 있게 된 것이다. 길리아드에 사는 스무 살 이상의 많은 장로교 교인들이 한때는 아빠의 어깨에 기댄 채 눈물을 흘리곤 했었다. 어떤 말도 할 필요가 없었고, 어떤 것도 감추려 들지 않은 채.

이제 여기에 살기 위해 돌아와 보니 그녀의 눈에 마을이 다르게 보였다. 그녀에게 익숙한 길리아드는, 오로지 그리운 추억 속의 장면과 대상일 뿐이었다. 잭을 뺀 모든 언니 오빠들은 집에 오는 것을 무척이나 좋아하면서도, 항상 다시 떠날 준비가 되어 있었다. 그들에게 옛날 집과 옛날 기억들은 말할 수 없이 소중한 것이지만, 그럼에도 그들은 머나먼 사방팔방에 뿔뿔이 흩어져 살고 있었다. 과거는 그 자체로 무척 아름다웠다. 하지만 아버지의 말마따나 '머물려고' 돌아와 보니, 과거의 기억이 불길하고 꺼림칙하게 변했다. 이런 식으로 기억의 경계를 넘어 과거를 현재나 미래가 되게 하면 후회하게 되리란 걸, 언니 오빠들은 모두 알고 있었을 것이다. 그들이 자신에게 품게 될 동정을 생각하자 글로리는 속이 부글부글 끓었다.

대부분의 집들은 이미 오래전에 딴채를 허물고 목초지를 팔아 치운 상태였다. 후기 양식으로 지은 소규모 주택들이 오래된 집들 사이로 제법 많이 들어서면서 옛날 집들은 점점 더 주변과 어울리지 않아 보였다. 원래 길리아드의 집들은 작은 농장 안에 지어졌는데 마당에는 꽃밭과 텃밭이 있고, 그 밖에도 닭장, 장작을 보관하는 광, 토끼우리, 소나 말을 한두 마리 키우는 축사가 딸려 있었다. 사람이 살아가는 데는 그것만으로도 충분했다. 아버지는, 그런 삶을 변화시킨 건 자동차라고 했다. 사람들은 더 이상 예전처럼 자급자족하는 방식으로 살지 않았다. 그러나 그것은 분명 손실이었다. 꽃을 무성하게 피우는 거름으로 닭똥만 한 것이 없다는 사실 한 가지만 봐도.

하지만 보턴가는 모든 것을 간직하고 있었다. 땅과 텅 빈 헛간과 쓸모없는 광과 가지치기를 하지 않은 과수원과 말 한 마리 없는 목초지가 그대로 남아 있었다. 하나도 변하지 않은 어린 시절의 영토에서 언니 오빠들은 그 시절에 대해 아주 시시콜콜한 것까지 다 기억해 내곤 했다. 각자의 기억만이 아니라 따로 구분할 필요가 없는 공동의 기억 속에서 더 자주, 그 시절을 떠올렸다. 함께 사진을 보며 옛날로 거슬러 올라가 시끌벅적하게 웃고 떠드노라면 아버지도 덩달아 무척 즐거워했다.

보턴가의 소유지는 집 뒤로 길게 뻗은 널찍한 곳에 두 구역에 걸쳐 자리 잡고 있었는데, 이제는 마을도 구역으로 나눠야 할 만큼 발전하고 확장되어 있었다. 몇 년 동안 한 이웃이 — 루크가 방학을 맞아 대학에서 집으로 돌아왔을 때 그를 트로츠키라고 부른 이후로 지금까지 그들은 그를 그렇게 불렀다 — 그 땅의 절반을 차지하고 거기에 자주개자리를 심은 적이 있었다. 당시 아버지는 때때로 그에 대한 노여움을 표현할 말을 찾으려고 애면글면했다. "그 사람이 무슨 부탁만 해봐라. 내가 들어주나." 그때만 해도 글로리는 너무 어려서 '자주개자리 사건'이 무엇을 의미하는지 모르다가 나중에 대학에 들어가서야 깨닫게 되었다. 그것이 이미 다른 곳에서 맹렬히 타올랐던 과거의 불길이 다시 활활 살아나 내뿜은 연기라는 사실을……. 자신이 읽은 세계사의 사건 일부가 길리아드에서도 재현되었음을 뒤늦게 깨닫고 그녀는 즐거워했다(공산주의와 자본주의 간의 대립을 뜻한다-옮긴이). 그러면서 그녀는 자신이 트로츠키와 그의 아내를 알았더라면 얼마나 좋았을까 아쉬워했다. 하지만 그들은 나이가 들자 길리아드를 버리고 떠났다. 그녀가 대학교 2학년 말 때의 일로, 그들이 왜 한바탕 분통을 터트리고 그곳을 떠났는지에 대해서는 아무도 자세한 이유를 몰랐다.

만일 그 이웃 사람이 그 땅을 경작하지 않았더라면 그곳은 내버려져 있었을 것이다. 그가 심은 자주개자리는 토양에 아주 좋았다. 한편 백수나 다름없어 보였고 모든 금전적 거래를 비난했던 그 이웃이, 실은 시골에 사는 사촌에게 수확물을 주고 그 대가로 약간의 돈을 받았다는 이야기도 있는데, 그건 농담처럼 들리지만 사실일지도 몰랐다. 아무튼 그녀의 아버지는 자신의 땅과 관련해서 어떤 이의 제기도 용납할 수 없었다. 불가지론자인 이웃 사람 역시 윤리적 논쟁을 하고 싶어 안달이 난 것 같았다. 그러자 아버지는 예전에 자기 땅 가운데로 도로를 내지 못하게 막으려다 겪었던 당혹스러운 사건을 떠올렸다. 그때 아버지는 자신의 아버지와 할아버지도 거기에 도로가 건설되는 걸 반대했을 거라는 이유 말고는 그럴 듯한 이유를 댈 수 없었다. 그 일이 떠오르자 아버지는 자신의 땅이 다시 논쟁에 휘말려서는 안 된다고 결심했던 모양이다. 그걸 깨달은 건 어느 기나긴 밤으로, 그는 자신의 입장이 정당하다는 신념이 안개처럼 사라지고 있음을 느꼈다. 밤 10시가 좀 지났을 무렵 불현듯 그런 깨달음이 왔는데, 날이 밝을 때까지는 일곱 시간이나 남아 있었다. 그런데 날이 밝아도 상황은 변하지 않았다. 그러자 그는 읍장에게 간단하고 위엄 있는 편지를 썼다. '위선자를 통제하는 것'이라는 말로 둘러말하지도 않았다. 그 말은 그가 아니라, 나중에 그가 읍장과 충분히 유쾌한 대화를 나누었다고 생각하면서 자리를 떠날 때, 읍장이 그를 따라 나오면서 중얼거린 말이었다. 그는 저녁 식탁에서 식구들 모두에게 그 말에 대해 언급했고, 설교 시간에도 그 말을 여러 번 예로 들었다. 주님께서 그에게 도덕적 깨달음을 주셨을 때에는 혼자만 사용하라는 뜻이 아니라고 철저히 믿었기 때문이다.

해마다 봄이 되면 불가지론자 이웃은 트랙터를 빌려 타고 와서 등을 꼿꼿이 세우고 어깨에 힘을 준 채 결투에 응할 태세로 트랙터에 앉아 있었다. 사람들과 어울리기 싫어했던 그는 아무것도 감출 것 없는 사람마냥 지나가는 사람들을 향해 기운차게 소리를 질렀다. 자신이 무단 점거 죄로 소송에 걸렸으며 그 사실을 마을 사람들도 다 알고 있다는 걸 보턴 목사에게 알리려는 의도 같았다. 무단 점거 죄로 소송을 거는 것은 기독교인다운 처신에 반하는 행동이었다. 기도에 따르면 기독교인들은 자신의 이익을 침해하는 사람들도 용서해야만 하기 때문이다.

그녀의 아버지는 수확기까지 보이지 않는 노여움의 나라에서 살아야 했다. 하지만 결국 자신의 땅 일부를 그 이웃에게 허용하지 않을 수 없었다. 그 이웃이 매해 파종기와 수확기마다 지치지 않고 자신을 공개적으로 망신시킬 것임을 알고 있었기 때문이다. 목사가 부당하게 도로 건설을 반대했던 사실을 새삼스럽게 환기시키면서, 자신의 꺾이지 않는 불가지론적 관점으로 종교적 위선의 역사에 대해 복수할 심산으로.

언젠가 다른 데 가 있던 잭과 또 한 명의 형제를 제외한 여섯 명의 보턴가 아이들이 부드러운 자주개자리 사이에서 시큰둥하게 '여우와 거위 놀이'를 한 적이 있었다. 아름다운 자주개자리는 싱싱하다 못해 초록색이 거의 푸른색으로 보일 지경이었고, 즙도 많아서 한낮인데도 조그만 나뭇잎 위에 안개가 서릴 정도였다. 댄이 야구공을 찾으러 들판으로 달려 나가자 테디가 그 뒤를 따랐고, 호프와 그레이스와 글로리까지 뒤따라 달려갔다. 그때까지도 그들은 이웃에게 보복하고 싶다는 마음을 의식하지 못하고 있었다. 누군가 "여우와 거위!"라고 외치자 다 함께 커다란 원을 만들었다가 다시 지름을 만들기 위해 숨이 차게 달렸다. 발밑에서 부드러운 클로버가 짓이겨졌는데, 그들은 그런 피해를 끼치는 것을 유감스럽게 생각하면서도 계속 그렇게 놀았다. 자주개자리 수렁 속으로 미끄러지고 넘어지는 바람에 손과 무릎을 다 버렸다. 자신들이 심각한 곤경에 빠졌다는 사실보다 보복했다는 만족감이 더 클 때까지 그렇게 놀았다. 저녁 먹으러 오라고 부를 때까지. 그들이 땀 냄새와 짓뭉개진 자주개자리 냄새를 폭폭 풍기며 부엌으로 떼를 지어 들어오자 어머니가 날카로운 목소리로 불렀다. "로버트, 이리 와서 애들 좀 보세요."

아버지의 얼굴에 슬며시 만족감이 드러나자, 그들은 자신들이 두려워했던 일이 일어날 것임을 직감했다. 아버지는 그 상황을 기독교인의 겸손함을 과시할 더할 나위 없는 기회로 여겼던 것이다. 이웃 사람에게야 훈계로밖에 느껴지지 않겠지만……. 

아버지가 말했다. "당연히 사과드려야지." 자못 엄숙해 보이는 표정 속에 즐겁고 만족스러운 기색이 언뜻언뜻 비쳤다. "매도 먼저 맞는 게 나을 거다." 진심에서 우러나온 사과가 성난 상대방에 의해 강요된 사과보다 훨씬 효과가 크리라는 걸 그들도 알고 있었다. 게다가 그 이웃은 불끈거리는 성미의 소유자라서 자칫하면 상황이 그들에게 불리하게 돌아갈지도 몰랐다. 결국 여섯 명의 아이들은 도로를 따라 건너편 구역으로 걸어갔다. 가는 도중에 잭이 나타났는데, 그는 마치 모든 참회의 자리에는 자신도 참석해야 한다는 듯 그들을 따라나섰다.

조그만 갈색 집의 현관문을 두드리자 이웃의 아내가 문을 열었다. 그녀는 그들을 보자 놀라기는커녕 무척 기뻐하는 것 같았다. 그러면서 양배추 요리를 하는 중이라 냄새가 좀 난다며 들어오라고 했다. 집 안으로 들어가 보니 가구는 별로 없는 반면 책과 잡지와 팸플릿 따위가 사방에 널려 있었다. 그래서인지 그들 부부가 그 집에 산 지 오래되었음에도 불구하고 임시 거처처럼 보였다. 벽에는 수염이 덥수룩한 딱딱한 표정의 남자들과 헝클어진 머리에 테 없는 안경을 낀 여자들의 사진이 핀으로 꽂혀 있었다.

테디가 말문을 열었다. "사과드리려고 왔어요."

여자가 고개를 끄덕였다. "너희들이 밭을 다 짓밟아 놨지? 알고 있단다. 남편도 알고 있지. 그 양반한테 너희들이 왔다고 전하마."

그녀는 계단 위쪽을 향해 외국어로 뭐라 말하고 잠시 기다렸지만 아무 소리도 들리지 않자 다시 그들에게 돌아와 말했다. "파괴하는 것은 대단히 부끄러운 짓이란다. 아무 이유도 없이 파괴하는 건 더욱 그래."

테디가 대답했다. "하지만 그건 저희 밭인데요. 우리 아버지 소유잖아요."

"불쌍한 녀석들 같으니! 고작 그 정도밖에 모르는구나. 쓸모 있게 사용하지도 않으면서 땅을 가졌다고 말하다니……. 오로지 다른 사람이 갖지 못하게 할 작정으로 땅을 소유하는 짓, 네 성직자 애비로부터 배운 게 바로 그거니? 내 거야, 내 거, 내 거라고! 무지몽매한 사람들을 이용해 돈을 벌어먹는 주제에!" 여자가 가느다란 팔과 조그만 주먹을 흔들어 대면서 악을 썼다. "사방에서 가난한 인민들이 고통받고 있는데도 그런 바보 같은 거짓말만 되풀이하다니!"

그들은 이제까지 단 한 번도 그들에게 또는 그들에 대해 그런 식으로 말하는 것을 들어 본 적이 없었다. 여자가 다시 원래 문제로 돌아와 그들을 뚫어지게 노려보았다. 연푸른 그녀의 눈동자에 당당한 분노가 담겨 있었다. 잭이 웃음을 터뜨렸다. 그러자 그녀가 말했다. "아, 그래. 네가 누군지 알겠다. 꼬마 도둑에 술주정뱅이 머슴애로구나! 그런데도 네 애비라는 작자는 점잖을 떨면서 사람들에게 이래저래 살라고 설교하고 다니지! 너한테 딱 어울리는 애비로구나!" 그런 다음 덧붙였다. "왜 가만히 있지? 여태까지 한 번도 진실을 들어본 적이 없니?"

마침내 맏이인 다니엘이 입을 열었다. "그런 식으로 말씀하시면 안 되죠. 당신이 남자였다면 한 대 쳤을 겁니다."

"하! 너희 잘난 예수쟁이들이 우리 집에 와서 폭력을 휘두르겠다고 협박한다 이거지? 보안관에게 신고해 버릴 테다. 아무리 미국이라도 약간의 정의는 남아 있겠지!" 그녀가 다시 주먹을 흔들었다.

잭이 다시 웃음을 터트리며 말했다. "됐어. 그만 집에 가."

그러자 여자가 말했다. "그래, 네 동생 말을 들어라. 얘는 보안관이 뭔지 알 테니까!"

그들 뒤로 문이 쾅 닫혔고, 밖으로 나온 그들은 달빛 아래 줄지어 집으로 가면서 자기들이 들은 이야기를 골똘히 생각했다. 그러면서 여자도 그 남편도 다 미쳤다고 입을 모았다. 여전히 복수심에 불타던 그들은 그 집 창문을 깰까, 아니면 자동차 바퀴 바람을 빼놓을까 궁리하느라 시끌벅적했다. 눈에 띄지 않게 아주 큰 구멍을 파놓으면 그 집 남자와 트랙터가 몽땅 거기 빠질 거라는 의견도 나왔다. 그 구멍 바닥에 거미와 뱀을 넣어 두면 남자는 도와 달라고 소리칠 테고, 그러면 톱질해 놓은 사다리를 내려 주자. 그러면 사다리는 그의 체중을 이기지 못하고 부서질 거야. 어린 동생들은 그러면서 재미있다는 듯 낄낄거렸지만, 나이 많은 형제들은 자기 집안을 모욕하는 소리를 듣고도 속수무책 당하고만 있었다는 생각에 마음이 무거웠다.

그들이 부엌으로 들어서자 아버지와 어머니가 그들의 보고를 기다리고 있었다. 그들은 이웃 남자는 보지 못했고 그의 아내만 만날 수 있었는데, 그녀가 그들을 향해 소리를 질렀지만 아버지는 목사라고 불렀다고 전했다.

"그나저나 공손하게 행동했겠지?" 어머니가 물었다.

그들이 어깨를 으쓱하며 서로 힐끗거리고 있는데 그레이스가 대답했다. "저희들은 그냥 서 있기만 하다가 왔어요."

그러자 잭이 말했다. "그 여자 정말 야비해요. 아버지가 저한테 딱 어울린다고까지 했어요."

아버지의 눈에 고통스러운 빛이 어렸다. "그 부인이 그렇게 말하디? 정말 친절한 분이로구나. 내 반드시 그 부인한테 고맙다고 해야겠구나. 잭, 나는 너한테 어울리는 아버지이고 싶단다. 물론 너희들 모두에게도." 변함없는 아버지의 애정 앞에서 잭은 더 이상 아무 말도 하지 못했다. 그가 속으로 무슨 생각을 하고 있는지는 아무도 몰랐지만.

트로츠키 씨는 다음 해에 감자와 호박을 심었고 그 이듬해에는 옥수수를 심었다. 수확할 시기가 되자 시골에 산다는 조카가 도와주러 왔다. 얼마 지나지 않아 그 조카에게 목초지 사용권이 주어졌고 그 귀퉁이에 작은 집이 세워졌다. 그는 그곳으로 아내와 아이들까지 데려왔다. 더 많은 모판에 금잔화가 심어졌고, 펄럭이는 빨랫줄이 새로 걸렸으며, 하늘 아래 인간의 희망과 나약함을 보호해 줄 또 다른 지붕이 생겼다. 보턴가는 묵묵히 그 모든 것을 허용했다.

글로리가 집으로 돌아온 지 몇 주일 지나지 않아 그들 부녀는 웬만큼 생활에 안정을 찾았다. 아버지보다 몇 살 위인 가정부 블랭크 부인은 훌륭한 일손에게 목사님을 맡기고 그만두게 된 것을 무척이나 기뻐했다. 이웃 사람들이나 교구민들이 아버지에게 보여 주었던 통상적인 관심도 점점 줄어들었고 혹시 있다 해도 몰래 이루어졌다. 그 모든 게 기적처럼 순식간에 중단되었다. 마치 무슨 신호가 주어져 바다가 순식간에 갈라진 듯했다. 그들이 아직 어린아이였던 시절, 그레이스가 저녁을 먹다가 생각에 잠긴 채 어떻게 물이 가만히 서 있을 수 있었는지 모르겠다고 말했다. 그러자 글로리가 심사숙고 끝에 물이 젤리 같았을 거라고 대답했다. 그녀는 홍해의 기적을 설명하려 한 게 아니라 그저 그 광경을 묘사하려 했을 뿐이었다. 하지만 식탁에 있던 식구들은 모두 어이가 없다는 듯 웃음을 터트렸고, 잭도 웃었다. 잭은 다른 형제들과 달리 아주 가끔은 막내 글로리를 가엽게 여기는 것 같아, 그녀는 그가 웃을 때마다 유심히 바라보곤 했다. 언니 오빠들이 웃음을 터트렸음에도 불구하고, 그녀는 여전히 제자리에 멈춰 선 물은 만져 보면 마치 몰디드 샐러드(고기나 채소를 젤라틴으로 굳혀 만든 샐러드—옮긴이)처럼 느껴질 거라는 생각만 했다. 그러면서 기적의 현장에 있던 수많은 사람들 가운데 이스라엘이나 이집트 사람 하나쯤은 틀림없이 물을 찔러 보았을 테고, 그런 상황에서 물고기를 만지는 것은 샐러드 속의 바나나 조각을 만지는 것과 크게 다르지 않을 거라고 확신했다. 목사의 딸이었기 때문에 그런 짓을 하다 들킨 경험이 여러 번 있었던 것이다. 무언가를 기억한다는 것은 얼마나 신비스러운 일인가. 집에 돌아오자 까마득하게 잊고 지냈던 기억도 함께 돌아왔다.

날이면 날마다 그녀는 집 안을 청소하고 자잘한 것들을 정돈했다. 그동안 이 집이 사실상 아무도 살지 않는 집처럼 방치되었기 때문이다. 아버지가 편안하게 지내는 데 필요한 일들도 했다. 아버지는 창가나 베란다에 앉아 크래커를 먹고 우유를 마시며 신문이나 〈새터데이 이브닝 포스트〉를 꼼꼼하게 읽었다. 그녀도 그것들을 포함해서 눈에 띄는 것은 무엇이든 다 읽었다. 가끔 라디오도 들었다. 오페라나 연속극을 듣기 위해서, 혹은 그저 사람 목소리가 듣고 싶어서. 낡고 큼지막한 라디오를 틀면 본체가 점점 따듯해지면서 고약한 발모제 냄새가 났다. 그러면 기억 속의 소심한 세일즈맨이 떠올랐다. 그녀가 멀어지면 라디오는 음침하게 쉭쉭거리고 지직거렸다. 그것은 단지 외로움 때문에 마지못해 환영하는 탐탁지 않은 친구라고 할 수 있었다. 그 사실을 그녀는 서투른 구애와 오랜 약혼 기간을 고집하는 과정에서 배웠다. 라디오에서 림스키코르사코프의 〈왕벌의 비행〉이나 라벨의 〈볼레로〉가 자꾸 흘러나오는 것이 못마땅했지만 어쩔 수 없었다. 그녀는 라디오를 달래기 위해 그 옆에 앉아 무언가를 읽기도 했다. 또 좀 더 크고 단순한 걸로 다시 뜨개질을 해보고도 싶었다. 옛날에, 그녀가 맨 처음 시도했던 것은 아기 스웨터와 모자였다. 그런데 아무것도 만들어지지 않았다. 그러자 어머니가 걱정스러워하며 말했다. "글로리, 너무 마음 쓰지 마라." 그건 식구들이 그녀에게 늘 하던 말이었다. 호프는 침착하고 루크는 너그럽고 테디는 총명하고 잭은 잭이고 그레이스는 음악에 재능이 있었다. 그리고 글로리는 모든 일에 마음을 썼다. 그녀는 자신이 달리 어떻게 해야 하는지, 무엇을 해야 하는지 가족들이 말해 주기를 바랐다.

그녀는 걸핏하면 잘 울었다. 그렇다고 그녀가 다른 형제들보다 매사를 더 심각하게 느끼는 것도 아니었고, 특별히 심약하거나 감상적이지도 않았다. 막내라는 이유로 늘 울음보를 터트릴 준비를 하고 있었던 것도 아니었다. 그저 원래부터 눈물이 많았다. 네 살 때, 라디오 연속극에서 개가 죽는 장면을 듣고 사흘 동안이나 운 적도 있었다. 언니 오빠들은 아직도 그녀가 『알프스의 소녀』나 『아기 사슴 밤비』 같은 동화를 읽고 얼마나 많이 울었는지 기억하고 있었다. 그들은 그녀에게 그 책들을 열두 번도 더 읽어 주었다. 마치 그 동화들이 어린아이를 슬프게 하는 것 말고 다른 목적이라도 있다는 듯……. 정말로 짜증났지만 그녀로서는 어쩔 수 없었다. 그래서 그녀는 울지 않는 척하는 연습을 했다. 그러자 언니 오빠들은 그녀가 눈물 흘리는 장면을 포착하는 장난을 치면서 "앗! 눈물이다." 하며 놀리곤 했다. 그때 그녀는 얼굴이 아니라 손바닥이나 발바닥이 감정을 드러내면 얼마나 좋을까 바랐었다.

어렸을 때 그녀는 '비밀(secret)'과 '신성한(sacred)'이라는 단어를 구분하지 못해 두 단어를 혼동해서 쓰곤 했다. 교회에서는 작게 소곤거려서도 안 됐고, 절대로 이야기해서는 안 되는 말들도 있었다. 그런 말은 더 커야 이해할 수 있다고 했다. 하지만 그녀는 교회 안에서는 물론 밖에서도 소곤거리지 않을 수 없었다. 그런 그녀에게 언니들은 장난을 쳤다. 이건 비밀이라고, 절대로 말하면 안 된다고, 말 안 한다고 가슴에 성호를 긋고 맹세하라면서 그녀의 귀에 별 의미 없는 말이나 터무니없는 거짓말을 소곤거렸다. 그러면 그녀는 비밀을 지켜야 하는 마음의 짐 때문에 10분이나 15분쯤 괴로워하다가, 결국 자신의 말을 들어 주는 첫 번째 귀에 손을 동그랗게 말고 그 황당한 얘기를 털어놓고야 말았다. 하지만 자신이 또다시 맹세를 깼다는 사실을 깨닫고 죽고 싶다고, 잠에서 깨어나기 전에 죽어 버리면 좋겠다고 생각하곤 했다. 그녀가 아직 어려서 학교에 다니지 않던 어느 날, 잭이 무단결석을 했다. 그녀는 과수원으로 가는 잭을 쫓아가면서 견딜 수 없는 무서움에 눈물을 흘렸다. 그러자 잭이 그녀를 돌아보고 미소를 지으며 말했다. "꼬마야, 제발 좀 커라." 그러면서 덧붙였다. "일러바칠 거야? 날 곤란하게 만들 거냐고." 그날 그녀는 잭에 대해 입도 뻥긋하지 않았다. 그것이 그녀가 지킨 첫 번째 비밀로, 그때 명예라는 것을 처음 배웠다. 어쩌면 그럴 만한 나이가 되어서 그랬는지도 모르지만. 아무튼 그녀는 평생을 살아오면서 비밀과 신성한 것을 한 번도 제대로 구분하지 못했기에 필요 이상으로 눈치를 보고 신중해졌는지도 모른다. 이 모든 점을 볼 때 그녀도 결국 보턴가의 일원이었다.

이제 그녀는 서른여덟이지만, 아직도 대중가요나 사람들이 재미있어하는 이야기들은 가까이하지 않았다. 또 어떤 생각이나 기억들은 일부러 떠올리지 않으려 했는데, 아버지가 그녀의 불행을 견디지 못하기 때문이었다. 그녀가 그런 기억을 떠올리는 기미만 비쳐도 아버지의 표정은 금방 어두워졌고, 그래서 간혹 그러고 싶은 충동이 일 때면 특히 더 조심했다.

어머니와 아버지는 잭이 최악의 불명예스러운 일을 저질렀던 시기에 그녀를 지켜보며 걱정했다. 그녀의 관심을 끌고 있는 그 사건으로 인해 그녀가 상처를 받을까 봐. 당시 그녀는 순수하고 평온한 환경에서 별 어려움 없이 자라 막 열여섯 살의 조용한 삶으로 접어들고 있었다. 그녀의 열정과 신념은 너무나도 단순하고 강렬해서 마치 우화 속 인물 같았다. 진실은 무엇에도 굴하지 않아야 하고, 최대한 성실하고 관대해야 하며, 어떤 위선도 멀리해야 한다고 생각하고 있었다. 정작 성실이나 관대함의 의미는 깊이 생각해 본 적도 없으면서. 그녀는 온실 속의 화초처럼 자랐기에, 세상 물정을 전혀 몰랐다. 가령 잭이 어떻게 해서 자식을 갖게 되었는지 전혀 감을 잡지 못했고, 속으로 마냥 기뻐하기만 했다. 다만 그런 일을 마치 책을 읽듯, 혹은 소문에 휩쓸려 너무 단순하게 해석해서는 안 된다는 건 알고 있었다. 아무튼 그녀가 어떻게든 해결해야 할 문제가 있었다. 그녀의 부모는 손녀의 탄생을 슬퍼할 사람들이 아닌데, 왜 그렇게 슬퍼하는지 혼자 이유를 찾아내야 했다. 사실 그녀의 부모는 매사를 자세하게 설명하는 사람들이 아니었다. 따라서 알아야 할 필요가 있는 일들에 대해 형제는 형제끼리, 자매는 자매끼리 소곤거리는 것으로 만족해야 했다. 그런데 그때는 그레이스 언니마저 호프 언니가 있는 미니애폴리스로 떠난 마당이라 그런 전달 체계가 완전히 깨진 상태였다. 그래서 글로리는 혼란을 겪고 있었지만, 그녀의 부모도 거기까지는 미처 생각하지 못하고 있었다. 한편 그녀의 부모도 그녀와 마찬가지로 나름 지극히 순진했지만, 당시에는 실질적인 이유로 그런 순진함을 잠시 제쳐 두고 있었다. 그것이 바람직한 방식이라고 생각한 것은 아니지만, 충돌보다는 타협이 필요한 때라고 생각했기 때문이다. 그들은 그 경험을 통해 진실에는 날카롭고 단단한 모서리가 있다는 것을, 아무리 의도가 진실해도 호의로 받아들여지지 않을 수 있다는 것을 배웠다. 또 아무리 고귀한 의도도 종교적 가식처럼 여겨질 수 있다는 것도 배웠다. 상대방의 당황한 기색과 저도 모르게 드러난 불쾌한 표정을 보고 자신이 도에 지나쳤음을 깨달아야 한다는 것도 배웠다. 또한 극악무도한 죄인이 농담을 섞어 가며 자신의 죄를 용서해 달라고 하는 기도가 진실한 기도임도 알게 되었다. 그것이야말로 많은 사람과 만나야 하고 매사에 윤리적으로 행동해야 하는 목사 아버지가, 진심으로 감사하며 배운 진실이었다. 그 후로 아버지는 목사의 삶 도처에 깔려 있는 위험에 용의주도하게 대처할 수 있었다. 그럼에도 불구하고 정직한 어린이 글로리는, 아무리 하찮아 보이거나 정당해 보이는 도움도 아버지가 목사라서 누리는 편의가 아닌가 곰곰이 생각하곤 했다. 이는 모든 형제자매들이 떠나 갑자기 조용해진 집 안에서 그것밖에 달리 할 일이 없었기 때문이기도 했다.

그때까지도 상황을 바라보는 글로리의 시각은 변함이 없었다. '아기는 하느님의 놀라운 선물입니다.' 아버지가 아기에게 세례를 줄 때마다 늘 하는 말이었다. 그리고 "그 아이는 너무 어려, 너무 어리다니까!"라는 아버지의 탄식처럼 설사 잭이 아기 엄마에게 못할 짓을 했다 하더라도, 이것 때문에 그 갓난아이가 환영받아야 할 이 집안의 자식이라는 근본적인 사실이 바뀌지는 않았다. 글로리는 부모님이 그에 대해 왜 그렇게 슬픈 반응을 보이는지 도무지 이해할 수 없었다. 아기 엄마가 자기보다 어릴 리는 없을 테고, 또 아기를 갖는 걸 당연하게 여기는 것 같았는데 말이다. 아무튼 당시 외로움과 순수한 혈기에 사로잡혀 있던 글로리는, 아버지가 왜 그 일에 대해 비통한 심정으로 오만하다느니 잔인하다느니 중얼거리는지 이해하지 못했다. 아들들이 집에 있는 일요일이면 아버지는 신도석이 채워지기를 기다리며 교회 앞에 서 있곤 했다. 그러다가 아들 셋이 줄지어 교회로 들어가면 아버지는 입구를 바라보거나 발코니를 올려다보면서 잠시 더 기다렸다. 그런 다음 고개를 한쪽으로 갸우뚱하는 것으로 유감과 용서의 몸짓을 드러냈다. 이따금, 아주 드물게 아버지가 고개를 주억거리며 미소를 지으면 그건 잭이 교회에 왔다는 표시였다. 그런 날이면 아버지의 설교에는 환희와 하느님의 자비가 흘러넘치곤 했다. 때문에 글로리는 아버지가 잭에 대해 잔인하고 오만하다고 말할 줄은 꿈에도 생각하지 못했다. 또 아버지가 며칠씩이나 속을 끓이면서 투덜거리는 것도 그때 처음 보았다. 아버지는 마치 용서할 수 있는 한계를 넘어서는 비행이 있다는 사실 때문에 넋이 나간 것 같았다.

그 시절에 그녀의 가족들은 워낙 공적인 삶을 살았기 때문에, 그녀는 모든 사람이 결국 알게 될 사실은 차라리 깨끗이 인정하는 게 낫다고 여겼고 부모님도 그렇게 할 거라 여겼다. 어머니와 아버지 두 사람 다 모범적인 본보기의 효과를 믿었기에 스스로 위대한 교훈이 될 거라 생각했다. 더구나 사람들은 자신의 믿음에 일치하는 행동을 해야 하는 것 아닌가! 그녀는 바로 그런 용기를 내는 아버지의 모습을 지켜봤다. "이제까지 주님은 나한테 아주 친절하셨어!" 그 말은 자신도 주님께 받은 엄청나고 무한한 친절을 베풀어야 한다는 뜻이나 다름없었다. 아버지는 그런 생각을 하면서 기운을 차리는 것 같았다. 하지만 잭은 자동차 열쇠를 피아노 위에 남겨 놓은 채 기차를 타고 대학으로 돌아갔고, 그 바람에 막 운전을 배운 그녀가 아버지를 태우고 아기를 보러 시골로 갔다. 그 당시 자신은 매우 기뻤는데 아버지는 몹시 슬퍼했던 걸 떠올리며 그녀는 문득 혼란스러워졌다.

집에 있다 보니, 그것도 오롯한 침묵 속에 혼자 지루한 라디오 옆에 앉아 책을 읽으려고 애를 쓰다 보니, 자꾸 옛날 기억이 되살아났다. 그러잖아도 가구가 많은 방을 한층 더 비좁게 만드는 책장과 선반에 있는 수백 권의 책들 가운데 그나마 좀 읽힐 것 같은 책을 골라 들었는데도 그랬다. 라디오에서는 하차투리안의 〈칼의 춤〉이 나왔고 차이코프스키의 〈1812년 서곡〉도 나왔다. 유명한 라디오 진행자 가브리엘 히터의 뉴스도 나왔다. 아버지는 이따금 장기를 두거나 모노폴리를 하기 위해 침대에서 일어나곤 했는데 순전히 그녀를 생각해서였다. 그녀가 어렸을 때 발진이나 홍역, 이하선염, 독감 따위로 침대에 누워 있을 때면 아버지는 박하사탕 한 봉지와 진저에일 한 병, 그리고 모노폴리 세트를 들고 그녀의 방으로 올라왔다. 그러고는 감춰 뒀던 카드나 말을 소매 속이나 침대 커버 속에서 찾아냈다는 시늉을 하며 막내딸을 즐겁게 하곤 했다. 그 아버지가 이제 일부러 딸에게 져주기 위해 종종 속임수를 쓰는 것을 보며 그녀는 서글퍼졌다.

오후가 되면 아버지는 베란다에 앉아 있고 그녀는 마당에서 일을 했다. 그때만큼은 시간이 유쾌하게 흘러갔다. 그녀는 완두콩이나 양상추를 심을 수 있게 흙을 갈았다.

하지만 밤이 너무 길었다. '내가 서른여덟 살이나 먹었구나.' 그녀는 저녁 설거지를 하면서 혼자 중얼거리곤 했다. '나는 석사 학위가 있고 고등학교에서 13년 동안이나 영어를 가르쳤어. 그런대로 괜찮은 선생이었지. 하지만 나를 위해서는 무엇을 했지? 내 인생은 과연 어떻게 된 걸까? 마치 어른의 삶을 꿈꾸다가 방금 깨어난 것 같아.' 아직도 그녀의 옷장에는 그녀가 한때 교사였다는 사실을 증명하는 수수한 옷과 카디건, 굽 낮은 구두가 있었다. 마음만 먹으면 다시 그 옷을 입고 그 구두를 신을 수도 있었다.

그녀는 이따금 학교로 돌아가 있는 꿈을 꾸었다. 그런데 그 꿈속에서 그녀는 가르치는 척하는 어린아이이거나 자신이 어린아이로 바뀌는 걸 깨닫고 당혹스러워하는 선생이었다. 또 자신이 무슨 말을 하고 있는지 몰라 필사적으로 이야기를 꾸며 내기도 했다. 그러다가 교실 안을 떠도는 능글맞은 웃음과 분노와 수군거림과 야릇한 눈초리를 느끼게 되고, 마침내는 학생들 모두 교실 밖으로 걸어 나갔다. 하지만 그들을 붙잡을 수 있는 말은 아무것도 없었다. 그 굴욕감이란! 그녀는 왁자지껄한 웃음소리와 사물함 문짝이 부딪히는 소리 사이로 고함을 지르다가 캄캄한 길리아드의 어둠 속에서 잠이 깨곤 했다. 그래도 아침이 되면 다시 학교에 가야 한다고 생각하며 디모인(아이오와의 주도-옮긴이)에서 깨는 것보다는 나았다. 그런 꿈을 꾸고 나면 자신이 가르치는 걸 별로 좋아하지 않았다는 생각이 들었다. 비록 날이 밝으면 생각이 바뀌긴 했지만. 잠이 깨면 찌르는 듯한 고통과 함께 사기나 실패까지는 아니지만 그래도 자기 삶을 제대로 통제하지 못했다는 낭패감이 들었다. 그러나 다시 불을 켜고 책을 읽다 보면 고통은 어느덧 사라졌다. 그녀는 종종 스스로에게 물었다. '앞으로는 뭘 하지?' 그러다가 자신이 무엇을 바라는지조차 모른다는 사실을 뼈아프게 깨닫곤 했다.

그녀가 남자였다면 목사의 길을 택했을 것이다. 그랬다면 아버지도 기뻐했을 것이다. 루크가 아버지의 뒤를 따르긴 했지만 그것은 댄이 그러지 않으리라는 게 확실해진 다음에야 이루어진 일이었다. 그때까지도 잭은 잭이었고, 테디는 누군가의 희망을 짊어지기에는 너무 어렸다. 그녀는 어렸을 때부터 세상의 중요한 일은 점잖고 진지한 남자들 소관이라는 사실을 잘 알고 있었다. 성서에 정통하고 기도에 능하고 제법 훌륭한 교단의 성직자로 임명된 남자들이 세상을 움직인다는 것을. 여자들은 아무리 신앙심이 깊고 사랑스럽고 존경받는다 해도 결국은 두 번째 계급에 속했다. 아버지가 그런 사실을 알려 준 적은 없었다. 에이미 셈플 맥퍼슨(1920~1930년대 미국 로스앤젤레스를 중심으로 활약한 전설적인 여성 전도사 - 옮긴이)만 빼고 목사는 남자만 될 수 있다는 사실을 말해 준 사람은 호프 언니였다. 하지만 글로리는 그 말을 듣기 전에도 이미 세상이 어떻게 돌아가는지 알고 있었다. 영리한 아이라면 모를 수가 없었다. 그녀가 공부를 하고 학생을 가르치던 시절에 그런 것은 별 문제가 되지 않았다. 그런데 이제 한밤중에 잠이 깬 그녀에게 그런 사실이 새삼스레 또 하나의 외로움을 안겨 주었다. 모든 것이 달라질 수 있었다는 생각이 손으로 만질 수 있는 어둠처럼 느껴졌다. '보이는 어둠', 그것은 밀턴의 『실낙원』에 나오는 말이었다.

다 자란 언니 오빠들이, 그녀가 읽으라는 것은 무엇이든 열심히 읽던 시절이 있었다. 다들 막 어른이 되어 가느라 몸은 어정쩡하고 불안정했으며, 운명이 미묘한 독약처럼 혈관과 림프샘과 모낭을 타고 슬금슬금 기어 들어와 그들을 부모와 똑 닮은꼴로 만들어 놓는 통에 스스로가 낯선 이방인처럼 느껴지는 와중이었다.

"왜 시를 읽어야 하냐고요? 왜 밀턴의「우울한 사람」을 읽어야 하냐고요? 읽어 보면 다 알게 돼요. 읽어 봐도 잘 모르겠으면 다시 한 번 읽어 보고 또 읽어 봐요." 그들 중 일부는 그런 그녀의 말을 마음속에 새겼고, 그녀는 그들이 고전문학에 대한 소양을 갖추도록 도왔다. "사람들은 끊임없이 시를 써왔어요. 그러니까 시가 중요하다는 걸 믿어요." 한번은 「경기병대의 돌격」이라는 허풍스러운 시를 읽고 누군가가 눈물을 흘리자 그녀가 이렇게 말했다. "뭐가 좋은 시이고 나쁜 시인지는 내가 결정해요. 당장은 동의하기 힘들겠지만, 아무튼 일단 들어 봐요." 그러자 그들 중 일부가 그녀의 말에 귀를 기울였는데, 그 순간이 그녀에겐 기적처럼 느껴졌다. '내가 무슨 자격이 있어서 언니 오빠들을 조종하는 거지? 그들 중 몇몇이 내 말을 따른 건 정말로 내 말이 진실이었기 때문일까? 그들이 인간 지식의 파수꾼이기 때문은 아닐까? 그들이 정말로 나를 필요로 해서 내 말을 따른 걸까?' 아버지는 아주 먼 옛날부터 자식들에게 영원으로 가는 길은 단 하나밖에 없다는 사실을 절대로 의심하지 말라고 가르쳐 왔다. "찬송가를 배우고 초기 교회의 방식을 깊이 묵상하도록 해라. 알아야 할 것을 알도록 해라." 구식 아버지들은 구식 자식들에게 바로 이런 가르침을 주었고, 그 구식 자식들도 자기 자식들에게 똑같이 가르쳤다. 하지만 이교도적인 영감이 번뜩였던 청교도 밀턴이 전해 주고자 했던 메시지는 달랐으리라. 그의 목소리는 마치 옆방에서 들려오는, 노래의 즐거움을 예찬하는 목소리 같았으리라. 그리고 그것을 아는 사람들을 통해 그의 메시지는 우연히, 그리고 필연적으로 후대에 전해지리라. 그렇다면 왜 노래를 하는 걸까? 왜 노래 속에서 기쁨을 느끼는 걸까? 왜 꿈꾸는 듯한 목소리가 들려오는 순간이 축복처럼 느껴지는 걸까? 아버지가 면도를 하며 찬송가 〈죄인 괴수 날 위해〉를 흥얼거리는 이유도 바로 그 때문이었으리라. 그러니 존 키츠처럼 런던 한복판에서 자신만의 황금의 왕국을 여행할 수 있다면 그걸로 충분하리라. 그래서 그녀는 굳이 목사가 될 필요가 없다고 생각했다. 교사도 충분히 황홀한 직업이었다. 하지만 그런 태도에는 아주 내밀하게 삶에 대한 공허한 시선이 깔려 있었다. 연장자들이 아무리 "이것이 삶이다."라고 말해도, 젊은이들은 뜨거운 불 주변을 끊임없이 서성거리게 마련이다. 신체가 쭉쭉 자라면서 여기저기 털이 나고 생식 기능을 갖추느라 정신이 없어도. 그녀는 어떻게 그 젊음의 부름을 포기할 수 있었을까? 무엇 때문에 그것을 포기했을까?

여러 해 동안 그녀의 약혼자로 알려졌던 남자는 자신이 그녀에게 얼마나 많은 빚을 지고 있는지 동전 한 잎까지 다 안다고 편지에 썼다. 그는 일종의 금전출납부를 써왔던 게 틀림없었다. 그것도 맨 처음부터. 그러니까 그녀를 저녁 식사에 초대했다가 깜박 잊고 지갑을 안 가져왔다며 돈을 빌린 순간부터 그것을 써왔을 것이다. 그것을 생각하자 그녀의 얼굴이 붉어졌다. 그는 자신의 상황이 나아지면 바로 동전 한 잎까지 다 갚겠다고 했다. 그러면서 '총액이 너무 많아 다 갚으려면 시간이 좀 걸릴 것'이라고 했다. 전생에 정직하게 살지 못해 무슨 끔찍한 한이라도 맺힌 귀신이나 되는 것처럼 그는 왜 그런 '빚'을 기록하며 살았을까? 그녀는 평생 그런 걸 써본 적도 없었고, 심지어 그에게 돈을 빌려 주고 있다고 느낀 적도 없었다. 이제 그런 것은 하나도 중요하지 않지만, 그토록 바보 같았던 점은 문제였다. 같은 편지에서 그는 "만일 내가 당신을 오해하게 했다면 정말 미안해요."라고 썼다. 이제 그녀는 진실로 극기와 절약을 즐기며 단순하게 사는 가운데 발견했던 호젓한 즐거움을 순순히 떠올릴 수 없었다. 그 당시 그녀는 그렇게 살다 보면 언젠가는 자신도 거리를 지나다 간이식당에서 볼 수 있는 그런 평범한 행복을 누릴 수 있으리라 생각했었다.

그녀는 집에 셰익스피어와 디킨스의 책들이 있다는 것을 알고 있었다. 마크 트웨인의 책도 틀림없이 어딘가에 있을 것이다. 키플링(『정글북』을 쓴 영국의 시인, 소설가―옮긴이)의 책도 루크와 테디의 방 옷장 위에 있었지만 그녀는 키플링이 싫었다. 결국 그녀가 아버지에게 읽고 싶은 책을 어떻게 구해야 하느냐고 묻자 아버지가 어딘가로 전화를 걸었고, 그로부터 2주일이 지나지 않아 여섯 군데로부터 여섯 상자의 책이 왔다. 그 상자에는 괜찮은 옛날 책들과 함께 건전하고 훌륭한 신간 소설도 몇 권 포함돼 있었다. 『앤더슨빌』, 『비상 착륙』, 『가치 있는 것』 등등. 그녀는 그 가운데 열 권을 골라 라디오 옆 서가에 놓았다. 그 무렵 그녀는 자신의 삶에 대해 아무것도 결정할 수 없었다. 자기 삶에 대해 생각하고 싶지도 않았다. 그녀가 『앤더슨빌』을 펴자 아버지가 말했다. "그걸 쓴 작가가 아이오와 출신이지. 어느 동네인지는 잊어버렸구나. 지금은 꽤 유명해졌는데 이름도 잊어버렸구나." 그녀는 웹스터 시 출신의 맥킨리 칸토르(미국의 소설가이며 시나리오 작가. 『앤더슨빌』로 1956년 퓰리처상을 수상 – 옮긴이)에 대해 알고 있었다. 『앤더슨빌』은 몹시 길고 슬프기로 악명 높았는데 그걸 읽고 디모인 일대 사람들이 한동안 비통함 속을 헤맸다고 했다. 그녀는 그것을 끝까지 읽겠다고 다짐했다. 그러면 아버지를 당혹스럽게 하지 않고도 마음껏 울 수 있을 테니까.

그러던 어느 날 우편물이 배달되었다. 고지서 두어 통, 호프 언니가 그녀에게 보낸 편지 한 통, 그리고 아버지 앞으로 온 편지 한 통이었다. 그때 아버지가 물을 한 잔 마시려고 부엌으로 들어왔다. "이 편지는 잭한테서 온 거로구나. 그 애의 필체야." 아버지가 의자에 앉으면서 식탁에 편지를 올려놓았다. "정말 뜻밖이로구나." 나지막하고 무뚝뚝한 음성이었다. 그런 다음 아버지가 하도 조용히 있는 바람에 글로리는 아버지가 뇌졸중 따위로 발작을 일으킨 건 아닌지 덜컥 겁이 났다. 다행히도 아버지는 기도를 하고 있었다. 이윽고 아버지가 손을 내밀더니 봉투의 귀퉁이를 만지작거렸다. "괜찮다면 글로리, 손수건 좀 갖다 다오. 오른쪽 맨 위 서랍에 있다." 손수건은 아버지의 말대로 널찍하고 실용적인 서랍 속에 깔끔하게 정돈되어 있었다. 아버지는 항상 아름다운 손수건을 지니고 다녔다. 당신이 하는 일의 성격상 언제 그것이 필요할지 몰랐기 때문이다. 그녀가 손수건을 가져다주자 아버지는 그것으로 얼굴을 닦았다. "그러니까 그 녀석이 아직 살아 있다는 말이지. 정말로 굉장한 일이로구나."

그녀가 속으로 중얼거렸다. '하느님, 만일 아빠의 짐작이 틀리면

어떡하죠? 아들에 대한 그리움과 높은 연세에서 비롯된 착각이면 어떡하죠?'

"제가 읽어도 될까요?"

"그럼, 네 오라비한테서 온 편진걸! 당연히 너도 읽고 싶을 게다. 나도 참, 이렇게 생각이 짧다니!"

그녀가 편지를 집어 들었다. 세인트루이스의 반송 주소와 소인이 찍힌 봉투 안에는 달랑 편지지 한 장만 들어 있었다. 봉투에 작고 또렷하고 우아한 필체로 로버트 보턴 목사님 귀하라고 적혀 있었다. "제가 뜯을까요?"

"오오, 아니다, 애야. 미안하지만 혹시 무슨 비밀스런 내용이 있을지 모르니 내가 직접 뜯는 게 나을 것 같구나. 그 애도 제 사생활을 배려해 주는 걸 고마워할 거다. 뭐가 뭔지는 잘 모르겠다만, 어쨌든 적어도 그 애가 살아 있구나." 아버지가 눈물을 닦았다.

그녀가 편지를 식탁에 내려놓자 아버지가 그 옆에 손을 놓았다. 그러더니 봉투에 적힌 글씨와 소인을 살펴보기 위해 이리저리 뒤집어 보며 말했다. "잭한테서 온 거라는 말이지. 잭이 보낸 편지라니……."

그녀는 아버지가 자신이 방을 나가기를 기다리고 있을지도 모른다는 생각이 들었지만, 그러고 싶지 않았다. 실망스럽게도 잭이 쓴 편지가 아닐지도 몰랐고, 아니면 정말로 잭에게서 온 건 맞지만 만성 질환에 시달리다 임종을 앞두고 병실에서 쓴 편지라 아버지의 속을 뒤집어 놓을 수도 있었다. 한 술 더 떠 감옥에서 보낸 것일지도 몰랐다. 잭은 아버지의 뿌리 깊은 불안감을 다시 불러일으키고도 남을 위인이었다. 다 늙은 아버지에게 감당하기 벅찬 실망을 안기고도 남을 위인이었다. 설사 그가 죽었다 하더라도…….

"글로리, 날 도와주려무나. 침착하게 마음을 가라앉히려 했지만 잘 안 되는구나. 반송 주소가 찢어지지 않게 주머니칼을 쓰면 좋을 텐데……."

그녀가 과도를 들고 와서 봉투를 조심스럽게 자른 다음 접혀 있는 편지지를 꺼내 아버지에게 주었다. 아버지가 헛기침을 했다. "오냐." 아버지가 무릎에 있던 손수건을 식탁에 올려놓았다. "그 애가 뭐라고 하는지 한번 읽어 보자꾸나." 아버지가 편지지를 펴서 읽었다. "음, 그 애가 집으로 온다는구나. 여기 봐라. '아버지께, 저는 한두 주일 안으로 길리아드로 갈 작정입니다. 불편하지 않으시다면 당분간 머무를까 합니다. 잭 올림.' 불편하다니! 무슨 그런 생각을! 답장을 써야겠구나. 내가 직접 쓸란다. 하지만 우선은 잠시 쉬어야겠다. 지금 당장은 펜을 잡을 수 없을 것 같아서……." 아버지가 웃으면서 말을 이었다. "오늘은 아주 기쁜 날이로구나! 오늘 같은 날이 오리라고는 확신하지 못했는데." 그녀가 아버지를 침실 의자에 앉힌 뒤 신발을 벗기고 담요를 덮어 주었다. 그러고 나서 아버지의 이마에 입을 맞췄다. 아버지가 손에 편지를 쥔 채 말했다. "에임스도 이 소식을 알고 싶어할 거다."

그 말을 듣고 그녀는 에임스 목사 집으로 갔다. 그동안 아버지는 잠깐 눈을 붙인 뒤 기도하면서 마음을 가라앉혔다. 슬픔과 의심을 한쪽으로 밀어 둔 채, 가슴 뻐근한 기대감에 부풀면서도 씩씩한 태도와 아버지다운 품위를 지키려고 애를 썼다. 벅차오르는 기쁨으로 감각중추 한 부분이 거의 터져 버릴 것 같았다. 아버지의 침묵은 결코 단순한 침묵이 아니었다.

　에임스 목사 집은 건물 자체는 예전과 똑같았지만 말끔하게 청소한 티가 났고 반짝반짝 윤이 났다. 여느 소박한 농가와 다름없는 양식으로 지어진 집은 방추형 베란다 기둥과 난간을 제외하고는 아무 장식도 없었다. 어린 시절 그녀의 눈에는, 에임스 목사가 2층 서재에 붙박여 사는 것처럼 보였다. 밤이면 항상 서재 창문에 불이 켜져 있었고, 낮에 책이나 편지를 들고 그 집에 심부름을 가도 그가 서재에서 내려올 때까지 부엌에 서서 기다려야 했다. 부엌에서는 전혀 사용하지 않는 듯 청결한 냄새가 났다. 마치 사용하지 않는 풍로와 텅 빈 식료품 저장실의 공백을 메우기 위해 리놀륨 장판에서 냄새라도 솟아 나온 것 같았다.

　이제 부엌 창턱에는 제라늄 화분이 놓여 있고 빳빳하게 풀 먹인 새하얀 부엌 커튼에도 기쁨이 깃들어 있었다. 보도 주변의 마당도 새로 가꾸어져 있었다. 에임스 목사의 두 번째 결혼식에는 보턴가 사람들이 모두 다 참석했다. 물론 잭은 빼고. 아버지는 그것이 당신이 집전하게 될 마지막 결혼식이자 가장 즐거운 결혼식이라고 했다. 그러나 그 뒤에도 마음이 약해져서 예닐곱 쌍의 결혼식을 집전했고, 글로리의 결혼식도 집전하기를 바랐다. 하지만 그녀는 상황을 정리하기 위해 충동적으로, 자기들이 치안판사 앞에서 혼인 선서를 했다고 편지를 보냈다. 아버지는 손자들에게 세례도 베풀었다. 그럼에도 에임스 목사의 결혼식이야말로 자신이 목사로서 수행한 임무 중 최고라고 했다. 신부 라일라는 노란색 공단 드레스에 테

없는 모자를 쓰고 당황스러운 듯 살짝 미소를 띤 채 보턴 목사의 가족들이 사진을 찍어 대는 것을 너그러이 받아들였다. 그녀의 팔에는 손수 기른 장미꽃이 한 아름 들려 있었다. 그 장미는 그녀의 특별한 자부심이었다. 보턴가 사람들은 그녀가 부케 던지기를 거부했던 일을 두고 아직도 그녀를 놀리곤 했다. 나이 든 에임스 목사는 자신이 살고 있는 목사관처럼 본성은 바뀌지 않았지만, 변화를 겪고 있었다. 이제 그는 아버지 같기만 한 게 아니라 실제로 한 아이의 아버지였고, 정중하기만 한 게 아니라 남편의 정중한 태도를 늘 부담스러워하는 아내를 에스코트했다.

목사는 베란다 그네에 앉아 책을 읽다가 글로리를 보자 자리에서 일어나 정중하게 맞았다. 그는 열두 살 이상이면 누구에게나 정중한 태도를 취했고, 그녀는 그런 대우를 받을 때마다 늘 우쭐해지곤 했었다. 그런데 지금 그녀는 그 정중한 태도에서 일종의 슬픔을 감지했고, 그러면서도 애써 그 이유를 궁금해하지 않으려 했다.

"멋진 오후로군. 잘 지내고 있지? 아버지는 좀 어떠신가? 잠깐 앉지 그래?"

"아버지도 저도 잘 지내고 있어요. 잠깐만 있다 가야 돼요. 오늘 아침에 아빠가 잭 오빠한테 편지를 받았어요. 아빠가 목사님께 그 사실을 알리고 싶어하셔서요."

"잭에게서 편지가 왔단 말이지?"

"집으로 올 거래요."

"그래? 아버지는 어떻게 생각하시지?"

"미심쩍어하시는 것 같아요. 잭 오빠는 워낙 믿을 만한 사람이 못

되니까요."

다시 침묵. "언제 온다고 하던가? 왜 온다고 하지?"

"오빠 말로는 다음 주나 다다음 주에 올 거래요. 그게 다예요."

"음…… 잘됐군." 목사가 조금도 믿기지 않는다는 듯한 목소리로 말했다. "오늘 오후에 아버지를 보러 가도 될까?"

"괜찮으실 거예요."

목사가 그녀를 따라 보도로 내려와 대문을 열어 주면서 말했다. "아버지가 너무 크게 기대하지 않으셨으면 좋겠는데……." 그런 다음 둘이 웃음을 터트렸다. "아무튼 우리가 할 수 있는 일은 별로 없는 것 같군." 하지만 글로리는 잭이 집으로 돌아올 거라는 커다란 희망을 품고 있었다. 또 잭이 자신을 가장 참을 수 없는 존재로, 제일 간섭하기 좋아하고 믿을 수 없는 형제로 기억하지 않기를 바랐다.

## 2

 집에 돌아오니 아버지가 답장을 다 쓰고 봉투에 주소까지 써서 봉해 놓고 있었다. "수표도 약간 넣었다. 요즘엔 여행하는 데도 돈이 많이 들잖니. 돈 때문에 잭이 마음 상하지 않았으면 좋겠다만, 아무튼 나는 우리가 저를 얼마나 보고 싶어 하는지 보여 주고 싶었단다. 여러모로 보아 좋은 생각 같은데, 그래도 네가 반대하면 수표를 도로 꺼내마."
 "오빠도 기분 나빠하지 않을 거예요. 그리고 아빠는 항상 약간의 수표를 보내셨잖아요."
 "그래, 하지만 그 애가 내 엉뚱한 버릇을 잊어버렸을까 걱정되는구나. 편지를 네게 보여 주고 봉투를 봉할 걸 그랬다. 얼른 우체통에 넣고 싶다는 마음이 앞서는 바람에……. 그 애도 우리가 '불편하지는 않은지' 얼른 답장을 받고 싶을 거다. 우리야 그 애가 그런 걱정을 하는 걸 조금도 바라지 않지만!"

"그저 예의상 한 소리일 거예요."

"하기야, 남 대하듯 편지를 썼는지도 모르지. 그랬다면 섭섭하구나."

그녀가 아버지의 뺨에 입을 맞추며 말했다. "우체국에 가서 부치고 올게요."

"내가 주소를 제대로 썼겠지? 주소는 맞게 썼는데, 그걸 쓸 때 잠시 손이 떨려서 글자가 제대로 써졌는지 모르겠다. 너한테 검사를 받을 걸 그랬구나. 제대로 도착해야 할 텐데."

"괜찮을 거예요." 그녀는 그렇게 말했지만, 사실 아버지는 어떤 보장도 원치 않을 것이다. 설령 잭이 돌아오지 않더라도 다 자기 탓으로 돌리고는 온갖 고통을 혼자 짊어진 채 못돼 먹은 아들을 너그러이 용서할 것이다. 물론 다른 자식들에게도 똑같이 할 양반이었다. 그래도 매번 사고를 치고 뒤치다꺼리를 하게 만든 자식은 늘 잭이었다. 아버지는 그때마다 '이 녀석이 정말로 내 무릎을 꿇게 했구나!' 하면서 그것이 또 하나의 축복이라고 스스로를 설득한 사람 같았다.

에임스 목사가 도착하자 두 사람은 장기판을 사이에 두고 머리를 맞댄 채 장기를 뒀다. 두 사람 사이에는 재미있는 일화가 수도 없이 많았다. 그들이 신학교에 다니던 소년 시절, 두 사람은 어떤 교리를 두고 열띤 논쟁을 벌이면서 다리를 건너고 있었다. 그때 바람이 불어와 아버지의 모자가 물속에 빠졌다. 아버지는 바지를 걷고 물속으로 들어가면서도 논쟁을 계속하는 바람에 물살을 따라 흘러가는 모자를 붙잡지 못했다. "그 논쟁에서 내가 이기고 있었거든!" 아버지의 말이었다.

"그러다가 내가 너무 웃느라고 내 주장을 펼 수가 없었지." 결국 모자는 물속에 있던 나뭇가지에 걸렸고 그게 사건의 전부였지만, 두 사람은 그 이야기를 할 때마다 웃음을 터트렸다. 그 이야기는 그들도 한때는 젊었다는 것을, 그때로부터 지금까지 아무것도 변한 게 없는 것 같지만 돌아보니 너무나 많은 것이 변했다는 사실을 의미하는 것 같았다. 온화하고 다정한 표정으로 두 사람이 서로 상대방을 찬찬히 바라봤다.

에임스가 말을 꺼냈다. "자네 아들이 집으로 돌아온다면서?"

"그런다는구먼. 그 애가 편지를 보냈어."

"다른 아이들도 올 건가?"

아버지가 고개를 저었다. "애들한테 전화는 걸었네." 잭이 돌아온다는 것은 홍해가 갈라지는 기적이나 다름없었다. "애들도 잭이 저희들을 보고 싶어할 때까지 기다리겠다고 했네. 그 애가 다른 애들과 허물없이 지낸 적이 별로 없었거든. 그 점은 내 잘못이지. 글로리가 나와 함께 있어 줘서 그나마 다행이야." 글로리가 방에 같이 있다는 사실을 떠올리며 아버지가 덧붙였다. 그 말을 듣고 그녀는 거실로 나가 웅얼거리는 라디오 옆에 앉아 십자말풀이를 하기 시작했다. 그러면서 자신이 여기 있는 게 과연 다행스러운 일인지 자문해 보았다. 어쩌면 맞는 말일지도 몰랐다. 어쨌거나 화를 내지 말아야 한다고 스스로 다짐했다. 잭은 여전히 참을 수 없을 것이고, 그녀의 인내심도 다른 일로 한계에 다다랐기 때문에 다짐을 해두어야만 했다.

몇 주 동안 걱정스럽고 혼란스러운 나날이 이어졌다. 기대가 불안과 실망으로 바뀌자 아버지는 좌불 안석이 되어 잠도 제대로 이루지 못했다. 그녀는 아버지를 달래 뭘 좀 먹게 하느라 고생을 했다. 아버지는 냉장고와 식료품 저장실을 잭이 좋아하는 음식들로 가득 채웠는데, 글로리가 음식을 낭비하지 않겠다는 이유로 잭을 기다리지 않고 그것들을 다 먹어 치우고 싶어한다고 은근히 서운해했다. 그래서 크림 파이의 껍질이 딱딱하게 굳고 양상추가 다 시들어 빠지는데도 오트밀 한 대접이나 삶은 달걀 하나 이상은 먹으려 들지 않았다. 글로리는 이러다가 잭이 정말로 오지 않으면 어떻게 하나 싶었다. 상해 가는 진수성찬을 앞에 놓고 비탄에 잠긴 아버지와 함께 앉아 있는 일은 생각만으로도 견딜 수 없었다. 그래도 그녀는 자신이 정당한 이유로 화가 났다는 것을 스스로에게 상기시켰다. 그러면서 음식을 이웃집 개가 먹도록 집 밖에 내놓을 생각도 했다. 이웃집 사람에게 먹으라고 주기에는 음식이 너무 오래된 까닭에, 그들 역시 그것을 개에게나 줄 게 뻔했다.

글로리는 잭의 도착을 기다리며 분통을 터트리는 연습을 했다. '오빠는 대체 자신을 뭐라고 생각하는 거예요?'라든가 '오빠는 어쩌면 그렇게 다른 사람 생각을 안 할 수 있어요?'라는 말을. 시간이 흐르면서 그 말들은 '오빠는 어쩌면 그렇게 야비하고 잔인하고 사악할 수가 있어요!' 등등으로 바뀌었다. 그녀는 자신이 생각한 말을 퍼부을 수 있도록 오빠가 오기를 바랐다. 식료품 저장실의 바나나 빵 덩어리가 악취를 풍기며 상해 갈수록 그녀의 속도 점점 더 부글

부글 끓었다. '오빠한테 대체 무슨 권리가 있는 거예요!' 그녀는 속으로 불같이 화를 냈다. 그러는 동안에도 아버지는 잭이 돌아오게 해달라고, 집에 머무르게 해달라고 간절히 기도하고 있었다.

"그 애가 여기다 '한동안'이라고 써놓았잖니! 그 한동안이 상당한 시간을 의미할 수도 있어!" 그 대단한 편지 덕분에 그들 부녀는 아버지를 눈물짓게 하고 조바심치게 만든 잭의 주소를 알게 되었다. 아버지는 처음 보낸 편지가 혹시 잘못 배달되었을까 봐 또다시 편지와 함께 약간의 수표를 보냈다. 그런 다음 두 사람은 다시 잭의 연락을 기다렸다. 잭의 편지는 아침 식탁이나 저녁 식탁, 또는 스탠드가 놓인 협탁이나 안락의자 팔걸이에 시도 때도 없이 펼쳐져 있곤 했다. 하지만 딱 한 번, 에임스 목사가 장기를 두러 왔을 때는 치워져 있었다. 그 편지에 에임스 목사의 의심스러운 눈길이 꽂히는 것을 아버지가 원치 않았기 때문이다.

"그 애는 반드시 올 거다." 그렇게 확실히 말하면 잭이 온다는 듯 아버지는 결론을 내리곤 했다. 2주일이 지나고 다시 사흘이 흘렀다. 마침내 전화가 왔고, 아버지는 드디어 잭의 실제 목소리와 대화를 나눌 수 있었다. "그 애가 모레 온다는구나!" 한 번도 인내심을 잃지 않았던 아버지의 불안은 이제 고통으로 탈바꿈했다. "이렇게 늦는 걸 보니 무슨 심각한 문제가 생겼나 보다!" 아버지는 끔찍한 생각에 시달리며 스스로를 달랬다. 다시 1주일이 흐른 뒤 두 번째 전화가 왔고 이틀 안으로 도착하겠다는 소식이 전해졌다. 그리고 나서 나흘 뒤 마침내 잭이 나타났다. 갈색 양복을 입은 야윈 사내가 뒤쪽 현관에 서서 바짓가랑이에 모자를 툭툭 치고 있었다. 마치 유리창을 두드려야 할지 문손잡이를 돌려야 할지 아니면 그냥 다시 떠나야 할지 모르겠다는 듯이……. 그러면서 그녀를 쳐다보고 있었다. 그동안 까맣게 잊고 지냈던 걸 문득 떠올렸다는 듯 자기도 모르게 그녀를 빤히 쳐다봤다. '그래, 오빠는 내가 여기 있을 줄은 상상도 못 했겠지. 나를 보는 게 반갑지 않겠지.' 글로리가 문을 열면서 말했다. "오빠 기다리는 걸 거의 포기하려던 참이었는데……. 어서 들어오세요." 만일 길거리에서 스쳤다면 그녀는 과연 오빠를 알아볼 수 있었을까? 면도도 하지 않은 창백한 얼굴은 눈 밑에 흉터까지 나 있었다.

"드디어 돌아왔군." 잭이 어깨를 으쓱하며 덧붙였다. "들어가야 되나?" 그는 그녀의 허락뿐 아니라 조언까지 구하는 것 같았다.

"물론이죠. 아빠가 얼마나 걱정하셨는지 오빠는 상상도 못 할 거예요."

"집에 계시니?"

그럼 아빠가 달리 어디 계신단 말인가? "주무시는 중이세요."

"늦어서 미안하다. 전화를 걸려고 하는데 버스가 출발해 버리지 뭐냐."

"아빠한테 미리 전화를 드리시지 그랬어요……."

잭이 그녀를 쳐다보며 사무적으로 말했다. "전화가 술집에 있었어. 그나저나 좀 씻고 왔어야 하는데 면도기가 든 가방을 잃어버렸어." 그는 턱에 난 수염을 상처인 양 걱정스럽게 만지작거렸다. 그는 그런 일에 대해서는 늘 까다로운 편이었다.

"아빠 면도기를 사용하시면 돼요. 앉으세요. 커피 좀 가져올게요."

"고마워. 너를 성가시게 하고 싶지 않은데……."

그녀는 그런 걸 걱정하기에는 이미 늦었다는 말은 하지 않았다. 그의 태도에는 정중하면서도 어딘지 소원하고 주저하는 빛이 어려 있었다. 그 점만큼은 기억 속의 그와 상당히 비슷했다. 그녀는 자신이 한 번만 냉랭한 눈길을 줘도 그가 아버지와 자신의 기도를 헛것으로 만든 채 다시 떠날 수 있음을 깨달았다. 아버지가 잠든 사이에 잭이 도로 떠난다면 과연 오빠가 다녀갔었다고 말할 수 있을까? 문지방을 넘어오는 것조차 망설였던 이 야위고 지치고 텁수룩한 사내를 멀찌감치 쫓아 버린 게 자신의 분노였다고 아버지에게 말할 수 있을까? 그 순간 그가 부엌문 쪽으로 갔다. 어렸을 때 엄마는 늘 따듯한 부엌에서 자식들을 기다렸는데, 그가 무심코 옛날 습관대로 움직인 것이리라. 그녀는 속으로 '유령 같군.'이라고 중얼거렸다.

"조금도 성가시지 않아요. 오빠가 와서 기쁜걸요."

"고마워, 글로리. 이제야 마음이 놓이네."

잭이 머뭇거리면서 그제야 그녀의 이름을 입 밖에 냈다. 어쩌면 지금까지는 자기가 상대하고 있는 사람이 어느 누이인지 확실히 알지 못했거나 혹은 너무 친밀하게 보이고 싶지 않아서 이름을 부르지 않았을 수도 있었다. 허물없이 친해지기까지는 어느 정도 노력이 필요하다고 생각하면서. 그녀가 커피 메이커에 물을 붓는데 잭이 물었다. "잠시 누울 수 있을까?" 그가 얼굴을 손으로 감쌌다. 아아, 저 몸짓. "돌아오지 말았어야 하는데……, 오랫동안 별 문제없이 잘 지내 왔는데……."

"방에 가서 좀 쉬세요. 아스피린 갖다 드릴게요. 옛날에 아스피린 병을 들고 몰래 2층으로 올라가던 일이 생각나네요." 그녀는 그냥 농담으로 던진 말이었으나, 잭이 깜짝 놀란 표정으로 자신을 쳐다보자 그 말을 입 밖에 낸 것을 후회했다.

이어 침대 삐걱거리는 소리와 함께 아버지가 부르는 소리가 들렸다. "손님이 왔니, 글로리? 그런 것 같구나!" 이어 슬리퍼 끄는 소리, 지팡이 짚는 소리.

잭이 자리에서 일어나 머리를 이마 뒤로 빗어 넘기고 소맷부리를 흔들어서 내린 뒤 아버지를 기다렸다. 곧 노인이 문간에 나타났다. "왔구나! 돌아올 줄 알았다!"

아버지의 얼굴에 놀람과 슬픔이 역력히 드러났다. 눈물도 그렁그렁 괴어 있었다. 20년이면 무척이나 긴 시간이다. 잭이 손을 내밀며 "아버지." 하고 말문을 열었다. "오냐, 악수하자. 우선 이 지팡이부터 좀 내려놓고." 아버지가 지팡이를 식탁 모서리에 걸더니 "네가 왔단 말이지!" 하며 아들을 끌어안았다. 그러면서 어루만지듯이 아들의 옷깃에 손바닥을 올려놓았다. "그동안 네 걱정을 아주 많이, 정말로 많이 했단다. 그런데 이렇게 돌아왔구나."

잭이 노인의 왜소함과 허약함에 깜짝 놀라며 당황한 듯 두 팔로 아버지의 어깨를 조심스럽게 끌어안았다.

아버지가 한 걸음 물러나서 다시 잭을 바라보며 눈물을 닦았다. "참 묘하기도 하지! 글로리가 말해 주겠지만 나는 몇 날 며칠 동안이나 자다 깨다 하면서 넥타이를 매고 앉아 있었단다. 그런데 하필이면 잠옷 입은 모습을 네게 보이다니! 하긴 그게 무슨 대순가? 정오가 다 되었구나!" 아버지가 말을 마친 후 잠시 잭의 옷깃에 고개를 물었다. "글로리의 도움을 받아 구두를 신고 머리도 빗고 나면 네가 알아볼 수 있는 사람이 돼 있을 게다! 네 목소리를 들으니 가만히 앉아 있을 수가 없더구나!" 아버지가 말을 마친 뒤 지팡이를 짚고 복도로 나갔다. "글로리, 나 좀 도와줄 수 있지? 커피 올려놓고 나서……." 그러고는 방을 향해 걸어갔다.

"그렇게 오랜 세월이 흘렀는데도 저 양반은 내가 술에 취했는지 아닌지 알아보시는 것 같군."

"커피를 마시면 좀 나아지실 거예요. 아빠가 지금은 흥분하셨지만 점심을 드신 다음에는 좀 쉬실 거고, 그럼 오빠도 좀 주무세요."

"점심이라……."

20년이면 잭보다 훨씬 잘 알던 사람도 이방인으로 만들기에 충분한 시간이다. 이제 그가 창백하고 어정쩡한 모습으로, 자신을 위한 호의를 전혀 받아들일 준비가 안 된 상태로 그녀의 부엌에 서 있었다. 그가 '점심이라……'는 말을 내뱉은 순간 그녀의 호의는 돌이킬 수 없이 얼어붙고 말았다. 그 말이 얼마나 심술궂게 들리던지…….

"아빠 면도하시는 거 도와드린 다음 면도기 갖다 드릴게요. 커피잔이랑 찻숟가락은 항상 있던 자리에 있어요. 커피 다 끓으면 알아서 드세요."

"고마워, 그렇게 할게." 그는 아직도 모자를 손에 든 채 그대로 서 있었다. 그것은 그가 곤경에 처했을 때 취하는 행동으로, 매우 정중하고 예의 바른 모습이었다. '저 녀석이 시치미를 떼고 있는 거라고.' 글로리는 언젠가 교회에서 어떤 여자가 잭에 대해 그렇게 말하는 걸 들은 적이 있었다. 잭이 헛기침을 한 후 물었다. "나한테 온 우편물 없었니?"

"아니, 없는데요." 그녀는 아버지가 양말을 신고 면도를 하고 셔츠 단추 잠그는 걸 도와주면서 평소와 다름없이 생각에 잠겼다. '적어도 지금 나한테 요구되는 일이 무엇인지는 알고 있으니 그것만으로도 감사한 일이지.' 그녀는 아버지가 넥타이를 매고 양복을 입는 것을 도와드린 다음, 아버지가 손수 머리를 빗을 때처럼 머리를 한쪽으로 가지런히 넘겨 드렸다. '음, 괜찮군. 이제 내 할 일은 다한 것 같아.'

그러고 나자 아버지가 말했다. "나는 잠시 신문을 좀 보아야겠구나. 잭도 좀 씻고 싶을 거고."

그녀는 커피가 다 끓은 냄새를 맡고 있다가, 퍼뜩 오빠가 떠났을지 모른다는 생각이 스쳤다. 하지만 잭은 부엌 개수대에서 세탁비누로 세수를 하고 있었다. 어린 시절, 집에서는 늘 라벤더와 양잿물 냄새가 났다. 잭도 그 사실을 기억하고 있을까? 그는 양복 윗도리와 넥타이를 의자 등받이에 걸쳐 놓고 셔츠 깃을 느슨하게 푼 채 얼굴과 목을 행주로 박박 문지르고 있었다. 할머니가 나이가 든 다음 요일별로 수를 놓아 만든 행주 가운데 하나였지만 그런 건 아무래도 상관없었다.

잭이 행주를 꼭 짜서 얼굴과 목의 물기를 닦았다. 그러다가 글로리가 들어온 걸 알아차리고 몸을 돌려 그녀를 바라봤다. 무방비 상태의 모습을 들켜서 좀 당황한 것 같았다. 그러더니 소매를 내리고 단추를 잠그고 머리를 이마 뒤로 넘겼다.

"이제 좀 개운하군." 그가 행주를 털어서 개수대의 가로장에 널었다. '화요일'이라고 수놓아진 행주를.

"이거 따라서 드세요."

"그래, 커피를 깜빡 잊었구나." 그가 윗도리를 입으면서 넥타이를 주머니에 집어넣었다.

아버지가 안락의자에 앉아 세상 돌아가는 소식을 읽는 동안 두 사람은 함께 맛없는 커피를 홀짝거렸다. 둘의 나이 차는 다섯 살로 그 사이에 테디와 그레이스가 있었다. 그는 이따금 그녀의 머리카락을 헝클어트리는 일 외에는 그녀에게 별다른 관심을 보인 적이 없었다. 그 모든 일이 벌어졌을 당시 집에 있던 사람이 하필 그녀였다는 사실은 그녀 탓이 아니었다. 그는 쩔쩔매는 것 같았다. 그런 그를 보자 글로리의 머릿속에 차츰 그에 대한 기억이 떠올랐다. 잭이 자신의 시선을 부담스러워한다는 걸 알면서도 도저히 그럴 수가 없었다. 그가 두 손으로 받쳐 들고 있는 커피 잔이 떨렸다. 그러다가 커피가 소매에 약간 쏟아지자 잭이 초조하게 움찔했다. 그 모습을 보며 글로리는 아버지가 그에게 정신을 가다듬을 시간을 준 것이 얼마나 친절한 처사였는지 알 수 있었다.

"진심으로 환영해요, 오빠. 아빠가 얼마나 기뻐하시는지 상상도 못할 거예요."

"그렇게 말해 주다니 참 친절하구나, 글로리."

"사실인걸요, 뭘."

이제 그녀는 이만하면 됐다는 생각이 들었다. 그러면서 혹시 자기 목소리에 날이 서 있지 않을까, 잠시나마 참을성을 잃지나 않을까 하던 걱정이 사라지는 걸 느꼈다.
"커피 잘 마셨다. 이제 면도 좀 해야겠구나."

잭이 가방을 들고 2층으로 올라가더니 얼마 후 매끈한 턱에 단정한 머리, 그리고 아버지의 올드스파이스 로션 냄새를 풍기며 나타났다. 그는 소매 단추를 채우면서 행주를 보더니 고개를 끄덕이며 물었다. "오늘이 화요일인가?"
"아니요, 그 행주가 좀 빨라요. 아직 월요일이에요."
그가 얼굴이 빨개지며 웃음을 터뜨렸다. 아버지 방에서 신문 버스럭거리는 소리에 이어 지팡이와 구두 소리가 들렸다. 반짝반짝 광이 나는 정장 구두로 아버지 생전에는 절대로 닳지 않을 구두였다. 아버지가 컨디션이 최고일 때면 으레 그러는 것처럼 장난스러운 눈빛으로 나타났다.
"점심시간 맞지? 글로리가 이것저것 준비하느라 아주 바빴단다. 얘는 네가 크림 파이를 싫어한다고 했지만 내 기억으로는 넌 그걸 유난히 좋아했어. 그래서 얘가 그걸 만들었단다."
"지금은 가죽처럼 질겨진걸요." 글로리가 말했다.
"이 녀석이 선수를 치려고 하는구나! 네가 크림 파이를 싫어한다고 말하게 하려고. 무슨 내기라도 건 것처럼!"
"나, 크림 파이 좋아하는데……." 잭이 그렇게 말하면서 글로리를 슬쩍 곁눈질했다.
"아무튼 그건 저녁때 나올 거예요." 그녀의 말에 잭이 안도하는 것 같았다. "오빠는 너무 피곤해서 배도 고프지 않을 거예요. 밤새 버스를 타고 왔대요. 그러니 샌드위치로 요기를 하고 쉬게 해야 할 것 같아요."

"괜찮아." 잭이 말했다.

아버지가 그를 쳐다보며 말했다. "그러게, 창백해 보이는구나."

"괜찮습니다. 제가 원래 창백하잖아요."

"어쨌거나 너는 좀 앉아야겠다. 글로리도 이번만큼은 우리 시중 드는 걸 마다하지 않을 게야. 그렇지, 얘야?"

"네, 이번 한 번만 봐드릴게요."

"이 녀석이 여기서 나를 반쯤 죽도록 부려 먹는단다. 내가 없으면 얘가 과연 어떻게 할지 모르겠구나."

잭이 정중하게 미소를 지었다. 그런 후 아버지가 식사 기도를 시작하자 손으로 이마를 받쳤다.

"감사할 일이 너무 많아 말로는 부족하구나." 그러더니 노인이 순간적으로 선잠 같은 상태에 빠져들었다. 잠시 후 아버지가 "아멘." 하면서 기운을 차리더니 다시 장난기 어린 표정으로 잭의 손을 어루만지며 말했다. "오냐, 오냐."

글로리가 2층에 마련해 둔 방으로 잭을 데려갔다. 아직도 루크와 테디의 방으로 불리는 곳이었다. 그녀가, 오빠가 예전에 쓰던 방은 아니라고 말하자 그는 고맙다고 했다. 아버지도 그녀에게 그녀가 어린 시절 쓰던 방이 아니라 다른 방을 내주었다. 반 시간 후 글로리가 수건을 챙겨 들고 2층으로 올라갔더니 잭은 벌써 옷을 다 정리해서 걸어 놓고 화장대 위의 책꽂이에 책도 대여섯 권 꽂아 놓았다. 지난 두 세대 동안 달랑 키플링의 책 열 권이 꽂힌 채 벽장 한구석에 처박혀 있던 책꽂이였다. 또 자신이 쓰던 옛날 방에서 강과 나무 사진이 들어 있는 조그만 액자를 가져다 책 옆에 두었다. 그렇게 야무지게 정리해 놓은 걸 보니 꼭 이사라도 온 것 같았다.

방이 텅 빈 채 문이 열려 있기에 그녀는 수건을 화장대 위에 놓아두려고 안으로 들어갔다. 그러다가 무언가를 의식하고 그 자리에 섰다. 정말이었다. 돌아보니 그가 복도에서 그녀를 향해 미소를 짓고 있었다. 만일 그가 무슨 말인가를 했다면 이런 말이었을 것이다. '무얼 찾고 있는 거지?' 아니, '무얼 좀 찾으셨나?'일지도 몰랐다. 그녀가 기웃거리며 몰래 엿보는 현장을 자신이 붙잡았다고 생각했을 테니까.

"수건 좀 가져왔어요."

"정말 고마워. 아주 친절하구나."

"오빠가 편히 지내셨으면 좋겠어요."

"나는 편해. 고맙다."

그의 목소리는 옛날과 마찬가지로 낮고 부드러웠다. 그는 단 한 번도 언성을 높인 적이 없었다. 그들이 어렸을 때 그는 술래잡기를 하다가, 혹은 집에 있다가 슬그머니 사라지는 일이 잦았지만 너무 조용한 나머지 아무도 그걸 눈치채지 못했다. 그러다가 잭이 없어진 걸 맨 처음 안 사람이 그의 이름을 부르면 놀이는 흐지부지 끝나기 일쑤였다. 하지만 그를 불러 봤자 아무 소용도 없었다. 그는 자기가 오고 싶을 때 왔다. 그래도 형제들은 그를 찾아 헤매곤 했다. 마치 이제부터는 그를 찾아내는 것이 새로운 놀이나 된다는 듯이……. 아버지까지 나서서 이 골목 저 골목 헤매고 다니면서 울타리와 담장 뒤와 나무 위까지 살폈다. 그런데 그는 장난을 끝내면 식구들이 그를 찾는 걸 포기하기 전에 먼저 집에 돌아와 있었다. 한번은 그녀가 처음으로 이길 뻔했던 크로케 경기가 잭이 사라지는 바람에 흐지부지 끝나게 되자, 글로리는 머리끝까지 화가 치밀었다. 그러다가 그가 집에 있는 걸 알고 그의 방으로 쿵쿵거리며 들어가 소리를 질렀다. "오빠는 도대체 무슨 권리로 그렇게 이상하게 구는 거야!" 그는 그녀를 향해 미소를 지으면서 이마 뒤로 머리를 쓸어 넘길 뿐 아무런 대꾸도 하지 않았다. 하지만 그녀는 자신의 말이 그의 귀에 거슬렸을 뿐 아니라 상처까지 주었다는 것을 알 수 있었다. 글로리가 아홉 살이나 열 살 무렵의 일로, 그때까지도 그녀는 잭에게 있어 놀려 먹고 무시하는 막냇동생일 뿐이었다. 그래서 그날 그녀의 말은 그에게뿐 아니라 그녀 자신에게도 어른스럽게 들렸다. 순진무구한 항의 이상이었기에 두 사람 모두 깜짝 놀랐다. 그때부터 그는 그녀에게도 경계의 눈초리를 보냈는데, 비록 미미한 변화일망정 필연적인 것이었다.

그런데 이제 잭이 쓰게 된 방에 들어왔다가 글로리는 당혹스러움을 느꼈다. 그를 위해 나름대로 애써서 준비한, 오랫동안 비어 있던 방에 수건을 놓아 주려다 눈에 띈 것이 그녀를 곤혹스럽게 했다. 셔츠 몇 장, 책 몇 권으로 오빠가 이 방에 대한 불가침의 권리를 주장하는 듯해서, 자신이 문지방을 넘은 것이 무슨 사생활 침해라도 되는 것처럼 느껴졌기 때문이다. 화를 낸들 소용이 없었다. '오빠는 과연 내가 무엇을 찾고 있다고 생각했을까? 물론 술이겠지. 나를 그렇게 생각하다니 모욕적이야. 그렇지만 내가 정말로 방을 뒤지고 있었다면 그건 또 오빠에게 얼마나 모욕적일까. 나야 꿈에도 그런 생각을 하지 않았지만 오빠가 그걸 알 리가 있나.' 그제야 비로소 그녀는 자신이 방 안 어딘가에, 침대 밑이나 키플링의 책 더미 뒤에 술병이 숨겨져 있을 거라고 가정하고 있었음을 깨달았다. 그러면서 다시는 이 방에 발을 들이지 않겠다고 다짐했다.

    그녀가 여기, 길리아드의 고향 집에 있겠다고 선택했던가? 아니, 절대로 그렇지 않았다. 누군가가 아버지를 돌봐 드려야 했고, 그녀는 지구상의 다른 모든 사람과 마찬가지로 어딘가에 있어야만 했다. 달리 있을 만한 곳이 아무 데도 없어서 어딘가에 있다는 것은 얼마나 곤혹스러운 일인가. 그렇게 오랫동안 교사 생활을 했건만 그 세월에 대해 보여 줄 것이 아무것도 없었다. 하지만 현재 상황이 싫어도 참고 견뎌야 하는 법. 사람들은 그런 모습에 경의를 표한다. 또한 자신에게 요구되는 일을 아는 것은 축복이기도 하다. '오빠는 도대체 지금까지 어디 있다가 불쑥 돌아와서 이 집의 방 한 칸을 차지하고 식탁의 한 자리를 차지하면서, 자기가 봐주는 덕분에 내가 여기 있을 수 있다는 느낌을 들게 하는 거지? 그것도 마지못해 돌아왔다는 기색과 나를 존중하는 태도만 보이면서……..' 분명 잭 또한 이 집을 선택한 것은 아니었다. 그 점이 너무도 명백한 나머지 그녀로서는 약간 짜증이 날 정도였다. 성인 남자가 자신의 방을 원하는 것은 당연한 일이었다. 특히 그는 이 집에서 거의 손님이나 다름없기 때문에 더 그랬다. 하지만 그 역시 가족의 일원이었다. 글로리는 마당으로 나갔다. 어깨 위로 내리쬐는 태양이 그녀의 마음을 가라앉혔다. 호박이 쑥쑥 크고 있었고 완두콩도 저녁거리로 충분할 것 같았다. 그녀는 딸기밭도 살펴보리라고 마음먹었다. 그러고는 몸을 구부리고 잡초를 두어 뿌리 뽑다가 괭이를 가져와서 얼마 전에 모종을 심은 토마토밭을 갈기 시작했다. 강한 토마토 냄새와 함께 부리 모양의 작은 꽃봉오리들이 보였다. 마당에서 일을 하노라면, 자신이 다른 곳에 가서 다른 일을 해야 한다는 생각에서 놓여날 수 있었다. 또 마당은 항상 감당할 수 없을 정도로 많은 시간을 요했다.

얼마 후 집 안으로 들어오니, 잭이 부엌 개수대에서 셔츠를 빨고 있다가 그녀를 흘끔 올려다보았다. 마치 지나치게 가까운 구역을 공유하고 있는 남남인 양 약간 당혹스럽고 경계하는 눈빛으로.

"거의 다 끝나 가. 방해하지 않을게."

"하나도 방해 안 돼요. 옷을 세탁기에 넣어도 돼요. 원하면 어떻게 사용하는지 알려 드릴게요."

"고마워."

잭이 그렇게 대답하고는 조심스러우면서도 숙달된 솜씨로 셔츠를 헹구어서 짰다. 그러더니 밖으로 들고 나가 탈탈 털어 빨랫줄에 집게를 꽂아 넌 다음 담배를 피우려고 뒤쪽 베란다 계단에 앉았다.

'오빠가 속옷 바람으로 저기 앉아 햇빛 때문에 눈을 깜박이며 담배를 피우고 있어. 기숙학교 시절 남의 눈을 피해 몰래 피우던 것처럼. 그래, 그냥 내버려 두자.'

이윽고 안으로 들어온 잭이 케이크는 사양하고 커피만 마시겠다고 했다. 그러더니 그녀가 준 커피 잔과 신문을 들고 자기 방으로 올라갔다.

이따금 그녀는 자신이 사는 읍 거리에서 스친 남자를 보며 속으로 중얼거렸다. '저 사람은 잭 오빠가 아니야. 그런데 왜 오빠처럼 느껴졌을까?' 그런 날이면 한동안 잭에 대한 생각이 뇌리를 떠나지 않았다. 그 사람의 커다란 걸음걸이나 고개를 갸우뚱하는 모습이 잭을 연상시켰을 뿐이었는데……. 때로는 어느 낯선 남자의 얼굴에 잭과 닮은 점이 있는 것 같아 길을 건너 확인해 보기도 했다. 하지만 그럴 때마다 잭과 달리 차갑게 노려보거나 조심스럽게 힐끔거리는 시선을 만나거나, 잭처럼 은근히 재미있어하는 눈빛을 만날 뿐이었다. 그녀는 잭을 마지막으로 본 게 몇 년 전인지 늘 기억하고 있으면서, 몹시 젊었던 잭의 모습을 그 세월만큼 수정하곤 했다. 오랜만에 만나면 금방 알아볼 준비라도 하듯. 그런데 이제 잭이 잔뜩 긴장하고 경계하는 빛으로 집으로 돌아왔다. 거리에서 보았던 이름 모를 낯선 이들보다도 더 그답지 않은 낯선 모습으로…….

# 3

　　그녀는 잭의 귀향을 환영하는 만찬 준비를 처음부터 다시 시작했다. 식탁에는 세 사람을 위해 레이스 달린 식탁보가 깔렸고 훌륭한 도자기 그릇과 은촛대도 준비되었다. 사실 식탁은 며칠 전부터 차려져 있었다. 그녀는 꽃병을 제자리에 놓다가 접시와 컵에 먼지가 앉은 걸 보고 행주로 먼지를 닦았다. 꽃병에는 노란 튤립과 하얀 라일락을 꽂았다. 둘 다 한창 때는 좀 지났지만 그럭저럭 괜찮았다. 그녀는 식료품점에 구이용 쇠고기, 싱싱한 감자 2파운드, 아이스크림 1쿼트를 배달해 달라고 주문했다. 그런 다음 비스킷과 초콜릿 케이크를 만들었다. 또 마당에 나가 어린 시금치를 한 소쿠리 뽑아 와서 아버지가 말한 대로 흐르는 물에 씻었다. 그러는 동안 잭도 잤고, 아버지도 잤다. 향긋하고 맛있는 냄새가 피어오르는 가운데 하루가 조용히 흘러갔다.

글로리가 마당에서 집 안으로 들어오는데 일요일의 냄새가 풍겨 나왔다. 저도 모르게 눈물이 맺혔다. 모든 혼란과 분열로부터 초연한 그 오래된 질서 정연함이라니! 평화와 휴식이 있던 그 옛날의 안식일이 떠올랐다. 교회에 갈 옷을 차려입느라고 분주하기 짝이 없던 어린 시절, 형제자매들은 차례차례 물려받은 원피스와 양복을 입고 구두를 신었다가 다시 벗느라고 한바탕 난리를 쳤다. 처음에는 너무 컸고 나중에는 너무 작아 한 번도 편안한 적이 없었던 옷과 구두들. 여덟 명 혹은 일곱 명이 식탁에 바글바글 모여서 셋은 피아노 의자에 나란히 앉고 하나는 주방 보조 의자에 앉아 예의범절을 배웠다. 팔꿈치를 옆구리에 붙이고 다리를 흔들지 않은 채 서로 끊임없이 집적거리고 말씨름을 벌이는 짓을 한 시간이나 꾹 참아야 했다. 그러면서 식사 기도가 시작되기를 기다리고 대접할 손님들을 기다렸는데, 손님들은 으레 성직자의 위엄을 갖춘 나이 지긋한 남자들로 자기들 앞에서는 어린애 같은 행동을 해서는 안 된다는 티를 유별나게 내는 사람들이었다. 아이들은 손님들이 말을 걸 때까지, 또는 식사가 끝날 때까지 기다렸다가 교리와 장로 회의에 대해 존경 어린 태도로 말을 해야 했다. 엄마가 포크를 들 때까지 기다렸다가 식사를 시작한 적도 있었는데, 엄마는 그들의 안달복달하는 태도가 어느 정도 가라앉을 때까지 절대로 포크를 들지 않았다. 잭이 그 자리에 함께 있을 경우, 그는 언제나 조용히 기다렸다.

다른 곳과 마찬가지로 식당도 예전 그대로였다. 마음만 먹으면 쉽게 바꿀 수 있었던 것들이라 더 숨이 막히는 것 같았다. 창문 가리개를 덮고 있는 레이스 커튼 위에 드리워진 진보랏빛 휘장을 걷어

버릴 수만 있었더라면 그녀는 당장 그렇게 했을 것이다. 가장자리에 라벤더 잎사귀 모양의 팔랑거리는 술이 둘려진 진보랏빛 카펫을 들어 올릴 수만 있었더라면……. 또 식당 장식장에 어지럽게 쌓여 있는 자질구레한 물건들과 예의상 간직하고 있는 선물들도 다 치워버릴 수만 있다면 얼마나 좋을까. 선물을 준 사람들은 대부분 이미 천국에 가 있을 것이다. 도자기로 만든 고양이와 개와 새들, 우유 잔과 다과 접시들 따위. 하지만 이 엄숙하고 영원한 저녁, 만일 잭이 시간에 맞춰 일어나기만 한다면 기쁨으로 들뜬 식구들과 더불어 그 모든 것들도 그의 귀향을 축하할 터였다. 아버지가 잠에서 깨어나 반 시간 동안 옷을 차려입으면서 말했다. "잭의 방에 가서 노크 좀 해보는 게 어떨까." 그 순간 잭이 계단을 내려오는 소리가 들렸다.

그가 문지방을 넘어오다 말고 제자리에 멈춰 섰다. 양복을 입고 넥타이를 매고 있었다. 그는 주제넘게 보일까 봐 염려스럽다는 듯, 혹은 여기가 아닌 다른 데가 더 행복할 것 같다는 듯 주저하는 기색을 보였다. 옛날의 잭과 별로 달라진 게 없었다. 그런 아들의 모습에 감동하는 아버지를 보아하니 그도 그렇게 생각한 게 틀림없었다. 잠시 후 아버지가 잭에게 말했다. "들어와라, 애야. 와서 자리에 앉으렴, 어서."

"초에 불을 붙이세요, 오빠." 글로리가 그렇게 말한 다음 고기가 잘 구워지는지 보려고 부엌에 갔다 돌아와 보니 두 부자가 말없이 촛불 아래 앉아 있었다. 아버지는 생각에 잠겨 있고 잭은 성냥개비를 만지작거리고 있었다. 20년 전에 두 사람은 바로 이 식당에서 은밀한 대화를 나누었다. 그걸 깨닫는 순간 글로리는 아차 싶었다. 식당이 아니라 부엌에다 환영 만찬을 준비했어야 했던 것이다.

그녀가 식탁에 비스킷을 놓고 자리에 앉자 노인이 기도를 하기 위해 의자에서 일어났다. "하느님 아버지, 영원한 사랑과 권능의 아버지, 아버지의 눈에는 저희들 또한 영원히 변치 않으리라 믿습니다. 비록 겉모습은 추해지고 늙어 가도 당신이 사랑하는 자녀들도 그러리라 믿습니다."

잭이 슬그머니 미소를 지으면서 눈 밑의 흉터를 어루만졌다.

"거룩하신 아버지, 저는 오늘과 같은 저녁을 기다리며 속으로 이 기도를, 이 감사와 기쁨의 기도를 수도 없이 연습했습니다. 언젠가는 이런 날이 오리라 굳게 믿었기 때문입니다. 그런데 막상 이 순간이 닥치니 그 기도를 다 기억하지는 못하겠나이다. 그동안 제가 늙었기 때문입니다. 다 기억하지는 못하지만, 그래도 그 기도를 연습할 때 느꼈던 기쁨만큼은 기억합니다. 제가 살아 있는 한, 언젠가 바로 이 식탁에서 그 기도를 올리게 되리라 확신하였고, 제 착한 아내도 함께할 줄 알았습니다. 그 사람이 그립습니다. 이제, 어렵고 힘든 시기에 힘이 되었던 기도의 기쁨에 감사를 올리나이다. 커다란 도움이 되었나이다." 아버지가 잠시 기도를 멈추었다.

"그런데 저희들을 아버지께 데려오는 것이 무엇인가 곰곰 생각해 보니 그것은 슬픔과 아픔과 이런저런 고민이었습니다. 지쳤기 때문이기도 합니다. 저희들은 그런 과정을 거쳐 아버지께 왔나이다. 그렇게 힘들고 지칠 때 아버지가 계심을 아는 것은 감사한 일이었나이다. 저희들의 귀향을 기쁘게 맞이하시는 아버지, 진실로 감사했나이다. 그럼에도 나약한 인간인지라 나름대로 번민과 슬픔이 있었습니다. 아버지도 분명 그 사실을 알고 계셨지만 도와주실 수는 없으셨지요. 따라서 커다란 은총 가운데서도 슬픔이 있었나이다. 저희들로서는 이해하기 힘든 일이었나이다." 아버지가 잠시 생각에 잠긴 것 같았다.

"주님, 저희들로부터 시간과 슬픔의 장막을 거둬 주시옵소서. 저희들을 저희가 사랑하는 사람들에게 돌려보내 주시옵소서. 또 저희가 사랑하는 자들을 저희에게 데려와 주시옵소서. 오랫동안 그들을 기다리고 있었나이다."

잭이 나지막하게 "아멘." 하고 중얼거렸다. 아버지가 그를 올려다보자 그가 어깨를 으쓱하고 미소를 지으면서 마치 설명하듯 또 한 번 말했다. "아멘."

"자, 이제 정말로 다 끝났다. 자꾸 주절거려서 미안하구나."

"아닙니다, 오히려 제가 죄송합니다. 제가 기도를 하지 않아서……."

잭이 손으로 얼굴을 가리고 웃자 아버지가 말했다. "사과할 필요 없다, 잭! 겨우 몇 시간 전에 집으로 돌아온 너를 내가 사과하게 만들고 있구나!" 아버지가 잭의 어깨에 부드럽게 손을 올렸다. "이런, 나 때문에 음식이 다 식고 있구나! 네가 고기를 잘라서 나누어 줄래, 잭?"

"글로리가 하면 어떨까요?"

"제가 할게요." 글로리가 쇠고기를 자르더니 첫 번째 조각은 아버지 접시에, 두 번째 조각은 자기 접시에 그리고 세 번째 조각은 잭의 접시에 담았다. "분홍색 육즙이 보이는데요."

"아주 맛있어 보이는구나. 고맙다."

아버지는 상처를 주지 않는 수준에서 추상적인 대화를 이어 가려고 씩씩하게 애를 썼다. "핵전쟁의 위협이 대단히 현실적인 것 같구나! 이 점이 바로 에임스와 내가 의견 일치를 보지 못하는 부분이지. 그 친구는 국제 문제에 있어 누가 진짜 멍텅구리인지 제대로 평가한 적이 없어. 겉으로는 심사숙고하는 척하지만 결국 다시 공화당에 표를 던질 거야. 그 친구 할아버지가 공화당원이었거든! 그게 바로 이곳 사람들 사고방식이란다. 하기야 누구네 할아버지가 공화당원이 아니었겠니? 그래도 그 친구와 그것에 대해 왈가왈부할 수는 없지. 그렇다고 포기한 것은 아니지만."

"저는 스티븐슨(1900~1965. 1952년 대통령 선거 당시 아이젠하워의 맞수였고, 이후로도 아이젠하워와 정치적 라이벌이었던 민주당 소속 정치가—옮긴이) 편이에요." 잭이 말했다.

"그것 참 바람직하구나."

글로리는 아버지가 기도하는 동안 눈을 감기는커녕 내리깔고 있지도 않았다. 대신 식탁 건너편의 잭이 자기 손을 들여다보고 방 안 풍경을 신기하다는 듯 둘러보다가 이내 방 안을 압도하는 커튼과 싸구려 티가 나는 반짝이는 장식 따위를 바라보고 있는 모습을 훔쳐보았다. 그는 아버지의 목소리를 듣고 불현듯 자신이 집에 돌아왔음을 깨달은 듯한 표정이었다. 그러다가 글로리와 눈이 마주치자 미소를 지으며 어색하게 눈길을 돌렸다. 그 회피하는 모습이 왜 잭의 경우에는 세련된 예절처럼 보이는 걸까? 만일 그가 슬픈 동화 속 주인공처럼 오랫동안 행방불명되어 가족들의 마음을 짓누르지 않왔더라면, 그는 아주 다르게 보이고 다르게 여겨졌을 것이다. 그녀의 눈에, 그는 마땅히 아름다웠어야 하는데 그러지 못하게 된 사람처럼 보였다. 잭은 보턴가 특유의 홀쭉한 얼굴에 지친 눈빛과 중년의 거친 피부를 지니고 있었다. 그가 그녀의 관심으로부터 자신을 방어하듯 이마에 얹었던 손을 무릎에 내려놓았는데, 손이 떨려서 그러는 것 같았다. 그가 감사하는 목소리로 아멘, 하자 글로리는 기뻤다. 기도를 올릴 때 아버지는 진심을 다 바쳤다. 마음속 깊은 곳, 깊은 슬픔에서 우러나온 기도였기에 다들 그 기도에 깊은 감동을 느꼈다.

저녁 식사가 끝나고 글로리가 아버지를 침대에 들게 하는 동안 잭이 식탁을 치우고 설거지를 했다. 부엌으로 돌아오니 설거지와 부엌 정리가 다 끝나 가고 있었다.

"와, 대단하네요. 내가 했으면 한 시간은 걸렸을 텐데……."

"다년간의 전문적 경험에서 우러나온 거랍니다, 마담. 저도 보턴가의 일원답게 손으로 하는 일을 좋아하거든요."

글로리가 웃음을 터트렸고 잭도 웃었다. 아버지가 큰 소리로 외쳤다. "주님이 너희들을 축복해 주시기를!"


보턴가 사람들은 서로 무척 닮았다. 호프는 자타가 공인하는 집안의 미인이었는데, 그녀만 보턴가 특유의 코와 이마를 가지고 있지 않아서였다. 그러나 엄마는 나머지 자식들도 아들 딸 할 것 없이 전부 다 잘생겼다고 우겼다. 다들 천사 같은 유아기와 고만고만한 아동기와 호리호리한 사춘기와 청년기를 지나면서, 호프만 빼고 보턴가 특유의 생김새를 갖춘 성인이 되었다. 엄마는 보턴 집안의 생김새가 아주 특출한 개성이라며 자식들을 위로하고 칭찬했다. 그런 생김새는 처음에는 두드러지지 않다가 사춘기가 되면서 나타났다. 콧대가 손가락으로 살짝 비튼 듯이 변형됐고, 각진 턱이 둥그스름해졌다. 글로리도 사춘기 때 그런 변화를 겪었는데, 아직도 당시의 놀라움을 기억하고 있다.

그리고 이마. 언젠가 할아버지가 우연히 골상학자를 만난 적이 있었다. 그가 살짝 비틀린 콧대 위에 자리 잡은 상당히 완만한 할아버지의 이마를 하도 칭찬하는 바람에, 할아버지는 그 뒤 몇 달 동안 골상학(두개골의 모양으로 사람의 재능이나 운명을 추정하는 학문-옮긴이)에 빠졌을 뿐만 아니라 공직 선거에 나갈까 심사숙고하기도 했다. 다행히도 그는 자신에게 그런 용기가 없음을 깨닫고 그만두었다. 하지만 그때 사진을 세 번이나 찍었으니 두 장은 측면 사진이고 하나는 정면 사진이었다. 그 흑백 사진 3부작은 월계수 화환으로 모서리를 장식한 금빛 액자에 끼워진 채 무슨 표창장이나 삽화처럼 거실에 걸려 있었다. 정면 사진 속에서 할아버지의 검은 눈은 기쁨과 확신으로 활활 타오르고 있었다. 할아버지는 후손들에게 외모의 약점을 보완할 수 있는 고등 능력을 물려주셨으니, 바로 눈부시게 건강하고 건전한 영혼과 지성이었다. 할아버지는 그 사진 속에서, 제3자야 어떻게 생각하든 자신이 너무 심각하고 울퉁불퉁하게 생긴 것만은 아니라는 사실을 발견한 듯 기쁜 표정을 짓고 있었다. 그것은 할아버지가 상속자, 즉 아버지를 낳기 여러 해 전의 사진으로,

아버지는 할아버지와 할머니의 외동아들이었다. 두 사람 모두 조심스럽고 신중한 구애 끝에 결혼에 이르렀는데, 그런 점이야말로 두 사람이 잘 어울리는 증거라고 사람들은 말했다. 할아버지의 넓적한 두개골에는 날카롭고 뛰어난 천재성이 자리 잡고 있었지만, 한편으로는 양심의 가책을 잘 받는 성격이기도 했다. 그나저나 대를 이어 내려오는 동안 자신의 특징이 두루뭉술해지는 걸 봤다면 그는 아마 실망했을지도 모른다. 할아버지는 베토벤을 살짝 닮았다는 소리를 들었지만 그의 후손들은 그런 소리를 듣지 않게 된 것을 다들 다행으로 여겼다. 한편으로는 할아버지의 천재성을 물려받았을지도 모른다는 생각에 위안을 느끼기도 했지만……. 골상학적으로나 보나 관상학적으로 보나, 잭 또한 다른 형제들과 같은 개성과 특징을 가지고 있었고 본인도 그 사실을 알고 있었다. 그래서 글로리를 쳐다보는 그의 표정이 다소 냉소적이었는지도 모른다. 그녀가 무슨 생각을 하면서 자신을 보고 있는지 알고 있었기에. '그래, 우리가 서로 농담을 주고받고 탄식을 내뱉고 버틸 수 있는 한 굳세게 버텼던 바로 이곳으로 이 잘생긴 얼굴이 돌아왔다. 그런데도 왜 나에게 거리감이 느껴지는지 혼란스럽니? 어떻게 이렇게 흉터가 생기고 지친 얼굴로 돌아왔는지 놀랐니?' 잭이 그렇게 말하는 것 같았다.

이틀이 지나고 나자 잭이 아버지가 일어날 때까지는 자기 방에 가만히 있다는 게 확실해졌다. 아버지가 일어난 다음에야 아래층으로 내려와 상냥하고 예의 바르게 아버지의 시중을 들었다. 글로리에게는 예의에 벗어나지 않을 정도로만 말을 건넸다. 잭은 아버지의 목소리나 슬리퍼 신는 소리, 지팡이 짚는 소리를 듣고 있는 게 분명했으니, 그런 소리가 나면 얼마 지나지 않아 내려왔기 때문이다. 아버지가 일어나기 전에 그녀가 왔다 갔다 하며 쓸고 닦고 조용히 라디오를 듣고 있을 동안 잭이 귀를 기울이며 2층에 가만히 있다는 생각, 한마디로 자신을 피하고 있다고 생각하니 글로리의 마음이 몹시 어지러웠다. '오빠 때문에 내 집에서 내가 손님처럼 느껴져. 아니지, 여기가 내 집은 아니지. 또 오빠도 나처럼 여기 있을 권리가 있고……' 글로리는 아버지가 신문을 다 읽으면 그것을 잭에게 가져다주었다. 뉴스에 대한 그의 관심은 놀라울 정도였다. 〈타임〉지와 〈라이프〉지와 〈포스트〉지가 2층의 잭 침대 옆에 쌓였고, 저녁이면 그가 풀턴 루이스가 진행하는 뉴스를 들으러 아래층으로 내려오기도 했다. 글로리는 그에게 신문을 갖다주면서 커피와 함께 받침 접시에 과자도 곁들였다. '이것만 주고 나와야지. 오빠는 이걸 단순한 호의로 받아들일 테고 그럼 서로 좀 친해질 수 있겠지. 이해하는 것이 곧 용서하는 것이라는 속담은 틀린 말이라고 아빠가 말씀하셨어. 이해하기 위해서는 먼저 용서해야 한다고 하셨지. 용서하기 전에는 이해할 수 없다면서……' 아버지는 적당한 성경 구절을 인용하며 교회에서 그런 내용의 설교를 여러 번 했다. 실제로는 잭을 염두에 두고 한 설교로 그 자신과 신도석 맨 앞줄에 앉은, 잭이 빠져 있기 일쑤인 자기 가족을 향해 한 말이었다. 물론 그 뒤에 앉은 신도들을 향해서 한 말이기도 했다. 용서한다고 해도 실제로는 이해하지 못할 수도 있다, 그렇다고 해도 그건 이해할 준비를 하겠다는 뜻이고 그것이야말로 자비로운 마음가짐이다, 라고 아버지는 설교했다.

시간이 흐를수록 아버지는 그 비슷한 내용의 설교를 자주 반복하면서 신도들에게 가정에서 아버지의 통제력이 제대로 발휘되리라는 기대를 하지 말라고 당부했다. 그럼에도 사람들은 그 설교를 매우 흥미로워했다. 사람들은 으레 자기 집보다는 다른 집에서 아버지의 권위가 더 살아 있다고 생각했고 특히 목사관에 사는 가족들은 더 그럴 것이라고 믿는 경향이 있었다. 모범적인 어린 시절을 보낸 일곱 명의 자식들은 다들 시간표에 따라 열심히 공부하고 피아노도 열심히 배웠다. 그들이 저지른 가장 큰 잘못이라야 아버지가 재미있게 여기는 소동 정도였다. 그렇지만 잭은 달랐다. 과연 잭은 언제부터 자기만의 독특한 개성을 내세우기 시작했을까?

잭의 방문은 열려 있었다. 침대는 정리되었고 창문도 열어 놓았다. 때마침 불어온 아침 바람에 커튼이 휘날렸다. 잭은 단정한 옷차림에 양말까지 신고 베개에 기대 책을 읽는 중이었다.

"일어나지 마세요. 오빠 귀찮게 하려는 게 아니에요. 신문 읽고 싶으실까 봐 가져온 것뿐이니까."

"고마워."

왜 잭은 그녀나 아버지가 들어올 때마다 일어나는 걸까? 예의 때문인 것 같지만 한편으로는 이렇게 말하는 것 같기도 했다. '너는 내가 편하게 있는 꼴을 볼 수 없을 거다, 무방비 상태로 흐트러져 있는 꼴은 절대로 볼 수 없을걸.' 게다가 '고마워.'라는 인사는 또 어떤가. 어떤 개인적 감정이나 특별한 호의도 드러나지 않는 딱 떨어지는 인사였다. 마치 그런 인사로 호의에 대답하는 훈련이라도 받은 것처럼. 물론 그게 잘못된 것은 아니었다. 특히 잭의 경우는 더.

"뭘요. 그나저나 아빠가 우리가 이야기하는 걸 좋아하실 거예요."

"아하." 마치 그녀가 방에 들어온 저의를 알겠다는 듯 잭이 말을 받았다. "무슨 이야기를 하면 좋아하실까?"

"아무거나요. 그런 건 상관없어요. 아빠는 그저 우리가 서로 말도 하지 않고 지낼까 봐 걱정하세요. 집 안이 조용한 걸 싫어하시거든요."

잭이 고개를 끄덕였다. "그래, 알았어. 그거야 당연히 할 수 있지."

잠시 후 글로리가 말을 받았다. "그러니까……."

"사실은 너한테 하고 싶은 말이 있었어." 잭이 화장대로 가더니 거기 놓여 있던 지폐를 집어 그녀에게 건넸다. 10달러짜리였다.

"무슨 돈이에요?"

"목사님께서 돈이 넉넉하지 않으실 것 같은데? 반찬거리 사는 데 도움이 될까 싶어서."

"물론 도움이야 되겠죠. 하지만 아빠는 괜찮으세요. 농장에서 들어오는 수입이 좀 있으시거든요. 제가 오자 블랭크 부인이 나가셔서 가정부 월급도 안 나가고요. 언니 오빠들도 아빠를 돌봐 드려요, 교회도 그렇고."

"교회라……. 교회 사람들도 내가 집에 온 걸 알겠군."

"음, 어제는 현관에 파이가 두 조각 있더니 오늘은 볶음밥 한 냄비와 계란 여섯 개가 놓여 있더라고요."

"내가 돌아왔다는 소문이 난 거구나."

"네."

"그래도 사람들이 집에 들르지는 않겠지?"

"초대받지 않으면 안 와요."

"다행이군. 설마 사람들을 초대하지는 않겠지?"

"네."

"좋아, 고마워." 그러더니 해명이라도 하듯이 덧붙였다. "적응하려면 시간이 좀 필요할 것 같아서……. 그러려고 노력 중이야."

그동안 잭의 고맙다는 말과 함께 대화가 중단된 적이 여러 번 있었다. 어쩌면 잭이 의도한 바가 아닐지도 몰랐다. 대화가 제법 잘 풀려 나가고 있는 지금, 글로리는 그 말을 그렇게 생각하기로 작정하고 말을 이었다. "뭘 읽고 계세요?"

잭이 침대에 내려놓았던 낡은 책을 힐끗 쳐다보며 말했다. "친구가 준 책인데, 아주 재밌네." 그런 다음 미소를 지었다.

"잘됐네요." 글로리가 몸을 돌려 부엌으로 내려왔다. 사실 잭이 무슨 책을 읽든 상관없었다. 단지 대화를 이어 가려고 노력했을 뿐이다. 아버지가 둘이 말도 하지 않고 지내는 걸 알고 있다거나, 그것 때문에 걱정이라는 말을 직접 한 적은 없었다. 그래도 걱정하는 것만큼은 분명했다. 따라서 그녀는 잭에게 방금 한 말을 후회하지 않았다. 물론 그 말을 하면서 스스로 좀 놀라기는 했다. '아빠는 대부분의 시간을 주무시니까…… 이야기를 나눌 사람이 있는 게 좋겠지. 또 설사 나에 대한 기억 때문에 짜증이 나더라도 오빠가 나를 피하는 건 무례한 일이야. 고마워, 너 참 친절하구나! 이 말보다 더 그럴듯한 말이 얼마나 많은데!' 글로리는 속으로는 그렇게 생각했지만 입 밖으로 꺼내고 싶지는 않았다. 그녀가 다시 2층으로 올라갔다.

잭은 책을 손에 든 채 여전히 그 자리에 서 있었다. "W. E. B. 듀보이스(1868~1963. 미국의 흑인운동가이자 사회학자 – 옮긴이)야. 이 사람에 대해 들어 본 적 있니?"

"네. 들어 본 적은 있어요. 공산주의자라고 알고 있는데요."

잭이 웃음을 터트리며 말했다. "신문에 나오는 걸 곧이곧대로 믿는다면 전부 다 공산주의자지! 내가 공산주의 선전이나 읽으려고 여기 온 줄 알겠네."

"오빠가 무얼 읽든 상관없어요. 제가 정말로 염려하는 건 우리가 이 집에서 교양 있게 살 수 있을까 하는 문제예요." 그 순간 침대 스프링이 삐걱거리고 지팡이가 바닥에 툭 떨어지는 소리가 들렸다. "가요, 아빠!"

"그건 좀 어렵겠지, 글로리. 네가 나를 어떻게 생각하는지 알아."

"음, 제가 아는 것 이상이겠죠."

"진심이니?"

"진심이고말고요."

두 사람 귀에 우당탕 하는 소리가 들렸다. 글로리가 "가요!"라고 소리를 지르며 부엌으로 달려갔더니 아버지가 뒤로 넘어진 의자 옆에 서 있었다. 겉옷을 입고 슬리퍼 한 짝을 신은 채 머리는 헝클어진 모습이었다. 그는 다소 성난 눈길로 그들을 걱정스럽게 바라보았는데 손에 모노폴리 세트를 쥐고 있었다. "이걸 두어 판 하면서 즐겁게 시간을 보낼 수 있을 거라고 생각했는데……. 이제 그만 앉는 게 좋을 것 같구나." 글로리가 아버지를 의자에 앉혔다. "깊은 잠을 자다가 갑자기 깨면 어떤지 알지? 무슨 나쁜 일이 일어난 줄 알았다." 아버지가 말을 마치고 꾸벅꾸벅 졸기 시작했는데 어찌 보면 기도를 하는 것 같기도 했다.

잭이 보드판과 돈과 주사위를 치우면서 말했다. "제 말은 모자로 할게요."

아버지가 눈을 감으면서 말했다. "음, 나도 무슨 말을 정하기는 했는데 영 생각이 나지 않는구나. 잠이나 마저 자야겠다. 그래야 편해질 것 같아."

잭이 아버지를 안락의자에 앉힌 다음 부엌으로 돌아오자 글로리가 말했다. "제 말은 구두로 할게요."

"구두라고?"

"네, 그게 저한테는 행운이거든요."

잭이 웃음을 터트리며 물었다. "모노폴리를 많이 하니?"

"생각보다 천배는 더 해요."

글로리는 주사위를 네 번 던진 뒤에야 두 개의 유틸리티를 샀다.

"음, 도저히 어떻게 해볼 도리가 없구나. 네가 구두로 뭘 할 건지 알겠다."

"패배를 인정할 준비가 되셨나요?"

"말하나 마나지."

잭이 게임을 끝내면서 무슨 중요한 일이라도 하듯 심각한 표정으로 판돈을 계산했다.

글로리가 물었다. "제가 공산주의자가 아닌 줄 어떻게 아셨어요?"

잭이 웃으며 말했다. "그러기에는 너무 고상한 아가씨니까. 공산주의에 의미를 느낄 사람은 아니지. 나도 공산주의자는 아니야."

"그것에 대해 읽으려고 생각 중이었어요. 마르크스주의요."
"듀보이스는 공산주의자가 아니야. 정말이야."
"그런 뜻으로 한 말 아니에요." 말은 그렇게 했지만 글로리는 사실 그렇게 생각하고 있었다. 그러면서 만일 자신이, 잭이 읽는 책을 읽으면 이야깃거리가 생길지도 모른다는 생각이 들었다. "뭐 좀 읽을 만한 게 없는지 도서관에 가보고 싶은데, 거기서 맥매너스 자매가 일하거든요. 그녀들과 부딪히기 싫어서 못 가고 있어요."
"교회는 가지?"
"꼴찌로 들어가서 첫 번째로 나오지만, 아빠 때문에 가긴 해요."


그들이 어린 시절에 다니던 교회는 진작 사라지고 없었다. 가파르게 경사진 지붕과 뾰족탑과 하얀 미늘 벽널로 이루어졌던 옛날 교회는 이제 좀 더 호화스러운 건물로 바뀌었다. 규모는 작지만 화려하게 지어진 건물로, 한쪽 구석에 노르만 양식의 종탑이 있고 육중한 출입구 위에 장미창이 달려 있었다. 역사에 대한 이해가 부족한 사람이라면, 새로 지어진 이 튼튼하고 장엄한 교회가 합법적으로 약탈이 이루어지던 황폐했던 세기의 유물이라고 생각할지도 모른다. 종탑은 시간이 흐르면서 몇 미터쯤 내려앉은 것처럼 보였다. 자금 사정으로 두어 번 설계가 수정되기도 했지만, 새 교회의 기본적인 외관은 원래 계획대로 실현되었다. "성공회풍이로군!" 건물 도면을 보고 아버지가 한 말이었다. "거기 완전히 항복했구먼!" 그의 반대는 교회 장로들을 깜짝 놀라게 했지만 영향력은 행사하지 못했다. 그 결과 장로들은 아버지의 정신 상태에 대해 조심스러운 결론을 내렸다. 그런 종류의 신중함이야말로 아무리 강조해도 지나치지 않았으니, 감정을 고스란히 간직하고 있는 사람의 정신 상태에 문제가 있다고 가정하는 일이었기 때문이다. "날 꼭 어린애 취급 하는구나!" 이따금 저녁 식탁에서 그의 영혼이 점잖게 소동을 부릴 때면 아버지가 내뱉는 탄식이었다.

이것은 자식들이 전혀 예상하지 못한 슬픔이었다. 아버지의 몸이 스스로에게 짐이 되고 골칫거리가 되리라고는 아무도 예상하지 못했기 때문이다. 아버지는 자신의 허약함 때문에 사람들로부터 지나치게 정중한 대접을 받는다고 확신했고, 그 사실을 다 알고 있음을 드러내려고 열심이었다. 또 사소한 걸 빌미로 불같이 화를 내기도 했다. 몇 달 동안 일곱 명의 자식들은 번갈아 가며 아버지에게 전화를 했다. 아버지는 그런 상황에 잘 적응하지 못하고 몹시 괴로워했다. 사랑하는 그의 아내도 점점 더 쇠약해졌다. 아버지는 예전의 아버지가 아니었다. 에임스 목사가 몇 시간이고 그의 옆에 앉아 시간을 보냈는데, 그 역시 아버지의 정신 상태를 의심하지 않을 수 없었다. 자식들은 아버지가 은퇴 후 겪게 될 정신적 충격을 어떻게 하면 완화시킬 수 있을지 고민했다. 아버지가 건강한 상태에서 은퇴할 수 있다면 얼마나 좋을까. 그러나 어쩔 수 없는 일이었다. 마침내 아버지는 본래의 자신으로 돌아와 상실과 슬픔의 고통을 받아들이면서 주님을 섬겼다.

이제는 글로리가 집안의 사자(使者) 노릇을 했다. 휴가 때도 형제자매들이 화해의 뜻으로 교회에 간 적이 있었지만, 끝내 아버지만은 그 돌계단에 오르지 않았다. 더 이상 새 목사가 아닌 목사는 젊고 통통했으며 싱글벙글 잘 웃었다. 라인홀드 니부어(미국의 문명 비판가이자 신정통주의 신학자 ― 옮긴이)에 매료된 나머지 종종 그를 표절하기도 했지만 제법 목회를 잘 꾸려 나갔다. 그는 유난히 그녀를 정중하게 대했는데, 그것이 그녀의 마음을 성가시게 했다.

글로리에게 있어 교회란 하늘 높이 솟은 하얀 방으로, 거룩한 하느님의 세계를 내려다볼 수 있고 찬란한 하느님의 햇살이 설교단으로 쏟아져 들어오는, 높다란 창문이 달린 곳이었다. 그 설교단에서 아버지는 확신에 찬 모습으로 꼿꼿이 서서 상처 입은 인간의 마음을 해부하고 사랑이 넘치는 예수님의 마음을 찬양했었다. 그녀에게 교회란 바로 그런 곳이었다.

글로리는 잭이 준 10달러짜리 지폐를 생활비를 넣어 두는 서랍에 넣었다. 매주 은행에서 사람이 와 봉투를 주고 갔는데 거기에는 대개 50달러에서 75달러의 돈이 들어 있었다. 하지만 생활비는 50달러도 들지 않았다. 한 주일이 지나면 글로리는 남은 돈을 죄다 피아노 의자 속에 넣어 두었다. 특별한 이유가 있어서라기보다 아버지의 돈은 그녀와는 아무 상관도 없었고 남은 돈을 다른 데 옮겨 두지 않으면 현금 서랍이 넘치기 때문이었다. 그녀는 잭이 준 10달러를 봉투째 그 서랍 안에 넣었다. 그는 자신에게 돈이 얼마나 있는지 따져 보고 그녀에게 그 돈을 주기로 결정했을 것이다. 돈 문제에 있어서, 그는 언제나 이 집 식구가 아닌 것처럼 굴었다. 며칠을 고민 끝에, 그 돈이 하찮은 액수라는 걸 알면서도 자존심 때문에 주지 않을 수 없었을 것이다. 그런 그의 태도는 고지식하다 못해 엄숙하기까지 했다. 글로리는 그 돈을 함부로 쓰지 않도록 조심해야겠다고 생각했다.

잭은 날마다 편지를 기다렸다. 다른 시간은 어디서 어떻게 보내는지 몰라도 편지가 올 시간이면 늘 우편함 근처에 있었다. 그가 도착한 지 사흘 만에 편지가 한 통 왔지만 그에게 온 것은 아니었다. 그래도 그는 제일 먼저 우편물을 확인하고 싶어했다. 그러던 어느 날이었다. 그날은 잭의 생일로, 글로리는 그 사실을 까맣게 모르고 있었다. 언니 오빠들이 보낸 생일 축하 카드가 여섯 통이나 도착했다. 잭은 그중 하나만 뜯어보고 나머지는 뜯지도 않은 채 복도 탁자에 그대로 놓아두었다. "테디한테서 온 거야. 내가 여기 있어서 기쁘다는데. 크리스마스를 기다린다는구나."

"테디 오빠는 나한테도 똑같이 말했어요. 다들 그래요."

잭이 웃음을 터트리며 물었다. "여기 있는 게 싫으냐?"

"사실은 그렇다고 봐야죠."

"아이고, 우리 불쌍한 꼬맹이 녀석."

그녀는 그 말을 들으며 차라리 외면하고 싶은 자신의 상황을 떠올려야 했지만, 그래도 잭의 말에서 오빠로서의 애정을 확인할 수 있게 돼 기뻤다. '오빠는 내 일에 대해 알고 있을까? 분명 아빠가 무슨 말씀을 하셨겠지.' 그녀는 '불쌍한 꼬맹이'이라는 말 속에 담긴 거들먹거리는 태도가 언짢았다. 하지만 오빠들은 누이동생들에게 좀 거들먹거리기 마련이다. 그들 나름대로의 애정 표현인 것이다.

다음 날 카드 한 통이 더 왔다. 어린애가 쓴 것처럼 매우 서툰 글씨로 주소가 적혀 있었다. 잭이 예상한 시간보다 우체부가 일찍 오는 바람에 글로리가 먼저 그것을 발견했다. 글로리가 카드를 방에 있던 잭에게 가져다주자 그는 상기된 얼굴로 그것을 보더니, 봉투를 뜯지도 않은 채 읽고 있던 책에 집어넣었다. 그러면서 "고맙다, 글로리, 고마워."라는 말 외에는 아무 말도 하지 않았다.

며칠 뒤 잭이 베란다에 앉아 잡지를 읽고 있었다. 가끔 그녀가 부엌에서 바쁘게 일을 하고 있으면 잭이 부엌으로 들어와 식탁에 앉아 잡지를 읽기도 했다. 글로리의 눈에, 그런 그의 모습이 가정생활에 익숙해지는 법을 배우려는 부랑자 같았다. 그녀는 그런 그의 모습에 놀라는 티를 내지 않으려고 신경을 곤두세운 채 주의를 기울였다.

언젠가 그녀가 식탁에 앉아 요리책을 보고 있는데 그가 말했다.
"내가 방해되면 말해."
"천만에요. 같이 계셔서 좋은데요." 마침 그녀도 그에게 그 말을 할 기회를 노리고 있던 참이었다.
"고맙다. 많은 시간을 혼자 있고 싶지 않아서 그래. 그냥 습관이야."

사실 집 안에 다른 사람이 함께 있어 그녀는 마음이 놓였다. 또 오랫동안 집을 떠나 있던 잭이 놀라면서, 심지어는 살짝 분하다는 표정으로 이곳의 모든 것이 조금도 변하지 않았음을 깨달아 가는 모습을 지켜보는 것도 흥미로웠다. 그는 어머니의 의자 등받이에 손을 대보고 램프 갓의 술을 만져 보았다. 마치 잊었던 물건들이 다 원래 자리에 그대로 있다는 게 착각이 아니라는 걸 확인이라도 하듯. 집은 전보다 낡고 흠이 나고 닳았을 뿐, 아무것도 변한 건 없었다.

  조부모는 놀라운 절약 정신으로 빚을 지지 않고도 집과 살림살이를 마련했고, 그들의 젊은 아들은 그 모든 것과 함께 절약 정신도 고스란히 물려받았다. 낡고 초라한 구닥다리 세간이 바로 그걸 증명해 주고 있었다. 체면과 실용성의 기준에서 문제가 없으면 그만이었다. 엄마 아빠는 종종 자식들에게 필요한 것을 다 가졌으니 얼마나 다행이냐고 말하곤 했다. 다른 이웃들은 할부금을 내느라 겨우겨우 버틴다면서……. 보턴가는 현금으로 대형 라디오와 피아노와 냉장고와 난로를 살 수 있었다. 남다르게 절약하며 살았던 조부모가 그들에게 어떤 저당도 설정되어 있지 않은 상당한 크기의 땅을 물려줬기 때문이다. 마을에서 10마일쯤 떨어진 곳에 있는 그 땅을 할아버지는 적당한 세를 받고 어떤 농부에게 빌려 주었다. 따라서 그들이 갖게 된 것들은 사실상 무덤 너머에서 온 선물이라고 할 수 있었다. 그것으로 무엇 하나 부족한 것 없이, 빚도 없이 즐거움과 편리함을 누릴 수 있었다. 그들에게 제2의 천성이나 마찬가지인 절약 정신은 부유하게 보이지 않도록 조심하는 습성 때문에 더 강화되었고, 익숙한 것을 좋아하는 취향과도 사이좋게 부합했다.

  목사의 가정은 굳이 겉치레에 목을 맬 필요도 없었고, 제멋대로 날뛰는 여덟 명의 아이들 때문에 파손되기 쉬운 물건들은 오히려 거추장스럽기만 했다. 엄마가 책을 읽어 주는 동안 아이들은 속을 빵빵하게 채운 엄마의 의자 팔걸이에 걸터앉거나 등받이에 매달린 채 값비싼 가죽을 쑤시고 잡아당겼다. 거기서 깃털이 빠져나오면 그걸 가지고 놀기도 했는데, 때로는 조금도 꺾이지 않은 작은 오리 깃털이 나오기도 했다. 엄마가 읽어 주는 동화를 들으면서 아이들은 그림이 그려진 고급 램프 갓을 하염없이 돌리고 또 돌렸다. 그 바람에 갓의 가장자리가 너덜너덜해지고 심이 다 망가지기 일쑤였다. 바닥 깔개에 홈이 파이고, 숟가락이 점점 닳는 것도 그들은 대수롭지 않게 여겼다.

 그녀는 '부유(浮游)하다'라는 단어를 엄마 의자에 앉아 깃털을 입김으로 후 불다가 배웠다. 한번은 잭이 방 안으로 들어오자 깃털이 그녀의 손을 떠나 공중을 떠다녔다. 그 시절에 오빠들은 그녀를 송아지, 말 꼬랑지라 부르기도 했고 그녀의 이름 글로리 B.(글로리 보턴)를 변형해 글로리 Be(영광스러운 존재라는 뜻−옮긴이), 글로리 Bee(영광스러운 꿀벌이라는 뜻−옮긴이), 글로리 할렐루야 등으로 부르기도 했다. 오빠들이 가끔 그레이스나 글로리의 이름으로 그렇게 장난을 치면 아버지는 화를 내기도 했다. 대체로 오빠들은 그녀에게 별로 관심이 없었는데, 그나마 잭이 신경을 좀 써주었다. 그날 저녁 그는 문간에 서서 자신이 몰고 온 공기 속을 날아다니는 깃털을 바라봤다. 그러다가 팔을 뻗쳐 가볍게 그것을 잡아 도로 그녀의 손에 쥐어 주면서 말했다. "잠깐 부유했을 뿐이야." 그녀가 일곱 살 무렵이었으니 잭은 열두 살이었을 것이다. 그때부터 잭은 벌써 그런 사람이었다. 기분이 내키면 다정하고 점잖게 굴었지만, 가능하면 외톨이로 지냈고 눈앞에서 자주 사라져서 식구들을 걱정시키기도 했다. 그 후로 잭 때문에 정말로 힘들었던 시기가 있었다. 그레이스도 집을 떠난 뒤라 오로지 아버지와 어머니, 그리고 그녀만이 그 팽팽한 긴장의 시기를 견뎌 내야 했다. 그 시절 그들 세 사람은 잭의 이름을 입에 올리지 않았다. 이제 잭과 함께 집에 있게 되자, 그녀는 부엌 식탁에 앉아 있던 주근깨 소녀가 자주 떠올랐다. 소녀는 숫기는 없었지만 아주 당돌했고, 글로리가 무슨 말을 해도 무시하며 어서 집으로 가려고 안달을 했었다. 그 소녀, 그리고 그녀의 아기…….

잭과 테디가 학교로 떠나기 한 달 전에, 그레이스가 피아노를 제대로 배우기 위해 호프가 사는 미니애폴리스로 먼저 떠났다. 어린 시절 그들은 모두 스위트 부인에게서 피아노를 배웠다. 겉으로는 부드러워 보였지만 심술궂고 능글맞았던 부인은, 연주를 방해하지 않고도 손을 찰싹찰싹 때리곤 했다. 부인은 골짜기의 백합 같은 향기를 풍기며 그들 옆에 앉아 있다가 맘에 안 든다는 얼굴로 건반을 내려다보았다. '두꺼비처럼 빈틈이 없는 데다 두꺼비만큼 잽싸기도 해.' 호프의 말이었다. 아이들이 악보를 틀리게 연주하면 찰싹 때리고 나서 뚱한 얼굴로 감시를 게을리하지 않다가 다시 찰싹 때리곤 했다. 여섯 명의 아이들은 그런 역경을 거치며 저마다 독주회를 가졌고, 고등학교를 마칠 무렵엔 지긋지긋한 피아노 레슨을 끝내고 곧 성인이 된다는 사실에 다들 안도의 한숨을 내쉬었다. 이따금 잭도 테디를 따라 레슨에 갔다가 동생과 함께 끔찍한 스위트 부인에 대해 이야기를 나누며 웃음을 터트리곤 했다. 그렇지만 그레이스는 정말로 피아노를 좋아했다. 필요한 것보다 더 많이 연습했고 더 많이 배웠다. 한번은 그레이스가 부모에게 손을 맞는 것이 몹시 괴롭다고 울면서 하소연하자 엄마가 부인에게 가서 사정을 말했다. 그랬더니 부인이 발끈하며 엄마에게 항의했다. "그렇게 하지 않으면 어떻게 실력이 느나요?" 하지만 그 후로 부인은 그레이스가 피아노를 칠 때면 자신의 교수법을 자제했다가, 대신 글로리에게 그것을 발산했다.

갓 결혼한 호프가 길리아드를 방문하는 길에 시누이를 데려왔다. 그녀는 그레이스의 연주에 홀딱 반해 재능이 뛰어난 아이를 위한 미니애폴리스의 후원 제도에 대해 언급했다. 글로리는 그 날짜와 시간을 아직도 기억하고 있다. 모든 식구들이 마치 버려진 아이에게서 왕족의 후예임을 드러내는 반지나 부적이라도 발견한 듯 그레이스를 쳐다봤다. "굉장한 기회가 될 거예요." 호프의 말에 엄마는 흥분을 가라앉히며 여행 가방을 꾸렸다. 글로리는 자기 방에 앉아, 왜 아무도 그 결정에 대해 이의를 제기하지 않는지 골똘히 생각했다. 그런 그녀를 알아본 것이 잭이었다. 잭이 놀렸다. "불쌍한 말꼬랑지는 이제 혼자 남겠네." 그 말에 글로리가 눈물을 글썽이자 잭이 "미안해." 하더니 미소를 지으며 그녀의 머리를 헝클어트렸다.

글로리가, 둘 사이에 특별한 유대감이 존재한다고, 다른 형제들과 달리 자신은 오빠를 이해한다고 오랫동안 생각해 왔던 이유는 바로 그 일 때문이었다. 그녀는 잭과 자신이 다른 형제들과는 달리 무시당한다고, 존재감이 없다고 생각했다. 물론 그것은 잘못된 판단이었고, 또 그녀와 잭은 달라도 너무 달랐다. 잭은 모든 방면에서 별종처럼 굴었고 무단결석과 규칙 위반도 잦았다. 그는 교사들이 "그 재주로 다른 좋은 일을 하면 얼마나 좋을까."라고 칭찬 겸 탄식하는 총명함으로 그럭저럭 학교생활을 버텨 나갔다. 반면 글로리는 대단히 성실한 학생으로 그녀가 받은 A나 A$^+$는 그런 노력의 대가였다. 그녀는 어느 모로 보나 말 그대로 아주 훌륭한 여학생이었다. 그리고 예상했던 대로 훌륭하게 성장했다.

 그녀가 열세 살 때 잭이 대학 진학을 위해 집을 떠나자 그녀는 슬펐다. 하지만 곧 자신이 좋아하는 것을 상상하며 그 안에서 편안함과 만족감을 찾았다. 또한 잭을 원래의 그 자신보다 높게 평가하며 그를 옹호하기도 했다. 여러 해 뒤에 그녀는 아버지가 깊은 슬픔에 잠긴 채 이렇게 말하는 것을 들었다. "어떤 일들은 옹호할 여지조차 없단다." 아버지는 잭이 도저히 도와줄 수 없는, 구조할 수 없는 깊은 심연 속으로 떨어져 버렸다고 생각하는 것 같았다. 글로리는 도무지 그 사실을 받아들일 수가 없었다. 더군다나 지옥으로 떨어져 허우적대는 사람은 잭이 아니라 아버지 같았다. 아버지는 잭을 용서하기 위해 젖 먹던 힘까지 다 끌어냈지만 잭은 여전히 닿을 수 없는 먼 곳에 버티고 있었다. 결국 아버지는 절망에 빠졌다. 엄마가 이제 잭 생각은 그만하라고 아무리 말려도, 에임스 목사가 아무리 많은 기도와 성경 구절을 끌어대도 다 소용없었다.

 한번은 엄마가 이렇게 탄식했다. "그 녀석은 네 아버지를 실망시키려고 태어났나 보다." 언젠가는 글로리를 어른 대하듯 하며 이렇게 말한 적도 있었다. "네 아빠가 저렇게 괴로워하는 건 본 적이 없어. 겁이 다 나는구나." 그날 밤 글로리는 무얼 부탁해야 하는지도 모르는 채 생전 처음으로 잭에게 편지를 썼다. 아버지를 위해 전화해 달라고, 집에 와달라고 했다. 그런 말밖에 생각나지 않았다.

그러던 어느 날, 글로리는 아버지를 차에 태운 채 강을 건너 시골로 들어섰다. 처음으로 운전대를 잡아 잔뜩 긴장한 데다 갑자기 부모가 자신에게 의지하는 것 같아 흥분되고 책임감도 느껴졌다. 그녀는 한 여자가 다 허물어져 가는 작은 집에서 나와 개를 부를 때까지 아버지와 함께 그 집 대문 밖에 세워 놓은 차 안에서 기다렸다. 잠시 후 아버지가 차에서 내려 모자를 손에 들고 차 옆에 섰다. 그러자 남자 하나가 대문 밖으로 나오더니 엉덩이에 손을 얹은 채 차를 힐끗 쳐다봤다. 잭이 타고 다니던 자동차였기 때문이리라. 그가 아버지에게 물었다. "누구시오? 무슨 일로 오셨소?"

"저는 로버트 보턴이라고 합니다. 제 집안이 당신 따님과 아기에게 책임이 있다는 걸 알고 있습니다. 저희들은 책임을 떠맡을 준비가 되어 있습니다." 그러면서 변명이라도 하듯, 아버지가 쭈뼛거리며 봉투를 내밀자 남자가 땅바닥에 침을 내갈기며 말했다. "그게 뭐요? 돈? 젠장, 그 돈 당신이나 가지쇼." 잠시 후 여자가 아기를 안고 문가에 다시 나타났다. 남자가 헛간으로 가자 여자가 문 밖으로 나와서 말했다. "거기 있는 기둥 위에 올려놓으시면 돼요." 그런 다음 갓난아이의 얼굴을 가리고 있던 담요를 젖혔다.

잠시 후 아버지가 입을 열었다. "저는 로버트 보턴이고, 이 아이는 제 딸입니다." 여자가 고개를 끄덕인 후 몸을 돌려 다시 집으로 향했다. 파란색 잠옷을 입은 소녀가 현관으로 나오더니, 두 팔로 아기를 받았다. 소녀는 차가 사라질 때까지 그들을 바라보며 아기 뺨에 코를 비볐다.

얼마 후 잭이 아버지와 이야기를 나누기 위해 집으로 돌아왔다. 글로리는 자신이 쓴 편지 때문이라고 생각했다. 잭이 식당 문을 닫은 채 반 시간 동안 아버지와 은밀한 대화를 나누고 나오다가 거실의 엄마 의자에 앉아 있던 그녀에게 이렇게 물었기 때문이다. "나한테 더 하고 싶은 설교라도 있니?" 방금 아버지의 설교를 듣고 나왔다는 말일 수도 있지만 한편으로는 그녀의 편지를 심각하게 생각했다는 뜻일 수도 있었다. 그 편지 속에 그녀는 16년간 받은 도덕 교육과 그녀의 청춘이 확신하는 바를 다 쏟아 부었다. 다른 문제들은 너무 민감하고 복잡했기 때문에 주로 아버지의 슬픔에 대해서만 썼지만, 속으로는 그 일에 대한 해결책을 찾아낸 뒤였다. 그리고 곧 그렇게 될 거라고 생각했다.

그래서 그에게 물었다. "그 여자랑 결혼할 거지?"

잭의 얼굴이 핼쑥해졌다. 이어 예의 그 기묘하면서도 민망한 듯한 미소를 띠며 중얼거렸다. "걔를 봤구나."

"그러니까, 아빠는 오빠한테……."

"나한테 뭐? 아버지는 나한테 아무것도 요구하지 않으셨어. 그저 날 용서하실 거야." 잭이 웃음을 터트리며 덧붙였다. "기차 타러 갈 시간이군."

"저녁도 안 먹고 갈 거야?"

"불쌍한 말 꼬랑지." 잭이 그녀에게 미소를 지으면서 문 밖으로 걸어 나갔다.

그러고 나서 20년이 흘렀다. 그날 무슨 엄청난 일이 일어났는지는 알 도리가 없었다. 엄마는 너무 화가 난 나머지 방에서 한 발짝도 나오지 않았지만 그래도 잭이 돌아와 화해하기를 기다렸을 것이다. 글로리는 평생 다시는 잭을 보지 않겠다고 다짐했다. 날이 어두워졌건만 아무도 불을 켜지 않았고 저녁 식사 시간이 지난 것도 아무도 알아차리지 못했다. 아버지가 식당에서 나오다가 캄캄한 거실에 앉아 있는 글로리를 보고 "글로리구나."라고 중얼거린 뒤 2층으로 올라갔다. 그녀는 빵 두 쪽을 구운 뒤 버터 바르는 소리가 날까 봐 아무것도 바르지 않은 채 그냥 먹었다. 그런 다음 2층 자기 방으로 올라갔다. 그토록 쓸쓸한 적막감이 자기 집을 에워쌀 날이 오리라고는, 꿈에도 생각해 본 적이 없었다.

이제 그녀는 집으로 돌아왔고, 잭도 다시 돌아왔다. 가구들도, 난리법석을 떨며 자란 아이들이 낸 흠집들을 달고 그 자리에 그대로 있었다. 또 오래된 책들도……. 할아버지가 예전에 진실하고 순수한 신앙을 가르치는 데 필요한 책들을 구해 달라고 에든버러에 사는 친척에게 수표를 보내자, 트렁크 가득 보내 준 것들이었다. 그녀의 형제자매들은, 검정색 가죽 장정의 그 커다란 책들 안에 진실한 신앙이 거한다고 생각했다. 이따금 그들은 책의 제목을 심사숙고하면서 무슨 내용일까 궁금해했다. 『예정설에 대하여』, 『재침례론자에 대한 답변』, 『고통에 대하여』, 『가공할 여자 부대에 맞서는 첫 번째 나팔 소리』, 『스코틀랜드 장로교의 책』, 『효과적인 하느님의 부르심에 관한 논문』 등등. 그들은 마치 그 책들이 모세의 십계명이나 된다는 듯, 그걸 가지고 있다는 데 굉장한 자부심을 느꼈다. 하지만 그것을 건드리지 말아야 한다는 것도 알고 있었다. 오로지 잭만이 아랑곳하지 않고 이따금 그 책들을 꺼내서 한두 쪽 읽는 것 같았는데, 그 결과 아버지의 걱정만 샀다. 아버지도 자식들과 마찬가지로 에든버러에서 온 책에 경의만 표할 뿐, 감히 펴볼 엄두도 못 내고 그저 책이 훼손될까 봐 전전긍긍했다. "거기서 뭐 재미있는 거라도 찾았니, 잭?" "아니, 아직이요." 아버지와 잭은 종종 그런 대화를 주고받았다. 잭은 그런 후에도 천연덕스럽게 책을 계속 읽다가 몇 분 후에야 제자리에 갖다 놓았다. 그가 한 쪽이라도 훼손시켰는지는 아무도 몰랐다. 책이 수만 쪽도 넘었으니까. 아버지도 알려고 하지 않았다. 잭이 이미 납득할 수도, 돌이킬 수도 없는 잘못을 수없이 저질렀기에 그 일까지 알게 되면 더 이상 참지 못하고 화를 내게 될까 봐 두려웠기 때문이었다. 형제들이 말없이 경의를 표하며 다루는 모든 것을 잭은 제멋대로 다뤘다. 불쌍한 에임스 목사만 그런 그에게 끈질기게 정면으로 맞섰다. 따라서 그분과 잭 사이에 분명 많은 일이 있었을 것이다. 하지만 에임스 목사는 그에 대해 단 한마디도 뻥긋하지 않았다. 그와 같은 태도는 아버지에 대한 배려이기도 했지만, 한편으로는 자신도 그들의 아버지와 똑같은 슬픔을 느낀다는 것을 무언의 방법으로 표현하고 있었던 것이다. 이제 와 생각해 보면 그래도 그때가 좋았다. 아버지가 여전히 행복하던 시절이었기 때문이다.


오후가 되자 그녀는 마당으로 일하러 나갔다. 그녀는 그곳에 완두콩과 토마토, 호박, 시금치 따위를 기르고 있었다. 그런데 토끼와 마멋이 골칫거리였다. 아직까지는 피해가 심하지 않았지만, 진작 누군가에게 울타리를 쳐달라고 부탁했어야 했다. 하지만 이웃 사람들과 말을 섞기 싫어서 대책 없이 놔두고 있었다.

몇 분 후에 보니 잭이 마당 가장자리에서 햇빛을 받으며 담배를 피우고 있었다. "나한테 일을 시켜도 되는데……."

"오빠가 알아서 하세요. 할 일은 아주 많아요. 음, 저거 보이죠? 언덕 바로 위에 있는 엄마의 붓꽃 화단."

"알지. 나도 여기서 살았잖니."

"제 말은 거기서부터 시작하면 될 것 같다는 거예요. 너무 웃자라서 볼썽사납더라고요. 물론 오빠도 여기서 살았죠."

"낯설게 느껴지기는 하지만……." 마치 그녀의 생각을 마무리하거나 거기에 공감한다는 듯이 잭이 덧붙였다.

그때 길에서 사람 목소리가 들리자 잭의 얼굴에 놀라고 초조한 기색이 떠올랐다. 젊은 남자와 어린애 하나가 그들을 알아차리지도 못한 채 지나가면서 대화를 나누고 있었다.

"도니 매킨타이어 씨의 아들과 손자예요. 오빠도 기억하시죠? 루크 오빠랑 동갑이었잖아요."

"그나저나 훌륭하신 에임스 목사님께서 아들을 하나 두셨더구나."

"네, 그래요. 사모님도 계시고요. 그분한테 결혼 생활이 잘 맞는 것 같아요."

"거기에 대해 사람들은 어떻게 생각하디?"

"말이 좀 있었을 거예요. 하지만 누가 그분을 시기할 수 있겠어요? 아빠는 좀 섭섭하셨나 봐요. 두 분이 워낙 많은 시간을 함께 보냈으니까."

잭이 담배꽁초를 떨어뜨리더니 발로 짓밟으며 말했다. "밥값이나 하는 게 낫겠다." 그런 다음 신사화에 조금 구겨진 근사한 흰 와이셔츠를 입은 채 붓꽃 화단 가운데로 가더니 새로 담배에 불을 붙였다. 아버지가 베란다에 있는 의자로 나왔다. 아버지로서는 큰맘을 먹어야 할 수 있는 어렵고 힘든 일이었다. 잭이 집으로 돌아온 후로, 아버지는 떨리는 손으로 손수 면도를 하기 위해 위험을 무릅쓰고 계단을 오르내리는 등 되도록이면 남의 도움을 받지 않으려고 했다. 그러나 혹시 잭이 떠날까 봐 귀를 기울이거나 기도하는 것 외에는, 빗이 닿지 않는 뒤통수의 머리카락을 그냥 내버려 두는 것 외에는 달리 할 수 있는 일이 없었다. 그래도 베란다 의자에 앉아서 마당을 내다볼 수는 있었다.

잭이 몸을 구부리고 잡초를 뽑아 한쪽으로 던지기를 두어 번 했다. 그러더니 삽을 가지러 집 뒤의 광으로 갔다가 돌아와서 말했다. "헛간에 있는 저 데소토는 네 것이 아닌가 보네. 오랫동안 처박혀 있었던 모양인데……."

"오빠들 가운데 하나가 아빠 쓰시라고 놓고 간 거예요. 하지만 아빠는 운전대도 안 잡아 보셨어요. 몇 년 전까지 면허는 계속 갱신하셨는데…….."

"차가 괜찮아 보이던데."

"시동을 걸어 본 적은 있어요."

"열쇠를 구멍에 꽂아 뒀더구나."

"그보다 더 안전한 곳은 없으니까요."

"연료통에 기름을 좀 넣고 냉각 장치에 물을 넣고 타이어에 바람을 좀 넣으면 달릴 수 있을 것 같던데……. 일단은 앞 유리만 닦아 놨어. 보닛을 열고 자세히 좀 들여다보게 두어 시간쯤 바깥으로 끌어내면 어떨까? 차에 문제가 없는지 살펴보게."

"아무도 반대할 사람 없을 것 같은데요."

"그래도 확인하고 싶어서……." 잭이 담배를 다 피우고 난 뒤 땅을 파기 시작했다.

그도 여기에서 살았었지만, 이곳 일에는 통 관심이 없는 것처럼 보였다. 오히려 어떻게 하면 어물쩍 피하고 슬그머니 숨을 수 있을까만 궁리하는 듯했다. 이 지방 사람들이 가치 있고 자랑스럽게 여기는, 일상적인 허드렛일을 해보겠다는 마음은 눈곱만큼도 없을 줄 알았다. 그런 그가 붓꽃 화단의 고랑 사이에서 제법 능숙하게 삽질을 하고 있었다. 그것도 소매까지 걷어붙인 채.

아버지가 부르는 소리가 들렸다.

"저녁 먹어라, 잭!" 하지만 아직 4시 15분밖에 안 되었기에 저녁 식사 준비도 안 된 상태였다. 잭이 땅속에 삽을 박더니 하던 일을 멈추고 자기 손을 들여다보았다. 그러더니 계속 손을 쳐다보며 베란다로 걸어갔다. 갑자기 아버지의 고함 소리가 마당까지 울렸다. "어디 보자! 아니, 이런! 글로리가 뽑아 줄 거다! 글로리! 잭이 가시에 찔렸구나. 그 낡아 빠진 삽 손잡이 때문에! 그게 얼마나 오래된 삽인데! 미리 말해 줄 걸 그랬구나! 글로리?"

"바늘만 있으면 저 혼자서도 뺄 수 있어요."

"아니, 아니다. 아주 깊이 박혔어, 잭!"

아버지의 얼굴이 걱정 때문에 자못 활기를 띠었다. 아버지가 잭의 손바닥이 위로 향하게 손목을 잡고는 허둥지둥했다. "소독약 좀 발라야겠다!"

"오빠가 씻을 동안 제가 바늘을 소독할게요."

"소독약은 내가 가져오마!" 아버지가 계단을 향해 단호하게 걸음을 내디뎠다.

잭이 글로리를 보며 말했다. "겨우 가시 하나 박힌 건데……."

"여기서는 자주 일어나는 일이 아니거든요." 글로리의 대답에 잭이 웃음을 터뜨렸다.

글로리 때문에 잭이 두 번째로 웃음을 터뜨린 것이다. 지난번 행주에 대한 농담은 글로리 자신이 생각해도 좀 우스웠다. 하지만 방금 한 하찮은 말에도 웃어 주는 걸 보니, 잭이 자신을 친밀하게 느끼고 있는 것 같았다. 그는 다른 사람이 다 웃을 때도 절대로 웃지 않는 사람이었다. 옛날에는 그랬다. 언제나 마음이 딴 데로 가 있는 듯

쌀쌀하고 까다로운 소년이었다. 그런 그가 단 한마디의 연락도 없이 20년을 지내다가 이제 그녀의 부엌에 앉아 있는 것이다. 라벤더와 양잿물 냄새를 풍기며 물기가 축축한 다친 손을 그녀에게 내민 채……. 둘이 나란히 식탁에 앉은 다음 그녀가 그의 손을 잡아서 고정시켰다. 그의 떨리는 손에는 그날 아침나절 일하다가 생긴 물집도 눈에 띄었고, 담뱃진도 보였다.

그녀가 손을 자세히 들여다보자 잭이 물었다. "손금 보니?"

"아뇨. 손금을 볼 수 있다면 생명선에 가시가 박혔다고 말할 텐데……."

잭이 웃으면서 말했다. "이제야 천직을 찾아낸 것 같은데."

글로리가 바늘을 내려놓으며 말했다. "막상 하려니까 겁이 나는데요. 상처를 낼 것 같아서. 오빠 손도 떨고 있잖아요."

"음, 네 손이 그렇다면 다른 손도 마찬가질 거야. 내가 해도 상처를 낼 것 같은데."

"좋아요, 되도록 꼼짝 말고 가만히 계세요." 잭이 정말로 낯선 타인이었다면, 지금 하고 있는 일이 이토록 이상하게 느껴지지는 않았을 것이다. 그녀의 귀에 잭의 숨소리가 들렸고, 손목의 하얀 피부 밑으로 정맥이 훤히 드러났다. "잠깐만요, 앗, 여기." 글로리가 쉽게 가시를 뽑아냈다.

"고마워."

지팡이와 삐걱거리는 난간 소리, 힘겹게 질질 끄는 신발 소리에 이어 아버지가 소독약 병과 거즈 뭉치를 들고 허겁지겁 부엌으로 들어왔다.

"손을 다시 씻어서 말려라." 아버지가 소독약을 엉뚱한 곳에 여기저기 덧바르다가 마침내 제자리에 발랐다.

"아야." 잭이 옛날을 추억하며 일부러 신음 소리를 냈다.

"그래, 하지만 이게 아주 잘 듣는단다!" 아버지는 걱정 때문에 몹시 흥분해 있었다. 그러더니 무슨 생각이라도 난 듯 냉장고로 가서 문을 열었다가 그 옆에 선 채 말했다. "저녁 먹어야지! 그런데 파이가 안 보이는구나!"

"너무 오래 돼서 달버그 씨네 개나 먹으라고 울타리 밖에 내놨어요."

"그랬어? 여기서는 다들 그렇게 하지. 우리도 개를 한 마리 살까?" 잭이 웃으면서 말하자 아버지가 미소와 함께 그의 팔을 쓰다듬으며 대답했다.

"그거 아주 좋은 생각이구나! 듣던 중 반가운 소리다!"

전날 누군가 얇게 썬 햄과 마카로니 샐러드를 현관에 놓고 갔다. 이 집안에서 벌어지는 일치고 알려지지 않은 채 그냥 지나가는 일은 하나도 없다는 걸 친절하게 상기시켜 주기라도 하듯. 식사 기도에 은혜가 흘러넘쳤다. "우리의 가슴이 넘치도록 충만하나이다!"라는 말과 함께 아버지는 곧 기도에 이어지는 공상에 잠겼다.

저녁 식사를 하는 동안 잭은 내내 안절부절못하면서 대화를 이어 가려 애쓰는 아버지의 말을 끝까지 들어 주었다. "그래, 이 동네도 옛날에는 많이 달랐지. 우리가 아직 주도로를 차지하고 있을 때 말이다! 그때는 이 동네를 거쳐 가는 사람들이 꽤 있었단다. 너희들도 기억하는지 모르겠다만, 오래된 호텔도 있었지. 다들 아주 근사한 호텔이라고 했어. 널따란 베란다와 무도장이 있었지." 아버지는 과거의 길리아드를 생각하며 애수에 젖어 점점 더 흥분했고 잭은 그런 아버지를 무덤덤하게 바라봤다. 집으로 돌아온 당혹감이 다소 풀린 듯한 얼굴이었다. 글로리는 행복해하는 아버지를 보면서 마음 한구석이 짠해졌다. 잭과의 대화는 쉽지 않았다. 편안한 마음으로 그의 어린 시절과 청년기를 언급하기가 어려웠기 때문이다. 20년이라는 공백도 한몫했다. 20년 동안의 침묵에 대한 해명은 잭이 감당해야 할 몫이었지만, 자칫 그러다가 더 불편한 상황을 야기할 수도 있었다. 그래서 그들 부녀는 그의 과묵함을 오히려 감사하게 여겼다. 그렇지만 그녀는 물어보고 싶은 게 하나 있었다. '지금 왜 여기 있는 거죠?' 물론 실제로 그렇게 물어보지는 못할 것이다. 동시에 그녀의 마음속에 '나는 왜 여기 있지?'라는 물음이 떠올랐다. 그러면서 자신에게 누가 그런 질문을 한다면 너무나도 잔인하게 느껴질 거라는 생각이 들었다.

　아버지가 지친 기색을 보이기 시작하자 ―"응, 응." "그래."라고 말하기 시작하자 ― 잭이 그릇을 치운 뒤 아버지가 식탁에서 일어나도록 팔을 붙잡아 주었다. 이제까지 글로리에게는 한 번도 시키지 않았던 일이었다. 잭이 아버지를 방으로 모시고 가서 낮잠 잘 때 사용하는 의자에 앉혀 드렸다. 그런 다음 아버지의 양복 윗도리를 벗긴 뒤 칼라의 단추를 따고 넥타이도 느슨하게 풀어 드렸다. 이어 무릎을 꿇고 구두도 벗겨 드렸다. "저 낡은 담요 좀." 아버지의 말에 잭이 침대 발치에서 담요를 가져와 덮어 주었다. 그녀가 몇 달 동안 날마다 해오던 일을 하고 있는 그의 태도는, 다정함보다는 정중함에 가까웠다. 마치 연로한 아버지에게 애정이 아니라 경의를 표하는 것 같았다. 아버지가 그와 같은 배려에 큰 위안을 느끼고 있음을 그녀는 알 수 있었다. 마치 그동안의 고통이 바로 그런 위로를 갈망했기 때문이었다는 듯.

그녀도 최선을 다했건만…….

아들들은 아버지를 아버지라고 불렀지만 딸들은 절대로 그렇게 부르지 않았다. 아들들은 아버지가 없는 곳에서는 그를 목사님이나 영감님이라고 불렀지만 딸들은 항상 아빠라고 불렀다. "잭, 네가 저지른 모든 일에 대해 왜 그랬는지 말해 줄 수 있겠니?" "아니요, 아버지." "설명할 수 없다는 말이냐, 잭?" "예, 아버지." 잭의 정중함은 그의 방패이자 은신처였고 그의 용기이기도 했다. 아버지는 그에게 한 번도 손찌검을 하지 않았고 언성을 높이는 일도 거의 없었다. "네가 한 짓이 잘못이라는 건 알고 있겠지?" "예, 아버지. 알고 있어요." "좀 더 양심적이고 분별력 있게 행동하게 해달라고 기도하겠느냐?" "아니요, 아버지. 그러지 않을 것 같습니다." "음, 그럼 내가 너를 위해 기도하마." "감사합니다, 아버지."

돌아온 잭이 아버지가 의자에서 일어나도록 도와줄 때의 태도도 바로 그와 같은 정중함이었다. 아버지는 그런 아들의 태도에 기뻐하는 한편 놀랐다. 마치 오래전에 한 약속이 지켜진 것처럼, 오래 묵은 빚을 받은 것처럼. "당신이 저를 싸고돌게 하려고 저 녀석이 저렇게 정중하게 구는 거예요."라는 엄마의 불평에 아버지는 이렇게 대꾸하고는 했다. "나는 그저 저 녀석을 잃고 싶지 않을 뿐이오." 부모는 미처 몰랐지만, 그때 이미 글로리는 그들의 대화를 어느 정도 이해하고 있었다. 그래서 용기를 내서 잭에게 따졌다. "오빠는 도대체 무슨 권리로 그렇게 이상하게 구는 거야?" 그래 놓고는 내심 두려워서 잭의 눈치를 힐끔거렸다. 잭은 글로리가 어디서 그런 표현을 배웠는지 알고 있다는 표정이었다. 글로리는 손을 허리에 얹고 못 박힌 듯 서 있던 그때의 자신을 기억하고 있었다. 불쌍하고 멍청한 계집애 같으니라고. 그녀가 막내였던 까닭에 식구들은 이제 그녀도 남의 말을 엿들어서는 안 될 만큼 나이를 먹었다는 사실을 잊어버리고 있었다. 그 후로 잭이 집을 떠날 때마다, 식구들은 그를 잃게 될지도 모른다고 생각했다. "꺼져, 글로리, 제발 꺼지라니까." 그녀가 그의 뒤를 따라가려 할 때마다 잭은 그렇게 말하곤 했다.

잭이 아버지의 낮잠 자리를 봐주는 동안, 글로리는 복도에 서서 그 모습을 지켜봤다. 참으로 보기 좋은 장면이었다. 아버지는 불편한 기색 한 번 없이 잭의 정중한 배려에 위안을 느끼며 지친 어린아이처럼 담요를 덮어 주는 대로 가만히 있었다.


해질 무렵 잭이 양복과 넥타이를 차려입고 아래층으로 내려왔다. 그러더니 "곧 돌아올게." 한 뒤 잠시 계단에서 모자를 고쳐 쓴 다음 마을로 향하는 도로로 걸어갔다.

문이 닫히는 소리를 듣고 아버지가 잠에서 깨 큰 소리로 물었다.

"잭 나갔냐?"

"곧 돌아온다고 했어요."

한 시간 후 글로리가 잭의 방에 올라가 보았다. 혹시 그가 자기 물건을 챙겨 들고 떠난 건 아닌지 확인하고 싶어서였다. 하지만 물건들은 그가 놓은 자리에 그대로 있었다. 와이셔츠는 벽장에, 책은 화장대 위에. 잭이 혹시 길에서 볼까 봐 방의 불은 켜지 않았다. 아니나 다를까. 현관문 열리는 소리가 났다. 얼른 화장실로 조용히 내려와 물을 틀었다. 잭이 층계를 올라가는 소리가 났고 복도에서 잠시 멈춘 듯했다. 이어 방의 전등 스위치를 올리는 소리가 났다. '원래 문이 조금 열려 있었는데…… 내가 나올 때도 그렇게 문을 열어 놓고 나왔을까? 오빠가 누군가 방에 들어왔다는 걸 눈치채면 어쩌지?' 어렸을 때 그는 그런 흔적을 귀신같이 알아보곤 했다. 그러니 지금 그런 흔적을 발견한다면, 그녀 말고 누구라고 생각하겠는가?

오래전에 아버지는 이렇게 말했다. "잭을 잃을까 두렵구나." 이제 잭은 다시 집에 돌아왔고 겨우 한 시간 집을 비웠을 뿐인데, 아버지는 너무나 불안해하며 잠시도 가만히 앉아 있지 못했다. 그녀 또한 잭의 방을 기웃거리며 그의 사생활을 침해하고 있었다. 하긴, 그 방에 사생활이라 할 만한 것이 조금이라도 있는지는 의문이지만……. 그녀 기억 속의 잭은 집에 있어도 눈에 띄지 않는 존재였고, 실제로도 오랜 세월 집에 없었다. 그는 왜 떠났을까? 도대체 어디로 떠났던 걸까? 지난 20년 동안 식구들 모두 애써 그 질문을 외면했기에 그것은 해결되지 않은 채 남아 있었다. 잭으로부터 편지 한 통 오지 않고, 크리스마스가 되어도 전화 한 통 없다는 사실을 잊어버릴 만큼 충분히 재미있게 사는 척 다들 기를 썼다. 하지만 아버지의 근심은 세월이 흐를수록 점점 더 깊어 갔다. 남들에게는 효성스러운 자식들이 북적거리는 화목한 가정처럼 보였는지 몰라도, 실상은 달랐다. 모두들 잭을 잃어버릴까 봐 전전긍긍하다가 결국은 잃어버리고 말았다는 것, 그게 그들 가족의 진실이었다.

'내가 도대체 무슨 생각을 한 거지? 오빠가 사기꾼처럼 창밖으로 가방을 던지고 줄행랑이라도 칠 거라고 생각한 건가? 오빠가 뭣 때문에 그러겠어? 그나저나, 오빠는 왜 불쑥 집으로 돌아온 거지?' 잭이 다시 아래층으로 내려오는 소리와 함께 아버지의 말소리가 들렸다. "네가 보고 싶던 참이었단다, 잭! 글로리도 어디 있을 거다." 글로리가 부엌으로 가니 잭이 손의 상처를 들여다보며 서 있었다.

"상처는 어때요?"

"잘 아물고 있어, 고마워." 온화하지만 속내가 드러나지 않는 눈길이었다. "주변을 둘러보고 왔어. 여기 사람들은 무슨 일을 하고 사니?"

"음, 농사도 짓고 식료품 가게도 하고 포목상, 이발소, 주유소, 또 은행 일도 하죠."

"선생도 항상 필요하지!" 아버지가 방에서 큰 소리로 말하자 잭이 말했다. "아버지를 이리 모셔 오는 게 낫지 않을까?"

아버지는 벌써 복도를 걸어오고 있는 중이었지만 잭이 팔을 부축하자 그대로 의지했다. 심지어 지팡이까지 맡겼다. "그럼! 대학까지 나온 사람이 학교 선생 자리 하나 못 얻겠니? 날마다 아이들도 늘어나는데!" 잭이 아버지를 식탁에 앉혔다. "아이들이 길거리에 바글거리잖니!" 그러나 곧 아버지는 더 허풍을 떨다가는 도리어 역효과가 날까 봐 걱정하는 듯했다.

잭이 아버지에게 물을 한 잔 갖다 주며 말했다. "저는 교사라는 직업과는 어울리지 않습니다."

"오냐, 그래도 한 번쯤은 생각해 봐라!"

"예, 그러겠습니다. 이거 오늘 신문인가요?"

"어제 걸 거다. 그래 봤자 별 차이도 없겠지만……. 낱말 퀴즈를 다 풀지 않아서 챙겨 뒀다."

"잘됐네요. 오늘의 운세를 좀 봐야겠어요. 여기 있군. 새로운 사업을 시작하면 좋다고 쓰여 있군요. 제가 기회를 놓쳤나 봅니다."

"그거야 만날 나오는 소리지. 아마 내 것도 그럴걸!"

"예, 그렇군요. 둘이 똑같은 운세네요. 글로리, 여기 네 것도 있구나. 호기심이 언제나 좋은 것은 아니다. 자제하도록 유념하라." 잭이 글로리를 향해 미소를 지으며 신문을 접어서 팔 아래 끼었다.

글로리의 얼굴이 화끈 달아올랐다. 다행히 잭이 얼른 시선을 돌렸는데 그녀를 당혹스럽게 만들 의사는 없다는 뜻인 것 같았다. '아냐, 오빠는 그냥 오늘의 운세를 읽어 줬을 뿐이야.' 그렇게 생각하는 게 더 나았다. '지금 내가 화를 내면 내가 오빠 방에 들어갔다는 걸 실토하는 꼴이고 그럼 상황은 더 나빠질 거야. 실제로 내 행동에는 아무 잘못도 없었어. 오빠가 나를 조롱하고 있다는 걸 알게 되면 모든 게 더 곤란해질 뿐이야.' 이것이 그 순간에 내린 결론이었는데, 글로리는 나중에 그 순간을 돌아보며 그런 결정을 한 자신이 고맙게 여겨졌다. 그녀는 하루에 스무 번도 더 혀를 깨물면서 잭의 방에 들어가고 싶은 마음을 자제해야 된다고 중얼거렸다. 사실 그녀가 알고 싶었던 것은, 불쌍한 아버지에게 그가 다시 떠났다고 귀띔해야 하는지 밖에 없었다. 그녀가 그런 엉뚱한 두려움을 품고 있다고 그녀 탓을 할 수는 없었다. 그녀는 그가 혹시 술을 마시는 건 아닌지 확인하려던 게 아니었다.

"잠깐 산책하고 올게요." 만일 아버지가 그녀에게 주의를 기울였다면 산책하기엔 너무 늦은 시간이라며 걱정했을 것이다. 하지만 아버지는 잭의 조언을 들어가며 낱말 퀴즈를 푸는 데 정신이 팔려 있었다.

그녀는 자신이 화를 낼까 두려웠고, 그런 자신에게 화가 났다. '오빠는 도대체 무슨 권리로 집을 이런 식으로 뒤집어 놓는 걸까?' 하기야 그녀가 이 집에 대한 권리가 있다면 그도 마찬가지였고, 차이라면 그녀가 그보다 몇 달 빨리 와서 아버지와 집을 돌봤다는 것 밖에 없었다. 이제는 그도 늙은 아버지를 도와주고 싶은 것 같았고 또 그 일을 잘해 내고 있었다. 게다가 그걸 의무나 책임이라 여기지 않고 다정한 의식을 치르듯 하고 있었다. 아버지를 목욕시키고 옷을 갈아입히는 것은 잭의 몫이었다. 그렇게 두 사람 사이에 무언의 합의가 이루어졌다. 아무래도 그건 글로리가 하기엔 거북한 일이었기에, 그녀는 안도의 한숨을 내쉬었다. 아버지도 마지못해 받아들이던 도움이었다. 집에 돌아온 그녀는 이곳에 자신이 해야 할 임무와 책임이 있다는 사실에 위안을 얻었지만, 그럼에도 집에 잭이 있으니 일이 한결 쉬워진 것도 사실이었다.

잭의 행동에 대해 '알랑거린다'고 표현하는 것은 야비하고 치사할 것이다. 그녀도 할 수만 있다면 다른 말을 쓰고 싶었다. 어쨌거나 잭이 아버지의 마음속에 다시 들어앉은 게 분명했다. 그녀가 알기로 잭은 지난 20년 동안 네 통의 편지를 보냈다. 집에 돌아온 지 얼마 안 돼, 그녀는 마음의 안정을 얻기 위해 시편이나 한두 장 읽으려고 커다란 성경을 찾았다. 그 성경의 구약과 신약 사이에 네 통의 편지가 끼어 있었다. 그녀는 닳아 빠진 봉투를 보고 처음에는 집안의 중대사가 담긴 편지인 줄 알았다. 그러다가 발신자 주소를 보고는 봉투를 열지도 않고 도로 제자리에 넣었다. 부자지간에 무슨 대화가 오갔는지는 몰라도, 아버지는 다른 식구들에게 그 편지에 대해 말하지 않는 것이 좋다고 판단한 게 틀림없었다. 잭에 대해 더 이상 언급하지 않았기 때문이다. 그런데 이제 잭이 아무런 설명도 없이 집으로 돌아와 있다. 그 바람에 그녀는 그가 이 텅 빈 커다란 집에서 자신을 밀쳐 내고 있는 듯한 기분이 들었다. '두 사람이 깜짝 놀라 후회하게 하려면 내가 떠나야 돼.' 그녀는 두어 번쯤 그런 유치한 생각을 했다. 그러면 어쩔 수 없이 잭이 떠날 것이다. 그렇게 되면 아버지는 평생 지울 수 없는 슬픔에 빠질 테고, 그 슬픔의 원인 제공자가 그녀라는 사실은 두말할 필요도 없으리라.

그녀는 예전에 비해 기도하고 싶은 마음이 덜했다. 그녀가 어렸을 때만 해도, 키가 크고 품위 있는 아버지가 설교단에 올라 고개를 숙이면 사람들은 물을 끼얹은 듯 조용해졌다. 그는 기도문을 읽기 전에 기도부터 했다. "우리 마음의 묵상이 받아들여지기를……." 그녀는 자신의 기도는 그와 같은 엄숙한 경지에 절대로 다다르지 못할 거라고 생각했었다. 이따금 간절하게 기도한 적도 있지만 그건 전혀 다른 문제였다. 아버지는 자식들에게 인내와 용기, 친절함과 명석함, 신뢰와 감사를 위해 기도하라면서, 그와 같은 기도는 반드시 응답받는다고 말했다. 다른 기도는 응답받지 못할 수도 있다고 했다. "주님은 너희들이 필요로 하는 걸 아신단다." 그래서 지금 홀로 밖으로 나온 그녀는 열심히 기도했다. '주님, 제게 인내심을 주시옵소서.' 하지만 그것은 정직한 기도가 아니기에 곧 포기하고 말았다. 정직한 기도라면 다음과 같았을 것이다. '주님, 오빠가 저를 적대적인 이방인 취급하고 있습니다. 아버지는 저를 한쪽으로 제쳐놓으신 것 같고요. 제 피난처인 줄 알았던 이곳에 제가 있을 자리가 없습니다. 몹시 비참하고 가슴이 찢어집니다. 제 안의 오래된 두려움이 다시 솟아나 제가 하는 모든 일을 악화시키려 하고 있습니다.' 문득 자신의 처지가 정말로 그렇게 쓸쓸할지도 모른다는 생각에 그녀는 그만 눈물을 흘리고 말았다. 곧이어 그녀는 다시 인내심과 기지와 분별력을 달라고 기도했다. 오빠와 충돌이 일어나 상처 받고 떠나지 않도록 도와 달라고, 제발 최소한 품위라도 갖추게 해달라고 기도했다. 만일 이 시간에 거리를 헤매는 그녀를 이웃 사람이 본다면 어떻게 생각할까?

그녀가 다른 기도를 곰곰이 생각하는 동안 문득 달갑지 않은 깨달음이 왔다. 자신이 실은 잭을 사랑하고 있고 그가 집으로 돌아오기를 갈망해 왔다는……. 어찌 보면 너무나 당연한 일이었다. 올케나 형부들을 제외하고 그녀의 가족들은 모두 그래 왔을 것이다. 올케나 형부는 잭을 본 적도 없고 잭의 이름조차 들은 적이 없을 테지만, 잭을 향한 가족들의 이런 막강한 집단적 감정을 깨닫게 되면 약간 놀라지 않을 수 없을 것이다. 그는 아무것도 잘하는 게 없는 말썽 꾸러기로 가족사진에서조차 눈에 띄지 않았다. 아주 극소수의 일들을 추억할 때 그가 언급되기도 했지만, 그나마 그의 부재를 아쉬워할 만한 것은 아무것도 없었다. 그럼에도 가족들은 그를 사랑했고, 그것은 피붙이가 가진 서글픈 특권이었다. 잭이 대학 진학을 위해 집을 떠났을 때 글로리는 열세 살이었는데, 그때도 그는 그녀에게 별다른 관심이 없는 듯했다. 그런데 이제 중년이 된 그녀에게, 새삼 그의 무관심이 자신에 대한 비난처럼 여겨지는 것은 왜일까? 잭이 저지른 통탄할 정도로 중대한 잘못에 비하면, 그녀가 오래전에 주제넘게 나섰던 월권행위는 아무것도 아닐 것이다. 그녀는 그렇게 마음속으로 천 번도 더 자신을 옹호했고, 필요하다면 그의 면전에서 그럴 각오도 되어 있었다. 물론 그럼에도 불구하고 절대로 그런 일이 일어나지 않기를 바랐다. 하느님, 제발!

'그럼에도 불구하고'란 지극히 위험한 사고방식이고, 부재에서 느끼는 낭만적 감정이라는 것도 알고 보면 보다 지속적인 기쁨을 방해하는 것일 뿐이었다. 그녀의 삶이 점차 비극적인 파국을 향해 치닫다 결국 끝장을 보기 전에 몇 번이나 스쳤던 깨달음이었다. 소녀 시절이 끝나갈 무렵 그 사건이 일어났을 때, 그녀는 자신이 할 수 있는 일이 있을 거라 굳게 믿었고, 따라서 충분히 노력한다면 상황이 좋아질 거라고 생각했다. 그리고 그 일이 마치 그녀 삶의 전부라도 되는 양 거기 매달렸다. 다른 형제들은 그 사건을 알지도 못했다. 페이스 언니도, 테디 오빠도....... 아버지는 말했다. 그 사실을 다른 형제들에게 털어놓을 것이냐 말 것이냐는 순전히 잭이 결정할 문제라고. 다른 사람이 형제들에게 그 사실을 알릴 경우, 잭은 크리스마스나 추수감사절에도 집에 오지 않을 수 있다고. 아버지는 눈물을 글썽이며 될 수 있는 대로 우리 셋이 그 상황을 견뎌 내서 잭의 죄책감과 수치심을 덜어 주자고 했다. 바로 그 무렵 그녀는 뜨개질을 시작했다. 그것은 극비 사항이었고, 그들은 잭을 구조하기 위해 열심히 노력했다. 부모는 그녀에게만은 모든 걸 털어놓았다. 그녀를 믿었던 것이다. 그녀도 신중하기 짝이 없는 에임스 목사 외에는 아무에게도 그 일을 발설하지 않았다. 셋이 그토록 고통스럽고 절박하게 보냈던 그 3년이, 오히려 자신에게 가장 행복했던 시절이었다는 생각이 들자 그녀는 무척 당혹스러웠다. 오빠에게 삶을 견딜 만한 것으로 만들어 주기 위해 그녀가 행했던 온갖 일들을 잭은 절대로 모를 것이다.

  어렸을 때 글로리는 오빠들 중 누구 하나라도 자신에게 관심을 보이면 뛸 듯이 기뻤다. 그러나 그런 일은 몹시 드물었다. 오빠들은 심술궂고 얄궂어서 아버지다운 구석이라곤 눈곱만큼도 없었다. 그녀보다 두 살밖에 안 많은 그레이스 언니도 이따금 그녀한테 엄마 행세를 했건만. 페이스나 호프 — 그 이름들이라니! — 언니도 넌더리가 날 만큼 성숙하고 믿음직스럽게 처신했다. 하지만 오빠들은 그녀가 옆에 있으면 그녀의 팔을 잡고 빙빙 돌리거나, 업어 주거나, 카드 속임수나 매미 껍질을 보여 주는 게 고작이었다. 그들은 자라서 고만고만한 키와 각진 얼굴과 제멋대로 뻗치는 머리카락을 지닌 홀쭉한 청년이 되었다. 그녀가 네 살 때 큰오빠 루크가 대학 진학을 위해 집을 떠났다. 댄은 그녀가 일곱 살 때, 잭과 테디는 그녀가 열

세 살 되던 해에 같이 떠났다. 테디의 학업 성적이 워낙 뛰어나서 두 학년이나 월반했기 때문이다. 방학이나 휴가를 맞아 집에 함께 모이면 오빠들은 의식적으로 즐겁게 지내곤 했는데, 그런 경향은 아래 형제들이 성년으로 진입하자 더욱 강화되었다. 그들은 농담을 던지고 서로 치고받으면서 루크의 낡은 포드를 타고 함께 집을 떠났는데, 때로는 디모인까지 그러고 간 적도 있었다. 잭을 부추겨서 같이 가는 경우도 있었다. 그들은 자신들의 자유와 남자다움, 총명함과 긴 다리를 뽐내면서도 신사적인 태도를 잃지 않았고 그 점을 자랑스러워했다. 엄마는 아들들을 교회의 왕자님들이라고 불렀는데, 성경을 손에 든 채 양복을 입고 넥타이를 맨 차림으로 교회 안을 어슬렁거리는 모습은 참으로 멋져 보였다. 보통은 셋이 그랬지만 어쩌다가 잭까지 넷이 그럴 때도 있었다. 그들은 'volo(바라다)', 'nolo(거부하다)', 'de gustibus(취향)' 같은 라틴어를 말하고 「진정한 두 마음의 결합」(셰익스피어의 소네트 116번 – 옮긴이)을 읊기도 했는데, 그런 오빠들의 모습에서 그녀는 경외감을 느꼈다. 이제 다시 잭을 보고 있노라니 그 시절이 떠올랐다. 다른 오빠들과는 성인이 된 후로 더 친밀해지면서 서로 잘 알게 되었다. 따라서 그들을 좋아함에도 불구하고, 그들이 한때 자신에게 경이로운 존재였다는 사실을 떠올리기가 힘들었다. 하지만 잭은 예전처럼 여전히 그녀에게 거리를 두고 있었고, 그런 그의 모습에 그녀는 새삼 안달을 하면서 그가 자신을 알아보고 인정해 주기를 바라고 있었다.

얼마 후 그녀는 집으로 돌아오면서 아버지가 자신을 기다리고 있을 거라고 생각했다. 하지만 도착해 보니 잭이 아버지를 침대에 모셔다 놓고 자기도 방으로 간 뒤였다. 현관 등은 그녀를 위해 켜놓았다.

다음 날 아침 그녀는 잭이 아직 쿨쿨 자고 있으리라고 생각되는 시간에 일찌감치 일어났다. 그런 다음 부엌으로 내려가 커피 끓일 준비를 하고 팬케이크 반죽을 만들면서 아버지가 일어나기를 기다렸다. 아버지는 날이 새기 한참 전에 잠이 깼으면서도 글로리가 아래층으로 내려갈 때까지 한두 시간을 그대로 누워 있는 게 습관이었다. 아버지에게는 그런 아침 시간이 가장 큰 고역이었다. 잠이 깼는데도 그냥 누워 있는 것이 얼마나 지루한 일인지 그녀도 잘 알고 있었다. '오늘 아침에는 아빠에게 좀 더 잘해 드리자. 아빠는 팬케이크를 좋아하시니까, 앞으로는 좀 더 자주 만들어 드려야지.'

아버지가 일어나는 소리가 나자 그녀는 커피를 끓이고 팬케이크를 굽기 시작했다. 이어 아버지 방으로 가서 아버지를 일으킨 후 슬리퍼를 신는 동안 팔을 붙잡아 주고 옷도 입혀 드렸다. 또 수건을 가져와 얼굴과 손을 닦도록 한 뒤 머리도 빗겨 드렸다.

"하루를 맞이할 준비가 얼추 되었구나."

"팬케이크를 만들고 있어요."

"오냐. 그거 아주 좋지. 네가 나와서 돌아다니는 소리가 꿈속에서 들리는 소리 줄 알았다. 무슨 꿈인지는 기억나지 않는다만 아무튼 발자국 소리가 들렸지."

그러고 보니 그녀는 지금까지 시계 볼 생각도 하지 않았다. 단단한 결심과 의욕에 사로잡힌 나머지, 그냥 어두컴컴한 새벽이려니 여겼던 것이다. 화장대 위 시계를 보니 새벽 3시 10분이었다. 시계를 보는 그녀를 아버지가 쳐다보았다.

"팬케이크라면 언제라도 환영이지!" 아버지가 기운 내어 말했다.

"두어 시간 더 주무실 수 있어요, 아빠."

"천만에! 커피 냄새를 맡으니 잠이 다 달아났는걸!" 아버지가 절뚝거리는 걸음으로 단호하게 부엌으로 내려와 의자에 앉더니 조심스러운 눈빛으로 두리번거렸다. 글로리가 아버지에게 접시와 칼과 포크를 가져다주었다.

"너희 둘이 사이좋게 지내지 못할까 봐 걱정이구나."

아버지의 매우 시의적절하면서도 갑작스러운 말에 그녀의 눈에 눈물이 고였다. 그녀는 돌아서서 팬케이크를 만드는 척하다가 목소리가 침착해졌다고 여겨지자 비로소 입을 열었다. "하도 오래간만에 만나서 좀 힘이 들어요. 오빠가 대학으로 떠날 때 저는 아직 어렸고 둘이 친하게 지낸 적도 없었거든요." 글로리가 접시에 팬케이크를 담자 아버지가 포크를 들었다. 그녀가 프라이팬에 다시 반죽을 부었다. "오빠가 저를 불편하게 여기는 것 같아요. 저도 오빠가 편하지 않은 게 사실이고요. 정직하게 말씀드리는 게 나을 것 같아서요."

그녀가 두 번째 팬케이크를 첫 번째 것 위에 올려놓다가, "내 발을 저기 있는 난로 위에 올려 준다면……"이라고 중얼거리는 소리를 듣고 아버지가 잠들었다는 걸 깨달았다. 손에 포크를 든 채 다정한 얼굴로 잠이 들어 있었다. 아버지를 깨우고 싶지 않아 커피 메이

커와 프라이팬의 불을 끄고 천장의 등도 끈 채 그녀도 식탁에 앉았다. 고개를 꼿꼿이 들고 있기가 힘들어서 그녀는 고개를 팔에 묻고 약간 울었다. 그런 다음 잠시 꾸벅꾸벅 졸았다. 얼마 후 잭이 계단을 내려오는 소리가 들렸다.

아직도 날이 새려면 멀었기에 잭이 불을 켰다가 재빨리 도로 끄면서 조그만 소리로 물었다. "무슨 일 있니?"

"없어요. 정말이에요."

"너, 울고 있잖아."

"맞아요."

"저 양반은 괜찮으셔?"

"잠이 깊이 드셨어요. 불 켜도 돼요."

불이 들어오자 잭이 문간에 서서 상황을 살폈다. "커피 냄새가 나던데."

아버지가 의자에서 뒤척이자 잭이 그의 손에서 포크를 빼냈다. "이 팬케이크를 안 먹고 버린다는 건 부끄러운 일이지."

"다 식었을 텐데요."

"그래도 여전히 팬케이크야. 먹어도 괜찮지?"

"그럼요. 참, 식은 커피도 있어요."

"잘됐네, 고맙다." 잭이 아버지의 접시와 잔을 가져오더니 커피를 한 잔 가득 따라 들고 팬케이크 앞에 앉았다. "식은 것도 나름 괜찮네. 약간 이상하긴 하지만. 비꼬려고 하는 소리는 아니야." 그런 다음 덧붙였다. "이게 다 무슨 일인지 정말로 설명하지 않을 작정인가 보지?"

"네. 별일 아니에요. 그러고 싶지 않아요."

"좋아." 잭이 웃으면서 말했다. "나는 항상 기꺼이 내가 있는 집의 규칙에 따르지. 로마에 가면 로마의 법을 따르라고 하잖니. 아침 먹고 나서 우리 둘 다 다시 자러 갈까?"

"아니요."

"그래야 할 것 같은데."

"아빠가 이렇게 깊이 잠드신 적은 거의 없었어요. 잠에서 깨셨을 때 아무도 없으면 당황하실 거예요. 그러니까 난 여기 있을 테니 오빠는 가서 주무세요."

잭이 잠시 아버지를 바라보았다. 그러더니 자리에서 일어나 한 팔은 아버지 무릎 아래 넣고 다른 팔로는 어깨를 감싼 채 아버지를 의자에서 들어 올렸다. 노인이 뭐라고 중얼거리자 잭이 말했다. "괜찮아요, 잭이에요." 아버지가 잭의 얼굴을, 그의 뺨과 귀를 만져 보려고 손을 들었다. 잭이 아버지를 안고 방으로 가 침대에 눕히고 이불을 덮어 주었다. 그런 다음 다시 부엌으로 돌아왔다.

"이제 너도 눈 좀 붙여."

"고마워요, 그럴게요." 글로리는 자기 방으로 올라가 침대에 누운 채 날이 밝을 때까지 자신의 삶을 증오했다.

날이 밝자 그녀는 다시 부엌으로 내려와 마치 그날 처음으로 그러는 것처럼 커피를 끓이고 팬케이크를 만들었다. 잭의 표정에는 속내가 드러나지 않았다. 아버지는 졸린 것 같기도 하고 시름에 잠긴 것 같기도 했다. "마음에 걸리는 게 있구나. '어젯밤 나는 초승달을 보았어요, 그믐달을 품에 안고 있는…….' 이게 제목이 뭐더라?"

"〈패트릭 스펜스 경의 발라드〉예요."

글로리의 대답에 잭이 말했다. "잘했어, 대학생 아가씨."

"대학생이라니, 그게 무슨 말이냐? 이 아이는 고등학교 영어 선생이었다. 오랫동안 아주 훌륭한 선생이었지. 그러다가 결혼하는 바람에 그만둬야 했단다. '그믐달을 품에 안고 있는 초승달'이라. 참 슬픈 노래지. 내 할머님이 이 노래 부르시는 걸 수도 없이 들었는데 무척 슬펐다. '오오, 아버도르에서 40마일 떨어진 곳, 100미터나 되는 깊은 곳에 패트릭 스펜서 경이 누워 있네. 발아래 스코틀랜드 영주들을 거느린 채.' 할머님은 스코틀랜드 시절이 몹시 힘들었다고 하시면서도 늘 그곳을 그리워하셨단다. 향수병으로 돌아가실 거라고 말씀하시곤 했는데 정말 그러셨는지도 모르지. 시간이 좀 걸리기는 했지만……. 아흔여덟에 돌아가셨거든." 아버지가 웃음을 터트리며 노래를 마저 불렀다. "우리 젊은이들은 결코 아주 많은 것을 보지도, 아주 오래 살지도 못하리. 그나저나 잭, 네가 나를 번쩍 들어 옮겨 놓았지? 하긴, 나도 이제는 네가 기억하는 그 옛날의 아버지가 아니지. 나도 알고 있다."

잭이 이마에 손을 갖다 대며 말했다. "무슨 말씀을요. 똑같으신데요. 그러니까……, 죄송합니다."

"괜찮다. 신경 쓰지 마라. 내가 괜한 말을 했구나."

잭의 얼굴에서 핏기가 가셨다. 잠시 후 그가 의자를 뒤로 밀치면서 말했다. "저기, 할 일이 있어서요." 잭이 마당으로 나가더니 붓꽃 화단을 따라 자신이 만들어 놓은 오솔길에 서서 담배에 불을 붙였다.

글로리가 베란다에서 그를 지켜봤다. "오빠를 도와줘야 할 것 같아요."

"오냐, 얘야. 그게 좋을 것 같구나."

글로리가 아버지를 안락의자에 잘 앉히고 신문을 드린 다음 마당으로 나갔다. 그녀가 잭의 팔을 건들자 그가 쳐다봤다.

"왜?"

"그냥, 오빠가 잘못한 게 하나도 없다는 말을 하고 싶어서요. 아빠는 사람들이 당신을 허약하게 보는 걸 싫어하세요. 그런데도 오랫동안 그런 시선을 견디셔야 했고요."

잭이 담배를 한 모금 빨고 나서 말했다. "말해 줘서 고마워."

"정말이에요. 오빠는 그냥 친절을 베푼 거예요, 아량을요. 오빠의 전설적인 매력을 과시한 거죠."

"과장이 너무 심한데. 그리고 사람들이 내 전설적인 매력에 질렸다는 것도 알고 있다고."

"음, 저야 거기 질릴 만큼 오빠의 친절을 받아 본 적이 없어서요."

잭이 웃음을 터트리며 대답했다. "날이야 아직 많지. 그나저나 무슨 뜻이 있어서 대학생 아가씨라고 한 건 아니야. 그게 어째서 무례했는지 잘 모르겠구나."

"무례하지 않았어요. 아빠는 단지 오빠가 절 좋게 생각하기를 바라신 거예요. 우리가 사이좋게 지내지 못한다고 걱정하시거든요."

잭이 그녀를 물끄러미 쳐다봤다. "그런 말씀을 하셨니?"

"네. 그러셨어요."

"어젯밤에?"

"네에."

"그래서 뭐라고 말씀드렸니?"

"저기……, 오빠와 제가 서로에 대해 잘 알지 못한다고 했어요."

"그게 다야?"

"아빠가 너무 졸려 하셔서 더 이상은 얘기할 수 없었어요."

"저 양반이 그걸 걱정하셨단 말이지."

"원래 온갖 걸 다 걱정하는 분이세요. 괜찮을 거예요. 그리고 오빠는 어떻게 하면 아빠가 기뻐하실지 항상 잘 알았잖아요."

잭이 고개를 저으며 말했다. "천만에. 내가 무슨 짓을 해도 아버지가 날 항상 어여삐 여기신 덕분이었지. 아마 꽤 자주 그랬지. 나도 내가 어떻게 그럴 수 있었는지 이해가 안 돼." 그러더니 어깨를 으쓱하며 웃음을 터트렸다. "하긴, 내가 무얼 제대로 이해한 게 있기나 했나." 그가 담배를 내던지고 나서 그녀를 힐끗 쳐다봤는데, 짜증스러운 기색이 역력한 얼굴이었다. 마치 그녀가 비밀을 털어놓게 하는 바람에 얼결에 털어놓은 걸 벌써 후회하고 있다는 듯. "방금 그 말, 변명하려고 한 말은 아니었어."

"저도 알아요. 오빠 손에 붙일 반창고 좀 가져와야겠어요. 금방 올게요."

아버지가 베란다까지 나와 있었다. 그녀가 지나가면서 아버지를 부르며 손을 흔들었다. 이어 거즈와 반창고를 가져와 아버지가 볼 수 있는 곳에서 잭의 손에 반창고를 붙였다. "괜찮을 거예요."

"정말 친절하구나. 고맙다." 잭이 반창고를 붙인 손으로 엄숙하면서도 주저하는 듯한 태도로 글로리의 머리카락을 헝클어트렸다.

그녀는 잭이 아버지가 걱정 때문에 밤에 잠을 이루지 못한다고 믿도록 그냥 내버려 뒀다. 물론 의도한 바는 아니었다. 또 오빠가 아버지를 안고 가는 모습이 정말로 보기 좋았다고 말해 주고도 싶었다. 하지만 재치 있고 세련된 언변이라고는 약에 쓰려고 해도 없는 자신이 그저 한심하고 무능하게 느껴질 뿐이었다. 그러다가 잭에게는 달갑지 않았을 칭찬을 막상 털어놓고 나니, 해방감과 함께 기운이 솟았다. 이런 게 바로 아버지가 늘 말하던, 극기에 대한 보상이라는 걸까? 잠시나마 들떴던 그녀와 달리 잭은 경계하는 표정이었다. 그녀의 말이 어떤 위험을 알려 주는 일종의 경고는 아닐까, 그렇다면 그걸 피할 방법은 전혀 없는 걸까 주의를 기울이고 있었다. 그는 자신이 아버지를 기쁘게 하지 않았다는 것을 깨달았을 뿐 아니라 어떻게 하면 기쁘게 해드릴 수 있는지도 모르던 차였다. 그래서 최소한, 자신이 무엇을 잘못했는지 파악이라도 하고 싶었을 것이다. 그런데 그런 그를 향해 그녀가 끔찍한 말을 한 것이다. 그가 기분을 상하게 할 만한 일을 아무것도 하지 않았는데도 아버지가 그를 나무란 거라고. 아버지가 늙어서 그런 거라고, 집에 돌아온 아들이 자신을 예전의 건강한 아버지가 아니라고 생각하는 것이 슬퍼서 그런 거라고……

그들은 햇빛 아래서 붓꽃에 흙을 북돋우고 뿌리를 갈라 나누는 등 말없이 일을 했다. 잭은 매우 진지한 태도로 일에 몰두했다. 글로리가 라일라를 위해 알뿌리 가운데 제일 좋은 것을 골라 한쪽에 다시 심었다.

"그 여자와 친구니?"

"사이좋게 지내고 있어요. 괜찮은 여자거든요. 아직 에임스 목사님 댁에 안 들렀죠?"

"하도 바빠서." 잭이 말하고 나서 웃음을 터트렸다. "내일은 가봐야지."

"라일라도 널따란 마당을 가꾸고 있어서 제 마당일을 도와준다고 했어요. 하지만 그녀를 남편한테서 빼앗고 싶지 않아요. 시간은 날개 달린 마차처럼 흐르니까요."

"에임스 목사님은 어떠시니?"

"아빠는 목사님을 걱정하세요. 정말이지 온갖 걸 다 걱정하시죠. 아무튼 아빠는 '에임스가 심상치 않아! 평생 그 친구를 알고 지냈는데 분명 무언가 심각한 일이 있는 것 같구나!'라고 말씀하세요." 글로리가 베란다를 바라보며 목소리를 낮췄다. "아빠는 귀가 어두우신데도 차라리 듣지 않으면 좋을 말은 뭐든지 다 들으시는 것 같아요. 그러니 조심해야 돼요."

"에임스 목사님이 오실 줄 알았는데. 아버지도 목사님이 보고 싶으실 테고. 서로 입씨름을 하거나 하다못해 장기라도 두지 않으면 48시간도 못 버티시는 양반들이잖아."

"오빠가 온 걸 아시고 부자간에 오붓한 시간을 보내라고 안 오시나 봐요."

"그렇구나. 하긴, 내가 가는 곳마다 끌고 다니는 그 특별한 기쁨을 에임스 목사님보다 더 잘 아는 사람이 누가 있을까."

"왜 그렇게 말씀하세요? 제 말을 잘못 알아들으셨군요."

"나야 여기 나타났을 때부터 늘 말귀를 못 알아먹었지. 그놈의 숙취 때문이야." 잭이 담배를 꺼내 불을 붙였다.

"얘들아! 그 정도면 오늘은 할 만큼 한 것 같구나!"

"목사님도 좀 부드러워지셨어요. 적어도 예전처럼 멍하니 넋을 놓고 계시지는 않아요. 그때는 아마 외로워서 그러셨을 거예요. 오빠가 목사님을 찾아뵈면 아빠도 기뻐하실 거예요."

잭이 그녀를 바라보며 말했다. "나도 알아. 안 그래도 그러려고 해." 그런 다음 함께 집으로 향했다. 잭이 담배꽁초를 휙 던지고 나서 이마로 흘러내린 머리카락을 넘긴 후 글로리를 위해 문을 열어주었다. 그러더니 과연 환영받을 수 있을지 망설이는 손님처럼 문 바로 안쪽에 가만히 서 있었다.

# 4

아버지가 부엌 식탁에 장기판을 꺼내 놓고 기다리고 있었다. "잭, 나는 멋진 승부를 벌이고 싶은데 글로리가 일부러 져주지 뭐냐."

"아니에요."

"아니긴. 물론 선의로 그런다는 건 알지."

"일부러 져드리는 게 아니라니까요."

"이 애는 장기를 별로 좋아하지 않아서 세 번째 수쯤에서 대충 자기가 졌다고 해버린단다. 실망스러운 노릇이지. 그럼 내 실력을 갈고 닦을 수가 없지 않냐!"

"저도 아빠만큼 이기잖아요."

"내 말이 그 말이다! 내가 반이나 이기도록 그냥 내버려 둔다니까!" 아버지가 짓궂게 웃으면서 미소를 짓고 있는 잭에게 윙크를 보냈다. 아버지가 장기 통을 열었다. "나는 검은 말을 좋아하지. 글로리, 옆에 앉아서 지켜보렴. 훈수를 들고 싶을지도 모르니까. 또 네 오라비가 길리아드 사람들은 듣도 보도 못한 전략을 터득했는지도 모르잖니!"

"아닙니다. 장기에 관한 한 그렇지 않아요." 잭이 식탁으로 와서 자리를 잡았다. 그런 다음 붉은 말을 장기판에 깔았다.

"팝콘 만들어 올게요."

"그래라, 옛날 기분 좀 내보자꾸나." 아버지가 말을 옮기면서 대답했다.

글로리도 정말로 약간은 옛날 같다고 생각했다. 비록 자식들은 머리가 희끗해지고 아버지는 늙어 버렸지만. 옛날에 아버지는 저 식탁에서 자식들이 장기 한 판 두는 것도 소란스럽다며 절간처럼 조용한 에임스 목사 집으로 피난 가서 히브리어를 분석하곤 했다. 만약 그때의 자식들이 과거로부터 지금 여기로 와 부엌에서 장기를 두고 있는 세 사람을 들여다본다면, 과연 자신들이 보는 것을 믿으려 할까? 아버지는 열중한 듯 장기판에 몸을 숙이고 있었지만, 잭은 등받이가 있는 의자에서도 편히 쉴 수 있다는 걸 보여 주려는 듯 발목을 꼰 채 뒤로 기대앉았다. 옥수수가 펑 소리를 내며 튀었다.

잠시 후 아버지가 말했다. "3판 2승으로 하자! 이 판은 내가 졌구나."

"정말요?"

"내가 이렇게 하면 너는 이렇게 할 거고, 또 내가 이렇게 하면 넌 이렇게 할 거잖니." 아버지가 손가락으로 장기판을 짚으며 설명했다. "내가 이걸 지적해야 한다니 어째 좀 이상하구나!"

"지적해 주시지 않았다면 정말 몰랐을 겁니다."

"음, 그렇다면 비긴 걸로 하자."

잭이 웃음을 터트리며 말했다. "저야 좋죠."

"나는 벌써 지쳤구나! 3판 2승 규칙은 잊어 다오. 진이 다 빠져 버렸어! 글로리, 내가 장기판을 달궈 놨으니 네가 이 녀석이랑 한 판 둬 보렴."

글로리가 잭의 맞은편에 앉자 그가 미소를 지었다. "팝콘이 아주 맛있는데."

"버터를 듬뿍 넣었거든요."

그가 고개를 끄덕였다. 아버지가 대놓고 남매가 장기를 두며 즐거워하기를 바라는 바람에 두 사람은 내키지 않는데도 불구하고 아버지의 뜻을 따랐다. 잭의 얼굴에는 아버지의 소원을 들어주겠다는 표정 외에는 아무것도 드러나지 않았다. 자기 차례가 되면 재깍 말을 옮기는 태도가 그 사실을 증명하고 있었다.

"어이쿠." 글로리가 한꺼번에 세 칸을 건너뛰자 잭이 탄식을 내뱉었다.

그러자 아버지가 거들고 나섰다. "잭, 기회를 잡은 것 같은데." 그러더니 팔을 뻗어서 손수 말을 두 칸 옮겼다. "이제 장군을 부르면 되겠구나."

"반칙이에요." 글로리의 항의에 잭이 웃음을 터트렸다.

"꼭 옛날 같구나! 정말로 즐겁긴 한데 내가 이 흥분을 감당할 수가 없구나. 그만 내 방으로 가야겠다. 아니, 너희 둘은 마저 끝내야지."

잭이 아버지를 돕기 위해 자리에서 일어나자 아버지가 말렸다. "침대까지는 충분히 갈 수 있다."

둘이 계속 장기를 두다가 문득 글로리가 입을 열었다. "그러고 보니 오빠랑 장기를 두는 건 처음인 것 같네요. 항상 저보다 어린애들 하고만 뒀어요."

잭이 말을 옮기려다 손을 떠는 바람에 말을 무릎에 떨어트리고 말았다.

"왜 그러세요?"

잭이 헛기침을 하고 나서 미소를 지었다. "너는 아스피린 병을 들고 내 뒤를 따라 몰래 2층으로 온 적이 한 번도 없었지. 아직 꼬마였으니까."

"그런 적은 없었죠. 그래도 무슨 일이 일어나는지는 알고 있었어요."

"미안하다. 그 당시에는 네가 그걸 알고 있을 줄은 정말 몰랐어." 잭이 다시 헛기침을 했다.

"제가 바보 같은 말을 했어요, 오빠. 미안해요. 잊어 주세요."

"그렇게 말하니까 그 일이 실제보다 더 나빴던 것처럼 들리는구나. 그것만으로도 충분히 나빴는데."

"좋아요. 다시는 그 이야기 안 할게요."

그러자 잭이 빤히 쳐다보며 물었다. "정확히 무슨 이야긴데?"

"그러니까…… 오빠 말이 맞다고요. 제가 오빠 뒤를 따라 몰래 2층으로 가지는 않았다고요."

"그래, 이런 이야기는 그만하자. 다 오래전 일이잖니."

그 대목에서 글로리는 그만 울화통이 터지고 말았다. '내가 왜 이 사람한테 내가 하지도 않은 말에 대해 사과를 하는 거지? 또 내가 한 말은 다 사실인데 왜 사과를 하고 있지?'

"하지만 당시에는, 그 모든 일을 오래전 일이라고 할 수 없었죠." 분노 때문에 목소리가 떨리지 않기를 바라며 글로리가 말을 받았다.

잭이 얼굴을 손으로 덮었다.

'맙소사, 내가 오빠를 수치스럽게 만들었어. 이제 어떻게 한집에서 살아가지? 오빠는 집을 떠날 거고 그럼 아빠는 상심해서 돌아가실 텐데. 다 내 탓이야.' 결국 글로리가 사과했다. "용서해 주세요."

"그럼, 물론이지."

그 순간 아버지가 부르는 소리가 났다. "얘들아. 누가 와서 좀 도와줄래?"

"내가 갈게."

잭이 자리를 떴고, 글로리는 장기판을 치운 뒤 복도로 나가 보았다. 잭이 무릎을 꿇은 채 아버지의 구두끈을 풀고 있었고 아버지는 애정이 담긴 눈빛으로 서글프게 아들을 바라보고 있었다. 그 모습을 보자 그녀는 정말로 죽고 싶었다. 자신도, 자신이 했던 모든 말도 다 사라졌으면 싶었다.

## 5

　　　　　　어느 날 한 여자로부터 잭 보턴을 찾는 전화가 왔다. 글로리가 잭이 마당에 있으니 불러 주겠다며 나가 봤지만, 잭은 보이지 않았다. 얼른 헛간으로 가보니 잭이 자동차 엔진에 몸을 숙인 채 무언가를 하고 있었다. "오빠 찾는 전화 왔어요."
　"누군데?"
　"누구라고는 말 안 했어요. 여자예요."
　"이런." 잭이 그녀를 앞질러 달려 나가 잽싸게 집으로 들어갔다. 그녀가 부엌으로 들어오니 수화기가 제자리에 놓여 있었다.
　"끊어졌더라. 세상에, 겨우 20분밖에 나가 있지 않았는데."
　"미안해요."
　잭이 고개를 저었다. "네 잘못이 아니야. 그 여자가 이름을 말하디? 그래 무슨 말을 하디?"

"세인트루이스에서 전화를 건다고 했어요. 연결 상태가 몹시 안 좋고 잡음이 많았어요. 공중전화 같았어요."

"세인트루이스라고? 그 여자가 그렇게 말했어?"

"네."

잭이 식탁에 앉으면서 물었다. "세인트루이스라고! 다시 전화한다고 하디?"

"아니요. 오빠가 전화를 받을 때까지 안 끊고 기다릴 줄 알았어요. 기다려 달라고 부탁했어야 하는 건데."

잭이 한숨을 깊이 들이마시면서 눈을 비볐다. "절대로 네 탓이 아니야." 잭은 개수대로 가서 기름투성이 손과 얼굴을 씻은 후 행주로 전화기를 닦았다. "내 탓도 아니고. 그렇게 생각해 봤자 눈곱만큼도 위로는 안 되지만……." 잭이 식탁에 앉았다. "방해가 안 된다면, 여기 좀 있을게. 언제 또 전화가 올지 모르니 전화기에서 떨어져 있을 수가 없네. 사슬에 묶여 있는 잭 보턴이군. 이제 내 간을 쪼아 먹을 독수리만 있으면 되겠구나." 그러더니 웃음을 터트리며 덧붙였다. "아무튼 전화가 왔단 말이지? 그게 어디야." 그러면서 기운을 좀 차린 것 같았다.

"오빠가 걸면 안 돼요? 그 여자는 공중전화로 걸었으니, 그 집 식구한테 걸어서 그녀한테 연락을 취할 방법을 물어보세요."

잭이 고개를 저었다. "전화 걸지 말라고 점잖게 경고를 받았어. 그것도 그 사람 아버지한테."

글로리가 자신이 읽으려던 책을 그에게 가져다주었다. 『영광의 길』이라는 책이었다.

"네 회고록이니?"

"이 집 아들들은 인간의 이름을 가졌는데, 왜 딸들은 죄다 신학적인 이름을 가졌을까요? 지금까지 받은 놀림만으로도 충분해요."

"미안하다. 나도 모르게 튀어나왔어. 앞으론 그런 농담 안 할게."

"영광의 길은 결국 무덤으로 이어지느니라, 이렇게 말하고 싶어서 안달할 필요는 없겠네요."

"고마워. 마음이 놓이는데!"

잭은 부엌에 앉아 손가락을 두드리면서 책을 읽기 시작했다. 그가 책장을 마지막 부분으로 넘기더니 결말을 읽고 나서 "슬프군!" 하며 책을 한쪽으로 치웠다. 글로리가 마당에서 콩을 가져오자 그가 껍질을 벗겼다. 그런 다음 안절부절못하며 서성거리다가 뒷문 베란다로 나가 담배를 피웠다.

두 시간쯤 지났을 때 전화벨이 울렸다.

아버지가 잠결에 소리를 질렀다. "전화 좀 받을래, 글로리?"

"잭 오빠를 찾는 전활 거예요, 아빠."

"페이스가 편지에 전화를 걸겠다고 했다. 그런데 며칠 동안이나 전화가 없었어."

"언니랑 어제 통화하셨잖아요."

전화벨이 다시 울렸다. 글로리가 "어서 받으세요!"라고 잭에게 소곤거렸지만, 그는 그녀만 쳐다보고 있었다. 그녀는 할 수 없이 수화기를 들어 그에게 건네준 다음 아버지 방으로 갔다. 아버지는 침대 가장자리에 앉아 있었다. 몹시 졸려 하면서도 굳이 일어나려고 하는 것 같아 그녀가 옷을 가져다주었다.

잭이 헛기침하는 소리가 들렸다. "여보세요?"

"참 잘된 일이로구나. 저 애는 제 형제 누이들이랑 다 통화를 해야 돼. 다들 저 애 소식을 궁금해하잖니."

잭의 목소리가 들렸다. "뭐라고요? 잘 안 들려요! 그분이 그랬어요? 언제? 내가 좀 더 크게 말할게요. 아니, 당신 탓이 아니에요. 그건 내가 알고 있어요! 그러게, 그들도 화가 나겠죠!"

아버지가 중얼거렸다. "아니, 원, 저렇게 소리를 지를 필요가 있는지 모르겠구나."

"연결 상태가 안 좋아서 그래요. 저쪽에서 공중전화로 걸었거든요."

"그래, 그렇겠지. 그게 아니라면 내가 페이스한테 전화해서 이유를 설명해야겠지. 그나저나 쟤가 그 애한테 왜 저렇게 소리를 지르는지 모르겠구나. 페이스가 저를 얼마나 좋아하는데……." 아버지의 눈이 스르르 감겼지만 글로리는 아버지의 머리를 빗겨 준 다음 슬리퍼를 신도록 도와주었다.

"오빠는 절대로 페이스 언니한테 소리 지르지 않아요. 그러니 분명 다른 사람일 거예요."

"그렇구나. 진작 그렇다는 걸 깨달아야 했는데."

글로리는 아버지의 관심을 잭의 통화로부터 딴 데로 돌리고 자신도 듣지 않으려고 애를 썼다. 하지만 잭이 깜짝 놀라고 기분도 상한 것 같아서 무슨 일인지 궁금하지 않을 수 없었다.

"그 녀석들이 계속 망을 볼 수 있다고 하면 내가 걔들 보수를 줄게요! 돈을 보내겠다고요!" 잠시 아무 소리도 들리지 않았다. "아니, 그런 뜻이 아니에요. 당신은 최선을 다하고 있어요, 존슨 부인! 나를 믿어 줘요! 정말로 당신을 비난하는 게 아니라니까요!"

아버지가 말했다. "존슨 부인이라고 하는 걸 보니 우리가 모르는 사람한테 소리를 지르고 있구나."

"제발, 그 사람이 다시 나타나면 언제라도 전화해요! 수신자 부담으로요! 그래요, 고마워요, 고마워!"

글로리가 아버지를 따라 부엌으로 내려갔다. 잭이 벽에 등을 기대고 무릎을 세운 채 얼굴을 문지르며 바닥에 앉아 있다가, 일어나며 머리를 매만졌다. 얼굴은 창백했고 눈은 붉게 충혈되어 있었다. "아무것도 아니에요. 개가 도망갔대요. 제가 어떤 사람 개를 돌봐 주겠다고 약속했거든요."

"그러냐? 개 한 마리 때문에 그렇게 소리를 질렀단 말이지?" 아버지가 고개를 흔들면서 투덜거렸다. 아버지는 이따금 몹시 퉁명스럽거나 혼란스러운 상태로 잠에서 깨어나곤 했는데, 원래 상태로 돌아오기까지 한 시간이나 걸린 적도 있었다. 잭이 그 사실을 알 리가 없었다.

"개 때문에 걸려 온 전화였어." 잭이 나지막하게 중얼거리면서 글로리를 향해 미소를 지었다. 제법 오랜 시간을 같이 보내서인지, 그녀가 자신에게 닥친 뜻밖의 어려움을 이해해 주리라고 생각하는 듯했다. "개를 맡는 게 아니었어."

"도망간 개들은 때때로 돌아오기도 해요. 그나저나 좀 앉으시는 게 좋겠어요."

고개를 끄덕이며 미소를 짓는 잭의 얼굴이 그 어느 때보다 창백해 보였다. "이 고비를 잘 넘길 거야. 괜찮아질 거야." 그러면서 글로리가 꺼내 준 의자에 앉았다. "고마워." 글로리가 물을 한 잔 갖다 주었다. "그 녀석에게 대신 다른 걸 안겨 주면 될 거야." 그가 어깨를 으쓱하며 말했다.

아버지가 그를 뚫어지게 쳐다보자 잭이 힐끗 보더니 어색하게 눈길을 돌렸다. "음, 문제가 무엇이든 간에 할 수만 있다면 내가 도와주마. 이제는 너도 그걸 알아야 할 것 같구나."

"예, 알고 있습니다."

"이즈음에는 너를 위해 기도하는 일이 많이 줄었다만, 그래도 하기는 한단다. 혹시 기도할 일이 있으면 알려 다오."

"예, 그러겠습니다."

그들이 어렸을 때, 아버지는 되도록 자식들의 흠을 잡지 않으려고 했고 적어도 대놓고 자식들에게 뭐라고 하지는 않았다. 하지만 너그럽고자 하는 본인의 의도와는 달리 종종 목소리에 나무라는 어조가 담겨 있었다. 그러나 자식들이 장성한 후로는 오랫동안 그런 적이 없었다. 그런데 방금 아버지의 어조에 예전의 나무라는 기색이 담겨 있었고, 잭은 그걸 지당하다는 듯 묵묵히 받아들이고 있었다. 결국 글로리가 끼어들고 말았다. "오빠 잘못이 아니에요. 아빠가 전화 소리에 깨서 좀 언짢으셨던 거예요. 그게 다예요."

잭이 자못 흥미롭다는 듯 부드럽게 말했다. "그런 건 조금도 중요하지 않아. 내가 잘못했든 아니든……."

"내 목소리가 좀 언짢게 들렸다면 글로리 말이 맞을 거다. 절대로 그러려고 그런 건 아니었단다. 내가 무슨 말을 했는지도 잘 모르겠구나. 할 수만 있으면 너를 돕겠다고 한 것 같은데……. 그 말이 잘

못된 것 같지는 않은데, 뭐가 뭔지 잘 모르겠구나." 아버지가 고개를 저었다.

잭이 부드럽게 말을 받았다. "물론입니다. 아주 친절한 말씀이셨어요."

"그래, 나도 너한테 그러고 싶구나. 정말이다."

날이 갈수록 잭은 글로리와 이야기를 나누기 위해 더 자주 밖으로 나왔다. 이따금 대화가 끊기고 침묵이 흐를 때가 있었다. 그러면 그는, 하고 많은 사람 중에 하필 우리 둘이, 하고 많은 곳 중 하필 이곳에서 할 일 없이 시간을 죽이고 있구나, 라고 말하듯 글로리를 향해 미소를 지었다. 그는 낯선 사람인 양 그녀를 바라보았다. 마치 함께 따분한 상황을 견디다 우연히 친해진 사람처럼. 그렇게 점잖고 담담한 눈빛으로, 네가 함께 있어서 무척이나 기쁘다고 말하는 것 같았다.

함께 마당에서 일을 하거나 설거지를 할 때면, 이따금 잭은 뒤로 물러나 글로리를 관찰하곤 했다. 불현듯 그녀에 대한 그간의 가정을 다 떨쳐 버린 눈빛이었고, 그녀가 그의 속셈을 다 파악하고 있는 사람이라도 된다는 듯한 눈빛이었다. 말하자면 그녀에게 아무것도 의지할 게 없고 그녀가 아무것도 아니라는 사실을 깨달은 듯한 눈빛으로 그녀를 물끄러미 바라보는 것이었다. 그가 혀끝으로 아랫입술을 핥는 버릇은 예전에는 없던 버릇이었다. 하지만 거리감을 느끼게 하는 눈길과 다급하게 계산하는 표정과 주의 깊은 침착한 표정은 예전 그대로였다. 그건 두려움이라고밖에 생각할 수 없어서 글로리는 '나를 믿어도 돼요.'라고 말해 주고 싶었다. 그건 예전에 식구들도 항상 그에게 하던 소리였다. 그때마다 그는 웃으면서 그 말을 믿는 척했는데, 실제로 믿고 싶기도 했을 것이다. 하지만 끝내 그러지 못했다. 아버지는 "참내, 저 녀석의 외로움이라니."라고 말했었는데 이제 그녀도 그 사실을 자기 눈으로 확인하고 있었다. 그녀는 잠시, 홀로 외로움에 빠진 그에게 버림받았다는 느낌으로 쓸쓸해졌다가 다시 편안하고 스스럼없는 농담을 주고받고 나서야 간신히 그 기분을 떨칠 수 있었다. 그들이 동시에 슬픈 생각에 빠져 있을 때면, 잭은 그녀를 슬픔에서 벗어나게 하려고 "헤이, 짝꿍!" 하고 부르며 동병상련의 미소를 지어 주곤 했다. 잭이 그녀의 친구가 될 줄이야, 꿈에도 생각지 못한 일이었다.

그는 종종 이 집에서 어떻게 지내야 할지 조언을 구했고 대개는 그녀의 조언에 따랐다. 한번은 베란다 앞에 자라는 덩굴 가지를 쳐도 되느냐고 물었다.

"안 치는 게 더 나아요. 벌새들을 부르려고 심은 거거든요."

"이것 때문에 아버지가 길에 누가 지나가는지 잘 못 보시는 것 같아서……."

"그렇긴 하지만 아빠도 개의치 않으세요. 벌새를 좋아하시거든요. 엄마도 그러셨는데, 그게 아빠가 벌새를 좋아하는 이유이기도 해요."

"그렇겠구나. 어렸을 때는 이렇게 생긴 집에는 미친 사람들이나 산다고 생각했는데……. 볼썽사납게 무성하잖니."

글로리가 웃음을 터트렸다. "스러시 부인 집이 생각나요. 테디 오빠가 그 집 신문을 수거하러 갈 때면 꼭 오빠보고 같이 가자고 했잖아요. 그 집의 오래된 관목들이 무서워서."

"나도 그 생각을 했어. 그 부인은 할로윈데이 밤이면 현관에 서서 과자와 사과가 있다며 지나가는 아이들을 부르곤 했지. 하지만 다들 도망치기 바빴지."

"아빠와 아빠의 덩굴도 유명해요. 그래도 덩굴 때문에 우리 집이 이상하게 보이는 건 사실이에요."

"그러게 말이다."

잠시 후 잭은 길가에 나가 덩굴을 유심히 살펴보았다. 결국 이튿날 늘어진 가지를 치기 시작하더니 다음 날은 좀 더 많이 치고 그다음 날은 한층 더 많이 쳐냈다. 쳐낸 가지는 헛간 뒤에 잘 쌓아 놓았다. 그녀 말에도 불구하고 집이 덜 으스스해 보이도록 잭이 은밀한 작전을 벌인 걸 보고, 글로리는 깜짝 놀랐다. 그는 심지어 헛간에서 찾아낸 화분에 피튜니아를 심어 계단에 올려놓기까지 했다.

그녀가 그 사실을 알아차리자 잭이 변명하듯 말했다. "아무도 신경 쓰지 않을 줄 알았는데……."


점차 그는 다시 전화가 오리라는 희망을 버린 듯 보였다. 대신 헛간에서 자동차 엔진을 들여다보며 시간을 보냈다. 보턴가 사람들은 원래 광고라도 하듯 사람들이 다 보는 앞에서 자동차에 매달려 일하는 걸 꼴사납게 여겼다. 게다가 잭은 혹시 자동차를 고치는 데 실패하면 그걸 빌미로 자신이 사람들 입방아에 오르내릴까 봐 두려워했다. 그런 모습을 보면서 글로리는 창피를 면하려는 그의 태도야말로 매사에 지나칠 정도로 예의 바른 보턴가의 특징이라고 생각했다. 어쨌거나 그는 하루의 상당 시간을 흙내 나는 축축한 은신처인 헛간에서 지냈다. 딱딱하게 굳은 자동차 가죽 시트에 기름을 먹여서 탄력을 되찾게 하거나, 말 여물통에 새는 부분이 있는지 보려고 팽팽한 튜브를 집어넣기도 하면서.

그들은 한때 말을 키웠다. 회색 얼굴의 하얀 얼룩말로, 다리털은 또 다른 색깔이었다. 그들은 그놈을 '눈송이'라고 불렀는데 이마에 희끄무레한 털이 세로로 나 있었기 때문이다. 아버지가 맨 위의 두 아이를 위해 그놈을 처음 데려왔을 때 그놈은 아주 유순했다. 루크와 페이스가 아장아장 걸을 무렵에 그 말과 찍은 사진이 남아 있는데 둘은 말에 걸터앉고 아버지는 고삐를 쥐고 있었다. 그 말이 유순하다는 것은 곧 늙었다는 뜻이었으니, 사진 속에서도 지치고 어리둥절한 모습이 손에 잡힐 듯했다. 그럼에도 불구하고 그 말은 지긋지긋하게 오래 살았다. 늙고 곰팡내 나는 말이 헛간이나 목장에서 다리를 벌리고 서 있던 모습을 글로리는 지금도 기억하고 있다. 마치 땅바닥이 한쪽으로 기울어질까 봐 무서워 두 다리로 힘껏 버티고 서 있는 것 같았다. 그렇지만 어린아이들의 눈에는 그놈이 기사의 위엄과 낭만을 지닌 것처럼 보였다. 그래서 아무리 해가 바뀌고 또 바뀌어도, 그놈의 따분하고 혼란스러운 삶을 끝내 주어야 한다는 생각은 감히 떠올리지 못했다. 그러던 어느 날 마침내 눈송이가 죽었다. 오빠들은 그놈이 어떻게 죽음을 향해 달려갔는지에 관해 끔찍한 농담을 해댔다. 그놈이 영원한 자유를 향해 달려가듯 길리아드를 돌진하다가 노부인과 아기들의 유모차를 덮쳤다며 낄낄거렸다. 그 후로 오빠들은 풀이나 접착제처럼 끈적끈적한 모든 것을 '눈송이'라고 불렀는데, 그에 대해 아버지는 노여워했고 어린 동생들은 당혹감을 감추지 못했다. 어쨌거나 헛간 벽에는 아직도 말 여물통이 세워져 있고 그 위의 못에는 고삐가 걸려 있었다. 그것이 아련한 향수를 불러일으켰다. 그 때문인지 헛간에 들어서면 애잔한 낭만 같은 게 느껴졌다. 남아 있는 지푸라기 몇 가닥이 햇살을 받아 반짝였다. 이따금 헛간을 보고 있노라면 아버지가 그 모든 추억을, 그 순수한 불변의 힘을 간직하려 한 게 틀림없다는 생각이 들기도 했다. 그러면 자식들이 오랜만에 집에 왔을 때, 특히 잭이 돌아왔을 때 따로 이러쿵저러쿵 추억을 상기시킬 필요가 없을 테니까.

     잭은 여전히 거의 날마다 편지를 부쳤다. 그는 약국 뒤에 있는 우체국으로 편지를 들고 갔는데, 그럴 때마다 양복에 넥타이에 모자까지 정성스레 차려입었다. 글로리는 속으로 체면치레라고 생각했지만 잭은 구두까지 반짝반짝 광을 내며 열심이었다. 돌아오면 가끔 길에서 만난 사람 이야기를 했다. 그 사람이 누구인지 알아보았을 경우로, 좀 더 엄밀히 말하면 상대방이 잭을 먼저 알아봤다는 게 맞았다. 그는 그 때문에 신이 난 듯 그들과 나눈 짧막한 대화를 전해 주곤 했다. 어느 날은 이렇게 말하기도 했다. "여기서 정직한 노동자 잭 보턴으로 다시 태어날 수 있을 것 같

아. 집에 수수한 마누라와 강아지랑 장난치며 노는 어린애가 있는……. 터무니없는 생각은 아닐 거야." 하지만 가끔은 사람들에게 외면당했거나 무시라도 당한 듯 잔뜩 찡그린 얼굴로 말없이 돌아오기도 했다. 그 많은 편지를 누구에게 보내는 건지, 답장은 받았는지는 일절 함구했다.

어느 날 글로리가 응접실 선반에 빽빽하게 놓인 자질구레한 선물과 기념품들의 먼지를 닦고 있는데, 잭이 들어오며 말했다. "글로리, 네가 시키는 대로 했어. 에임스 목사님 댁에 들러서 인사를 드렸지. 사모님도 만나고." 이어 소리 내 웃으면서 덧붙였다. "그렇게 오랜 세월이 흘렀는데도 그 양반은 아직도 내 꼴을 못 봐주시더라."

"다정한 분이세요. 밤을 꼴딱 새워 피곤하셨나 보죠."

"네 말이 맞겠지. 나야 신경이 둔하니까. 하지만 만일 나더러 눈치챌 수 있는 거 딱 한 가지만 말하라면, 그건 바로 혐오감이야. 그 양반이 베란다에 앉아서 이렇게 생각하시는 것 같았어. 그 개새끼, 잭 보턴이 오는구나."

"그럴 수도 있고 아닐 수도 있어요."

"미안하다."

"뭐가요?"

"험한 말을 해서."

"괜찮아요."

잭이 고개를 흔들면서 말했다. "내가 힘들었나 보다." 그러면서 피아노 뚜껑을 열고 도를 눌렀다. "누가 이걸 조율해 놨니?"

"집으로 돌아가겠다는 제 편지를 받고 아빠가 해놓으셨어요. 답장에 먼저 유감의 뜻과 기도문을 쓰신 다음 '우리 집에 다시 음악이 흐른다면 좋겠구나.'라고 하셨거든요. 그런데 제가 안 쳤어요. 그러고 싶지 않았거든요."

잭이 슬그머니 의자에 앉았다. "악보를 보지 않으면 칠 수가 없지만……." 그러더니 상상 속에서 술을 한 모금 홀짝인 다음 잔을 내려놓고 노래를 부르기 시작했다. "당신 심장에 사랑의 불이 타오를 때 당신은 알아차려야 해요. 사랑의 연기가 당신 눈을 가린다는 것을."

"나는 그 노래 싫은데."

"그 옛날의 모든 장소에서 나는 당신을 보고 있을 거예요……."

"그만하세요."

잭이 웃으면서 어깨를 으쓱했다. "미안해. 정말 미안해. 레퍼토리가 부족해서 그래."

"오빠한테 레퍼토리씩이나 있어요? 연습한 적도 없었잖아요!"

"어릴 때는 사람들이 신자가 되려고 피아노를 치는 줄 알았어. 그걸로 돈을 벌 수도 있다는 말은 아무도 안 해줬으니까."

옆방에서 높고 날카롭고 완벽한 음정의 아버지 노랫소리가 들렸다. "나는 이 육신의 껍데기를 버리고 영원한 상을 받기 위해 날아오르겠네……."

"아버지가 신청곡을 넌지시 알려 주시는 것 같은데." 잭이 약간 멋을 부리면서도 경건한 분위기로 찬송가를 연주하기 시작했다. "공중을 날아가면서 노래 부르리. 잘 있어요, 잘 있어요, 기도하는 즐거운 시간이여." 가사를 알고 있는지 잭은 피아노를 치면서 작게 노래도 불렀다. 그 노래는 예나 지금이나 아버지가 가장 좋아하는 찬송가였다.

"좋구나! 괜찮다면 〈강가에서 만납시다〉나 〈교회의 참된 터〉도 쳐주렴." 그러면서 아버지는 좀 더 유쾌하게 노래를 부르기 시작했다. "강가에서 만납시다, 아름답고 아름다운 강가에서." 잭이 아버지의 노랫소리에 따라 피아노를 치기 시작했다. "아주 감동적이었다, 잭! 아주 오래된 노래들이지. 노래를 부르고 나니 배가 고프구나. 4시니까, 과자를 좀 먹어도 되겠지?"

"제가 갖다 드릴게요, 우유는요?"

"좋지."

잭이 과자 접시와 우유 잔을 가져왔다. "여기 있습니다, 아버지." 아버지가 말했다. "항상 '아버지'로구나. 아빠라고 부른 적이 없지. 이제는 사내놈들 중에도 아빠라고 부르는 애들이 있는데……."

"습관이 되어 그렇습니다. 언짢으세요?"

"아니다, 잭. 나는 괜찮다! 부르고 싶은 대로 부르렴! 네 목소리를 듣는 것만으로도 행복하구나. 이 집에서 다시 네 목소리를 듣는 것만으로도 충분해. 정말 꿈만 같구나. 네 엄마한테 말하면 절대로 안 믿을 거다." 그러면서 잭의 손을 잡고 쓰다듬었다.

"감사합니다, 아버지. 저도 집에 오니 참 좋습니다."

"아무렴, 그래야지. 나도 그러기를 바란다. 이건 그 문제랑은 아무 상관도 없는 일이니까." 아버지가 다시 한 번 잭의 손을 어루만지다가 놓아 주었다. "그 문제에 대해서는 내가 할 수 있는 일이 별로 없구나. 일이 그렇게 됐다. 그나저나 글로리가 마음의 상처를 크게 받았단다. 아주 심하게." 아버지가 고개를 흔들었다.

143

잭이 이제야 뭔가를 깨달았다는 듯 그녀를 쳐다봤다. 혹은 긴가민가했던 자신의 느낌을 확인하려고 그녀의 반응을 보는 건지도 몰랐다. 그녀는 어찌할 바를 몰랐다. 아버지는 몰라도 좋을 것을 너무 많이 알고 있었다. 당신의 행복에 지장을 줄 만큼. 게다가 이제는 아주 폭삭 늙어 버렸다.

"저녁 준비할게요."


다음 날 아침 잭은 일찌감치 마당으로 나가 잡초를 베고 삽으로 흙을 팠다. 잠시만 한눈을 팔아도 마당은 금방 엉망이 되었다. 머리에 닿을 만큼 웃자란 잡초와 조그만 꽃송이가 수없이 달린 삐쩍 마른 풀줄기들, 벌들이 잉잉거리는 먼지투성이의 라벤더 따위가 눈에 띄었다. 노란 데이지와 쐐기풀, 아스클레피아스와 봉선화와 가시나무, 그리고 탐욕스럽게 뻗어 나가는 덩굴풀도 한몫했다. 뜨거운 햇볕에 시든 덩굴풀은 살짝만 건드려도 가시가 달린 조그만 수염이 묻어 나왔는데, 뿌리가 워낙 깊고 단단히 박혀 있어서 뽑아내기가 여간 힘들지 않았다. 잭은 떠오르는 아침 햇살을 받으며 죽자 사자 잡초와 씨름하고 있었다. 글로리가 커피를 한 주전자 끓여서 잭에게 한 잔 갖다 주었다.

"밥맛 좀 나게 하려고 일 좀 한 거야. 낮에는 먹고 밤에는 잘 거다." 잭이 삽을 땅속에 박아 놓고 커피를 한 모금 마셨다. "맛이 끝내주네. 고마워."

그때 에임스 목사의 어린 아들 로비가 친구 토비아스와 함께 길을 걸어가는 게 보였다. 웃음소리로 보아 무슨 재미있는 이야기나 농담을 주고받는 것 같았다. 로비가 두 사람을 보고 소리를 질렀다.
"안녕하세요, 보턴 씨!"

"나보고 하는 소리 같은데." 잭이 동생에게 커피 잔을 건네준 후 마당 가장자리로 걸어갔다. "쥐고 있는 게 뭐니, 꼬마야? 야구공이니?"

"아니에요, 그냥 공이에요." 로비가 공을 들어 올리며 대답했다.

"야구공이랑 제법 비슷한데. 이리 던져 봐라."

로비가 마당 안으로 공을 던지자 잭이 한쪽 무릎을 꿇고 공을 받아 투구 폼을 잡더니 공중에서 원을 그리다가 공을 내던졌다. 아이들이 웃음을 터트리며 좋아했다. 토비아스가 말했다. "내 차례야. 이번에는 내가 던질 거야." 다시 한 번 공이 마당 안으로 떨어졌다. 잭이 공을 집어 들고 투우사처럼 몸을 비스듬히 기울이더니 두 손으로 공을 꼭 쥔 채 가슴에 대고 토비아스를 향해 폼을 잡았다. 아이들이 깔깔거렸고 잭이 발을 들면서 말했다. "자, 와인드업, 투구." 이어 원을 그리면서 공을 길로 던졌다. 아이들이 웃음을 터트리고 발을 구르면서 외쳤다. "한 번만 더 해주세요!" 그러고는 잭에게 공을 던지자 잭이 공을 돌려주며 말했다. "미안, 신사 여러분. 다음에 하자. 할 일이 있거든."

토비아스가 물었다. "너, 저 아저씨랑 친척이니?" "아까 말했잖아. 친척 아니라고!" 두 아이가 인사를 한 뒤 재잘거리며 길을 걸어갔다.

잭이 아이들을 보며 말했다. "참 착한 녀석들이네." 이어 바짓가랑이에 묻은 흙을 털어 내며 중얼거렸다. "정말로 그러지 말았어야 했는데."

글로리는 속으로 방금 땅볼을 받아 던졌던 잭 오빠의 낯설고도 독특한 우아함을 절대 잊을 수 없을 거라고 생각했다. 오빠들이 집에서 야구를 할 때면, 외톨이 잭까지 거기 끼었다. 어쩌면 그 때문에 오빠들이 그토록 야구에 열을 올린 건지도 모른다. 잭은 야구 기록과 통계를 놓고 다른 형제들과 입씨름을 벌이기도 했고 함께 라디오로 야구 중계를 듣기도 했다. 이따금 멋지게 공을 잡아내거나 완벽한 번트를 날리는 등 뛰어난 활약을 보여 주기도 했다. 평소와는 다른 활기찬 모습이었다. 그러면 잠시 동안이나마 잭을 비롯해 모두가 즐거워했다. 그동안 글로리는 그 모든 것을 까맣게 잊고 있었다.

"여기까지 말끔히 정리하셨네요. 그렇잖아도 이걸 어떻게 해보려고 했는데." 해마다 조롱박이 저 혼자 씨를 뿌리고 열매를 맺는 울타리 곁의 잡초까지 잭이 다 뽑아 놓았던 것이다.

"이제 새들이 딸기를 좀 쉽게 찾을 수 있겠지." 잭은 정작 슬플 때 오히려 한껏 들뜨는 경향이 있었다. 지금 그의 눈이 바로 그렇게 이상한 통명스러움을 담고 반짝거렸다. 무엇이 그를 슬프게 한 걸까? 잭이 다시 한 번 무릎의 흙을 털며 어깨를 으쓱했다. "아담이 땅을 파고 이브가 실을 잣던 시절에는 누가 신사였을까(14세기 후반 잉글랜드 남부에서 벌어진 농민혁명 당시 농민들이 외치던 구호 – 옮긴이)?"

"그나저나 오빠한테 작업복이 필요할 것 같아요."

"맞아, 가슴까지 올라오는 작업복 바지를 늘 입고 싶었어."

"막 빨 수 있는 걸로요."

잭이 고개를 끄덕인 다음 담배를 꺼내 불을 붙였다. "그걸 입으면 내가 낯선 나라에 온 이방인처럼 보이지 않을까?"

"글쎄요. 그거야 오빠 바지니까요."

"그래, 내 바지지. 그걸 지적해 주다니 참 친절도 하시네."

잭이 담배를 던진 후 다시 땅을 파기 시작했다. 글로리는 방금 잭의 말이 좀 무례하다는 생각이 들었다. 그러면서 샐러드를 만들기 위해 감자를 까려고 부엌으로 갔다. 잠시 후에 잭이 현관을 지나 부엌으로 오더니 문가에 섰다.

"미안하다."

"뭐가요?"

"방금 내가 무례하게 보였다면……."

"아니, 천만에요."

"그럼 다행이고. 그럴 생각은 없었어. 정말로."

그는 다시 밖으로 나갔다.

글로리가 골파와 파슬리를 따러 마당으로 나갔더니 에임스 목사가 거리를 어슬렁거리는 게 보였다. 잭이 말했다. "나 때문에 우리 집으로 못 들어오시고 저러시는 것 같군. 나를 피하실 필요는 없는데……."

"아빠는 요즘 존 포스터 덜레스(1888~1959, 미국의 정치가로 아이젠하워 밑에서 국무 장관을 역임 - 옮긴이) 욕을 하고 싶어서 안달이신데, 에임스 목사님한테 투덜거리지 않고 하루라도 버틸 수 있으실지 궁금하네요."

"그러면 그 양반은 우리가 대화에 끼어드는 걸 바라지 않으시겠군. 그거 좋네." 그러면서 덧붙였다. "나도 참 고약한 놈이다."

글로리가 다락으로 올라갔다. 그곳은 지금 당장 사용하지 않아 치워 두기는 했지만 아주 쓸모없다고는 할 수 없는 물건들이 거하는 망각의 집이었다. 가령 문명사회가 붕괴된다면 여기 처박혀 있는 낡은 구두와 구부러진 우산 따위가 얼마나 반가울 것인가. 아무리 형편없더라도 없는 것보다는 나을 테니까. 신앙심이 깊은 다른 가정에서는 필요 없는 것들을 남에게 주었다. 보턴가는 그런 자선을 베풀기 전에 과연 그 물건들 없이 지낼 수 있는지 실험이라도 하듯 그것들을 일단 다락에 넣어 두었다. 그렇게 세월이 지나다 보면 거기에 자극적인 방충제 냄새가 배었고, 처음에는 맵시 있고 근사했던 물건들도 어쩔 수 없이 시대에 뒤떨어진 물건이 되어 남한테 주기가 곤란해졌다. 그 바람에 이따금 엄마는 먼지를 털면서 빈손으로 다락에서 내려와 결국 고아원에 수표를 보내곤 했다.

따라서 아버지가 신장과 체중이 줄기 전에 입었던 셔츠도 틀림없이 다락에 있을 것 같았다. 아니나 다를까, 글로리는 마호가니 궤짝에서 깨끗이 세탁되고 다림질까지 된 셔츠를 여러 장 발견했다. 마치 셔츠 스스로 자신들의 장례식을 준비한 듯 말끔한 모습이었다. 다만 색깔이 좀 바랬고 또 오래된 세월 냄새, 풀 먹인 냄새, 라벤더와 마호가니 냄새 외에 올드스파이스 로션 냄새도 어렴풋이 풍겼다. 그 냄새를 맡자 글로리는 눈물이 핑 돌았다. 그녀는 그중 소맷부리와 칼라 상태가 가장 새것으로 보이는 셔츠 여섯 장을 골랐다. 그런 다음 잭이 보기 전에 세탁해야겠다고 생각하며 부엌으로 내려왔다.

그녀가 부엌으로 들어서자 서랍을 뒤지고 있던 잭이 그것을 닫으면서 말했다. "줄자를 찾던 중이었어. 저기 마당에 철사 같은 걸로 울타리를 치면 좋겠다 싶어서……." 잭이 자신의 행동을 일일이 설명해야 한다고 느끼는 것 같아 글로리의 심기가 불편해졌다.

"옛날에 아빠가 입으셨던 셔츠들을 다락에서 찾았어요. 오빠가 집에서 입으면 좋을 것 같아서요. 옷감이 좋아요."

잭이 뒤로 물러서면서 미소를 지었다. "이게 무슨 냄새지? 마호가니? 풀? 백합? 양초? '유덕(有德)의 향기'라는 구절이 생각나네."

"세탁하는 중에 유덕의 향기가 풍길 거라고 확신해요."

그 말에 잭이 웃음을 터트렸다.

"세제와 햇빛에 어떻게 되나 확인한 다음 다시 여쭤 볼게요."

"나 때문에 고생한다."

"고생 아니에요."

잭이 고개를 끄덕이며 마침내 그 사실을 인정한다는 듯 무덤덤하게 말했다. "넌 정말 친절해."

"고마워요."


셔츠가 세탁기 안에서 돌아가고 아버지가 〈기독교의 세기〉 신간호에 열중해 있는 동안, 글로리는 식료품점에 다녀오기로 마음먹었다. 더 이상 사람들과의 접촉을 피하지 않기로 했다. 잭도 세상과 용감하게 맞서고 있으니, 자신도 그럴 수 있다고 생각하며. 아름다운 오후였다. 날씨는 화창하고 따듯했고 나뭇잎도 신록을 자랑하며 반짝이고 있었다. 그녀는 집 안 가장 어두컴컴한 곳에서 소설을 읽어야 한다는 이상한 고집 덕분에 그동안 날씨를 잊고 살다시피 했다. 식당에 있는, 그 따분한 라디오 옆자리가 그녀가 그 고집을 벗어나 앉는 유일한 자리였다. 식료품점은 한산했고 점원은 친절했다. 누런 봉투를 들고 찬란한 한낮의 거리를 걸어 다시 집으로 돌아오면서 이렇게 밖으로 나온 것만으로도 자신에게 좋은 일을 했다는 생각이 들었다. 봉투 냄새와 함께 양배추와 체더치즈 냄새가 향기롭게 풍겼다. 글로리는 하루 이틀쯤은 『앤더슨빌』을 한쪽으로 제쳐 놓겠다고 결심했다.

잭이 양손을 엉덩이에 올린 채 인도에 서서 전파상 진열장을 들여다보고 있었다. 진열장에는 항상 두 대의 텔레비전이 놓여 있었는데 하나는 이동형이고 다른 하나는 붙박이형으로 하루 종일 화면 조정용 화면을 틀어 놓고 있었다. 텔레비전이 진기한 물건이던 시절부터 오랫동안 변함없이 그래 왔다. 어떤 여자가 그의 곁에 멈춰서서 잠시 화면을 보았다. 여자가 잭에게 뭐라고 하자 그가 고개를 끄덕이며 대답했고 이어 여자는 가던 길을 갔다. 글로리가 잭 옆으로 다가갔다. 그래도 그는 화면에서 조금도 눈을 떼지 않은 채 모자 챙을 만지작거렸다.

글로리가 물었다. "몽고메리예요?"(몽고메리 버스 보이콧 사건. 1955~1956년 앨라배마주 몽고메리에서 흑백 분리주의 철폐를 요구하며 마틴 루터 킹 목사를 중심으로 흑인들이 벌인 시위 — 옮긴이)

"응, 그래."

이어 화면에 치약 광고가 떴다.

"라일라가 그러던데 에임스 목사님 교회에서 목사님이 야구 경기를 보실 수 있도록 텔레비전을 사 드릴 계획이래요. 그럼 아빠도 갖고 싶으실 거예요."

잭이 그녀를 바라보며 "좋은 생각이네." 하더니 그녀의 꾸러미를 받아 들고 집을 향해 걷기 시작했다. "이동형은 200달러쯤 할걸. 하지만 아버지께 먼저 여쭤 봐야겠지."

"일단 집으로 배달시키고 싫다고 하시면 도로 가져가게 하죠."

잭이 헛기침을 했다. "지금 당장 그렇게 하면 되겠네."

"맞아요. 고르는 걸 도와주실래요?"

"아니야. 여기서 기다릴게." 그가 웃으면서 말했다. "지금껏 텔레비전만 한 시간을 들여다봤거든. 다 잘 나오는 것 같더라."

글로리는 다시 전파상으로 돌아가 안테나가 달린 18인치짜리 필코를 골랐다. 점원이 아버지의 안부를 물은 뒤 오빠 언니들의 안부도 차례로 묻더니 마침내 잭의 안부도 물었다. "잠깐 다니러 온 건가요, 아니면 살려고 왔나요?"

글로리는 "그냥 잠깐 다니러 왔어요."라고 대답했다. 오빠가 왜 돌아왔는지 모른다고 하면 점원이 더 호기심을 드러낼 게 뻔했다. 게다가 막 손가락에 묻은 기름을 닦으며 뒷방에서 가게 주인까지 나오고 있었다. 그녀는 잭이 의례적인 인사말 외에는 아무 말도 걸지 않는 사람들에 둘러싸여, 못 통과 기계 벨트와 쇠지레 사이에 서 있는 모습을 상상해 봤다. 또한 사람들이 자신을 주목하고 있음을 알아차리지 못한 채, 가죽과 나무와 번들거리는 금속 냄새로 가득 찬 굴속같이 어두운 방에서 명멸하는 텔레비전 화면을 바라보고 있는 모습도……. 징 박힌 구두와 작업복 틈에서, 목표를 향해 힘차게 돌아가는 기계들 사이에서 그가 도시적인 복장으로 한가하게 빈둥거리고 있는 모습도 상상해 봤다. 이곳은, 걸핏하면 쩔쩔매기 일쑤고 남이 속으로 하는 비난까지 쉽게 감지하는 사람이 어슬렁거리기에는 적당하지 않았다. 잭은 가게 밖 인도에 선 채 진열장 텔레비전에 나오는, 당국을 맹렬히 비난하는 흑인 군중을 잠자코 쳐다보고 있었다.

텔레비전은 그날 오후에 배달될 거라고 점원이 말했다. 또 만일 목사님이 사겠다고 하면 언제든지 가서 지붕에 안테나를 설치해 주겠다고 했다. 전파상 주인도 똑같은 내용을 다시 한 번 확인시켜 주었다. 사람들은 항상 아버지의 편의를 봐주려고 열심이었고 이런 일상적인 거래에서조차 각별하게 친절을 베풀려고 했다. 그 바람에 그녀는 그들의 모든 질문에 어쩔 수 없이 다 대답해야 했다. 점원과 주인은 이구동성으로 텔레비전이 노인들에게 큰 위안거리라면서 곧 야구 시즌이 시작된다는 것도 알려 주었다. 그 밖에 그녀는 약간의 소문도 들어 줘야 했다.

잭이 한참 동안이나 양팔 가득 식료품 꾸러미를 들고 기다린 끝에 마침내 글로리가 전파상에서 나왔다. "다 끝났어?" "네. 고마워요." 잭의 말에 따라 글로리가 봉투에서 우윳병을 꺼냈더니 기우뚱하던 봉투가 들기에 좀 편해졌다.

집에 도착하자 잭이 거실 탁자 위에 텔레비전을 올려놓았다. 이어 플러그를 꽂고 텔레비전을 켠 다음 화면이 제대로 잡힐 때까지 안테나를 이리저리 움직였다. 아버지가 들어와 잭이 텔레비전 앞으로 옮겨 놓은 안락의자에 앉았다.

"우리 집에도 이게 생겼단 말이지? 우리도 아주 현대적이 됐구나." 아버지는 입을 다문 채 텔레비전 화면을 바라봤다. 대형 시계가 똑딱거리며 시간을 알릴 동안 하이힐을 신은 여자가 찻숟가락에 계란을 올려놓고 무대를 오락가락 달렸다.

"곧 뉴스가 시작될 거예요, 아빠."

"오냐, 그래. 이제 막 이런 프로는 별로 얻을 게 없다는 말을 하려던 참이었다. 그런데도 사람들은 이걸 보고 웃지. 다 큰 여자한테 저런 짓을 시키다니, 하기야 돈을 받았으니 저러겠지……."

아버지의 말에 글로리가 대답할 동안 전화벨이 울렸고, 잭이 부엌으로 달려갔다. 루크의 전화였다. 잭은 뉴스를 보려고 다시 거실로 돌아와 엉덩이에 손을 얹고 섰다. 화면에서는 곤봉을 든 백인 경찰이 흑인 시위대를 밀치고 잡아당기고 있었다. 경찰견도 있었다.

아버지가 말했다. "저런 일로 흥분할 필요 없다. 여섯 달만 지나면 아무도 기억하는 사람이 없을 게야."

"어떤 사람들은 기억할 겁니다."

"얼마 전만 해도 다들 매카시 상원의원에 대해 시끄럽게 떠들어 대지 않았니? 그가 논쟁을 벌이는 걸 지켜보면서……. 진실이 무엇이든 간에 어떤 문제를 중요하게 보이도록 만드는 건 텔레비전이지. 그런데 지금은 누구 하나 매카시에 대해 입도 뻥긋 안 하잖니."

"음, 그래서 그 일이 중요하지 않다는 말씀이신가요?"

"그렇다고 할 수는 없지만, 나도 잘 모르겠구나. 아무튼 나도 매카시를 좋아한 적은 없다."

경찰들이 개들과 함께 흑인 군중을 뒤로 밀어내면서 그들을 향해 소화 호스를 틀었다. 그걸 보고 잭이 중얼거렸다. "우라질!"

아버지가 의자에서 몸을 돌렸다. "그런 말은 이 집에서는 용납 못한다."

"저는……." 잭이 무슨 말인가 하려다가 얼른 말을 삼켰다. "죄송합니다."

화면에서는 한 공무원이 법대로 처리할 계획이라고 발표하고 있었다. 잭이 조그만 목소리로 중얼거리다가 아버지를 힐끔 건너다보았다.

아버지가 말했다. "나도 법대로 처리하는 게 필요하다고 생각한다. 사도 바울도 모든 일을 '품위 있고 규칙에 맞게' 해야 한다고 했지. 저렇게 거리에서 날뛰는 사람들을 그냥 놔둬서는 안 된다."

잭이 찰각하고 텔레비전을 껐다. "죄송합니다. 제가 좀……."

"미안해할 필요 없다, 잭. 젊은이들은 세상이 바뀌기를 바라고 늙은이들은 세상이 그대로 있기를 바라지. 그러니 너하고 나 사이에서 누가 옳고 누가 그르다고 판단할 수 있겠니? 그냥 서로 용납할 수밖에." 잠시 후에 아버지가 덧붙였다. "이 문제로 입씨름을 벌이고 싶지는 않구나. 나는 고함을 지르는 것도 싫고 주님의 이름이 섞인 욕을 듣고 싶지도 않다(우라질Goddamn에 God이 들어가서 하는 말―옮긴이). 너는 별 의미 없이 내뱉었겠지만, 나한테는 그게 중요한 문제다. 너도 그건 존중해 줄 수 있겠지?"

"예, 아버지." 잭이 물러나면서 셔츠 주머니에서 담뱃갑을 찾았다. 손이 떨리고 있었다. 그가 문간에 멈춰 서서 아버지를 돌아보았다. 고개를 앞으로 내민 채 의자에 구부정하게 앉아 있는 노인의 듬성듬성한 머리카락 사이로 깊게 파인 목덜미가 드러났다. 아버지는 기도를 하는 듯했지만, 잘 모르는 사람 눈에는 그저 슬픔에 빠진 허약한 노인처럼 보일 뿐이었다. 잭이 글로리를 보며 물었다. "내가 저 양반을 저렇게 만든 거니?" 잭의 눈 밑 흉터가 하얗게 도드라졌다.

"피곤하셔서 그래요."

"욕을 하지 말았어야 했어. 그런데 상황이 악화되고 있으니……."

"좀 주무시고 나면 괜찮아지실 거예요."

"그게 아니고, 경찰견에 소화 호스까지 투입된 상황을 말하는 거야. 소화 호스라니, 원. 어린애들도 있던데." 그가 마치 지금껏 그녀를 믿어 왔던 결과를 확인이라도 하듯 예의 그 소원하면서도 관찰하는 듯한 시선을 보냈다.

"혹시 세인트루이스로 돌아갈 생각이세요? 여기 계셔도 별 문제 없을 텐데……."

잭이 웃으면서 말했다. "별 문제 없는 것, 바로 그게 문제란다, 글로리."

그가 2층으로 올라갔다가 책을 가지러 다시 내려왔다. 하지만 반시간 만에 책을 도로 라디오 옆에 갖다 놨다. 그러더니 베란다에서 서성이며 담배를 피우다가 집을 나가면서 말했다. "곧 돌아올게."

그녀는 그의 저녁 식사를 따듯하게 보관했다. 그런데 아무리 설득해도 아버지가 단 한 숟갈도 먹으려 들지 않았다. "그 애가 그런 식으로 말하는 걸 들어 본 적이 없다. 아무렴, 말만큼은 언제나 깍듯하게 했지. 여기 이 집에서는 말이다. 내가 너무 심각하게 생각하고 있는지도 모르겠다. 아니지, 용서해서는 안 될 문제 같구나."

잭이 돌아왔을 때 아버지는 여전히 식탁에 앉은 채 차갑게 식은 수프를 앞에 놓고 깊은 생각에 잠겨 있었다. 잭이 의자에서 일어나는 아버지를 부축하려고 하자 아버지가 말했다. "괜찮다. 글로리가 도와줄 거다."

글로리가 부엌으로 돌아오다 보니 잭이 베란다에 서 있었다. "여기 나와 있으니 좋네. 어둑어둑하니……."

그녀도 밖으로 나가 그의 곁에 섰다.

잭이 헛기침을 하며 물었다. "뭘 좀 물어봐도 될까?"

"글쎄요."

"개인적인 건 아니야."

"좋아요."

"네가 끔찍한 일을 저질렀다고 쳐. 이미 엎질러진 물이고 바꿀 수도 없지. 그럼 너는 남은 인생을 어떻게 살래?"

"그 끔찍한 일이 저도 아는 일이에요?"

잭이 고개를 끄덕였다. "그래, 너도 알아. 엊그제 산책하러 나갔다가 길을 잘못 들어서 공동묘지로 갔어……. 그 애가 거기 있다는 걸 잊고 있었어."

"그 애도 우리 식구니까요."

잭이 다시 한 번 머리를 끄덕였다.

"제가 오빠한테 할 수 있는 말은 아빠가 하시던 말씀밖에 없어요. 회개하라, 그러면 잘못을 어느 정도 한쪽으로 제쳐 놓고 계속 나아갈 수 있을 것이다. 오빠도 나만큼이나 그 말을 자주 들었잖아요."

"더 자주 들었지. 그나저나 후회해 봤자 아무 소용도 없는 것 같더라."

"전 잘 모르겠어요. 그래도 저한테는 후회가 중요한 것 같아요. 그게 무엇을 의미하든 간에."

"내가 회개를 하든 후회를 하든 간에, 만일 내가 저지른 일을 네가 방금 알았다면 날 어떻게 생각했을 것 같아?"

"제가 뭐라고 할 수 있겠어요? 오빠는 내 오빠예요. 또 오빠가 내 오빠가 아니라고 해도, 오래전에 일어났던 일보다는 지금 오빠가 괜찮은 사람이라면 그걸 더 중요하게 생각할 거예요."

"그 문제에 대해 너한테 한 번도 말한 적이 없구나. 말했어야 했는데……."

"그건 저도 그렇게 생각해요."

잭이 고개를 끄덕였다. "참 매정하게도 말씀하시네."

"그런가요……."

"음, 나한테 회개할 기회가 온 건지도 모르지. 삶이야 어떻게든 돌아가겠지. 그래 봤자 형편없겠지만. 끔찍한 일밖에 기대할 수 없고 사방이 온통 고통뿐이구나. 아아, 막내야. 잠을 잘 수 없을 것 같구나."

텔레비전은 거실 탁자 위에 그대로 놓여 있었다. 잭은 아침, 점심, 저녁으로 뉴스를 틀었다가 몽고메리에 관한 내용이 나오지 않으면 도로 껐다. 아버지는 그것을 철저히 무시했다.

글로리는 집으로 돌아와 다시 살게 되기 전까지는 집안의 경건한 행사에는 관심도 없었고 그저 휴가를 보내기 위해서만 집에 왔었다. 그 여러 해 동안, 라일라가 에임스 목사의 가족묘뿐 아니라 보턴가의 가족묘도 돌보았다. 라일라는 오래전에 함께 세상을 떠난 에임스 목사의 첫 번째 부인과 아이의 묘지에 각별한 애정을 가지고 있었다. 또 그녀는 알지도 못하는 또 다른 어린 소녀의 무덤도 상냥하고 다정하게 보살펴 주었다. 무덤의 주인이 누군지는 묻지 않았다. 그 무덤가엔 아네모네, 크로커스, 노란 수선화가 피어 있었다. 어쩌면 잭은 늦게 핀 튤립이나 덩굴이 뻗어 나가고 있는 플록스(꽃창포과 화초—옮긴이)를 봤는지도 모른다. 그가 그 무덤을 발견한 것은 차라리 잘된 일인지도 몰랐다. 만일 잭이 물어본다면 라일라가 그 꽃들을 심었다고 말해 주리라. 그가 그 꽃들을 한없는 애도의 표시라기보다는 그 아이의 영원한 유년 시절을 기념하는 꽃이라고 생각할 수 있도록. 라일라는 왜 꽃을 심었을까? 친절한 마음과 삶에 대한 사랑을 의미하는 것이리라. 마침내 자기 집에라도 돌아온 듯, 자신이 맞아들이기로 선택한 과거와 현재의 삶에 대한 사랑을. 라일라는 미소를 지으면서 이렇게 말할지도 모른다. 거기 흙이 기름지고 해가 잘 들어서 꽃이 잘 피는 거라고. 잭은 처음에는 그 무덤이 매우 아름답다고만 생각했을 것이다. 그러다가 그렇게 애정 어린 보살핌을 받고 있는 무덤의 주인을 알아보았을 것이다. 충분하지는 않겠지만, 그래도 잭에게 어느 정도 위로는 되었을 것이다.

어쩌면 엄청난 슬픔이나 죄책감은 절대적인 계시처럼 그냥 받아

들여야 하는지도 모른다. 나의 죄악 혹은 형벌은 내가 감당할 수 있는 것보다 크다. 히브리어는 한 단어가 두 가지 의미를 지니기 때문에 그중 하나를 선택해야 한다고, 아버지는 말했다. 그러면서 어쩌면 그 때문에 주님께서 왜 카인을 용서하고 옹호하고 살려 주고 결혼해서 자식을 낳게 하고 도시까지 세우게 했는지 이해하기 어려운지도 모른다고 했다. 그의 죄악이 곧 그의 형벌이었으니, 결국 그는 그렇게 심한 악당은 아니었다. 언젠가는 잭에게도 이런 진실을 말할 수 있으리라. 잭과 카인을 비교할 수 있을 만큼 대화가 무르익었다고 여겨질 때, 용기를 내서 그 민감한 사안을 끌어내리라. 그런 생각을 하다가 글로리는 스스로를 비웃고 말았다. 얼마나 한심한 생각인가.

                    글로리는 어린 시절의 경건한 습관을 대부분 유지하고 있었다. 아침저녁으로 성경을 들고 베란다로 나와 두세 장씩 읽었다. 휴가를 맞아 형제자매들이 집으로 오면 다들 식당에 둘러앉아 그중 하나가 커다란 목소리로 시편이나 복음서를 낭독하곤 했다. 그들이 행하는 대부분의 의무와 마찬가지로 그 또한 아버지를 기쁘게 해드리기 위한 행동의 일환이었다. 다른 것도 무엇이나 마찬가지였다. 자기들의 과거를, 아버지의 사랑을 흠뻑 받았던 그 시절을 행복하게 생각한다는 것을 그런 식으로 보여 줬다. 그녀 역시 그랬다. 아버지를 기쁘게 해드리겠다는 동기가 하도 강력한 나머지 그런 습관을 유지하는 스스로의 동기는 뒷전이었다. 당연히 신앙심도 그랬을 터였다. 혼자 사는 동안에도 그녀는 아버지가 알면 기뻐하리라는 생각에 아침저녁으로 성경을 읽었다. 또 자신이 누구인지 기억하고 자신이 태어난 집안을 기억하기 위해 성경을 읽었다. 아울러 집을 떠날 때까지는 전혀 몰랐던, 특별할 것도 없는 위안의 기억을 상기하기 위해 성경을 읽었다. 이제 아버지의 집에 돌아와 성경을 읽으면서 그녀는 전과 똑같은 위안을 받는 듯했고, 이런 삶이 주는 세상에 대한 거리감과 외로움의 특권 또한 기억해 냈다.

성경이란 오래된 책은 얼마나 신비한가. 성스러움은 또 얼마나 기묘하게 세상사의 한가운데 자리 잡고 있는가. 천지 창조는 그 중대한 무게에 짓눌려 또 얼마나 끊임없이 비틀리고 뒤틀렸는가. '내가 입을 열고 비유를 베풀어서 옛 비밀한 말을 발표하리니 이는 우리가 아는 바요 들은 바요 열조가 전한 바라……(시편 78장-옮긴이).' 그래, 만나의 비유가 있었다. 모든 빵은 다 하늘나라의 빵이니라. 아버지가 자주 들려주던 말이었다. "그것은 우리를 이 육신으로, 이 생명으로 계속 살게 하시려는 하느님의 뜻을 나타낸단다. 우리는 지치고 고통스럽고 어리둥절할지 몰라도 하느님은 언제나 신실하시지. 집으로 돌아오는 게 무슨 뜻인지 알게 하려고 우리를 방황하게 하시는 거란다."

집으로 돌아온다는 것은 무슨 뜻일까? 글로리는 길리아드보다 큰 읍이나 도시에 있는, 이 집보다 덜 시끌벅적하고 덜 볼품없는 가정을 꿈꾸었다. 그 집에서 절친한 친구이자 아이들의 아버지가 될 사람과 살 것이고, 아이는 넷 이상 낳지 않을 거라 생각했다. 또 수

입에 맞게 취향을 살려 집을 꾸미겠다고, 아버지의 집에서는 나무 토막 하나도 가져오지 않겠다고 다짐했다. 햇볕이 잘 드는 자신의 소박한 방은 아버지의 가구와는 어울리지 않을 테니까. 호두나무 가구의 화려한 장식과 주름을 새겨 넣은 벽기둥, 상감(象嵌) 처리한 항아리와 꽃들이라니……. 누가 의자와 찬장에 발과 발톱을 달 생각을 했을까?

그녀는 자신과 아기들과 약혼자를 위한 집을 꿈꾸었다. 보턴가의 절약 정신이 배인, 이 훌륭하고 축복받고 허풍스럽고 숨 막힐 듯 답답한 장막이 쳐진 곳과는 전혀 다른 집을……. 그러면서도 그녀는 오래전부터 자신이 결코 그 집의 문을 열 수 없으리라는 걸 알고 있었다. 그 집의 문지방을 넘지 못하리라는 것을 알고 있었다. 또 절대로 품에 아기를 안아 보지 못하리라는 것도, 아기의 눈에 담긴 완벽한 신뢰감과 만족스러운 표정을 보는 일이 없으리라는 것도 알고 있었다.

한번은 잭이 베란다로 나왔다가 그녀가 성경 읽는 모습을 보게 되었다. 그가 기분 좋은 얼굴로 옆에 있어도 되느냐고 묻기에 그녀는 얼마든지 환영이라고 했다. 그러자 그가 옆에 있던 의자에 앉아 신문을 펼쳤다. 그래 놓고는 엉뚱하게도 신문은 보지 않고 몸을 기울여 그녀가 어디를 읽는지 넘겨다봤다. "시편이네. 탁월한 선택이로군."

"네."

"방해해서 미안해."

"거의 다 읽었어요." 그가 그녀를 의식할 뿐 아니라 안절부절못하는 것을 보자, 그녀는 읽던 곳에 책갈피를 끼우고 성경을 덮었다. 잭이 발목을 다시 꼬면서 신문을 버스럭거렸다. "무슨 일이에요?"

"아, 미안. 네가 성경을 읽는 모습이 흥미로워 보여서. 네가 아직도 이런다는 게 신기해서 그래. 이럴 줄 몰랐다는 건 아니야. 사실은, 내가 예상했던 일들이 그대로 일어난다는 게 좀 놀라워."

"무슨 말인지 알 것 같아요."

"음, 아직도 무릎을 꿇고 기도하니?" 잭이 무릎 꿇는 시늉을 했다. 글로리가 웃음을 터트렸다. "오빠가 상관할 일 아니잖아요."

"어렸을 때 일이 생각나서 그래. 그때 넌 침대 옆에서 무릎을 꿇고 눈을 감은 채 손 안에다 뭐라고 비밀을 소곤거렸지. 호프 언니의 고양이가 깔개 위에 널브러져 있다느니, 조니 오빠가 욕을 했다느니 하면서. 우리는 그 소리를 다 듣고 있으면서도 엄숙한 척하느라 아주 애를 먹었단다." 잭이 웃음을 터트렸다.

"제 기도를 다 들었단 말이에요?"

"호프 누나도 댄 형도 다 들었어. 형이랑 누나가 웃는 소리 듣고 나도 몇 번 들어 본 거야."

"언니 오빠들에게 사과해야겠네요."

"이젠 소용없어. 최후의 심판 날이 오면 주님께서 그 정보를 다 이용하실 거니까."

"오빠가 그렇게 많은 걸 기억하고 있다니 참 놀랍네요."

"나도 여기서 살았거든요."

"휴가 때 전부 집에 모이면 옛날이야기를 자주 해요. 1년에 서너 번씩 그렇게 하지 않았다면 우리는 옛날 일을 절반도 기억하지 못했을 거예요."

"나도 늘 옛날 생각을 했어. 가끔은 다른 사람에게 얘기도 했는걸."

잠시 침묵이 흐른 뒤 잭이 다시 말문을 열었다. "그나저나 내 영혼을 구하려고 노력해 줄 거지, 막내야?"

"오빠 영혼을 구한다고요? 제가 왜 그래야 하죠?"

"왜 하면 안 되는데? 신앙심 깊은 고상한 숙녀한테 잘 어울리는 일이잖아. 너도 시간이 남아도니, 나한테 친절 좀 베풀어 주렴."

글로리가 쳐다보자 잭이 미소를 지었다. 일부러 그랬든 무심코 그랬든, 자신이 상대방의 기분을 상하게 했다고 느낄 때 짓는 바로 그 미소였다.

"도움을 드릴 수 있다면야 기꺼이 도울게요. 그런데 어떻게 해야 할지 잘 모르겠어요."

"고백하자면 난 어떤 영적인 갈망을 느껴. 보통은 그렇게 시작돼. 그러다가 외진 길로 빠져 버리지."

"그래서요?"

"그래서 흔히들 위대한 진리라고 여기는 문제에 대해 깊이 생각해 보게 돼. 그렇게 되더라고."

"예를 들자면요?"

"하느님이 아버지라는 진리에 대해서지. 즉 하느님이 천지를 창조하고 인간이라는 훌륭한 피조물을 만든 것이, 그의 거룩하신 자비와 사랑과 은혜로운 뜻을 증명한다는 진리 말이야. 그런 진리가 이 세상을 지탱하고 있고 구원받은 사람들이나 혹은 구원받을 사람들 속에 살아 있지." 잠시 후 잭이 덧붙였다. "그게 사실처럼 느껴지지 않아도, 그런 위대한 진리를 깨달을 수 있을까? 그게 바로 내가 풀어야 할 문제야." 그러면서 글로리를 바라봤다.

"혼란스럽네요. 생각 좀 해봐야겠어요."

"너한테는 갑작스러운 문제일 거야. 나는 늘 독실한 신자들이 나를 구원할 작전을 펴고 있다는 느낌 속에서 살았어. 이따금은 그게 사실이기도 했지만 대개는 아니었지. 그런데 너는 내 누이동생이니, 너한테는 물어볼 만하다는 생각이 들었어. 그럼 시간을 절약할 수 있잖아." 잭이 미소를 지었다.

"저는 지금 이대로의 오빠 영혼이 좋은데요."

글로리를 쳐다보며 웃는 잭의 얼굴이 빨갛게 상기되어 있었다. "고마워, 글로리. 하나도 도움은 안 됐지만 그래도 고맙다는 말을 하고 싶구나. 정말로 고맙다."

글로리가 빵 반죽을 한 덩어리 만들었다. 찐빵은 아버지가 특히 좋아하는 음식으로 글로리는 집안 분위기를 살리기 위해 그걸 만들기로 했다. 식료품점에서 구이용 암탉도 배달되었다. 부엌도 식히고 식당도 환기시킬 겸 창문을 열자 햇살을 머금은 부드러운 바람이 흙냄새와 풀 냄새를 싣고 들어왔다.

잭이 오래된 지푸라기 냄새와 땀과 기름 냄새를 확 풍기면서 헛간에서 돌아왔다. 그러더니 숨을 깊이 들이마시며 외쳤다 "아! 찐빵!" 글로리가 행주를 들어 올리고 빵빵하게 부풀어 오른 얼룩얼룩한 반죽의 가운데 부분을 보여 줬다. 그러자 그가 기름 묻은 지저분한 손을 들어 올리며 말했다. "감자는 건드리지 마라!" 그러고는 2층으로 올라갔다. 잠시 후 서둘러 몸을 씻는 소리가 나더니 잭이 젖은 머리로 셔츠 단추를 잠그면서 내려왔다. 이어 칼을 찾아 들더니 "부지깽이처럼 무디군." 하면서 감자 껍질을 벗기기 시작했다. "악마를 쫓아내는 건 예술이지!" 잭이 완벽하게 벗겨 낸 나선 모양의 긴 감자 껍질을 의기양양하게 들어 보이며 말했다.

"대단한데요."

"연습 덕분이야."

"방금 그 말은, 인용한 거예요?"

잭이 고개를 끄덕이며 프랑스어로 말했다. "'자크 부통(잭 보턴을 프랑스식으로 발음한 것 – 옮긴이)의 지혜'에서 인용한 거지. '장미의 부통'이라고도 하는, 저주받은 고귀한 시에 나오는 구절인데, 난봉꾼의 부엌일 돕기를 그린 시지." 그런 다음 덧붙였다. "무슨 까닭인지 대학에선 부엌에 해당하는 프랑스어를 가르치지 않더구나." 잭이 돌돌 말린 또 다른 껍질을 들어 올렸다. "프랑스어로 말하면 더 근사하게 들리는데……. pomme de terre(감자), fait-néant, voleur." 잭이 미소를 지었다. "내 지적인 여자 친구가 프랑스어를 잘했지. 그래서 나도 내가 아는 프랑스어를 기억해 내느라 고생깨나 했지. 같이 플로베르의 『감정 교육』을 읽을 때는 완전히 심취했었어."

"오빠 친구들이 제 친구들보다 더 흥미롭네요."

"친구들을 어디서 찾아야 할지 제대로 알아야 돼, 막내야."

"어딘데요?"

"네가 아주, 아주 착하게 굴면 말해 줄 수도 있지……. 그런데 너는 착한 게 틀림없는 것 같구나."

글로리가 웃음을 터트렸다. "제가 노력은 한다는 걸 하느님도 아시죠."

"그게 시작인 것 같더라. 다 그런 건 아니지만."

글로리가 행주를 치우고 반죽에 구멍을 뚫자 부풀어 오른 공기가 픽 소리를 내며 빠져나갔다. 잠시 후 잭이 말했다. "내가 현금 서랍에 또 손을 댔다. 플러그랑 타이어 펌프를 샀어. 너무 낡았더라고. 팬벨트도 사고."

"저한테 그런 말 안 하셔도 돼요."

"또 야구 글러브도 샀어."

"그 돈은 제 게 아니에요. 또 아빠도 신경 쓰지 않으시고요."

잭이 고개를 끄덕이며 섬세하게 감자 눈을 파내다가 그녀에게 미소를 지으면서 말했다. "자존심도 다 버리고 발바닥에 땀이 나게 일자리를 찾아본 결과 길리아드 밖으로 나가야 한다는 걸 깨달았어. 차가 필요할 것 같아. 훌륭한 집안의 남자가 되려면."

"여자 친구가 여기로 올 수도 있다고 생각하시는 거예요?"

잭이 고개를 저었다. "여기서 나갈 방법을 찾기 위해 애를 쓸 때나 읍에서 다시 한 번 일자리를 찾아보겠다는 비참한 열망을 가지고 돌아다닐 때만 그런 생각이 들어. 아니면 저놈의 차를 고친답시고 어설프게 매달려 있을 때든지. 그나저나 그 사람은 아마 이곳을 싫어할 거야."

"한 번도 여자 친구 이름을 말해 준 적이 없어요."

"델라야."

"그분에 대해 알고 싶어요."

"그 사람한테 친절하게 대해 줄 거니?"

"그런 말이 어딨어요!"

"하느님께 맹세해?"

"물론이죠! 동생처럼 굴 거예요!"

잭이 웃으면서 말했다. "내 무모한 희망이 이루어진다면 그럴 수도 있겠지. 하지만 그럴 일은 없을 거야……."

"오빠, 궁금한 게 하나 있어요."

"으응?"

"오빠는 행복할 때 어떤 식으로 행동하세요?"

잭이 웃음을 터트렸다. "잊어버렸어."

"좀 진지하게 대답해 보세요. 오빠가 좀 전에 들어왔을 때 분명 좋은 일이 일어났다는 생각이 들었거든요."

"어유, 그걸 어떻게 설명하지? 하여간 자동차 엔진을 제법 많이 손봤거든. 그런 다음 시동을 걸어 봤더니 정말로 털털거리는 소리가 나잖아. 그 소리를 듣자 내 사랑하는 여자를 소란스러운 멤피스로부터 구하려고 아버지 차를 타고 달려가는 환상에 잠시 빠졌어."

"그분은 세인트루이스에 계신 줄 알았는데요."

"내가 세인트루이스에 좀 질렸거든. 아무래도 멤피스에서 구조하는 게 나을 것 같아."

"네에."

"그 사람 아버지가 멤피스에 계셔. 굉장히 방어적이신데, 그분도 차를 갖고 계시지. 그 양반은 나를 쓸모없는 놈으로 여기셔. 그나마 그분 직업상 자비로워야 할 의무가 있어서 그렇지, 아니었다면 더 형편없게 여기셨을 거야. 멤피스에는 그 사람 오빠도 셋이나 있지. 아, 그러고 보니 세인트루이스에서 그녈 구하는 게 더 나을 것 같군." 잭이 감자를 하나 더 까기 시작했다. "농담은 그만할게. 어쩌면 그 사람이 한 번쯤은 길리아드에 들를지도 몰라. 그럴 가능성은 있어."

세 사람은 이른 저녁을 먹었다. 그녀는 닭고기를 차게 식혀서 내놓으려다가 빵이 아직 따뜻할 때 내놓는 것이 더 낫겠다 싶었다. 하긴 언제 무엇을 먹든 무슨 차이가 있으랴. 아버지는 따뜻한 빵과 닭고기를 맛있게 먹었고 크림소스를 얹은 감자와 어린 완두콩도 잘 먹었다. 아버지는 식사를 하면서 점점 수다스러워지더니 길리아드에서 보낸 자신의 어린 시절에 대해 이야기했다. 불쏘시개를 쪼개는 일은 말할 것도 없고 우물에서 물 한 번 제대로 길어 오지 못했다고 했다. 그 덕에 다른 형제들만큼 허드렛일을 많이 하지 않았다고 했다. "할머님은 내가 못 미덥다며 계란도 못 꺼내게 하셨단다. 그렇게 나를 망치신 거지. 심심하면 에임스네 집으로 건너가서 그 친구를 불러냈다. 그럼 우리는 기나긴 여름날을 하루 종일 강가에 앉아서 보내곤 했지. 뭘 하면서 보냈는지는 모르겠구나. 아무튼 참 좋았다. 가끔 그 친구 할아버지가 거기로 내려오셔서 낚시도 하고 예수님께 뭐라고 중얼거리기도 하셨어. 그럼 우린 쥐 죽은 듯이 조용히 있거나 헉헉거리며 더 상류로 올라갔지. 좀 이상한 노인네였지만 그분 역시 우리 삶의 일부였단다. 노래하는 새처럼."

잭이 말했다. "저도 강에서 시간을 보냈었어요. 그러는 게 참 좋았습니다."

아버지가 고개를 끄덕였다. "이곳은 어린 시절을 보내기엔 아주 좋은 곳이야. 다른 곳이랑은 비교가 안 되지."

"좋은 곳이죠."

"잭, 너도 그렇게 생각한다니 기쁘구나. 어떤 일들은 실제보다 좋게 기억된다는 걸 나도 알고 있다. 그래도 분명 즐거운 일이 많았다. 적어도 내겐 그랬지. 물론 지금도 그렇게 생각하고. 어린애들을 보고 있으면 그놈들이 무척 행복해 보이더구나. 아무렴, 당연히 그래야지."

저녁 식사를 마친 후 잭이 새로 산 야구 글러브를 들고 아래층으로 내려왔다. "에임스 목사님 아들이 야구를 좋아하는지 알아봐야겠어. 좋은 생각이지? 야구를 재미있어할 나이 같은데……."

"좋은 생각 같아요."

잭이 현관으로 나가 잠시 서 있다가 도로 부엌으로 들어와 어깨를 으쓱하며 말했다. "안 되겠어. 내 평판이 나쁘다는 걸 종종 잊어버리는구나. 아주 확실한 소식통한테 들었으면서도……." 그가 미소를 지었다. "훌륭하신 목사님이야 인정하지 않으시겠지. 아무튼 사람들이 너한테 네 돈을 돌려줄 게 틀림없어." 잭이 그녀에게 글러브를 건네주었다. "그 잘난 사람들이 나를 곤경에 빠트릴 수도 있으니까."

"도대체 무슨 말인지 하나도 모르겠어요. 참, 오빠도 걱정도 팔자네요. 아무튼 글러브는 보관하고 있을게요."

"내가 충분히 생각할 수 있도록 나를 좀 도와줘, 글로리."

"오빠 평판이 나쁘다는 걸 상기시켜 달라고요?"

"그래."

"오빠는 지금도 충분히 그렇게 상상하고 있는 것 같은데요?"

"그게 바로 나라는 존재의 핵심이야. 정말로 중요한 면이지. 그러니까 날 도와줘야 한다."

"음, 정말요? 그럼 제가 대체 어떻게 하면 되죠?"

잭이 웃으면서 말했다. "나한테 너무 친절하게 굴지 마."

글로리는 잭이 그녀에게 부탁한 문제를 깊이 생각해 보았다. 그의 영혼을 구원하기 위해……. '맙소사. 무슨 뜻인지도 모르는 말에 내가 왜 이렇게 의무감을 느끼는 걸까. 평생을 무심코 들으면서 살아온 말이 어느 날 문득 무슨 뜻인지 궁금해질 때가 있다던데 이게 바로 그런 경우일까?' 그녀는 그 문제를 두 번 다시 거론하지 않을 작정이었지만 만일 잭이 들고 나올 경우 어떤 식으로든 대답을 해야 할 것이다. '오빠는 정말로 진지하게 그런 말을 한 걸까? 나를 놀리려고 한 말은 아닐까?' 어쨌거나 좀 전에 얘기할 때 전혀 그런 기미는 보이지 않았다. 안 그랬다면 그녀는 화가 났을 것이다. 시간이 남아도는 신앙심 깊은 숙녀에게 어울리는 고상한 과제라……. 얼마나 그럴듯하고 겸손한 말인가. 하지만 그건, 잭이 상처를 받았을 때 당하고 있지만은 않겠다는 의도로 상대방을 괴롭힐 방법을 찾으며 취하는 태도이기도 했다. 불쌍한 사람. 그는, 자신이 거부당한 대로 똑같이 되갚아 주는 일에 이골이 나 있었다. 어쩌면 그는 자신이 그런 일을 얼마나 쉽게 해내는지 보여 주려고, 그녀를 논쟁에 끌어들인 다음 그녀를 거부하려 했는지도 모른다. 그래서 어딘지 불편하고 어색한 분위기로 말했을지도 모른다. 또 잭은 그녀의 오래된 즐거운 습관을 언급해 그녀를 민망하게 만들기도 했다. 이제 그녀는 사람들이 다 보는 길모퉁이에서 기도하는 위선자처럼 보이지 않기 위해, 자기 방에서 성경을 읽기로 했다. 이튿날 잭이 신문을 들고 베란다로 나왔다가 글로리가 『인형 제조자』(미국 여성 작가 해리엇 아노의 소설-옮긴이)를 읽는 걸 보고 무언가를 그리워하는 듯, 캐묻는 듯한 눈길을 던졌지만 말은 한마디도 하지 않았다.

그녀는 신앙심이 깊다는 말이 무슨 뜻인지도 몰랐다. 그러면서도 그러지 않았던 적이 없었다. '너는 청년의 때 너의 창조자를 기억하라(전도서 12장-옮긴이).' 그녀는 오로지 그렇게 살아왔다. 그렇게 말고는 달리 어찌 할 수가 없었다. 아버지는 날이면 날마다 모든 선함과 모든 아름다움과 모든 사랑이 주님으로부터 온다는 사실을 상기시켰다. 또 실패와 잘못을 통해, 하느님은 우리가 당신의 뜻에서 벗어나 있음을 가르치신다고 했다. 그럼에도 불구하고 일을 바로잡아 주는 은총과 용서가 있으니, 이것이야말로 하느님의 가장 위대한 선하심이라고 했다. 이런 믿음에서 비롯된 아버지의 황홀한 기쁨은 아무런 의문도 품지 않았으니 그것이 아버지의 본성이었다. 자식들은 그와 같은 아버지의 본성을 사랑하면서도 한편으로는 좀 우스꽝스럽게 여기기도 했다. 아니나 다를까! 그는 정상 참작이라는 위업을 달성한 뒤 난제를 해결한 기쁨에 두 눈을 반짝이며, 용서하고 한층 더 노력할 준비를 한 채 서재에서 뛰어나오곤 했다. 그가 정상을 참작해야 한다고 생각하는 약점이나 결점도, 알고 보면 아주 사소하거나 경우에 따라서는 과연 약점인지 의심스럽기까지 한 것들이었다. 말하자면 그는 다소 과민했다. 하지만 그렇다고 해서 아버지의 용감한 대응이 덜 훌륭하다고 할 수는 없었다.

그녀는 아직도 무릎을 꿇고 기도했다. 또 식사 때마다 기도를 올렸는데 심지어 간이식당이나 약혼자와 함께 있을 때에도 그랬다. '마땅히 행할 길을 아이에게 가르치라, 그리하면 늙어도 그것을 떠나지 아니하리라(잠언 22장 – 옮긴이)'는 말은 그녀에게 딱 맞는 성경 구절이었다. 이제 집으로 돌아오니 이 집에서 배우고 익힌 모든 습관들이 한층 더 강화되었다. 그녀에게 신앙이란 몸에 밴 습관이자 가정에 대한 충성이었고, 문학 작품이기도 한 성경에 대한 숭배요, 아버지와 어머니에 대한 찬미이기도 했다. 아버지는 늘 노래를 부르다시피 했다. 경배를 필요로 하는 것은 하느님이 아니라 우리 자신이라고. 늘 함께하는 주님의 존재를 느끼려면, 신성에 대한 지각을 확장하려면 경배가 필요하다고. 또 사랑의 기쁨은 보다 고결한 사랑의 존재 앞에서 더욱 커진다고. 비록 그녀 자신은 스스로에 대해 그렇게 표현하지 않겠지만, 그녀가 신앙심이 깊은 것만큼은 분명했다.

그녀는 성경을 눈에 띄지 않는 곳에 치웠다. 또 한 번 잭이 그런 질문을 하면 어떻게 해야 할지 몰라서, 그러면 자신도 영혼이 무엇인지는 전혀 알지 못한다고 고백해야 할까 봐 두려워서. 영혼이 무엇이든 간에, 그녀 생각에 그것은 마음이나 자아와는 다른 것 같았다. 말하자면 주님께서 저 위에서 우리를 예의 주시하실 때 지켜보는 무언가라는 생각이 들었다. 아버지는 이따금 말했다. "우리가 영혼에 대해 뭘 알 수 있겠느냐? 하지만 아무리 그렇더라도 우리가 어떤 사람의 아름다움을 사랑하고 용서하고 누린다면, 아마 그의 영혼에 대해 어떤 생각을 갖게 될 거다."

이제까지 그녀는 자신의 영혼에 문제가 있다고 인정하는 사람을 본 적이 없었다. 아버지의 서재에서 무슨 일이 일어났는지는 몰라도 아무튼 아버지의 신도들은 어느 모로 보나 평온하고 확신에 차 있었다. 아버지는 성경에 나오는 바리새인들의 예를 들어 영적 만족감이 지닌 많은 위험을 인정했지만, 그럼에도 불구하고 그런 만족감은 장로교적인 길리아드의 관습이나 예법과 일치했기 때문에 정당하다고 여겨졌다. 한편 기독교 자선단체도 그런 만족감을 필요로 했다. 길리아드에 있는 모든 종파가 원칙적으로 그런 식의 자선을 승인하는 건 아니었지만. 그래도 그런 관습은 실질적으로 훌륭한 효과를 나타냈기에 그대로 이어져 내려왔고 또 만족감을 느낄 권리도 모든 종파가 대체로 허용했다. 아버지가 설교에서 구원이라는 주제를 다룰 때, 그것은 대체로 감사의 문제였다. 마치 그 문제에 관해서만큼은 하드리아누스 황제 시절 이미 드루이드파와 백부장들 사이에 합의가 됐다는 듯. 아버지는 죄에 대해서도 언급했지만,

죄에 대해 상당히 너그러운 입장을 취했다. 누구나 죄를 지으니 그 것 때문에 특별히 고민할 필요도, 놀랄 필요도 없다는 식이었다. 말하자면 죄를 인정머리 없는 생각이나 호의를 무시한 행동의 문제 정도로 취급했던 것이다. 그런 아버지의 생각은 안식일이나 밝은 세상과는 동떨어진 것처럼 보이는 어둠의 자식들의 죄에 대해 굳이 언급할 필요를 없게 만들었다. 반면 훌륭하고 고결해 보이는 사람들조차 심판을 면할 길이 없다는 사실을 지적하는 것이기도 했다. 교활한 사람이나 구제불능인 사람이나 가정의 평화를 깨트리는 사람이나 지난주에 사고를 쳐서 신문에 난 사람뿐 아니라, 어느 누구도 심판을 피할 길이 없다는 뜻이었다. 죄에 대한 그런 보편적 관점이 아버지에게 큰 도움이 된 건 사실이었다. 그러나 그렇다면, 누가 맨 먼저 돌을 던질 수 있을 것인가? 적어도 아버지 자신은 절대로 그럴 수 없었다. 그래서 오히려 아버지는 죄에 대해 분명한 관점을 갖기가 어려웠다. 특히나 자신이 존중하는 사람이 죄를 범했을 때 더욱 그랬다.

글로리는 오래전에 에임스 목사가 저녁을 먹으면서 아버지에게 그 지역의 어떤 남자에 대해 이야기하는 걸 들은 적이 있었다. 교회에서 파문당한 사람으로 벌컥벌컥 화를 잘 내고 자기 자식을 포함해 아이들에게 유난히 적대적이라고 알려진 남자였다. 그런데 그 남자가 어느 날 한밤중에 자신의 영혼이 염려되어 목사관에 왔다고 했다. 그러면서 에임스 목사가 말했다. "그런 불안감이란 마치 충치와 같은 거지. 다른 것들이 다 자고 있을 때 활동을 개시하거든. 또 혼자서 해결하고 싶은 문제도 아니고……." 그러면서 두 사람은 함께 소리 없이 웃었다. 과연 얼마나 많은 사람들이 두 목사에게 자신의 불안한 마음을 털어놓기 위해 한밤중에 목사관의 문을 두드렸을까. 그녀는 도리어 잭에게 영혼이 무어냐고 물어야 할 것 같았다. 잭이야말로 자기 영혼을 느끼고 있는 것처럼 보였기 때문이다. 아마도 타락한 것이겠지만 그래도 그는 자기 영혼을 의식하는 것 같았다. 신앙심 깊은 두 노인네에게 영혼이 무어냐고 물어본다면 물론 대답해 줄 것이다. 하지만 그들에게 그런 질문을 하기에는 너무 늦었다. 만일 잭에게 물어본다면, 점잖은 목사님들이 아니라 왜 자기에게 묻느냐고 그녀를 비웃고 놀릴 테지만 그래도 그게 훨씬 나을 것 같았다. 아니면 두 노인네가 어안이 벙벙해서 그녀를 바라볼 게 불을 보듯 뻔하니까.

아버지는 일찌감치 잠자리에 들었다가 마음이 안정되지 않는지 다시 일으켜 달라고 부탁했다. 글로리가 아버지를 의자에 앉혔다. "잭은 어디 있니?"

"차에서 일하고 있을 거예요."

잠시 후 아버지가 부탁했다. "성경 좀 읽어 다오. 누가복음이 좋겠구나."

글로리가 성경을 가져와서 누가복음 제1장의 데오빌로에게 보내는 인사를 읽기 시작했다.

"참 잘됐구나. 그 애가 차에 관심을 쏟는다니……. 잭이 피아노를 쳐주면 좋을 텐데……. 그러면 적어도 그 애가 어디 있는지는 알 거 아니냐."

"제가 나가서 오빠를 찾아볼게요. 오빠도 아빠를 위해 피아노 치는 걸 좋아할 거예요."

"그러려무나. 내가 꼭 정신착란에 빠진 사울 왕 같구나. 집 안에 음악이 좀 있으면 좋겠다."

글로리가 헛간에 가보니 잭이 데소토의 운전석에 앉아 있었다. 주야장천 어두컴컴하기 짝이 없는 흙내 나는 그곳에서 손전등 불빛에 의지해 책을 읽고 있었다. 그녀가 머뭇거리는 사이 그는 이미 사이드미러를 통해 그녀가 오는 걸 보고 책과 손전등을 정리함에 넣고 뚜껑을 닫았다. 이어 계기반 위에 세워 놓은 조그만 가죽 케이스를 슬그머니 가슴 주머니에 집어넣었다.

"미안해요. 방해하고 싶지는 않은데 아빠가 몹시 안절부절못하시면서 오빠가 피아노를 좀 쳐주면 도움이 될 것 같다고 하세요."

"소원을 들어 드리는 거야 언제나 환영이지." 잭이 의자에서 일어나 밖으로 나와 차 문을 닫았다. 그러더니 그녀를 향해, 전혀 설명할 의사가 없는 일에 그녀가 개입했다는 표정으로 미소를 지었다. "여기가 집에서 멀리 떨어진 나의 집이란다."

"근사하네요. 오빠를 귀찮게 하지 말았어야 하지만 오늘 밤에는 아빠 기분이 진짜 별로이신 것 같아요. 성경을 읽어 달라고 해서 읽어 드렸는데 2분도 못 버티셨어요. 내가 피아노를 쳐드릴 수도 있었지만 오빠가 그래 주기를 바라셨어요."

"전혀 귀찮지 않아, 글로리. 너야말로 날 조금도 성가시게 하지 않으니 참 대단해. 신기할 정도라니까."

"그렇다니 정말 다행이네요."


"저기, 목사님. 글로리 말이 노래를 두어 곡 듣고 싶어하신다면서요? 특별히 듣고 싶으신 노래라도 있으세요?"

"〈예수로 나의 구주 삼고〉도 듣고 싶고, 〈희망의 속삭임〉도 듣고 싶구나. 괜찮다면 침대에 누워서 들으마."

"그렇게 해드릴게요." 잭이 아버지를 일으켜서 방으로 모시고 간 다음 이불을 덮어 드렸다.

"먼저 〈예수로 나의 구주 삼고〉를 쳐다오. 그 노래를 안다면."

"알고 있습니다." 잭이 피아노 앞에 앉아 잠시 건반을 땡똥거리며 곡조를 찾더니 그 찬송가를 끝까지 다 쳤다. 아버지는 노래를 부르지 않았다.

"이번에는 〈희망의 속삭임〉."

"예, 아버지."

노래가 끝나자 아버지가 말했다. "'즐거움이 눈앞에 어리네.' 그런 일이 정말로 일어날 수 있단다. 내가 그런 경험을 했거든. 희망이란 무척 소중한 거지. 이 세상에 기뻐할 일이 항상 지천으로 널려 있는 건 아니니까."

잭이, 아버지가 목소리를 높이느라 애쓰지 않도록 아버지의 방문간으로 가 섰다. "이리 와라, 잭. 의자를 이리 가져오렴. 너한테 할 말이 있다. 네가 나를 용서해야 할 일이 있어."

"최선을 다하겠습니다."

"그래, 그럴 줄 알았다. 그걸 믿고 말하는 거야. 게다가 이제 너는 성인이 아니냐."

잭이 웃으면서 말했다. "맞아요."

"그래서 말인데 너한테 물어보고 싶은 게 있다. 괜찮지?"

"말씀하세요."

"그동안 내가 너한테 공정하지 않았다는 생각이 드는구나. 나는 너한테 좋은 아버지가 아니었다."

"뭐라고요? 진심이세요?"

"그래. 네가 아기였을 때부터 늘 나를 따라다니던 느낌이었다. 마치 네가 나한테서 필요로 하는 게 있는데, 그게 무언지 전혀 몰랐다고나 할까."

잭이 헛기침을 한 다음 말했다. "뭐라고 말씀드려야 할지 정말 모르겠습니다. 늘 아버지를 아주 좋은 아버지라고 생각해 왔거든요. 제 주제에 황송할 정도로요."

"아니다. 다시 한 번 생각해 보렴. 너는 늘 어딘가로 도망치고 있었다. 항상 어딘가에 숨어 있었지. 아마 너도 네가 왜 그랬는지 잘 기억나지는 않겠지만, 그래도 무언가 내게 설명해 줄 말이 있을 게야."

"저도 설명할 수 없습니다. 잘 모르겠어요. 제가 나쁜 놈이라 그런 겁니다. 정말 죄송하게 생각합니다."

노인이 고개를 저었다. "그런 말을 들으려고 꺼낸 말이 아니다. 어쩐지 네가 바람직한 삶을 살지 못한 것 같다는 생각이 드는구나."

잭이 웃음을 터트렸다. "아! 네, 그 점 역시 송구스럽게 생각합니다."

"내 말을 오해하고 있구나. 내 말은, 네가 살아오면서 한 번도 진정한 기쁨을 누리지 못한 것 같다는 뜻이다. 행복이라는 걸 별로 누려 보지 못한 것 같아서……."

"아, 그런 말씀이셨군요. 그렇지만, 저도 간혹 행복한 적이 있었습니다. 지금은 상황이 좀 안 좋지만요."

"그래. 그렇지 않았다면 여기로 오지도 않았겠지. 잘했다. 제가 태어난 집에서 편안하지 않은 아이는 너 말고는 본 적이 없다. 알다시피 다른 애들은 휴가 때면 모두 집으로 돌아온단다. 온갖 놀이를 하면서 시끌벅적 떠들어 대서 늘 커다란 파티 같았지. 네 엄마는 그 끝없는 농담과 헛소리를 들으면서 웃었고. 그런데 너는 무슨 구실만 찾으면 집을 떠나곤 했지."

"저도 왜 그랬는지 설명할 수가 없습니다. 아무튼 그 점에 대해 죄송하게 생각합니다."

"그런 다음 넌 정말로 어디론가 사라져 버렸어. 그것도 20년 동안이나, 잭!"

잭은 한숨만 깊이 내쉴 뿐 아무 대답도 하지 않았다.

"새삼 이런 말을 꺼낸 이유는 여하튼 나한테는 그게 늘 풀리지 않은 수수께끼였기 때문이다. 사람들은 늘 이렇게 말했지. 엄하게 하세요! 야단을 치세요! 그 애를 위해서 그렇게 하세요! 하지만 나는 늘 슬픔이나 우울함 같은 걸 보았단다. 그 어린 네게서 말이다! 그러니 내가 어떻게 화를 낼 수 있었겠니? 너를 어떻게 도와줘야 할지 알았어야 했는데 그랬구나."

"아버지께서는 늘 저를 도와주셨어요. 그러니까, 저보다 더 형편 없는 인생도 있다는 말씀입니다. 아버지가 그러지 않으셨다면 제 삶은 더 나빠졌을 거예요." 잭이 웃으면서 손으로 얼굴을 덮었다.

"오냐, 그래. 잭, 네가 지금 얼마나 친절한지 모르겠구나. 대단히 예의도 바르고."

"최근 몇 년 동안은 아무 문제 없이 잘 지냈습니다. 거의 10년쯤 은요."

"음, 그거 아주 다행이구나. 그나저나, 내가 너한테 이런 식으로 말한 걸 용서해 주겠니?"

"예, 물론입니다. 그렇게 하겠습니다. 제게 시간을 조금만 주신다면요."

"급할 것 없으니 천천히 하려무나. 아무튼 지금은 네 손을 좀 잡았으면 좋겠구나." 아버지는 잭이 손으로 가린 얼굴을 자세히 살펴볼 수 있도록, 잭의 손을 잡아 부드럽게 자기 앞으로 끌어당겼다. "그래, 네가 여기 있구나." 아버지가 잭의 손을 자기 가슴에 올려놓았다.

"여기 있는 심장이 느껴지니? 한쪽 초에서 다른 쪽 초로 불이 옮겨 붙는 것처럼 내 생명이 네 생명이 되었지. 참 신비한 일 아니냐? 그런 생각을 수도 없이 했다. 그런데 너는 늘 청개구리처럼 내가 바라는 것과 정반대로만 행동하더구나. 그래서 나는, 우리가 너를 잃지만 않는다면 아무것도 바라지 않으려고 했다. 그게 내가 끝까지 포기할 수 없었던 소망이었다. 그래도 결국은 널 잃어버렸지만……."

잭이 아버지의 손에서 자기 손을 빼더니 다시 얼굴을 덮었다. "참 어렵군요. 제가 뭘 할 수 있을까요? 제 말은, 이제라도 제가 할 수 있는 일이 있을까요?"

"그러게 말이다. 이제는 해야 할 일이 하나도 없구나. 이런 이야기를 꺼내서 미안하다. 하지만 이 말을 안 하면 잠이 안 올 것 같았다. 그게 왜 중요하다는 생각이 들었는지는 나도 잘 모르겠구나. 아무튼 오래전의 그 모든 슬픔이 다시 찾아왔단다. 그나저나 이제 피곤하구나. 어째 요즘은 늘 피곤한 것 같다." 아버지가 베개를 제대로 벤 다음 잭에게서 떨어져 벽을 향해 오른쪽으로 고개를 돌렸다.

글로리가 부엌으로 나와 기다리고 있었더니 얼마 후 잭이 왔다. "몇 분 동안만 나랑 함께 있어 줄래, 글로리? 부러진 뼈가 있는 있는지 확인할 때까지만……." 그러더니 웃음을 터트리며 손으로 얼굴을 문질렀다. "어휴, 술 먹고 싶어 환장하겠군. 네가 원하지 않으면 할 수 없지만, 괜찮다면 술집 문 닫을 때까지만 여기 좀 있어 줘."

"오빠만 좋다면 기꺼이 그럴게요."

"이 동네 술집들은 주중에 몇 시에 문을 닫지? 전에는 10시였는데."

"저야 잘 모르죠."

"지금 아직 8시도 안 됐지? 그럼 두 시간이나 세 시간쯤? 너무 많이 남았구나."

"오늘 밤에는 아무 계획도 없어요."

잭이 웃음을 터트렸다. "좋아."

"커피 좀 드실래요?"

"커피? 좋지. 담배 좀 피워도 괜찮겠니?"

"괜찮아요."

"너, 내가 술집이 몇 시에 닫는지도 모른다는 사실에 감동해야 돼. 내가 이 동네 술집 근처에는 얼씬도 하지 않았다는 말이니까."

글로리가 웃으면서 대답했다. "그러지 않아도 감동했어요."

"이참에 내가 달성한 위업의 목록을 한번 늘어놔 볼까? 방금 말한 게 1번이고 다음으로는 현재 감옥에 있지 않다는 것. 그리고 대학을 거의 졸업할 뻔했다는 것."

"졸업하신 줄 알았는데요. 식구들 모두 오빠 졸업식에 갈 작정이었거든요."

"그런데 아버지께서 세인트루이스에서 온 전화를 받으셨겠지."

"아빠는 오빠가 졸업식에 참석하고 싶어하지 않는 것 같다고만 하셨어요."

"음, 좀 문제가 있었지. 낙제를 했다고나 할까. 놀랐니?"

"전혀요."

잭이 고개를 흔들며 말했다. "막내야, 나는 못 말리는 괴물이란다. 물론 내 구제 불능의 문제가 대개는 술이었다는 걸 점차 깨달았지만 말이다. 하지만 지금은 변했어. 이를테면 방금 너한테 진실을 털어놓기도 했잖니. 그게 다 훌륭한 여자한테서 받은 영향 덕분이지."

글로리가 웃음을 터트렸다.

"왜? 너무 믿기 어렵니?"

"아니, 아니에요. 어디서 많이 듣던 말이라 그랬어요. 그뿐이에요. 저도 오빠한테 무언가에 관한 진실을 말해야 하나요?"

"그럼 좋지. 하지만 꼭 그럴 필요는 없어. 무슨 인질 교환도 아니고……."

"그래도 오빠한테 인질을 넘겨줄게요. 오빠를 믿으니까요. 혼자 무덤까지 가지고 가셔야 돼요."

"그럴게. 내 명예를 걸고. 네가 정말로 말하고 싶다면."

"그런 것 같아요. 오빠한테 말하고 싶어요."

"왜?"

"왜냐고요? 오빠가 내 오빠니까 그렇죠. 또 그걸 입 밖으로 소리 내서 말하면 어떻게 들릴지 궁금하기도 하고요."

"어떻게 들리다니, 나한테, 아니면 너한테? 차이가 있을 수 있잖아."

"그렇겠죠. 하지만 그게 중요한가요?"

"음, 너도 알다시피 나는 바람직한 공명판이 아니거든. 특히 도덕적으로 복잡한 문제라면 더욱 그렇고. 그거야말로 전혀 내 장기가 아니니까. 또 네가 나한테서 무슨 민망한 약점을 찾아낼 것 같은데, 그럼 약점이 하나 더 추가되는 거잖아. 지금만으로도 충분히 문제가 많은데." 잭이 웃음을 터트렸다.

"좋아요. 비밀도, 기밀 사항도 아니에요." 그러더니 잠시 후에 글로리가 털어놓았다. "저는 결혼한 적이 없어요."

"그래?" 잭이 걷잡을 수 없이 마구 웃기 시작했다. "그게 비밀이라는 거야? 웃어서 미안해. 피곤해서 그래." 잭이 얼굴에서 눈물을 닦으며 말했다.

"제 탓이에요. 오빠는 자기가 좋은 공명판이 아니라고 주의를 줬으니까."

"그래, 그랬지." 잭이 헐떡대고 캑캑거리면서 계속 웃어 댔다. "정말로 미안해. 그런데 사실은, 나도 결혼은 안 했거든."

"그렇지만 아무도 오빠가 결혼했다고는 생각하지 않잖아요. 그러니까 오빠는 자기가 결혼했다고 다른 사람이 오해하게 하지는 않았다고요."

잭이 손으로 입을 가린 채 씁쓸하게 웃었다. "그건 그렇지. 그렇게 한 적은 없지." 그런 다음 덧붙였다. "나한테 화를 내지 않았으면 좋겠다. 제발 화내지 마." 그러면서 숨을 고르느라고 무진 애를 썼다.

"아이고, 빌어먹을. 커피 좀 가져올게요."

"빌어먹을, 그래! 커피 좀 다오!" 잭은 여전히 웃음을 멈추지 못했다.

"저도 가끔 '빌어먹을'이란 말을 해요. 화가 나면요. 하지만 지금은 화가 난 건 아니에요. 그냥 좀 당황스럽다고나 할까요."

"내가 그렇게 만든 거야. 내가 사람을 좀 당황스럽게 하지. 그거야말로 내가 바랄 수 있는 최선이긴 하지만."

"음, 저도 이제 오빠의 그런 면에 익숙해졌어요. 어떤 면에서는 좀 재밌기도 하고요."

"그렇게 생각해 주니 고마워. 아무튼 내가 좀 심했어." 잭이 후회스럽다는 듯이 고개를 흔들면서 웃었다. "넌 참 좋은 사람이야, 글로리."

"알았어요."

"너한테 일어난 나쁜 일을 말하려던 참이었을 텐데 이렇게 웃다니……. 나 같은 바보는 비웃음을 당해도 싸."

"아주 안 좋은 일이었죠. 어느 날 한밤중에 밖으로 나가서 452통의 편지를 빗물 배수관에 버렸으니까요."

잭이 다시 웃음을 터트렸다. "452통이라고!"

"약혼 기간이 아주 길었거든요. 경찰 하나가 날 보고 다가와서 무얼 하느냐고 묻더라고요. 그래서 452통의 연애편지와 싸구려 반지 하나를 버리는 중이라고 했죠. 그랬더니 그가 그러더군요. 음, 일이 잘 해결되기를 바랍니다." 둘이 함께 웃음을 터트렸다. "이제는 괜찮아요. 우스꽝스러울 정도로 끔찍했죠. 이제 다 끝난 일이에요."

"그래, 언제나 기대하는 게 있기 마련이지." 이어 잭이 어깨를 으쓱하며 말했다. "내가 기대하는 건 딱 하나야. 죽어서 지옥으로 떨어지기 전까지 1, 2분이라도 시간이 있었으면 좋겠어."

"참, 오빠도. 설마 다른 건 하나도 안 믿으면서 지옥에 떨어지는 것만 믿는 건 아니죠?"

"그런가? 하지만 지옥에 떨어지는 건 늘 이해가 됐어. 그건 그럴듯했거든. 내 경험상 그랬어. 그나저나 지금 이 시간에 이런 얘기를 하는 건 안 좋은 것 같은데. 내가 좀 피곤하거든. 술에 취하지도 않았고." 잭이 웃으면서 말하자 글로리가 힐끔 시계를 쳐다봤다. 잭이 물었다. "어디 보자, 8시 28분쯤 됐나?"

"8시 17분인데요."

"내 말동무 해주는 게 피곤하다 해도 이해할게."

"아니, 천만에요. 저녁 좀 차려 드릴까요?"

"금방 먹었잖아."

"에이, 안 드셨잖아요. 다 봤어요. 감자 여섯 조각 먹고서, 뭘."

"식욕이 별로 없었어."

"음, 한 가지 알려 드릴게요, 케리 그랜트 씨. 당신 바지가 헐렁헐렁해져서 축 늘어지기 시작했다고요."

"어휴, 설득하는 데는 아주 선수로구나. 그럼 계란 프라이나 하나 먹을까."

"토스트도요."

"그래 토스트도."

잭이 식탁에 앉아 발을 까닥까닥 흔들다가 헛기침을 했다.

"왜요?"

"아니야, 아무것도 아니야." 그러더니 잠시 후 다시 말을 꺼냈다. "내가 틀렸으면 고쳐 줘. 어쨌거나 내가 금방 들은 바로는 우리 집안에서 나만 죄인이 아니라고 한 것 같은데." 잭이 웃음을 터트리며 손으로 얼굴을 덮었다. "음, 아마 내가 오해한 거겠지. 나도 참 못 말리는 바보다."

"음, 그렇다면, 이 집안에서 오빠 하나만 바보인 건 아니라고 해 두죠." 글로리가 프라이팬에다 계란을 깼다.

"그런데 목사님께 그 말씀은 안 드린 것 같던데?"

"어떻게 그럴 수 있겠어요?"

"내 생각도 그래."

"제가 아는 한 어리석음은 죄가 아니에요. 그런데도 죄처럼 느껴져요. 그 외의 것에 대해선 나 자신을 다 용서할 수 있어요."

"너 자신을 용서할 수 있단 말이지."

"네. 그럴 수 있어요."

"재밌네."

글로리가 시계를 보았다.

"이제 다른 이야기 하자." 잭이 마치 대화를 이끌어 가는 책임을 떠맡았다는 듯 말을 이었다. "아까 말했던 그 세인트루이스에 사는 여자 말이다. 그 사람은 교회 성가대에서 노래를 불렀어. 이따금 반주를 맡은 노부인이 연습에 못 오면 내가 대신 반주를 했지. 그냥 노래를 들으려고 교회에 갔다가 그렇게 된 거야. 나중에 알고 보니 그 노부인은 반주를 할 수 있었는데도 나한테 그런 식으로 친절을 베푼 거더라고. 그분은 내가 배울 수 있는 한 많은 것을 가르쳐 주셨지. 예배 시간에도 내가 몇 번 반주를 했단다. 주중의 밤에도 교회에 가서 피아노를 친 적이 있는데 교회 측에서는 너무 속된 노래만 아니면 별로 개의치 않았어. 술집에서 피아노를 쳐주고 그럭저럭 돈을 벌 수도 있었지만, 그런데 그게, 그러니까 그게 술집이잖니. 그래서 그녀의 교회 주변만 맴돌았어. 괜찮았지. 그러니까 그때는 행복했다는 말이다." 잭이 글로리를 보며 미소를 짓더니 물었다. "왜 웃어? 내 말을 안 믿는구나."

"천만에요. 다 믿어요. 어디서 찬송가 반주를 그렇게 잘 배웠는지 궁금했거든요."

"사실이 그래. 내가 정직하다는 증거지. 그나저나 너 아직도 웃고 있구나."

"제가 결혼하려다 만 남자도 성가대 연습 때 만나서 그래요. 그 사람 말로는 길거리를 지나가다가 노랫소리를 듣고 어린 시절의 행복했던 순간들을 떠올렸다나요. 그러면서 괜찮다면 잠시 동안 아주 조용히 서서 노래를 듣고 싶다고 했어요."

"이런 악당을 봤나. '어린 시절의 행복했던 순간들'이라니. 내가 알았더라면 너한테 단단히 주의를 줬을 텐데. 그 한마디로 그놈의 정체를 파악했을 거야."

"그러게요. 하지만 당시에는 오빠가 살았는지 죽었는지도 몰랐잖아요. 그러니 오빠의 지혜도 빌릴 수 없었죠."

"그렇군." 잭이 연거푸 두 번 헛기침을 한 다음 말을 꺼냈다. "나도 그놈처럼 성가대나 맴돌면서 유혹에 약한 여자를 찾고 있던 놈으로 생각하지는 말아 줘. 내가 말했던 그 여자는, 어느 날 그녀의 아파트 근처를 지나가다가 만났어. 비가 오고 있었는데 그 사람이 학교에서 퇴근하는 중이었지. 그 사람도 너처럼 영어 선생이었거든. 그녀가 서류를 떨어트려서 내가 줍는 걸 도와줬어. 마침 이틀 전에 공원 벤치에서 우산을 하나 주웠는데 그걸 씌워 줄 숙녀분이 나타난 거지. 우리는 거의 아무것도 따지지 않고 아무것도 숨기는 것 없는 친구가 되었어. 모든 게 다 훌륭했지. 정말 그랬어."

"유혹에 약한 여자를 찾고 있었다는 말이군요."

"으음, 내 말은 그게 아닌데."

"아무튼 그 사람은 그랬어요. 오빠 말이 딱 맞아요. 한 번도 내가 그런 여자라는 생각을 못했을 뿐이에요."

"미안해." 잭이 미소를 지으며 손으로 얼굴을 쓸었다. 글로리는 속으로 오빠 얼굴이 왜 창백해졌을까 의아했다. "유혹에 약하다는 말은 신앙심이 깊다는 뜻이었어. 신앙심이 깊은 처녀들은 부드러운 마음을 가졌지. 슬픈 이야기를 잘 믿고. 그렇다고 들었어. 그건 고결한 성품이야. 또 그런 처녀들은 대개 세상 물정 모르고 온실 속의 화초처럼 살면서 자신들이 지닌 미덕이 누군가의 사랑을 받아야 한다고 생각하게끔 길러졌단다. 또 천사 같은 엄마에 대해 말하거나 엄마의 신앙심이 어두운 세상을 비추는 횃불이 돼줬다고 말하는 사람을 쉽게 믿으려 들지. 또 이따금 그런 사람에게 추운 밤중에 케이크와 커피를 공짜로 주기도 할 거다. 바로 그런 점을 그런 위선적인 녀석들이 이용하는 거야. 얇은 코트를 입고 구멍 난 구두를 신고서." 그러면서 덧붙였다. "만일 나한테 딸이 있다면 성가대 연습하는 데는 얼씬도 못하게 할 거다."

글로리는 아무 말도 하지 않았다.

잭이 자리에서 일어났다. "음, 아직 하루가 좀 남았군. 이제 그만 가서 밥값이나 해야겠다. 이마에 땀을 흘려서 빵을 벌라는 말도 있잖니." 잭이 밖으로 나가다가 문가에 서서 글로리를 바라봤다. 그러더니 한참 뒤에 말을 이었다. "내가 이 동네를 떠나야 한다는 거 알아. 하지만 아직은 그럴 수가 없구나."

"그냥 계세요, 오빠. 아무도 오빠가 떠나는 걸 바라지 않아요. 아빠도 그렇고 저도 그래요."

"그래. 친절하게 말해 줘서 고마워."

"같이 있어 주셔서 제가 고마운걸요." 글로리가 웃으며 덧붙였다. "전 줄곧 오빠의 관심을 받고 싶었고 오빠랑 얘기하고 싶었어요. 막내의 저주스러운 운명이죠. 하지만 오빠에게 다가가기가 쉽지 않왔어요."

잭이 어깨를 으쓱하며 말했다. "내가 딱 남들의 예상대로 살아왔다니 기쁘군."

"아빠 말씀이 맞아요. 오빠나 저나 어려움에 빠지지 않았다면 여기로 오지도 않았을 거예요. 그러니 적어도 아빠가 주무실 동안에는 안 그런 척할 필요 없어요. 죽지 않고 살다 보니 오빠랑 이렇게 대화도 하게 되네요. '유혹에 약하다', 참 두려운 말이지만 오빠가 말해 준 덕분에 그 사실을 깨달았어요."

"원, 천만에."

"오빠가 편지를 보내는 사람이 방금 오빠가 말한 그 여자예요?"

"왜 아니겠니. 오늘 아침에도 썼다. 내 이름을 서명한 곳에 눈물도 한 방울 떨어트리고. 실제로는 수돗물이었지만 중요한 건 생각이지. 그게 208번째 편지였어."

"그랬군요. 물어봐서 미안해요."

"언젠가 네가 날 불편해할까 봐 겁이 나. 날 제대로 알고 나면 내가 주변에서 얼쩡거리는 걸 바라지 않을지도 몰라. 떠나 달라고 할지도 모르고." 잭이 매우 부드럽게 말한 다음 미소를 지었다. "그럼 난 어떡하지? 누가 나를 곤경에 빠지지 않게 해줄까?"

"음, 그 말도 전에 어디선가 들은 적이 있다고 말해야 되나요?"

"그 녀석이 그런 말까지!" 잭이 어깨를 으쓱했다. "나한테는 적어도 진실한 구석이 있다는 거, 너도 알지? 하긴, 그 녀석도 마찬가지였겠지." 잭은 정말로 많이 지쳐 보였다.

"오빠가 울지 말라고 저한테 10센트 준 거 기억하세요? 이하선

염으로 집에 있는 바람에 지겨워서 죽는 줄 알았죠. 언니 오빠들은 다 학교에 갔다고 생각했고요. 그런데 오빠가 방에서 나오더니 주머니에서 동전을 꺼내면서 그만 울면 그걸 주겠다고 했어요. 그래서 그렇게 했죠. 얼마 지나지 않아 다시 와서 내 딸꾹질을 멈추게 하려고 나한테 5센트를 줬어요. 그 돈이 어디서 났는지 내가 말하지 않겠다고 약속하니까 5센트를 더 줬고요."

"음, 잘한 일 같구나. 그게 말하고 싶은 요지니?"

"네, 맞아요. 전 무척 기뻤어요. 그래서 그 동전을 간직하려 했지만 그만 껌을 사고 말았죠. 그래도 분명 한두 주일쯤은 갖고 있었을 거예요."

"그랬구나. 마치 내가 돈을 주고 약간의 시간을 산 것처럼 들리는데. 약간의 인내심이거나."

"약간의 충성심이었죠."

"멋지군. 끝내주는 거래였어. 혹시 내 신용을 높여 주는 다른 것도 생각나면 그것도 알려 줘." 잭이 웃으면서 말했다.

"오빠가 저한테 '부유하다'라는 말도 가르쳐 줬어요."

"음, 모든 걸 한꺼번에 다 말하지는 마라. 내 밑천이 바닥나는 걸 보고 싶지 않으니까."

"그럼 자리에 앉으세요." 글로리가 잭에게 계란 프라이와 토스트를 준 다음 커피를 더 따라 주고 나서 맞은편에 앉았다. 잭은 그걸 꾸역꾸역 먹었고 글로리가 더 먹겠느냐고 묻자 사양했다. 두 사람 모두 한동안 말이 없다가 이윽고 글로리가 입을 열었다. "거의 9시가 다 됐네요."

잭이 자기가 먹고 비운 접시와 컵을 씻어서 치운 후 다시 자리에 앉았다.

"오빠는 어떻게 이 집에서 오빠 혼자만 죄인이라고 생각할 수가 있어요? 우린 모두 장로교 신자들이잖아요!"

"그래, '모든 사람이 죄를 범하였으매 하느님의 영광에 이르지 못하더니(로마서 3장 – 옮긴이)'지." 잭이 웃으면서 덧붙였다. "그렇게 말하기야 쉽지. 하지만 타락한 나와 테오도르 D. W. 보턴 박사님 같은 사람은 천지 차이라는 걸 너도 인정해야 돼."

"테디 오빠야 훌륭하죠. 호의적이고 친절하잖아요."

"그의 미덕과 업적에도 불구하고."

"그래요, 그 말도 맞네요."

둘이 함께 웃음을 터트렸다.

"어쩌면 세상은 공평하지 않은지도 몰라. 그럴듯한 생각 아니니?"

글로리가 어깨를 으쓱했다. "상황에 따라서요."

잭이 손으로 얼굴을 감쌌다. "아하, 그래, 상황이라……. 범죄에도 그럴 만한 상황과 증거가 있지."

글로리가 시계를 힐긋 봤다.

잠시 후 잭이 입을 열었다. "아무래도 아버지를 좀 들여다봐야 할 것 같아. 내가 그 양반을 깜박하고 있었네. 2주 전만 해도 그 양반이 이 시간까지 여기서 장기판을 앞에 두고 계셨는데."

글로리가 고개를 끄덕였다. "아빠랑 같이 지낼 수 있는 시간이 별로 남지 않은 것 같아요."

"음. 그럼 그때 가서는 무얼 할 거니?"

"다시 교사 생활을 시작해야죠. 어디에선가요. 여기는 말고요. 가르치는 걸 좋아하거든요. 그나저나 집 떠난 뒤로 테디 오빠 본 적 있으세요?"

"딱 한 번 만난 적이 있어. 걔가 세인트루이스로 날 찾아왔거든. 달랑 내 사진 두 장 들고 날 알아보는 사람을 만날 때까지 뒷골목을 헤맸다고 하더라. 족히 며칠은 걸렸을 거야. 아주 오래전 일이지. 걔가 막 의대를 졸업한 다음이니까. 그런데 내 꼬락서니가…… 말이 아니었다. 최악이었지. 벤치에 앉아서 함께 샌드위치를 먹었어. 테디는 같이 집으로 돌아가자고 했지만 내가 거절했어. 그랬더니 돈을 좀 주더라. 우리 둘 모두에게 아주 끔찍한 경험이었지. 테디가 한 번도 말하지 않았니?"

"제가 아는 한은 없어요."

"말하지 말라고 했거든. 다시는 나를 찾으러 오지도 말고. 걔가 두 가지 약속을 다 지켰구나." 잭이 웃으면서 덧붙였다. "하긴, 얼마 후에는 그 사진들도 별로 쓸모가 없어졌을 테니까."

"테디 오빠는 자기가 한 말을 지키는 사람이에요."

잭이 고개를 끄덕였다. "정말로 후회스러운 게 많구나."

"테디 오빠는 크리스마스에 여기로 올 거예요. 휴가를 낼 수 있다면 추수감사절에도 와요. 수다쟁이 올케 코린도 올 거고요. 애들도 착해요."

잭이 진저리를 치며 말했다. "모르는 사람들이 많겠네. 내가 이름도 모르는 사람들이."

"올케랑 형부 합해서 여섯 명에 스물두 명의 조카가 있죠. 그중 여섯은 결혼도 했고요. 그러니까 조카며느리와 조카사위 여섯에다 손자 손녀도 다섯이나 돼요."

"전부 다 이 집으로 온다고?"

"많이들 와요."

"휴우!" 잭이 한숨을 내쉬었다. "그러니까 너도 그동안 해마다 집에 왔다는 말이니?"

"대개는요."

"으음, 네…… 약혼자랑 같이?"

글로리가 시계를 쳐다봤다.

잭이 웃으면서 의자를 뒤로 밀었다. "자, 이제 그만 가서 영감님을 들여다봐야겠지?"

잭이 일어나서 복도로 나가고 몇 분 후에 현관문이 가만히 열렸다가 닫히는 소리가 났다. '아…… 왜 오빠가 집 밖으로 나가리라고 예상하지 못했을까? 오빠가 올 때까지 기다리자. 아니, 딱 20분만 기다리자. 그런데 왜 그래야 하지? 그러다가 오빠가 들어온 걸 확인하고 내가 2층으로 가버리면 오빠는 내가 무슨 생각을 하고 있었는지 알게 될 거야. 그럼 오빠 마음이 상할 텐데. 그건 그렇고, 오빠는 왜 몰래 나가는 거지? 그나저나 20분 기다린다고 무슨 문제 있겠어? 30분이면 어때? 오빠를 찾으러 나가진 말자. 자칫하면 우스운 꼴이 될 테니까. 오빠는 술 마시러 나간 게 아니라 다른 일 때문에 나갔을 수도 있어.'

20분이 지나자 문이 열렸다 닫히는 소리가 났다. 잭이 들어와 앉으면서 미소와 함께 어깨를 으쓱했다. "담배 좀 피우려고 나갔었어."

"집 안에서 피워도 상관없는데⋯⋯. 아빠도 괜찮다고 하실걸요."

"산책하려고 나갔어."

"네에."

"사실은 술 마시려고 나갔는데, 현관에서 한 발자국도 떼지 못했어."

"잘하셨어요."

"그럼, 잘했지." 잭이 미소를 지었다.

"그런데 아빠는 어떠세요?"

잭이 고개를 저었다. "음, 저 양반도 다 늙으셨더라. 그런데 이상하게 도무지 그 사실에 익숙해지지 않는구나. 우리 어렸을 때는 저 양반이 에임스 목사님보다 키가 더 크시지 않았니? 눈에 확 띌 만큼 키가 아주 크셨잖아. 항상 사람들 머리 위로 불쑥 튀어나온 것처럼 보이셨는데⋯⋯. 웃음소리는 또 얼마나 우렁차셨니? 나는 저 양반이 자랑스러웠다. 정말이야."

"우리 모두 아빠를 자랑스러워했죠."

"물론이지."

"우리는 오빠도 자랑스러워했어요."

잭이 글로리를 쳐다봤다. "그 말을 믿기가 왜 이리 어렵지?"

"아니에요, 정말이에요. 물론 항상 그렇지는 않았지만요. 시간이 흐르면서 상황이 조금씩 안 좋아진 거죠." 잭이 웃음을 터트렸다. "우리는 오빠가 정체불명의 해적 같고 재치가 넘친다고 생각했어요."

"골칫덩어리에 말썽꾸러기였지. 불량배였고."

"하긴, 오빠에 대해서야 오빠가 더 잘 알겠죠. 저는 그냥 오빠가 나머지 형제들에게 어떻게 보였는지 말했을 뿐이에요."

잭이 미소를 지었다. "그렇게 보였다니 뜻밖이네. 기분 좋은데. 하지만 에임스 목사님은 항상 나를 정확하게 꿰뚫어 보셨지. 지금도 여전히 날 불량배라고 생각하실 거야. 지난번에는 나에 대한 그분의 판단이 완전히 틀린 건 아닐지도 모른다는 끔찍한 느낌이 들었어. 그래서 호감 가는 사람이 되어 보려고 노력 중이야. 좀 사근사근하게 굴기도 하고." 잭이 웃으면서 말을 이었다. "나는 그분을 아빠라고 불렀어. 그럴 만한 자격이 있는 분이기도 하고. 그 양반은 아버지가 그분 이름을 따서 내 이름을 지었다는 명예로운 사실조차 사모님께 말씀하시지 않았더라."

"오빠가 그분 안에 있는 꽤 까다로운 부분을 알아냈군요."

"불쌍한 양반이지." 잭이 고개를 저으면서 말했다. "언젠가 그 양반의 인내심을 시험해 본 적이 있어. 그 댁 우편함을 폭발시킨 거지. 그때 그 양반은 성경 공부를 마치고 돌아오는 중이셨어. 그러다가 불이 난 걸 보고 얼른 성경책을 현관 층계에 내려놓고는 정원용 호스를 가져오시더라. 정말로 볼만한 구경거리였지. 그 양반은 그 일에 대해 입도 뻥긋하지 않으셨을 거야. 하지만 그날 이후로 밤늦게 집을 나가려면 창문으로 몰래 빠져나가야 했어."

"오빠가 창문으로 나가다가 떨어져 죽을까 봐, 엄마 아빠가 창문 아래 현관 지붕이 있는 방으로 오빠를 옮겨 주셨죠. 그 전에 오빠가 창문에서 뛰어내리다가 울타리에 떨어지는 바람에, 엄마가 오빠 죽은 줄 알고 혼이 빠졌던 일이 있었잖아요."

"나는 어머니 아버지가, 내가 울타리를 넘지 못하도록 하는 줄로만 알았어."

"물론 그러기도 했죠. 그 뒤로 엄마 아빠는 오빠가 그렇게 나가고 싶으면 그냥 문으로 나가도 된다고 말하고 싶어하셨어요. 하지만 그렇게 대놓고 말하면 나가라고 부추기는 것처럼 보일까 봐 겁이 나신 거죠."

잭이 글로리를 바라보며 말했다. "네가 옛날에, 도대체 무슨 권리로 그렇게 이상하게 구느냐고 물은 적이 있지? 정말로 좋은 질문이었다……. 그나저나 내가 시계를 잃어버려서 지금 몇 신지 모르겠구나. 분명 10시는 된 것 같은데."

"그러네요. 10시 5분이네요. 그때는 제가 너무 철이 없어서 그런 말을 한 거예요. 잊어버리시기를 바랐는데……. 아무 뜻도 없었어요."

잭이 웃으면서 말했다. "어린아이와 젖먹이의 입으로 말미암아(시편 8장-옮긴이)였구나. 그럼 잘 자."

글로리는 자기 방으로 올라와 머리를 빗으려고 화장대 앞에 앉았다. 잠시 후 현관문이 열렸다 가만히 닫히는 소리가 들렸다.


이튿날 아침 잭이 느지막하게 아래층으로 내려와 봉투를 빌릴 수 있느냐고 물었다.

"우표도 필요하세요?"

"그래, 고마워." 잭이 양복 윗도리 주머니에서 접힌 편지를 꺼내 봉투에 넣고 봉한 다음 우표를 붙이더니 주소를 쓰기 위해 식당으로 갔다. 잠시 후 부엌으로 돌아와서 커피포트를 들었다. "어, 다 마셨네."

"다녀오실 동안 커피 새로 끓여 놓을게요."

"고맙다, 글로리. 혹시 어젯밤에 나 때문에 못 잤다면 미안해. 마음이 심란해서 산책 좀 했어."

"아니에요, 금방 잠들었어요." 글로리는 거짓말을 했다.

"소리를 안 내려고 애는 썼어."

"아무 소리도 못 들었어요." 이 말 역시 사실이 아니었다. 새벽 3시 조금 지나서 잭이 문을 열고 들어오는 소리를 들었다. '다섯 시간짜리 산책이었군. 음, 오빠는 늘 풀리지 않는 수수께끼야.'

아버지는 그날 아침 영 침통한 기분이었다. 아버지도 슬그머니 문이 열렸다가 닫히는 소리, 다시 몰래 문이 열렸다가 닫힌 다음 조심스럽게 계단을 올라오는 발걸음 소리를 들었기 때문인 것 같았다. "오늘 아침에는 잭이 보이지 않는구나. 상황이란 쉽게 변하는 게 아닌 것 같다. 사람도 그런 것 같고." 그런 다음 신문을 들고 잠시 보는 척하다가 도로 내려놓으면서 말했다. "괜찮으면 좀 도와 다오, 글로리. 내 방으로 가야 할 것 같다."

"시리얼에 손도 대지 않으셨네요, 아빠."

"입맛이 없구나."

글로리는 아버지를 방으로 모시고 가 침대에 들도록 도와드렸다. 적당한 때를 봐서 잭에게 아버지가 걱정하신다고 말해야 할 것 같았다. 물론 완곡하게 표현할 방법을 생각해 낸 다음. 아버지가 무슨 소리를 들었는지 무엇을 알고 있는지는 모르겠지만 아무튼 불안감으로 잔뜩 노심초사하고 있는 것만큼은 분명했다. 잭이 한밤중에 집을 나가지 않을 때에도 아버지는 잭 때문에 잠을 이루지 못하는 경우가 많았다. '다섯 시간 동안이나 캄캄한 어둠 속에서 깨어 있으셨다니…….' 글로리는 식탁에 앉아 낱말 퀴즈를 풀기 시작했다. 그걸 다 풀기도 전에 잭이 편지를 들고 아래층으로 내려오더니 우체국으로 갔다.

## 6

잭이 길을 따라 집으로 올라오고 있는 게 보였는데, 어쩐지 약간 풀이 죽은 것 같았다. 하지만 그는 미소를 지으면서 들어와 모자는 냉장고 위에, 커피 깡통은 식탁에 올려놓았다. "차를 타고 나가면 좋을 것 같은데……. 목사님은 아직도 안 일어나셨나?"

"간밤에 못 주무신 것 같아요. 아침도 전혀 안 드셨고요. 침대에 도로 모셔다 드렸어요."

"아마 내 탓일 거야."

"왜 그러시는지 잘 모르겠어요. 항상 잘 못 주무세요."

"그랬구나." 잭이 마치 야단을 맞아도 싸다는 표정으로 고개를 주억거렸다. 이어 커피를 한 잔 따라 들고 식탁에 앉은 다음 신문을 펼쳤다. 하지만 곧 신문을 한쪽으로 치웠다. "아버지가 이걸 보셨을까?"

"뭔데요?" 글로리의 눈에 '황당한 강도질'이라는 기사 제목이 보였다. "잘은 모르겠지만 아마 읽으셨을걸요. 왜요?"

그가 손가락 끝으로 눈을 비비면서 말했다. "딱히 이유가 있다기보다는……. 오늘 아침 내가 약국에 들어서니까 사람들이 하던 이야기를 뚝 그치더라고. 그럴 때 기분이 어떤지 너도 알지?" 잭이 웃으면서 말을 이었다. "그래서 또 무슨 일이 일어나나 보려고 식료품점에 들어가 봤는데 거기서도 그러더라고. 별 뜻 없는 행동일 거라 생각하려고 애를 썼다."

"음, 저도 그렇게 생각해요. 설마 사람들이 이 사건에 오빠가 연루되었다고 생각하겠어요? 아빠도 그렇게 생각하시지 않을 거예요."

잭이 손으로 입을 가리며 웃었다. "미안해. 아무튼 면목이 없구나."

"말도 안 돼요."

"딱 한 번 그런 적이 있었어. 꼭 이 기사 내용처럼 했지. 밤중에 집을 나가서 이 집 저 집 문손잡이를 잡아당겨 보다가, 두 집이 문을 잠그지 않은 걸 알고 들어가서 돈이랑 맥주를 가져왔어. 테디가 내 방에 있던 그것들을 봤지. 그 애는 내가 자백하지 않으면 자기가 아버지에게 말씀드리겠다고 했어. 그러면서 한 시간을 줬어. 나는 그동안 맥주를 마셨지. 아버지가 올라오셔서 내가 훔친 돈을 챙겨서 취한 나를 이끌고 돌려주러 가셨지. 나는 웃음을 멈출 수가 없었단다. 아아!"

"정말이에요? 30년쯤 전이었겠네요."

"흐음, 28년 전인 것 같다."

"그렇게 오래전 일을 누가 기억하겠어요?"

"그럼 너는 아무도 기억 못할 거라고 생각하니?"

"아마 누군가는 기억하겠죠. 하지만 다 기억하는 건 아닐 거예요. 기억하고 있는 사람도 이번 일을 오빠가 했다고는 생각 안 할 거고요."

잭이 글로리를 바라보며 물었다. "내가 어디 있었는지 보증을 서주겠니?"

"그럼요. 당연히 그럴게요. 하지만 전 아무것도 모르잖아요. 오빠의 행방은 항상 특급 비밀이니까."

잭이 고개를 끄덕였다. "하여간 내 말의 요지는 알아들었지?"

"아니요, 잘 모르겠어요. 게다가 이 사건은 오늘 아침 신문에 났으니 그저께 밤에 일어난 게 분명해요."

"내가 그저께 밤에 집을 나갔던가?"

"잘 모르겠는데요."

잭이 어깨를 으쓱하며 말했다. "내 말이 무슨 뜻인지 모르겠니?"

"나갔었어요?"

잭이 고개를 끄덕였다. "잠을 잘 수가 없어. 그렇다고 집 안을 돌아다닐 수도 없고. 저 양반이 내 소리를 다 듣고 계시니까. 음, 앞으로는 밤에 집 밖으로 나가지 않을게." 그러더니 그녀를 바라보며 덧붙였다. "아직은 떠나지 않을 작정이야."

"떠나다니 무슨 말씀이세요? 아직 아무 일도 일어나지 않았잖아요. 그리고 아빠가 예전 사건을 떠올리셨는지는 몰라도, 금방 잊어버리실 거예요."

"저 양반한테 뭐라고 말씀드리지? 아버지, 저는 절대로 구멍가게에서 잔돈푼을 훔치지 않았어요, 라고 할까?" 잭이 웃음을 터트렸다.

"아무 말도 마세요. 이런 일은 종종 일어나요. 오빠하고는 아무 상관도 없고요."

"그래, 앞으로는 그 말을 명심해야겠다."

"자, 아침은 뭘로 드실래요?"

"커피나 좀 더 마실게."

"안 돼요. 뭘 좀 드셔야 돼요. 라스콜리니코프(도스토예프스키의 『죄와 벌』에 나오는 주인공 이름 - 옮긴이)처럼 보이고 싶다면야 상관 안 하겠지만 아니라면 뭘 좀 드세요. 그러면 잠도 잘 올 거예요. 팬케이크 좀 만들게요."

잭이 웃으면서 말렸다. "제발, 팬케이크는 만들지 마. 이 부탁은 들어줘."

"그럼 프렌치토스트? 오트밀? 계란과 토스트는요?"

"이제는 내가 라스콜리니코프란 말이지. 어제만 해도 케리 그랜트라더니."

"먹은 게 없으면 잠도 안 와요. 프렌치토스트 만들게요."

"그래, 나도 힘을 길러야 해. 고용해도 괜찮다 싶게 보여야 하거든."

"그럼 정말로 여기 계실 생각이세요?"

잭이 어깨를 으쓱했다. "확실하게 마음먹었단다."

"음, 놀랐는데요."

"그럼 너는 떠나고 싶다는 말이구나."

"네. 그러고 싶어요. 전 이 동네가 싫어요."

"왜?"

"행복했던 시절이 떠오르니까요."

"아, 그렇다면 재고할 가능성이 별로 없다는 말이네."

"아마 그럴 거예요. 그런데 재고해야 되나요?"

"이 세상에 내 친구는 너 하나밖에 없는 것 같으니까. 나한테 억지로 아침을 먹이려고 할 사람이 너밖에 더 있겠니? 내가 참 이기적이구나. 늘 그랬지만."

글로리가 우유와 계란을 휘젓고 프라이팬을 달구면서 말했다. "그런 말로 절 꼬드기려 하시는군요. 제가 시키는 대로 하시면 다시 생각해 볼게요. 우선 드세요. 그리고 걱정일랑 그만 내려놓으시고요."

"최선을 다할게. 진심이야. 그렇게 할게."

"그렇다면 저도 재고해 볼게요."

"정말 친절하구나, 글로리. 네가 여기 없었다면 모든 게 훨씬 힘들었을 거야. 사실상 불가능했겠지. 너 부담스러우라고 이런 말 하는 건 아니야."

아버지가 옆방에서 불렀다. "무슨 냄샌지 아주 좋구나. 늦은 아침 좀 먹어 볼까? 아주 맛있을 것 같은데."

"가요, 아빠." 글로리가 아버지를 도와 기운을 차리도록 한 다음 부엌으로 모시고 왔다. 잭이 식탁을 차려 놓고 두 사람을 기다리며 서 있었다. 그 경의에 찬 태도와 조심스러운 몸짓이라니. 신문은 눈에 보이지 않게 치워 놓았다.

"잭, 오늘은 아침 일찍 일어나서 움직이더구나."

"예. 부쳐야 할 편지가 있어서요."

"우릴 위해 식사 기도를 올려 주겠니, 잭? 내가 아직 잠이 덜 깨서 말이야."

"글로리가 하면 될 텐데요."

"아니다, 아니야, 잭. 네가 기도하는 소리를 듣고 싶어서 그런다. 늙은이 비위 좀 맞춰 다오."

"알겠습니다." 잭이 목소리를 가다듬었다. "이제 우리가 받게 될 모든 은혜에 진심으로 감사하게 해주소서. 아멘."

아버지가 잭을 바라봤다. "그거면 충분하겠지. 그런 기도를 몇 번 들어 봤다. '은혜로이 내려 주신 이 음식과 우리를 축복해 주소서.' 라는 기도도 있지. 문제 될 거 하나도 없다. 주님께서 용서해 주실 거야. 이제 아침을 들자꾸나."

"죄송합니다."

"오냐, 괜찮다. 알다시피 기도는 네 생각을 활짝 열어서 네가 그것을 똑똑히 볼 수 있도록 해야 하는 법이야. 무엇 하나 숨기려고 해도 소용없어. 주님께서 우리에게 요구하는 것에는 어느 것에나 커다란 은혜가 숨어 있단다. 특히 기도가 그렇지. 네가 그런 습관을 들이도록 타일러야 했는데."

"상당히 타이르셨던 걸로 기억하는데요."

"충분하지는 못했지."

"그런 것 같습니다." 잭이 미소를 지으며 글로리를 힐끗 쳐다봤.

"토스트에 시럽 좀 끼얹어 드릴까요, 아빠? 꿀도 있고 딸기 잼도 있어요."

"시럽이 좋겠다. 그나저나 내가 40년 전에 했어야 할 일을 이제야 바로잡으려 하는구나. 음, 그냥 아비로서의 역할이라고 생각해 주려무나. 잭, 기도는 정직과 성실 속에서 이루어지는 훈련이란다."

"예. 그 말씀을 기호 삼아 제 손바닥에 새겨 넣겠습니다. 앞으로 그것들이 제 미간의 표가 될 겁니다('이것으로 네 손의 기호와 네 미간의 표를 삼고'라는 출애굽기 13장을 변용 – 옮긴이)."

아버지가 아들을 보며 말했다. "어쩐지 빈정대는 말처럼 들리는구나. 어쨌거나 네가 성경을 알고는 있구나."

"빈정대려고 한 말이 아니었어요. 정말입니다."

"오냐, 됐다. 그나저나 해결해야 할 일이 또 하나 있단다. 오늘 아침에 기도를 하다가 문득 떠올랐지. 통장이 하나 있는데 거기 네 외가로부터 물려받은 돈이 좀 들어 있다. 내가 죽으면 너희들 모두 나눠 갖게 하려고 거기 그냥 넣어 뒀는데, 그걸 찾아서 써라. 돈이 어디에 필요한지는 말할 필요 없다. 그런 건 걱정 안 해도 된다."

잭의 얼굴이 희미하게 달아올랐다. 그가 손으로 얼굴을 덮었다.

"내 증조부님이 잉글랜드 분이라서 우리 성이 보턴이 되었다만, 그분만 빼면 우리는 모두 스코틀랜드 사람이다. 너도 알고 있겠지. 내가 이 말을 하는 건 내 아버지와 할머니께서 늘 하시던 말씀 때문이란다. 돈 문제에 관한 한 아무리 조심해도 지나치지 않다고 하셨지. 내가 그 말을 너무 지나치게 유념하느라 너희에게 신경을 못 쓴 것 같구나. 너희들도 알다시피 내 아버지는 하느님의 사람으로 매우 훌륭하신 분이긴 하지만 너무 검소해서 빈틈이 없으셨지. 나는 인색하게 굴고 싶지 않구나. 특히 내 자식들에게. 내가 어려움 없이 살 수 있었던 건 아버지께서 나한테 농장과 이 집과 가구를 물려주셨기 때문이지. 그런데 생각보다 내가 더 많이 아버지를 닮았던 것 같다. 오랫동안 그 돈을 은행에만 처박아 뒀으니 말이다."

"아버지는 항상 저희들에게 베푸셨어요."

"충분치는 않았다. 그래서 이제는 바꿔 보고 싶구나."

"그렇게 하실 이유가 없는 것 같은데요."

"이유 같은 건 필요 없다, 잭. 그 돈이 네 짐을 조금이라도 가볍게 해줄 수 있다면 그걸로 충분해. 네 아비가 인색한 스코틀랜드 사람이라서 네가 곤란을 겪을지도 모른다는 생각은 하기도 싫구나."

"그 점이라면 안심하셔도 됩니다, 아버지."

"좋아, 그건 됐다. 그런데 너도 알다시피 스코틀랜드 사람에게는 또 하나의 약점이 있지. 술 말이다."

잭이 미소를 지었다. "저도 알고 있습니다."

"내 할머님께서는 그걸 역병이라고 하셨지. 그 막을 도리가 없는 술 때문에 착실한 남자들이 패가망신하는 꼴을 많이 보셨다고 하셨지."

"심각한 문제네요."

"아무렴, 그렇지. 너도 내 나이가 되면 알게 될 거다. 치명적인 결과를 초래하는 아주 심각한 문제지."

"제 말투가 무례했다면 용서하세요. 그러려고 그런 건 아니었어요. 정말입니다."

아버지가 잭을 보며 말했다. "나도 알고 있다, 잭. 또 내 잘못도 있었다. 너한테 마치 풋내기 청년 대하듯 말했구나. 너도 나이를 먹을 만큼 먹었는데."

잭이 미소를 지었다.

"오래전에 했어야 할 이야기들을 지금에야 하는구나."

"전에도 말씀하셨어요, 아버지."

노인이 고개를 끄덕였다. "아마 그랬겠지."

"두 분 다 한 숟갈도 안 드셨어요. 두 분이 똑같이 제 눈앞에서 음식을 버리고 계시네요. 이웃집 개들만 뒤룩뒤룩 살이 쪄서 뒤뚱뒤뚱 잘 걷지도 못할 판이에요."

"그렇구나, 글로리. 그런데 지금은 몹시 피곤하구나."

"죄송해요, 아빠. 하지만 아침을 다 드실 때까지는 아무도 자리 못 뜨세요."

잭이 미소를 짓고 기지개를 켜면서 글로리를 쳐다봤다. 마치 글로리가 그에게 너무나도 어려운 걸 요구하고 있다는 듯이……. 그러면서도 몇 입 먹는 시늉을 했다. "아주 맛있네, 글로리. 잘 먹었어." 잭이 의자를 뒤로 밀면서 자리에서 일어났다.

"아직 다 안 드셨잖아요."

"그러네." 잭이 턱을 괸 채 고분고분 접시에 담긴 것을 다 먹었다. "자, 이제 가도 될까?"

"안 돼요. 아빠가 다 드실 때까지 기다리세요. 무슨 매너가 그래요?"

"아주 훌륭하신 가내 독재자시지. 내가 어떻게 당하며 살았는지 너도 알겠지, 잭?"

"그만 투덜거리시고 들기나 하세요."

"이걸 조금만 잘라 주렴. 그 정도는 해줄 수 있지?"

"죄송해요. 진작 잘라 드렸어야 하는데……."

"큰 소리로 명령하시느라 너무 바쁘셨겠지." 아버지가 웃으며 말했다.

  잭은 팔짱을 낀 채 의자에 기대앉아 아버지가 포크를 손에 쥐느라고 허우적거리는 모습을 지켜봤다. 글로리는 그의 눈 아래 흉터가 좀 더 하얗게 변한 걸 보면서 그제야 잭이 피곤할 때면 그렇게 된다는 것을 깨달았다.


  글로리가 아버지의 잠자리를 봐드린 다음 마당으로 나가 보니 잭이 잡초를 베고 있었다. 잠시 후 길 건너편으로 우체부가 지나가자 그가 잠시 하던 일을 멈추고 그를 쳐다보다 담배에 불을 붙였다.
  그녀가 말했다. "파이프의 영주를 조심하라(셰익스피어의 작품 『맥베스』에 나오는 대사로, 맥베스에게 스코틀랜드 왕이 될 것이라고 예언하며 마녀들이 읊은 주문 — 옮긴이)."
  "스코틀랜드 사람이라는 게 근심 걱정 없는, 꽃방석에 앉은 팔자는 아니로구나!" 잭이 웃음을 터트렸다. "난 이제까지 꽃 한 송이 본 적도 없는 것 같아."
  "스코틀랜드 사람답다는 게 숙명의 또 다른 이름이 아닌가 싶네요. 그 말이 모든 걸 어느 정도는 설명해 주니까."
  "불쌍하고 늙은 맥베스, 나 같으면 그 나이에 그런 문제로 골치를 썩진 않았을 거야. 하기야 내겐 그런 일이 일어나지도 않겠지만. 그나저나 또 다른 가택 침입이 있었다면 경찰이 들를지도 몰라."
  "경찰이라니요. 여기는 길리아드예요."

"농담 아니야, 글로리. 그렇게 되면 상황이 아주 좋지 않을 수도 있어. 아버지한테도 나한테도. 그 양반은 벌써 내가 그랬다고 생각하시거든."

"오빠가 그 문제를 너무 심각하게 생각하시는 거예요. 아빠가 오빠를 도둑으로 여기셨다면 오빠한테 금고 열쇠를 주셨겠어요?"

"물론 주시지. 그게 바로 그 양반 방식이지. 내가 돈이 필요했는지도 모른다고 생각하시면서 또다시 도둑질하지 않도록 돈을 주신 거야. 그게 바로 그 양반이 말씀하신 내용이라고."

"그럴 수도 있겠군요."

잭이 고개를 끄덕이며 말을 이었다. "굳이 날 위로하려 하지 마. 대신 날 좀 도와줘. 이 일로 모든 게 망쳐질 수도 있거든. 나는 이런 일엔 아주 형편없이 대처한단다. 그 때문에 상황이 더 나빠진 경우도 있었고……."

"당연히 도울게요. 하지만 뭘 해야 하는지 알아야죠."

"일이 잘못될 경우 어떻게 해야 하는지 같이 좀 생각해 줘. 이렇게 겁을 먹은 내가 정신 나간 놈처럼 보이겠지만 그래도 겁이 나는구나." 잭이 웃음을 터트렸다. "살아 오면서 정말로 수도 없이 어려운 일을 겪었는데 그것도 모자라 또 겪어야 하다니. 만일 30일 동안 더 그래야 한다면 나는 완전히 끝장나고 말 거야. 내가 제정신이 아닌 것 같아 두렵다, 막내야. 이 문제를 어떻게 처리해야 할지 모르겠구나." 그러면서 덧붙였다. "우선 내가 술에 취하지 않게 도와줘. 그게 첫 번째로 할 일이야."

"최선을 다할게요, 오빠. 하느님께 맹세할게요. 하지만 오빠를 도와주려면 시간이 좀 필요해요. 그리고 아빠 말은 무시하세요. 아빠가 그런 식으로 오빠한테 말씀하시면 안 되는데, 아빠가 예전 같지 않으셔서 그래요. 그래도 항상 누구보다 더 오빠를 사랑하셨어요."

"노력할게."

"아빠가 예전 같으시다면, 오빠가 당신 말을 무시해 준 걸 고맙게 여기실 거예요."

잭이 손가락 끝으로 얼굴을 문지르며 말했다. "고마워, 글로리. 그렇게 말해 주다니 참 친절하구나."

우체부가 우편함 앞에 멈춰 서서 편지를 넣는 걸 보고 둘이 함께 그쪽으로 걸어갔다.

잭이 웃으면서 말했다. "정말 기가 막히는군. 빌어먹을 38달러 때문에 내가 지옥 속을 헤매고 있다니……."

글로리가 잭을 쳐다봤다.

"아아." 잭이 연달아 탄식을 내뱉고 나서 덧붙였다. "그 사건이 신문에 났어." 잭의 얼굴이 잿빛이 되어 있었다. 그가 말을 멈추고 눈을 비볐다. "그 신문을 너한테 보여 줄 수도 있어. 내 방에 챙겨 놨어." 잭이 글로리를 향해 예의 그 지치고 몹시 괴로운 듯한 미소를 지었다. 마치 너무나 잘 알면서 동시에 전혀 모르는 사람을 대하듯…….

글로리가 말했다. "용서해 주세요, 오빠."

"당연히 용서해야지. 달리 어떻게 하겠니?" 잭이 우편함에서 우편물을 꺼내 훑어본 다음 글로리에게 건네주었다. 고지서 한 통과 루크가 아버지에게 보낸 편지 한 통이었다. "그 사람한테서 소식은 오니? 그러니까, 네 약혼자 말이다."

"뭐라고요? 아니요."

"소식이 오기를 바라니?"

"아니요."

"그 사람에게 편지를 보내니?"

"아니요."

"5년이라. 그러면 거의 1800일인데. 그러니까 대충 나흘에 한 통 꼴로 편지를 받았다는 말이구나."

"그 사람이 여행 중이었거든요."

잭이 웃음을 터트렸다. "물론 그랬겠지. 그래 봤자 그놈은 개자식일 뿐이야."

"가끔은 잡지에서 시를 오려서 보내기도 했어요."

"어떤 시를?"

"이제 그게 다 무슨 상관이에요?"

"그렇긴 하지만 그래도 명색이 내가 오빠 아니냐. 언젠가 그놈을 혼내 주고 싶어서 그래. 그놈을 톡톡히 망신시키고 가문의 명예를 회복해야지."

"음, 그럼 우선 뭘 좀 드세요."

"그놈, 덩치 크냐?"

"아니요."

"알았다. 내 체격쯤 되는 또 한 명의 날강도란 말이지."

"네. 붙어 볼 만할 거예요. 어쨌거나 이런 이야기는 하고 싶지 않네요."

잭이 잠시 생각에 잠겼다가 입을 열었다. "한 죄인에게서 다른 죄인에게로. 나 역시 고백해 본들 별로 위로가 되지는 않더구나. 내 비행을 혼자 간직했더라면 괜찮았을 텐데, 고백했더니 오히려 나쁜 결과만 터지더라고. 적어도 내 경험으로는 그랬어."

"그럼 제 결과도 나쁘겠네요."

잭이 어깨를 으쓱했다.

"오빠를 돕겠다고 약속할게요. 정말로 그럴 거예요. 그런데 제가 오빠한테 화내는 걸 바라시진 않겠죠? 저도 그러고 싶지 않고요."

잭이 미소를 지었다. "알았어. 그놈에 대해서는 깡그리 잊어버리마."

"좋아요."

"그래도 시를 오려 낸 이야기는 못 잊어버릴지도 몰라. 참 편리한 방법 같거든. 또 452라는 숫자도 내 뇌리에 박혀 버린 것 같고." 잭이 글로리의 얼굴을 가만히 바라봤다. "그나저나 네 영혼에도 사소한 오점이 있었다니, 그게 나한테 위로가 되네. 그건 잊을 수 없을 것 같아. 잊으려고 노력은 하겠지만. 아니, 이게 뭐야? 앗, 눈물이네! 내가 세상에 둘도 없는 친구를 울렸구나!"

"우는 거 아니에요. 아무튼 정말 제가 도와주기를 바라는 거예요?"

잭이 웃으면서 대답했다. "그렇고말고. 비굴할 정도로 그래 주기를 바라지."

"그런다고 했잖아요. 하느님께 맹세할게요."

"너, 정말로 울고 있구나."

"아빠나 좀 돌봐 드리세요. 전 제 방으로 가 있을게요. 좀 쉬고 나서 얘기해요."

잭이 동생을 위해 문을 열어 준 다음 방으로 따라 들어왔다. "글로리."

"네?"

"나도 이게 어려운 부탁이라는 거 알아. 너무나도 잘 알지. 그래도 지금은 네가 날 혼자 내버려 두지 않았으면 좋겠어." 그러더니 손으로 얼굴을 감싸면서 웃음을 터트렸다. "네가 좀 전에 뭐라고 했더라? 아 그래, 하느님께 맹세할게요."

글로리가, 아버지가 듣지 못하도록 잭에게 좀 더 가까이 다가가 조용히 말했다. "이 집에서 비참한 사람이 오빠 하나만은 아니라는 걸 한 번이라도, 단 한 번이라도 생각해 본 적 있으세요? 그러니까 우리 필요 이상으로 상황을 악화시키진 말아요."

잭이 미소를 지었다. "너, 나를 좀도둑으로 알고 있구나."

"도대체 제가 뭘 안다는 거예요?"

"얘들아! 이리 와서 좀 도와주렴!"

"가요, 아빠!"

아버지가 엉망으로 뒤엉킨 이불 속에서 한 팔을 짚은 채 허우적거리고 있었다. "오늘 아침에 별 해괴한 꿈을 꾸었단다. 그 바람에 이불 속에서 몸부림을 치느라고 그만 하루치 기운을 다 써버렸구나! 잭은 아직 여기 있니? 그래 있구나, 너희 둘 다 있구나." 아버지가 다시 베개를 베고 누웠다.

잭이 문간에서 미소를 띤 채 말했다. "저 아직 여기 있어요. 아버지는 아직 제게서 해방되지 못하셨어요."

"그게 무슨 말이냐! 잘 좀 볼 수 있게 이리로 좀 오렴, 아들아. 꿈속에서는 너를 똑똑히 볼 수가 없었단다. 네가 열세 살 부활절 때 새 양복을 샀던 일 기억하니? 다른 아이들이 좀 투덜거렸지. 너는 교회에 올 것도 아닌데 왜 사 줬느냐고. 하지만 그날 너는 교회에 왔지. 양복이 좀 컸지만 그래도 아주 근사해 보였단다. 목에 넥타이를 걸고 나한테 왔기에 내가 매줬지. 기억나니?"

"예, 제가 좀 늦었죠."

"아니, 늦을 뻔했지. 늦은 거랑 늦을 뻔한 거는 전혀 다르지. 너는 재빠르고 품위 있게 교회 옆쪽으로 달려오더니 난간을 뛰어넘어 층계에 발을 디디더구나. 그런 다음 날 쳐다봤는데, 지금 생각해 보니 내가 기뻐할 거라고 기대해서 그런 것 같다. 물론 난 말할 수 없이 기뻤지. 네 엄마도 마찬가지였고. 그 의자 좀 이리 가져와서 잠시만 앉으렴. 잠깐만 너를 보게 해다오."

잭이 웃으면서 대답했다. "먼저 면도를 해야 할 것 같은데요. 머리도 빗고요."

"그냥 와서 앉아."

"예, 아버지."

"이번 한 번만 내 말을 들어 다오."

잭이 침대 옆으로 의자를 가져가서 앉았다.

아버지가 잭의 무릎을 쓰다듬으며 말했다. "봐라. 별로 어렵지 않잖니? 그동안 내가 너한테 무얼 지나치게 많이 요구한 적은 없었지?"

"예, 그렇습니다."

"그저 몸조심해라. 우선 그것만 부탁하마. 너 자신에게 해를 끼치지 마라. 하느님께서 너를 위로하려고 주신 것들을 소홀히 하지 마

라. 네 가족, 네 형제 누이들 말이다. 애들 말이 그동안 너한테서 전혀 소식이 없었다고 하더구나."

"죄송합니다. 명심할게요."

"루크가 어제 전화했다. 네가 저랑 통화하고 싶은지 알고 싶다고 하기에 잘 모른다고 했다. 그 애가 안부 전해 달라고 하더구나. 다들 그랬다고 하더라."

잭이 웃으면서 대답했다. "감사합니다."

"그나저나 우체국에 다녀왔단 말이지? 무슨 일로 그러는지는 모르겠다만, 형제가 버젓이 셋씩이나 있는데 외로운 늑대처럼 혼자 일을 처리하려고 하지 마라. 다들 기꺼이 도와주려고 할 게다. 내가 할 수 있는 일이라면 나도 그럴 거고……."

"전 괜찮습니다."

"음, 잭. 나도 아직 보는 눈은 있단다. 너는 완전히 지쳤어. 그건 누가 봐도 알 수 있다."

잭이 의자에서 일어섰다. "전에도 말씀드렸듯이 지금은 상황이 안 좋습니다. 저도 가능한 한 최선을 다하는 중입니다. 글로리도 절 돕고 있고요. 그렇지, 글로리?"

"다행이구나." 잠시 후 아버지가 변명이라도 하듯 덧붙였다. "방금 몹시 슬픈 꿈을 꾸다 깨어났단다. 내 할머님께서 아침에 꾸는 꿈은 믿어도 된다고 하셨는데, 그 말씀이 틀렸으면 좋겠구나."

"어쩐지 저도 그러기를 바라야 할 것 같은데요."

"오냐, 네가 아직 집에 있구나. 이렇게 살아서……." 아버지가 눈을 감았다.

잭이 안절부절못하고 있기에 글로리가 그에게 쇼핑 목록을 적어 줬다. 그녀는 잭이 기꺼이 다시 한 번 길리아드에 용감하게 맞서는 걸 보고 깜짝 놀랐다. 잭은 슬슬 걱정이 될 때까지 한참 동안 돌아오지 않다가 이윽고 식료품이 담긴 커다란 봉투를 안고 돌아왔다. 마당에서 그가 오는 모습을 보고 있던 글로리가 부엌으로 따라 들어왔다. 잭이 모자를 벗어 냉장고 위에 올려놓고 넥타이도 느슨하게 풀었다. "돼지고기 구이용 한 덩어리, 버터 1파운드, 빵 한 덩어리, 양파 두 개." 그러더니 담배 한 상자를 식탁에 꺼내 놓으며 말했다. "너한테 이거 빚졌다. 그리고 이건 너를 위한 조그만 선물." 잭이 다시 한 번 봉투에 손을 집어넣더니 낡은 책을 한 권 꺼냈다. "『1844년 영국 노동계급의 상태』, 프리드리히 엥겔스. 이게 최선의 선택이었어. 마르크스 건 하나도 없더라고. 듀보이스 것도 없고. 노먼 빈센트 필(1898~1993, 미국의 신학자이자 작가—옮긴이) 것은 아주 많았지만 그건 네가 다 읽었을 것 같아서." 잭이 미소를 지었다.

글로리가 책을 들어 펼치며 말했다. "이건 1925년 이래 대출된 적이 없군요."

"그렇게 대출되지 않고 4반세기 동안 얌전히 서가에 꽂힌 채 내 누이동생이 마르크스에 대해 관심이 싹트기를 기다린 거겠지." 잭이 돼지고기를 싼 포장지를 풀면서 덧붙였다. "그 푸줏간에서 제일 좋은 거라고 가게 주인이 말하더라. 정말 그런 것 같지 않니?"

"네, 아주 좋네요."

잭이 돼지고기를 도로 싸서 냉장고에 넣었다. "별로 기뻐하는 것 같지 않은데."

"대출 카드가 책 속에 끼어 있고, 거기 마지막으로 적힌 날짜가 1925년이네요."

"흐음, 그러니까 내가 그걸 훔쳤을지도 모른다는 뜻인가?"

"아니요. 다만 오빠가 그걸 들고 나오기 전에 사서의 기대를 저버렸을지도 모른다는 거죠."

"반드시 돌려줄 거야. 네가 정말로 그러기를 원한다면."

"당연히 돌려줘야죠."

"하찮은 위반이야."

"그럼요. 하지만 사서가 기꺼이 오빠에게 책을 빌려 줬을 거예요. 오빠가 서명만 하면."

"사실은 서명하는 게 신경 쓰여서 그랬어. 난봉꾼에 불량배로 유명한 잭 보턴이 길리아드 공공 도서관에서 불평분자의 경전을 대출하면 남들이 어떻게 생각하겠니? 가뜩이나 이 동네에서 모양새 좋은 인물이 되려고, 내 명예를 회복하려고 애쓰고 있는 중인데. 물론 너를 위해 이 책을 빌리는 거라고 말할 수도 있었어. 그건 정말이야. 저번에 네가 공산주의에 관심이 있다고 했으니까. 하지만 내가 두려워하는 결과 때문에 너를 끌어들이기는 싫었다. 왜 그래야 하지? 차라리 식료품 봉투에 조용히 책을 넣고 말지. 그걸 좀도둑의 행동으로 본다면, 난 네 의견에 승복하지 않을 거야."

"네……."

"왜 그러니?"

"제가 아직도 벌을 받고 있군요."

"아니야. 그냥 농담으로 한 말이야." 잭이 글로리를 바라봤다. "농담으로 받아들이는 것 같지 않군." 잭이 웃으면서 말을 이었다. "네가 맞아. 병이 다시 도진 거지. 이런 상황에서 이런 짓을 하다니 내가 미쳤지. 지금이야말로 손버릇이 나쁜 것처럼 보이지 않도록 최선을 다해야 할 판인데……. 푸줏간으로 들어섰더니 지난번처럼 또 침묵이 흐르더라고. 길리아드 사람들이 그동안 잊어버리고 있었던 내 과거를 다시 떠올린 것 같았어. 마치 잭 보턴이 이 세상에 단 하나밖에 없는 도둑놈인 양. 하느님, 저를 구해 주소서. 이곳 사람들 가운데 단 한 사람이라도 저를 환영하도록." 잭이 그녀를 보며 말을 이었다. "오늘 밤에 미스터 엥겔스를 도로 갖다 놓으마. 출입문에 반납 구멍이 있거든."

"안 돼요. 더 이상은 밤중에 밖에 나가시면 안 돼요. 아시겠어요? 술집이 문을 닫기 전이든 후든."

"아, 맞다. 깜박했어." 잭이 미소를 지었다. "내가 가택 연금 상태였지. 아무튼 여기를 떠나고 싶지 않아. 아직은 아니야. 그런데 돌아가는 꼴을 보아하니 차라리 떠나는 게 나을 것 같구나."

"아직은 아무 일도 일어나지 않았다는 걸 명심하세요."

"그래, 그건 그렇지. 잭 보턴이 아직 일어나지도 않은 일 때문에 지옥 속을 헤매고 있구나. 하긴, 그래도 싸지."

"책은 내일 제가 돌려줄게요. 그냥 서가에 가만히 올려놓으면 되니까. 그런다고 해서 무슨 일이 생기진 않겠지만 그래도 신중하게 생각해야겠죠."

"내일이라고? 알았어. 그럼 좀 빌려 읽자. 나도 아직 못 읽었거든.

하루 이틀 정도 밤을 보내는 데 도움이 될 것 같아."

"음, 그럼 모레 돌려줄게요. 아니, 다음 주에요. 그래도 아무 차이 없을 거예요. 나도 읽고 싶어질지 모르고."

잭이 웃음을 터트렸다. "넌 정말 착해. 하지만 이 책에 대해서는 우리 의견이 일치하지 않을지도 모르겠다. 이른바 신문에서 종종 이념적 차이라고 부르는 문제가 발생해서 서로 고함을 지르고 팔을 흔들어 댈지도 모르지. 그러다가 한두 가지 문제쯤은 네 신념에 따라갈지도 모르지만."

"그거 솔깃하게 들리는데요. 단, 아빠를 위해 고함을 지르진 마세요. 팔은 흔들어도 되지만."

잭이 고개를 흔들며 말했다. "그건 너무…… 장로교 신자 같겠다."

"더 안 좋은 일이 벌어질 수도 있어요."

"그래, 나도 알아. 나는 집으로 돌아올 권리가 없었어. 내가 여기 있는 게 저 양반한테는 엄청난 걱정거리지. 주무시다가도 벌떡 일어나실걸."

"오빠가 아빠한테 돌아온다는 편지를 보내기 전에도 아빠는 내내 오빠 꿈을 꾸셨어요. 내내 오빠 생각을 하셨다고요. 그러니까 오빠가 여기 있다고 해서 아빠가 더 걱정하시는 건 아니에요."

"그렇다면, 뭐냐? 나라는 존재 자체가 걱정거린가 보구나. 하긴, 운수 사납고 남우세스러운 존재지. 게다가 저 양반 보기에는 내가 과거의 삶을 털고 일어날 것 같지도 않고. 나는 한도 끝도 없이 계속되는 타락과 고통 속에서 영원히 몸부림칠 놈이야. 그런데도 불쌍한 영감님은 내 영혼에 책임감을 느끼고 계시니, 원."

"아빠는 평생 타락이나 고통에 대해서는 한마디도 안 하셨어요."

"맞아. 대신 '지옥에 떨어진다'는 표현을 쓰셨지. 그래서 어느 날 내가 지옥이라는 단어를 사전에서 찾아본 적이 있어. '사후나 내세에서 영혼이나 궁극적인 행복을 완전히 잃어버리는 것, 세미콜론, 내세의 고통이나 영원한 죽음'이라고 나와 있더구나. 좀 잔인하지 않니? 아버지는 날 남겨 두고 돌아가실까 봐 두려워하고 계셔. 아직 거듭나지 않은 나를 뒤에 남겨 놓고 돌아가시는 게 두려우신 거지. 저 양반이 속으로 걱정하시는 게 바로 그거라고. 나를 쳐다보시는 눈빛을 보면 알 수 있어."

"아빠한테 상황이 달라졌다고 말씀드렸잖아요."

잭이 웃음을 지었다. "저 양반은 여전히 나를 도둑놈으로 생각하고 계셔. 내가 우리 식구 모두를 또다시 망신시킬 거라고 생각하신다고. 그런데 실제로 그렇게 될 수도 있어. 내 말은, 내가 고소를 당할 수도 있다는 거야." 그러고는 손으로 얼굴을 덮었다.

"그런 일은 없을 거예요. 구멍가게에서 일어난 사소한 절도 사건으로 아버지를 난처하게 만들 사람은 아무도 없어요. 오빠도 아시잖아요? 우리가 이 문제를 너무 심각하게 걱정하고 있네요."

"그래, 맞는 말이야. 고마워, 글로리. 내가 무슨 일을 저지르면 사람들이 뉘 집 자식이냐고 물어보던 걸 까맣게 잊고 있었구나."

"아빠가 오빠 때문에 걱정하신다고 생각되면, 아빠 마음을 좀 편하게 해드리세요."

잭이 글로리를 쳐다보며 물었다. "영감님한테 거짓말을 하라고? 내 영혼의 상태에 관해?" 이어 웃음을 터트리고 눈을 비비며 덧붙였다. "아, 글로리. 그럼 나는 어떻게 되라고?"

"미안해요. 그냥 문득 떠오른 생각이었어요."

잠시 후 잭이 입을 열었다. "내가 내 품성에 바람직한 영향을 미친 숙녀에 대해 얘기해 줬지? 그 여자는 매우 신앙심이 깊었고 지금도 분명 그럴 거야. 아주 정숙한 사람이지. 사실은 그 사람 아버지에게 결혼을 허락해 달라고 부탁했었어. 그랬더니 그 양반이 기겁을 하시더라고. 종교도 어느 정도 문제가 됐지. 나는 아무 종교도 없으니까. 그 당시 나는 거짓말이라도 하고 싶었지만, 그럴 수는 없었어. 양심의 가책 때문이었지. 그 바람에 엄청난 대가를 치렀다." 잭이 생각에 잠겼다가 다시 말을 이었다. "아니, 정직하게 말하면 그 양반은 다른 이유 때문에도 날 경멸했어. 물론 종교가 없다는 게 제일 큰 문젯거리였지만. 그분도 성직자거든." 잭이 웃음을 터트렸다. "그나저나 내가 너한테 왜 이런 얘기를 하는 걸까? 나한테도 양심의 가책이 있다는 걸 알려 주고 싶었나 보다. 옛날에 내가 저질렀던 잘못이 적어도 위선적인 행동은 아니었다는 걸 말하고 싶었나 보지. 도둑은 예수와 함께 십자가에 못 박힐 수 있어도 위선자는 그럴 수 없다는 걸 알고 있어서……. 아무튼 난 이따금 고난을 감수해 왔어. 지금은 그렇지 않지만." 잭이 웃으면서 글로리를 바라봤다. "미안해. 무례하게 굴려고 한 말은 아니었어. 나는 위선자가 아니다, 라는 게 요점이야."

"아니라는 거 알아요. 제가 의심하는 것처럼 보였다면……."

"내가 사기꾼처럼 보였겠지." 잭이 미소를 지었다.

"전 오빠를 의심한 적 없어요. 하지만 제가 오빠 입장이었다면,

저도 그렇게 생각했을 거예요."

잭이 고개를 끄덕였다. "나도 사기꾼이 되고 싶었는지도 몰라. 하지만 이 흰 머리와 이 찌그러진 얼굴과 이 닳아 빠진 소맷부리를 곰곰이 살펴보고, 나는 사기꾼도 못 될 거라는 사실을 인정해야 했어. 어영부영 망나니처럼 흘려보낸 인생, 그게 내 전부야. 그래서 난 아버지한테 거짓말도 못해. 저 양반이 아직도 날 눈곱만큼이라도 좋아하신다면 내 거짓말을 알아차리실 거야. 내 말이 무슨 뜻인지 알지? 아버지가 갖고 계시는 나에 대한 마지막 믿음까지 깨고 싶진 않아."

"오빠가 스스로에 대해 하는 말은 참 믿기가 어려워요."

"모든 크레타인은 거짓말쟁이다, 라는 말이 떠오르는군. 의심하고 싶으면 의심하렴. 그럼 오히려 내 맘이 좀 더 가벼워질 것 같아. 어쨌거나 이제는 너도 내 문제를 알았겠지? 왜 나는 무슨 일에 대해서든, 누구에게든, 내 말을 믿게 하지 못할까."

"전 오빠 말을 믿어요. 오빠가 자기 자신에 대해 너무 엄격해서 하는 말은 빼고요."

그가 고개를 끄덕였다. "내가 좀 그렇지. 그래도 나는 나에게 엄격할 필요가 있어." 잠시 침묵이 흘렀다.

"저기…… 만일 오빠가 좀도둑이라고 해도 저는 개의치 않을 거예요."

"그건 너무 가정적(假定的)인데."

"알았어요. 다시 말할게요. 오빠가 좀도둑이어도 전 개의치 않아요."

"고맙다, 글로리. 참 친절한 말이구나."

잭은 글로리에게 38달러를 훔쳐 간 도둑에 대한 기사를 보여 주지 않았고 그녀 또한 그것을 보여 달라고 하지 않았다.

글로리가 텔레비전을 사기로 했으니 안테나를 달아 달라고 하려고 전파상에 다녀왔다. 집으로 돌아와서 잭을 찾아 집 안을 돌아다니다가 헛간에서 그를 발견했다. 낫을 비롯해 아무짝에도 쓸모없는 기구들에 기름칠을 하고 있었다.

"안테나를 달아 달래려고 전파상에 갔었어요. 그런데 사람들이 나를 한 시간 동안이나 붙잡고 있지 뭐예요. 구멍가게에서 돈을 훔친 사람이 누군지 말해 줬어요. 고등학생들이었대요. 착한 아이들이라고 하더군요. 그래서 신문에선 범인을 밝히지 않았대요. 그냥 못된 장난을 친 거였나 봐요. 나중에 걔네 중 하나가 양심의 가책을 못 이겨 자백했다나요."

잭이 웃음을 터트리며 말했다. "너한테 그걸 말해 주다니 참 친절하기도 하지! 그런데 그 사람들이 네가 그 일에 관심이 있다는 걸 어떻게 알았을까?"

"걱정도 팔자네요."

"그러게, 지금은 그 말이 맞는구나."

다음 날 아침 잭이 아버지에게 책을 읽어 주겠다고 제안하자 아버지가 몹시 기뻐했다. "그래! 그러면 시간이 잘 가겠구나!" 그래서 그들은 매일 아침 아버지가 목욕하고 면도한 다음 일찌감치 아버지를 베란다로 모시고 나갈 수도 있겠다는 생각을 했다. 아버지가 견딜 수 있을 만큼 날씨가 따뜻하고 산들바람만 기분 좋게 분다면.

"무슨 책을 읽어 드릴까요? 『영국 노동계급의 상태』가 있는데요."

아버지가 고개를 저으며 말했다. "그건 신학교에서 읽었다. 대단히 재미는 있었지만 내 기억에 요지는 분명했지. 그걸 다시 읽고 싶은 생각은 없구나. 그게 아직도 우리 집에 있다니 놀라운데. 내 책은 도서관에 기증한 걸로 아는데……."

잭이 웃으면서 글로리를 쳐다봤다. "루크 형이 보낸 책도 있어요. 『가치 있는 것』인데요, 아프리카에 관한 거네요."

아버지가 고개를 끄덕였다. "나도 한때는 아프리카에 상당히 관심이 많았지."

"루크 오빠가 그 책에 대해 제게 편지를 보냈었죠. 오빠 말로는 평론가들이 헛소리를 하고 있다고 했어요."

"저도 아프리카에 관심이 좀 있습니다." 잭이 끼어들었다.

"그래, 음, 모잠비크, 카메룬, 마다가스카르, 시에라리온. 아름다운 이름들이지. 어렸을 때는 언젠가 거기 가보겠다고 생각하곤 했는데……. 그걸 읽으면 되겠구나."

"케냐에 대한 건데요."

"그래, 그것도 좋지."

잭이 거의 기도하는 것처럼 책에 몸을 기울인 채 고개를 숙이고 책을 읽기 시작했다. 그러다가 자기가 좋아하는 부분이 나오자 미소를 지었다. "보이지 않는 어딘가에서 얼룩말이 짖었고 시냇가를 따라 개코원숭이가 사납게 으르렁거렸다." 테디는 총명한 사람은 잭이고 자신은 그저 성실할 뿐이라고 말하곤 했었다. 실제로 잭은 빈둥거리지 않고 골똘히 열중하기만 하면, 무슨 일이든 세련되게 해냈다. 하지만 잭은 그런 자신의 경이로운 능력을 되도록 무시하려 했다. 책을 읽는 그의 목소리는 부드럽고 온화하고 정중했다. 아버지가 글로리를 향해 눈짓했다. 이 녀석은 제 마음이 내킬 때면 참 근사하단 말이야, 정말 근사하구나, 라는 뜻을 담고 있는 오래된 신호였다.

아버지는 요리사가 〈예수님은 햇빛 때문에 나를 원하시네〉를 이교도 버전으로 부르는 대목에서 웃음을 터트렸다. 또 맥킨지가의 가족 제도에 흥미롭게 귀를 기울이고 코끼리를 죽이는 장면에서는 깜짝 놀라기도 하다가 결국 꾸벅꾸벅 졸았다. 잭은 혼자서 계속 책을 읽어 나갔다. "이 책이 어떻게 끝나는지 알 수 있을 것 같아." 그러더니 책의 마지막 부분을 펴서 읽기 시작했다. "피터가 자라목을 하며 어깨를 잔뜩 웅크린 채 깊은 숨을 가쁘게 들이마신 다음 그를 꽉 움켜쥐었다. 키마니의 혀가 축 늘어진 채 이 사이로 완전히 빠져나왔고 눈에는 작은 그릇이 깨진 것처럼 피가 잔뜩 고여 있었다. 마치 사람 하나가 마른 나뭇가지 위를 걷는 듯 미세한 경련과 함께 날카롭게 우두둑거리는 소리가 나더니 키마니의 몸뚱이가 흐느적거리기 시작했다."

아버지가 잠에서 깨어나면서 물었다. "키마니는 처음에 걔랑 같이 놀던 아이 아니었니? 두 아이가 함께 놀고 있었지."

잭이 고개를 끄덕였다.

"그 애가 그 애를 죽였나 보구나."

잭이 책을 덮으면서 대답했다. "그런 것 같습니다."

"불쌍하구나. 그렇게 될 줄은 알았다마는……. 그래도 그렇게 원한이 깊다니. 아무튼 남한테는 정보를 흘리지 않는 게 좋겠다."

잭이 웃으면서 말을 받았다. "전에도 그와 똑같은 소감을 들은 적이 있어요. 상당히 많은 사람들이 그 생각에 동의하더군요."

"이제 다른 책을 읽어 주지 않을래, 잭? 그 책에는 더 이상 우리를 놀라게 할 내용이 없는 것 같구나."

"그런 것 같습니다."

아버지가 고개를 끄덕였다. "그래도 작가가 글재주는 있구나. 코끼리 이야기는 아주 재미있었다."


그날도 처음에는 여느 날과 마찬가지로 흘러가는 것 같았다. 아버지가 자고 있을 동안 글로리는 집안일을 했고, 잭은 집 안 구석구석 돌아다니면서 밥값이 될 만한 일을 찾아 어지럽게 널려 있거나 오랫동안 손보지 않아 망가진 물건들을 정리하고 수선했다. 혹은 그러고 있을 거라고 글로리는 짐작했다. 그러다가 문득 잭이 한참 동안 보이지 않는다는 사실을 깨달았다. 보통은 잭이 수시로 그녀와 이야기를 하거나 농담을 주고받을 구실을 찾기 일쑤였다. 마치 그녀가 자신에게 친절하게 대해 준다는 사실을 다시 한 번 확인이라도 하고 싶은 것처럼. 마당을 내다보고 광에도 가보고 헛간도 들여다보았지만 잭은 어디에서도 보이지 않았다. 그녀는 좀 이상하다고 생각했지만, 크게 걱정하지는 않았다. 한 시간이 지나고 두 시간이 흘렀다. 그동안 그녀는 우편물과 새로 온 〈라이프〉지를 대강 훑어봤고 댄과 그레이스에게 답장도 썼다. 그때 방충 문을 닫으며 잭이 현관으로 들어왔다. 옷매무새가 좀 흐트러진 것 같았지만 그래도 신나는 표정이었다. 그는 속옷 바람이었는데, 셔츠가 담긴 꾸러미를 식탁에 올려놓고 풀었다. 이윽고 잭이 입을 열었다. "짜잔! 양송이버섯 볼래? 표고버섯도 있어! 항상 있던 바로 그 자리에 있더라고!" 모래와 나뭇잎 썩은 냄새와 사향 냄새가 풍겼다.

"이게 어디 있었는데요?"

"외딴 곳에 있었지. 인간의 소굴에서 멀찌감치 떨어진 곳에."

"솔직하게 말씀하세요! 난 오빠 동생이잖아요! 세상에 하나밖에 없는 오빠 친구라고요!"

"미안하지만 안 되겠는데. 이것들이 얼마나 예쁜지나 봐라. 오늘 밤에는 버섯을 먹자, 글로리!"

"무슨 일이냐?" 아버지가 큰 소리로 물었다. "무슨 이야기를 하고 있는 거지?"

"가서 아빠한테 보여 드리세요. 버섯을 좋아하세요."

"일단 좀 씻는 게 나을 것 같은데."

"씻을 필요 없어요. 그냥 가져가서 보여 드리세요."

그 말에 잭이 버섯 꾸러미를 들고 아버지 방으로 가서 노인의 무릎 위에 펼쳐 놓았다. "아아, 그래, 네가 식량을 구하러 나갔었구나."

아버지가 심호흡을 하고 나서 웃음을 터트렸다. "내 아들의 향취는 여호와의 복 주신 향취로다(창세기 27장-옮긴이). 표고버섯이구나. 옛날에는 댄과 테디가 이걸 가져다주곤 했지. 검은 딸기랑 호두도. 송어랑 메기도 잡아 왔고. 참, 꿩도 있었구나. 그 녀석들은 항상 들판과 강가를 쑤시고 돌아다녔지. 딸내미들은 늘 꽃을 꺾어 왔고. 아주 오래전 이야기로구나."

잭은 뒤에 서서 아버지가 버섯을 찬찬히 살펴보고 냄새를 맡아 보고 불빛 아래에서 뒤집어 보는 것을 지켜봤다. 그러면서 마치 버섯을 살펴보는 아버지의 시선이 피부로 느껴진다는 듯 홀쭉하게 드러난 맨팔을 문지르며 나지막하게 중얼거렸다. "내게 축복하소서, 내게도 그리 하소서(창세기 27장-옮긴이)."

"아니. 그건 에서가 한 말이다. 너는 에서와 야곱을 혼동하고 있구나."

잭이 웃음을 터트리며 대답했다. "예, 저는 반들반들한 사람입니다(몸에 털이 없는 야곱을 가리키는 말-옮긴이). 제가 어떻게 잊어버릴 수 있겠어요? 저는 축복을 훔쳐야만 하는 사람입니다."

아버지가 고개를 저었다. "너는 평생 동안 무엇 하나 훔칠 필요가 없었다. 손톱만큼도 그럴 필요가 없었어. 그 점에 관해 내 기억을 더듬어 봤단다."

"아빠, 제가 어제 전파상에 볼일 보러 갔었는데……."

글로리가 끼어들자 잭이 말렸다. "그만두지그래." 잭이 자신을 향해 웃는 걸 보고 글로리는 하마터면 그를 모욕할 뻔했다는 사실을 깨달았다. 그는 구멍가게의 돈을 훔치지 않았다. 그러지 않아도 그 일로 지쳐 있는 판에 그것이 자기가 한 일이 아니라 짓궂은 아이들이 저지른 말썽이었다고 무고함을 입증하는 일은 또 얼마나 큰 고역일까.

잠시 후 잭이 말했다. "집에 오니 참 좋구나. 내 쉴 곳은 여기, 집 내 집뿐이네, 라는 노래도 있지."

"뭐 좀 드실래요? 커피?"

"그래, 커피 좋지. 너는 참 좋은 사람이야, 글로리. 너랑 결혼하지 않은 그 녀석은 정말 바보로구나."

"꼭 그렇지도 않아요. 그는 결혼한 사람이었어요."

"이런!"

"그 사람이 그렇게 말했어요."

"아니!"

"물론 그 당시에는 그걸 몰랐죠. 자세히는……."

잭이 웃으면서 물었다. "자세히는?"

"무슨 뜻인지 아시잖아요. 제가 알고만 싶었다면 알 수도 있었을 거예요."

잭이 고개를 끄덕였다. "어휴, 정말 힘들었겠구나. 미안하다." 그런 다음 잠시 후에 덧붙였다. "아이는 없는 것 같은데……."

글로리가 고개를 저으며 말했다. "없어요."

"그 점은 다행이네."

글로리가 숨을 깊이 들이마셨다.

"미안해! 내가 왜 이런 소리를 했을까? 왜 이 주둥이를 닫치지 못했을까?"

"음, 오빠. 오빠는 그 애를 몰랐잖아요. 그러니 자식을 걱정거리라고 생각할 수도 있어요. 놀랄 일도 아니죠, 뭐."

"그 꼬맹이를······."

"오빠 딸이요."

"그래, 내 딸을······." 잭이 자리에서 일어서며 말을 이었다. "나는 알지도 못했지. 줄곧 멀리 떠나 있었으니까. 하지만 그게 내가 할 수 있는 최선이었어."

"그런 말을 들으려고 한 말이 아니에요. 우리는 그 애의 탄생을 즐겁게 받아들였고 그 애도 행복해했다는 말을 하고 싶었어요."

잭이 손으로 얼굴을 감싸 쥐었다. "고맙다. 그걸 알게 돼서 다행이야. 아무튼 나는 그 문제를 어떻게 처리해야 할지 전혀 알 수가 없었어. 수치스러운 일이지. 너는 내가 그 일을 아무렇지도 않게 넘겼다고 생각했겠지만."

"아무튼 수치스러움보다 훨씬 더 소중한 게 있다는 걸 말하고 싶었어요. 어느 누구라도 그 애를 자랑스러워할 수밖에 없었다는 걸요. 그게 바로 제가 오빠한테 보낸 편지에서 말하려던 요지였어요."

"저런! 그런 내용이었어? 그걸 읽었어야 하는 건데."

"맙소사, 하느님 맙소사. 그 편지 안 읽으셨어요? 제가 졌어요. 두 손 두 발 다 들었네요."

"제발 그렇게 말하지 마, 글로리."

"어이구, 진심이 아니라는 거 아시잖아요."

잠시 후 잭이 물었다. "왜 그렇지?"

"음, 일단 전 오빠 동생이고, 그리고 두 번째로는······."

잭이 웃음을 터트렸다.

"……제가 오빠 동생이라는 거, 그걸로 충분하잖아요."

잭이 고개를 끄덕이며 말했다. "고마워, 정말로 친절하구나."

잭은 마당에 해바라기, 금어화, 동전 식물 등을 더 심었다. 또 멜론도 몇 개 심고 호박도 심었으며 옥수수도 세 고랑이나 심었다. 얽히고설킨 잡초 더미 속에서 금낭화를 구해 냈고 조롱박도 잘 보살폈다. 조롱박이란 놈은 잠시만 한눈을 팔아도 순식간에 무성해졌다. 언니 오빠들은 어릴 때 다 마른 조롱박으로 딸랑이를 만들고 병과 잔을 만들어 인디언 놀이를 했다. 또 호박에 무언가를 새기기도 하고 씨를 불에 굽기도 했다. 동전 식물의 은색 화반(花盤)을 돈인 척하며 가지고 놀았고, 금어초의 꼭 다문 입술 같은 꽃잎을 잡아당겨 말하는 것처럼 보이게 하기도 했다. 또 다 마른 해바라기 씨를 먹으며 놀았고 금낭화 꽃송이를 벌려 이슬에 젖은 앙증맞은 꽃술을 드러내기도 했다. 옥수수 껍질을 벗기는 건 싫어했지만 옥수숫대에 달린 옥수수는 좋아했고, 멜론도 마찬가지였다. 잭은 각별한 관심을 가지고 식물들을 가꿨다. 마음이 심란할 때면 마당으로 나와 그것들이 보기 좋게 자라는 모습을 보며 위안을 느끼는 것 같았다. 한번은 마당에 나와 있는 자신을 훔쳐보는 글로리에게 이렇게 물었다. "혹시 내가 뭐 빠트린 거라도 있니?"

"없는 것 같은데요."

"나는 농부는 못 돼." 잭이 자신이 심은 작물들이 잘 자라고 있는 모습에 뿌듯해하며 흐뭇한 목소리로 말했다.

아버지는 날이면 날마다 베란다에 나와 앉아 잭에게 심고 있는 게 뭐냐고 물었다. 또 옥수수와 해바라기는 잘 자라는지 멜론은 자리를 잡았는지 궁금해했다. 잭이 그런 아버지에게 금낭화 어린 가지와 호박 꽃봉오리를 가져다주었다.

"아무렴." 옛날 기억이 떠오를 때 그러는 것처럼 아버지가 중얼거렸다. "그때가 좋았지."

어느 날 저녁 땅거미가 질 무렵, 글로리가 아버지의 잠자리를 준비하고 있는데 잭이 집 안으로 들어와 부엌에서 물을 마시는 소리가 들렸다. 바깥 공기는 이미 서늘하게 식어 있었다. 아버지 침대 머리맡에 기우뚱하게 놓인 전구의 불빛을 쫓아 온갖 작은 벌레들이 창문 방충망에 바글바글 모여들었다. 귀뚜라미는 큰 소리로 울어 대고 저녁 바람은 나무를 흔들고 있었다. 저녁때가 돼서 잭이 집으로 들어오면 글로리는 마음이 놓였다. 잭은 지금 조리대에 기댄 채 시원한 물을 달게 마시고 있으리라. 손에는 아직도 흙의 감촉과 냄새가 남아 있으리라. 하지만 아버지는 불안한 마음을 감추지 못하며 이 감미로운 정적을 깨고 무슨 말인가 하고 싶어했다. "괜찮다면 글로리, 잭이랑 이야기 좀 하고 싶구나."

그녀가 부르자 잭이 몸을 똑바로 세우고 개수대에 물 잔을 내려놓는 소리가 들렸다. 잠시 마음을 추슬렀으리라. 방으로 들어오면서 잭이 그녀에게 미소를 지었다. "저 왔습니다."

"의자 가져와서 여기 좀 앉아라."

"예."

"너한테 하고 싶은 말이 있구나." 아버지가 이불 밖으로 손을 내밀어서 잭의 무릎을 쓰다듬은 후 헛기침을 했다. "그동안 곰곰이 생각해 봤는데 너를 괴롭히는 게 무언지 알 것 같구나, 잭. 사실은 그게 뭔지 진작 알고 있었지만 내가 정직하지 못해서 말을 못 한 것 같다. 오늘은 그것에 대해 얘기 좀 해야겠다."

잭이 미소를 지으며 자세를 바꿔 앉았다. "알겠습니다. 계속하시죠."

"……네 아이 문제란다, 잭."

"네?"

"그리고 내가 그 문제에 잘못 대처했다는 걸 깨달았다."

잭이 헛기침을 했다. "죄송하지만 아버지, 무슨 말씀인지 잘 모르겠습니다."

"그놈한테 세례를 줬어야 했어. 최소한 그 정도도 해주지 않은 게 너무나도 후회된다."

"아, 예."

아버지가 잭을 바라보며 말을 이었다. "너는 그 아이가 세례도 받지 못한 채 죽었다는 걸 몰랐겠지. 그나저나 이런 이야기를 꺼내지 말아야 하는지도 모르겠구나. 너를 더 고통스럽게 할 테니까. 나도 이 문제를 입에 올리는 게 영 내키지 않았단다. 그래도 모든 게 다 내 탓이라는 걸 말해 주고 싶었다." 잭이 손으로 얼굴을 덮었다. "아, 잭! 주님의 종이라는 내가 그랬다. 그 갓난아이를 내 품에 몇 번이나 안았으면서도 그 생각을 못했다. 왜 세례를 하지 않았을까! 물 몇 방울이면 되는데! 집 바로 옆에 빗물받이 통도 있었고, 누가 막지도 않았을 텐데! 그 생각을 수도 없이 했단다."

"아빠, 우리는 장로교 신자니 세례의 필요성을 믿지 않잖아요. 아빠도 늘 그렇게 말씀하시고선……."

"그래, 에임스도 그렇게 말하지. 그 친구는 성경을 인용해 그 불필요성을 입증할 수도 있을 거다. 칼뱅도 여러 가지 점에서 옳았다. 그의 요지인즉슨 주님은 어린아이에게 책임을 지우시지 않는다는 건데, 아무렴, 그래야지. 나로 말하면, '부서지고 꺾인 마음을 당신께서는 업신여기지 않으십니다(시편 51장-옮긴이).'라는 구절도 믿고 싶구나."

한동안 방 안에 침묵이 흐르다가 이윽고 잭이 입을 열었다. "그 일은 다 제 탓입니다, 전부 다요. 왜 그 일로 아버지가 자책을 하세요? 정말이지 깜짝 놀랐습니다."

"하지만 그때 너는 어렸다. 또 그 녀석이 있는지도 몰랐고. 글로리가 너한테 보내 줄 그 애 사진을 예쁘게 찍으려고 늘 애를 썼지. 예쁘게 입히고 머리에 나비 리본도 꽂아 주고 그랬단다. 하지만 사진만 보고는 제대로 알 수 없는 게 많았지. 얼마나 영리하고 귀엽고 재미있는 꼬맹이였는지 모른단다. 그런데 일어나서 걸을 때까지 기다릴 수 없었던 모양이다. 기억나니, 글로리? 쪼그맣고 앙증맞던 그 애가 제 엄마한테 매달려서 놀던 모습이……. 애 엄마에게도 세례를 줬어야 했어." 그러면서 덧붙였다. "그런 사랑스러운 아이를 알고서도 그 애를 위해 할 수 있는 일을 하나도 안 했다는 건 변명의 여지가 없지. 주님께서도 나한테 실망하셨을 게다. 너도 그랬을 거고."

잭이 의자를 뒤로 밀고 자리에서 일어났다. "저기, 찬 공기를 좀 마셔야 할 것 같아요." 그러더니 글로리를 향해 미소를 지으며 "네가 양해해 준다면……."이라고 덧붙인 뒤 방을 나갔다.

글로리가 아버지의 이마에 입을 맞춘 뒤 베개를 돌려서 판판하게 매만지며 말했다. "이제 좀 주무세요." 그런 다음 잭을 따라 부엌으로 들어왔다. 잭은 두 손으로 머리를 감싼 채 식탁에 앉아 있었다. "미안해요."

"불 좀 꺼도 괜찮을까?" 그 말에 글로리가 불을 껐다. 한참 후에야 잭이 입을 열었다. "내가 정직한 놈이었다면 저 양반한테 그 문제에 대해 눈곱만큼도 생각한 적이 없었다고 말씀드렸을 거야. 단 한 번도 없었다고……."

"네에."

"그 애가 세례를 받았는지 안 받았는지에 대해선 생각한 적도 없었다는 말이야. 다른 문제에 대해선 이따금 생각했지만." 잭이 웃음을 터트렸다. "그것도 생각하려고 해서 생각한 건 아니었어."

"다 오래전 일인데요, 뭐. 그때는 오빠도 어렸잖아요."

"아니, 어리지 않았어. 나는 한 번도 어린 적이 없었어." 잭이 잠시 말을 멈췄다. "나는 변명이 두려워, 글로리. 손잡을 데를 놓치는 것 같은 느낌이 들거든. 나도 왜 그런지는 설명할 수 없어. 아무튼 나를 위해 변명하려고 애쓰지 마. 그럼 나도 언젠가는 그 변명을 믿게 될지도 모르니까. 그렇게 사는 사람들을 알고 있거든."

"오빠도 그 애가 죽은 건 알았죠?"

"검은 테두리가 둘러져 있는 봉투를 받았지. 그래서 생각하기를 누군가……."

"다른 중요한 사람인 줄 알았어요?"

"그런 뜻은 아니야. 너도 어린애가 죽을 거라고는 예상하지 못했잖니? 나도 그런 일은 전혀 생각지도 못했어. 지금이야 하지. 지금은 줄곧 그 생각을 하고 있단다." 잭이 웃음을 터트리며 손으로 얼굴을 덮었다. "그런 어린아이의 죽음은 도저히 정당하다고 할 수 없어. 그게 조금이라도 정당하게 여겨진다면, 아주 끔찍할 거야."

잭을 위로하기 위해 글로리가 무슨 말을 할 수 있을까? "너무 힘드네요. 제가 꺼내지 말았어야 할 이야기를 꺼냈나 봐요. 미안해요." 그런 다음 잠시 후 덧붙였다. "그 끔찍한 일이 정당함을 증명하는 건 아닐 거예요."

"정말로? 그거야말로 복수가 무엇인지 말해 주는 게 아닐까? 무시무시한 정의 아니냐고. 아버지는 과연 뭐라고 하실까?"

"음, 확실히는 모르겠지만 그것도 주님의 은총이라고 생각하시겠죠."

잭이 글로리를 쳐다보며 말했다. "그렇다면 그 양반은 신에게 버림받은 아들을, 나를 걱정하실 필요도 없지 않을까? 네가 그 점을 지적해 드려라. 그러니까, 그게 좀 모순이 있는 것 같지 않니?"

"그래요. 그렇더라도 우리가 아빠의 신학에 대해 의문을 제기할 수는 없어요. 만일 내가 아빠 사고의 모순을 지적한다면 몹시 난감해하실 거예요. 그런 사안에는 몹시 예민해지셨거든요. 오래전부터 그러셨어요. 아무튼 그 모든 일에 대해 아빠가 오빠보다 더 걱정하시지는 않을 거예요."

잭이 어깨를 으쓱하며 말했다. "부전자전이로군."


아버지는 자신의 솔직함에 매우 놀란 것 같았다. 그러면서 갑자기 잭과 원만하고 사이좋게 지내고 싶어 안달을 했다. 아버지는 예의상 텔레비전에, 특히 야구에 관심을 기울였다. 두 사람은 마치 여름 날씨나 가뭄, 또는 번개 이야기를 하듯 야구팀과 시즌에 대해 맥 빠진 대화를 주고받았다. 그러다가도 정치적 소동에 대한 뉴스가 나오면 아버지는 으레 꾸벅꾸벅 조는 것 같았다.

잭은 아버지가 정말로 잠들었다고 생각한 게 틀림없었다. 뉴스가 남부에서 일어난 분쟁으로 바뀌자 나지막하게 "우라질!"이라고 중얼거렸기 때문이다.

노인이 잠에서 깨며 물었다. "지금 그게 무슨 소리냐?"

"죄송합니다, 정말 죄송합니다. 터스카루사(앨라배마 소재 도시—옮긴이)인데요. 어떤 흑인 여자가 앨라배마 대학교에 가고 싶어 한다는군요."

"그 여자가 거기 가는 걸 사람들이 원치 않는 모양이구나."

"그런 것 같습니다."

아버지가 잠시 뉴스를 보다가 다시 말을 꺼냈다. "나는 흑인에 대해 아무런 반감이 없다. 하지만 자신들이 받아들여지기를 원한다면 그 사람들도 자신을 개화할 필요가 있지. 내 생각에는 그게 유일한 해결책인 것 같구나." 아버지가 정치인 같은 말투와 표정으로 말했다. 자신이 주님의 이름을 함부로 불렀는데도 아버지가 온화하고 타협적인 태도로 나오자 잭이 아버지를 유심히 살폈다. 입 밖으로 말이 튀어나오지 않게 하려는 양 두 손으로 입을 가린 채······.

마침내 잭이 입을 열었다. "저도 좀 미개한 편인걸요. 저보다 훨씬 존경스러운 흑인들을 많이 알고 있습니다."

아버지가 잭을 쳐다보며 말했다. "너 자신에 대해 왜 그런 형편없는 견해를 갖게 됐는지 모르겠구나, 잭."

"음, 그거야말로 아버지나 저나 감사해야 할 일 같은데요."

"농담 아니다. 진지하게 생각해 보면, 네가 할 수 있는 일이 많다는 걸 알게 될 거다."

잭이 미소를 지으며 대답했다. "지당하신 말씀이세요. 저는 호텔에 투숙할 수도 있고 카페테리아에서 밥을 먹을 수도 있죠. 또 택시를 부를 수도 있고 시민권도 행사할 수 있죠. 하잘것없는 인간인데도 말입니다."

"너는 대학을 졸업했다." 아버지가 단호하게 말했다.

잭이 미소를 띠며 글로리를 힐끗 쳐다보자 그녀가 고개를 저었다. 그걸 보고 잭이 말했다. "맞습니다. 그런데 대부분의 사람들은 대학 교육을 못 받죠. 백인들도요."

"그러니까 한층 더 너 자신에게 자부심을 가져야 한다."

"알겠습니다, 아버지. 명심하겠습니다."

잠시 후 아버지가 다시 입을 열었다. "내가 잠시 옆길로 샜구나. 어쨌든 그 말을 해주고 싶었다. 너 자신을 좀 더 긍정적으로 생각해야 한다는 말을 꼭 하고 싶었단다."

"감사합니다. 노력해 보겠습니다."

"내 생각에는, 흑인들이 자신들에게 손해가 되는 문제와 말썽만 일으키는 것 같구나. 이런 소동을 벌일 필요는 없는데……. 자기들만 손해지."

잭이 아버지를 쳐다보며 심호흡을 하더니 다시 한 번 숨을 깊이 들이마셨다. "엠멧 틸이라고 들어 보셨어요?"

"엠멧 틸이라면, 백인 여자를 때렸다는 그 흑인 녀석 아니냐?"

"그 애는 어린애였어요. 열네 살밖에 안 됐죠. 그 애가 백인 여자에게 휘파람을 불었다고 하더군요."

"틀림없이 그 이상의 무슨 짓을 했을 거야. 그 애는 사형 당했지, 아마? 재판도 열렸고."

"재판 같은 건 전혀 없었어요. 살해된 겁니다, 그 어린애가……." 잭이 흥분을 가라앉히려고 헛기침을 했다.

"이것 참 당황스럽구나. 나는 다르게 알고 있는데……."

"아버지와 제가 서로 다른 신문을 읽었나 봅니다."

"그런지도 모르지. 아무튼 부모에게 책임이 있다."

"예?"

"아이들을 이 위험한 세상에 태어나게 했으면, 아이들을 안전하게 지키기 위해 마땅히 할 일을 해야 하는 법이야."

잭이 헛기침을 했다. "하지만 그러고 싶어도 늘 그럴 수는 없죠. 매우 어렵고 복잡한 문제 같습니다."

"그러니까, 거기 세인트루이스에서 흑인들을 좀 알고 지냈나 보구나."

"예. 저한테 아주 친절했어요."

아버지가 잭을 지그시 바라보며 말했다. "네 엄마와 나는 너희들이 어떤 사람과도 원만하게 잘 어울릴 수 있도록 키웠다. 존경할 만한 어떤 사람과도 친구가 될 수 있도록. 사람들은 친구를 통해 그 사람을 판단한단다. 이 말이 네 귀에 거슬릴 거라는 건 안다만, 그래도 사실이다."

잭이 미소를 지었다. "예, 아버지. 제가 누구와 어울리는지를 보고 절 판단한다는 건, 저도 압니다."

"좀 더 훌륭한 계층의 친구들을 사귀면 너에게 도움이 될 거다."

"그러려고 노력했지만, 제가 사람을 사귀는 재주가 없어서요."

"오냐." 잭이 순순히 양보하는 소리를 들으며 아버지가 정신을 바짝 차렸다. 그 말이 어쩐지 비꼬는 소리처럼 들렸기 때문이다. "내가 또 괜스레 네 아이 얘기를 꺼낸다고 생각하겠지만, 아무튼 네가 그 녀석의 아버지가 되어 주지 못한 걸 지금은 후회하고 있다는 걸 안다. 또다시 그런 일이 일어나면 이번에는 네가 자식과 함께 하리라는 것도 알고. 주님께서도 알고 계실 거다."

잭이 손으로 얼굴을 덮으면서 웃음을 터트렸다. "주님께서는, 정말로 재미있으시군요."

"네가 불경스럽게 굴려는 게 아니라는 거 안다."

"저도 제가 무슨 말을 하려는 건지 잘 모르겠습니다. 정말로 모르겠어요."

"여하튼 너를 도울 수 있다면 좋을 텐데……." 아버지가 말을 마친 다음 텔레비전을 향해 단호하게 얼굴을 돌렸다. 잭도 아버지 옆에 앉아 함께 텔레비전을 보았다. 회색 불빛 아래 그의 얼굴은 슬프고 지쳐 보이면서도 기이하게 젊어 보였다. 자기 아버지가 여전히 자기 아버지인 남자, 참을 수 없는 남자, 부서지기 쉬운 남자. 아버지가 잭의 무릎을 쓰다듬었다. 텔레비전에서는 카우보이와 포격 장면이 나왔다. 글로리가 저녁 식사를 하라고 부르자 그들은 침묵 속에서 무척 예의 바르게 식사를 했다.

"오늘이 목요일 맞지?"

"예."

"일요일 저녁에는 쇠고기 구이가 먹고 싶구나. 온 집 안이 쇠고기 냄새로 가득 찼으면 좋겠다. 나는 넥타이를 매겠다. 촛불도 켜자꾸나. 에임스와 그 집 식구들도 부르고. 아주 즐거운 시간이 될 거야. 너도 함께할 거지, 잭?"

"물론입니다."

"우리들을 위해 피아노도 좀 쳐줄 수 있겠지?"

"그럴 수 있을 것 같습니다."

"어디 손 좀 보자. 가시에 찔렸던 데 말이다."

"잘 아물고 있어요."

"어디 좀 보자."

잭이 아버지에게 오른손을 내밀자 노인이 그 손을 쥐고 어루만지면서 찬찬히 살펴보았다. "여기에 흉터가 남겠지. 20년이라, 20년이나 되었구나."

잭이 아버지를 침대에 눕힌 후 설거지를 하고 자기 방으로 갔다.

이튿날 아침 글로리가 아래층으로 내려오니 잭이 베이컨 튀길 준비를 하면서 풍로 옆에 서 있었다. "내가 종교를 가져 볼까 하는데……." 그러면서 글로리를 곁눈질했다.

"흥미 있는데요. 그래서요?"

"극적일 거 하나도 없어. 양치질하다가 퍼뜩 떠오른 생각이야. 잭 보턴이 신자가 되어 보는 것도 괜찮지 않겠니? 적어도 몇 주 정도는."

"극적인걸요. 오빠가 교회에 갈 생각을 하다니."

"돌아오는 일요일에 그러려고 해. 혹시 마음이 변할지도 모르지만, 네가 미리 알아야 할 것 같아서 말하는 거야. 노인네 혼자 집에 계시게 할 순 없으니까."

"아빠가 놀라서 펄쩍 뛰다가 창문 밖으로 날아가시지 않도록 침대 기둥에 묶어 드려야 할지도 모르겠네요. 그것 말고는 할 일이 없을 것 같은데요."

"정말로 그러실까 봐 걱정이야. 내가 교회에 가는 걸 너무 대단하게 생각하실까 봐……. 그냥 한번 해본 생각이야. 안 그럴지도 몰라."

"제가 아빠랑 같이 있을게요. 괜찮을 거예요."

"에임스 목사님과 몇 가지 일에 대해 얘기할 수 있겠다는 생각이 들었어. 내가 그분의 수준에 맞춘다면 말이지. 사실은 그분 때문에 교회에 가려는 거야. 존경을 표하기 위한 것이라고나 할까. 혹시 잘못된 생각 같으면 말해 줘."

"뭐가 잘못이겠어요?"

잭이 고개를 끄덕였다. "나중에 에임스 목사님이 분명 말씀하실 테니 굳이 비밀로 할 필요가 없겠다 싶었어. 네 생각도 궁금했고."

"아빠한테 커피를 갖다 드리면 왜 교회 갈 준비를 안 하느냐고 물으시겠죠. 그럼 오늘 아침에는 오빠가 가고 싶어한다고 말씀드릴게요."

"그런 다음에는……." 잭이 말하다가 머뭇거리자, 둘이 한꺼번에 웃음을 터트렸다. "아, 이 문제를 같이 잘 좀 생각해 보자. 그냥, 오빠가 교회에 갔어요, 라고 하는 게 나을 것 같다. 교회에 가고 싶어한다고 하면 온갖 상상을 다 하실 테니까. 오빠가 교회에 가기로 결심했대요, 는 어떨까? 아니, 이것도 별로군."

"좋아요. 오늘 아침에는 오빠가 교회에 갔어요, 라고 할게요."

"그런 다음에는 뭐라고 할 건데?"

"그거야 어떻게 알겠어요? 그때 가서 생각해야죠."

"그건 그래. 그나저나 내 행동이 너무 냉소적으로 보이지는 않겠지? 위선적이라거나 너무 번드르르해 보이거나 계산적으로 보이는 건 아니겠지?"

글로리가 어깨를 으쓱했다. "다른 사람들도 교회에 다녀요."

"물론 그렇지. 내 말은, 내가 눈에 띄지 않기가 어려울 거라는 뜻이야. 또 에임스 영감님은 나를 대단찮게 생각하시거든." 잭이 잠시 입을 다물었다가 다시 말을 이었다. "하기야 그건 어쩔 수 없지, 뭐. 그래서 일단 에임스 목사님 교회에 가보려고 해. 다른 해결 방법은 떠오르지 않아서……. 내가 그 양반 설교를 들으면서 앉아 있으면 나를 향한 그 양반의 감정이 약간은 누그러들지도 몰라. 그래서 아주 열심히 들으려고 해." 잭이 미소를 지으면서 덧붙였다. "한 번쯤은 해볼 만하지 않을까? 그런 다음 그 양반 내외가 저녁 식사에 오시면, 에임스 목사님이 전부터 좋아하시던 찬송가를 쳐드리려고 해. 효과가 있을 거야."

"다 좋은 생각이에요. 하지만 꼭 그럴 필요까지 있을까요."

잭이 고개를 끄덕였다. "어림잡아 43년 동안이나 난 그 양반의 가장 친한 친구에게 골칫거리였으니, 에임스 목사님도 나한테 넌더리가 날 거야. 그러고 싶지 않아도 그럴 거야. 나라도 그럴 테니까. 그래도 그분께 내 진심을 말하고 싶어."

"그렇다면, 아주 좋은 생각이네요. 정말로 좋은 생각 같아요."

"그렇게 말해 주니 안심이 되네."

잭이 넥타이를 매고 모자를 쓴 다음 일요일 저녁 만찬을 준비하기 위해 서랍에서 10달러짜리 두 장을 꺼내 들고 식료품 가게로 갔다. 평소대로 글로리가 전화로 주문할 수도 있었지만 잭이 밖에서 처리할 일도 있다고 해서 그렇게 하라고 했다. 그녀는 에임스 목사 집으로 갔다. 라일라는 마당에서 상추를 뽑고 있었고, 로비는 그네 발판에 배를 깔고 엎드린 채 손가락으로 풀을 쓰다듬고 잡아당기고 빙빙 돌리면서 장난을 치고 있었다. 라일라가 울타리 곁에 서 있는 글로리를 보더니 몸을 일으키며 미소를 지었다. 이어 로비를 불러 글로리에게 인사를 시켰다. 꼬마는 얼른 인사를 한 뒤 점심을 먹으러 간 친구 토비아스를 찾으러 달려 나갔다.

글로리가 좋은 아침이네요, 하고 인사를 건네자 라일라도 맞장구를 치면서 손으로 머리를 쓸어 넘겼다. "그러게요. 정말로 좋은 아침이네요. 이걸 좀 가져가서 샐러드로 만들어 드실래요? 이놈들이 우리가 먹을 수 있는 속도보다 더 빨리 자라서요. 게다가 우리 집 남자들은 둘 다 채소를 별로 좋아하지 않아요." 라일라가 글로리에게 바구니를 건네주었다. "너무 예뻐서 그냥 뽑고 있는 중이었어요. 가져다 드시면 정말 기쁠 텐데……."

 널찍한 어깨와 펑퍼짐한 엉덩이의 라일라가 큼지막한 손을 머뭇머뭇 내밀었다. 한때 라일라는 가느다란 활 모양으로 눈썹을 다듬는 것을 좋아했던 것 같다. 지금도 그대로 남아 있는 눈썹이 과거에 세속적이었던 그녀의 모습과 현재의 듬직하고 어머니다운 모습 사이에 묘한 불균형을 이루고 있었다. 라일라는 미소를 띤 채 햇빛을 가리기 위해 이마에 손을 얹고 있었다. 가끔은 사람을 피곤하게 하는 호의처럼, 눈부신 햇살이 그녀를 성가시게 하는 것 같았다.

 "아빠가 목사님 가족을 내일 저녁 식사에 초대하고 싶다고 하세요."

 "그러지 않아도 잭도 몇 분 전에 들러 그렇게 말씀하셨어요. 그래서 목사님께 여쭤 보겠다고 했어요. 아무래도 설교하는 일이 생각보다 목사님을 더 지치게 만드는 것 같아요."

 "저녁 식사는 괜찮을 거예요. 설교 후에 좀 쉬고 오시면 되니까요."

7

그날 오후 글로리가 마당에 나가 딸기밭의 잡초를 뽑으며 익은 딸기를 한 줌 따고 있는데 데소토에 시동 거는 소리가 들렸다. 맨 처음엔 두 번, 잠시 후 또 한 번 들리더니 이어 부르릉거리는 엔진 소리가 났다. 엔진은 잠시 요란하게 부르릉거리다가 이내 잦아들었다. 얼마 후 다시 한 번 시동 거는 소리와 엔진 소리가 나더니 1, 2분쯤 후에 데소토가 후진으로 헛간을 나오자 자갈이 우두둑거리며 튀었다. 자동차는 잘 익은 자두처럼 새침하게 빛났다. 차체의 도금 부분은 반짝반짝 윤이 났고 휠캡과 그릴과 바퀴도 눈부실 정도로 뽀얗게 빛났다. 다 낡아 빠진 구닥다리 자동차가 반짝반짝 광을 내며 아름다움을 과시하자 글로리가 웃음을 터트렸다. 잭이 창밖으로 팔을 내민 채 순시 중인 고위 관리처럼 모자를 흔들면서 도로로 후진해 들어갔다. 잭이 아치 모양의 느릅나무 그늘 사이를 무슨 의식을 치르듯 통과하는 동안 나뭇잎 사이로 반짝이던 햇살이 자동차 위로 색종이처럼 떨어져 내렸다. 몇 분 후에 경적 소리가 나서 내다보니 잭을 태운 자동차가 집 옆을 지나가고 있었다. 다시 몇 분 후, 이번에는 차가 반대 방향에서 진입로로 들어오더니 그 자리에서 공회전을 했다. 잭이 조수석 문을 열기 위해 몸을 기울였고, 글로리는 잔디밭을 가로질러 미끄러지듯 차 안으로 들어왔다.

"대단해요!"

잭이 머리를 끄덕였다. "지금까지는 잘되는 중이지. 어디서 딸기 냄새가 나는데."

글로리가 손을 내밀어 딸기를 보여 줬다. "아직 안 씻었어요."

잭이 딸기를 하나 집어 들여다본 다음 돌려주었다. "슬슬 동네나 한 바퀴 돌아볼까?"

"아빠도 타보고 싶어하실 거예요."

"나도 그 생각을 하고 있었어. 하지만 먼저 2마일쯤 달려 보자. 믿을 만한 지 알아봐야 하니까. 노인네를 집까지 걸어오시게 할 수는 없지 않니?"

글로리가 차 문을 닫자 잭이 차를 몰고 도로로 진입했다.

"너도 운전 면허증 있지? 전에 운전했잖아."

"있어요. 어딘가에. 오빠도 있죠?"

잭이 그녀를 쳐다보며 물었다. "그걸 왜 물어?"

"신경 쓰지 마세요. 그냥 물어본 거예요."

두 사람이 점잖게 동네 한 바퀴를 순회하고 나서 진입로로 들어

오는데 아버지가 방충 문 안에 서 있었다.

"굉장히 근사해 보이는구나! 괜찮다면 나도 타보고 싶구나." 아버지가 현관 층계를 내려오려고 하는 것 같았다.

"기다리세요!" 잭이 잔디밭을 가로질러 뛰어가서 아버지의 팔을 잡고 보도로 걸어올 수 있도록 도와드렸다.

"고맙다, 애야. 이 차 정말로 훌륭하구나." 아버지가 지팡이에 몸을 의지한 채 데소토를 찬찬히 뜯어보았다. "그래, 아주 근사해 보인다. 어쩐지 이걸 안전하게 보관하고 싶더라니까." 아버지가 껄껄 웃었다. 간신히 기쁨을 자제하고 있는 게 역력히 느껴졌다. 마치 자신이 무슨 일을 했거나 아니면 아무 짓도 안 한 덕분에 아주 멋진 결과가 나왔다는 듯이……. "이걸 팔라는 제의도 받았었다. 그것도 여러 번이나." 아버지가 주인으로서의 자부심 이상이 담긴 따뜻한 눈길로 반짝이는 자동차를 바라봤다. "그런데 네가 해놓은 걸 봐라, 잭! 정말로 근사하구나!"

잭은 엉덩이에 손을 얹은 채 이 모든 장면을 침통하면서도 아스라한 기쁨이 어린 표정으로 바라봤다. 마치 자신에게 허락되어서는 안 되는 꿈같은 장면이라는 듯……. "제대로 굴러갈 것 같으니 드라이브를 좀 해도 될 것 같습니다." 잭이 말을 마친 다음 아버지를 앞좌석에 앉혀 드렸다. "기름을 넣어야 할지도 모르니 들어가서 2달러만 가져올게." 잭이 집으로 걸어가다가 다시 돌아와서 글로리에게 손을 내밀자 그녀가 손에 들고 있던 딸기를 쏟았다. "2분만." 잭이 말했다. 잠시 후 그가 물방울이 아롱거리는, 깨끗이 헹군 딸기를 대접에 담아 들고 왔다. 그가 대접을 글로리에게 준 다음 운전석에 올라탔다. 이어 자동차 열쇠를 돌렸고, 시동이 안 걸리자 다시 한 번 열쇠를 돌렸다. 그제야 엔진이 부릉거렸고 자동차는 후진해서 도로로 미끄러져 들어갔다. 이웃 사람이 손을 흔들자 노인도 손을 까딱해 주었다. 마치 이런 일이 있을 거라고 알고 있었고, 이런 주목을 받을 거라고 예상했다는 듯이. 잭이 웃음을 터트렸다.

글로리가 말했다. "딸기 좀 드세요."

잭이 딸기를 하나 집어서 아버지에게 건넨 후 자기 것도 하나 집어서 입안에 넣더니 꼭지를 창밖으로 내뱉었다.

그들이 촌스러운 길리아드 변두리를 통과해 완연한 시골 풍경으로 들어서자 아버지가 입을 열었다. "그래, 이게 바로 상류사회의 생활이지." 하늘은 푸르고 계단식 언덕은 새로 나는 옥수수로 반짝거렸다. 목장에는 암소들이 송아지를 데리고 서 있거나 떡갈나무 그늘 아래 진흙투성이 풀밭에 누워 있었다. "음, 이 모든 걸 거의 다 잊어버리고 살았구나. 가끔 집 밖으로 외출하는 것도 참 좋은 일이지. 에임스도 좋아할 텐데……." 아버지는 한동안 길리아드에 대한 추억을 이야기했다. 시골 냄새를 맡으면서 옛날을 떠올린 것이다. 전에는 거의 모든 집 뒷마당에 으레 닭장과 토끼장이 있었으며 사람들이 젖소를 키웠다고 했다. 또 말이나 노새를 이용해 쟁기질을 하고, 마을 안 어디든지 옥수수를 심을 수 있는 땅이 지천으로 널려 있었다. 사람들은 마을의 가축을 꼭 동네 아이들을 아는 것처럼 잘 알았다. 어떤 늙은 암염소가 꽃밭에서 누군가를 바라보면 그 사람도 그놈을 알아보고 그놈을 제 집으로 데려다 줄 수 있었다. 거위는 좀 심술궂고 시끄러워서 사람들 뒤를 따라와 발꿈치를 물기도 했다.

또 새벽에 수탉들이 한꺼번에 난리법석을 부리며 꼬꼬댁거리면 도저히 더 이상 잠을 잘 수가 없었다. 밤이 되면 가축들이 잠자리에 드는 소리가 들렸는데, 그 소리를 듣고 있노라면 참으로 마음이 푸근해졌다고 했다. 잭이 하도 진지하고 조심스럽게 차를 모는 바람에, 차를 향해 달려온 개들을 떼놓기까지 제법 시간이 걸렸다.

차가 새로운 도로로 접어들자, 눈앞의 풍경이 점점 더 낯익은 장면으로 변하면서 글로리와 아버지는 언짢은 기억이 떠올라 잠시 침묵에 잠겼다. 그러자 잭이 "아, 제가……."라고 중얼거리면서 차를 돌리기 위해 갓길에 대다가 야트막한 도랑에 너무 가까이 간 나머지 뒷바퀴가 모래 속으로 빠졌다. 100미터쯤 전방에 웨스트 니시나보트나로 건너가는 다리가 있고 거기를 조금 지나면 그 조그만 하얀 집이 나왔다. 잭이 엔진을 고속 회전시키자 차가 도로 쪽으로 비틀거리며 기울어지다가 그만 제자리에 서버렸다. "죄송합니다. 해결할 수 있을 거예요. 잠시만 기다려 주세요." 잭이 손으로 얼굴을 감싸며 한숨을 들이쉬었다. 잠시 후 그가 기어를 넣고 시동을 걸고 초크를 만지자 차가 움직이기 시작했다. 잭은 우측 도로로 진입하기 전에 두 번이나 후진하는 등 매우 신중하게 차를 운전했다. "이제 집으로 돌아갈 시간인 것 같습니다."

이 모든 일이 진행될 동안 아버지는 위급한 사태를 감지할 때마다 으레 그러듯 내내 침착하고 품위 있는 표정을 유지했다. "나도 이 집트에서 벌어진 사건을 예의 주시해 왔단다. 그 사안만큼은 아이젠하워의 정책이 시의적절했다는 느낌이 들더구나. 아무튼 시간이 지나면 알게 되겠지."

"맞는 말씀입니다."

"케냐는 문제가 또 다르지."

"그렇다고 봐야겠죠."

1마일쯤 달리다가 잭이 갓길에 차를 세웠다. "글로리, 이제부턴 네가 운전해도 괜찮겠지? 얼마 안 남았어. 기름 넣는 걸 잊어버렸고 연료 눈금이 제대로 작동하는지도 잘 모르겠어서 운전에 집중을 못 하겠어. 걱정돼서 말이야." 그러더니 웃음을 터트리며 덧붙였다. "20년 만에 처음 하는 운전이거든."

그렇게 해서 두 사람이 자리를 바꿨다. 잭은 글로리를 위해 예의 바르게 문을 잡아 주며 지치고 찌푸린 얼굴로 미소를 지었다. "정말 고맙다."

글로리가 액셀과 클러치의 위치를 확인한 다음 기어를 넣자 이내 시동이 꺼졌고, 다시 한 번 시도하고 나서야 차가 움직이기 시작했다.

"아직도 이, 이 빌어먹을 차에 문제가 좀 있는 것 같아. 소리가 정상이 아니거든. 내가 어리석었어. 그냥 읍내나 둘러봤어야 하는 건데……." 잭이 담뱃불을 붙이며 창문을 내렸다.

"괜찮을 거예요." 읍이 가까워지자 집들이 좀 많이 보일 뿐 달리 괜찮을 거란 근거도 없는데 글로리가 자신 있게 말했다. 시골 사람들은 전화는 있을 수도 있고 없을 수도 있지만, 기름만큼은 확실히 가지고 있었고 또 차가 갑자기 말을 듣지 않을 경우 어떻게 해야 하는지도 잘 알고 있었다. 그런데 그것이 바로 잭이 가장 두려워하는 일이리라. 어떤 집의 문을 두드려야 하는 것. 그 사람은 존경스러운 아버지는 알지 못한 채 나쁜 소문이 자자한 잭만 알고 있을지도 모른다. 글로리는 어떻게 해서든 오빠가 그런 일을 당하지 않도록 하겠다고 다짐했다. 다행히 차는 그럭저럭 잘 달렸다. 아버지는 졸고 있는 것 같으면서도 여전히 근엄하고 침착한 표정을 잃지 않았다. 상황을 파악하고 있는 것처럼 보임으로써 당신이 상황을 더 어렵게 하지는 않을 테니 걱정 말라는 표정이었다.

자동차가 집에 도착하자 잭이 뒷좌석에서 내려 기지개를 켠 다음 아버지 쪽 문을 열었다. 노인이 잠에서 깨어나며 말했다. "조금 쉬고 나서 에임스한테 전화를 해야겠다." 그러더니 잭에게 지팡이를 건네주며 물었다. "좀 도와줄래? 몸이 뻣뻣해져서 말을 잘 안 듣는구나." 잭이 아버지의 팔을 잡고 차에서 내려 주다가 갑자기 쩔쩔맸다. 아버지가 "아야!" 하고 다소 날카롭게 비명을 질렀다가 웃었기 때문이다. 잭이 지친 표정으로 글로리를 쳐다봤다.

"제가 도와드릴게요." 글로리가 아버지의 남은 팔을 붙잡았고 두 사람은 천천히, 조심스럽게 아버지를 모시고 집으로 들어왔다. 글로리의 도움이 아버지의 고통을 줄이는 데는 별 소용이 없었지만, 그래도 잭으로 하여금 그 고통의 직접적 원인이 자기 혼자만은 아니라는 생각을 갖게 해주었다. 글로리가 아버지의 넥타이를 풀고 구두를 벗긴 다음 아버지를 의자에 앉혔다. 이어 아버지에게 줄 아스피린과 물을 가지러 부엌으로 갔다가 차 시동 소리를 듣고 현관으로 나갔다. 아름다운 자두 빛 데소토가 헛간 속으로 사라지더니 곧 헛간 문 닫히는 소리가 났다. 잭이 들어오면서 자동차 열쇠를 내밀었다.

"오빠 차잖아요."

"너한테 선물로 주는 거야." 잭이 열쇠를 흔들자 짤랑거리는 소리가 났다.

"어서. 나는 저 망할 놈의 차 갖고 싶지 않아."

"1주일 후에도 그렇게 말씀하시면 그 말을 믿을게요."

잭이 피아노 위에 열쇠를 내려놓은 다음 글로리를 향해 미소를 지었다. "네가 뭐라고 하든 말든. 말 꼬랑지야."

"오빠, 오빠는 떠날 수 없어요."

"음, 그렇다고 여기서 잘 지낼 수도 없잖니?" 잭이 눈을 비비면서 웃었다. "그래 봤자 소용도 없고. 사랑하는 숙녀에게 내 어린 시절의 현장을 유람시키는 내 모습이 보이는 듯하구나. 그 사람이 나에 대해 대단한 환상을 가지고 있는 건 아니야. 다만 그 사람이 품고 있는 약간의 환상이 중요한 것일 수도 있어서 그래."

"그럴지도 모르죠. 하지만 아빠를 생각하셔야죠. 아빠를 돌아가시게 해서는 안 되잖아요."

"그럼, 물론이지. 만일 우리가 떠났다가는 막내한테 영원히 따돌림을 당할걸. 놀라울 정도로 점점 더 의존하게 되는 우리 막내데."

"맞아요. 다른 언니 오빠들도 그렇고, 오빠한테도 그럴 거예요. 진심이에요, 오빠. 이런 말은 평생 처음이에요."

"너무 살벌하다, 야." 잭이 웃으면서 눈을 비볐다. "고마워. 네 기분 좋은 협박 덕분에 내가 더 이상 떠돌지 않을 수 있을 것 같다. 그런데 이게 뭐야? 너, 지금 울고 있구나!"

"아무것도 아니에요."

"용서해 줘."

"물론이죠."

"다른 오빠 언니들이 있잖아, 글로리. 그들이 옆에 있는 걸 영감님도 더 좋아하실 테고 너한테도 더 도움이 될 거야. 알다시피 나한텐 여기가 너무 힘들었어. 아무튼 나란 놈은 어려울 때 믿고 의지할 만한 천하장사가 못 된단다. 그리고 혹시 내가 잘못되더라도 다른 데서 그러는 게 나을 거야. 아버지를 위해서."

"어련하시겠어요? 20년 동안이나 그렇게 생각하셨겠죠."

잭이 웃음을 터트렸다. "사실이 그랬어. 어쩌면 내가 잘못되지 않은 건지도 모르고, 글로리."

"그 점에 대해선 오빠가 더 잘 알겠죠. 하지만 10년 동안은 잘 지내셨다면서요?"

"그건 그래. 거의 10년 동안은 그랬지."

"그렇다면 적어도 엄마 장례식 때는 오셨어야죠." 글로리의 목소리가 떨렸다. "그럼 아빠한테 큰 힘이 됐을 텐데……. 미안해요. 이 말은 하지 말았어야 하는데……. 내가 왜 이러는지 모르겠네요."

잭이 미소를 지었다. "나는 불한당이란다, 글로리. 그러니 그 이야긴 이쯤 해두자. 미안하지만 잠시 누워야겠다."

"잠깐만요." 글로리가 층계 난간에 손을 올리고 서 있는 잭에게 다가갔다. 그의 얼굴에 지친 기색이 역력했다. 글로리가 그의 뺨에 입을 맞추자 잭이 소리 내어 웃었다.

"고마워. 정말 친절하구나. 덕분에 잠이 잘 올 것 같다."

잭이 한숨 잔 다음 부엌으로 내려와 저녁상 차리는 것을 도와주었다.

"괜찮다면 한동안 여기 있을 수 있어."

"괜찮고말고요."

설거지가 끝나자 잭은 아버지와 함께 텔레비전 야구 중계를 보았다.

## 8

 일요일 아침, 잭이 면도를 하고 옷을 차려입은 뒤 아래층으로 내려왔다. 아버지를 깨우지 않으려고 양말만 신은 채 구두는 손에 들고 있었다. 그가 글로리를 쳐다보며 '뭐 빠진 것 없니?'라고 묻듯 어깨를 으쓱했다. 글로리가 커피를 건네주자 냉장고에 기대 홀짝홀짝 마셨다. 그가 현금 서랍으로 다가가 2달러를 꺼내면서 나지막하게 말했다. "헌금 내려고. 너한테 빚졌다." 그러더니 모자챙을 매만지며 물었다. "시계 좀 빌릴 수 있을까? 잠시 산책하고 나서 예배 시간에 맞춰 가려고." 글로리가 시계를 주자 한번 힐끗 보더니 윗도리 주머니에 집어넣었다. "그럼 다녀올게." 잭이 현관에서 구두를 신고 모자를 매만진 다음 집을 나섰다.
 반 시간 후에 아버지가 일어나는 소리가 나자 글로리가 커피, 사과 잼, 버터 바른 토스트, 그리고 아스피린과 물을 담은 쟁반을 들고 아버지에게 갔다. 그녀는 그때까지도 실내복 차림에 머릿수건을 쓰고 슬리퍼를 신고 있었다.

"컨디션이 좋지 않니, 애야? 오늘은 교회 안 가니? 에임스한테 전화해서 저녁은 다음에나 먹자고 해야겠다."

"아니에요, 괜찮아요. 오늘은 오빠가 교회에 간다고 해서 제가 집에 있는 거예요."

"교회에 간다고? 잭이?"

"으으음."

"잭이 교회에 갔단 말이냐?"

"에임스 목사님 교회에 갔어요. 존경의 뜻을 표하기 위해서라고 하던데요."

"그래, 참 잘됐구나. 존이 새로 온 신자한테 아주 좋은 설교를 해 줄 거다. 그 애가 교회에 갔다니 믿어지지 않는구나. 움직일 수만 있다면 나도 따라갈 텐데, 아이고." 아버지가 웃음을 터트렸다. "대단한 일이야. 오늘은 아주 특별한 날이로구나."

아버지가 미소를 띠며 생각에 잠긴 채 잠시 동안 꼼짝도 않고 앉아 있었다. "완전히 포기하려는 찰나였는데! 주님께서는 정말로 대단하시구나!"

"너무 거창하게 해석하지 마세요, 아빠."

"거창하게 해석한다고? 엄연한 사실인걸! 잭이 교회에 있단 말이다! 그 애가 교회에 반항적이 된 게 내 탓이라고 생각했다. 정말로 그렇게 생각했어. 목사 집안에 그런 일이 일어난다는 얘기를 들은 적이 있었거든. 그것도 여러 번이나."

"음, 오빠가 세인트루이스에서 교회와 접촉이 좀 있었던 것 같아요. 교회에서 피아노 반주도 했다고 하더라고요."

"그랬다더냐! 하마터면 모를 뻔했구나. 나한테는 별로 말을 많이 하지 않아서 말이다. 한 번도 그런 적이 없었지." 아버지가 큰 소리로 웃더니 말을 계속했다. "네 엄마가 나한테 물어본 적이 있었다. 왜 저 애한테 계속 돈을 들여 피아노를 가르쳐야 하냐고. 도무지 연습을 하지 않았거든. 연습 좀 시키려고 하면 밖으로 나가 버리기 일쑤였고. 나는 언젠가는 그것도 다 쓸데가 있을 거라고 대답했다. 테디가 레슨 받으러 갈 때 그 애도 함께 가곤 했지. 우리는 모든 자식을 다 똑같이 대해야 한다고, 잭도 마찬가지라고 네 엄마한테 말했다." 자신의 판단이 옳았음이 입증돼 기쁘다는 듯 아버지가 환하게 미소를 지었다. "정말 기분이 좋구나. 네가 너 자신도 뭐라 설명할 수 없는 사소한 결정을 했는데 그게 나중에 이런 결과를 가져왔다면 기분이 어떻겠니? 암, 나는 그 애가 영리하다는 걸 알았다. 확실히 그래 보였지. 또 녀석은 자기가 생각하는 것보다 항상 더 열심이었지. 암, 알고 있었고말고." 아버지가 자신의 선견지명에 뿌듯해하며 웃음을 지었다.

"오빠는 세인트루이스 교회에서 친구도 사귄 것 같았어요."

"그러냐? 암, 교회에서는 친구를 사귀게 되지. 그 애는 어릴 때 정말로 친구가 하나도 없었지. 원하는 것 같지도 않았고. 그 애가 한두 명의 친구라도 갖게 해달라고 평생 기도해 왔다. 종종 나는 그 애가 외롭다고 생각했단다. 그런데 저 멀리 세인트루이스 어딘가에서 내 기도가 응답을 받을 줄은 전혀 몰랐구나, 꿈에도 생각지 못했다. 정말 대단한 일 아니냐!" 아버지가 고개를 저었다. "그렇게 되리라고 조금만 믿었더라도 마음의 짐을 좀 덜 수 있었을 텐데, 오랫동안 그렇게나 고통스럽지는 않았을 텐데 그랬구나. 이제 보니 이 일에 무슨 교훈이 담겨 있는 것 같구나." 곧이어 아버지가 덧붙였다. "그런데 그 뒤로 무슨 일이 있은 게냐? 지금은 친구가 있는 것 같지 않던데. 하긴, 내가 틀렸을 수도 있지."

"오빠는 저한테도 말을 많이는 안 해요."

"그나저나 오늘은 아주 굉장한 날인데 내가 공연히 걱정이나 하고 있구나! 내가 좀 분발해야겠다. 머리 좀 깎아 주겠니, 글로리? 어쩐지 좀 텁수룩한 것 같다. 남아 있는 머리가 별로 없으니 상상에 불과할 테지만." 아버지가 웃음을 터뜨렸다.

글로리가 아버지를 부엌으로 모셔 가 의자에 앉힌 다음 어깨와 목에 수건을 둘렀다. 이어 빗과 가위를 들고 머리를 깎기 시작했다. 아버지의 머리카락은 대부분 빠져 버렸거나 그나마 남은 것도 빠지기 직전이었다. 남들처럼 그냥 빠진 게 아니라 신체 기관의 기능이 저하되면서 그렇게 된 것이었다. 머리카락이 워낙 곱고 희고 가벼워 부드럽게 말리면서 소용돌이쳤다. 글로리는 속으로 '머리카락이 부유하네.'라고 중얼거렸다. 머리카락이 예전처럼 다시 자랄 것 같지 않아 선뜻 자르기가 싫었다. 아버지의 머릿결은 꼭 어린애 것 같아서, 어린애를 이발하는 기분이었다. 하지만 아버지는 그 귀여운 머리카락이 질색이라며 투덜거렸다. "딱 노망 든 소공자 꼴이잖냐."

글로리는 아버지가 만족스러워하도록 평소보다 더 공을 들여 머리를 자르고 다듬었다. 또 매끄럽게 정돈된 느낌이 들도록 머리에 물을 발라서 빗어 내렸다. 아버지의 목덜미와 귓바퀴가 눈에 들어왔다. 수십 년간 인간의 위대한 머리를 똑바로 떠받쳐 온 그 팽팽한 긴장이 손에 잡힐 듯했다. 어떤 옛날 사람이 말하기를, 인간의 눈은 땅바닥을 향하지 않는다는 점에서 짐승과 구별된다고 했다. 그 말을 한 사람은 오비디우스였다. 아버지는 평생에 걸쳐 엄청난 수고를 했기에 목은 기운이 다 쇠한 것처럼 보였지만 그래도 머리는 여전히 위로 들려 있고, 귀도 허약하기는 하나 제자리에서 여전히 주의를 기울일 자세를 취하고 있었다. 글로리는 아버지를 점잖고 어리둥절하게 보이게 하는 그 멋진 머리카락을 그대로 남겨 놓고 싶었다. 여전히 제자리를 지키고 있는 귀와 머리처럼.

"그 애를 떠올리면 항상 혼자 있는 모습이었다. 그래서 챙겨 주는 사람 하나 없이 어떻게 살아가고 있는지 궁금했단다. 그런데 그게 다 내 노파심이었구나." 아버지가 웃으면서 말을 이었다. "왜 걔 옆에 다른 사람이 있으리라고는 한 번도 생각하지 못했을까. 아마 그 문제로 가장 많이 기도했을 거다."

그 순간 방충 문이 열리면서 잭이 현관을 지나 부엌으로 들어왔다. 그러더니 글로리를 보고 어깨를 으쓱했다. "용기가 나지 않았어. 네가 옷을 입고 있다면 지금이라도 교회에 가라고 말하려 했는데……, 미안해."

잠시 후 아버지가 손을 내밀면서 말했다. "이리 오너라, 아들아." 잭이 모자를 벗어 식탁에 놓은 후 아버지에게 다가가 손을 내밀었다. "조금도 실망할 건 없다." 자신의 목소리가 떨리는 걸 느끼고 아버지가 헛기침을 했다. "한동안 교회에 나가지 않았던 많은 사람들이 다시 교회에 가는 것을 어려워하지. 그런 경우를 자주 봐왔다. 그럴 때는 이렇게 말해 주곤 했다. 그건 교회에 가는 것이 당신에게 그만큼 중요하다는 뜻이라고. 결심을 한 것만도 대단한 일이라고. 당연히 그렇고말고! 그러니 실망할 필요 없다. 내가 늘 하던 말이 있단다. 안식일은 정확하고 믿음직스럽다고. 1주일 후면 다시 안식일이 올 거 아니냐." 말을 마친 아버지가 서글픈 미소와 함께 잭의 손을 어루만졌다.

잭이 부드러우면서도 소원한 눈빛으로 아버지를 내려다보며 말했다. "다음 주에 가겠습니다."

글로리가 아버지의 머리를 다 빗긴 후 가장 하얗게 세고 숱도 듬성듬성한 정수리에 입을 맞췄다. "다 됐어요." 글로리가 아버지에게서 수건을 벗겨 냈다.

잭이 말했다. "보아하니 손님 하나 더 받을 시간은 없을 것 같네······."

"천만에요, 있고말고요." 글로리가 속으로 깜짝 놀라면서 얼른 대답했다. 식구들은 항상 잭을 조심스러워했고 그를 만지는 걸 두려워하다시피 했다. 그에게는 수줍음이나 과묵함 이상의 범접할 수 없는 면이 있었다. 야성적이면서도 부서지기 쉬운 것이었다. 그 때문에 형제들 모두 본의 아니게 잭에게는 별나게 예의 바른 태도를 취했고 심지어는 엄마까지도 그랬다. 다들 서로 붙잡고 끌어안고 난장판을 벌이며 상대방을 거칠게 다뤘지만, 잭에게만은 그렇게 하지 못했다. 아버지까지도 그의 어깨를 두드릴 때 머뭇거리며 조심스러워할 정도였다. 그 어린아이가 왜 그런 식으로 자신의 외로움을 방어해야 했을까? 그래도 그 애가 하는 대로 내버려 두라고, 안 그러면 집을 떠날 거라고 아버지는 말했었다. 잭은 늘 가족들로부터 저만치 떨어진 채 미소를 지었고, 그 미소조차 슬프고 힘겹게 보였다. 이는 가족들과 함께 있을 때도 마찬가지였는데, 거기에는 진한 소외감이 배어 있었다.

어쨌거나 아버지 역시 깜짝 놀랐다. "음, 내가 자리를 비켜 줘야겠구나." 글로리의 부축을 받으며 아버지가 의자에서 일어났다. "에임스가 올지도 모르니 신문을 좀 훑어봐야겠다. 그 친구가 정치 이야기를 꺼낼 경우에 대비해 최신 소식을 알아 둬야지." 글로리가 아버지를 창가에 앉혀 드리고 돌아보니 잭이 그대로 선 채 기다리고 있었다.

"바쁜 것 같은데."

"바쁠 거 없어요. 아무튼 제가 이발사라고 주장한 적이 한 번도 없다는 것만 알아 두세요. 그냥 아빠 머리를 깎는 시늉만 했을 뿐이에요."

"조금만 다듬으면 돼. 어제 이발소에 갔어야 하는데⋯⋯. 그럼 조금은 덜 추레하게 느껴졌을 텐데."

"오늘 아침에요? 괜찮아 보였는데요."

"아니야." 잭이 양복 윗도리를 벗자 글로리가 그의 목과 어깨에 수건을 둘렀다. "그렇다는 게 느껴졌어. 살갗이 근질근질해 미치는 줄 알았어. 상스러운 말처럼. 옷 때문에 더 그런 건지도 모르지."

글로리의 손이 머리에 닿자 잭이 주춤거리며 몸을 뺐다.

"꼼짝 말고 가만히 계세요. 에임스 목사님이 그렇게 말씀하셨어요?"

"그 양반도 그렇게 생각하셨겠지. 물론 이런 경험이 처음은 아니야." 그러더니 웃으면서 덧붙였다. "너한테 괜한 부탁을 했구나……. 이발소에 가서 깎아도 되는데……."

"가만히 좀 계세요."

"너는 공감할 수 없을 거야. 추레하다는 느낌을 가져 본 적이 없을 테니까."

"어떻게 아세요?"

"내 말이 맞니?"

"그런 것 같아요."

"그렇구나. 네가 궁금해할까 봐 말하는데, 상스러운 말은 전염성이 있는 것 같더라. 그러니 조심해야 돼. 내가 문둥이라는 걸 알리는 종을 달고 다녀야겠다. 하긴, 벌써 달고 다니는지도 모르지……."

"오빠 혼자만의 상상이에요."

"그냥 좀 과장해서 말한 거야."

"솔직히 말씀하세요. 교회 안에는 들어가지도 않았죠?"

"사실은 길을 건너지도 못했어."

글로리가 잭의 턱 밑에 손을 대고 머리를 들어 올렸다. 전에 그의 얼굴을 만져 본 적이 한 번이라도 있었던가? "내가 지금 뭘 하고 있는지 모르겠네요. 똑바로 앉아 계세요."

"틀림없이 에임스 목사님이 멀찌감치 서 있는 나를 보셨을 거야. 몰래 숨어 어슬렁거리면서 신도들을 힐끔거리고 있는 나를. 내가 얼마나 바보 같던지……."

"가만히 좀 계시라니까요."

"알았어."

"귀 둘레를 다듬을 거예요. 균형이 맞아야 돼요."

글로리가 한쪽을 다 자르고 나서 다른 쪽을 자를 동안 잭은 발목을 꼬고 두 손을 쥔 채 얌전히 앉아 있었다. 잘 깎았는지 보려고 그녀가 다시 한 번 그의 얼굴을 살짝 들었다. 뺨에 눈물이 흐르고 있었다. 글로리가 수건 귀퉁이로 눈물을 닦아 주자 잭이 미소를 지었다.

"감정이 격해져서 그래. 이런 내가 정말 지긋지긋하구나."


잭이 이마로 머리가 흘러내리지 않게 정수리 부분을 좀 더 짧게 깎아 달라고 부탁했다. "꼭 망할 놈의 기둥서방처럼 보이는군."

"아니에요. 그렇지 않아요."

잭이 그녀를 빤히 쳐다봤다. "네가 날 알아?"

"그야 잘 모르죠."

잭이 머리를 끄덕였다. "아주 잠깐 댄스 강사로 일한 적이 있었어. 노부인들이 나를 좋아했단다. 하지만 술독에 빠져서 허우적대다가 끝내 삼바를 마스터할 수 없었지."

글로리가 웃음을 터트렸다. "슬픈 이야기네요."

"그러게 말이다. 나는 내가 잘하고 있다고 생각했거든. 그런데 사장이 내 즉흥적인 막춤에 인상을 쓰더라고. 내가 아주 재미있는 스텝을 구사했더니 최소한 한 번이라도 그걸 다시 구사할 수 있어야 한다는 거야. 그게 사장이 한 비판의 요지였지."

"어이구, 오빠도."

"네 오빠가 그랬다. 그해 겨울을 도서관에서 보냈어. 너무나 비참한 겨울이었던 덕분에 내 지성을 발전시킬 기회를 얻은 셈이었지. 거기서도 노부인들이 나를 좋아했어. 궁핍하게 전락한 신사처럼 보여서 그랬을까? 머핀과 과자로 연명했으니까. 그런데 그 부인들은 댄스 강사 때 만났던 부인들과는 달랐어. 립스틱도 덜 바르고 염색도 안 했거든."

"오빠가 얼마나 박식한지 진작 알아봤어요."

잭이 고개를 끄덕였다. "오랫동안 도서관의 단골손님이었지. 거기서는 아무도 날 찾지 못할 거라 생각했어. 날 찾아다니는 사람들은 도서관은 아예 생각도 못할 작자들이었으니까. 극장이나 돌아다녔겠지. 어쨌거나 기왕 도서관에 있는 김에 대학 때 읽었어야 할 책들을 읽자고 생각했지. 대부분 아주 지루한 책들이었어. 만일 테디가 도와주지 않았다면 난 대학을 1주일도 못 다녔을 거야."

"이런."

"걔가 그런 말은 한 번도 안 했구나."

"제가 아는 한 입도 뻥긋하지 않았어요."

"그 애야 늘 어른스러웠지. 알고 보면 그 녀석이 그렇게 된 건 다 내 뒤치다꺼리를 해준 덕분이야. 내 덕이라고. 물론 이 얘기는 다른 데 가서는 절대로 말하지 않겠지만."

"잘 생각하셨어요."

잭이 고개를 끄덕였다. "어쨌거나 우린 형제니까."

"그나저나 가만히 좀 계시라니까요."

"나도 용을 쓰고 있어."

"좀 고정하시면 안 될까요?"

"재미있는 제안이군. 진짜 좋은 생각인데."

"가만히 앉아 있지 않으면 이제부터 머리카락 한 올도 건드리지 않을 거예요."

"좋아. 나한테 가위 줘. 내가 마저 자르지, 뭐."

"어림 반 푼어치도 없네요, 아저씨."

잭이 웃음을 터트렸다.

"그럴 기분도 아니면서."

잭이 고개를 끄덕였다. "맞아. 하지만 나는 이 망할 놈의 앞머리(forelock)를 잘라버리고 싶어. '앞머리'가 들어가는 속담이 있지? '운명을 꽉 잡아라(Seize time by the forelock: 기회를 잡으라는 뜻의 속담-옮긴이).'였나?"

"운명이 아니라 기회예요."

"아무튼 무언가가 내 앞머리를 잡았어. 운명처럼 엄숙한 건 아니지만. 만일 네 앞머리가 너를 범죄케 하거든 찍어 버리라('만일 네 눈이 너를 범죄케 하거든 빼어 버리라'는 마태복음 18장 9절을 변용-옮긴이). 미안."

"그럼 가만히 계세요."

"그 구절이 무슨 뜻인지 궁금하지 않았니? '만일 네 오른 눈이 너를 실족케 한다면(마태복음 5장 29절-옮긴이)'은? 아무튼 그 말씀이 맞는 것 같아. 내가 나를 실족케 하거든. 눈을, 손을, 경력을, 기대를……."

"아침에 뭐 좀 드셨어요?"

글로리의 말에 잭이 웃음을 터트렸다.

"아무것도 안 드셨죠? 샌드위치 좀 만들게요. 그나저나 오늘 저녁에 에임스 목사님을 만날 생각으로 너무 긴장하시는 것 같은데요."

"그래. 일을 꼬이게 하려고 내가 별짓을 다 한 기분이야."

"말도 안돼요. 그분이 길에서 오빠를 보셨다 한들 그게 어때서요?"

"좋은 걸 지적했다, 글로리. 올바른 관점이야, 바로 지금 필요한 게 그거지. 그 양반은 저 멀리서 내가 불안해하는 걸 알아보셨을까? 하기야 그러면 또 어때? 법률을 준수하는 시민에게는 안식일 아침에 공공 도로에서 비참함을 느낄 권리가 있지……. 그러느라고 멈출 권리도 있고, 또 교회 근처에서 그래도 되지. 얼씨구, 내가 엉터리 시를 쓴다, 시를 써."

"목사님이 오빠를 보셨다는 증거도 없잖아요."

"그건 그래."

"미트 로프 좀 드실래요, 아니면 참치 샐러드?"

"미트 로프를 줘. 케첩 좀 쳐서."

글로리가 식탁에 있던 잭의 윗도리를 치우려고 하자 잭이 미소를 띠며 의자에서 일어나 그녀의 손에서 윗도리를 가져갔다. 2층 자기 방에 소지품 하나 함부로 놓지 않고 말끔하게 정돈하는 오빠의 까탈스러운 면이 그대로 드러난 행동이었다. 잭이 왼쪽 가슴 주머니에 든 가벼운 물건을 더듬어 보고 나서 윗도리를 입을 동안, 글로리는 그 물건에 대해 손톱만큼도 호기심을 드러내지 않았다.

"이 수건 좀 털고 올게. 그런 다음 청소 좀 해야겠다."

사과를 깎고 밀가루 반죽 만드는 걸 아버지가 옆에서 볼 수 있도록 잭이 안락의자를 부엌으로 가져왔다. "칼로 사과를 얇게 써는 소리는 언제 들어도 좋더라." 아버지는 파이 껍질을 덮기 전에 파이를 보여 달라고 했다. "꽃보다도 더 향기롭구나!" 또 얼마 후 가장자리에 홈을 파고 구멍을 낼 때도 다시 한 번 보여 달라고 했다. "옛날에 우리 할머님께서는 과수원에 나가 바람에 떨어진 사과를 주워 오시곤 했지. 그런데 우리 과수원 나무들이 아직 어려서 사과가 많이 열리지 않자 할머니는 눈에 띄는 족족 사과를 주워 집으로 가져와 저기 바깥 헛간 앞에 쌓아 놓으셨단다. 그랬다가 그게 발효되면 사과주를 담곤 하셨지. 할머니는 그게 약효가 있다고, 뼈가 쑤실 때 원기를 돋운다고 말씀하시면서 가끔 나한테 맛을 보라고 주시곤 했는데 맛이 아주 끔찍했단다. 아무튼 추운 날 아침이면 그 사과들에서 연기처럼 김이 솟곤 했지. 연기가 나는 사과 장작이라고나 할까. 닭들이 훈김을 찾아 그 위에 앉아 있곤 했다." 아버지가 웃으면서 말을 이었다. "고양이들도 그 위에서 잤고. 할머님은 당신만의 자잘한 계획이 많으셨지. 콩팥을 찾으시면 그것도 드셨다. 혓바닥이랑 양고기도. 봄이면 해가 뜨자마자 울타리를 따라 들판으로 나가서 민들레 잎을 뜯어 오셨지. 앞치마 가득 쇠비름을 뜯어 오시기도 했고. 어머님은 그걸 참 난감해하셨단다. '남들이 보면 우리가 잡술 것도 안 드리는 줄 알겠어요!'라고 투덜거리셨지. 그래도 할머님은 늘 당신이 하시고 싶은 대로 하셨다." 아버지는 지글지글 끓었다 멈췄다 하는 냄비처럼 쉬지 않고 쉬엄쉬엄 이야기를 이어 나갔다. 잭은 자기가 따온 버섯을 다듬은 뒤 흙이 조금도 남지 않았다는 확신이 들 때까지 몇 번이고 헹궜다. 양파도 썰었다. 부엌에서 파이 굽는 냄새가 진동하기 시작했다.

"이러고 있으니 참 좋구나. 이렇게 음식이 만들어지고 있는 한복판에 내가 앉아 있다니. 물론 방해도 되겠지만, 여기 이렇게 앉혀 줘서 고맙다, 잭. 나한테 참 친절하구나."

잭이 웃으면서 말했다. "당연히 그래야죠."

"그래, 가정의 행복이라는 게 정말로 실감 나는구나."

"동감입니다."

"그래, 너도 기억날 거다, 잭. 네 엄마는 항상 무언가를 굽고 있었지. 이 집에 사는 우리 식구 열 명에다 그때는 또 사람들이 시도 때도 없이 들르곤 했으니까. 네 엄마는 손님들을 잘 대접할 게 있어야 한다고 생각했단다. 딸들은 여기로 나와 엄마를 도와 케이크랑 과자를 만들면서 내내 웃고 떠들었지. 물론 이따금 사소한 말다툼도 일어나고 드잡이도 벌어졌지만. 그런데 너는 항상 어딘가로 나가 있었다."

"늘 그런 건 아니었어요."

"그럼, 늘 그런 건 아니었지. 그냥 나한테는 그렇게 보였다는 말이다."

"죄송합니다."

"그래서, 우리가 너를 그리워했다는 말이다."

그랬던 잭이 이제 보호관찰 중인 죄인 같은 수척한 모습으로 집에 돌아와 있는 것이다. 과거의 젊음은 흔적도 없이 사라지고, 빈정대는 듯한 모호한 태도와 비밀스러움만 몸에 두르고 있는 양 그대로 남아 있었다. 아버지가 그를 찬찬히 살펴보는 동안 잭은 팔짱을 끼고 조리대에 기댄 채 아버지를 바라봤다. 아버지가 자신을 보고 있다는 것을 아는 데서 오는, 예의 그 씁쓸하면서도 그리워하는 듯한 미소를 띤 채. 마치 '그 오랜 세월 동안 제가 슬퍼할 만한 가치도 없는 놈이라는 사실을 아버지께 숨겨 왔답니다.'라고 말하는 것 같은 얼굴이었다.

아버지가 다시 입을 열었다. "이리 오너라, 아들아." 그러면서 잭의 손을 잡고 쓰다듬더니 그 손을 자기 뺨에 갖다 댔다. "가족이란 참으로 위대한 거란다."

잭이 웃으면서 말을 받았다. "예, 그럼요. 저도 알고 있습니다."

"오냐, 여하튼 네가 집에 와 있구나."


파이가 다 만들어지고 쇠고기가 오븐에 들어갔다 나오고 과자도 구워서 한쪽에 내놓자 잭은 2층으로 올라가고 글로리는 잠시 책을 읽기 위해 의자에 앉았다. 아버지는 부엌의 따듯한 공기에 취해 꾸벅꾸벅 졸고 있었다. 식탁도 다 차려지고 부엌도 적당히 정돈된 모습이었다. 샐러드는 라일라가 가져오기로 했다.

잭이 목욕을 하고 다시 면도하는 소리가 들렸다. 그것이 그가 기운을 차리는 방법이었다. 면도를 하고 구두를 반짝반짝 닦는 것. 비록 글로리만큼 잘 다리지는 못했지만 손수 자신의 와이셔츠도 정성껏 다렸다. 그는 되도록 글로리에게 짐이 되지 않으려 했고, 보답으로 즉시 도와줄 수 없으면 도움도 받지 않았다. 그녀가 그를 위해 아버지의 셔츠를 세탁해 줬을 때 그는 보답으로 부엌 바닥에 걸레질을 하고 왁스 칠도 해줬다. 그는 그런 일을 솜씨 좋고 완벽하게 해냈는데, 그런 직업을 가져 봤기 때문이라고 둘러대곤 했다. 글로리는 잭에게 그렇게까지 할 필요가 없다는 점을 주지시키려고 했지만, 그럴 때마다 잭은 눈썹만 치켜세울 뿐이었다. 마치 이 일에 대해서는 너보다 내가 더 잘 안다고 말하는 것 같았다. 글로리는 그것이 자부심만은 아니라는 사실을 깨달았다. 경험을 통해 자신이 환영받지 못한다고 생각하게 된 사람 특유의 신중함이기도 했다. 자신이 쓸모 있다는 걸 알자 잭의 마음이 좀 편안해진 것 같았다.

자기 일은 자기가 알아서 하려는 그의 태도 또한 조심스러움에서 기인한 것이었다. 마치 다 닳아 빠진 소지품 속에 자신의 비밀스러운 삶의 궤적이 상세하게 담겨 있기라도 한 양. 그것들 때문에 자신이 조롱당하거나 비난받을지도 모른다고 생각하는 양. 잭이 집으로 돌아온 지 1주일쯤 지났을 무렵, 글로리가 빨래를 널러 나가 보니 빨랫줄에 그의 셔츠가 거의 다 마른 채 널려 있었다. 그녀는 마침 다림질을 하려던 참이라 그것도 함께 다리려고 걷어 왔다. 엄마는 칼라, 어깨, 소매 순으로 다리는 게 바른 순서라고 가르쳤고 글로리는 그 말을 그대로 따랐다. 그런데 셔츠의 첫 번째 소매를 다리다가 거기서 반짝이는 별과 꽃을 발견했다. 소맷부리부터 팔꿈치까지 하얀 실로 아주 정교하게 놓아진 수로, 마지막 꽃은 어깨 부근에 있었다.

잭이 현관으로 들어서다가 다림질하는 걸 보고 그 자리에 우뚝

선 채 미소를 지었다.

"미안해요, 말도 없이 오빠 물건을 건드려서."

"조심해. 그게 가장 좋은 셔츠니까."

"조심하고 있으니 걱정 마세요. 그나저나 수가 정말로 예쁘네요."

"내 친구가 수선해 주겠다고 가져가더니 그렇게 해놨더라. 그냥 장난삼아."

"아무튼 아주 예뻐요."

잭이 고개를 끄덕였다.

"오빠가 마저 다리실래요? 오빠가 뭐랄까 봐 신경이 쓰여서요."

잭이 어깨를 으쓱했다. "내가 좀 까다롭게 굴지? 나도 알아."

"아니에요. 이게 너무 예쁘잖아요. 걱정하실 만해요."

"그 셔츠는 거의 입지 않아. 그런데 그만 또 하나 있던 여행 가방을 잃어버리는 바람에……." 잭이 가까이 다가와 매끈하게 다려져서 부드럽게 빛나는 꽃과 별을 곁눈질했다. "이런 건 조금도 기대하지 않았는데. 그 사람이 오래전에 해준 거야. 오래전에……." 그것이 글로리가 델라에 대해 처음으로 들은 이야기였다.

잭이 아래층으로 내려와서 그날 만찬에 아버지가 입을 옷을 말없이 챙겼다. 노인이 부엌에 서린 수증기와 안식일의 향긋한 냄새에 둘러싸여 계속 잠이 들어 있었기 때문이다. 그는 아버지의 구두를 닦고 양복 윗도리를 솔질한 다음 장롱을 뒤져 넥타이를 골라 왔다. 두 개를 꺼내 왔는데 하나는 짙푸른

줄무늬였고 다른 하나는 짙은 밤색과 붉은색이 섞여 있었다. 글로리가 화려한 쪽을 만지자 잭이 고개를 끄덕이며 그것을 양복 어깨에 걸쳐 놓았다. 이어 다시 한 번 옷장을 뒤져서 성 안드레아의 십자가가 새겨진, 단도 모양의 넥타이핀과 거기에 어울리는 커프스단추를 찾아 가지고 왔다. 글로리가 어깨를 으쓱했다. 스코틀랜드에 대한 암시는 아버지에게 그리움에 찬 분노를 불러일으켰고, 그러면 아버지는 거기에 딱 맞는 슬픈 예를 들면서 역사가 다르게 펼쳐졌어야 했다고 주장하곤 했다. 스코틀랜드 사람도 아니고 로마 약탈 이후나 대륙 회의 이전의 역사에 별 관심 없는 에임스 목사는, 참을성 있게 그런 아버지 말을 들어 주었다. "그렇다면 뭐가 중요하다는 말이지?" 에임스 목사가 문을 나서면 아버지는 허공에 대고 그렇게 묻기 일쑤였다. 잭은 그 일을 떠올리며 그것들을 도로 옷장에 갖다 넣었다.

글로리가 아버지의 가장 좋은 새 와이셔츠를 꺼내 왔다. 잭이 소매를 만져 보더니 나지막하게 속삭였다. "정말 좋은데!" 아버지는 점잖으면서도 성직자다운 방식으로 멋쟁이였던 까닭에 질이 나쁜 옷을 사는 것은 잘못된 절약이라고 늘 주장했다. 그들이 어렸을 때 간간이 시카고에서 상자가 배달되었다. 그 안에서 평범해 보이지만 훌륭한 양복과 와이셔츠와 넥타이가 나왔는데, 그것들은 아버지의 호리호리한 몸매에 침착함과 우아함을 더해 주었다. 전년도 부활절에 비해 가장 키가 많이 자란 아이에게는 역시 시카고에서 도착한 새 양복이나 원피스가 상으로 주어졌다. 아이들에게 채소를 먹이기 위한 엄마의 작전이었다. 키를 재서 기록하는 특권은 매사를 공평하게 처리하는 테디에게 주어졌다. 단순히 자란 길이로만 따지면 딸들이 손해를 본다는 걸 생각해 낸 사람도 바로 테디였다. 잭은 키를 재는 의식에 한 번도 나타나지 않았다. 케이크를 먹고 코코아를 마시면서 서로 자기가 잰 것이 옳다고 우겨 대는 왁자지껄하고 떠들썩한 행사였다. 그래도 어느 해에는 잭이 새 양복을 차지하게 되었고, 잭은 그 옷을 입고 부활절 예배에 참석했다. "정말로 근사해 보였지." 아버지가 그때 일을 언급할 때마다 하는 소리였다.

그렇게 잭과 글로리는 졸고 있는 아버지에게 무엇을 입혀 드릴지 머리를 맞대고 고민했다. 글로리가 옷을 차려입을 동안 잭은 아버지 옆에서 카드놀이를 했고, 글로리가 채소와 육수를 준비할 동안에는 2층으로 올라갔다. 에임스 목사 가족이 도착하려면 아직 반 시간이 남아 있었다. 글로리가 아버지를 도와 옷을 갈아입힌 다음 얼굴을 씻기고 머리도 빗겨 주었다. 일부러 흐트러지게 빗은 고운 백발이 화려한 넥타이와 성마른 표정에 멋지게 잘 어울렸다. 아버지는 자신의 허영심을 배려해 준 데 대한 기쁨을 감추기 위해 짐짓 성난 표정을 짓고 있었다.

"잭도 집에 있겠지?" 아버지가 마치 다른 가능성은 있을 수 없다는 듯한 어조로 물었다.

"조금 전에 2층으로 올라갔어요."

"식사 시간에 맞춰 내려오겠지."

"그럼요."

얼마 후 에임스 목사와 라일라와 로비가 전부 정장 차림으로 도착했다. 글로리가 아버지와 함께 그들을 거실로 안내해서 삐걱거리는 의자에 앉도록 했다. 그동안 그 의자들은 단지 장식용으로 거기 있었을 뿐 원래의 용도는 거의 잊히다시피 했다. 에임스 목사가 격식을 갖춘 아버지의 태도에 어리벙벙한 표정을 지었다. 거실은 도자기로 된 풍차와 탑과 개 등 아이들이 만지는 걸 금지하기 위해 존재하는 것 같은 물건들로 가득했다. 그것들에 대한 억눌린 호기심으로 로비의 눈이 반짝반짝 빛났다. 로비는 엄마 무릎에 기댄 채 엄마 원피스 끝자락의 주름을 잡았다 꼬았다 하면서 고개를 들고 이따금 엄마에게 뭐라고 소곤거렸다. 날씨 이야기가 오간 데 이어 아버지가 말을 꺼냈다. "이집트가 책임을 져야 할 걸세." 아직도 잭이 나타나지 않았고, 글로리는 버섯을 살짝 튀기기 위해 부엌으로 갔다.

잭의 부재가 의식되면서 거실에 어색한 분위기가 감돌기 시작했다. 글로리가 1, 2분 내로 오빠가 내려올 거라고 말하려는 찰나, 잭이 계단을 내려오는 소리가 들리더니 거실 입구에 모습을 드러냈다. 아버지의 오래된, 멋진 검정색 양복을 입고 있었다. 다들 깜짝 놀라 아무 말도 못했다. 잭이 어깨를 털면서 말했다. "옷이 좀 바래서 먼지처럼 보이는군요." 다들 얼떨떨해하는 가운데 아버지가 말문을 열었다. "나도 한때는 키가 컸었구나."

잭은 글로리가 다락에서 꺼내 준 크림색 셔츠를 입고 파란 줄무늬 넥타이를 맸으며 머리는 똑바로 가르마를 타서 곧장 옆으로 빗어 내렸다. 얼굴에 역력하게 드러난 피로한 표정만 빼면 한창 때의 아버지와 너무도 흡사해 보였다. 방 안에 흐르는 침묵을 알아차리고 잭이 미소를 지으면서 눈 밑의 흉터를 만지작거렸다. 만일 그가 잭이 아니었더라면, 따라서 사람들이 '도대체 이게 무슨 조홧속이지? 다음에는 무슨 일을 벌일 작정일까?'라는 생각만 하지 않았더라면, 잭은 유행에 뒤떨어진 점잖은 복장 속에서도 나름대로 우아하게 보였을 것이다. 잭이 그렇게 야위지만 않았더라도 양복이 딱 맞았을 것이라는 사실이 사람들의 마음을 짠하게 했다. 그의 체격은 쇠약해진 아버지에 버금가게 말라 있어서 곧 쇠약해질 거라는 전조를 보여 주고 있었다.

에임스 목사가 의자에서 일어나는 것도 잊은 채 "음." 하고 소리를 낸 다음 잠시 그를 바라봤다.

에임스 목사와 잭은 둘 다 떨떠름한 표정이었지만, 글로리는 곧 서로 한 걸음씩 다가가리라는 걸 알아차렸다. 마치 두 사람 사이의 거리가 악수로만 메워질 수 있다는 듯.

"잭."

"목사님. 그리고 사모님." 잭이 그렇게 부른 다음 웃는 얼굴로 옷깃을 매만지며 마치 또 무슨 잘못을 저지른 양 글로리를 곁눈질했다. 그는 단도 모양의 넥타이핀을 꽂고 있었는데, 얼굴이 환하게 빛나고 있었다. 그건 그가 불안하다는 뜻이었다. 그는 이상하리만치 불안한 감정을 도무지 숨기지 못했다. 그리고 그걸 알아챈 사람들의 기대에 놀랍도록 정확하고 충실하게 부응하는 행동을 취했다. 마치 판에 박힌 행동을 되풀이하는 골격과 구조와 근육과 힘줄을 가진 도르래처럼. 잭도 그 점을 의식하고 당혹해했지만, 그것을 빈정거리는 투로 은근슬쩍 넘기려 했다. 글로리는 속으로 중얼거렸다. 바로 저런 태도 때문에 지인이나 낯선 사람은 말할 것도 없고, 고용주나 경찰도 짜증스러워했으리라.

글로리는 자기도 손님들과 마찬가지로 이 상황이 어리둥절하다는 듯 시치미를 떼며 말했다. "어서들 식당으로 가세요. 오빠, 상 차리는 것 좀 도와주세요."

"좋지. 마침 당황스러운 참이었는데." 그런 다음 라일라를 보고 말했다. "제가 세련된 말재주가 없어서요. 영 꽝이거든요."

라일라가 미소를 띠며 대답했다. "저도 마찬가지예요." 부드럽고 편안한 목소리와 느릿느릿한 말투로 보아 그녀가 다른 지방 출신임을 알 수 있었다. 아울러 온화한 목소리를 통해 그녀가 보기보다 세상 물정에 밝다는 것도 짐작할 수 있었다. 잭이 호감과 기대에 찬 눈빛으로 그녀를 바라봤고, 에임스 목사도 그걸 눈치챈 것 같았다. 불쌍한 오빠. 사람들이 그를 관찰하는 시선에는 어느 정도 불신이 담겨 있었고, 그도 그걸 알고 있었다. 그러나 무엇보다도 잭은 판독할 수 없는 사람이면서 동시에 투명하게 들여다보이는 사람이었다. 따라서 사람들이 그를 자세히 관찰하는 건 당연한 일이었다.

잭이 글로리를 따라 부엌으로 들어왔다. "아무래도 옷을 갈아입어야 할까 봐."

"아니에요, 괜찮아요. 멋져 보여요." 글로리가 잭의 손에 개인용 접시를 올려놓으며 말했다. "양념은 제가 가져갈게요. 고기 가지러 다시 와주세요."

잭이 커다란 타원형 접시를 들고 식당으로 가서 잠시 머뭇거리다가 집안의 관례에 따라 아버지 앞에 접시를 내려놨다. 고기나 햄,

칠면조를 내놓을 때마다 으레 사용하던 도자기 접시였다. 하지만 아버지는 좀 전에 보았던 자신의 젊은 환영에 사로잡힌 나머지 아직도 얼떨떨한 상태를 벗어나지 못하고 있었다. "이걸 어떻게 해야 할지 잘 모르겠구나. 차라리 이게 살아 있으면 어떻게 좀 할 수 있을 것 같은데. 에임스 목사님께 드리렴."

"예." 라일라가 개인용 접시를 나눠 준 후, 잭이 고기 접시를 에임스 목사 앞에 놓자 목사가 말했다. "내 최선을 다해 보지."

잭이 아버지 옆자리에 앉자 로비가 엄마 곁을 떠나 식탁을 돌아 잭 옆의 의자에 몸을 기댔다.

"여기 앉아도 돼요……?" 로비가 수줍게 물었다.

"그럼, 되고말고. 어서 앉으렴." 잭이 대답과 함께 로비를 의자에 앉혔다. 에임스 목사가 고기에서 눈을 들고 힐끗 건너다보았다.

라일라가 말했다. "애가 당신을 좋아하는군요. 이렇게 붙임성 있게 구는 건 드물거든요."

"영광입니다." 잭이 진심이라는 듯이 말했다. 그러더니 자리에서 일어나 "실례합니다. 잠시만요, 뭘 좀 빠트려서요."라고 말한 뒤 식당을 나갔다. 잭이 현관을 나가는 소리가 들렸다.

아버지가 고개를 흔들었다. "저 애한테 무슨 일이 있나 보군. 그런데 무슨 일인지 알 수가 있나."

다들 잭을 기다리고 있었더니 몇 분 지나지 않아 잭이 물 잔에 예쁜 스위트피를 한 줌 담아 들고 돌아와 라일라 앞에 놓았다. "식탁에 꽃 한 송이 없이 사모님을 모실 수는 없죠! 꽃다발까지는 못 되지만 그래도 없는 것보다는 나을 것 같아서요."

라일라가 미소를 띠며 말했다. "아주 예쁜데요."

에임스 목사가 헛기침을 했다. "자, 보턴 목사, 내가 고기를 잘랐으니 축복 기도는 자네가 하게."

"자네가 그것도 해줄 거라고 생각했는데……."

방 안에 침묵이 흘렀다.

그 순간 잭이 주머니에서 종이를 한 장 꺼냈다. "비상사태에 대비한 겁니다. 그러니까 식사 기도가 저한테 떨어질 경우에 대비해 써온 겁니다."

아버지가 약간 애처롭게 그를 쳐다보며 말했다. "참 훌륭하구나, 잭. 그나저나 그건 필요 없을 것 같은데……."

잭이 에임스 목사를 힐끗 쳐다보다가 그가 어깨를 으쓱하자 기도문을 읽기 시작했다. "하느님 아버지." 잭이 입을 열었다가 잠시 멈추더니 촛불 쪽으로 몸을 기울이고 종이를 들여다보았다. "제가 아주 형편없는 악필이어서요. 몇 가지를 지워 버렸거든요. 당신은 분에 넘치게 우리를 참아 주시고 자비를 베풀어 주십니다." 잭이 헛기침을 했다. "또 우리가 우리 자신의 잘못을 용서할 수 없을 때에도 우리를 용서해 주실 거라는 희망을 품게 해주십니다. 우리들이 전혀 감사할 줄 모르는 채 심히 부끄러운 모습을 보일 때조차 우리의 삶을 축복해 주십니다. 당신이 베풀어 주신 이 음식과 우정과 가족을 통해 축복을 받기에 덜 부끄러운 사람이 되도록 우리에게 힘을 주시고 우리를 거듭나게 해주소서. 예수님의 이름으로 기도드리옵나이다, 아멘."

다시 한 번 방 안에 침묵이 흘렀다. 잭이 에임스 목사를 쳐다보자 그가 고개를 끄덕이며 말했다. "고맙네."

"잭, 참 좋은 기도였다." 아버지가 말했다.

잭이 어깨를 으쓱했다. "시험 삼아 한번 해보고 싶었습니다. '부끄럽다'는 말이 두 번이나 나온 걸 알아차렸어야 했는데……. 하지만 '음식'이라는 말은 괜찮은 것 같습니다." 잭이 말을 마치고 미소를 지었다.

잠시 후 아버지가 에임스 목사에게 말했다. "지난 며칠 동안 가족에 관해 대화를 좀 나누었는데 잭이 그걸 기도에 끌어들인 것 같군. 하느님의 은총을 가장 쉽게 느낄 수 있는 곳이 바로 가정이지. 그분의 신실함도 그렇고. 아무렴."

잭이 고개를 끄덕이며 중얼거렸다. "아멘."

기분이 고무된 아버지가 덜레스의 봉쇄 정책에 대해 의견을 피력하기 시작했다. "그건 도발이야! 두말할 필요도 없어!" 에임스 목사가 장기적으로 볼 때 덜레스가 옳다는 게 입증될 거라고 생각한다고 하자 아버지가 이의를 제기했다. '장기적'이라는 말은 논쟁을 피하기 위해 사용하는 일종의 말장난이라는 것이었다.

에임스 목사가 웃음을 터트리며 대답했다. "진작 그걸 알았더라면……."

"자네는 늘 둘째가라면 서러울 만큼 훌륭한 논쟁을 즐기지 않았나, 에임스 목사."

잭이 아버지에게 몽고메리에서 벌어진 폭력 사태의 장기적인 결과가 중요할 것 같으냐고 물었다.

"입에 올릴 만한 결과가 아무것도 없을 것 같구나. 그런 일들은 돌고 도니까. 그나저나 육수 맛이 아주 좋구나."

잭이 멍한 표정으로 기도를 적은 종이를 손가락 사이에 끼었다. 그러다가 에임스 목사의 시선을 깨닫고 미소를 지으며 종이를 도로 판판하게 펴서 주머니에 넣었다. 에임스 목사가 로비의 고기를 잘라 주었고 잭은 과자를 쪼개 버터를 발라서 아이의 접시에 놓아 주었다.

보턴가의 축제에 봉헌된 향기와 촛불과 음식 덕분에, 아버지는 그날 저녁에 바란 것을 흡족하게 다 이루었다. 쇠고기 구이는 부드러웠고 시럽을 끼얹은 비트는 매콤했으며 아직 때가 아닌 강낭콩은 으레 그렇듯이 통조림이었다. 글로리는 통조림 맛을 덜 나게 하려고 강낭콩을 베이컨과 함께 지글지글 끓여 내왔다. 그녀는 사람들이 과자를 칭찬해 주기를 바랐으나 정작 칭찬을 들은 것은 육수였다. 그녀는 육수에 대해서도 자부심을 가지고 있었다.

그런데도 무언가 긴장감이 맴돌았다. 시간이, 눅눅한 공기 같은 또 하나의 짐을 지고 있는 것 같기도 하고, 농도 짙은 용액처럼 하찮고 자질구레한 것에 스며들지 못하는 것 같기도 했다. 그들이 식사 기도까지 드리면서 바란 것은 그저 평범한 저녁이었는데도 말이다. 아버지는 간간이 잭을 말없이 응시하면서 생각에 잠겼고 잭도 그 사실을 알고 있었다. 물 잔을 드는 잭의 손이 떨렸다. 여느 때 같았으면 못 본 척하고 시선을 돌렸을 아버지가 잭의 어깨와 소매를 어루만졌다. 에임스 목사는 다 이해한다는 듯 서글픈 표정으로 그런 친구의 모습을 지그시 바라봤다. 친구의 아들은, 젊은 시절 친구의 모습을 그대로 빼다 박았다.

잭이 입을 열었다. "라자로(죽은 지 나흘 만에 예수가 부활시킨 사람-옮긴이)와 함께하는 만찬 같군요."

아버지가 손을 치우면서 물었다. "뭐라고, 잭? 무슨 말인지 못 들었다."

"아무것도 아닙니다. 그냥 떠오른 생각이에요. '라자로는 손님들 사이에 끼여 예수와 함께 앉아 있었고', 이 구절 말입니다. 저는 항상 이 구절이 이상했어요. 거기서 라자로는 보기 흉한 것처럼 나와 있는데, 저는 그게 이상했어요. 당연히 그는 몸을 씻을 시간이 있었을 테니까요. 머리도 빗었을 테고요." 잭이 웃으면서 덧붙였다. "죄송합니다."

아버지가 말했다. "재미있는 말이긴 한데 네 말의 요지를 잘 모르겠구나."

에임스 목사가 제 아버지의 젊은 시절을 빼다 박은 잭을 한참 동안 못마땅한 눈길로 바라봤다. 잭의 요지를 알고 있어서 화제를 다른 데로 돌려야 한다고 생각하는 것 같았다. 잭이 고개를 저었다. "저는 단지…… 제가 무슨 생각을 하고 있었는지 모르겠군요." 잭이 글로리를 건너다보며 미소를 지었다.

잠시 동안 그들은 세계정세부터 야구와 옛날이야기까지 그렇고 그런 이야기들을 점잖게 주고받았다. 그러다가 잠시 대화가 뜸해진 사이 잭이 로비에게 시선을 돌렸다. 로비는 잭 옆에 얌전히 앉아서 숟가락으로 감자를 짓이겨 요새를 만들고 제방을 쌓고 있었다.

"로비는 로버트를 말하는 거지?"

로비가 고개를 끄덕였다.

"로버트 B?"

아이가 고개를 끄덕이며 웃었다.

"B는 보턴을 말하는 거고……."

아이가 다시 고개를 끄덕였다.

"세상에서 제일 멋진 이름인 것 같구나."

에임스 목사가 나섰다. "자네 아버지는 항상 남의 이름을 따서 아들들의 이름을 지어 줬지. 정작 본인 이름인 로버트는 붙여 주지 않고."

"그러게 말일세. 글로리가 로버트가 될 뻔했지만 이 애는 아들이 아니라서."

잭이 글로리를 쳐다봤다.

아버지가 혹시 글로리가 기분이 상했을까 염려하며 덧붙였다. "딸아이 넷 다 이름을 아주 잘 지었지."

잭이 어깨를 으쓱하며 읊었다. "페이스, 호프, 그레이스, 로버타."

"채리티라는 이름도 생각했었는데 네 엄마가 단호하게 반대하더구나. 꼭 고아처럼 들린다고. 그 단어는 실제로는 아가페지. 라틴어로는 카리타스고."

글로리가 끼어들었다. "화제를 바꾸는 게 어떨까요?"

"네 엄마는 널 글로리아라고 부르고 싶어했지만, 다른 애들 이름이 다 영어라서 내가 반대했다."

잭이 읊조렸다. "피데스, 스페스, 그라티아, 글로리아."

"아이, 또 그 오래된 농담." 글로리가 투덜거렸다.

"그래, 그 농담을 처음 시작한 게 테디였지. 한동안 이 집이 고등학교 수준 라틴어로 떠들썩했지." 그러면서 아버지가 잭에게 말했다. "그나저나 테디가 어제 전화했었다."

"전화를 받지 못해 죄송합니다."

"음, 그 애도 이제는 익숙해졌을 거다. 그러는 게 낫지."

잭이 아버지를 향해 미소를 지었다. "예에. 참, 제가 깜박한 게 또 하나 있네요. 잠시만 실례하겠습니다." 잭이 포크를 내려놓은 뒤 자리에서 일어나 방을 나갔다.

아버지가 고개를 흔들었다. "처음에는 꽃을 꺾으러 나가더니 이제는 식사 도중에 자리를 뜨는구나. 테디 얘기를 꺼내서 그런 것 같다. 어렸을 때는 둘이 참 친했는데 지금은 왜 그러는지 모르겠구나. 저 애가 그래도 테디랑은 말을 하고 지냈는데……."

"아빠, 목소리 좀 낮추세요."

"아무튼 때로는 저 애의 행동을 도무지 이해할 수가 없다네." 아버지가 소리를 확 낮춰서 소곤거리는 목소리로 말했다. "앞으로 저 애가……."

글로리가 아버지의 손목을 건드렸고 이어 잭이 침묵에 싸인 음모 속으로 걸어 들어왔다. "죄송합니다. 말씀 다 끝나실 때까지 여기 복도에서 기다릴까요?"

"아니다, 어서 앉으려무나. 네 음식이 벌써 차갑게 식었구나."

"예." 미소를 짓는 잭의 손에 야구공이 들려 있었다.

잭이 자리에 앉으면서 로비를 향해 공을 들어 올렸다. "이게 무슨 투구지?"

로비가 소리쳤다. "으응, 속구요!"

잭이 깜짝 놀라 웃음을 터트리며 자기 손을 쳐다봤다. "맞았다!" 잭이 공을 손가락에 옮겨 쥐면서 다시 물었다. "그럼, 이건?"

"너클볼이요!"

잭이 동작을 다시 바꿨다.

"으응, 그건 잊어버렸는데. 잠깐만요. 아아, 슬리퍼요!"

"음, 내가 꼬마였을 때는 슬라이더라고 불렀단다. 같은 뜻이지."

로비가 손으로 얼굴을 가리고 웃었다. "아니에요. 구두랑 비슷한 슬리퍼예요!"

"네가 야구장에서 슬리퍼를 던지면 심판이랑 말썽이 날 것 같은데." 잭이 고개를 끄덕이며 말한 다음, 로비가 웃음을 그칠 때까지 진지하면서도 흥미진진하게 아이를 바라봤.

"이담에 투수가 되고 싶은 것 같은데?"

로비가 고개를 끄덕였다. "우리 아빠가 투수였대요."

"아주 훌륭한 투수였지. 요새 사람들은 옛날만큼 야구를 하지 않는 것 같더라. 대신 집에서 텔레비전으로 야구를 보지." 아버지가 말했다.

"우리 아빠가 저한테 투구법을 죄다 가르쳐 줬어요. 오렌지로요!" 로비가 웃음을 터트리며 말했다.

에임스 목사가 거들었다. "어제 점심을 먹으면서 야구 이야기를 좀 했네. 그러면서 몇 가지 투구 폼을 좀 알려 줬지."

"이 녀석이 아주 빨리 배웠네요."

"나도 이놈이 다 기억하는 걸 보고 좀 놀랐다네."

"우리 집에도 진짜 야구공이 있는데 다락 어딘가에 있대요. 우리 아빠는 다락에 올라가는 걸 싫어하세요."

"오냐, 내가 게으름을 부렸구나."

잭이 야구공을 로비의 접시 옆에 놓았다. "이제 이건 네 거야. 선물이란다. 아빠가 투수이셨으니 너한테도 분명 공이 있겠지만 그래도 여분이 하나 더 있으면 좋을 거야."

로비가 엄마를 쳐다보자 라일라가 고개를 끄덕였다.

"고맙습니다." 로비가 머뭇머뭇하며 수줍게 공을 집어 들었다.

"아주 새것이니까 잘 다뤄야 돼. 새 야구공을 어떻게 다뤄야 하는지 아니?"

"아니요. 하지만 우리 아빠가 가르쳐 주실 거예요."

"아주 간단해. 공을 쥐고 전체에다 흙을 문지르기만 하면 돼."

"여기다 흙을 문지른다고요?" 로비가 의심스럽다는 듯이 중얼거렸다. "어쨌든 아빠한테 여쭤 볼게요."

잭이 웃으면서 말했다. "좋은 생각이야." 그런 다음 아버지를 힐끔 건너다보며 덧붙였다. "우리 아버지랑 나도 옛날에 공놀이를 했단다."

노인이 고개를 끄덕였다. "오냐, 그랬었지. 우리도 그때 참 즐거웠지?" 아버지가 자기 손을 보며 말을 이었다. "지금은 그게 통 믿어지지 않는구나. 이제는 구두끈도 매지 못하니! 그때는 내가 꼭 태양이나 바람이었던 것 같구나! 계단을 한꺼번에 두 칸씩이나 올라갔는데!" 그 말에 에임스 목사가 웃었다.

"그때는 그게 당연하다고, 영원히 그럴 거라고 생각했지. 네 엄마는 저기 부엌에서 혼자 흥얼거리며 저녁을 준비하곤 했단다. 또 나한테 커피를 가져다주면서 잠깐 이야기를 나누기도 했고. 나는 목소리만 듣고도 누가 집에 있는지 알 수 있었지. 물론 잭 너는 빼고. 너는 워낙 조용했으니까."

에임스 목사가 말을 받았다. "태양과 바람이라!"

"어이구, 그래, 웃으려면 웃게나. 자네는 아직 내 말이 무슨 뜻인지 모를 거야. 나 혼자 자네 몫까지 다 늙은 것 같군."

"미안하지만 동의할 수 없네, 목사. 나도 늙을 만큼 늙었다네."

로비가 끼어들었다. "아빠가 저한테 너무 늙어서 공을 던질 수 없다고 말씀하셨어요."

에임스 목사가 고개를 끄덕였다. "정말 그렇다네. 서글픈 일이지."

글로리가 보니, 오빠가 무슨 꿍꿍이속이나 있는 것처럼 자기를 힐끗 쳐다봤다. 잠시 후 잭이 다시 눈길을 돌리면서 혼자 미소를 지었다.


다들 파이를 먹고 있는데 아버지가 불쑥 말했다. "내가 감독했다네. 잭이 사과를 깎고 글로리가 반죽을 하고 나는 감시했지." 아버지가 웃음을 터트렸다. "잭이 내 의자를 저기 부엌 한가운데로 옮겨 줬지. 아주 좋았다네. 우리 셋이 함께 좋은 시간을 보냈거든. 자네한테 잭이 데소토를 고쳤다고 말했던가?

아무렴, 좋은 시간이었지. 게다가 잭이 피아노도 친다네! 아주 깜짝 놀랐지."

"저기…… 원하시면 지금 좀 쳐드릴게요." 잭이 실례한다고 말하고 자리를 떴다. 곧이어 잭이 옆방에서 찬송가를 연주하는 소리가 들렸다. 〈저 장미꽃 위에 이슬 아직 맺혀 있는 그때에〉가 끝나자 "내 기도하는 그 시간, 그때가 가장 즐겁다. 이 세상 근심 걱정에…….'라는 노랫소리가 이어졌다. 글로리가 잭에게 커피를 가져다주자 잭이 고맙다고 했다. "만일 내가 무익한 말을 지껄였다면, 만일 내가 고통받는 사람에게서 등을 돌렸다면……." 그러다가 잭이 웃음을 터트리며 글로리에게 말했다. "내가 이 찬송가들을 어떻게 아는지 넌 모르지?" 이어 〈하느님의 크신 사랑〉을 부르다가 말했다. "전부 다 왈츠 곡이군! 너도 알았니?" 라일라와 로비가 피아노 연주를 들으러 왔고 잠시 후 에임스 목사도 왔다. 그는 아버지가 도움을 필요로 할 경우에 대비해 잠시 동안 뒤에 남아 있었던 것이다.

라일라가 말했다. "저는 왈츠가 좋던데요." 그러자 잭이 즉시 비엔나왈츠풍으로 〈예수님께서 기다리고 계시는 정원이 있네〉를 연주했다. 에임스 목사는 무표정하게 구경하고 아버지는 정치인 같은 표정을 지었다.

이어 잭이 다른 노래를 연주했다. "나는 일요일 같은 사랑을 원하네. 일요일 밤이 지나도 계속되는 사랑을……. 이런, 가사를 잊어버렸군요. 나는 어디로 가는지 알 수 없는 외로운 길 위에 있네. 나는 일요일 같은 사랑을 원하네."

라일라가 잭이 잊어버린 가사를 읊조렸다. "나는 일요일을 꿈꾸면서 일요일의 계획을 세우고 있네. 매순간, 매시간, 날마다. 나에게 길을 보여 줄 애인을 기다리면서."

"감사합니다, 사모님!" 잭의 인사에 라일라가 미소를 지었다.

아버지가 말했다. "좀 더 안식일에 어울리는 노래를 부르면 좋겠구나."

"이것도 좋은 노랜데요." 라일라가 말했다.

잭이 고개를 끄덕인 다음 〈예로부터 도움이 되시고〉와 〈환난과 핍박 중에도〉를 더할 나위 없이 경건하게 연주하자 다들 노래를 불렀다. 노래가 끝나자 에임스 목사가 하루 종일 늦게까지 바쁘게 지내 피곤하고 로비도 잘 시간이 지났다고 했다. 그러는 동안 로비는 피아노 의자 위에 올라와 잭 옆에 앉은 채 수줍게 피아노 건반을 만지작거렸다. 잭이 손님을 배웅하기 위해 문으로 가는 동안에도 로비는 피아노를 딩동거렸다. 그러다가 엄마가 부르자 피아노 의자에서 내려오다 의자의 윗부분을 들어 올렸다. "이 안에 돈이 있어요!"

에임스 목사가 반사적으로 아버지의 팔을 잡았다. 글로리가 "제가 거기다 넣어둔 거예요."라고 말했지만 아버지는 의자로 다가가 그 안을 들여다보았다. 글로리가 다시 한 번 말했다. "생활비 쓰고 남은 돈이에요. 저쪽 서랍에서 남은 돈을 여기로 옮겨 둔 거예요." 하지만 아버지는 에임스 목사의 팔을 잡고 여전히 그것을 뚫어져라 쳐다봤다. 잭도 그 안을 들여다보더니 웃음을 터트리며 말했다. "잘해 보렴, 글로리. 아주 그럴듯한 거짓말이로구나! 만일 이 안에 38달러가 들어 있다면, 난 이제 어떻게 하지?" 잭이 그렇게 말하고는 손으로 얼굴을 가리고 웃었다.

아버지가 어리둥절해하며 말했다. "무슨 말인지 통 모르겠구나!"

로비가 끼어들었다. "저 안에 돈이 들어 있다니 정말 좀 수상한데요!"

에임스 목사가 아들의 머리를 쓰다듬으며 말했다. "그래, 네 말이 맞다. 자, 엄마랑 집에 가라. 나도 곧 따라가마."

라일라와 로비가 문을 나서자 글로리가 피아노 뚜껑을 쾅 하고 덮었는데 얼마나 세게 덮었던지 피아노 줄이 다 울릴 정도였다. "다들 제 말을 무시하는군요!" 글로리가 하도 씩씩거리는 바람에 다들 깜짝 놀랐다. "잠깐만요." 글로리가 거실로 가서 커다란 성경책을 들고 돌아왔다. 이어 피아노 의자를 닫고 그 위에 성경을 올려놓았다. "자, 보세요, 다들 보시라고요!" 그녀가 무릎을 꿇고 오른손을 성경 위에 올려놓았다. "엄숙하게 맹세하나이다. 하느님, 도와주시옵소서. 제가 직접 이 돈을 피아노 의자에 넣었습니다. 마치 제가 이 돈을 감춘 것처럼 보이지만 사실은 단지 가계부 쓰기를 게을리한 것뿐이옵니다. 그게 전부입니다. 다른 사람이 아니라 제가 그랬습니다. 만일 제가 거짓말을 하고 있다면 하느님께서 저를 쳐 죽이시옵소서."

"얘야, 그렇게까지 할 필요는 없다." 아버지는 말은 그렇게 했지만 감동도 받고 안도도 한 것이 분명했다. "네 오라비한테 참 친절하구나." 잭이 웃었다. "정말이다." 아버지가 너무 피곤해 보이자 에임스 목사가 그를 방으로 데려가 침대에 눕도록 도와주었다. 떠나기 전에 에임스 목사는 두 사람에게 작별 인사를 했고 잭과 다시 한 번 악수를 나누었다. 그 악수에 꾹꾹 참고 있던 노여움과 유감의 기색이 적잖게 드러나 있었다. 그럼에도 잭은 그 악수에 감사했다.

목사가 가고 나자 잭이 입을 열었다. "네 행동은 정말로 감동적이었어. 두고두고 잊지 못할 것 같다." 잭이 한바탕 웃고 난 다음 말을 이었다. "만일 네가 구해 주지 않았다면 모든 게 다 엉망진창이 됐을 거야." 그러면서 잭은 대답이라도 기다린다는 듯이 글로리를 빤히 쳐다봤다.

글로리가 아무렇지도 않은 듯 말했다. "아니에요. 잘 끝났으니 다행이에요."

"나도 그렇게 생각해. 그나저나 그 댁 꼬마가 나를 좋아하는 것 같더라. 사모님도 그렇고. 그 점은 참 좋았다." 잭이 2층으로 올라가 셔츠로 갈아입고 다시 내려와서 글로리를 도와 식탁을 치우기 시작했다.

"오빠, 뭐 하나 물어봐도 돼요? 아니, 할 말이 있어요. 왜 오빠가 여기서 델라의 편지를 기다리면서 이 모든 고통을 감수해야 하죠? 그 여자가 그럴 만한 가치가 있나요?"

"그 사람은 그럴 만한 가치가 있어. 설사 더 많은 고통을 감수한다 해도, 그 사람을 위해선 그래야 해. 내 말을 믿어."

"오빠한테 답장도 안 하잖아요."

잭이 얼얼한 표정으로 글로리를 향해 미소를 지었다.

"미안해요. 아무튼 뭐가 문젠지 모르겠어요."

"너야 모르겠지."

"그렇지만 지금은 오빠를 좀 아는데, 오빠는 그렇게 용서하기 힘든 사람은 아니에요."

"어이구, 고마워라. 하지만 그 사람은 수도 없이 날 용서했어. 네가 상상도 할 수 없을 정도로. 게다가 날이면 날마다 나 때문에 속을 썩였지." 잭이 글로리를 쳐다보며 덧붙였다. "이 정도면 델라에 대한 이야기는 충분한 것 같구나."

# 9

 이튿날 글로리는 가게에 가서 황갈색 면바지 두 장과 푸른색 데님 셔츠 석 장을 샀다. 이곳 사람들이 농사를 짓거나 낚시를 하거나 장례식에 갈 때만 빼고 늘 입는 옷이었다. 새것일 때는 뻣뻣하게 마분지 위에 접혀 있지만 세탁기로 두어 번 돌리고 다림질만 약간 해주면 편하게 입을 수 있는 옷이었다. 글로리가 잭의 치수에 맞는 옷을 고르려고 애를 썼다. 길이가 맞으면 통이 넓었는데, 그건 잭이 감수해야 할 문제였다.
 글로리가 빨랫줄에 그것들을 널고 있는데 잭이 마당에서 걸어오다가 엉덩이에 손을 얹은 채 물었다. "그거 내 거니?"
 "입을 수 있다고 생각하신다면요."
 잭이 웃으면서 말했다. "그럴 수 있을 것 같은데? 고맙다. 글로리." 잭이 팔을 뻗더니 고맙다는 듯이 소매를 만졌는데, 빈정거리는 기색이라곤 눈곱만큼도 담겨 있지 않았다. "너한테 이것도 갚아야겠구나."

"저한테 빚진 거 하나도 없어요. 피아노 의자에서 꺼내 온 돈이거든요. 저도 오빠처럼 무일푼이에요."

"내가 또 하나 있던 여행 가방을 잃어버렸어."

"지난번에 말씀하셨잖아요. 알아요."

잭이 잠시 침묵을 지키다가 말을 꺼냈다. "아주 좋은 직업을 가졌었다면서……."

"네."

"그 자식이 네 돈을 가져갔구나."

글로리가 어깨를 으쓱했다. "제가 준 거예요. 상관없어요. 그걸로 딱히 무얼 할 계획도 없었으니까요."

잭이 고개를 끄덕였다. "영감님은 네가 결혼하는 바람에 학교를 그만둔 거라고 생각하시던데."

"오빠는 그게 아니라는 거 아시잖아요."

"그래. 그리고 나와는 상관없는 일이지." 잭이 셔츠 주머니에서 담배를 꺼내 엄지손톱에 대고 톡톡 쳤다.

"무슨 생각을 하시는 건데요?"

"내 경험에 의하면, 여자들은 너무 친절한 경향이 있더구나. 남에게 친절을 베푸느라 정작 자기 자신은 챙기지 못하더라고."

글로리가 웃음을 터뜨렸다. "저도 종종 그렇게 생각했어요."

"너도 친절해."

"아주 좋은 예죠."

잭이 담배 연기를 피해 주춤거리고 있는 글로리의 얼굴을 찬찬히 살펴보았다.

"그 사람을 용서할 수 있겠니?" 잭이 눈길을 돌리며 물었다. "미안하다. 나랑 상관도 없는 일인데. 네가 어젯밤에 그 이야기를 꺼내서 그래. 그냥 궁금했단다."

글로리가 잭을 향해 말없이 미소를 지었다.

"그래, 이야기하고 싶지 않은 모양이구나."

보턴 집안을 통틀어 유일하게 속물인 잭이 그녀에게서 조언 내지 지혜를 구하고 있다는 사실에 글로리는 나름 기쁨을 느꼈다. 바람은 어린 시절처럼 먼지투성이의 라일락 속에서 고요히 잠들었고, 교복이 널려 있던 빨랫줄에서는 다른 빨래가 흔들렸다. 그런 한가로운 대낮에 고향 집 마당에서 잭이 그녀의 도움을 바라고 있는 것이다. 햇빛 아래에서 보니 잭은 좀 더 늙어 보였고, 삶의 풍파에 찌든 나약함 같은 것도 느껴졌다. 하지만 조금 떨어진 채 딱히 어디에도 시선을 두지 않고 망연히 서 있는 잭을 보고 있노라니 완곡하면서도 주저하는 듯한 고집이 느껴졌다. 그것은 잭이 지금 매우 진지하다는 뜻이었다.

그녀가 말했다. "그 사람을 용서할 수 있느냐고요? 질문을 제대로 이해했는지는 잘 모르겠지만 아무튼 대답은 노예요."

잭이 고개를 끄덕였다.

"그 사람이 불행하길 바라지는 않지만 그래도 그를 다시는 보지 않게 돼서 정말 기뻐요. 새삼스레 그 사람을 떠올리고 싶지도 않고요."

"미안하다. 그 문제를 입에 올리지 말았어야 하는데. 하지만 네가 먼저 말을 꺼냈잖니. 내가 용서하기 힘든 사람은 아니라고."

"그분에게 잘해 주셨어요?"

"그러려고 했지." 잭이 어깨를 으쓱했다.

"그럼, 그분이 친절한 여자라면 아마 오빠를 용서할 거예요. 물론 저야 오빠가 무얼 했는지, 그분이 오빠의 무얼 용서해야 하는지도 모르지만요."

잭이 웃음을 터트리며 담배를 던졌다. "나 역시 잘 모르겠다. 그 사람이 참아 준 게 참 많았어. 나라는 작자의 됨됨이를 많이도 참아 줬지. 내 부족한 점도 그렇고. 그 사람도 여러 가지 문제 때문에 지쳐 버렸지. 내가 좀 더 잘 지켜 줬어야 하는데……. 나도 그러려고 노력은 했단다. 한때는 그 사람의 명예를 얼마간 지켜 주기도 했고. 그 상황에서는 현명하지 못한 처사였지만……." 그런 다음 덧붙였다. "그 사람이 나를 용서한다 해도 그게 중요한 건 아니야. 어쨌든 그 사람이 나한테 편지를 쓸지도 모른다고 생각했다. 사람이란 한 번 친절한 행위에 길들여지면 거기에 의지하게 되지. 그러다가 그게 사라지면 그리워하고……."

"저도 그것에 대해서는 좀 알아요." 글로리의 말에 잭이 고개를 끄덕였다. 빛나는 태양 아래에서 라일락 꽃잎이 바스락거리는 가운데 두 사람은 이심전심에서 비롯된 평온함을 느꼈다. 이윽고 글로리가 침묵을 깼다. "희망을 잃으시면 안 돼요."

잭이 미소를 지었다. "때로는 차라리 희망을 잃어버렸으면 해."

"무슨 말인지 저도 알아요."

글로리는 왜 진작 그에게 옷을 사주지 않았을까? 그것은 그가 손님이었기 때문에 너무 사사로운 관심을 보였다가 그의 기분을 해칠까 봐 두려웠기 때문이다. 말하자면 옷을 사주는 것이 그의 궁상맞은 모습을 확인시키는 꼴이 돼 그를 불쾌하게 할까 봐 두려웠던 것이다. 또 그녀가 옷을 사는 모습을 보고 사람들이 이러쿵저러쿵해서 그를 난처하고 화나게 만들까 봐 두렵기도 했다. 잭은 자존심이 강하고 까다로웠기 때문이다. 값싸고 튼튼한 작업복이 잭을 언짢게 할까 봐 염려스럽기도 했다. 그런데 뜻밖에도 잭은 몇 번씩이나 빨랫줄에 널린 셔츠를 확인하다가 그중 하나가 마르자 얼른 안으로 들고 가 다림질을 해서 입었다. 바지는 두꺼워서 마르는 데 시간이 더 걸렸다. 잭은 바지도 말랐는지 살펴본 뒤 과수원 옆으로 걸어갔다. 그가 바닥에 떨어진 사과를 주워서 헛간 지붕으로 던지더니 그것이 굴러 내려오기를 기다렸다가 얼른 받아서 또 던졌다. 오빠들이 어릴 때 하던 놀이였다. 잭은 마치 오랜 세월이 흐른 뒤에야 그 장난을 혼자 외롭게 실험하는 듯했다. 머뭇거리기는 했지만 그래도 행복한 모습이라고 할 수 있었다.

        그날 저녁 식사를 마친 후 에임스 목사가 산책을 나왔다가 집에 들렀다. 말로는 장기나 한 판 두러 왔다고 했지만, 목사와 아버지는 베란다에서 장기판을 사이에 두고 마주 앉아 가만가만 이야기만 나누었다. 서로 조언을 주고받는 자리라는 것을 알기에 글로리는 얼음물을 가져다준 뒤 자리를 떴다.

오랜 경험으로 본인도 지혜가 충분할 텐데, 에임스 목사가 굳이 아버지의 지혜를 구하는 것은 친구에 대한 예의라고 할 수 있었다. 더군다나 기질상 두 사람 가운데 그가 더 온화했기에 그럴 때 문제를 일으키는 건 아버지 쪽이었다. 그럼에도 그는 아버지에게 누군가의 영혼에 대해 심사숙고해 달라면서 옛날에 그랬던 것처럼, 머리를 맞대고 그 영혼에 대해 함께 고민했다. 보턴 목사는 10년 전에 목사직에서 은퇴했는데, 그때부터도 에임스 목사가 그의 견해를 들어야 할 경우 각별히 조심해야 했다. 주일학교 아이들은 결혼을 했고, 결혼한 부부들은 힘들고도 평범한 생활 속에 자리를 잡았다. 주일학교 아이들에게 천사들의 악대와 하늘을 나는 꽃마차에 대해 가르쳤던 근엄한 노인들은 차례차례 요단강을 건너갔다. 그래서 아버지가 신도들 문제에 대해 에임스 목사에게 조언을 해주었다. 그렇게 소곤소곤 주고받는 상담을 통해 아버지는 자신의 신도들보다 에임스 목사의 신도들을 더 잘 알게 되었다. "그 친구를 다루려면 상당한 요령이 필요하겠군."이라고 아버지가 말하면 "말할 필요도 없지."라고 에임스 목사가 대답했다. 이런 대화를 나누는 동안 아버지의 얼굴에는 옛날의 명민함이 고스란히 되살아났다. 잘 훈련된 영혼의 목자가 지닐 법한 부드러운 현명함이었다. "하지만 나 같으면 그의 문제를 솔직히 지적하겠네." 그 옛날의 기쁨을 떠올리며 아버지의 눈은 확고부동하고 솔직하게 빛났다. 그러면 에임스 목사는 무언가를 그리워하는 듯한 아스라한 눈길로 아버지를 바라보곤 했다. 마치 아버지가, 자신은 결코 도달할 수 없는 경지에 들어선 원로나 되는 것처럼. "그래, 반드시 솔직하게 대처하겠네."

두 사람이 이야기를 나누고 있을 때 잭이 그 앞을 지나가게 되었다. 노인들이 잭에게 한두 마디 인사를 던졌고, 잭은 마당에서 딴 오이를 들고 부엌으로 들어왔다. 늘어진 셔츠에 벨트 아래로 주름이 잡힌 헐렁한 바지 차림이었지만, 글로리 눈엔 그럭저럭 괜찮아 보였다. 잭 역시 자신의 차림새에 만족하는 것 같았다. 평소보다 말쑥한 모습이 그의 자존심을 대변해 주고 있었다. 잭이 오이를 씻으면서 말했다. "오이에서 꼭 저녁 냄새 같은 게 나는구나. 으스스한 냉기 같기도 하고. 뭐 좀 도와줄까?" 글로리가 없다고 하자 잭이 피아노 앞에 앉아 찬송가 〈예수가 우리를 부르는 소리〉를 치기 시작했다. 아버지가 좋아하는 찬송가였다. 더할 나위 없이 부드러운 연주였다. 글로리가 피아노 소리를 듣기 위해 복도로 나갔더니 잭이 마음이 통하기라도 한 듯 슬쩍 곁눈질을 했다. 잭이 계속해서 "오라, 오라, 방황하지 말고 오라, 죄 있는 자들아, 이리로 오라." 부분을 구슬프게 연주하자 두 노인은 침묵에 잠겼다. "예수가 우리를 부르는 소리 그 음성 부드러워." 아버지가 노래를 부르기 시작하자 에임스 목사도 따라 했다. 이어 〈만세 반석 열리니〉와 〈갈보리산 위에〉까지 다 부르고 나니 밤이 되었다. 아까부터 비가 내리고 천둥이 치고 있었다. 두 노인은 오랫동안 아무 말도 하지 않은 채 그대로 앉아 있었다. 글로리가 에임스 목사에게 우산을 가져다주었고, 잠시 후 목사가 집을 나서는 소리가 들렸다. 글로리는 눅눅한 기운 때문에 아버지가 혹여 불편할까 봐 걱정했는데, 아버지는 오히려 잠시만 혼자 있게 해달라고 상냥하게 부탁했다. "잭에게 아주 좋았다고 전해 다오. 그 애가 자랑스러웠다."

잭은 문을 열어 놓은 채 침대에 누워 책을 읽고 있었다. 글로리가 문간에서 말했다. "오빠, 아빠가 그러시는데요, 오빠 연주가 아주 좋았대요. 오빠가 자랑스러웠다고 전해 달래요."

잭이 글로리를 빤히 쳐다보며 물었다. "그 양반이 그 말씀 하실 때 에임스 목사님도 계셨니?"

"아니요. 하지만 에임스 목사님도 그렇게 생각하셨을 거예요."

잭이 고개를 끄덕였다. "그러셨겠지. 고맙다, 글로리."

밤새도록 단비가 흐뭇하게 내렸다. 이 비 한 번으로 가뭄 걱정이 사라지지는 않겠지만, 그래도 비 온 다음 날 아침은 아름다웠다. 바람은 부드럽고 향기로웠고 새들이 지저귀고 나무들은 반짝거렸다. 잭은 일찌감치 밖으로 나갔다. 해가 훤히 솟기도 전에 방충 문이 삐걱거리며 열리는 소리가 났다. 그의 불면은 미덕의 양상을 띠었으니, 불면으로 찌뿌드드한 몸을 풀기 위해 캄캄할 때 일어나 마당으로 나가 기운을 쏟았던 것이다. 글로리가 부엌으로 내려가 커피를 올려놓고 식구들이 가장 선호하는 커피 향이 날 때까지 베란다에 앉아 있었다. 잠시 후 글로리가 잭에게 갖다 줄 커피를 잔에 따랐다. 잭은 빨랫줄 옆에 서 있었다. 그가 줄을 아래로 잡아당겼다가 놓자 빗방울이 아침 햇살을 받아 반짝반짝 빛나면서 튀어 올랐다. 그는 다음 줄도 그렇게 하고 그다음 줄도 그렇게 했다.

"고마워." 잭이 커피 잔을 받으며 말했다. 잭이 헛간에서 가지고 나온 휘발유 깡통이 눈에 띄었다. "금방 돌아올게." 잭이 집 안으로 들어갔다가 옷걸이에 걸린 양복을 들고 행주를 어깨에 걸친 채 돌아왔다. "드라이클리닝 좀 해보려고." 그가 휘발유를 빈 커피 깡통에 따른 다음 그 안에 옷을 적셨다. 이어 양복 소매를 스펀지로 닦고 팔꿈치 바깥쪽의 튀어나온 부분과 안쪽의 주름진 부분에 휘발유를 적신 다음 소매를 똑바로 잡아당겼다. 그러더니 글로리를 쳐다보며 말했다. "얼마 후면 냄새가 가실 거야. 이것 좀." 잭이 담배와 성냥을 건네주며 덧붙였다. "내가 방심할 수 있거든."

"이렇게 한다는 이야기는 들었지만, 실제로 직접 하는 걸 본 적은 없어요."

"온실 속의 화초같이 사셨군."

그날 오전 내내 그는 그렇게 양복에 매달렸다. 그러다가 마침내 뒤로 물러서더니 바람에 나부끼는 양복을 검사하며 세탁이 제법 잘 됐다고 판정하는 것 같았다. 그가 커피 깡통에 들어 있던 휘발유를 땅바닥에 쏟은 뒤 남은 휘발유를 도로 헛간에 갖다 놓았다. 글로리가 빨랫줄에 걸린 양복의 상태를 살펴보니 험하게 입은 티가 전보다는 한결 덜 나는 것 같았다. 또 특정한 삶의 흔적이나 개인적인 자취도 많이 가신 것처럼 보였다. 산들바람에 나부끼는 양복이, 어딘지 장렬하면서도 약간 의기양양해 보였다. 잭이 만족스러워한 것은 두말할 나위도 없었다.

잭이 안으로 들어와 샤워를 한 다음 손수 땅콩버터 샌드위치를 만들었다. "좀 먹을래? 반 줄게. 아니 다 줄까? 나 손 씻었다. 그런데 프랑스어로 샌드위치가 뭐지?"

"프랑스어로도 샌드위치는 분명 샌드위치일 걸요."

잭이 고개를 끄덕이며 말했다. "내 생각에도 그런 것 같아. 그래서 별 볼일 없는 이걸 매력적으로 만드느라 쩔쩔매고 있지."

"젤리는 넣었어요?"

"그건 싫다. 그건 도넛에나 어울리지." 잭이 빵 조각을 들고 안을 들여다보았다. "땅콩버터는 참 못생긴 음식이야. 제가 당신을 위해 성냥을 그어 불꽃을 피워 올리겠습니다, 마담. 고급 식당에서 하는 것처럼 말이죠, 마드모아젤."

"됐네요. 수프 좀 드실래요?"

잭이 고개를 저었다. "배가 고프긴 한데, 수프는 먹기 싫네."

"그럼 그 샌드위치라도 마저 드세요."

"그래. 그나저나 우리 집에 야구 글러브가 아직도 있을까?"

"네, 있어요. 제 방 벽장 안에 모셔 놓았어요. 오빠가 그걸 거친 모직 셔츠와 바꿀까 봐 겁이 났거든요."

그가 고개를 끄덕였다. "잘했어. 그것 좀 빌릴 수 있겠지?"

"물론이죠. 샌드위치를 다 드시면 드릴게요."

"오로지 내 최고 관심사를 네 마음속에 깊이 새기기 위해 이걸 먹어 치우노라." 잭이 샌드위치를 여덟 번에 걸쳐 먹고 나서 물을 꿀꺽꿀꺽 들이켰다. "자, 이제 이 짐승을 다 먹였다. 저녁 먹을 때까지는 비틀거리면서라도 버틸 거야. 내 몸뚱이는 놀라우리만치 끈질긴 짐승이니까. '눈송이'처럼. 그 순백의 눈송이는 무언가 망설이는 듯한 감정을 불러일으키면서 내 젊은 시절을 떠오르게 하지."

글로리가 글러브를 가져다주자 잭이 말했다. "어린애들은 노상 무언가를 잘 잃어버리더라고. 그래서 야구공도 하나 더 샀어. 그 나이 때 내가 늘 그랬거든."

"잘하셨어요."

잭이 글러브를 손 위에 놓더니 손목을 홱 틀어서 공을 주머니에 넣었다. 아주 오래전에 하던 동작이었다. "포수 노릇은 어릴 때 배워놔야 해. 에임스 목사님도 고맙게 여기실 거야. 내가 야구는 잘했지. 그 양반도 그건 기억하실걸."

"좋은 생각이에요, 오빠. 그나저나 에임스 목사님이 오빠를 어떻게 생각하실지 너무 신경 쓰지 마세요."

"그 양반이 날 어떻게 생각하시는지 이미 알아. 더 이상 나빠질 것도 없으니 그건 걱정 안 해."

"그럼 뭐가 걱정이에요?"

"음……. 네 말이 맞아. 그 양반이 서재 창가에서 나를 내려다보면서 혼자 이렇게 중얼거릴지도 모른다는 생각이 들어. 저놈은 비열한 악당이지만 내 아들에게 관심을 가져주니 고맙기는 하군." 잭이 웃음을 터트리며 말을 이었다. "물론 안 그러실 거야. 그러니 걱정할 필요도 없겠지. 이런 생각을 하는 내가 바보지."

"마침 오빠한테 〈라이프〉지와 〈네이션〉지를 목사님 댁에 갖다 드리라고 부탁할 참이었어요. 그 댁은 그 잡지들은 구독하지 않거든요. 라일라한테 로비가 야구를 하고 싶어하는지 물어보세요. 그녀가 동의하면 목사님도 반대하지는 않으실 거예요."

"그래, 그렇게 할게. 호랑이 굴에 가야 호랑이를 잡는다는 말도 있으니."

반 시간 후 글로리는 에임스 목사네 집 앞길까지 나가 봤다. 로비와 잭이 야구를 하고 있었다. 로비는 크고 딱딱한 글러브를 낀 채 잭이 위로 던졌다가 다시 뒤로 던지는 공을 잡기 위해 안간힘을 썼다. "바로 그거야!" 잭이 큰 소리로 외쳤다. 로비가 무슨 공이든 다 던질 준비가 되었다는 듯 주먹으로 글러브를 쳤다. 두 번째 공이 그의 신발에 맞고 튀어나가자 잭이 웃음을 터트렸다. 매우 다정한 웃음으로, 글로리가, 그가 그렇게 웃는 소리를 들은 건 수십 년 만에 처음이었다. 로비가 던진 공을 받기 위해 앞으로 뛰어갔던 잭이 뒤로 돌아서다가 글로리를 발견하고 손을 흔들면서 외쳤다. "곧 갈게."

그녀도 마주 보고 소리를 질렀다. "급할 것 없어요." 그 바람에 잭의 주의가 흐트러졌다. 활기찬 잭의 동작은 우아해 보였고, 햇빛 아래에서 그는 편안해 보였다. 글로리는 에임스 목사가 내려다보기를 바랐다. 어쩌면 목사님도 한 번쯤은 아버지와 같은 눈으로 그를 보았을지 모른다고 생각하며.

다시 반 시간이 지난 다음 잭이 베란다를 통해 들어오다가 글로리를 보자 미소를 지으면서 말했다. "아주 좋았어. 얼마나 재미있는 꼬마인지 모르겠더라. 솜씨도 괜찮고. 물론 메이저리그 선수감은 아니지만. 그 녀석은 레드삭스에서 뛰길 바라던데, 그럴 가능성은 없다는 말은 하지 않았다. 그런 건 모르는 게 약이니까."

"재키 로빈슨이라고 있죠?"

"그래. LA 다저스의 재키 로빈슨이지. 래리 도비, 윌리 메이즈, 프랭크 로빈슨, 로이 캄파넬라, 어니 뱅크스, 사첼 페이지도 있고. 그가운데 누가 보스턴에서 뛰는지 알면 동전 하나 주지."

"최근에는 야구에 별 관심이 없었어요."

"그랬겠지. 세인트루이스에는 야구만 생각하는 사람들이 있었거든. 그 문제에 대해 진지한 대화를 많이 나눴지."

글로리가 잭을 쳐다보며 물었다. "델라하고요?"

"델라 말고도 한두 사람 더 있었어. 그 사람은 이 세상에서 뭐가 중요한지 알고 있지."

글로리가 웃음을 터트렸다. "저는 잘 모르겠는데요. 여기서 방사성 낙진 걱정이나 하면서 시간을 죽이고 있잖아요. 스트론튬 90이나 걱정하면서요."

"사실 그 사람도 그 문제를 걱정하고 있단다."

다다음 날 오후, 잭이 공과 글러브를 들고 다시 에임스 목사 집으로 갔다. 돌아오는 그의 표정이 뿌듯했다. "꼬마가 틀이 잡혀 가고 있어. 공이 튀어 오르자마자 바로 잡았단다. 그 댁에서 저녁 먹고 가라고 나를 붙잡기까지 했어. 라일라가 청했는데 목사님도 반대하시지 않았던 것 같아."

"그런데 왜 그냥 오셨어요?"

잭이 어깨를 으쓱하며 미소를 지었다. "그 양반들이 워낙 예의가 바르잖아."

"물론 예의 바른 분들이죠. 그렇다고 빈말할 사람들은 아니에요."

잠시 후에 잭이 말했다. "지겹게 살아오는 동안 깨달은 게 하나 있어. 예의 바르게 나올수록 덥석 물지 않는 게 안전하다는 거지. 자주 그런 미끼에 걸려들었거든. 마치 함정에 갇힌 것 같았어. 차라리 쇠고기 구이와 으깬 감자를 먹는 즐거움을 포기하고 사는 게 더 낫더라고."

"에임스 목사님과 원만하게 지내고 싶어하시잖아요. 그분이 오빠를 친구처럼 대하는 걸 용납하지 않으면서 어떻게 그런 걸 기대해요? 저녁 먹고 가라고 청하셨다면서요? 그건 아주 흔한 일이에요."

"그야 그렇지. 내가 평생 평범한 삶에서 추방당한 채 살아서 그래. 이제부터 관습을 좀 배워야겠다. 또 나도 관습에 맞게 살 수 있다고 나 자신에게 납득시키고." 그러더니 글로리를 쳐다보며 덧붙였다. "이 대목이 가장 힘든 부분이지."

"아니에요. 긴장을 푼 채 오빠가 아주 친절한 노인을 상대하고 있다는 점만 기억하시면 돼요."

"현실은 더 복잡해, 글로리. 엊그제 꼬마한테 야구 글러브를 쓰라고 주니까 녀석이 2층으로 뛰어가더니 목사님이 책상에 보관하고 있던 낡은 글러브를 가져왔어. 오래전에 돌아가신, 목사님의 에드워드 삼촌 것인 것 같았어. 그런데 그걸 아무렇지도 않게 바라보는 내가 이상했어. 언젠가 그걸 훔친 적이 있거든. 잠깐 동안. 왜 그랬는지는 나도 모르겠다. 목사님도 그걸 훔친 사람이 나라는 걸 아셨을 거야. 내가 이 동네의 유일한 도둑놈이었잖니. 그래서 오늘 그 양반이 교회 일을 마치고 돌아오시는 걸 보자 난 그걸 손에 낀 채 꼼짝할 수가 없었어. 그 양반은 글러브를 한 번 보고 나서 나를 쳐다보더니 아무 말씀도 안 하셨어. 나도 그랬고. 그래도 그 순간 그 양반이 문제투성이였던 내 어린 시절을 떠올리셨을 거란 건 알 수 있었지. 참 난감했다. 그 양반도 그랬을 거야."

"그게 얼마나 오래전 일인데 그러세요."

"그러게. 그 잭 에임스 보턴이, 오늘날 건전한 시민으로 여기에 있구나. 불가사의한 변신이지." 잭이 웃음을 터트린 다음 잠시 생각에 잠겼다가 말을 이었다. "그 시절로 돌아갈 수만 있다면 사람들이 납득할 만한 일만 할 거야. 그게 안 되면 하다못해 납득시킬 수 있어 보이는 일만 하려고 노력할 텐데. 진심이야. 제일 당황스러운 건, 스스로도 설명할 수 없는 일을 저질렀을 때거든. 옛날에 저 영감님이 나한테 묻곤 하셨지. '왜 그런 일을 했니, 잭?' 그러면 그러고 싶어서 그랬다고 말씀드릴 수도 없었어. 사실이 아니니까. 낡은 글러브로 무얼 하고 싶었냐고? 아무것도 없었어. 이 동네에는 훔칠 만한 게 별로 없었지. 그러니 내가 왜 훔쳤는지도 설명할 수가 없었어. 따라서 내 도둑질은 인격적 결함으로 치부되었지. 거기에 대해서는 하나도 불평할 게 없어. 그런데 지금 그게 나한테 문제가 되는구나."

"목사님 댁에서 다시 한 번 저녁 먹고 가라고 하면 그렇게 하세요. 약속하세요."

잭이 웃으면서 말했다. "약속할게, 내 명예를 걸고. 그나저나 설득하는 재주가 보통이 아니구나."


바로 다음 날 잭은 새벽부터 정오까지 채소밭과 화단에서 구슬땀을 흘렸고 흔들의자 세 개의 이음매가지 단단히 조였다. 마당에서 내다볼 만한 일이 벌어지면 아쉬운 대로 써먹기 위해 부엌 창문 아래 아무렇게나 놓아 뒀던 의자였다. 이어 빨랫줄을 튼튼하게 다시 맨 다음 안으로 들어와 와이셔츠를 다리고 구두를 닦았다. "내가 아주 쓸모 있고 생산적인 사람이 된 것 같군. 사기를 올리는 데는 이런 일이 아주 효과적이지. 저절로 선탠도 됐어." 잭이 소매를 걷어 올리며 글로리에게 팔뚝을 보여 줬다. "눈에 확 띄게 줄이 생긴 거 보이지?"

"그러네요." 글로리는 그가 이렇게 목표 의식에 불타 열성적으로 일하는 게 걱정스러웠지만, 말리려고 해봤자 소용없다는 것을 알고 있었다.

"내일이 금요일이니까 에임스 목사님은 설교 준비를 하시겠지. 그럼 방해받고 싶지 않으실 거야. 어쩐지 이번 일요일에는 교회에 갈 것 같구나. 이젠 그렇게 할 수 있을 것 같아. 내 양복에서 더 이상 휘발유 냄새가 나지 않거든. 자동차 냄새만 살짝 풍겨. 난 아무도 놀라게 하고 싶지 않아." 잭이 웃음을 터트렸다.

그러니까 그 모든 일이 에임스 목사 댁의 저녁 초대에 응하기 위한 준비였던 것이다. 잭은 초저녁에 집을 나서다가 문간에 잠깐 서서 글로리에게 어깨를 으쓱해 보였다. 마치 행운을 빌어 달라는 것처럼. 저녁 식사 자리에서 글로리는 아버지에게, 오빠가 목사님 부부의 저녁 초대를 받은 것 같다고 말했다.

"그래, 존이 그 애에게 관심을 가졌으면 좋겠구나. 오랫동안 바라던 일이야. 누군가에게 자기 이름을 붙여 줬으면 어느 정도는 도움을 줄 각오를 해야지. 에임스 목사는 나한테는 도움이 되었지만 잭에게는 그러지 못했어. 비난하려는 건 아니다. 어쨌거나 나 또한 그 애에게 별 도움이 못 됐으니……."

아버지가 베란다에서 잭을 기다리고 싶어하기에 두 사람은 온화한 밤공기 속에 나란히 앉아 이야기를 주고받았다.

"반딧불도 별도 보이지 않는구나. 그래도 산들바람은 좋구나. 귀뚜라미 소리도 들리고." 잠시 후 아버지가 다시 입을 열었다. "에임스가 쉬어야 할 텐데……. 늙은이들은 밤늦게까지 버틸 수 없어……. 잭도 그걸 알아야 할 텐데." 그 순간 발걸음 소리가 났고 잭이 보도를 지나 계단을 올라왔다.

"기분 좋은 밤이네요." 잭이 인사를 했다. 부드럽고 침착한 목소리였다. 아버지도 그 사실을 눈치챈 것 같았다.

"오냐, 아주 멋진 밤이구나."

"다들 아주 친절하셨어요. 꼬마가 저를 좋아하더군요. 사모님도 저를 괜찮게 여기시는 것 같고."

"정치 이야기도 좀 했을 것 같은데, 잭?"

"예. 스티븐슨이 아주 훌륭하다는 건 두말하면 잔소리라고 말씀하셨어요."

아버지가 웃음을 터트렸다. "그는 네 말엔 뭐든지 다 동의할 거다. 그래도 당연히 아이젠하워 편이지. 정치 문제에 관한 한 그 친구를 설득하려 해봐야 아무 소용없지. 최근에는 그 친구가 세상 돌아가는 일에 그리 밝지 못한 것 같더구나. 그래서 네가 피곤했을지도 모르겠다."

"목사님께서 당신 할아버님에 관한 얘기를 좀 하셨어요."

"그래, 그 친구가 옛날이야기 하기를 좋아하지. 우리 보턴 집안은 그 친구 할아버님이 젊으셨을 때에는 여기 살지 않았단다. 1870년 가을이 되어서야 스코틀랜드를 떠났으니까. 그러니 전쟁이나 여타의 것들에 대한 건 잘 모른다. 아무튼 이 마을 초창기에는 이곳에서 광신적인 행위라 할 만한 일들이 많이 일어났단다. 장로교 신자들조차 그런 짓을 했지. 내가 듣기로는 에임스의 할아버님이 바로 그런 일들의 중심에 계셨다고 하더구나. 그러다가 연세가 들어서는 거의 미친 상태로 거리를 돌아다니셨지. 네 이름은 절대로 그분의 이름을 딴 게 아니다. 그분 손자의 이름을 딴 거지. 어쨌거나 우리는 그분에게 익숙해졌고, 좀 안됐다고도 생각했지. 내가 그분을 알았을 때는 미친 상태였는데 분명 그전부터 그랬을 거다."

잭이 잠시 침묵을 지키다가 다시 입을 열었다. "에임스 목사님은 그분을 무척 존경하시는 것 같았어요."

"초기 정착민들, 즉 오래된 가문은 자기네가 훌륭하다는 이야기를 자주 들먹거렸단다. 그러다가 그 사람들도 세상이 변했다는 걸 알고 몇 가지 일쯤은 재고해야 한다는 걸 깨닫기 시작했지. 그렇게 되기까지 시간이 좀 걸렸다. 에임스도 그 영감님이 살아 계실 동안에는 꽤 난처해했단다. 항상 예수님과 얘기를 하고 계셨거든. 아마 그 친구가 너한테 그 말은 안 했을 거다."

"하셨습니다. 할아버지께서 메인을 떠나 캔자스로 가셨을 때, 그분 꿈에 예수님이 노예의 몸으로 나타나셨다고 하시더군요. 쇠사슬이 살을 쑤시고 들어가 곪는 걸 봤다고 하셨다고. 사실, 예전에도 그런 이야기를 들은 적이 있습니다. 그때마다 늘 부러웠어요. 그게 하느님의 계시라고 생각하는 그 확신이 부러웠습니다. 저는 상상도 할 수 없는 일이니까요."

"확신이란 위험할 수도 있어."

"예, 저도 압니다. 하지만 예수님이라면…… 누군가에게 당신 쇠사슬을 보여 주셨을 수도 있을 것 같아요. 그러니까, 그런 상황에서는요."

"네 말이 옳을지도 모르지, 잭. 에임스도 동의할 거다. 하지만 지금 상황에서 아직도 문제를 폭력으로 해결하려고 한다면……. 아무튼 잘은 모르겠다만, 칼로 흥하는 자는 칼로 망하는 법이다."

잭이 헛기침을 했다. "몽고메리 시위는 비폭력 시위입니다."

"하지만 폭력을 유발하고 있어. 도발이지."

한참 동안 침묵이 흐른 후 이윽고 잭이 입을 열었다. "이번 주에는 교회에 갈 작정입니다. 반드시 가도록 하겠습니다."

"잘 생각했다, 잭. 아무렴."

잭이 아버지를 침대에 들게 한 후 다시 부엌으로 내려왔다. "네 말이 맞았어. 다 괜찮았어. 내가 식사 기도를 했는데 사실은 미리 연습을 하고 갔지. 공손하게 굴었고, 나 자신을 곤경에 빠트릴 만큼 말을 많이 하지도 않았다. 그렇다고 해서 뭐가 변하지는 않았지만 그럭저럭 대실패는 아니었어. 마카로니 치즈가 나왔는데 깨끗이 먹어 치웠단다." 잭이 소리를 내며 웃었다.

잭이 에임스 목사 집에 풋사과와 자

두를 가져가서 라일라에게 자두는 창틀에 놓아 두면 익을 거라고 했다. 또 로비와 야구를 좀 했고 에임스 목사가 계단을 오르내리지 않아도 되도록 라일라를 도와 목사의 책상과 책을 거실로 옮겼다. "아주 사근사근하게 굴었어. 친구처럼."

잭이 에임스 목사에게 좀 지나치게 신경을 쓴다는 것 말고는, 글로리가 걱정할 일은 없었다. 잭은 매우 신중하게 계획을 세운 것 같았고, 이제 에임스 목사와 그 가족들이 자신에게 조금이나마 호의를 가지게 되었다고 생각하는 듯했다. '하느님, 그 집 식구들은 세상에서 가장 친절한 사람들입니다. 제가 왜 걱정을 해야 하나요?' 그녀는 그들을 믿으라고 잭을 설득했고, 그것은 누가 봐도 합리적인 판단이었다. 그럼에도 그는 그들을 믿기를 주저했는데, 그건 그가 잭으로 살면서 얻은 경험에서 비롯된 불신이었다. 그도 어쩌다 한 번씩은 다른 사람이 되어 보려고 몸부림을 쳤지만 그런다고 원래의 잭이 어디로 가는 것은 아니었다. '하느님, 자신이 조심해야 한다는 것을 오빠만큼 잘 아는 사람은 아무도 없을 거예요.'

일요일이 되자 잭은 일찌감치 일어나서 식사는 사양한 채 커피를 마시며 부엌을 어슬렁거리다가 양복과 모자의 먼지를 털었다. 그런 다음 10시 15분 전에 지금까지 본 것 중 가장 훌륭한 모습으로 아래층으로 내려와 모자를 까딱하며 가볍게 인사한 뒤 문을 나섰다. 글로리가 아버지를 침대에서 일으킨 뒤 부엌으로 모셔 왔다. 아버지는 토스트와 계란을 천천히 먹고 나서 신문을 느릿느릿 읽더니 이어 몇 주 전에 읽은 〈크리스천 센추리〉를 다시 뒤적거리고 성경을 읽는 등 부엌에서 시간을 끌었다. 이윽고 아버지가 최고로 흥분했을 때의 피난처인 잠 혹은 기도에 빠져들었다. 2시가 되어도 잭이 돌아오지 않자 글로리가 아버지에게 잠깐 밖에 나가 둘러보고 오겠다고 했다. 아버지는 선잠에서 깬 듯 무뚝뚝하게 고개를 끄덕거렸다. 글로리로서는 잭을 미아나 무능력자 취급하며 찾아다닐 수도 없는 노릇이었다. 그저 그가 마음만 먹으면 충분히 예상하고 피할 수도 있었을 일을 겪었을까 봐 두려울 뿐이었다. 일이 있어 집 밖으로 나설 때나 아버지가 가슴 아픈 대화를 나누자고 부를 때마다, 그의 얼굴에는 불편한 기색이 역력했다. 우편물을 기다리거나 뉴스를 보고 있을 때도 불편한 기색을 감추지 못했다. 그가 겪는 곤란은 그것만으로도 충분했다.

헛간에 가보니 그가 머리를 뒤로 젖힌 채 모자로 얼굴을 덮고 데소토 운전석에 앉아 있었다. 그러다가 그녀가 문을 두드리자 몸을 일으키며 애써 미소를 짓더니 팔을 뻗어 조수석 문을 열어 줬다. "타라. 그냥 마음 좀 가라앉히는 중이었어. 아직은 아버지 얼굴을 마주할 수가 없어. 아아, 막내야, 이 노인네들이 장난을 심하게 하시는구나. 너무나 순진무구해 보이는 얼굴로 사람을 뼈도 못 추리게 만드는구나."

"무슨 일이에요?"

"그 양반이 설교를 하셨지. 하갈과 이스마엘(창세기 16장 – 옮긴이) 이야기로 그 아버지들의 수치스러운 자녀 유기 문제에 관해 설교를 하셨어. 그 실례가 바로 변변찮은 나 아니냐. 나는 길리아드 사람들이 빤히 쳐다보고 있는 가운데 에임스 목사님 아들 옆에 앉아 있다가 그걸 듣고 소스라치게 놀랐지. 그 양반의 의도는 의심할 여지가 없어. 나를 오싹하게 만드는 것, 내 얼굴이 하얗게 질리는 꼴을 보고 싶으셨던 거지. 성공하셨다. 정말로 아주 새파랗게 질렸으니까."

"도저히 믿기지 않는데요. 말도 안 돼요."

"그러게 말이다. 그렇게 친절한 양반이……. 당분간 너한테 조언을 구할 일은 없을 것 같구나. 말 꼬랑지야." 잭이 웃음을 터트리고 나서 말을 이었다. "성단소를 지나서 밖으로 나오는데, 양복 윗도리를 머리끝까지 뒤집어쓰고 싶은 생각이 굴뚝같았다." 그런 다음 덧붙였다. "제기랄! 이제 지쳤다. 그나저나 너 울고 있구나. 제발 그러지 마라."

"눈물이 좀 나온 것뿐이에요. 괜찮아요. 혼자 있고 싶으시면 가볼게요."

"아니, 가지 말아 줘. 이 일을 해결하려면 네 도움이 필요해."

잠시 침묵이 흘렀다.

"그나저나 그분이 오빠 이름을 직접 언급하신 건 아니죠? 절대 그럴 분은 아니니까."

"그 양반이 '신도석 맨 앞줄에 앉은 악명 높은 죄인 잭 보턴, 휘발유 냄새를 풍기는 바로 저 녀석'이라고는 안 하셨지. 그건 맞아."

"게다가 목사님은 그 설교를 며칠 전에 준비하셨을 거예요. 오늘 아침에 오빠가 교회에 올 줄은 꿈에도 모르셨을 거고요."

"아주 좋은 지적이다. 나도 그 점을 생각했어. 그런데 유감스럽게도 그 양반이 메모를 보면서 설교를 하지 않으시더구나. 그 사악한 영감님이 즉흥 설교를 하신 거라고. 그 연세치고는 즉흥 설교를 아주 잘하셨지. 아무튼 나를 염두에 두고 한 설교가 분명해. 내가 바로 그런 양반네 창문 밑에서 그렇게 알랑거렸다고 생각하니······." 잭이 다시 웃음을 터트린 다음 글로리를 달랬다. "울지 마라." 그러더니 작은 가죽 케이스를 넣고 다니는 가슴 주머니에서 손수건을 꺼내 주었다. 아버지의 아름다운 손수건 가운데 하나였다.

"절대로 그분을 용서하지 않을 거예요."

잭이 그녀를 쳐다보며 말했다. "말만으로도 고마워."

"진심이에요. 치매 때문에 그러셨을 수도 있겠지만 그래도 용서하지 않을 거예요. 저한테는 늘 아버지 같은 분이셨는데."

"슬픈 일이군."

"끔찍한 일이죠."

잭이 한숨을 쉬고 나서 말했다. "하지만 우리 처지를 한번 생각해봐라. 남부럽지 않게 건강하고 생각도 온전하고 배울 만큼 배운 데다 세상을 살아가는 데 별 문제없는 중년 아니냐. 그런데 나라는 놈은 이렇게 텅 빈 헛간의 버려진 데소토 안에 앉아 자기변명이나 하고 있으니······. 충분히 예상할 수 있었고 사실 별 의미도 없는 패배였어. 그러니 우리가 이 문제에 대해 눈송이 녀석처럼 끈질기게 달라붙을 필요는 없겠지. 이러는 우리가 오히려 이상하지 않니?"

글로리가 소리를 내서 웃었다. "우습기는 하네요."

"길리아드를 떠날 때 나는 아무 계획도 없었어. 그저 어떻게든 살아남을 수 있다는 것만 확신할 수 있었지. 그것이 내 열망의 절정이었어. 나는 실패를 예상하지 않았어. 때때로 임시 빈민굴에서 잠이 깨면 혼자 중얼거렸지. 조금만 노력하면 상황은 극적으로 호전될 거라고······. 그렇게 낙천적이었어. 그때만 해도 젊었었나 보다."

"10년 동안은 잘 지내셨다면서요."

"거의 10년, 엄밀히 말하면 7년 반이었지. 이따금 삶이 즐거웠던 것까지 치면 9년 반이고……."

"델라하고요?"

"델라하고."

둘 다 잠시 아무 말도 하지 않았다.

"한때는 델라와 함께 밤에 몰래 길리아드로 들어와서 에임스 목사님 댁 창문에 조그만 돌멩이를 던져 그분을 깨울 생각도 했어. 우리가 결혼하겠다고 말씀드리면 축복해 주실 거라 믿었던 거지. 하다못해 서명이라도 해주실 줄 알았어."

"에임스 목사님께 결혼식을 부탁하려고 했었어요?"

잭이 어깨를 으쓱했다. "그 양반은 늘 야심한 시각에도 깨어 있으시니까."

"집에 오는 길에 에임스 목사님 댁에 들러 인사라도 하시지 그랬어요."

"그러게 말이다. 난 왜 이렇게 쓸데 있는 생각이라곤 할 줄을 모를까. 인사를 드렸어야 했는데……."

"이제라도 알게 됐다니 다행이에요."

"우리가, 그 사람과 내가 여기서 살 수도 있을 거라 생각하며 돌아왔어. 어떻게 그런 생각을 할 수 있었을까? 모든 게 풍비박산이 나고 그 사람이 가족한테 도망치는 바람에 이리로 온 건데." 그가 그녀를 보았다. "내가 특별히 잘못을 저질러서 그렇게 된 건 아니야. 그러니 오해는 하지 마라. 길리아드로 온 건 지푸라기라도 잡고 싶은 심정에서였어."

잭이 그녀를 슬쩍 곁눈질했다. 망연하면서도 세파에 찌든 슬프고 지친 얼굴이었다.

"아빠한테 이런 이야기는 하나도 안 하셨죠?"

잭이 웃음을 터트렸다. "어떤 일들은 신성불가침이라 털어놓을 수 없지. 너도 그 양반한테 네 연애편지 얘기는 안 했을 거 아니야? 아버지가 세상 물정에 밝은 양반은 아니지만, 그래도 나 같은 망나니와 9년 동안이나 관계를 유지한 사람이 있다고 하면, 동거했다는 사실을 눈치채실 거야. 내 말에 네 기분이 상하지 않았으면 좋겠다." 잭이 글로리를 힐끗 쳐다보며 덧붙였다. "그럼 그 양반은 대놓고 뭐라시지는 않겠지만 넌지시 날 비난하실지도 몰라. 그럼 난 어떻게 대처해야 할지 모를 테고. 그래서 술에 취하지 않고 맨정신으로 있으려고 이렇게 용을 쓰고 있는 거란다."

"제가 동거를 하지 않았다는 건 어떻게 아셨어요?"

잭이 아주 상냥하게 대답했다. "대충 때려 맞힌 거지."

'겸손하게 나오시는군, 이해심 많은 오빠처럼 굴려는 거겠지.'

"나도 동거가 좋다는 건 아니야. 법적으로도 문제가 되니까. 그 문제로 자기 집 문 앞에서 경찰한테 끌려가는 사람도 있거든." 잭이 미소를 지었다.

"안됐네요." 불쌍한 오빠.

진실을 말하자면, 그녀는 한없이 계속될 것 같던 자신의 약혼이 그 이상의 관계로 발전했다면 얼마나 좋았을까 하는 생각을 했다. 또 이제 와 돌이켜 보면서, 그녀에 대한 약혼자의 세심한 배려가 없었기에 모든 것이 다 사기였다는 사실을 깨달으며 더 비참한 기분이 든 것도 사실이었다. 그럼에도 불구하고 그녀는 내다 버린 편지와 반지를 도로 가질 수 있기를 바랐다. 어쨌거나 그건 신성한 것이었으니까. 그러면서도 자신이 그것들을 아직도 신성하게 여긴다는 게 기이하게 느껴지기도 했다. 글로리는 그녀를 감동시킨 여섯 통의 편지를 수도 없이 읽었다. 그러다가 때로는 마치 잃어버린 귀중한 물건을 아무리 찾아도 찾을 수 없는 양, 그 편지의 내용이 너무 진부해 보여 깜짝 놀라기도 했다. 하지만 외로움과 권태에 대한 내용이나 기차 창밖으로 보이는 풍경들, 또 소소한 일상에 대한 친밀감을 쓴 구절들을 읽다 보면 다시 마음이 흔들리곤 했다. 그녀는 또다시 그 편지에 감동할 만한 내용이 없다고 여겨질까 봐, 그런 구절 옆의 여백에 표시를 했다. 그런데 나중에 다시 읽어 보면 왜 그 구절에 표시를 했는지 이해가 안 가 다시 놀라곤 했다. 그가 그녀 삶의 한복판에 자리 잡고 있었던 건 분명하다. 그렇다면 그는 과연 그녀에게 어떤 존재였을까? 그를 믿는 것이 왜 그녀에게 위안이 되었을까? 그 편지들은 그녀에게 무척이나 소중했는데, 과연 무엇 때문이었을까? 네 통 가운데 세 통은 덤덤하고 무미건조했다. 그런데도 편지가 손에 닿기만 해도 말 그대로 온몸에 기쁨이 가득 퍼져 나갔다. 여태 그 편지를 간직하고 있었더라면 아직도 그걸 들여다보며 한때 자신을 달콤하게 흥분시켰던 구절들을 다시 찾아보곤 했으리라. 찾지 못하면 몇 번이고 다시 읽어 보면서……. 거기에 생각이 미치는 순간, 그녀는 그간의 모든 고통과 어리석음과 환멸을 깨끗이 잊어버릴 수 있었다. 그녀의 이야기에 귀를 기울이며 그녀를 동정하던 그 누구보다도 더 훌훌 털어 낼 수 있을 것 같았다. 타인의 동정심은 훌륭한 결심을 망쳐 버릴 수 있지만, 침묵과 수치심은 그녀의 결심을 안전하게 지켜 줄 것이다.

"다른 곳에서의 삶이 더 힘들지도 모른다는 생각은 왜 안 해봤을까요? 적어도 다른 곳에서는 내 삶이 나 자신의 것이 될 수 있다고만 여겨졌어요."

"나도 그랬어. 그래서 다른 곳으로 가보려고 용깨나 썼지. 그런데 이제 내가, 급진주의의 빛나는 별인 아이오와주의 집으로 다시 돌아오고 말았구나. 나를 집으로 데려온 건 누더기가 된 날개로 끝까지 반짝이는 별을 쫓겠다는 나방의 소망 같은 거란다, 막내야." (1930년대 미국 대공황 당시 아이오와주의 데스모이네스에서 농민휴일연합회라는 조직이 결성된 이후, 아이오와는 급진적 성향이 강한 주로 불린다. - 옮긴이)

"음, 아이오와는 상당히 큰 주니까요."

잭이 웃음을 터트렸다. "그러게. 그런데 앤케니나 오텀와(둘 다 미국 아이오와주에 있는 작은 마을 - 옮긴이)로 갈 수도 있었는데 왜 하필 여기로 온 걸까?"

"아주 그럴 듯한 질문이네요."

"아마 거기에는 누이동생이 없기 때문일 거야."

"제가 거기로 갈 수도 있었을 텐데요."

잭이 고개를 끄덕이며 말했다. "참 친절하기도 하지. 어쨌거나 나한텐 도움이 필요했고, 아버지가 날 도와주실 거란 생각만 했지 이렇게 늙으신 줄은 꿈에도 몰랐다. 내 힘으로는 도저히 일자리를 찾을 수가 없었어. 그래서 에임스 목사님한테 기대 보려 했는데, 어쩌다 일이 이 지경까지 됐구나. 어쨌거나 집에 오고 싶었다. 설사 여기서 살 수 없다 하더라도……. 이곳이 보고 싶었고 아버지가 보고 싶었어. 나도…… 그런 내가 당황스러웠어." 잭이 웃음을 터트렸다. "그런데 막상 결심하고 나서도 집에 오는 게 겁이 나더구나. 버스에 오르기까지 무척 힘이 들었는데, 어쨌거나 이렇게 오지 않았니. 그리고 여기서 그럭저럭 잘 지내고 있다고 생각했는데, 결과가 너무 좋지 않네. 특히 아버지에게. 내가 아직도 그 양반을 실망시킬 수 있다는 게 놀라울 뿐이다. 내 이럴 줄 알았어." 잭이 눈 밑의 흉터를 어루만졌다.

"저기, 아빠가 부엌 식탁에 혼자 앉아 계세요. 기분이 언짢으실 것 같으니 그만 들어가 봐야겠어요."

"그 양반한테 뭐라고 할 건데?"

"뭐라고 할까요?"

"어디, 생각 좀 해보자. 그 양반한테 남들은 다 아는데 나만 이해하지 못하는 이유 때문에 내 인생이 끝없는 고통과 곤경의 연속이라고 말씀드리려무나. 그래서 지금은 어쩔 줄 몰라 하며 데소토에 처박혀 있지만, 저녁 먹을 때가 되면 들어올 거라고 전해 드리렴."

"그냥 지금 저랑 같이 들어가시는 게 더 간단할 것 같은데요."

잭이 한숨을 쉬며 말했다. "네 말이 맞아. 그리고 나도 내 인생이 무엇 때문에 잘 안 풀리는지 알고 있어. 내가 모른다고 생각하지는 마라. 방금 한 말은 그냥 농담이야. 그리고 이젠 그 설교를 듣고 받은 충격에서도 좀 벗어났어." 잭이 글로리를 힐끔 쳐다봤다.

"목사님을 절대로 용서하지 않을 거예요."

"고마워. 감동했어. 하지만 나는 그 양반을 용서할 거야. 어쩌면 벌써 용서했는지도 모르고." 글로리가 쳐다보자 잭이 어깨를 으쓱하며 덧붙였다. "어쩌면 그저 그 양반 성격인지도 몰라. 그런 걸 관대함이나 겸손함이라고 생각하는. 하여간 우리 둘 다 에임스 목사님에 대한 유감을 표시해서 아버지를 자극시키면 안 돼. 우리가 조금이라도 방심하면 아버지나 목사님 중 한 분은 눈치채실 거야. 나도 이 문제에 대해 아주 신중하게 생각했다. 남자로서의 자존심이 목사님과 맞서라고 부추기기도 했지. 또 내가 채찍으로 얻어맞은 불량배처럼 보였을 것 같아 홧김에 이 동네를 떠날까 생각하기도 했어. 하지만 결국 내 체면을 구기지 않는 한에서 내가 할 수 있는 일을 해보겠다고 결심했어. 그게 바람직한 방법 같아."

"그렇다면 저도 목사님을 용서해야겠네요."

"그럼 나야 감사하지. 그렇게 해야 일이 쉬워질 것 같아."

그런 다음 둘이 나란히 집으로 걸어갔다. 아버지는 그때까지도 식탁에 앉아 있었다. 한참 동안이나 혼자 그러고 있었던 탓에 지루하고 불안해져 다소 사나운 표정이었다. "아, 너희들 왔구나! 이제 막 걱정하기 시작했는데." 아버지가 그렇게 말하면서 잭의 얼굴을 쳐다봤다.

잭이 미소를 띠며 말했다. "감동적인 설교였어요. 생각할 거리가 많았습니다."

"잘됐구나. 해가 될 만한 건 없었을 거다. 선의를 가지고 한 설교였을 테니까. 나도 그러리라고 예상하고 있었다. 그나저나 그 친구가 아주 좋은 기회를 놓친 것 같구나." 분위기를 파악한 아버지가 부드러운 음성으로 말하며 잭을 뚫어지게 응시했다.
"너무 염려하지 마세요. 정말로 별일 아닙니다." 잭이 말을 마친 후 자기 방으로 올라갔다.

에임스 목사에게서 아무런 연락도 없이 며칠이 흘렀다. 아버지는 성경을 읽고 기도를 하고 곰곰이 생각에 잠겨 있다가도 전화벨이 울리기만 하면 "혹시 에임스면 나 죽었다고 해라."라고 이르곤 했다.


아버지는 엄청난 충격으로 괴로워했다. 그는 에임스 목사를 자기 분신으로 여겼고, 이제 자신의 아들이 집으로 돌아와 있었다. 아버지는 아들의 정신적 위안과 평화를 위해 평생 쉬지 않고 기도했다. 특히 자신의 기도를 전적으로 지지해 줄 거라고 믿었던 에임스 목사네 부엌에서 그가 듣고 있는 가운데 그런 기도를 올리는 경우가 많았다. 그런데 그 아들이 자신이 믿었던 도끼에 발등을 찍힌 것이다. 잭이 아버지 마음속의 상처요, 아킬레스건이라는 사실은 주님만큼이나 에임스 목사도 적나라하게 알고 있었다. 그 아들이 마음이 내키지 않는데도 불구하고 양복과 넥타이를 갖춰 입고, 게다가 넥타이는 아버지 것을 빌려 매고 놀랍게도 교회에 갔던 것이다. 마지못해 간 것으로 보아 분명 겁도 났을 것이다. 그날 아침 글로리는, 음식을 앞에 놓고 식탁에 앉아 있는 아버지의 생각을 읽을 수 있었다. 이제 막, 일이 기적적으로 감사하게 풀리기 시작했음을 확신하는 표정이었다. 그는 철석같이 믿고 있었다. 자신의 분신이자 책의 두 번째 아버지인 에임스 목사가 자신이 할 수 없었던 환영과 위로의 말을 잭에게 해주리라고. 자신의 마음 속 말을 에임스 목사가 대신 해주리라고 기대하고 있었다. 다른 경우는 꿈에도 생각하지 못했다.

그런데 이렇게 사람의 뒤통수를 치다니……. 노인이 중얼거리면서 앞을 노려보았다. 깜박이는 눈동자 너머로 오랜 세월 자신이 에임스 목사에게 베풀었던 친절과 신뢰가 주마등처럼 스쳤다. 에임스 목사를 원망하고 비난하는 마음이 솟구칠 때마다 아버지의 얼굴이 절로 찌푸려졌다. 목사직 은퇴라는 암울한 폭풍우 이후, 아버지가 이토록 언짢아하는 것은 이번이 처음이었다.

수십 년 이상을 아버지와 에임스 목사는 남들은 감히 엄두도 못 내는 난해한 문제를 놓고 고함을 질러 가며 자주 논쟁을 벌였다. 언젠가 엄마가 그런 분위기를 누그러트리려고 성찬식에 관한 얘기를 꺼낸 적이 있었다. 그러자 한창 열이 올라 있던 아버지는 "바보 같은 소리 그만둬!"라며 소리를 꽥 질렀고, 엄마는 그 충격으로 여행 가방을 싸서 모두를 놀라게 했다. 때로는 댄이나 루크가 사태를 진정시키려고 나선 적도 있었다. 하지만 두 사람은 그런 논쟁을 통해 서로를 더욱 깊이 이해하게 되고 우정도 더 돈독해졌다. 주변 사람들은 이해할 수조차 없는 논쟁을 며칠씩 벌이다가 지치면 잠시 쉬었고, 그런 다음에는 그만두었던 바로 그 지점에서 논쟁을 재개했다. 온건하고 유쾌하던 논쟁이 언제 불이 붙어 서로 씩씩거리며 흥분하고 펄펄 뛰게 될지 아무도 예측할 수 없었다. 그렇게 되는 이유가 논쟁 자체 때문이라기보다는 주로 논쟁으로 인한 피로나 나쁜 날씨 때문이기는 했지만…….

 하지만 그 오랜 세월 동안 두 사람 중 어느 쪽도 상대방에게 해를 입힌 적은 단 한 번도 없었다. 따라서 아버지는 자신이 가장 사랑하는 아들 — 물어볼 필요도 없이 그에게는 가장 소중하고 귀한 존재 — 에게, 에임스 목사가 아닌 밤중의 홍두깨와도 같은 상처를 입혔으리라고는 상상조차 할 수 없었다. 그런데 에임스 목사가 발길을 뚝 끊은 것이다. 아버지는 친구로부터 보던 집안에 영원히 발을 끊기로 결심한 것은 아니라는 신호가 오기만을 기다리며 비탄에 잠겨 있었다. 에임스 목사 역시 비탄에 잠겨 있을 터였다.

　　　　　　　　　무언가 조처가 취해져야만 했다. 에임스 목사는 이미 〈라이프〉와 〈더 네이션〉을 빌려 갔고 〈크리스천 센추리〉와 〈포스트〉는 그 집도 구독하고 있었다. 글로리가 아는 한 에임스 목사와 아버지가 서로에게 빌리고 싶다고 말한 책도 없었다. 글로리가 가꾸는 채소와 꽃들도 라일라의 마당에서 훨씬 잘 크고 있었다. 결국 글로리는 과자를 굽기로 마음먹었다. 그런데 잭이 색이 누렇게 바랜 〈레이디스 홈 저널〉이라는 잡지를 들고 아래층으로 내려왔다. 표지에 '에임스 목사님께 보여 드리기'라고 적힌 메모가 붙어 있었다. "다락에 몇 번 올라갔는데, 거기 별별 게 다 있더라고. 여기서 미국 종교에 관한 아주 재미있는 기사를 발견했지."

 "1948년 거네요. 목사님도 아마 보셨을 거예요."

 "오래전에 발간된 거니, 내용을 잊어버리셨을 거야."

"그나저나 과자를 만들려고 해요."

"네가 뭐라고 하든," 잭이 식탁에 잡지를 내려놓더니 엉덩이 위에 손을 얹고 그것을 쳐다봤다. "아무튼 재미있는 기사야." 마치 무언가 중요한 말을 꺼내려다가 그만두는 것 같았다.

"좋아요. 잠깐 머리 좀 빗고 올게요."

"그래, 그런데 이걸 에임스 목사님께 갖다 드리기 전에 우리 집 영감님한테 먼저 보여 드리는 게 좋을 것 같아. 그럼 두 양반이 논쟁할 거리가 생길 거 아니냐. 이런 상황에서는 특별한 화제 없이 두 분이 대화를 나누시려면 좀 어색할 거야. 따라서 이게 도움이 될지도 몰라."

글로리가 양푼과 계량 숟가락을 치우면서 물었다. "더 지시하실 말씀이라도?"

"지금은 없어. 음, 지금쯤이면 아버지도 일어나서 옷을 다 입으셨을 거야. 아침을 드실 동안 네가 이걸 읽어 드리면 어떨까 싶은데. 나는 먹었어. 나는……." 그가 어떤 의도를 넌지시 드러내는 태도로 문으로 향했다. 그 모습이 마치 날카롭게 갈고 기름칠까지 한 괭잇날 같았다.

"좋아요. 이게 오빠 생각이라고 아빠한테 말씀드릴까요?"

"그래, 그렇다고 말씀드려. 내가 에임스 목사님의 기분을 상하게 했을까 봐 두려워한다고, 또 일을 원만하게 해결하고 싶어한다고 말씀드려."

"오빠가 직접 말씀드리지 그래요? 아빠도 구체적으로 무슨 일이 일어났는지 알고 싶으실 텐데."

"영리한 아가씨로군, 고마워, 글로리." 잭이 밖으로 나갔다.

아버지는 두 사람의 화해를 바라는 자식들의 바람을 금방 알아들었다. 그 말만 듣고도 마음이 편안해진 게 눈에 띌 정도였다. 물론 잭이 무언가를 잘못했을 수도 있었다. 그럴 수도 있다는 생각을 여러 번 해보았지만, 그래도 아버지는 잭이 도대체 뭘 잘못했는지 통 감을 잡을 수 없었다. 잭이 회의적인 표정을 지었다면 그건 어느 정도 예상할 수 있는 일이었다. 누가 뭐래도 여전히 잭은 잭이니까. 따라서 아버지가 잭의 잘못을 어느 정도 인정한다고 해서 잭에 대한 신의를 저버렸다고 할 수는 없었다. 아버지에게는 잭을 용서하는 일이 습관보다 더 뿌리 깊은 습성이었고, 사실 그것이야말로 아들에 대한 신의의 요체였다. 아버지는 상황이 만족스럽게 바뀔 때마다 그에 대해 마치 성경 구절을 해석하듯 행복한 결말을 예상하며 즐거워했다. "잭이 이 일에서 무언가를 반성하고 자기 할 몫을 깨달았다니 얼마나 다행이냐. 기독교 신자다운 태도지. 이 늙은 아비를 기쁘게 하려고 그러는 거겠지. 그 덕분에 생각지도 못한 걸 알게 됐구나." 아버지가 웃으면서 덧붙였다. "이제 보니 에임스가 나를 위해 설교를 한 모양이다. 그래, 주님은 참으로 놀라운 분이시지. 에임스는 내가 치마를 입고 레이스 달린 모자를 쓰고 다녔던 걸 기억한다고 했는데, 어쩌면 그게 사실일 수도 있다. 할머님께서는 내가 어려서부터 다 클 때까지 오랫동안 내 손을 잡고 다니셨거든. 어머님이 나를 낳고 몸이 많이 약해지셨기 때문이지. 그렇게 까마득한 옛날부터 함께 지낸 죽마고우와의 우정을 포기할 수는 없지!" 아버지는 하느님의 은총은 절대로 단독으로 나타나지 않는다는 사실을 떠올리기를 좋아했다. 지금도 그런 경우로, 당신 친구를 용서함으로써 아들도 기쁘게 할 수 있다고 생각했다. "그게 바로 그것이 영(靈)이라고 불리는 이유란다. 히브리어로 바람이라는 뜻도 가지고 있지. '하느님의 영이 심연 위를 운항하셨다.' 영이란 일종의 감싸는 분위기를 말하는 거지." 아버지는 항상 자신의 통찰력에 너무 깊이 사로잡힌 나머지, 본의 아니게 한 말을 되풀이하는 실수를 저지르곤 했다.

글로리가 아버지에게 잡지 기사를 읽어 드리자 아버지는 에임스 목사가 펄펄 뛸 게 분명한 구절이 나올 때마다 껄껄 웃었다. 또 자신과 에임스 목사의 마음이 완전히 하나라는 걸 확인한 기쁨으로 두 눈이 반짝반짝 빛났다. 잭의 의도가 그대로 들어맞았다. "우리를 위해 이걸 찾아내다니, 그 애는 참 사려 깊기도 하지."

잡지를 다 읽어 드리고 난 뒤 글로리는 그것을 에임스 목사 집으로 가져가 라일라에게 맡겼다. 에임스 목사는 초대를 받고 외출 중이었다. 하루가 지났다. 잭이, 글로리가 잡지를 전달했는지, 또 무슨 반응은 없었는지 물어보려고 마당에서 일하다 말고 일부러 안으로 들어왔다. 결국 불안해진 글로리가 아무런 선물이나 핑계거리 없이 에임스 목사 집으로 갔다. 이번에는 에임스 목사가 집에 있었다. 목사가 문을 열고 글로리를 보더니 후회와 안도의 눈물을 글썽였다. "어서 들어와, 자네 얼굴을 보니 정말 반갑군. 그래, 아버지는 요즘 어떻게 지내시나?"

"그냥 그럭저럭 지내세요. 오빠가 아빠 돌보는 일을 도와줘요. 제가 오빠를 돕기도 하고요. 그동안 다들 목사님을 그리워했어요."

에임스 목사가 안경 뒤로 눈을 훔쳤다. "아무렴, 잭이 돌아와서 로버트에게 얼마나 잘된 일인지 모르지." 그는 피곤해하면서도 감동을 받은 것 같았고, 또 냉정을 되찾을 필요가 있는 것처럼 보였다. 그래서 글로리는 잠깐 들러 보라는 아버지의 부탁으로 왔는데 오래 있을 수는 없다고 말했다.

"그동안 잠을 제대로 못 잔 바람에 당장은 어렵고 내일이나 모레쯤 들르지. 잭에게 안부 전해 주게."

아버지에 비해 워낙 건강해 보였기 때문에 글로리는 에임스 목사 역시 늙었다는 사실을 실감하기 어려웠다.

다음 날 에임스 목사가 로비를 대동하고 어슬렁어슬렁 걸어왔다. 로비는 아빠 뒤를 졸졸 따라오다 앞장서서 달리는가 하면 메뚜기한테 덤벼들기도 했다. "꼭 강아지처럼 아무 데나 덤벼들지." 글로리가 레모네이드도 만들고 두 노인에게 오래간만에 진심 어린 인사를 나누며 화해할 시간도 줄 겸 집 안으로 들어왔다. 잭도 부엌으로 내려와 팔짱을 낀 채 조리대에 몸을 기대고 섰다. 이야기가 진행되면서 조금씩 딱딱해지는 노인들의 목소리에 두 사람은 잠시 귀를 쫑긋하기도 했다. 대체로 침묵이 흐르는 시간이 많았지만, 이윽고 웃음소리와 함께 의자 삐걱거리는 소리가 들렸다. 두 사람의 화해 작업을 더 이상 방해할 우려가 없다고 생각되자 글로리가 레모네이드를 들고 나가 잠시 그들과 함께 앉았다. 로비가 마당으로 나가서 지난번에 놓고 간 장난감 트랙터를 들고 왔다. 그러더니 그것을 자기 아빠가 앉아 있는 베란다 바닥 여기저기로 끌고 다녔다.

잭이 찾아낸 잡지 기사로 화제가 넘어갔다. '신과 미국인'이라는 제목으로 미국의 종교 사업 전체를 비판하는 내용이었다. 그런데 논리 전개가 어설펐기 때문에 두 노목사는 그것을 반박하는 즐거움을 누릴 수 있었다. 그들은 진실한 믿음을 전파하는 문제에 대해 진지하게 논의했다. 그들에게 진실한 믿음이란 국민성이나 국경과는 아무 상관이 없었다. 따라서 지역에 따라 어쩔 수 없이 벌어지는 특이 사항이나 문제점은 고려하지 않았다.

잭이 레모네이드 잔을 들고 베란다로 나와 의자에 앉았다. 잠시 침묵이 흘렀다. "안녕하세요, 목사님." 잭이 인사를 했다.

"잭, 반갑군." 에임스 목사가 인사를 한 후 시선을 돌려 아버지를 봤다가 손에 든 레모네이드 잔을 내려다봤다.

잭이 잠시 목사를 바라보다가 말을 꺼냈다. "두 분이 그 잡지 기사를 놓고 웃으시는 소리를 들었습니다. 전반적으로 상당히 어설픈 내용이죠. 잠깐만 그걸 볼 수 있을까요? 감사합니다. 그래도 흥미 있는 견해가 한 군데 있더군요. 미국 기독교의 진정성이 흑인 문제를 다루는 태도로 인해 논란이 되고 있다고요. 거기에 대해 말할 거리가 있을 것 같습니다만."

아버지가 말했다. "잭이 텔레비전으로 몽고메리 사건을 유심히 보더군."

"예, 그랬습니다. 또 흑인들이 사는 지역에서도 살아 봤고요. 그 사람들은 아주 훌륭한 기독교 신자입니다. 많은 사람들이 그렇죠."

아버지가 또 나섰다. "그렇다면 우리가 그들을 부당하게 대할 수 없었겠지. 그거야말로 기본이니까."

잭이 아버지를 쳐다보다가 웃으면서 말했다. "하지만 전 우리가 그 사람들을 아주 부당하게 대해 왔다고 말씀드리고 싶은데요. 제가 이해하는 기독교적 기준에 의하면요." 잭이 에임스 목사와 세상에서 가장 허물없는 사이인 양, 의자 뒤로 몸을 깊숙이 파묻으며 물었다. "목사님께서는 어떻게 생각하시는지요?"

에임스 목사가 잭을 쳐다보며 대답했다. "자네 생각이 맞겠지. 그 문제는 사실 잘 알지도 못한다네. 옛날처럼 뉴스를 자세히 보지도 않고. 그래도 자네한테 동의하네."

"그건 엄밀히 말해 뉴스도 아닙니다." 잭이 미소를 띤 채 고개를 저었다. "잠시만, 죄송합니다, 목사님." 로비가 잭에게 보여 주려고 트랙터를 가져와 핸들을 조작해 보게 한 다음, 의자 등받이와 팔걸이를 따라 그것을 굴렸다.

아버지가 입을 열었다. "어떤 사람들이 지니고 있는 약점 때문에 그들의 종교까지 논란거리로 만들어서야 되겠니. 한두 가지 맹점 때문에 그런다는 건 아무래도 좀……. 좀 더 바람직하게 이야기하는 방법도 있을 텐데."

에임스 목사가 말했다. "아무튼 잭의 말에도 일리가 있네."

"나도 그렇게 생각하네. 내 말의 요지는 판단하기가 아주 쉽다는 거지."

아버지는 대화를 끝내려고 한 말이었지만, 잔 속의 얼음을 들여다보고 있던 잭이 말을 받았다. "그렇습니다. 이 경우는 특히 아주 쉬운 것처럼 보이더군요."

"하지만 그런 충돌을 막아야 하는 이유도 많지!"

잭이 소리를 내며 웃자 에임스 목사가 쳐다봤지만 그리 비난하는 눈빛은 아니었다. 잭이 시선을 내리깔았다.

아버지가 말했다. "믿음이 우리에게 분명히 가르쳐 주는 것이 있다면, 그건 우리 모두가 죄인이며 우리들이 서로의 용서와 자비에 힘입고 있다는 점이란다. '모든 이를 존중하라'고 사도도 말하고 있지 않더냐."

"예, 저도 그 성경 구절을 알고 있습니다. 그런데 그걸 적용하는 방식이 저를 좀 헷갈리게 합니다."

에임스가 말했다. "자네 아버지가 우리 모두에게 그 구절을 어떻게 적용해야 하는지 여러 번 알려 주신 걸로 아는데."

잭이 항복한다는 몸짓으로 뒤로 기대앉으면서 손을 잡았다. "예, 목사님, 그러셨죠. 그 점에 대해서는 저도 특별히 감사드린답니다."

에임스 목사가 고개를 끄덕였다. "나도 그렇다네, 잭, 나도 그래."

잠시 침묵이 흘렀다. 아버지의 얼굴에는 자신의 정당함이 입증된 뿌듯함과 의식적인 겸손함이 가득 차 있었다.

라일라가 보도를 따라 걸어왔다. 잭이 제일 먼저 알아보고 미소를 띠며 자리에서 일어났다. 에임스 목사가 고개를 돌렸다가 아내를 보고 역시 의자에서 일어섰다. 라일라가 방충 문을 열고 들어오자 아버지가 친구와 아들에게 가벼운 몸짓을 취하며 말했다. "저도 일어날 수 있으면 좋으련만……."

"감사합니다, 목사님. 저는 금방 가야 돼요. 존에게 저녁 준비 다 됐다고 말하려고 왔어요. 차가운 고기랑 샐러드라 서두를 필요는 없어요."

아버지가 권했다. "잠깐만 앉았다 가세요. 잭이 의자를 갖다 드릴 겁니다."

"제 의자에 앉으세요, 사모님. 제 건 부엌에서 가져오면 됩니다." 잭이 정중하고 친절한 태도로 아버지 옆에 그녀를 앉혔다. 단순히 매너가 좋다고 하기엔 지나친 감이 없지 않아 무슨 저의가 있나 의아할 정도였다.

글로리의 마음속에 잭이 지금 진행되는 화제에 대해 라일라의 의견을 물을지도 모른다는 생각이 들었다. 그래서 그를 따라 부엌으로 들어와, 지금은 날씨나 야구나 정치 얘기 정도가 적당할 것 같다고 말하려고 했다. 하지만 그는 그녀와 눈길도 마주치지 않고 도로 베란다로 나가 버렸다.

에임스 목사가 아내에게 말했다. "방금 사람들이 종교를 이해하는 방식은 일반적으로 출생과 관련이 있다는 얘기를 하고 있었소. 어디서 태어났는가에 달렸다는 말이지."

잭이 끼어들었다. "혹은 어떤 피부색을 가지고 태어났는가와도 관련이 있습니다. 그게 이 기사의 주제죠. 간접적으로는 그런 것 같습니다."

에임스 목사가 그녀를 대화에 끌어들이려고 애를 썼음에도 라일라는 전혀 말려들지 않았다. 그녀는 다른 사람들 이야기를 듣는 것에 더 흥미를 느끼는 것 같았다. 또 사람들 사이의 감정의 흐름을 주시하면서 그들이 열을 내면 조심스럽게 긴장했다가 그들이 웃으면 따라서 즐거워했다.

아버지가 말했다. "그래, 그것 참 흥미롭구나." 이어 자신의 미니애폴리스 여행담을 풀어 놓기 시작했는데, 아버지에게는 그것이 거의 해외여행이나 마찬가지였다. "어머니와 나는 종종 쌍둥이 도시(미니애폴리스와 세인트폴-옮긴이)에 다녀오곤 했는데 어디에나 루터 교회가 있었지. 정말이지 사방에 쫙 깔려 있더구나. 독일 개신 교회도 몇 개 있기는 했지만 스무 개 중 하나는 루터 교회일 정도로 압도적이었다. 미니애폴리스는 커다란 도시지. 그러니 우리가 가보지 않은 곳에 장로교회도 있었는지 모르겠구나."

잭이 다소 뜬금없는 질문을 던졌다. "에임스 목사님, 예정설에 대한 목사님의 견해를 알고 싶습니다. 좀 전에 출생의 우연성에 대해 말씀하셔서요."

"그건 좀 어려운 질문이구먼. 아주 복잡한 문제지. 나도 그 문제로 씨름을 많이 했다네."

"그럼 이런 식으로 여쭤 보면 어떨까요? 지옥에 떨어질 팔자로 태어나는 사람이 있다고 생각하시는지요?"

"그게 바로 그 질문의 가장 어려운 측면이지 싶네."

잭이 웃으면서 물었다. "다른 사람들도 목사님께 그런 질문을 했군요."

"그랬다네."

"그럼 어떤 식으로든 대답을 하셨겠네요."

"이렇게 말한다네. 우리 주님에게는 몇 가지 속성이 있는데 전지전능하심과 정의와 은총이다. 그런데 우리 인간의 지력과 지식은 아주 미미해서, 정의가 무엇인지도 잘 모르고 은총을 받아들이는 능력도 딱 그 수준이다. 따라서 하느님의 위대한 속성들이 함께 어우러져 이루어 내는 일은, 우리에겐 헤아릴 수조차 없는 불가사의다."

"그렇게 말씀하신다고요?"

"거의 비슷하게 말하지. 매우 의미심장한 질문이라 나도 퍽 조심스럽네만, 나는 '예정설'이라는 말 자체가 마음에 들지 않네. 그동안 그 말이 좀 애매하게 사용돼 왔지."

잭이 헛기침을 했다. "그 문제에 대해 조언을 해주셨으면 합니다, 목사님."

에임스 목사가 몸을 의자에 깊숙이 파묻으면서 잭을 쳐다봤다. "알겠네, 최선을 다하겠네."

"가령 어떤 사람이 특정한 곳에서 태어났습니다. 그는 친절하거나 부당한 대우를 받게 됩니다. 또 주변의 모든 사람들로부터 기독교 신자가 되거나 혹은 비기독교인이 되도록 배웁니다. 그런 환경이 그 사람의 신앙생활에 영향을 미치는 건 아닐까요?"

"음, 대개는 그렇게 보이지. 하지만 분명 예외도 있다네."

"그 사람 영혼의 운명에요?"

"하느님의 은총이지." 아버지가 말했다. "하느님의 은총은 어디에나 있으며 어떤 영혼이든 찾아내실 수 있단다. 네가 무언가를 혼동하고 있구나. 신앙은 인간의 행위이지만 은총은 하느님의 사랑이야. 두 가지는 서로 전혀 다른 별개의 것이지."

"혹시 은총이 예정과 같은 건 아닐까요? 예정을 좀 더 기분 좋게 표현한 게 은총이 아닐까요? 은총의 손길이 미치지 못하는 사람들도 있습니다. 기독교 신자가 되기에 적당한 곳에 사는 것 같은데도 말입니다. 어느 쪽이든 운명처럼 보이는군요." 잭이 잔을 내려놓고 팔짱을 낀 채 구부정하게 앉아, 정중하나 고집스러운 태도로 말했다.

아버지가 대답했다. "내 경험상 운명이란 아무짝에도 쓸모없는 말이더구나."

"그럼 그게 예정과는 다르다는 말씀이군요."

"밤과 낮만큼이나 다르지." 아버지가 위엄 있게 말하고 나서 눈을 감았다.

글로리의 눈에 어렴풋이 갈등이 일어나는 게 보였다. 에임스 목사와 아버지는 이 문제를 놓고 수도 없이 논쟁을 벌였었다. 아버지는 은총이 더할 나위 없이 충분하다고 강경하게 주장하는 반면, 에임스 목사는 아버지가 진저리치는 예의 그 온화한 태도로 죄의 무거움은 부정할 수 없다고 단언하곤 했다. 과연 잭이 그 논쟁을 잊어버렸을까? 글로리가 자리에서 일어서며 말했다. "죄송하지만 저는 이 논쟁이 싫어요. 이런 논쟁은 귀에 못이 박히도록 들었지만 한 번도 결론이 나는 걸 못 봤거든요."

아버지가 말을 받았다. "나 역시 지긋지긋하고 결론을 낸 적도 없었다만, 그래도 이걸 논쟁이라고 부르고 싶지는 않구나, 글로리."

"5분만 더 드리죠." 글로리가 오빠를 날카롭게 쳐다보며 말했다. 잭이 미소를 지었다. 글로리가 집 안으로 들어가는데 잭의 목소리가 들렸다. "목사님께서 지난 일요일에 하신 설교에 대해 생각해 봤습니다. 훌륭한 설교였지요. 그런데 목사님의 설교 주제에 매우 적합한 또 다른 성경 구절로, 다윗과 밧세바의 이야기가 있지 않을까 싶더군요."

글로리가 속으로 중얼거렸다. '하느님, 제발.'

두 노인이 그 문제를 깊이 생각하는 동안 잠시 침묵이 흘렀다. 에임스 목사가 말했다. "로비, 너는 나가 노는 게 좋겠구나. 가서 토비아스를 찾아보렴. 트랙터 가지고 나가 놀아라."

다시 한 번 침묵이 흘렀다. 잭이 헛기침을 했다. "제가 읽은 바에 따르면, 그건 아버지가 범한 죄를 대신해 자식이 죽은 이야기였습니다." 잭의 목소리에 날이 선 것 같았다.

에임스 목사가 말했다. "다윗이 무거운 죄를 많이 범했지. 그 이야기의 정당성을 손톱만큼도 더 밝혀 주지 않는 죄들이었지."

"예, 무거운 죄를 많이 지었죠. 그런데 지금 저는 그 정당성에 대해 여쭤 보는 게 아닙니다. 자식이 고통받는 것으로 그 아버지가 벌을 받을 수 있는지 여쭤 보는 겁니다. 아버지를 벌주기 위해 자식이 고통을 당할 수 있는 걸까요? 아버지의 죄나 그의 불신앙 때문에요. 그게 맞는다고 생각하시는지요? 어쩐지 그 점이 좀 전에 논의했던 예정설과 관련이 있는 것 같아서요. 출생의 우연성과도 관련이 있어 보이고요." 잭이 세속을 초월한 현자 같은 태도로 손가락 끝을 비비며 부드럽고 조심스럽게 말했다. 글로리의 눈에는, 오빠가 넌지시 이렇게 말하는 것 같았다. 에임스 목사의 딸이 오래전에 죽은 것도 아버지의 벌을 대신 받았기 때문이며, 따라서 목사 역시 죄인이라고. 잭이 스스로 상처 받았다고 느낄 때 드러내는 보복 충동은 글로리에게는 낯익은 장면이었다. 하지만 그 결과는 항상 부메랑처럼 그 자신에게 되돌아왔다. 글로리가 손으로 입을 가린 채 기침을 했지만 잭은 눈길도 주지 않았다.

잠시 후 에임스 목사가 말했다. "다윗의 아이는 주님께 돌아간 거네."

"예, 저도 그건 압니다. 그렇지만 목사님도 어린애가 살기를 바라셨겠죠? 다윗도 그렇게 기도했고요. 목사님도 아이가 안전하길 바라시죠? 또 아이가 ……고통을 모르기를 바라실 테고요." 잭이 어깨를 으쓱했다.

"그렇다네. 대부분의 경우에는 그렇지." 에임스 목사의 말에 뾰족하게 날이 선 것 같았다.

그 순간 침묵이 흘렀다.

잠시 후 아버지가 손으로 얼굴을 감싸 쥐면서 말했다. "아아! 나는 정말로 죄 많은 인간이로구나!"

라일라가 연민에 찬 목소리로 나지막하게 중얼거렸다. "이런, 이런."

"뭐라고요? 아니. 저는……." 잭이 글로리를 올려다봤다. 마치 아버지의 이 뜻밖의 고통스러운 반응을 어떻게 해석해야 할지 모르겠다는 듯…….

"네가 태어나던 날은 정말로 지독한 밤이었다! 나는 꼭 다윗처럼 기도하고 또 기도했지. 에임스 역시 마찬가지였고. 우리는 우리가 너를 끌어냈다고, 네 목숨을 구했다고 생각했다. 안 그랬나, 에임스? 하지만 거기엔 그보다 훨씬 더 깊은 뜻이 담겨 있었지."

잭이 깜짝 놀라면서 후회스럽다는 듯 어색한 미소를 지었다.

에임스 목사가 몸을 구부리고 아버지의 무릎을 쓰다듬었다. "신학일랑 집어치우게, 로버트. 자네가 죄인이라니 말도 안 되는 소리야."

아버지가 손으로 얼굴을 덮은 채 말했다. "자네는 날 몰라!"

이 말에 에임스 목사가 웃음을 터트렸다. 이어 그 말을 곰곰 생각해 보더니 또다시 웃음을 지었다. "자네를 아주 잘 알고 있다고 생각하는데. 자네 할머님이 다 큰 자네를 유모차에 태운 채 밀고 다니신 걸 기억하고 있지. 당연히 자네 팔다리는 유모차 밖으로 튀어나와 덜렁거렸어. 그때 자네 나이가 열 살이나 열두 살은 됐을걸. 그 레이스 달린 모자를 머리 꼭대기에 올려놓고 말이지. 그걸 보고 우리 어머니가 그러셨다네. 자네 할머님이 유모차를 타고 자네가 그걸 밀고 가는 게 더 말이 된다고."

"지금 생각해 보면 그게 그리 나쁘지는 않았네. 여섯 살 무렵인가 그 유모차에서 기어 나온 적도 있었지. 그걸 보기만 해도 도망치곤 했네. 여하튼 주님, 할머님을 축복하소서. 의도는 좋으셨나이다."

함께 옛날 기억을 떠올릴 때면 으레 그러듯 두 노인은 잠시 아스라한 눈길로 생각에 잠겼다. 오래된 우정이라는 특권이, 손으로 만질 수 있는 공기처럼 두 사람을 감싸고 있었다. "우리가 이 애를 꺼냈지, 로버트. 그리고 이제 이 애가 자네와 함께 여기 있지 않나. 집으로 돌아오지 않았나……."

"그래, 대단히 감사한 일이지."

잠시 후 잭이 입을 열었다. "'모든 영혼이 다 내게 속한지라 아비의 영혼이 내게 속함같이 아들의 영혼도 내게 속하였나니 범죄하는 그 영혼이 죽으리라(에스겔 18장 – 옮긴이), 이건 에스겔의 말이죠. 그런데 모세는 주님께서 '형벌 받을 자는 결단코 면죄하지 않고 아비의 악을 자여손 삼사 대까지 보응하리라(출애굽기 34장 – 옮긴이).'라고 말씀하셨다고 했습니다. 목사님께서 설명 좀 해주시겠습니까? 어쩐지 두 구절이 서로 모순되는 것처럼 보여서요."

잠시 침묵이 흐른 후 아버지가 입을 열었다. "목사님은 성서를 알고 계신다."

"예, 그러시겠죠."

아버지가 헛기침을 했다. "함무라비 법전에도 다윗이라는 이름이 나오지."

에임스 목사가 고개를 끄덕였다. "그렇지."

"함무라비 법전에는 어떤 사람이 다른 사람의 아들을 죽이면 자기 아들도 살해당한다는 형벌이 나오지. 에스겔은 바빌론에서 망명생활을 하는 백성들을 위해 거기서 에스겔서를 썼거든. 따라서 에스겔의 그 말은, 바빌론 사람들의 형벌을 언급한 게 아닌가 싶구나."

이번에는 에임스 목사가 말했다. "내 생각에 에스겔은 이스라엘 사람들 사이에 전해지는 속담을 언급한 것 같네. '아비가 신 포도를 먹었으므로 아들의 이가 시다.'와 같은."

"그 속담이 아무한테나 아들의 벌을 강요해야 한다는 뜻은 아니네. 하지만 에스겔이 그걸 쏠 당시에는 그 속담이 틀림없이 바빌론 풍습을 정당화하는 방식으로 해석됐을 걸세." 이런 주장을 펼칠 때면 아버지도 옛날처럼 정신을 집중했지만, 토론이 너무 길어지면 갑자기 지루해하기도 했다.

"그렇고말고, 목사. 그 말이 딱 맞는 것 같군."

"감사합니다. 그러니까 법은 아버지의 죄를 물어 자식에게 형벌을 내릴 수 없지만 주님은 그러실 수 있다는 말씀이로군요."

아버지가 말했다. "요한복음 9장에 주님께서 직접 하신 말씀이 나온단다. '이 사람이나 그 부모가 죄를 범한 것이 아니라'고. 태어날 때부터 소경인 사람에 대해 하신 말씀이지."

"예. 그런데 그 말씀이 그 경우에만 해당되는 것이 아니라는 걸 우리가 어떻게 알죠? 어떤 사람의 불행을 보고 그의 죄를 판단할 수는 없다는 것이 주님의 입장이라는 걸 우리가 어떻게 아나요? 제가 알기로는, 주님께서는 부모가 죄를 범했더라도 자식을 통해 벌을 내리시지 않는다는 말씀은 하지 않으셨습니다."

다시 침묵. 잠시 후 에임스 목사가 분개한 목소리로 말했다. "아버지가 좋은 사람이 아닐 때 자식들이 고통을 받는 건 사실이지. 그건 누구나 다 알고 있는 상식이야. 자식들의 고통을 그 아버지의 행동의 결과가 아니라 주님의 행위로 해석하는 건 심각한 오류라고 생각하네."

이번에는 아버지가 나섰다. "우리는 그 꼬마에게 잘해 주려고 노력했단다. 물론 훨씬 더 노력했어야 한다는 것도 안다."

잭이 미소를 지으면서 매우 부드럽게 말했다. "저야말로 죄 많은 인간입니다. 아버지 식으로 해석해도 그렇고, 제 식으로 봐도 그렇습니다."

이 말에 아버지가 손을 저으며 그만하라는 몸짓을 했다. 기나긴 침묵 끝에 아버지가 다시 말문을 열었다. "말도 안 되는 소리. 방금 한 말과 너는 아무 상관도 없다."

"제가 왜 이 모양인지 모르겠습니다. 이런다고 무슨 기쁨을 느끼는 것도 아닌데 말입니다."

아버지가 손으로 얼굴을 감쌌다.

에임스 목사가 말했다. "아버지가 피곤하신 것 같군."

그러나 잭이 매우 부드럽게 말을 이었다. "저는 아마추어입니다. 두 분만큼 그 문제를 많이 다루었더라면 저 역시 그 문제에 신물이 났을 겁니다. 그런데 저도 나름대로 그 문제를 생각해 봤습니다. 때때로 제가 혹시 예정설의 한 예는 아닌지, 일종의 증거는 아닌지 의심하면서요. 제가 직접 예정설을 경험하고 있는 건 아닌가 하고요. 하기야 결과만 심하게 고통스럽지 않다면 남들 보기에는 그것도 재밌겠죠. 또 제가 전염병처럼 불행을 퍼트리는 사람으로 보이지는 않았을까 하는 생각도 들었습니다. 그런 게 가능한지요?"

에임스 목사가 말했다. "천만에. 그럴 수는 없네, 절대로."

"아니다. 절대로 그렇지 않다." 아버지도 거들었다.

잭이 웃으면서 말했다. "정말 다행이군요. 저는 누군가가 죄를 짓는 게 바로 그런 점을 나타내는 거라고 생각했거든요. 또 다른 식으로 작용하기도 하고요. 그러니까, 자식들의 죄 때문에 아버지들이 벌을 받는 거라고요."

다시 한동안 침묵이 흐른 뒤 에임스 목사가 입을 열었다. "우리 마음이 혹 우리를 책망할 일이 있어도 하느님은 우리 마음보다 더 크시다, 요한1서에 나오는 말씀이지."

잭이 머리를 끄덕였다. "그분이 '사랑하는' 교회를 향해 쓴 거지요. 그런데 저는 그 조직의 일원이 되는 영광을 누리지 못하고 있습니다."

"네가 왜 그렇게 주장하는지 모르겠구나. 왜 그렇게 너와 교회를 떼어 놓으려 하느냐? 너도 다른 애들과 똑같이 세례를 받고 안수를 받았단다. 네가 그렇게 성경을 모조리 거부하고 있으니, 어떻게 성경을 이해할 수 있겠느냐?"

"엄밀히 말하면 잭이 성경을 거부하는 건 아니지, 로버트. 성경에 대해 생각을 아주 많이 한 거지."

"그래도 나한테는 교만하게 느껴지네."

"죄송합니다. 무례하게 굴려고 한 건 아닙니다. 제 질문은 정말 사악하게 태어나서 사악한 삶을 살다가 결국 지옥에 가게 돼 있는 사람이 있는가 하는 것이었어요."

에임스 목사가 안경을 벗고 눈을 비볐다. "그 점에 관해서는 성경에 명확하게 나와 있지 않네. 일반적으로 사람의 행동은 그의 본성과 일치한다고 하는데, 다시 말하면 그의 행동에 일관성이 있다는 거지. 나는 본성을 일관성이라고 말하는데……."

아버지가 껄껄 웃으며 말했다. "자네 지금 살짝 순환 논리에 빠졌다는 걸 아시는가, 아이젠하워 목사님?"

"그러니까 사람은 변하지 않는다는 말씀이군요."

"물론 변하지. 무언가 다른 요인이 관련될 경우에는. 말하자면 술 같은 게 개입되면 사람의 행동이 변하지. 하지만 그게 그 사람 본성이 변했다는 뜻인지는 나도 잘 모르겠네."

잭이 미소를 지었다. "성직자로서 목사님은 정말 빈틈이 없으시군요."

"너도 30년 전에 이 친구를 봤어야 하는데……."

"봤습니다."

"그렇다면, 말조심해야지."

"그러고 있었습니다."

에임스 목사는 점점 더 화가 나는 것 같았다. "나도 이해하지 못하는 게 있다는 사실은 변명하지 않겠네. 다 알고 있다고 생각한다면 오히려 바보겠지. 그래도 주님의 불가사의를 함부로 해석하지는 않겠네. 불가사의는 왈가왈부하면 할수록 잘못 해석되는 법이지. 사람들은 늘 그렇게 오해를 하면서 도리어 불가사의 자체가 터무니없다고 치부하지. 내 생각에 이런 종류의 대화는 아무짝에도 쓸모없네. 시간 낭비지."

글로리가 끼어들었다. "아직도 5분이 안 지난 건가요?"

잭은 그녀의 말이 세상에서 가장 적절한 힌트라도 된다는 듯 손가락 끝을 비비면서 덤덤한 표정으로 그녀를 힐끗 올려다봤다. 글로리는 거실로 들어가 라디오를 켠 뒤 책을 읽으려고 애썼다. 하지만 자꾸 밖에서 들려오는 소리에 신경이 쓰였다. 장로교, 예수님에 의한 구속, 칼 바르트(스위스의 신학자-옮긴이) 등등. 글로리는 같은 페이지를 세 번도 더 오락가락했다. 라디오에서는 〈윌리엄 텔 서곡〉이 흘러나오고 있었다. 결국 글로리는 책을 한쪽으로 치우고 문간에 가 섰다.

"구원이 뭔가요?" 라일라가 나지막하게 말한 다음 무릎 위의 손을 내려다보며 얼굴을 붉히면서 말을 이어갔다. "사람이 변할 수 없다면 구원은 별 의미가 없는 것 같아요."

잭이 미소를 지었다. "그냥 관심 있는 구경꾼으로 저도 종교 집회에 열 번이나 참가했습니다. 한밤중에 진흙투성이 강둑을 따라갔지만, 제가 구원받기를 원하진 않았어요. 거기 모인 다른 사람들도 절반은 소매치기였고 절반은 핫도그를 팔러 온 장사치였죠."

"캐러멜콘도 팔았죠." 라일라가 말했다.

잭이 웃음을 터트렸다. "솜사탕도요. 또 다들 음정이 틀리게 찬송가를 부르고……." 그 말에 둘 다 웃음을 터트렸다.

"낡은 아코디언 같은 것에 맞춰서요." 라일라가 여전히 눈길을 들지 않은 채 말했다.

"어쨌거나 그 모든 사람들이 예수님께 가고 있었어요. 물론 저만 빼고요." 잠시 후 잭이 덧붙였다. "그런데도 세상이 조금도 나아진 것 같지 않으니 정말로 놀라운 일이죠."

"사모님께서 아주 좋은 지적을 해주셨구나." 아버지가 정치인 같은 어조로 말했다. 아버지는 에임스 목사가 아련한 생각에 잠겨 있음을 감지했다. 자신이 알지 못하는 아내의 과거나 앞으로 자기 없이 살게 될 아내의 미래를 떠올릴 때마다 보이는 모습이었다. "나도 오랫동안 예정설의 불가사의와 구원의 불가사의가 어떻게 조화를 이룰 수 있을지 고민해 왔단다."

"아직 결론이 안 났나요?"

"아직까지는 그럴듯한 게 없다. 그런데 결론이 결코 질문처럼 재미있을 것 같지는 않더구나. 그러니까 네 기대와는 다를 거다."

마침내 잭이 글로리를 올려다보며 그녀의 표정을 살폈다가 불안하고 초조한 기색이 역력하자 말을 끝맺었다. "죄송합니다. 제가 이 문제를 너무 오래 끌었나 보군요. 그만 접겠습니다."

라일라가 여전히 손에서 눈을 떼지 않은 채 말했다. "재미있는데요."

잭이 미소를 띠며 말했다. "친절하시군요, 사모님. 그런데 글로리가 저한테 시킬 일이 있는 것 같습니다. 아버지도 제가 쓸모 있는 일을 하는 것이 제가 사고 치지 않는 최선의 방법이라고 늘 말씀하셨답니다."

"잠깐만 그대로 계세요." 라일라의 말에 잭이 도로 의자에 앉으면서 그녀를 바라봤다. 그녀가 한껏 용기를 끌어내는 것처럼 보였기에 다들 그녀를 주목했다. 잠시 후 라일라가 잭을 올려다보며 말했다. "사람은 변할 수 있어요. 모든 것이 변할 수 있답니다."

에임스 목사가 안경을 벗고 눈을 비볐다. 자신이 전혀 알지 못했던 아내의 모습 때문에 놀란 것 같았다. 동시에 한 번도 보지 못했던 아내의 젊은 시절이나 아내의 외로움, 혹은 아내의 영혼을 얼핏 들여다보았다는 생각에 감동도 느끼고 있었다.

잭이 아주 부드럽게 말했다. "그렇군요. 감사합니다, 사모님. 그게 바로 제가 알고 싶었던 것이랍니다."


이튿날 아침 우편물이 평소보다 일찍 배달되는 바람에 글로리가 그것을 먼저 발견했다. 잭은 2층에 있었다. 한때는 배달 시간이 한 시간도 더 남았을 무렵부터 어슬렁거리며 우편물을 기다렸지만, 이제는 그 열렬하던 기다림도 좀 무뎌진 것 같았다. 언니들이 그녀에게 보낸 편지와 함께 잭이 멤피스의 델라 마일즈 앞으로 보낸 편지가 네 통이나 있었다. 뜯어보지도 않은 편지 봉투에 '반송'이라는 글자가 선명하게 찍혀 있었다. 글로리는 그 글자가 보이지 않도록 복도 탁자에 편지들을 엎어 놓은 뒤 부엌으로 가서 마음을 가라앉혔다.

글로리는 진작부터 델라라는 여자를 경멸하고 있었다. '그 여자가 조금이라도 오빠를 안다면, 자신으로 인해 오빠가 얼마나 고통받고 있는지도 헤아려야 했어. 물론 오빠가 그녀를 사랑한다고 그녀도 오빠를 사랑할 의무는 없어. 오빠가 끈질기게 매달리는 것이 불쾌하고 넌더리가 났을 수도 있어. 그래도 어쨌거나 오빠와 함께 프랑스 소설을 읽었고 오빠 셔츠 소매에 수를 놓아 준 여자가 이럴 수는 없어.'

잭은 글로리에게, 혹시 생일 케이크를 들고 있다면 담배 피며 웃지 말라고 했다. 자신이 그러다가 온몸에 재를 뒤집어썼다고 하면서. 그랬더니 델라가 셔츠를 가져가서 수선만 한 게 아니라, 소매에 그토록 정교하고 섬세하게 수를 놓아 주었다고 한다. 두 사람을 그렇게 웃게 만든 것은 무엇이었을까? 델라가 누구든 간에 그녀는 잭을 잘 알고 있었고 그렇다면 잭을 이런 식으로 대접해선 안 됐다. 물론 그녀에겐 편지를 무시할 자유가 있지만, 그래도 이건 너무 잔인했다.

글로리는 잠시 고민에 빠졌다. 잭에게 편지가 반송되었다고 말해야 할까? 아니면 편지를 도로 우편함에 넣어 두고 잭이 직접 발견하게 할까? 하지만 그런다고 무슨 소용이 있을까? 그는 편지가 반송된 사실을 그녀에게 비밀로 할지도 모른다. 그럼 그녀는 그것에 대해 아무 말도 할 수 없을 텐데, 그녀는 그 편지에 대해 언급하고 싶었다. 그나마 그렇게 하는 것이 잭에게 위로가 될 것 같았기 때문이다. 네 통이나 반송되다니! 그녀는 앞으로도 이런 일이 계속된다면 자기 손으로 편지를 태워 버리겠다고 결심했다. 이제 방향은 결정되었다. '그럼 좀 전에 돌아온 것 가운데 두 통은 몰래 숨겼다가 기회를 봐 태워 버릴까?' 나머지 두 통만으로도 델라의 의도는 충분히 잭에게 전달될 것이다. 두 통이면 효과는 확실하되 그다지 모욕적이지는 않을 것 같았다.

그런데 편지를 돌려보낸 사람이 델라라는 걸 어떻게 알지? 그녀의 아버지일 수도 있지 않은가. 반송이라는 글자가 너무 뚜렷한 나머지 일부러 강조한 것 같은 느낌마저 들었다. 또 글로리가 상상한 델라의 필체는 좀 더 발랄했다. 하지만 사실 그녀가 델라에 대해 아는 게 대체 무엇인가? 그저 잭이 그녀를 옛날 동화책에 나오는 고결한 숙녀나 되는 것처럼 여기며, 그녀에게 구혼했다는 것 말고는 뭘 안단 말인가? 그는 분명 시와 꽃을 들고 가서 구혼했을 것이다. 새로 면도를 하고, 반짝반짝 광을 낸 구두를 신고, 당혹스러울 때면 떠오르는 예의 그 살짝 빈정대는 표정으로.

잭이 층계를 내려오더니 우편함으로 갔다가 다시 안으로 들어왔다. 글로리가 복도로 가보니 잭은 그녀가 엎어 놓은 편지를 보고 있었다. 등을 돌리고 있었음에도 그의 온몸으로 충격이 퍼져 나가는 게 보였다. 발뒤꿈치부터 시작해 무릎을 지나 어깨로 퍼져 나가고 있었다. 잭이 손 안에 든 편지를 뒤집었다. 그도 글로리가 보고 있다는 걸 알고 있었다. "이거 말고 돌아온 게 더 있니?"

"아니요."

"나한테 감추면 안 돼."

"그러고는 싶지만 안 그럴게요."

잭이 고개를 끄덕였다.

"그걸 오빠에게 드리기 전에 생각을 좀 해봤어요."

"무슨 생각?"

"오빠가 많은 얘길 해준 건 아니지만, 그래도 오빠의 이야기를 종합해 보면 이 편지를 돌려보낸 사람이 델라는 아닌 것 같아요. 아버지나 다른 가족일 것 같아요. 그분은 가족과 함께 산다면서요? 아무튼 그녀에 대한 제 느낌으로 볼 때 이건 정말로 그녀답지 않은 행동이에요."

잭이 고개를 저었다. "내 생각도 그래." 그런 다음 편지를 다시 탁자에 내려놓고 글로리를 돌아보며 미소를 지었다. "이제 어떻게 해야 할지 모르겠구나."

"오빠랑 그분을 둘 다 아는 친구에게 부탁해 그녀에게 편지를 전해 달라고 부탁하세요. 그분 아버지나 누군가가 오빠 편지를 못 보게 할 수도 있잖아요."

"생각 좀 해볼게. 어쨌든 나는 그 사람을 비난하고 싶지도 않고, 그 사람 아버지도 비난하고 싶지 않아. 다 이해가 되거든. 다들 훌륭한 사람들이야. 나는 그들의 판단을 존중해야 돼. 그나저나 편지를 두어 통 더 보냈는데 그것들도 돌아올 것 같구나. 그건 네가 태워 주면 고맙겠다."

"이것들도 태워 버릴까요?"

잭이 고개를 끄덕였다. 그러더니 한때 매우 소중했던 것을 떠올리는 것처럼 식탁을 어루만지며 어깨를 으쓱했다. "어떻게 해야 할지 정말로 모르겠구나. 무슨 좋은 생각 없니?"

그 뒤로 며칠에 걸쳐 세 통의 편지가 더 반송되었다. 글로리가 작은 불쏘시개로 벽난로에 조심스럽게 불을 피운 뒤 완전히 재가 될 때까지 편지를 뒤적거렸다. 잭은 무릎을 꿇고 그러는 그녀를 말없이 지켜봤다. 다시 양복을 입은 잭이 늦더위 때문에 윗도리 단추도 풀고 넥타이도 느슨하게 풀고 있었다. 문가에서 그녀를 지켜보던 그가 미소를 지으며 고개를 끄덕이더니 그녀가 무슨 말인가 하려는데 밖으로 나가 버렸다. 그 모습을 보고 있자니, 어쩐지 그가 원래 상태로 되돌아간 것 같았다. 그 머뭇거리는 태도는, 환영받지 못하는 골칫덩어리가 어울리지 않는 자리에 있다는 두려움을 나타내는 것 같았다. 그는 다시 그의 오래된 버릇인 외톨이 상태로 되돌아갔다. 그런 자신의 불안을 보여 주지 않으려는 듯 아침에 집을 나가 저녁때까지 밖에서 지내다 돌아왔다. 너무 늦어 저녁 식사 시간에도 못 맞추는 바람에 아버지를 막막한 두려움에 휩싸이게 했다. 글로리가 조리대에 과자를 좀 놔뒀더니 아니나 다를까 그것을 챙겨 갔다. 그녀는 오트밀 과자와 삶은 달걀을 놓아두기도 했고, 커피를 담은 보온병을 올려놓기도 했다. 다음 날 아침이면 깨끗이 씻은 보온병이 제자리에 놓여 있었다. 잭이 나가고 없는 동안, 글로리는 그가 집에 있었다면 도와주었을 일들을 해

치우느라고 애를 먹었다. 잭이 그녀에게 일을 떠넘겼다는 죄책감 때문에 내키지 않는데도 그녀와 함께 있어야 하는 곤혹스러움을 덜어 주기 위해서였다. 한편 글로리는 그를 위해 기도하고 또 기도했다. 아버지와 단둘이 말없는 식사 기도를 올릴 때도 잭을 위해 간절히 기도했다. 그가 문지방을 넘어오는 소리를 기대하며 드리는 기도였다.

마침내 사흘째 되던 날 밤, 저녁 식탁에서 아버지가 물었다. "도대체 무슨 일인지 모르겠구나, 글로리. 무슨 일 있었니?"

"오빠가 세인트루이스에서 알고 지내던 어떤 여자를 사랑하고 있어요."

"나도 그 정도는 짐작했다. 그 많은 편지들을 보고……."

"네. 그런데 지난주에 그 여자가 오빠 편지를 돌려보냈어요."

"이런." 아버지가 안경을 벗고 냅킨으로 얼굴을 닦았다. 그러더니 잠시 후에 탁한 목소리로 입을 열었다. "그 비슷한 일이 일어날 줄 알았다. 그 애가 직업이 없지 않느냐. 대학을 졸업한 것 같지도 않고. 게다가 젊은 나이도 아니고 생활을 변화시킬 것 같지도 않으니……. 여자가 왜 그러는지 알 것 같다." 아버지가 헛기침을 한 뒤 덧붙였다. "그리 놀랄 일도 아니지."

"오빠는 그 여자랑 오랫동안 사귀었어요. 오빠가 잘 지냈다고 말했던 10년 가까운 세월이 바로 그 여자와 함께한 시간이었어요. 오빠 말로는 그 여자가 오빠를 도와줬대요."

아버지가 글로리를 쳐다봤다. "결혼은 하지 않았고?"

"잘 모르겠어요."

아버지의 침울한 표정으로 보아 그녀가 얼버무렸음에도 불구하고 아버지는 잭이 결혼하지 않았다는 걸 눈치챈 것 같았다. 그러고 보면 글로리는 이제까지 한 번도 아버지에게 거짓말을 해서 성공한 적이 없었다. 실제로 이 집안에서 거짓말을 한다는 것은, 결국 거짓말을 안 하는 게 현명하다는 깨달음을 얻는다는 뜻이었다. 방금 한 뻔한 거짓말이야말로 거기에 딱 맞는 경우였다. 글로리는 당혹감을 감추기 위해 약간의 설명을 덧붙였지만 피차 거짓말이라는 걸 알기에 더 이상 파고들지는 않았다. 예의상 서로 상대방의 거짓말을 참말처럼 대할 뿐이었는데 이는 속거나 속이는 것과는 차원이 다른 문제였다. 오히려 그것이야말로 이 가족을 결속시켜 주는, 상호 이해라는 구조의 한 부분이었다.

하지만 이번 경우에는 자신도 화가 난 나머지 그녀는 잭에 대한 이야기를 조금 더 아버지에게 털어놓고 말았다. 아버지의 말 속에 잭이 주제넘게 한 여자에게 덤벼들었다가 거절당했다는 뜻이 넌지시 담겨 있었기 때문이다. 어쨌거나 지금까지 잭을 안전하게 지켜준 사람이 델라인 건 분명했다. 한동안이나마 그가 삶을 지속할 수 있게 하고, 그에게 세상을 살 만한 곳으로 여기게 해준 사람도 바로 델라였다. 가족들도 해주지 못한 일을 델라가 해낸 것이다. 잭은 사람들이 델라나 그들의 관계를 비방할까 봐 그녀의 명예를 지키겠다는 말을 했었다. 그 말이 떠오르자, 글로리는 10년 운운하며 아버지에게 했던 말이 적절하지 못했음을 깨달았다. 게다가 잭을 바보처럼 보이게 해서도 안 되었다. 아무튼 델라가 잭의 장래성을 놓고 그를 저울질하지 않은 것만큼은 분명했다. 그녀를 위해 그 정도는 밝혀야 할 것 같았다.

"그 여자 아버님도 목사님이시래요." 글로리는 말을 하고 난 뒤에야 이 말이 아버지의 걱정만 더해 줄 것이라는 걸 깨닫고 아차 싶었다.

아버지가 고개를 끄덕였다. "잭도 목사 아들이지." 그런 다음 덧붙였다. "어린애는 없나 보구나." 자신의 희망이 어긋나지 않기를 바란다는 투였다.

"네." 대답은 그렇게 했지만 그녀도 그게 궁금하던 차였다.

아버지의 얼굴에 자신이 개입해야 할 도덕적 문제가 있을 때 짓는 심각한 표정이 떠올랐다. 다른 해결책이 실패했거나 없는 경우에만 나타나는 표정이었기에, 슬픔을 넘어 고통스럽기까지 했다. 게다가 그런 경우 자신이 개입해도 한 번도 좋은 결과를 얻지 못했다는 걸 아버지는 잘 알고 있었다. 어쩌면 잭이 책임질 수 없는 일을 또 저질렀는지도 몰랐다. 만일 그렇다면 잭이 책임져야 할 사람들을 위해 가족들이 또 한 번 행동에 나서야 하리라. 따라서 설사 잭이 화를 낼 게 뻔히 예상되더라도 아버지는 그 문제에 대해 묻지 않을 수 없을 것이고, 그 질문은 어쩔 수 없이 비난처럼 들릴 것이다. 알고 싶지 않은 것을 알아야 하는 비극이라니…….


만일 잭이 그 주근깨투성이 소녀와 결혼을 했더라면, 최소한 그 소녀와 아기를 집으로 데려올 수만 있었더라도, 소녀는 학교로 돌아갈 수 있고 원하면 대학에 갈 수도 있었을 것이며 잭 또한 대학을 마칠 수 있었을 것이다. "애가 제법 영리해 보이더구나." 엄마의 말이었다. 하지만 그것은 식구들이 아무리 머리를 짜내서 친절을 베풀어도 전혀 감동받지도 흔들리지도 않는, 조숙한 소녀의 적대감을 표현한 말일 뿐이었다. 소녀는 거칠고 자존심 세고 웃을 줄 모르는 아이였다. 식구들이 아무리 소녀를 자비롭게 대하려 해도, 소녀는 그들 모두를 미워했다. 그것이 겸손을 가장한 생색내기라고 생각했기 때문이다. 소녀에게 갓난아이를 제대로 돌보는 법을 친절하게 가르쳐 주려는 행위에도 그런 의도가 담겨 있는 것이 사실이었다.

한번은 글로리가 주근깨 소녀에게 자기 집에서 사과도 따고 파이도 굽게 놀러 가자고 했다. 소녀의 이름은 애니였다. 애니 휠러. 소녀는 여학생들이 집에서 입는 헐렁한 셔츠에 바지 차림으로 자기 집 문밖에 서 있었다. 아기를 등에 업고 있었다. 글로리가 소녀와 아기를 태우고 직접 차를 몰아 길리아드로 왔다. 집으로 오는 동안 소녀는 화창한 오후의 드라이브에도, 중간에 잠시 멈춰서 산 아이스크림에도 전혀 즐거워하지 않았다. 아기가 아이스크림에 손을 집어넣자 소녀가 말했다. "아유, 이 꼴 좀 봐!" 그러더니 아기 턱과 손바닥에 묻은 아이스크림 자국을 핥았다.

그날 일은 순전히 글로리의 생각이었다. 그녀는 부모에게 자신의 계획을 전혀 밝히지 않았는데, 부모님은 결혼식에 참석하러 타보로 떠난 상태였다. 그녀는 매우 조심스럽게 차를 몰았다.

그들이 과수원으로 나갔을 때 소녀는 아기를 등에 업은 채 글로리가 사과 따는 모습을 말없이 지켜봤다. 글로리가 파이를 만들 만큼 충분히 사과를 딴 후, 그녀에게 줄 사과를 더 따겠다고 하자 소녀가 말했다. "우리도 사과 있어요." 물론 그 집에도 사과야 있을 것이다. 라일락 덤불이나 구스베리, 개나리, 장군풀처럼 그때는 어느 집이든 사과나무가 있었으니까. 함께 집 안으로 들어가자 소녀가 양지바른 부엌 바닥에 아기를 내려놓았다. 그런 다음 주머니에서 장난감을 꺼내 아기에게 주었다. 줄에 끼운 단추들이었다. "집에서는 우윳병을 가지고 놀아요." 그 말을 듣고 글로리가 병에 든 크림을 물잔에 따른 다음 병을 깨끗이 헹궈서 아기 무릎 옆 바닥에 놓아 주었다. 소녀가 아기 옆에 무릎을 꿇고 앉아 손에 든 단추를 병 안으로 집어넣었다가 다시 꺼내곤 했다. 그걸 보고 아기가 까르르 웃으면서 저도 단추를 넣어 보겠다고 서툰 몸짓으로 끙끙거렸다. 글로리는 파이 만드는 과정이나 각각의 재료 분량을 큰 소리로 중얼거리며 반죽을 빚기 시작했다. 소녀는 식탁에 앉아 음료수를 홀짝거렸다.

잠시 후 아기가 머리 무게를 이기지 못하고 등이 둥그렇게 휘어지다가 옆으로 넘어지자 발버둥을 치며 시끄럽게 울어 대기 시작했다. "이런, 불쌍한 것!" 글로리가 아기를 안고 어르며 눈물이 맺힌 볼에 뽀뽀를 했다. 그러자 아기가 그녀 품에서 벗어나 제 엄마에게 가려고 세차게 몸부림을 치면서 울어 대는 바람에 글로리는 깜짝 놀랐다. 소녀가 아기를 등에 업자 아기가 제 엄마 어깨에 머리를 기댄 채 손을 빨면서 할딱할딱 안도의 한숨을 쉬었다. "당신은 이 아이 엄마가 아니잖아요. 서운해도 할 수 없어요." 그 후로도 소녀는 친해지려는 글로리의 노력에 짜증스럽다는 반응만 보였다. 그러던 어느 날 아침, 소녀가 전화를 했다. "우리 집으로 와줘요. 아기한테 문제가 생겼어요." 소녀는 그 전화를 걸기 위해 집에서 3마일이나 떨어진 곳까지 달려가야 했다.

페니실린만 조금 있었더라도 치료될 수 있는 병이었다. 하지만 그 당시에는 페니실린이 귀했고 그 후로도 오랫동안 그랬다. 사실상 누구의 잘못도 아니었다. 설사 두 모녀가 길리아드에 와서 살았더라도 그 비슷한 일은 충분히 일어날 수 있었다. 페니실린만 있었더라도 다르게 끝났을 사연을 집집마다 하나씩은 가지고 있던 시절이었다. 엄청난 슬픔에 이어 처음에는 죄책감이, 다음에는 잭에 대한 원망이 가족들 마음속에 싹텄고, 그다음에는 처음부터 이런 일이 일어나지 않을 수도 있었다는 생각이 가족들을 괴롭혔다.

잭은 어떻게 해서 그 소녀와 얽히게 됐을까? 바로 그것이 잘못이었다. 어떤 합리화도 통할 수 없었고 결코 용서할 수 없는 과실이었다. 누가 뭐라고 해도 그건 가족의 명예를 더럽힌 일이라는 게 아버지의 말이었고, 오랜 세월이 흐른 뒤에도 그 일은 그렇게 여겨졌다. 그런 아버지의 마음을 헤아리다 보니 글로리 속에서 그 옛날의 슬픔과 고통이 고스란히 되살아났다. 아버지의 반쯤 감은 눈에도 실망으로 인한 고통이 부글부글 끓어오르는 것 같았다.


한밤중이 다 되어서야 잭이 현관으로 들어오는 소리가 들렸다. 다른 날 같았으면 그는 글로리에게 한마디 던지고 아버지에게 안녕히 주무시라고 크게 외친 다음 자기 방으로 올라갔을 것이다. 그런데 오늘은 아버지가 식탁을 떠나려고 하지 않았다. "그 애를 기다릴 작정이다. 여기 이 자리에서."

잭이 들어오다가 아버지가 아직 부엌에 있는 걸 발견하고 그 자리에 멈춰 섰다. 그는 순간적으로 분위기를 감지하면서 자신이 그물에 걸려들었음을 깨닫고, 글로리를 힐끗 쳐다본 다음 제자리에 선 채 모자를 손에 들고 조용히 기다렸다. 정중하고, 어딘가 소원하고, 주저하는 듯한 태도로.

"잭." 아버지가 불렀다.

"예."

"대화를 좀 나누자꾸나."

"대화라고요?"

"오냐. 너한테 무슨 일이 있는지 말해 다오."

잭이 어깨를 으쓱했다. "피곤한데요. 지금은 자고 싶습니다."

"내 말이 무슨 뜻인지 잘 알고 있지 않니? 가족의 도움을 요하는, 책임져야 할 일 같은 게 있으면 말해 다오. 네가 나한테 말하지는 않았지만, 세인트루이스에서 무슨 일이 있었을지도 모르지. 그게 널 괴롭히는 거냐?"

잭이 글로리를 쳐다봤다. 아버지의 말이 아무리 상냥하고 친절한 의도에서 나왔다고 해도, 그에게는 비난처럼 느껴졌을 것이다. 잭이 손으로 얼굴을 감싸면서 아주 나지막하게 대답했다. "다음에요."

"앉아라, 아들아."

잭이 미소를 지었다. "아닙니다. 만일 제가 책임져야 할 문제가 있다면 제가 해결할 겁니다." 아무도 말릴 수 없는 그런 고집이야말로 그의 슬픔에서 비롯된 것이었다.

"네가 해결할 수만 있다면야 그렇지. 하지만 그럴 수 없다면 그건 내 문제도 된단다. 일은 해결해야 하는 법이다. 그래야 모양새가 버젓하거든."

실제로든 상상으로든 일가친척에게 성실하고, 가능하든 불가능하든 그들을 보호하는 것이야말로 아버지의 자부심이자 가장 강렬한 본능이었으며 동시에 그의 만족과 좌절과 불안의 으뜸가는 원인이기도 했다. 아버지가 자신의 말에 권위를 실으려고 허리를 꼿꼿이 세웠다. 하지만 눈은 감겨 있고 입술은 아래로 처졌으며 오그라든 어깨와 아래로 떨어진 목이 여지없이 드러나 있었다. 잭이 아버지를 가만히 응시했다. 마치 아버지가, 자신이 떠안긴 모든 슬픔과 피로의 환영이라도 된다는 듯이……. 쇠약한 와중에도 여전히 씩씩하게 다시 한 번 슬픔을 맞이할 준비를 하고, 또 한 번 무거운 짐을 질 채비를 마친 아버지였다.

"아닙니다, 아버지, 다음에요."

"다음이 없다는 건 너도 잘 알지 않니? 너는 지금 떠날 계획을 하고 있잖아."

"여기 아주 오래 있을 것 같지는 않습니다. 무언가 결정을 내리려고 애쓰는 중입니다."

아버지의 머리가 옆으로 기울어졌다. "네가 여기 있기로 결정하기를 간절히 바라마. 얼마 동안만이라도 있어 다오."

"참 친절하신 말씀이군요."

"아니다. 그건 단지 내 바람일 뿐이지. 네가 그 점을 조금이라도 고려해 준다면 너야말로 친절한 거지. 글로리, 이제 침대에 드는 걸 도와주겠니?"

이튿날 아침, 아버지가 시리얼 대접에 숟가락을 넣은 채 잠시 생각에 잠겼다가 입을 열었다. "에임스랑 이야기 좀 하고 싶구나. 데소토로 나를 그 집까지 데려다 줄 수 있지?"

자동차는 그럭저럭 잘 굴러갔다. 얼마 전에도 글로리는 그 차에 에임스 목사 가족을 태우고 생일 기념 소풍을 갔었다. 그러나 아버지는 컨디션이 좋지 않았기 때문에 그 소풍에 따라나설 수 없었다. 그녀가 잭에게 그 사실을 말하자 잭은 "아르카디아에도 나는 있다(죽음은 이상향인 아르카디아에도 여전히 군림한다는 뜻-옮긴이)."라면서 그 사실을 웃어 넘겼다. 어쨌거나 차에 별 문제가 없었으므로 그녀는 차를 좀 더 자주 사용했다. 아버지 역시 데소토를 특별하게 생각하는 것 같았다. 그의 마음속에 그것은 이동할 수 있다는 공공연한 약속이었고, 자기 단짝 친구에게도 은혜를 베풀 수 있는 힘이었다. 그래서인지 아버지는 자동차만 생각하면 유쾌해지고 기운도 솟는 것 같았다. 그렇지만 잭이 그들을 태우고 시골에 다녀온 후로는, 직접 차에 타는 것만큼은 사양했다.

"부인과 아들내미도 집에 있겠지."

"제가 그들을 극장에 데리고 갈게요."

"아주 좋은 생각이구나."

글로리는 아버지가 시시콜콜하게 세운 계획대로 일정을 준비했고, 점심 식사 후에 아버지를 차에 태웠다. 잭이 날이면 날마다 밖으로 나돌자 집 안에는 적막이 감돌았다. 글로리는 아버지가 그런 적막감에서 벗어나기 위해 잠시나마 집을 비우는 것도 괜찮겠다고 생각했다. 그녀는 아버지를 태우고 교회 앞을 지난 다음 아버지가 잘 가꾸어진 정원과 나무를 감상할 수 있도록 전쟁 기념관 앞을 통과했다. 드디어 차가 에임스 목사 집에 도착하자 그녀는 아버지를 차에서 내려 드린 후 보도를 지나 계단까지 아버지를 부축했다. 에임스 목사는 문 앞에 서 있는 아버지를 보고 깜짝 놀란 것 같았다.

"여자들이 영화를 보는 동안 우리가 서로를 돌봐 줄 수 있을 것 같아서. 데소토를 타고 왔다네."

에임스 목사가 식탁에서 의자를 꺼내 왔다. "다른 의자에 앉기를 바라지 않는다면……."

"이게 늘 내 의자 아니었나? 내 신도석이지." 아버지가 의자에 앉은 뒤 지팡이를 식탁 모서리에 걸어 놓고 눈을 감았다. 라일라와 로비가 2층에서 내려왔다. 로비는 단정하게 가르마를 탔고 볼은 박박 문질렀는지 발그레했다. 글로리가 그들을 곰팡내 나는 작은 극장으로 데려갔다. 거기서 그들은 여섯 명의 사수와 수색대 한 조가 악을 이기는 영화를 보았다. "기도나 해라!" 악당이 협곡에 끌려 들어온 무고한 시민에게 말했다. 악당이 자비롭게도 포로에게 기도를 허락하려는 순간, 그의 뒤로 철커덕거리는 말발굽 소리가 나더니 그의 손에서 총이 떨어졌다. 글로리에게는 뻔한 반전이었지만 로비는 무척 재미있어했다. 영화 예고편과 뉴스 영화와 만화에 이어 두 번째로 본 짧막한 영화에서도 다시 한 번 선이 악을 이겼고, 마침내 그들은 두 시간도 더 지나서 눈을 깜박이며 오후의 눈부신 태양 속으로 걸어 나왔다.

두 노인은 여전히 식탁에 앉아 있었는데, 뜻밖에 잭이 그들과 함께 있었다. 잭이 글로리를 보며 미소를 지었다. "집에 가보니 아무도 없기에 무슨 일이 일어난 게 틀림없다고 생각하고 이리로 왔지." 그가 집을 나서거나 들어서면서 짤막한 인사를 건넬 때 말고는, 그녀가 최근 사흘 동안 그를 제대로 본 건 이번이 처음이었다. 잭이 식구들을 찾아올 줄이야! 글로리는 너무도 기쁜 나머지 가슴 저릿한 통증까지 느꼈다. 그녀는 잭이 어떤 상태인지 알고 싶었지만 그의 미소는 쌀쌀하기만 했다. 화가 난 것 같았다. 하기야, 그는 그녀가 자신을 배신했다고 생각할 테고, 사실 맞는 말이기도 했다. 물론 의도한 건 아니었지만. 이제 아버지가 이리 와서 에임스 목사에게 비밀을 다 털어놓고 있는 마당에, 후회가 다 무슨 소용일까. 아버지는 오랜 우정을 믿고 그동안 자신이 의심하고 두려워하던 것을 친구에게 다 털어놓으려 하고 있었다. 간밤에 아버지와 나눈 대화만으로도 잭은 충분히 고통스러웠을 텐데, 오늘 또 이 모양이라니……. 아마도 잭의 마지막 바람이라면 자신이 직접 에임스 목사에게 모든 것을 말할 방법을 찾아내는 것이리라. 그녀는 그것도 모르고 그저 아버지를 외출시키게 된 것만 기뻐하고 있었다. 에임스 목사네 부엌에서 오랜만에 아버지가 위안을 얻을 거라고 생각하며. 그런데 그녀의 생각이 모자랐던 것이다. 아버지는 눈을 감은 채 가만히 앉아 있었다.

세 사람이 돌아오는 걸 보고 에임스 목사가 눈에 띄게 안도했다. 로비는 영화를 보느라 꾹꾹 참고 있던 에너지를 발산하며 목사의 무릎 위로 기어 올라갔다. "아빠도 같이 갔으면 좋았을 텐데. 아빠도 그걸 봤다면 좋아했을 거예요." 그러면서 팝콘 봉지 바닥을 탁탁 치자 끈적끈적한 과자 몇 개가 에임스 목사 앞의 식탁 위로 떨어졌다.

"토비 주려고 몇 개 남겨 왔어요." 로비가 아빠 무릎에서 내려오더니 "여기요." 하며 잭에게 과자를 몇 개 꺼내 줬다. "이 안에 경품 딱지가 들어 있을 거예요. 혹시 보이세요?"

잭이 봉지를 불빛 쪽으로 기울이며 안을 들여다보더니 말했다. "네가 그것까지 다 먹어 치운 게 틀림없어."

로비가 웃음을 터트렸다. "아니에요, 안 먹었어요."

"영화에 빠져 그걸 먹는지도 몰랐겠지. 1달러짜리였을 수도 있는데. 아무튼 넌 네가 그걸 삼킨 것도 몰랐을 거야."

"에이, 아니에요. 그랬다면 알아차렸을 거예요. 1달러짜리를 알아차렸을 거라고요!"

"고무 뱀이나 독거미라면 알아차렸겠지."

"에이. 아니에요. 어디 봐요."

잭이 로비의 손이 닿지 않게 봉지를 들어 올리더니 손가락으로 무언가를 꺼냈다. "넌 참 운이 좋은 꼬마로구나. 나도 이런 거 하나 갖고 싶었는데."

"그게 뭔데요? 네?"

잭이 식탁 위에 조그만 장난감을 내려놓았다. "돋보기라는 거란다."

로비가 그걸 쳐다봤다. "별로 크지 않은데요."

"자, 한번 시작해 봐야지?"

"뭘 시작하는데요?"

"실마리를 찾는 일. 자, 여기 봐라. 내 셔츠 소맷부리에 점이 하나 있거든. 그게 뭐처럼 보이니?"

로비가 조그만 렌즈로 그것을 들여다보았다. "그냥 점처럼 보이는데요."

잭이 어깨를 으쓱했다. "어이구, 이런. 뚜껑이 닫혀 있네."

로비가 웃었고 라일라도 따라 웃었다.

에임스 목사가 말했다. "로비, 얼른 뛰어가서 토비아스를 찾아보렴. 걔도 이 돋보기를 보고 싶어할 거다. 돋보기로 잘 보이지 않는 조그만 벌레를 찾아보렴. 자, 어서 가봐라." 아이가 잠시 머뭇거리더니 이내 집을 나섰다.

잭이 고개를 돌리고 온화하면서도 지친 눈빛으로 에임스 목사를 바라봤다. 마치 '목사님께서 왜 아들을 내보내시는지 알고 있습니다.'라고 말하는 듯한 눈빛으로. 보나마나 에임스 목사와 아버지는 잭의 영혼을 위해 방금 기도를 올렸을 것이다. 그가 살아왔거나 잃어버린 삶이 어떤 것이었든 간에 두 노인은 하느님 앞에서 그가 애통해하는 삶을 헐뜯고 비난했을 것이다. 죄의 이름으로 그것을 개탄했을 수도 있고, 위반 행위, 불명예, 무책임 같은 보다 완곡한 표현을 쓰면서 그것을 비난했을지도 모른다. 잭은 아버지의 의심이라는 황량한 불빛을 받으며 자신을 위한 기도와 탄원 속으로 걸어 들어왔다. 더구나 아버지는 무엇 하나 제대로 아는 것이 없었으므로, 그의 기도는 응답을 받기 위해 과장됐을 게 뻔했다. 아무리 자주 면도하고 머리를 감아도 자기 주변에 남아 있는 수의(壽衣)의 기억을 떨치지 못하는 라자로처럼, 잭은 자신에 대한 그럴싸한 추측 속으로 걸어 들어온 것이다.

"사모님, 영화는 재미있으셨나요? 저도 영화를 몇 번 본 적이 있는데 뉴스 영화가 재밌더군요. 극장에는 좀 어울리지 않지만요."

라일라가 보턴과 에임스 목사에게 말했다. "뉴스가 아주 끔찍했어요. 원자 폭탄이 발사되는 장면이 나왔고, 불타는 건물이랑 그 건물 안에서 저녁을 먹는 가족의 모형이 나왔어요. 아이들한테는 보여 주지 말아야 하는데……"

"먼저 그런 짓을 하지 말아야지요." 아버지가 말했다. "사람들이 그런 버섯구름을 좋아하는 게 문제지요. 그 모든 난리법석을……." 아버지가 아직도 눈을 감은 채 중얼거렸다. "덜레스가."

잭이 말했다. "덜레스 말인데요. 제가 알기로는 점잖은 장로교 신자라던데요."

그러자 아버지가 코웃음을 쳤다. "본인이야 그렇게 말하겠지."

잭이 의자에 깊숙이 앉은 채 팔짱을 꼈다. 편한 것처럼 보이고 싶을 때 취하는 자세였다. "그런 사람들 때문에 요즘 아이들 키우기가 힘들지요. 아이들이 마시는 우유에 방사성 낙진이 들어 있거든요. 그 점잖은 장로교 신자가 이 문제를 조금만 더 심각하게 생각해 주기를 바라야죠. 세인트루이스에서 이른바 '젖니'라고 부르는 것에 대한 연구 조사가 있었답니다. 아기 이빨이요. 그런데 그 안에 방사성 물질이 들어 있었다는군요. 걱정스러운 일입니다. 아이를 키우는 사람들한테는요. 신문에 그렇게 났더군요."

에임스 목사가 비난하는 듯한 눈길로 잭을 쳐다봤다. "자네 아버지가 존 포스터 덜레스를 위해 기도할 책임은 조금도 없다네. 나도 그렇고."

아버지가 투덜거렸다. "그래도 이 사람은 아이젠하워를 찍을 거다."

잠시 후 잭이 헛기침을 했다. "제가 특별히 책임이라는 것에 연연해하지 않았다고 치죠."

아버지가 비로소 눈을 떴다.

"또 실망이나 시키는 놈이었다 치고요. 사실은 그보다도 더 끔찍한 놈이었지만요. 지금도 그렇고요."

아버지가 잭을 보며 말했다. "아니, 그렇지 않았다. 그런데 말하고 싶은 요점이 뭐냐?"

라일라가 말했다. "아버님 말씀에 동감이에요. 뭐가 뭔지 잘 이해가 안 가네요. 당신이 누구를 우러러보는 건지 저도 잘 모르겠거든요."

"무례하게 굴 생각은 전혀 없습니다. 단지 신에게 버림받은 사람들을 대변해 제가 말을 해야 한다고 생각했을 뿐이에요. 그들은 사실 무해하거든요." 잭이 미소를 지으면서 말을 이었다. "변명하는 건 아니지만, 우리들처럼 악랄한 삶을 살아온 사람들은, 어쩌다 뉴스를 보게 되면 좀 어리둥절해집니다. 보나 마나 우리들 탓이겠죠. 에임스 목사님, 그것에 대해 고견을 들려주시겠습니까?"

에임스 목사가 진심인지 확인하기 위해 그를 힐끗 쳐다보더니 이렇게 말했다. "생각할 게 많은 문제로구먼."

"상당히 자주 화제에 오르는 문제이기도 하죠. 제가 아는 사람들 사이에서는요. 좁은 곳에서 바글바글 살면서 시간을 주체할 수 없는 사람들 말입니다." 잭이 웃음을 터트렸다.

방 안에 침묵이 흘렀다. 아버지가 다시 눈을 감으면서 고개를 떨어트렸다. 잠시 후에 글로리가 끼어들었다. "아빠가 지치신 것 같아요."

"나 여기 있다. 나한테 물어봐도 된다. 아직 1인칭으로 존재한다."

"피곤하세요?"

"오냐, 피곤하구나. 집에 가고 싶지만 아직은 아니다." 잠시 동안 아무도 입을 열지 않자 아버지가 고개를 들며 말했다. "오냐, 그만 집으로 가야 될 것 같구나."

글로리는 잭도 함께 돌아가기를 바랐지만, 그는 편안하다는 듯 의자에 그대로 앉은 채 그녀와 눈을 마주치지 않았다. 글로리가 라일라와 함께 아버지를 부축해 차까지 모셔 가서 태웠다. 결국 라일라는 집까지 따라와서 아버지가 차에서 내려 계단을 오르는 걸 도와주었다. 아버지가 낮잠에 들자 글로리는 에임스 목사에게 전화를 걸어 라일라가 여기 남아서 저녁 준비를 도울 거라고 말했다. 또 로비는 토비아스와 같이 저녁을 먹을 거라는 말과 함께 한 시간 정도면 저녁 준비가 끝나겠지만 에임스 목사와 잭은 아무 때나 와도 된다고 했다. 반 시간 후 에임스 목사가 혼자 왔다. 곧 잭이 따라올 거라고 해서 한참을 기다렸지만, 결국은 그들끼리 침묵 속에서 저녁을 먹었다.

아버지가 물었다. "둘이서 무슨 이야기를 좀 나누었나?"

"아니. 하고 싶은 말은 있는 것 같던데 말을 못하더군. 자네가 집으로 돌아가고 얼마 안 돼서 잭도 나갔네."

"어디로 간 것 같은가?"

"늦을지도 모른다는 말만 하더군."

글로리는 밤새도록 혹시나 문 열리는 소리가 날까 봐 귀를 기울이고 있었다. 두 번이나 가운을 걸치고 밖으로 나가 헛간과 자동차와 광과 베란다를 들여다보기도 했다. 그녀가 나가는 소리를 잭이 들어오는 소리라고 생각한 아버지가 큰 소리로 잭이냐고 물었다. 아버지가 그렇게 생각하도록 그냥 내버려 두는 게 나을 것 같아서 글로리는 살금살금 2층으로 기어 올라가 날이 샐 때까지 그대로 방 안에 있었다.

아버지가 아침 준비는 하지 말라고 했지만 글로리는 커피와 잼을 바른 토스트를 의자 옆 협탁에 놓아 드렸다. 여느 아침과 조금도 다를 바 없다는 듯 신문도 갖다 놓았다. 아버지를 편안하게 해드리기 위해 자신이 할 수 있는 일을 했다. 하지만 아버지는 잭 때문에 안절부절못하고 있었다.

"잠깐 나갔다 올게요." 그녀의 말에 아버지가 고개를 끄덕였다. 아무것도 묻지 않는다는 건 모든 걸 다 알고 있다는 뜻이었다.

"네가 나가 보는 게 좋겠구나."

글로리가 옷을 챙겨 입고 머리를 빗은 뒤 잭의 방을 들여다보았다. 침대는 깔끔하게 정리돼 있었고 그의 책과 옷, 그리고 여행 가방도 제자리에 그대로 놓여 있었다. 그녀가 부엌 창턱에 놓아두었던 자동차 열쇠를 찾아 들었다.

어쩌면 잭은 지나가는 차를 얻어 타고 동네 밖으로 나갔을지도 몰랐다. 따라서 길리아드 안에서 찾지 못하면 프레몬트까지 찾아 나설 참이었다. 혹시 잭이 길거리를 헤매고 있지나 않은지 확인하기 위해서. 그러다가 늦어지면 라일라에게 전화를 걸어 아버지 좀 보살펴 달라고 부탁할 작정이었다. 기껏해야 두 시간이면 다녀올 수 있으리라. 아버지도 그녀가 왜 나갔는지 알기에 그 정도는 참고 기다릴 수 있으리라.

글로리는 차 열쇠를 주머니에 넣은 뒤 눅눅하고 어두컴컴한 헛간 안으로 들어섰다. 그런데 거기 잭이 있었다. 모자챙은 다 구겨진 채 한 손으로 옷깃을 여미며 차에 기대서 있었다. 그는 그녀를 향해 남은 손을 조심스럽게 내밀며 미소를 지었다. "10센트만 빌려 줄래요, 아가씨?" 그의 얼굴에 드러난 바람둥이 같은 표정과 거칠고 야비한 매력에 글로리의 간담이 서늘해졌다.

"이게 바로 네 오빠 잭의 진면목이란다. 가식을 다 버린 본모습이지."

"이런! 이런, 하느님 맙소사!"

잭이 부드럽게 달랬다. "그렇게 소리 지를 필요 없어. 그냥 농담이었어. 농담이라니까."

"세상에, 이제 어떻게 해야 되죠?"

잭이 어깨를 으쓱했다. "나도 어떻게 하면 좋을까 생각하고 있었다. 저 양반한테 이 꼴을 보일 수는 없지. 나도 그 정도는 알고 있다고."

"그나저나 와이셔츠는 어디 있어요?"

"양말이랑 같이 있을걸. 그걸로 자동차 배기관을 틀어막았던 것 같은데. 와이셔츠는 저기 관 바깥쪽에 걸려 있군. 이제 나한테는 별로 쓸모가 없겠군."

"좀 앉아야겠어요." 글로리는 자신이 흐느끼는 소리를 들으면서 도저히 숨을 쉴 수가 없었다. 팔짱을 끼고 차 지붕에 엎드려 울었다. 앞으로 어떻게 해야 할지 생각도 하지 못한 채 그냥 넋을 놓고 펑펑 울기만 했다. 잭은 술에 취한 와중에도 몹시 후회스러운 얼굴로 저만큼 떨어진 채 휘청거리며 글로리의 주변을 맴돌았다.

"열쇠를 너한테 주기를 잘했지. 열쇠도 없이 시동을 걸려고 했거든." 잭이 열려 있는 보닛을 향해 손짓을 하며 말했다. "내가 좀 망가트린 것 같다. 그래도 열쇠 때문에 너를 성가시게 하지 않아서 다행이구나."

"일단 뒷좌석에 타세요. 들어가서 비누랑 물이랑 갈아입을 옷을 가져올게요. 그래야 오빠가 집으로 들어갈 수 있을 것 같아요. 그냥 누워서 기다리시면 돼요. 여기 가만히 계세요. 금방 다녀올게요."

잭은 당혹스러움과 피곤함과 안도감을 느끼며 고분고분 말을 들었다. 그가 뒷좌석에 눕더니 글로리가 문을 닫을 수 있도록 무릎을 끌어당겼다.

그녀가 집으로 들어오자 아버지가 큰 소리로 물었다. "잭 집에 있니?"

"네, 아빠. 집에 있어요." 목소리를 차분하게 가라앉힐 수가 없었다.

잠시 침묵이 흘렀다. "그럼 오늘 저녁 식사 때는 그 애 얼굴을 볼 수 있겠구나."

"네, 그럴 거예요." 또다시 침묵. 노인은 궁금증과 걱정과 분노와 안도감을 억누르며 그들에게 유예 기간을 주었다. 그동안 글로리는 필요한 것을 다 챙겼다. 계단 꼭대기의 수납장에서 시트와 담요, 수

건 등속을 꺼냈고, 청소 도구를 넣어 두는 창고에서 양동이를 가져와 깨끗이 헹군 후 뜨거운 물을 가득 채웠다. 아버지가 이렇게 긴박하게 허둥대는 소리를 듣고 있을 것이 걱정됐지만, 어쨌거나 아버지는 또 한 번 참을성을 발휘하실 것이다. 오, 주님. 마지막으로 세탁비누를 양동이에 집어넣고 나서 그녀는 그 모든 걸 현관 입구로 날랐다.

이제 뭘 해야 하지? 그녀는 일단 모퉁이에 있던 흔들의자를 헛간 뒤로 옮겼다. 다행히 라일락 덤불에 가려 이웃 사람들 눈에는 띄지 않았다. 환하게 내리비치는 햇살도 충분히 따사로웠다. 글로리가 쪽문을 통해 시트를 들고 헛간으로 들어갔다.

"오빠, 오빠. 일단 옷 벗고 이 시트로 몸을 감싼 다음 밖으로 나오세요. 그런 다음 몸을 씻어요. 제가 도와드릴게요. 제 말 들었어요?"

잭이 끙끙거리면서 일어나더니 눈을 가늘게 뜨고 글로리를 쳐다봤다.

"제가 도와드릴게요. 갈아입을 옷도 갖다 드릴게요. 그럼 기분이 훨씬 나아질 거예요."

잭이 고개를 저었다. "내 옷이 엉망이 된 것 같은데……."

"그건 제가 알아서 할게요. 일단 옷을 주세요. 한번 깨끗이 빨아 볼게요."

잭이 글로리를 쳐다보며 말했다. "너, 아직도 울고 있구나."

"신경 쓰지 마세요."

"미안하다. 정말로 미안해."

"괜찮아요." 글로리가 잭의 팔을 잡아 일으킨 뒤 차 측면에 기대게 했다. "코트 주세요." 코트 밑으로 그의 맨가슴이 드러났다. 잭이 팔로 가슴을 가리다가 몹시 곤혹스러운 얼굴로 웃었다.

"좀 더 자야 할 것 같아." 잭이 차 문을 열려고 했다.

글로리가 문을 도로 닫았다. "저도 오빠한테만 매달려 있을 수 없어요. 아빠도 챙겨 드려야 하니까요. 아빠가 걱정으로 돌아가실 지경이세요. 이거 잡으세요." 그녀가 잭에게 시트 한 귀퉁이를 잡게 한 다음 그의 겨드랑이 밑으로 나머지 부분을 둘렀다. "저는 밖에서 기다릴게요. 아무도 볼 수 없는 저기 바깥쪽에 의자를 갖다 놨어요."

"죽음의 냄새가 나는구나……. 나랑 이게 잘 어울리는 것 같지 않니? 그걸 뭐라고 하지? 시체를 싸는 하얀 천 말이다."

"제발! 제가 오빠한테 어떻게 해야 하죠? 어떻게 해야 할지 말씀 좀 해보세요!"

"울지 마라……. 1분만 시간을 줘. 네가 날 돕고 싶어한다는 걸 알고 있어, 글로리."

글로리가 밖으로 나가서 기다린 지 얼마 지나지 않아 잭이 나타났다. 맨발로 주춤주춤 나오다가 햇빛을 받자 겸연쩍어했는데 깜짝 놀랄 정도로 희고 야윈 몸이었다. 그가 몸을 수그리고 의자에 앉자 글로리가 양동이와 비눗물과 수건을 가져와 그를 씻기기 시작했다. 머리부터 시작해 얼굴, 목, 어깨 순으로 내려오면서 몇 번이고 수건을 짜가며 팔과 손을 문질렀다. 기름이 묻은 손은 상처가 나 있었다. 아버지도 그걸 알아차릴 것이다.

"라벤더." 잭이 말했다.

글로리가 잭의 등을 씻기기 위해 몸을 앞으로 숙이라고 했다. 그의 머리가 그녀의 어깨 위로 축 늘어졌다. "한때…… 영안실에서 일한 적이 있었어. 아주 잠깐 동안."

"좋으셨겠네요."

"그래, 싫지는 않았지. 조용했거든."

"아무 말 안 하셔도 돼요."

"어느 날 시체 하나가 들어왔어. 시트에 둘둘 말려서……. 전혀 모르는 사람이었지. 그런데 발가락에 종이가 한 장 묶여 있더라고. 빨간 리본으로 묶여 있었지. 내 이름이 적힌 차용증서였단다. 내…… 서명이었어. 사람들이 내 이름이 적힌 차용증서로 돈을 받아 냈던 거지." 그러면서 글로리를 쳐다봤다. "그런 이야기 들어 본 적 있니? 엉뚱한 사람이 네 서명이 적힌 차용증서를 가지고 있는 거야. 너무 무서운 일 아니니?"

"그건 그저 부끄러운 일일 뿐이에요." 공감해 주기를 기다리는 잭의 눈길을 무시하고 글로리가 말을 잘랐다.

잭이 웃으면서 말했다. "사실은 내가 얼마나 빚을 졌는지도 몰랐어. 그런 차용증서가 얼마나 있는지도 모르고. 술에 취하지 않았을 때는 절대로 그런 데 서명하지 않거든. 그렇게 많지는 않을 거야. 알다시피 내 신용이 좋지 않아서."

"그럴 거예요."

잭은 면도도 해주어야 할 형편이었다. 헬쑥한 얼굴이 수염 때문에 지저분해 보였다.

"사람들이 내가 펄펄 뛰는 꼴을 좋아했던 것 같아. 내가 흥분을 잘하거든. 그런 점은 알려 주지 않아도 잘도 알더군."

"오빠는 집에 돌아왔어야 했어요."

잭이 웃음을 터트렸다. "그럴지도 모르지. 나는 노동자로 취직하는 데 실패했어. 하지만…… 지원서를 조금 내서 그런 건 아니야."

"알아요."

글로리가 잭을 도로 의자에 앉힌 후 수건으로 몸을 닦아 주고 나서 담요를 둘러 줬다. 이어 그의 발을 차례로 비눗물에 담그면서 물었다. "이게 지금 제가 할 수 있는 최선이에요. 편안하세요? 혹시 햇빛 때문에 너무 눈부시진 않아요?"

"괜찮아. 아까보다 훨씬 나아졌어. 물 한 잔 마실 수 있지?"

"그럼요. 오빠 옷 좀 갖고 올게요. 오빠 방에 들어가야 하는데, 괜찮아요?"

잭이 잠시 무슨 생각에 잠겼다가 깜짝 놀라 제정신으로 돌아온 듯 외쳤다. "내 양복 윗도리."

"여기 있어요." 글로리가 윗도리를 가져와서 의자 등받이에 걸쳐 놓았다. 이어 가슴 주머니에서 얇은 가죽 케이스를 꺼내더니 의자의 물기를 닦아 낸 다음 의자 팔걸이에 그걸 올려놨다.

"고맙다, 글로리." 잭이 손으로 그것을 감싸면서 도로 눈을 감았다.

"괜찮다면 오빠 방에 가서 옷 좀 가져올게요."

"거기서 술병 한두 개쯤 나올 거다." 잭이 웃으면서 말을 이었다. "최근 들어 피아노 의자 속 돈에 손을 댔거든."

"그대로 계세요. 다녀올게요."

글로리는 가까스로 울음은 그쳤지만 현관에서 그만 주저앉고 말았다. 그 상태로 잭이 한밤중에 황폐한 낡은 헛간에 홀로 앉아 저지른 짓을 상상해 봤다. 그는 자살을 성공적으로 수행하기 위해 데소토의 배기관에 양말을 쑤셔 넣은 뒤, 그것도 모자라 셔츠까지 동원했다. 하필이면 그가 가장 좋아하는 셔츠, 소매에 아름다운 수가 놓인 바로 그 셔츠였다. 그가 술에 취해 저질렀던 자살 시도와 실패, 그것을 증명하는 그의 지저분한 손, 그리고 자동차까지 떠오르자 그녀는 단 몇 분도 잭을 혼자 둘 수 없었다. 그런데 아버지도 그녀를 필요로 했다. 라일라를 불러야 할 것 같았다. 하지만 아직은 아니었다. 글로리네 가족은 성경에서 금하는 일보다 분별없는 행동을 용서하는 데 더 오랜 시간이 걸리는 사람들이었다. 게다가 잭이 사생활을 감추고 싶어하는 상황이니 이 또한 거스르지 않도록 더욱 조심해야 했다.

이것이야말로 식구들이 항상 두려워했던 것이 아니었을까? 잭이 정말로 떠날 거라고, 도움도 피해도 줄 수 없는 곳으로, 자의식과 굴욕을 넘어서는 곳으로……. 그 모든 외로움과 가슴속에 응어리진 분노와 덜어 낼 수 없는 부끄러움을 넘어서는 곳으로……. 결국은 그에 대한 식구들의 한없는 충성이 미칠 수 없는 곳으로 잭이 진짜로 떠나 버릴 거라고! 아아, 주님! 그동안 그녀는 그를 보살펴 주고 도와주려고 애썼고 잭도 그녀가 정말로 그러고 있다고 믿게끔 굴었다. 그 결과 그녀는 자신이 그의 구조자가 될 수 있다는 생각으로 뿌듯했었다. 자신의 구조 행위가 잭의 마음에 들지 않으리라는 생각은 꿈에도 하지 못한 채……. 또 그녀는 잭이 야기한 슬픔, 아니 슬픔 자체인 잭 때문에 괴로워하는 아버지도 자신이 도울 수 있다는 환상에 빠져 있었는지도 몰랐다.

잭이 집을 떠났을 때 그녀는 부모와 함께 달랑 혼자 남아 있었고, 그가 돌아왔을 때에도 아버지 외에는 달랑 그녀 혼자뿐이었다. 그 두 가지 상황이 일치하는 걸 보면서 글로리는 그것이 신의 의도라는 생각과 함께 두 사람의 운명이 정말로 얽혀 있다는 암시에 빠져들었다. 아니면 이 적막한 집으로 돌아온 다음 다시 사춘기의 심리 상태로 퇴행했는지도 모른다. 서른여덟 살 먹은 외로운 여학생······. 그러자 고통스러운 생각이 떠올랐다.

  잭이 오래전부터 그녀를 꿰뚫어본다는 느낌, 그녀의 겉모습 이면의 실체까지 다 알고 있다는 느낌이었다. 그럴 때면, 그는 이제껏 그녀에 대해 갖고 있던 신뢰감이나 유용성에 관해 새로운 평가를 내리거나 갑자기 그녀에게 흥미를 잃은 듯한 얼굴이었다. 그녀는 그와 같은 순간들을 겪을 때마다 거기에서 일관성을 찾을 수도 없었고, 그런 그를 납득할 수도 없었다. 하지만 바로 그것이 잭의 특성이었다. 아버지는 항상 그 점을 지적했었다. 잭은 식구들 모두 지니고 있는 활력과 목적과 선의와 습관과 확실성의 흐름에서 늘 비켜나 있을 뿐이라고. 잭 역시 식구들과 같은 음식을 먹고 한 지붕 아래에서 잤으며, 이 집안 특유의 옷을 입고 이 집안 특유의 말투로 이야기했다. 목사의 가족임이 확실하게 드러나는 말투였는데, 자식들은 충분히 그걸 풍자할 만한 나이가 되었을 때도 그러기는커녕 오히려 거기에 살짝 매료된 것처럼 보였다. 비록 잭이 엄마의 생명을 위협하면서까지 태어나긴 했지만 그래도 글로리는 어쩐지 잭이 기아(棄兒) 같다는 느낌을 버릴 수가 없었다. 잭이 태어날 때 얼마나 놀랐던지 그녀의 언니 둘은 한동안 절대로 결혼하지 않겠다고 맹세까지

했었다. 아아, 그것은 절대로 잊을 수 없는 외로움이었고 그토록 쓸쓸한 거리감이었다. 다른 형제들은 다 순조롭게 태어난 데 비해 자기만 그러지 못했다는 사실에 잭이 상처라도 입은 것 같았다.

　글로리는 잭에게 화조차 낼 수 없는 현실이 거의 절망스러울 지경이었다. 잭 때문에 하마터면 늙은 아버지가 돌아가실 뻔했다. 만일 아버지가 그 꼴을 보았다면, 그동안의 모든 인내와 희망이 물거품이 되면서 당신 뒤통수를 무참히 내리쳤다면, 아버지는 더 이상 버틸 수 없었을 것이다. 그럼 온 가족 역시 형언할 수 없는 슬픔에서 영원히 헤어 나오지 못할 것이다. 그의 잘못을 용서하기 위해, 그것도 전적으로, 또 즉각적으로 용서하기 위해 얼마나 더 체념하고 포기해야 할까? 그동안 온 가족이 다 그렇게 해왔는데, 잭은 식구들이 그러는 이유를 알고 웃으면서도 한편으로는 그것 때문에 흠칫 놀랐다. 어쨌거나 글로리는 그저 한두 시간만이라도 잭을 용서하고 싶지 않았다.

　글로리가 잭에게 물을 갖다 줬다. 그는 온통 땀에 젖은 채 햇빛을 받으며 꾸벅꾸벅 졸고 있었다. 그가 설핏 눈을 떴을 때 글로리는 그 눈에서 너무도 낯익은, 스스로에 대한 절망감을 읽을 수 있었다. "이렇게나 땀을 흘렸다니, 정말 지긋지긋하구나."

　그녀가 그의 발을 수건에 올려놓은 다음, 때가 낀 양동이의 물을 버리고 나서 다시 집으로 들어가 깨끗한 물을 받아 왔다. 스펀지도 가지고 왔다. 이어 스펀지를 들고 그를 씻기기 시작했다. 물에 젖자 의외로 가늘어 보이는 머리를 감기고 슬픔에 찬 사랑스러운 얼굴을 깨끗이 씻겼다. 아아, 오빠. 잭은 가난에 찌든 것처럼 보였다. 또 그녀가 상상했던 상황 중 최악의 사태에 처한 것처럼 보였다. 그나마 숨을 쉬고 땀을 흘리고 그녀의 손길이 닿을 때마다 움찔 긴장하는 게 다행이라면 다행이랄까.

"이건 내가 할 수 있어."

그 말에 글로리가 스펀지를 건네주고 나서 안으로 들어가 면도기와 면도용 크림을 가지고 돌아왔다. "잠깐만요." 글로리가 잭의 턱을 들어 올린 다음 손에 비누 거품을 짜내 잭의 턱에 칠했다.

잭이 글로리의 얼굴을 뚫어지게 쳐다봤다. "너, 단단히 화가 났구나."

"맞아요."

"너한테 뭐라고도 못하겠다."

"말하지 마세요."

잭이 눈길을 돌렸다. 그의 표정에 일종의 당혹감과도 같은 비통함이 서려 있었다. '오빠도 놀랄 줄 아나? 아니면 자신의 방어 수단이 모조리 망가지고 유일한 친구마저 잃어버린 채 다시 세상으로 돌아와서 당혹스러운 걸까?'

"입술에 힘 좀 주세요." 잭이 입술을 팽팽하게 당기자 글로리가 그 주위를 면도했다. "이제 턱이요." 잭이 턱에 힘을 주자 그녀가 그의 턱을 들어 올리고 면도기로 목까지 밀었다. 그런 다음 스펀지로 거품을 닦아 내고 얼굴을 살폈다.

"잘됐네요." 잭이 잭답게 보이자 글로리의 마음이 좀 놓였다. 글로리가 그의 이마로 흘러내린 머리카락을 가지런히 정돈했다. 그 부드러운 손길이 잭에게 안도감을 주는 것 같았다. 글로리가 그의 뺨에 입을 맞췄다.

"술에 취하지만 않았다면 절대로 그런 짓은 안 했을 거야. 도대체 무슨 짓을 저질렀는지 하나도 기억이 안 나는구나." 잭이 정말로 그런 짓을 저질렀는지 확인이라도 하듯 자기 손을 쳐다보며 말했다.

"이제 다 끝났어요."

잭이 그녀를 향해 미소를 지었다. 아니, 안 끝났어, 안 끝날 거야, 라는 얼굴로. "너한테 이런 꼴을 보여서 미안하다."

"더 나쁜 일이 일어나지 않아 다행이에요."

잭이 고개를 끄덕였다. "이제 너도…… 나라는 인간의 또 다른 모습을 알게 되었구나."

"그만하세요."

"좋아."

"아직 오빠가 갈아입을 옷을 못 가져왔어요. 오빠가 오빠 방에 들어가는 걸 싫어할까 봐. 들어가도 되죠?"

잭이 웃음을 터트렸다. "그래, 허락했다."


잭이 헛간으로 들어가서 아버지의 검정색 바지와 오래된 아름다운 셔츠를 입고 나왔다. 커프스단추가 없어서 소매는 걷어 올린 상태였다. 글로리는 깜박 잊고 양말을 가져오지 않은 게 마음에 걸렸다. 글로리가 앞장서고 잭이 뒤따르며 현관으로 들어갔다. 만일 누군가 그들을 보았다면, 사람을 공포에 떨게 하고 녹초로 만드는 시간을 함께 겪어 본 적이 없는 사람들과는 완전히 달라 보인다고 했겠지만, 다행히 아무도 그들을 보지 못했다. 잭의 숨소리를, 잔디 위를 걷는 발자국 소리를 들으며 글로리의 가슴이 저려 왔다. 이제까지는 몰라도 앞으로는 더 이상 절대로 당연하게 받아들일 수 없는 소리였기 때문이다. 길에서 사람 목소리가 들리자 잭이 걸음을 멈췄다. 마치 상상한 적도 없던 최후의 심판을 맞이하기 위해 고개를 돌리는 것처럼. "우리와 상관없는 일이에요." 글로리의 말에 잭이 고개를 끄덕이며 다시 그녀 뒤를 따라 계단을 올라 현관으로 들어섰다.

"잭도 함께 왔니?" 아버지가 큰 소리로 물었다.

"네, 아빠."

잭이 그녀를 향해 미소를 지으며 고개를 흔들었다. 이제 그는 쓸데없는 말로 상황을 더 곤란하게 해서는 안 된다는 걸 알 만큼 정신이 들어 있었다. 그들은 계단을 올라갔고, 글로리가 그의 방 차양을 내린 다음 침대 옆 협탁에 물 잔을 놓았다. 또 화장대에서 돌돌 말린 양말을 찾아내 물 잔 옆에 놓아 주었다. 잭은 몸을 잔뜩 구부린 채 얼굴 위로 베개를 끌어안았다. 마치 오랫동안 집에서 멀리 떠나 있다가 다시 안식처로 돌아온 모습이었다. 이제 다 끝났다고, 한동안은 안심이라고 생각하는 듯…….

글로리가 세수를 하고 머리를 빗고 옷을 갈아입은 다음 아버지를 돌보기 위해 아래층으로 내려왔다. "오빠는 좀 쉬어야 할 것 같아요."

노인은 눈 한 번 붙이지 않고 깨어 있었다. 거기 그렇게 앉아 밖에서 들리는 소리를 해석하며 그녀의 허둥대는 움직임과 부자연스러운 침착함을 간파하고 있었으리라. 얼마 후 잭이 그녀 뒤를 따라 느릿느릿 계단을 올라가는 소리도 들었으리라. 어쩌면 글로리의 빨개진 눈도 알아차렸을 것이다.

"잭은 괜찮지?"

"네, 괜찮아요."

아버지가 눈을 감았다. 마치 그동안 이 십자가를 받아들이느라 기운을 다 소진했다는 듯. 그의 턱이 약간 벌어진 걸 보고 글로리는 순간적으로 아버지가 죽었을지도 모른다는 끔찍한 생각을 했다. 하지만 이내 아버지가 누비이불 위로 손을 꺼내는 걸 보고 그저 잠이 들었다는 걸 깨달았다.

피곤한데도 불구하고 글로리는 잠을 이룰 수가 없었다. 뼛속 깊이 외로움이 사무쳤다. 그녀는 벽장에서 철사로 된 옷걸이를 찾아내 똑바로 편 다음 헛간으로 나가 자동차 배기관에서 잭의 셔츠를 꺼냈다. 간신히 셔츠 끝자락만 박혀 있고 몸통과 소매는 땅바닥에 널브러져 있었다. 사시사철 짐승 배설물 냄새가 풍기는 땅바닥은 자동차에서 새어 나온 기름으로 축축이 젖은 채 과거의 기억을 불러일으켰다. 글로리가 다시 옷걸이로 양말 두 짝을 차례차례 꺼냈다. 그렇게 잭의 자살 시도 증거물이 제거되고 나자 마음이 한결 홀가분해졌다. 그녀는 집 안으로 돌아와 양말을 벽난로 속에 집어 던졌다. 양말에서 연기가 나면서 불이 붙었다. 이어 부엌으로 가 개수대에 물을 가득 채운 뒤 수놓인 부분을 조심하며 셔츠를 비벼 빨았다. 한동안 물에 담가 놔야 할 것 같았다. 그런 다음 최대한 조용히 계단을 올라가 잭의 방으로 들어갔다. 잭의 말대로 화장대 맨 아래 서랍에 위스키 두 병이 들어 있었다. 잭이 잠결에 몸을 뒤척이면서 고개를 들고 화난 표정으로 그녀를 쳐다봤다. 그녀는 술병을 들고 나가 과수원 땅바닥에 술을 쏟아 버린 후 빈 병을 광에 갖다 놓은 후 다시 조용한 집으로 들어왔다. 참, 셔츠는 눈에 띄지 않는 곳에 둬야 할 것 같았다. 그녀는 셔츠의 물을 꼭 짠 뒤 옷걸이에 걸어서 광으로 가져가 문 뒤에 있는 못에 걸었다.

이런 날 향기로운 음식을 만드는 것 말고 되찾은 평안과 안녕을 선포할 수 있는 방법이 뭐가 있을까? 엄마는 늘 그렇게 했다. 심각한 재난이 지나가고 나면 으레 계피가 든 롤빵이나 초콜릿 케이크, 닭 요리나 푸딩 냄새로 온 집 안을 가득 채웠다. 거기에는 '이 집에는 우리 모두를 사랑하는 영혼이 있어.'라는 의미가 담겨 있었다. 만약 그들이 싸웠다면 그건 평화를 의미할 테고, 혹시 곤경에 빠졌다면 특사(特赦)를 의미할 터였다. 또 거기에는 '지금 저녁 먹으러 오면 된다. 손 씻는 것만 잊지 않았다면 아무도 너한테 뭐라고 하지 않을 거야.'라는 뜻이 담겨 있기도 했다. 그런 날 아버지가 올리는 기도는, 내용은 좀 달라졌어도 결국은 이 식탁에 모든 식구들을 다 모이게 해주셔서 감사하다는 기도였다.

글로리는 자신과 오빠, 아버지 세 사람이 서로 더욱 사랑하기를 바랐고, 죄책감이나 실망은 덜해지길 바랐다. 하지만 아버지와 오빠 둘 다 슬픔이라는 병을 앓고 있는 양 침울하게 가라앉아 있었다. 그녀로서는 그런 그들에게 닭고기 수제비를 해주는 게 최선일 것 같았다. 그 냄새가 피곤에 지쳐 잠든 두 사람에게 위안의 기억을 불러일으킬 수도 있다고 생각하니 다소 기운이 났다. 다행히 냉장고 안에 먹음직스런 영계와 당근이 있고 찬장에는 월계수 잎과 베이킹파우더도 있었다. 부족한 것은 라일라가 로비 편에 보내 줄 것이다. 그녀는 왜 그걸 가게에서 사지 않느냐고 물어보지 않을 만큼 눈치가 빠른 여자였다. 친절한 라일라. 어쩌면 그녀는 간단하고 상식적인 숙취 해소법을 알고 있을지도 몰랐다. 또 식은땀을 흘리며 자고 있는 잭의 이마를 깨우는 서늘한 손을 지니고 있을지도 몰랐다. 마치 죄를 씻어 내는 고해성사처럼. 잭이 그 사실을 알았다면 자신의 죄를 씻어 달라고 부탁했을지도 모른다. 그럼 자신의 온몸을 그런 고통에 밀어 넣으며 자책하지 않았을지도 모른다. 하지만 그가 신경세포 하나하나까지 다 슬퍼하려는 데에는 나름의 이유가 있으리라. 이제 몇 시간쯤 후면 잭은 흐리멍덩하고 음울한 기분으로 깨어날 것이다.

글로리가 닭을 잘 씻어서 당근, 양파, 월계수 잎과 함께 냄비에 넣은 후 물을 부었다. 이어 약간의 소금을 넣은 후 레인지의 불을 켰다. '불쌍한 닭 같으니라고. 이놈의 지상에서의 역할도 참 야릇하군.'

글로리는 지지직거리는 라디오 옆에 앉아 『비상 착륙』(어니스트 K. 갠의 소설—옮긴이)을 집중해서 읽어 보려고 애를 썼다. 그러다가 닭을 뒤집으러 부엌으로 가는데 진입로로 시보레 자동차가 들어왔다. 테디의 차였다. 이제 테디가 들어설 것이라고 생각하니, 글로리의 마음속에 걱정과 분노와 안도가 한꺼번에 밀려왔다. 테디가 1주일만 빨리 왔더라도 상황은 지금보다 훨씬 나았을 테고, 집안 분위기도 사뭇 달랐을 것이다. 그런데 그는 이제야 도착해서 실패와 치욕 속으로 걸어 들어오고 있었다. 그녀는 몇 주 전에 그에게 집에 와달라고 부탁했어야 했다. 그때만 해도 아버지는 지금보다는 기운이 남아 있었고, 잭도 멀쩡하고 건강한 상태였다. 적어도 지금처럼 비실거리거나 비참하지는 않았다. 글로리는 그제야 비로소 이제껏 자신이 가정의 평화를 지키고 있다고 생각했다는 것을 깨달았다. 잭도 그녀를 신뢰한다고 생각하니 자신이 지켜 온 평화가 더 소중하게 여겨졌다. 물론 잭이 전적으로 그녀를 신뢰하는 건 아니었다. 그래도 둘이 잡담을 나누고 농담을 주고받으며 허심탄회하게 어울리는 장면을 보았다면, 테디도 부러워했을 것이다. 서로 지극히 편안하게 느껴지던 순간들이었고, 그녀는 그 모든 것에 자부심을 느꼈다. 집에 돌아온 뒤로 나름 산전수전 다 겪은 셈이지만, 그래도 생각해 보면 그녀를 집으로 돌아오게 한 것 자체가 달콤한 신의 섭리였다. 집은, 이 보턴가는 성실이 절대적이고도 무한한 힘을 발휘하는 현장, 진심 어린 노력이 예상대로 성공을 거두는 곳이었다. 비록 너무나 가혹한 노력을 기울여야 하기에 성공의 절반쯤은 감춰져 있는 듯 보이지만. 보턴가 사람들은 바로 이 집에서 그와 같은 성공을 이루며 살아왔다. 그렇다 해도 그녀가 자신의 고통스러운 분노를 완전히 잊을 수 있었다거나 자기 과거를 생각보다 괜찮았다고 느끼게 된 건 아니었다. 그래도 오빠를 돕는 일에 보람을 느낀 덕분에 그녀 자신의 실패와 치욕감에서 빠져나올 수 있었던 것도 사실이었다.

테디가 현관을 지나 부엌으로 들어오더니 글로리를 끌어안고 이마에 입을 맞췄다. "이야, 우리 막내로구나." 테디는 얼른 그녀의 얼굴을 살펴보고 지친 기색을 알아차렸지만 모르는 척 시치미를 뗐다. "만나서 정말 반가운데! 잘 지내고 있지? 전화 몇 통 걸어도 될까?" 그는 아버지가 자고 있다는 걸 알고 조용조용하게 말했다. 그런 다음 복도에 기대선 채 누군가에게 전화로 조언을 했고, 또 다른 누군가에게도 세 번이나 전화를 걸었지만 상대방이 받지 않았다. 마침내 그가 전화를 끊고 돌아와 다시 글로리를 끌어안고 그녀의 등을 토닥이며 위로해 주었다. 말은 단 한마디도 하지 않았다. 예전에 테디는 꼭 잭만 한 키에 몸집만 약간 더 건장한 잭의 복사판이었다. 하지만 잭과 달리 항상 한 걸음쯤 뒤로 물러서 있는 듯한 주저함은 없었다. 지금은 테디가 더 큰 것 같았다. 테디는 과묵하고 단호한 반면, 잭은 매사를 회피하려 하거나 마지못해 하는 듯한 태도를 지녔다. 테디가 글로리의 얼굴을 다시 한 번 찬찬히 들여다보았다. 그 결과 최근에 막내에게 깜짝 놀랄 만한 일이 있었고 그로 인해 매우 슬프고 지친 상태라는 걸 알아차렸다. "내가 안 좋은 때 온 것이 아니었으면 좋겠구나. 나도 멀리 떨어져 있는 게 몹시 힘들었어. 그래서 이렇게 온 거야."

"좋은 때에 온 거예요. 여느 때와 마찬가지로 좋아요." 아버지가 당신에게 남아 있는 시간 전부를 비몽사몽으로 보내고 있는 판국에 그를, 또 다른 형제들을 어떻게 쫓아낼 수 있겠는가. 설사 아버지가 그들을 부르라고 부탁하지 않았더라도 그럴 수는 없었다. 물론 상황이 이렇게 악화될 때까지 자기에게 연락 한 번 안 했다고 테디가 그녀를 비난할 수도 있었다. 아버지도 아버지지만, 그녀는 우선 잭이 다시 몸을 추스르기를 간절히 바랐다. 그래야 둘이 이 집에서 원만하게 지냈다는 것을 다른 사람들도 알 수 있지 않겠는가. 그건 그녀의 자존심, 혹은 수치심이 걸린 문제였다. 다행히 테디의 얼굴에는 어떤 노여움이나 비난도 드러나지 않았다. 그는 침착하고 상냥한 사람으로, 공정하고 양심적이며 진지하게 환자를 돌보는 의사였다. 의사라는 직업상 일상에서 수시로 너무나 많은 고통을 보기 때문에, 웬만하면 필요 이상의 고통은 야기하지 않으려고 했다.

"형 집에 있니?"

"2층에 있어요."

"형한테 인사해도 괜찮을까?"

"왜 안 괜찮겠어요?" 이 말 끝에 두 사람 모두 애처롭게 웃음을 지었다. "오빠가 왔다고 전해 줄게요."


잭은 차양 사이로 들어오는 햇빛을 가리려고 한쪽 팔을 얼굴에 올려놓고 누워 있었다. 그러다가 글로리가 오는 소리를 듣고 몸을 웅크리며 물었다.

"왜, 무슨 일이니?"

"테디 오빠가 왔어요."

잭이 웃음을 터트렸다. "안 그래도 네가 언제쯤 테디를 부를까 궁금했어."

"제가 와달라고 부탁한 거 아니에요. 혼자 알아서 온 거예요."

잭이 몸을 돌려 글로리를 쳐다봤다. "소곤거리는 걸 보니 테디가 분명 아래층에 있구나."

"네."

"차 소리를 못 들은 걸 보니 내가 깊이 잠들었었나 보다."

"그나저나 테디 오빠가 오빠를 보고 싶어해요."

"걔한테 말했니?"

"아니요. 해야 돼요?"

"제발 하지 마라, 응? 다시는 그런 일 없을 거야, 맹세할게." 잭이 얼굴을 문질렀다. "좀 씻어야 할 것 같아. 이 셔츠를 입고 자지 말았어야 하는데……. 아스피린을 먹으면 되겠지." 그가 침대 옆쪽으로 다리를 놓더니 휘청거리며 일어났다. "구두를 어디다 놨더라?" 그가 눈을 비비면서 중얼거렸다.

글로리가 잭에게 아스피린 병과 물을 갖다 준 다음 목욕 수건과 수건도 가져다주었다.

"고마워."

"테디 오빠한테 오빠가 조금 있다 내려온다고 할게요. 커피 올려놓을게요."

"커피 좋지." 잭이 얼굴을 북북 문지르다가 목을 문지르더니 다시 얼굴을 문질렀다. "미안하다. 전부 다 미안해."

글로리가 부엌으로 내려오니 테디가 베란다에 서서 마당을 내다보고 있었다. "네가 아주 바빴겠구나."

"잭 오빠가 거의 다 했어요."

그녀가 한 말이 어디까지 진실인지 가늠하려고 테디가 동생을 쳐다봤다. 물론 어느 쪽이든 기뻐할 준비를 한 채 그저 무엇이든 알고 싶어서 그러는 것이었다. "그럼 형이 잘 지내고 있는 게 확실하네."
 "한동안은 그랬어요."
 "알았어." 테디는 부석부석한 머리카락에 깔끔하게 손질한 손을 지녔으며 부드러운 갈색 스웨터를 입고 거북딱지 안경을 쓰고 있었다. 그는 천성적으로, 습관적으로, 또 의도적으로 가능하면 어떤 식으로든 위안을 주는 온화한 사람이었다. 그에게서는 알코올 냄새 같은 게 났다. 그도 희미한 소독용 알코올 냄새가 병이나 위급 사태를 연상시킨다는 것을 알고 있었기에 되도록이면 주의 깊게 그 냄새를 없애려고 했다. 그것이 점잖고 수수한 테디가 그답지 않게 화장수를 뿌리는 이유일 것이다. 몇 분쯤 흐른 후 테디가 입을 열었다. "형이 원한다면 그냥 갈 수도 있어. 형이 나를 반기지 않을 줄 알았어. 내가 오래 있지는 않을 거라고 전해 줄래?"
 "몇 분만 더 기다리면 내려올 거예요. 아마 좀 씻고 싶은가 봐요."
 테디가 웃음을 터트렸다. "그러고 나서 구두도 닦겠지. 형이 많이 변했디?"
 "나야 오빠만큼 잭 오빠를 잘 알지는 못하지만, 잭 오빠야 옛날 그대로죠, 뭐."
 "아버지 말씀이 너랑 형이 사이좋게 지낸다고 하던데? 그 점을 염려하셨거든."
 잭이 셔츠 단추를 잠그면서 양말 바람으로 계단을 내려왔다. 그러더니 문가에 서서 글로리를 슬쩍 쳐다보며 미소를 지었다. 그런 다음 한쪽 소맷부리를 두어 번 접어 올린 뒤 다른 쪽 소매 단추도 따라서 말아 올렸다.

"잭."

"테디."

"잘 지내, 형? 만나서 반가워."

잭이 조리대에 기대면서 팔짱을 꼈다. 그가 어떤 상태인지는 말할 필요도 없었다. 그럼에도 글로리는 그가 그토록 야위지 않았더라면, 좀 더 좋은 셔츠를 입었더라면, 또 눈을 뜨는 게 그렇게 힘겹지 않았더라면 좀 더 괜찮아 보였을 거라는 생각을 했다.

"잘 지내고 있지. 일자리를 찾는 중이야." 잭이 미소를 지으며 어깨를 으쓱했다.

테디가 숨을 들이마신 후 말했다. "그게 오랜만에 만난 동생한테 할 말이야? 제기랄!"

그 말에 잭이 웃음을 터트렸다.

"어쨌거나 일자리를 찾는 중이라면 괜찮게 지낸다는 말이네? 우리, 악수는 할 수 있겠지?"

"물론이지."

테디가 잭에게 다가가 그의 손을 꼭 붙잡으며 말했다. "그러니까 정말로 형이 돌아왔네. 사실은 잘 믿어지지 않았거든."

잭이 웃음을 터트리며 말했다. "네가 원하면 내 옆구리에 난 상처를 보여 줄 수도 있어." 그러더니 "미안하다."라고 하면서 고개를 떨어트렸다. 잭은 몸을 가눌 수 없을 만큼 피곤해 보였다.

테디는 잭을 그다지 꼼꼼하게 살펴보지 않았다. 그래도 물론 그의 다정한 시선에는 예의 그 의사로서의 관찰이 포함돼 있을 것이다. 형제들은 그걸 가지고 테디를 놀렸다. 한번은 테디가 호프의 눈을 하도 열심히 들여다보자, 호프가 편하게 검사하라며 아예 아래 눈꺼풀을 끌어내린 적도 있었다. 지금 테디는 잭의 창백한 안색을, 그의 야윈 손이 떨리고 있다는 것을 분명 알아차렸을 것이다. 그러니 잭이 초조한 미소를 머금은 채 뒷걸음치는 것도 당연했다.

"테디, 넌 좋은 사람이야. 그때 세인트루이스에서 다시는 날 찾지 말라고 한 부탁을 들어줘서 고마웠다."

"음, 사실은 그 뒤로도 몇 번 갔었는데 찾지 못했을 뿐이야. 여섯 번이나 갔는걸. 마지막으로 간 게 2년 전쯤이었고. 한번은 형이 있는 호텔을 찾은 줄 알았어. 접수 보는 친구가 형이 거기 묵고 있다고 했거든. 아주 오래전 일이지. 세 번째로 갔을 때니까. 그때 봉투 속에 메모와 함께 돈을 좀 놓고 왔는데……. 그 봉투가 끝내 주인을 찾지 못했겠지?"

잭이 고개를 저었다. "그래, 받은 적 없어. 그런데 그 접수 보는 친구가 눈이 나쁜 녀석이었니?" 잭이 얼굴을 만지며 말했다.

"지독하던데. 그래서 형을 못 알아본 걸까?"

잭이 미소를 지었다. "잘 모르겠지만 그건 아닌 것 같다. 그 자식이 날 쫓아냈거든. 험한 말 써서 미안하다."

"나도 형을 내버려 두겠다는 말을 지키려고 무지 노력했어. 하지만 이따금 형 생각이 나면 나도 모르게 세인트루이스로 향하고 있더라고. 뒤늦게 정신을 차리고 노상에서 집에 전화해 내가 어디 있는지 말하기도 했다니까. 기름을 가득 채우고 미주리로 향할 거라고…….”

"내가 널 자주 곤경에 빠트렸구나."

"아니, 그렇지는 않았어. 형을 찾았으면 더 좋았겠지만 아무튼 그렇게 형을 찾아다니는 것도 괜찮았어. 그렇게 헤매다 보면 우리가 여전히 형제라는 기분이 들었거든."

"네가 솔직하게 나오니 나도 털어놓을게. 사실은 나도 거기서 너를 한 번 봤단다. 네가 검정색 시보레에서 내리는 걸 봤지. 그날도 넌 갈색 스웨터를 입고 있더구나. 담뱃가게에 숨어 네 차가 사라질 때까지 기다렸어. 기다리는 동안 잡지를 다 읽는 바람에 어쩔 수 없이 그 잡지를 사야 했지. 점원이 그래야 한다고 생각했으니까. 그 바람에 마지막 남은 25센트를 다 써버렸지 뭐냐."

테디가 소리 내서 웃으며 "저런!" 하는데 눈물이 뺨을 타고 흘러내렸다. "그럴 줄 알았어." 테디가 안경을 벗고 눈물을 닦았다.

잭이 조용히 말했다. "나한테 신경 쓰지 마라. 누구든 내게 신경 쓰지 말았으면 해." 그러면서 마치 사과라도 하듯 글로리를 쳐다봤다. 방 안에 침묵이 흘렀다. 잠시 후 잭이 웃으면서 덧붙였다. "참 내, 바보 같은 소리를 했군. 정말 미안해. 아무튼 내가 하고 싶은 말이야."

테디가 고개를 끄덕이며 말했다. "형 말 속에 분명 상당한 진실이 담겨 있는 것 같은데."

"내가 무슨 말을 하고 있는 건지 나도 모르겠다. 네가 왜 나를 참아 주는지도 모르겠고." 잭이 웃으며 자리에서 일어났다. 두 사람이 쳐다보자 잭이 말했다. "커피 가지러 가려고. 커피 좀 더 마실래?" 그가 글로리의 커피 잔을 들었다가 손이 떨리는 바람에 잔이 받침 접시에 부딪히며 달그락거리자 도로 내려놨다. "아예 커피포트를 가져올게." 잭이 커피를 다 따라 주고는 다시 조리대에 기대섰다.

테디가 말했다. "나는 잘 살아. 내 가족들도 다 잘 지내고. 현재로서는 별 문제 없어."

"그렇다니 다행이구나."

그 순간 아버지의 큰 목소리가 들려왔다. "거기 테디냐? 테디 소리가 들렸는데!" 아버지의 목소리가 반가움과 안도감으로 다급하게 허둥댔다.

"저 왔어요, 아버지. 지금 가요." 테디가 아버지 방으로 들어가 침대 가장자리에 앉아서 두 팔로 아버지를 안아 일으켰다. 노인이 테디를 얼싸안으며 그의 어깨에 머리를 기댄 채 눈물을 흘렸다. "네가 와서 정말 기쁘구나, 테디!" 아버지는 점잖은 어조로 두서 있게 말하려고 애를 썼지만 흐느낌 때문에 말이 제대로 나오지 않았다. "힘들었단다, 테디. 예상은 했다만, 그래도 너무 힘들었다!" 그러면서 눈물을 흘렸다. "내가 아주 폭삭 늙어 버렸구나!"

테디가 아버지의 등과 머리를 쓰다듬으면서 위로했다. "괜찮아요. 괜찮아지실 거예요."

잭이 글로리를 쳐다보며 미소를 지었다. 얼굴이 몹시 창백했다. "내가 도대체 무얼 하고 있었지? 정말 바보 같군." 그러더니 2층으로 올라갔다. 잠시 후 글로리의 귀에 방문 닫히는 소리가 들렸다.

노인이 말했다. "글로리가 아주 커다란 도움이 되었단다. 저 애가 나한테는 말을 안 해도 글로리한텐 한단다. 간혹 둘이 웃는 소리도 나는데 아주 듣기 좋지. 하지만 글로리도 잭을 설득하지는 못하는 것 같더구나. 물론 나도 못하고……."

"차에 가방을 놓고 왔어요. 그걸 가져와서 아버지를 좀 진찰해 드릴게요. 청진기로 심장 소리도 들어보고요. 형 얘기는 진찰 후에 하죠." 아버지는 테디 말고는 다른 의사의 접근을 허락하지 않았다. 언젠가 그 동네 의사가 몸이 불편한 걸 좀 완화시켜 준다며 아버지에게 강장제용 브렌디를 주자, 아버지는 그걸 위스키와 자두 주스를 혼합한 것이라고 우겼다.

"아니, 아니다, 테디. 내 심장은 걱정 안 한다. 아주 고분고분 말을 잘 듣거든. 내가 정말로 바라는 것은 너희 둘이 함께 있는 걸 보는 거란다. 잭 여기 있지? 네가 그 앨 좀 데려와라. 한 번도 그 애를 제대로 본 것 같지 않아서 그런다. 네가 그 애 옆에 서 있기만 해도 나한테 큰 힘이 될 것 같구나. 내내 쉬었는데도 영 기운을 차릴 수가 없다. 내 대신 네가 불러 줄 수 있지?"

"물론이죠, 아버지." 테디가 복도로 나가 계단을 향해 소리를 질렀다. "형, 잠깐만 이리 내려올래요?" 2층에서 아무런 반응이 없자 테디가 목소리를 높였다. "어이, 형. 어서 내려와요. 아버지가 형을 보고 싶어하세요." 잠시 후 잭이 계단을 내려오는 것을 보고 테디가 설명했다. "아버지가, 우리가 함께 있는 모습이 보고 싶으시대요."

"너도 가니, 글로리?" 잭이 물어보고 나서 글로리가 앞장을 서도록 잠시 걸음을 멈췄다. 예의 그 조심스럽고 소원한 표정이었지만, 아무런 계산속도 보이지 않는 멍한 얼굴이었다. 하지만 글로리는 계산속이야말로 희망이라는 것을 알고 있었다. 아버지는 글로리의 존재를 잊어버린 것 같았지만, 잭은 그녀와 함께 아버지한테 가기를 바랐다. 마치 그녀가 자신을 지지하고 옹호해 줄 사람이나 되는 것처럼. 테디가 잭의 마음을 눈치채고 아버지의 침대 곁에 그녀가 앉을 의자를 가져다 놓았다. 마치 그녀를 등한시할 의사가 전혀 없었다는 것을 보여 주려는 듯이.

"오냐, 참 보기 좋구나. 좀 더 가까이 와서 서주겠니, 잭?"

잭이 어깨를 으쓱했다. "물론입니다."

"그래, 이제야 너희들을 다 볼 수 있구나." 아버지가 잭의 얼굴을 쳐다보다가 눈길을 돌리면서 말을 이었다. "너희들이 이렇게 함께 있는 장면을 마음속에 간직하고 싶구나. 너희들이 어렸을 때는, 사람들이 너희 둘이 쌍둥이 아니냐고 물어보곤 했지. 그럴 정도로 많이 닮았었지. 물론 세월이 흐르면서 달라지긴 했지만……."

잭이 웃음을 터트렸다.

테디가 말했다. "저도 거의 반백인걸요."

"책임감 때문에 그렇게 된 거지. 너는 항상 책임을 지는 사람이었으니까. 그것도 네가 져야 할 몫보다 훨씬 더 많이……."

"책임감이라기보다는, 제가 늘 걱정이 좀 많은 편이었죠."

"그래, 그래도 결과는 마찬가지지. 나도 걱정이 많은 사람이었다. 하느님은 아실 거다. 되돌아보니 그것이 내 인생의 상당 부분을 차지했더구나."

잭이 자기 손을 글로리의 의자 등받이에 올려놓았다.

"이제 그 모든 걱정일랑 한쪽으로 치워야겠다. 내가 뭐라도 할 수 있다는 듯 나 자신을 들볶는 일은 그만둬야겠구나. 주님께서 인간을 통해, 가족을 통해 일을 행하실 테니까." 아버지가 헛기침을 했다. "첫째는 서로 배려하고 둘째는 서로를 있는 그대로 받아들이는 거지. 두 번째 것은 어렵긴 해도 대단히 중요한 거란다. 내가 아주 오랫동안 너희들 모두에게 짐이 되고 있다는 걸 안다. 그런데도 너희들 모두 나한테 아주 잘하고 있고, 나도 어느 정도는 그런 대접을 즐겼다고 할 수 있지. 그래도 고통과 무용지물이 된 내 처지가 즐거웠던 적은 단 한 번도 없었다. 너희들에 대해 하느님께 감사드린다는 사실을, 너희들이 내게 커다란 축복이었다는 사실을 이 자리에서 분명히 밝히마. 잭도 집에 와서 나한테 아주 친절하게 대해 줬단다. 글로리도 마찬가지고, 아무렴."

아버지가 눈을 감더니 결론을 내리기 위해 고심하느라 이마를 찌푸렸다.

"그게 바로 가족이 존재하는 이유겠지. 칼뱅이 말하기를 우리와 가장 가까운 사람들을 보살피는 것이 하느님의 섭리라고 했다. 그러니 형제들을 도와주는 것도 하느님의 뜻이요, 형제들의 도움을 받아들이고 그 축복을 누리는 것도 주님의 뜻이란다. 그래서 말인데 너희들이 앞으로 서로 도우면서 살겠다고 약속해 줬으면 좋겠구나."

잭이 웃음을 터뜨렸다.

"또 서로의 도움을 받아들이겠다고도. 둘이 악수하면서 나한테 약속했으면 좋겠다."

테디가 손을 내밀자 잭이 그 손을 잡았다가 놓았다.

테디가 말했다. "약속드릴게요."

"좋습니다." 잭의 말이었다.

아버지가 잭을 쳐다보며 말했다. "그게 무슨 말이냐, 잭? 좋습니다, 라고 한 것 같은데 그 말은 어째 좀 애매한 것 같구나."

"예, 그렇긴 합니다만, 제 쪽에서 어떻게 약속을 지켜야 할지 잘 몰라서요. 제 주제에 어떻게 테디를 도울 수 있을까 해서요."

"음, 그러니까 도움을 받아들이라는 말이다. 테디는 너에 대한 책임을 진 사람이야. 이 애가 그렇게 하도록 내버려 두면 된다. 테디의 행복이 너의 행복에 달려 있기 때문이지. 그러니까 네가 테디한테 보여 줄 수 있는 최대의 친절은, 이 애가 너한테 베풀려는 호의를 받아들이는 거란다. 너는 그래야 한다. 테디한테 빚이 있으니까. 참, 정신적인 도움도 받아들여라. 사실은 그게 더 중요하지."

테디가 잭을 향해 미소를 지으며 어깨를 으쓱했다. 아버지가 너무 솔직하게 나오는 바람에 민망하지만 그래도 아버지를 말리기에는 역부족이라는 듯한 표정이었다. "저는 그냥 형이 좋았어요. 형이랑 함께 시간을 보내는 게 좋았을 뿐이에요. 형은 저한테 아무것도 빚진 게 없어요."

"저런! 나는 지금 입씨름할 기분이 아니다." 아버지의 목소리가 갈라졌다. "나는 잭한테 약속해 달라고 부탁했는데 이 애가 안 하려 하는구나. 네가 잭을 위해 변명하는 소리는 더 이상 듣고 싶지 않다. 그동안에도 충분히 그랬으니까." 아버지가 울고 있었다.

"아니, 저는 단지 방법을 몰라서 여쭤 본 것뿐입니다. 약속드릴게요, 아버지. 약속드린다니까요." 잭이 말했다.

아버지가 눈을 감은 채 매우 엄숙한 목소리로 말했다. "네가 그런 질문을 할 줄 알았다, 잭. 그리고 그 정도면 나도 그 문제에 대답한 걸로 생각되는구나. 이제 좀 피곤하구나." 아버지가 벽을 향해 돌아누웠다.

테디가 아버지에게 다가가 얼굴로 흘러내린 머리카락을 쓸어 올린 후 아주 다정하게 아버지의 이마와 관자놀이와 목의 동맥에 손가락 끄트머리를 갖다 댔다. 그러더니 서랍에서 손수건을 한 장 꺼내 와 아버지의 머리를 들어 올리고 축축하게 젖은 아래쪽 얼굴의 눈물을 닦아 주었다. 이어 베개를 뒤집어서 보송보송하고 시원한 쪽으로 벨 수 있도록 했다. 또 담요와 시트를 들어 올려 똑바로 펴면서 가냘프게 웅크린 아버지의 몸을 힐끗 쳐다봤다.

"청진기는 어디 있니?" 아버지가 물었다.

"차 안에요."

"잘됐구나. 내 심장이 제멋대로 뛸 텐데 내가 그러라고 허락했다. 폐도 마찬가지고." 그런 다음 덧붙였다. "네가 에임스 목사를 좀 들여다봐 주면 좋을 텐데."

테디가 손수건으로 노인의 머리카락과 얼굴을 가볍게 토닥이면서 물었다. "아스피린 좀 드시면 어떨까요?"

"해로울 것 없겠지."

잭이 끼어들었다. "내가 그걸 다 먹어 버린 것 같은데."

"내 가방 안에 또 있으니 문제없어. 형 먹으라고 여기다 한 병 놓고 갈게."

잭이 손으로 얼굴을 가리고 웃으며 말했다. "어떻게 그걸 다 먹어 버렸는지 모르겠다."

"괜찮아." 테디가 잭을 힐끗 쳐다보니 안색은 창백했고 다친 손은 떨고 있었다. "누구나 다 그럴 때가 있어."

글로리가 차에 가서 조수석에 있던 검은색 가방을 들고 부엌으로 왔다. 가방을 여니 가죽 냄새와 소독용 알코올 냄새가 확 풍겨 나왔다. 유리병 속에 든 솜과 설압자 외에도 체온계, 각종 알약과 연고와 시럽, 청진기, 여러 개의 아스피린 병이 들어 있었다. 글로리가 물 잔과 아스피린 두 알을 가져오는 걸 보고 테디가 "세 알."이라고 말했다. 글로리가 아버지의 몸을 떠받친 채 약을 삼키도록 도와주었다. 잠시 후 테디가 다시 아버지에게 담요를 덮어 주면서 말했다. "좀 주무시고 나면 나아지실 거예요."

테디가 부엌으로 가더니 잔에 물을 가득 채워서 아스피린 세 알과 함께 식탁에 놓았다. "나도 이걸 많이 먹어." 테디가 그 말과 함께 오른손을 올려 보였다. 손가락 관절 부분이 부은 데다 삐딱하게 뒤틀린 것 같았다.

잭이 말했다. "지독하군."

테디가 고개를 끄덕였다. "이게 그저 내 손이기만 바라고 있어. 형은 괜찮아?"

"지금까지는."

"글로리 너는?"

"그럭저럭요."

"그동안 노인네가 얼마나 힘들었을지 나도 알고는 있었어. 고통스러우신 게 당연해. 진지는 잘 드시니?"

"최근에는 잘 못 드세요."

"지금 만드는 게 뭐야, 글로리? 닭고기 수제비? 아버지가 좋아하시겠다. 아직도 뭘 좀 드실 수 있다면 말이지. 냄새 끝내주네. 그런데 난 저녁을 먹고 갈 수 없으니 유감이군. 다른 의사에게 부탁은 해 놨지만 환자들은 익숙한 얼굴을 보고 싶어하잖니. 병원으로 돌아가야 할 것 같아." 테디가 글로리를 안아 주고 나서 잭에게 손을 내밀었다. "형, 만나서 반가웠어. 정말로 반가웠어."

"그래, 고맙다. 그런데 테디, 몇 분만 시간 좀 내주겠니? 물어보고 싶은 게 있어서……. 네가 빨리 가야 한다는 건 알지만."

테디가 옆에다 가방을 내려놓으면서 도로 의자에 앉았다. "지금 농담해? 시간 낼 수 있고말고! 환자들이야 날이면 날마다 보지만 형을 보는 건 아주 드문 일이잖아. 전화 몇 통 하고 올게."

잭은 테디 바로 옆에 앉아 소리를 죽여 가며 말했다. "저 양반은 내가 뭐라고 말하기를 바라실까? 저 양반이 원하는 게 뭔지는 알겠는데, 그걸 어떻게 표현해야 할지 모르겠다." 그러면서 덧붙였다. "문제는 내가 거짓말을 하게 될 거라는 거지. 그게 문제야. 나한테도 양심이 있다는 말을 하며 우쭐거렸는데, 그게 공연히 불쌍한 노인네만 비참하게 만들었다는 걸 이제야 알겠구나."

테디가 안경을 벗고 눈을 비비며 말했다. "그러니까 아버지가 더 이상 형 걱정을 안 했으면 좋겠다는 말이지? 잘 생각했어."

잭이 웃으면서 말을 받았다. "저 양반한테 내가 무언가를…… 믿는다고 말씀드리고 싶어. 육신의 부활이나 영생까지는 아니지만, 아무튼 무언가를."

"음." 테디가 안경을 만지작거리다가 의자에 깊숙이 앉았다. "형도 알다시피 나는 한동안 목사가 될까 생각했었어. 그것도 아주 심각하게……. 그러다가 내가 이런 문제에 대해 말하는 재주가 없다는 걸 깨달았지. 내 천직이 아니었던 거야. 그런데 에임스 목사님하고는 상의해 봤어?"

"두어 번 그러려고 했지. 그나저나 너무 심각하게 생각하지 마라. 그냥 한번 물어봐야겠다고 생각한 것뿐이니까."

"아니, 형 말을 안 들어 주겠다는 게 아니야. 다만 내 한계를 상기시켰을 뿐이지. 이 문제는 고민을 좀 해야 할 것 같네."

"너, 가야 되잖아."

테디가 고개를 저었다. "이건 영감님을 편안하게 해드리기 위한 일이니, 의사로서 마땅히 관심을 가질 만한 일이야."

"고맙다."

잠시 방 안에 침묵이 흘렀다.

"메모를 하는 게 좋을 것 같아." 테디가 스웨터 안을 더듬더니 셔츠 주머니에서 펜과 처방전 용지를 꺼냈다. 그러고는 도로 안경을 썼다. 다시 침묵이 흘렀다. 잠시 후 테디가 처방전 왼쪽 상단에 '신앙:'이라고 썼다. 잭이 무얼 썼는지 보려고 몸을 기울였다가 소리를 내며 웃었다. 테디가 종이를 뜯어내서 작은 공 모양으로 구겼다. "내 생각에는, 형이 아버지께 정직하게 말할 수 있는 것을 찾아내려면 신앙 문제부터 시작해야 할 것 같아. 그게 실마리가 돼줄 거야."

"좋은 생각이야. 만일 네가 내 입장이라면 뭐라고 하겠니? 하기야, 저 양반이 너한테 뭘 약속하라고 다그친 적은 한 번도 없었지?"

"나는 한 번도 교회를 떠난 적이 없었으니까. 그걸로 충분하다고 생각하신 것 같아."

"그럼 너는 아직까지도……."

"물론이야. 병원에 소아마비 환자들이 있는데, 때로는 숨을 쉬는 것만큼이나 자주 그들을 위해 기도해."

"그런다고 도움이……."

"나한테 도움이 돼. 내 일을 해낼 수 있거든."

잭이 고개를 끄덕였다.

"요 몇 년 동안 아주 힘들었어. 요즘은 더 이상 새로운 사례가 많지 않아서 다행이야."

"그래. 나도 요즘 사용하는 새로운 백신에 대한 기사를 읽은 적이 있어."

글로리가 끼어들었다. "라일라는 그걸 무서워해요. 그게 오히려 소아마비를 유발시킬 수도 있다는 기사를 읽었대요."

"음, 그런 몇몇 사례가 있기는 하지. 아마 효능이 좀 더 향상될 때까지 기다리는 게 안전할 거야. 나도 우리 애들한테는 아직 그 백신을 접종하지 않았거든. 여름이면 코린의 친척들이 사는 시골로 애들을 보내. 지금도 거기 있어."

"애들을 도시에서 내보내는 게 가장 안전한 방법이라는 말이구나."

"당분간은 그럴 것 같아."

잭이 구겨진 종이를 집어 들더니 생각에 잠긴 채 그것을 비틀었다.

"그나저나 이야기가 옆길로 샜네."

"어이구, 미안. 내가 딴생각을 좀 했어."

"그 이야기 계속하고 싶어?"

"그래, 계속해 보자."

글로리는 잭의 얼굴에서 다시 한 번 예의 그 계산적인 표정을, 이상할 정도로 현실적인 희망을 보았다.

잠시 후에 테디가 말했다. "내가 도움이 될 수 있을지 모르겠네……."

"부담을 줘서 미안하구나." 잭이 헛기침을 했다. "네 아이들을 여기 길리아드로 데려올 생각은 안 해봤니? 여기가 애들한테 좋지 않을까?"

"물론 해봤지. 그런데 상황이 좋지 않아. 아버지가 저러고 계시니……."

잭이 고개를 끄덕이면서 잠시 회상에 잠긴 것 같더니 얼마 후 팔을 뻗어 손가락으로 머리를 북북 긁으면서 말했다. "나도 신앙이 있었으면 좋겠다, 테디. 진심이야."

"음, 거기서부터 시작하면 될 것 같은데."

"그래. 내게 신앙이 있었다면 일이 좀 쉬워졌을지도 몰라. 적어도 그럴 가능성은 있었을 거야……."

테디가 '신앙을 갖고 싶다는 희망'이라고 적은 뒤 그 밑에다 '일을 좀 더 쉽게 하기 위해서'라고 썼다.

잭이 메모지를 보고 웃음을 터뜨리며 말했다. "이게 정말로 시작이 될 수 있는지 잘 모르겠다."

테디가 다시 메모지를 뜯어서 확 구겼다. "우리가 이런 고민을 하게 될지는 몰랐네. 재미있는데." 그 말에 잭이 미소를 지으면서 어깨를 으쓱했다.

"어떤 일이 더 쉬워질 것 같아?" 테디가 물었다.

"음, 사람들에게 말하는 것. 신앙심 깊은 사람들에게 말하는 것."

"예를 들면, 우리 아버지 같은 사람한테?"

"예를 들자면 그렇지."

"나한테도 그렇겠네."

잭이 웃음을 터트렸다. "에임스 목사님한테도 그렇지."

"그렇군. 그런데 그게 왜 어려워? 정말로 이해가 안 돼서 그래."

"때때로 나는 이쪽 은하계에 있는데 너는 다른 은하계에 있는 것처럼 느껴져. 너만 그런 게 아니라 나를 제외한 전부가 다." 잭이 어깨를 으쓱하며 사과라도 하고 싶다는 듯 글로리를 힐끗 쳐다봤다.

테디가 잠시 온화하고 객관적인 눈길로 잭을 바라봤다.

"그렇게 느낀 지 얼마나 됐어?"

"음, 보턴 박사님. 늘 그렇게 느껴 왔답니다. 내 파란만장한 유년기를 너도 알잖아."

"그거 안됐네."

"그렇게 생각할 필요까진 없어. 그런 와중에 깨달은 점도 있거든. 어쩌다 보니 나는 내 은하계에 살게 되고, 다른 사람들은 다른 은하계에 살게 되었는데, 두 은하계가 절대로 섞이지 못한다는 걸 알았다고나 할까."

잠시 후 테디가 입을 열었다. "우리가 대화를 시작할 때, 형은 형 입으로 아버지에게 거짓말을 하게 될 것 같다고 했어. 그리고 나는 이런 상황에서는 그 결정을 존중한다고 했고. 그런 결정을 내리기가 어려웠을 텐데, 형이 존경스러워. 내가 괜히 형이 거짓말을 하지 않을 수 있는 방법을 제안했다가 일이 복잡해진 것 같아. 형이 하느님을 믿는다고 말하는 게 아버지에겐 최선의 위로가 될 거야. 진지하게 생각한 끝에 성경의 진리를 믿기로 했다고, 아무튼 그 비슷하게 말씀드리면 될 것 같아. 간단하면서도 핵심적으로."

잭이 고개를 끄덕이며 말했다. "저 양반이 내 말을 믿으실 것 같니?"

"믿고 싶으실 거야."

잭이 미소를 지으며 대꾸했다. "그렇지 않을지도 몰라. 내 꼬락서니가 예수님의 피로 씻김을 받은 사람처럼 보이지 않잖아. 저 양반은 분명 몇 시간 전에 내가 어떤 상태였는지 알고 계실 거거든."

"그나저나 시간이 별로 없어. 몇 주일 후면 아버지가 형이 하는 말을 못 알아들으실 수도 있어."

"그래, 조금 쉬었다가 바로 말씀드릴게. 진지하게 생각한 끝에 하느님을 믿고 성경의 진리를 믿게 됐다고."

테디가 자리에서 일어나며 말했다. "내가 도움이 좀 됐나 모르겠네. 하여간 이제는 정말로 가봐야 할 것 같아."

"네 생각을 알게 돼서 다행이야. 그러니까 너는, 내가 저 양반한테 거짓말을 해도 괜찮다고 생각한다는 말이지?"

테디가 고개를 끄덕였다. "이런 상황에서는 그렇게 하는 게 효도라고 생각해. 냉장고 위에 주소와 전화번호가 적힌 봉투를 뒀어. 집하고 진료실 전화번호야. 연락하고 싶을 때 연락해. 그리고 우리 집에 한번 들러 줘."

"그러니까 어느 날 너희 집 현관에 늙다리 삼촌 잭이 짠! 하고 나타나기를 바란다는 말이냐?"

"그 이상 기쁜 일은 없을걸."

잭이 글로리를 쳐다보며 미소를 지었다. "그럴지도 모르지."

"형이 그러지 않으리라는 거 알아." 테디가 형의 얼굴을 자세히 살펴보면서 말했다. "살아생전에 다시는 형을 만나지 못할 것 같아. 몸조심하라는 부탁도 안 들어줄 것 같아 걱정인데." 그러면서 손을 내밀었다. 잭이 그 손을 잡자 테디가 그의 어깨를 쓰다듬다가 끌어안았다.

잭이 그 다정한 몸짓을 묵묵히 받아들이며 말했다. "그동안 더 사이좋게 지냈더라면 좋았을 텐데……. 후회스럽구나."

"알아. 괜찮아. 자, 이제 그만 가서 좀 자도록 해."

잭이 테디와 함께 현관으로 나갔다. 그러더니 테디의 차가 사라진 뒤에도 한참 동안 그대로 서 있다가 글로리에게 물었다. "저 소리가 바다 소리처럼 들리지 않니?" 바람이 빽빽하고 무성한 떡갈나무 이파리들을 뒤흔들고 있었다. 으르렁거리며 포효하다가 썰물처럼 조용해졌다가 다시 포효하는 것 같았다. "어렸을 때 저 소리를 들으며 그렇게 상상하길 참 좋아했단다."

"루크 오빠도 그렇다고 말씀하세요."

잭이 고개를 끄덕였다. "루크 형도 알 거야."

# 10

 잭이 글로리에게 보여 주려고, 테디가 놓고 간 두툼한 봉투를 냉장고 위에서 들어 올렸다. "이 안에 뭐가 있을 것 같니? 한번 맞혀 볼래?" 그러면서 봉투를 열고 지폐 다발을 보여 준 다음 피아노 의자로 가더니 뚜껑을 열고 그 안에 봉투를 떨어트렸다. "이제 돈에 대해서는 서로 공평해졌다. 테디 말이 맞아. 나는 이 집에서 나가야 해." 그가 계단을 올라가다 멈춰 서서 말했다. "하지만 지금은 편지를 쓸 작정이야." 그런 다음 덧붙였다. "글로리, 나는 이런 대접을 받을 자격도 없는 놈인데 넌 참 친절했어……. 아무튼 내 방 화장대에서 술병들을 좀 치워 줘. 괜찮다면 지금 당장. 맨 아래 서랍이야. 돈도 전부 다른 데다 치워 줘."

 "잠깐만요, 테디 오빠가 오빠한테 떠나라고 했다고요?"

 "걔 말이 아버지한테 시간이 별로 안 남았다잖니. 그러니까 몇 주

후면 자기 식구들을 데리고 다시 올 거야. 다들 오겠지. 그런데 테디가 다시는 나를 못 볼 것 같다고 했거든. 그게 떠나라는 말이지 뭐니." 그러면서 글로리를 쳐다봤다. "날 아는 델라 친구한테 편지를 보내면 그녀가 델라에게 전해 줄 거고, 그러면 델라가 답장을 보내 줄지도 몰라. 답장이 도착하려면 12일이나 2주쯤 걸릴 거야. 그래서 여기 2주일은 더 있을 작정이야. 그러고 나면 내 꼴을 안 봐도 될 거다."

"그럼 나중에 연락할 수 있게 오빠 주소 좀 알려 주실래요?"

잭이 웃으면서 대답했다. "내가 주소를 갖게 되면, 막내야, 너한테 제일 먼저 알려 주마."

잠시 후 잭이 편지를 들고 아래층으로 내려오더니 서랍에서 봉투와 우표를 꺼낸 후 식탁 의자에 앉았다.

"앉아도 괜찮지?" 잭의 눈은 아직도 빨갛게 충혈되어 있었고 얼굴빛은 밀랍 같기도 하고 진흙 같기도 했다. 웃을 때면 주름이 깊게 패었다. 그런 그의 모습이 모르는 사람 눈에는 탐욕스러운 불량배처럼 보였을 것이다. 잭이 글로리를 쳐다봤다. 자신도 스스로가 이상해 보인다는 걸 안다는 듯, 또 끔찍한 고백을 하고 나서 용서를 받은 뒤 수치심과 안도감을 동시에 느낀다는 듯…….

"물론 괜찮죠."

"내 글씨가 흔들려서 안 좋은 인상을 줄 것 같아. 그 사람이 이걸 뜯어보기라도 하면 좋겠는데."

그래서 그녀가 대신 잭이 부르는 대로 주소를 써주었다. 잭이 봉투에 침을 바르고 나서 멈칫거리다가 말했다.

"눈송이로군."

그 말에 글로리가 웃자 잭도 따라 웃었다. 잭이 조심스레 우표를 붙였다. 그런 다음 셔츠 주머니에서 접힌 종이를 꺼내 식탁에 놓았다. "너한테 주려고."

그녀가 종이를 집어서 폈다. 지도였다. 강과 도로가 있고 그 사이에 울타리와 헛간과 버려진 집이 그려져 있는데 그 모든 것에 세심하게 이름이 쓰여 있었다. 숲 속 개간지의 맨 위쪽 가장자리에 X 표시와 함께 '버섯'이라고 적혀 있었다. 왼편 아래쪽 귀퉁이에는 나침반 모양과 축척이 표시되어 있고, 오른편 위쪽 구석에는 똬리를 튼 용이 콧구멍으로 김을 내뿜고 있었다.

"참 예쁘네요."

"더 중요한 건 정확하다는 사실이지. 술을 한 방울도 안 마셨을 때 그렸거든. 이거 그리느라 여러 날 걸렸다. 초벌 그림을 수도 없이 그렸지."

"이제 정말로 서로 빚진 거 없네요."

잭이 웃음을 터트렸다. "그래."

잭의 얼굴은 온화했고 피로에 지친 목소리는 부드러웠다. 그녀와 농담을 나누는 게 좋은 것 같았다.

"이 숲이 어딘지 말하지 않은 것만 빼면요. 이런 울타리랑 헛간은 쌔고 쌨잖아요."

"이런, 내 정신 좀 봐라."

"음, 어쨌거나 참 예쁜 지도네요. 액자에 넣어 둬야겠어요."

"넌 참 좋은 사람이야, 글로리."

"알았어요."

"닭고기 수제비 만드는구나."

"네."

"너도 좀 쉬어야 할 텐데. 좀 자고 싶다면 내가 수제비를 봐줄 수도 있어."

"아니에요. 전 괜찮아요. 오빠 옆에 있고 싶어요."

"그럼 내가 고맙지, 글로리."

"신문 보실래요? 전 낱말 퀴즈를 다 풀었거든요. 그리고 저도, 오빠가 같이 있어 줘서 고마워요."

잭이 고개를 끄덕이며 말했다. "참 친절도 하시지."

그 순간 침대 스프링 소리에 이어 실내화 질질 끄는 소리와 지팡이 소리가 났다. 잠시 후 아버지가 잠옷을 입은 채 문간에 나타났다. 창백한 얼굴에 머리는 헝클어져 있었지만 엄숙하고 침착한 모습이었다. 아버지는 먼저 글로리를 본 다음 창문을 쳐다보더니 이윽고 용기를 내 잭을 바라봤다. "으음." 아버지의 입에서 무심결에 안타까운 탄식이 새어 나왔다. 곧 아버지의 말이 이어졌다. "나도 같이 대화를 나누고 싶어서……. 둘이 얘기하는 소리가 들리더구나."

잭이 아버지를 의자에 앉혀 드린 다음 자기 자리에 앉았다.

노인이 아들의 손을 잡았다. "내가 좀 까다롭게 군 것 같구나."

"제가 자초한 거죠."

"아니, 그렇지 않아. 그동안 수도 없이 다짐했었다. 네가 집으로 돌아오기만 하면 아무것도 나무라지 않겠다고."

"괜찮습니다. 저야 야단맞아도 싸죠."

"그거야 하느님이 판단하실 일이지. 너는 네게 무슨 자격이 있는지 지나치게 많이 생각한 것 같더구나. 그것이 바로 네 문제 중 하나다."

잭이 미소를 띠며 말을 받았다. "정곡을 찌르신 것 같습니다."

"아무도 무슨 자격 같은 건 없다. 모두 하느님의 은총일 뿐이지. 그 점을 받아들인다면 마음이 좀 편해질 거다……."

"웬일인지 그 은총이 제게도 해당된다고 느낀 적이 한 번도 없었습니다."

"무슨 그런 터무니없는 소리를! 말도 안 되는 소리다!" 아버지가 눈을 감으면서 손을 뺐다. "내가 또 까다롭게 굴었구나."

잭이 웃으면서 말했다. "걱정 마세요, 아바마마."

잠시 후 노인이 입을 열었다. "그렇게 부르지 마라."

"죄송합니다."

"그 말이 영 맘에 들지 않는다. 아바마마라니, 우스꽝스럽기 짝이 없구나."

"다시는 그렇게 부르지 않겠습니다." 잭이 기지개를 켜며 글로리를 향해 미소를 지었다. 도와달라는 듯 눈썹을 치켜세우면서.

그걸 보고 글로리가 나섰다. "겉옷 갖다 드릴까요, 아빠?"

"지금 이대로가 좋구나. 그나저나 여기가 클론다이크(캐나다 유콘 강 유역의 마을로, 골드러시 당시 금 생산지로 유명 – 옮긴이)도 아닌데, 내가 나타나니 둘 다 입을 꼭 다무는구나."

잠시 침묵이 흘렀다. "저기, 제가 닭고기 수제비를 만들고 있어요. 엄마가 하시던 대로요."

"그거 아주 좋지. 밀가루 반죽이 질거나 설익지만 않는다면……. 아주 형편없는 수제비를 먹은 적이 있었거든." 아버지는 여전히 눈을 감은 채 덧붙였다. "잭, 네 손이 왜 그 모양이냐? 도대체 뭘 어쨌는지 알고 싶지도 않구나."

잭이 목소리를 가다듬었다. "이건 미처 닦아 내지 못한 자동차 기름일 뿐입니다. 그래도 약간은 씻어 낸걸요." 잭이 손을 감추기 위해 팔짱을 끼면서 미소를 지었다.

아버지가 잭을 날카롭게 쳐다봤다. "어젯밤에 일이 있었다는 것 정도는 나도 안다. 그게 무슨 일인지는 정확히 모르지만."

"좋은 일은 아닙니다. 그리고 알고 싶지도 않으시잖아요? 별일 아니에요, 아버지."

"보안관을 이리 오게 할까?"

"보안관의 관심을 끌 만한 짓은 조금도 하지 않았습니다." 잭의 목소리는 부드러우면서도 서글펐다.

"아빠, 오빠는 괜찮아요. 아무 문제없어요. 그런데 오빠가 지금 좀 피곤한가 봐요. 그러니 다른 이야기를 하시는 게 좋을 것 같아요."

노인이 고개를 끄덕였다. "하긴, 우리 셋 다 피곤하지. 지난 세월 동안 너를 지나치게 사랑하지 않으려고 참 무던히도 애를 썼다. 그래 봤자 아무 소용도 없었지만 그래도 노력은 했지. '그 녀석은 우리한테 손톱만큼도 관심 없어. 그저 이따금 돈이나 좀 필요로 할 뿐이지.'라고 중얼거리면서. 그래도 네 엄마 장례식 때는 집에 올 줄 알았다. 그때가 나한테는 가장 힘든 시기였고, 네가 왔다면 아주 큰 위로가 됐을 거다. 어리석게도 내가 왜 그런 기대를 했을까? 네 엄마는 늘 이렇게 말했지. '이렇게 기다리고 희망을 포기하지 않으면 무언가 행복한 일이 생길 거라고 상상하나 본데, 그런 일은 절대로 일어나지 않아요.'라고. 그래서 그 모든 짓거리를 집어 치우려고 노력도 해봤다만 도저히 그럴 수가 없더구나."

잭이 미소를 지으면서 헛기침을 했다. "이제는 그러실 수 있을 거예요. 그 오랜 세월 동안 제가 무슨 짓을 하고 돌아다녔는지 말씀드릴게요. 그러면 다 끝내실 수 있을 겁니다."

노인이 고개를 저었다. "네가 어떤 인생을 살았든 내 상상보다 더 나쁘지는 않을 거다. 밤이면 잠도 못 이루고 온갖 끔찍한 일을 생각했단다, 잭. 그러다가도 결국은 네가 불쌍하다는 생각밖에 들지 않더구나. 너한테 아무것도 못해 주는 나 자신도 불쌍하고……."

"음, 제 인생은, 끔찍하다고 할 정도는 아니었습니다. 저보다 더 형편없는 인생도 있거든요. 그게 자랑거리는 아니지만, 아무튼 그렇습니다."

"우린 잭 오빠를 사랑했어요, 아빠. 우리 모두 다요. 그리고 우리가 이제껏 그렇게 한 건 다 그럴 만한 이유가 있어서예요."

"그게 무슨 말이야, 글로리? 상당히 흥미로운데." 잭이 물었다.

"음, 그거야 당연하다마다. 내가 알고 싶은 건 너는 왜 우리를 사랑하지 않았느냐는 거란다. 그게 나한테는 늘 불가사의였지."

잠시 후 잭이 대답했다. "저도 식구들을 사랑했습니다. 그렇지만 제가 할 수 있는 일이 별로 없었어요. 집에 있는 게 저한테는 힘들었습니다. 저 자신을 전혀…… 믿을 수가 없었거든요. 그 바람에 집에 있는 게 점점 더 힘들어졌습니다."

아버지가 덧붙였다. "술 때문에도 그랬겠지."

잭이 미소를 지었다. "네, 그렇기도 했고요."

"여하튼 어젯밤에는 네 걱정으로 죽는 줄 알았다. 내가 왜 이렇게 걱정을 많이 해야 되느냐고 연신 주님께 여쭈어 봤다. 내 아들을 사랑하는 일이 왜 이렇게 저주와 고통처럼 여겨지느냐고, 어떻게 그럴 수 있냐고, 수도 없이 여쭤 봤다."

"죄송합니다. 정말이지 몸 둘 바를 모르겠습니다. 하지만 이젠 제가 왜 그렇게 오랫동안 멀리 나가 있었는지 아시겠죠? 저는 집에 올 권리가 없었어요. 지금도 여기 있으면 안 되고요."

"집에 올 권리가 없다니!" 아버지의 목소리가 떨렸다. "만일 네 얼굴을 못 보고 죽었다면, 나는 주님의 선하심을 의심했을 거다." 아버지가 잭을 쳐다봤다. "그렇게 될까 봐 나도 두려웠다. 그런데 네가 돌아왔고, 덕분에 한동안은 무척 행복했지."

"지금은 주님의 선하심에 대해 어떻게 생각하시는지요? 주님의 명예가 제 행위에 좌우되어서는 안 된다고 생각하는데요. 저는 그런 책임을 감당할 수 없거든요."

노인이 고개를 저으며 말했다. "물론 그런 책임은 아무도 감당할 수 없지. 나 역시 마찬가지고. 내 얘기가 그렇게 들렸다면…… ."

"상관없습니다. 어쨌거나 저도 대충은 알고 있었으니까요."

아버지가 잠시 생각에 잠겼다. "그걸 알고 있었는데도 상관없었단 말이지? 진작에 그걸 깨달았어야 했는데 그랬구나."

잭이 의자를 뒤로 밀치고 자리에서 일어나며 말했다. "예. 그나저나 괜찮으시다면……."

"안 돼요, 오빠. 자리에 앉으세요. 그동안도 오빠 때문에 충분히 힘들었어요."

잭이 잔뜩 지치고 어리둥절한 눈빛으로 글로리를 쳐다봤다. "나는 그냥 내 방으로 올라가려고 했을 뿐이야."

"안 돼요." 글로리가 잭의 어깨를 쓰다듬었다. 그녀는 잭이 그녀의 뜻에 따르기로 결심한 것을, 적어도 그녀를 화나게 하지는 않으리라는 것을 알았다. 잭이 도로 의자에 앉았다.

"친절을 베푸는 것이 내가 가진 것보다 더 큰 힘을 요하는구나. 그동안에는 그걸 미처 깨닫지 못했다. 다른 모든 일도 다 그런 식이었겠지." 아버지가 말했다.

"제가 아직은 떠날 수 없지만, 되도록 빨리 떠나겠습니다."

"오냐, 네 사정 때문에 온 것처럼 또 네 사정 때문에 떠나겠지. 그런데 우연히도 내가 아직 죽지 않고 살아 있는 게지."

"죄송하지만 아빠, 이 이야기는 이 정도면 충분한 것 같네요."

노인이 고개를 끄덕이며 말했다. "그동안 내가 제법 괜찮은 사람인 줄 알았는데 이제야 그렇지 않다는 걸 깨달았다. 게다가 이제는 힘도 없고……. 그동안 네가 참느라고 지쳤나 보구나. 희망 때문에도 그렇고."

"세상에서 희망이 제일 문제라는 생각이 듭니다. 희망을 품고 있는 동안에는 누구든 바보가 되죠. 그러다가 그게 사라지면 자기한테 남아 있는 게 아무것도 없는 것처럼 느껴지거든요." 잭이 어깨를 으쓱하고 웃으며 덧붙였다. "벗어 버릴 수 없는 것만 빼고요."

"네가 그렇게 생각했다니 유감이구나, 잭. 그런데 우리가 글로리를 울렸나 보다."

잭이 어깨를 으쓱하며 그녀에게 미소를 지었다. "미안하다."

"걱정 마세요. 운다고 죽지는 않으니까."

아버지가 한숨을 쉬며 말했다. "내가 방금 한 말은 다 잊으려무나. 물론 너도 진작 다 알고 있었던 것 같다만, 그래도 직접 입 밖으로 말하는 건 또 다르지. 벌써부터 그 말이 내 진심이 아니었던 것 같구나. 이제 침대에 누워 내가 한 말에 대해 걱정하겠지. 그러면서 그저 입 꾹 다물고 잠자코 있을 테고. 아주 오랫동안 그래 왔던 것처럼."

"그러셨죠. 아버지는 항상 제게 친절하셨어요."

노인이 고개를 끄덕였다. "그걸 조금이라도 가치 있게 생각해 주기 바라마."

"유일하게 가치 있다고 여기는 일입니다."

"고맙구나, 잭. 이제 나와는 그만 이야기하고 싶겠지. 내가 우리 둘 다 진이 빠지게 했구나. 이제 너희 둘이 하던 이야기로 돌아가려무나."

글로리가 아버지를 침대에 눕히고 돌아와 보니 잭이 다리를 꼰 채 의자에 구부정하게 앉아 솔리테어를 하려고 카드를 늘어놓고 있었다.

"단 하루라도 그 사람을 생각하지 않고 보낸 날이 있었니?"

"누구 말이에요?"

"그 옛날 신사 말이야. 그럼 내가 누굴 말하겠니? 연애편지 박사 말고……."

"질투가 심하시네요!"

잭이 웃음을 터트렸다. "맞아. 나는 한 통도 못 받았잖니. 며칠 전에 우연히 〈포스트〉지에 실린 린드버그 부인의 시를 봤단다. '나는 편지에 쓰인 내용은 상관하지 않겠네. 안 오는 것보다야 훨씬 나으니까.'라는 구절이 있었어. 비록 나야 편지 한 통 못 받는 것이 더 나을 수도 있다는 걸 알지만. 반송된 편지를 받느니 아무것도 못 받는 게 낫잖아."

"전 과연 아빠를 생각하지 않고 보낸 날이 단 하루라도 있을까 싶어요. 시도 때도 없이 생각했거든요."

"그동안 나도 이곳에 대해 참 많이 생각했다. 나도 여기서 살기를 바랐어. 다른 형제들과 마찬가지로 나도 아무렇지도 않게 문을 열고 들어와 식탁에 앉아 숙제 같은 걸 할 수 있기를 바랐지."

"그런데 왜 안 그랬어요?"

잭이 어깨를 으쓱했다. "한두 번쯤은 그러려고 했지. 그나저나 사람들이 왜 나를 주시했는지 이제는 알겠다. 이제 와 생각해 보면 그것 때문에 불편하지만은 않았던 것 같아. 오히려 때로는 안심이 됐지. 그래서 그걸 시험해 보려고, 여전히 아버지가 날 주시하는지 확인하려고 자잘한 사고를 저질렀는지도 몰라. 식구들이 피아노 반주에 맞춰 모두 〈클레멘타인〉을 부를 때 난 헛간이나 다락에 앉아 있었어. 그러면서 생각했지. 식구들이 나를 까맣게 잊었을 거라고. 그러면 어쩐지 꼭 죽은 것 같은 기분이 들었어. 아무튼 난 아버지가 생각했던 것보다 늘 집 가까이에 있었어. 아버지가 못 찾아내셔서 그렇지." 잭이 글로리를 힐끗 쳐다보더니 말했다. "울지 마라, 제발. 나는 그저 옛날 일을 말했을 뿐이야." 잭이 웃으면서 말을 이었다. "지금 이야기도 하자면, 헛간 다락에 술이 두어 병 더 있어. 그걸 꺼내오고 싶다면 내가 사다리를 잡아 줄게."

"눈물을 참을 수가 없네요."

"그렇다니 기분이 괜찮은데. 솔직히 말하면 그게 정말로 슬픈 일이었는지 확인해 보고 싶었어. 그런데 너도 눈물을 흘리는 걸 보니 확실히 슬픈 일이었나 보네. 그 점에 대해서는 이제 마음을 놓아도 되겠구나. 나는 그게 내 주제에 합당한 대접이라서 슬퍼할 일도 아니라고 생각했거든. 그런데 네가 우는 걸 보니 슬프긴 슬픈 일이었구나."

"잘은 모르겠지만 합당하다고 느껴지는 대접을 받는 게 세상에서 제일 슬픈 일일 거예요."

"정말로? 어린 애니 휠러에 대해 생각하고 있었어. 내 어린 시절의 결혼하지 않은 신부 말이야." 잭이 글로리를 쳐다보며 말을 이었다. "슬픈 일이지. 그 애 이름만 말해도 눈물이 나오는구나. 정말로 후회스러워. 내가 좀 더 철이 났어야 했는데……."

잠시 후 글로리가 말했다. "그 여자에 대해 말씀하셔도 돼요. 저도 그녀를 생각하고 있었어요."

잭이 헛기침을 하면서 말했다. "그 애가 어디 있는지 아니? 그 애가 나한테 무슨 쓸모가 있을 것 같아서 물어보는 건 아니야. 시카고에 가면 매춘부는 수두룩하니까. 그냥 네가 알고 있는지 궁금해서 그래."

"설사 그 집 식구들이 그녀의 행방을 안다 해도 저한테는 말해 주지 않을 거예요. 아빠가, 그녀가 식구들과는 연락할 거라고 생각하셔서 여러 번 그녀 소식을 물었지만 아무 대답도 못 들으셨거든요. 아빠가 그 여자 걱정을 많이 하셨어요."

"내가 정말로 저 양반을 단단히 망신시켰구나."

"힘든 시절이었죠."

잭이 패를 뗐다 섞었다 하면서 계속 카드를 만지작거렸다. "내가 집을 떠나기 전 아버지와 마지막 대화를 나눌 때, 내가 도저히 용서받을 수 없는 짓을 했다는 걸 알았다. 당신은 용서했다고 생각하고 그렇다고 말씀도 하셨지만 그건 거짓말이었어. 내가 아버지한테 엄청난 상처를 줬다고 생각하니 너무 두려웠어. 그럴 줄 알았으면서도 정말 겁이 났단다. 낭떠러지에서 떨어지는 기분이었지. 그러면서도 한편으로는 짐을 벗어 버린 기분이기도 했어. 내 이럴 줄 알았지, 하면서 그 기분을 즐겼어." 잭이 웃음을 터트렸다. "그 뒤로 3년 동안 술에 취해 살았다. 테디가 아니었다면 난 죽었을 거야. 개도 열아홉밖에 안 됐을 땐데 공부하랴, 학교 대표 야구 선수로 뛰랴, 나를 수업에 들어가게 하랴 정신이 없었을 거다. 그 애가 딱 한 번 커닝하다 적발된 적이 있었어. 나 대신 시험을 치르다 그렇게 된 거지. 그때 잠시나마 정신을 차렸어. 그래서 세인트루이스로 떠난 거야. 잘은 모르겠지만 학과장이, 테디에게 그럴 만한 이유가 있다고 판단한 게 분명해. 그러지 않았다면 그 애는 의대에서 쫓겨났을 거야. 아무튼 그 일을 계기로 난 세인트루이스로 도망쳤고, 또 한 번 낭떠러지에서 떨어지는 기분이자 짐을 벗어던진 기분이었지."

잭이 카드를 늘어놓았다가 도로 다 그러모아 섞으며 말했다. "하나같이 말도 안 되는 지긋지긋한 짓거리였지. 그래도 한동안은 그 모든 과거와 결별할 수도 있다고 생각했어. 하지만 그럴 수 없다는 걸 깨달았어. 델라 아버님이 이것저것 캐물으셨거든. 말하자면 내 신원 조회 증명서를 원하신 거지."

"이런."

"아무튼 그 양반이 나도 잊고 있었던 내 잘못까지 다 들춰내면서, 당신이 델라한테 쓴 편지를 보여 주시더구나. 내가 델라를 놓아주면 그걸 안 부치겠다고 하셨지. 하지만 그럴 수가 없었어. 그 사람도 내 옆에 그냥 있었고⋯⋯. 몹시 힘들었다."

"그래도 델라와 함께 계실 때는 오빠도 괜찮았잖아요."

"스코틀랜드인이 그 피부를, 표범이 그 반점을 변할 수 있느뇨, 할 수 있을진대 악에 익숙한 너희도 선을 행할 수 있으리라(예레미야서 13장 23절에서 구스인, 즉 이디오피아인을 스코틀랜드인으로 바꾼 표현—옮긴이). 그 양반은 존경스러우리만치 오로지 당신 딸을 지키려고 애를 쓰셨어. 사실은 우리 아버지와 상당히 비슷한 양반이지. 항상 모든 이들을 돌보려고 애쓰는 분이시니까." 잭이 카드를 늘어놓았다. "어쨌든 이제야 내가 좀 더 나다운 느낌이 드는구나. 영감님 말씀마따나 무언가를 바라고 원하는 것은 사람의 진을 빼는 일이지."

"그래도 델라에게 편지를 보내실 거죠?"

잭이 고개를 끄덕였다. "보내 봤자 아무 소용도 없겠지. 우표나 낭비하는 거지." 잭이 글로리를 쳐다보며 말을 이었다. "글로리아

돌로로사(슬픈 글로리라는 의미의 라틴어-옮긴이), 내 모든 고통을 헤아려 주다니 너는 참 좋은 사람이야."

글로리가 밀가루 반죽을 빚어서 삶은 닭고기 위에 떨어트렸다. 그녀 역시 지독하게 맛대가리 없는 수제비를 먹어 본 적이 있었기에, 반죽이 제대로 됐는지 궁금했다. 다행히 먹어 보니 그렇게 이상하지는 않았다. 어쩌면 글로리는 수제비 자체보다 수제비라는 말을 더 좋아하는지도 몰랐다.

"오빠, 좋은 생각이 있어요. 제가 멤피스에 가서 델라와 이야기해 볼게요. 오빠가 차를 고치면 같이 타고 갈 수 있잖아요. 아빠는, 테디 오빠한테 부탁하면 며칠은 돌봐 줄 거예요. 제가 그분 집이나 교회로 갈게요. 사람들은 제가 누군지 모를 테니 저지당하지 않고 그분과 말할 수 있을 거예요."

"정말 친절하구나. 하지만……." 잭이 웃음을 터트리며 말을 이었다. "사람들은 틀림없이 네가 누군지 금방 눈치챌 거야. 그리고 설사 그 사람과 말할 기회가 생긴대도 뭐라고 할 건데? 아무도 오빠한테 일자리를 주지 않는다고? 오빠가 다시 술을 마시기 시작했고 최근에는 데소토에 불을 질러서 지옥으로 날아가려다 실패했다고? 길리아드에서 가장 꽃이 많은 작은 무덤이 실은 오빠 때문에 생긴 거라고?"

"그런 말을 왜 해요?"

"그럼 뭐라고 할 건데, 글로리? 내 말이 무슨 뜻인지 알잖아."

"오빠가 차에서 기다리고 있다고 말할 거예요."

"장미꽃 열두 송이를 들고 시동을 켠 채?"

"초콜릿도 한 상자 들고요."

잭이 눈길을 돌리며 미소를 짓더니 매우 부드럽게 말했다. "그러지 마라, 글로리. 나는 현실을 직시해야 해. 현실이 나를 지배하고 있다는 사실을 인정해야 한다고……." 잭이 얼굴을 쓰다듬었다. "처음 내가 집에 왔을 때, 내 꼴을 보고 너도 놀랐잖니. 그런데 지금은 그때보다 더 가관이지. 그 사람에게 내 이런 꼬락서니를 보이고 싶지 않다."

"하루 이틀 지나면 나아질 거예요. 그때 다시 생각해 보세요."

"그게 얼마나 끔찍한 계획인지 알기나 하니?"

"그래도 생각해 볼 수는 있잖아요."

"생각해 보는 거야 괜찮지. 그 사람들에게 내가 얼마나 훌륭한 양갓집 자식인지 보여 주고 싶어. 멤피스로 가는 동안 차 안에서 라디오로 멋진 음악도 듣고 싶고……. 아무튼 자동차는 다시 한 번 손봐야겠다. 비록 털털거리는 똥차지만 네가 사용할 거잖아. 다시 굴러가도록 만들어 볼게. 그런데 내 셔츠가 아직도 거기 그대로 있니?"

"아니요, 오늘 아침에 가져왔어요. 비누로 빨았는데 별로 효과가 없네요. 표백해도 마찬가지일 거예요. 라일라한테 부탁해 볼까 해요. 그래도 다행히 소매는 그리 심하게 얼룩지지 않았어요. 양복은 현관에 널어놨어요. 양말은 태워 버리고요."

잭이 글로리를 쳐다보며 놀랐다. "너 또 우는구나. 어쨌거나 물건 하나 제대로 간수하지 못하는 내가 그 셔츠만큼은 오랫동안 간직해 왔는데……."

"아직 포기한 건 아니에요. 얼룩이 안 지워지면 소매를 다른 셔츠에 옮겨 달면 돼요. 별로 어렵지 않을 거예요."

"그러지 마라. 내가 있는 그대로의 현실에 익숙해지도록 내버려 둬. 그게 네가 나한테 베풀 수 있는 최선의 호의야. 아무튼 고맙다. 넌 정말 좋은 아이야."

"내일 아침에 우체국으로 가서 오빠 편지를 부칠게요."

"좋아. 그런데 내 방 화장대에서 술병은 치웠니?"

"오빠 자는 동안 다 치웠어요."

"잘했어. 앞으로도 나를 믿으면 안 돼."

글로리가 아버지를 보살필 동안 잭이 식탁을 차렸다. 그녀가 아버지를 부엌으로 모셔 와 의자에 앉혔다. "자." 아버지가 그 말만 하고 나서 고개를 숙인 채 잠시 침묵을 지키다가 글로리에게 말했다. "네가 기도해 줄래, 글로리?"

"주님, 저희가 먹을 이 음식을 축복해 주시고 당신을 위해 저희들을 쓰소서. 또 늘 다른 사람의 궁핍을 잊지 않게 해주소서, 아멘."

"오냐, 그동안 늘 그 기도에 대해 불만이 많았었다. 다른 사람의 궁핍이 무언지 아는 일이 조금만 더 쉬웠더라면……. 단순히 잊지 않는 것보다 훨씬 더 많은 것을 요구하는 일이지. 내 경험에 의하면 확실히 그렇더구나."

잭이 정중한 태도로 닭고기 수제비를 그릇에 담았다. 삐딱한 기색이 좀 남아 있긴 했지만 조용하고 침착한 태도였고 불안해 보이지도 않았다. 수제비는 겉은 끈적끈적했고 속은 물컹물컹했다. 글로리는 속으로 수제비란 원래 이런 건가 보다고 생각했다. 아버지가 "아주 맛있구나." 하면서 수제비를 반 조각 씹었다.

"알고 보면 수제비만 한 게 없어요." 잭이 말했다.

"맛없는 것은 빼고요." 글로리가 덧붙였다.

잭이 웃음을 터트리며 말했다. "맞아, 그런데 겉으로 보면 그게 그거거든." 그런 다음 글로리를 쳐다보며 놀렸다. "앗, 또 눈물이네."

아버지가 날카롭게 말했다. "네 누이를 놀리면 안 된다. 너희 사내 녀석들은 그걸 장난이라고 생각하나 본데 나는 그게 늘 싫었다. 모름지기 신사는 언제 어디서나 여자를 배려해야 된다. 내가 이 말을 한두 번 한 게 아닐 텐데……. 아무리 어린 누이동생이라도 여자는 여자다. 명심해라." 아버지는 눈을 감고 있었지만 졸린 것 같지는 않았다.

"예, 아버지." 잭이 공손하게 대답한 다음 아버지를 가만히 응시했다.

"전에 언젠가 네 엄마한테도 이 문제에 대해 이야기를 한 적이 있다. 아들 녀석들이 누이동생을 놀리는 걸 그냥 내버려 둬서는 안 된다고……."

글로리는 문득 따분하고 지루한 나날들이 자신을 짓눌러 왔다는 생각이 들었다. 또 아무리 자기가 가족들을 위로하려고 해봤자, 아무 소용도 없었음을 깨달았다. 아버지는 턱이 거의 접시에 닿을 정도로 몸을 웅크린 채 의자에 앉아 꾸벅꾸벅 졸면서 잠결에 한마디씩 거들었다. 잭은 꺼져 가는 낡은 백열등처럼 완전히 체념에 빠져 있었다. 그래도 글로리에게 눈물을 닦으라며 수건을 건네줬고, 잠시 후에는 아버지를 방으로 모셔 갔다.

따가운 아침 햇살에 글로리는 잠에서 깼다. 평소에 비해 늦잠을 잤지만, 집 안에서는 아무 소리도 들리지 않았다. 커피 냄새도 나지 않았다. 오빠와 아버지도 아직까지 자고 있는 게 틀림없었다. 둘 다에게 잘된 일이었다. 글로리는 온몸이 뻐근했지만, 편지를 제시간에 부치지 못할까 봐 침대에서 일어나 세수를 하고 머리를 빗고 옷을 갈아입었다. 말끔하게 하고 나가지 않으면, 가게 점원이나 행인들이 불쌍한 늙은 목사 집에 또 무슨 새로운 일이 터졌나 궁금해할 게 뻔했다. 그녀는 어젯밤에 편지를 화장대 안에 넣어 두었다. 혹시 잭이 다시 생각한 끝에 쓸데없는 희망을 버리겠다고 변덕을 부릴까 봐······. 그녀는 되도록 소리를 내지 않고 계단을 내려와서 문밖으로 나갔다.

밖으로 나오자, 세상은 여전하다는 생각이 들었다. 따가운 햇살이 하얗게 부서지는 하늘과 부드러운 바람, 나무들 사이로 들려오는 쏴쏴 하는 소리, 시끄럽게 울어 대는 매미 소리······. 길바닥에 도토리도 나뒹굴고 있었는데 그중 몇 개는 지나가는 차에 치여 으스러져 있었다. 국화꽃이 막 피어나는 중이었다. 노랗게 물든 호박 덩굴이 채소밭을 뒤덮고, 열매에게 양분을 다 빼앗긴 토마토 줄기는 앙상한 모습으로 말뚝에 걸려 있었다. 길리아드에서 맞이하는 또 한 번의 여름이었다. 진저리가 나게 단조롭고 졸린 길리아드의 시간이 헛되이 흐르고 있었다. 과연 누가 여기서 살고 싶어할까? 대학이나 바깥세상에서 돌아왔을 때, 그녀의 형제자매들은 아버지 몰래 늘 그런 질문을 주고받았다. 과연 어느 누가 여기서 살려고 할까?

대학에서 배운 바에 의하면, 뿌리 뽑힌 자는 불안과 아노미, 불확실한 현대 세계의 공포를 경험하게 된다고 했다. 그들은 그런 고통스럽고 진지한 질문을 품고 있는 그 불길한 철학을 과제를 하기 위해, 또 시험을 치기 위해 되풀이해서 공부했다. 그런 다음 자신이 태어난 곳으로 돌아왔다. 옛날과 똑같은 늙은 버드나무 가지가 옛날과 똑같은 잔디 위를 쓸고 다니고, 옛날과 똑같은 대초원에서 저 혼자 싹이 트고 꽃이 피는 그런 고향으로……. 고향. 세상에 이보다 더 다정한 곳이 어디 있을까? 그런데도 고향은 왜 유형지처럼 여겨졌을까? 왜 나와는 상관없는 낯선 곳처럼 무덤덤하게 여겨졌을까? 그때는 왜 나무 그루터기와 돌멩이 하나하나를 알아보지 못했을까? 아빠의 기대에 부응하며 행복하게 살았던 어린 시절의 당근밭을 왜 조금도 기억하지 못했을까? 아아, 아빠.

그녀는 자기네 집 마당에 나와 있는 이웃 사람들이나 거리에서 만난 아는 이들과 이야기를 나눴어야 했다. 차갑고 거대한 도시에서 만나는 낯선 이들은 그녀의 눈에 어린 슬픔을, 사진이나 그림을 음미하듯 한두 시간쯤 기억할지도 모른다. 그렇다고 해도 그녀는 여전히 그들에게 익명의 타인일 것이다. 하지만 이 촌구석에 사는 선량한 사람들은 그녀에 대해 걱정하고 수군거리며 이런저런 추측을 늘어놓는다. 그녀는 벌써 그들의 눈에서 그런 걱정과 안타까움을 읽고 있었다. '불쌍한 글로리. 정말로 착하고 총명한 아이였는데, 인생이 잘 안 풀리고 말았어. 정말로 영리했는데.'

그것은 인간의 결핍감이 불러일으킨 기이한 반응이었다. 인간은, 자연이 준 것보다 더 많은 것을 가졌어야 한다고, 지금의 평범한 생활로는 만족할 수 없다고 투덜거리며 마치 발가벗겨지기라도 한 듯 호들갑을 떤다. 하지만 그런 결핍감에 시달릴수록 인간은 더 자주 인간적이 되고 다른 사람들의 친절도 더 쉽게 받아들인다. 그러면서 상황이 달라져야 한다는 걸 깨닫게 되고, 이어 그 결핍감이 어디에서 오는지, 그 고통을 완화시키려면 무엇이 필요한지, 어떻게 하면 영혼이 원래의 평안한 상태로, 고향에 있는 것 같은 평안한 상태로 돌아갈 수 있을지 생각하게 된다. 그리하여 돌아갈 고향이 있기만 하다면 마침내 영혼은 자기 고향을 찾아내고 만다.

로비와 토비아스가 허옇게 냉기를 뿜고 있는 아이스크림 가게에서 초코 아이스크림을 기다리고 있었다. 아마 라일라의 마당에서 잡초를 뽑아 주고 번 5센트짜리 동전으로 그것을 샀을 것이다. 글로리는 편지를 우체통에 넣은 뒤 점원의 날씨 이야기를 들어 주고 나서 다시 집으로 향했다. 두 아이는 팔짝 팔짝 뛰고 빙빙 돌고 뒷걸음치기도 하면서 그녀를 따라왔다. 토비아스는 자기 아이스크림을 반으로 잘라 그녀에게 권했다가, 그녀가 괜찮다고 하자 매우 기뻐했다. 로비가 말했다. "제 것은 보턴 씨를 위해 남겨 두는 거예요."

"잭 아저씨라고 불러도 된단다. 아저씨도 뭐라고 안 하실걸."

로비가 고개를 저었다. "우리 아빠가 보턴 씨라고 불러야 한댔어요."

로비는 아이스크림이 막대기에서 흘러내리기가 무섭게 잽싸게 빨아 먹으며 그녀를 따라 걸었다. 로비네 집 모퉁이에 이르자 토비아스는 자기 집으로 들어갔고 로비는 그녀와 함께 계속 걸었다. "우리 엄마는 제가 마당 일을 도와드리면 좋아하세요. 음, 아빠도 좋아하시긴 하지만 아빠는 그냥 보기만 하세요. 베란다에 앉으셔서요."

언젠가 라일라가 그녀에게, 로비가 노동이 뭔지 배워야 한다고 말한 적이 있었다. "그 녀석도 언젠가는 이곳을 떠날 테니까요. 이곳에는 할 일이 아무것도 없잖아요." 에임스 목사의 생일을 축하하기 위해 강으로 놀러 갔던 날, 접시를 씻으려고 강가에 내려갔다가 그녀가 한 말이었다. 로비와 토비아스는 모랫둑 사이의 소용돌이에 나뭇잎을 띄우면서 노는 중이었고, 두 사람은 그 아이들을 보기 위해 잠시 설거지를 멈춘 상태였다. "로비가 나중에 그걸 기억해야 할 텐데요." 그 말끝에 글로리는 나중에 한 여인이 자식을 생각하며 그리워하게 될 그 강을 바라보았다. 강은 폭이 넓고 얕았는데, 복잡하게 얽히고설킨 강바닥 때문에 물살이 느릿느릿 흘러가며 시내를 이루었다. 군데군데 섬처럼 솟아오른 작은 둔덕에는 꽃이 피어 있고 나비가 날아다녔다. 또 강 위로 드리워진 높다란 나무가 그늘을 만들었고, 물결이 잔잔한 날이면 강바닥이 훤히 들여다보였다. 누구랄 것 없이 마을 사람들 모두 그 강을 사랑했다. 잭 또한 마찬가지였다. 글로리가 허리를 굽히고 손으로 물을 떠서 얼굴을 토닥거렸다. 갑작스런 눈물을 감추기 위해서였지만, 사실은 다른 이유도 있었다. 그동안 전혀 인정하지 않았던 진실이 바로 그 순간 명백하게 의식되었기 때문이었다. 혼자 있을 때면 자신도 간혹 그 강을 그리워했다는 사실이.

잭은 무릎에 팔꿈치를 올려놓은 채 현관 층계에 앉아 그녀를 기다리고 있었다. 그러다가 그녀가 로비와 함께 오는 걸 보고 자리에서 일어나더니 담배를 던진 후 집 안으로 들어갔다.

"아줌마가 이걸 드리세요." 로비가 그녀에게 아이스크림 반쪽을 건넸다. 아이스크림은 이미 봉지 안에서 거의 다 녹아 있었다.

"아저씨가 오늘은 기분이 별로 안 좋으신가 보다."

"저랑 야구도 안 해주시겠죠?"

"그럴 것 같은데."

"우리 아빠가 놀아 주실지도 몰라요."

로비가 그녀를 따라온 것은 잭을 만나고 싶다는 꿍꿍이속 때문이었다. 로비는 돌아서서 손을 흔들더니 자기 집을 향해 뛰어갔다.

글로리가 안으로 들어와 보니 잭이 부엌 식탁에 앉아 카드를 하고 있었다.

"미안해. 입도 뻥긋하기 싫어서……."

"로비가 이걸 오빠한테 전해 주래요."

"어이구, 착한 꼬마로군."

글로리가 다 녹아서 축축하게 젖은 아이스크림 봉지를 개수대에 넣었다.

"아직 다락에 있는 술병은 치우지 않았더라. 그 바람에 차도 못 고치고 있었어."

잭이 그녀 뒤를 따라 헛간으로 가서 그녀를 위해 문을 열어 줬다. "여기 그냥 있어." 그가 벽 쪽에 있던 빈 나무 궤짝을 끌어와 그 위에 올라서더니 한 손으로 다락 가장자리를 잡은 다음 다른 손으로 눈에 띄지 않게 다락 바닥에 놓여 있던 사다리를 끌어 내렸다. 사다리 맨 아랫부분이 헛간 바닥을 치자 뒤틀린 나무토막과 뽑혀 나간 못이 아프다는 듯 신음 소리를 냈다. "어젯밤 네가 나를 찾으러 왔을 때 바로 여기 있었어. 그때 무슨 말인가 하려고 했다가…… 그만뒀지." 잭이 어깨를 으쓱했다. "혹시 네가 걱정할까 봐 하는 말인데, 길리아드 바닥을 비틀거리면서 헤매지는 않았어. 식구들 망신은 안 시켰다고."

글로리가 다락으로 올라갈 동안 잭이 낡은 사다리를 붙잡아 줬다. 다락에서는 건초나 삼베, 혹은 잘 마른 나무 냄새가 났다. 오랫동안 햇볕과 비에 시달린 흔적이 뚜렷한 그곳은 누군가 고의로 내박쳐 둔 것 같았다. 언니 오빠들은 그 안에서 놀던 추억을 가지고 있었다. 그런데 그녀가 태어나기 몇 해 전에 아버지가 거기서 노는 것을 금지시켰다. 부서진 마룻바닥 조각과 못이 아래쪽 지붕널을 뚫고 떨어져 내렸기 때문이다. 아버지는 아이들이 올라가지 못하도록 아예 사다리도 치워 버렸다. 그럼에도 불구하고 아들들은 종종 서로 도와 가며 그 비밀스럽고 금지된 곳으로 올라가 몰래 매복 작전을 벌이며 놀았으니, 모범생 테디도 도저히 저항할 수 없는 유혹이었다. 하지만 그들은 글로리만큼은 절대로 다락으로 데려가지 않았다. 무심코 비밀을 누설하는 막내의 버릇이 식구들 사이에서 악명 높았기 때문이다. 따라서 그녀로서는 생전 처음, 그 전설 속의 공간으로 발을 들여놓은 것이었다.

잭은 이쪽 대들보에서 저쪽 대들보 사이에 빨랫줄을 맨 다음 거기에 방수포를 걸쳐 놓고 있었다. 바닥과 지붕의 각도에 맞춰 나지막한 텐트를 친 것이다. 글로리가 무릎을 꿇고 안을 들여다봤더니 방수포 가장자리에 깔끔하게 못이 박혀 있었다. 신문지를 깔아 놓은 바닥에 구겨진 담요와 베개가 놓여 있고, 그 옆에 탁자 겸 선반인 나무 상자가 놓여 있었다. 손전등, 책 몇 권, 그녀가 만든 오트밀 과자가 든 마요네즈 병 하나, 액자에 든 강 사진, 잔 하나, 그리고 4분의 3쯤 비워진 마개가 열린 술병도 있었다. 좁고 어두컴컴한 안쪽에서 위스키 냄새와 땀 냄새가 진동했다. 그곳은 거의 조그만 살림집처럼 보였다. 그럼에도 그 안에는 한 어두운 영혼의 외로움이, 혈육이라는 피난처를 대신해 이 조잡한 거처로 숨어들어 온 한 영혼의 외로움이 짙게 배어 있었다.

'만일 오빠가 자살에 성공했다면 어쩔 뻔했을까. 오빠가 죽고 난 다음에 허접한 쓰레기로 교묘하게 만든 이곳을 발견했다면 어쩔 뻔했을까. 오빠의 격렬한 고통의 숨결이 아직도 이곳을 떠다니고 담요도 구겨진 채 그대로 엉켜 있는 상태에서……'

잭이 소리를 질렀다. "괜찮니? 미안하다. 괜한 부탁을 했나 보다……"

"괜찮아요." 그녀의 목소리를 듣고 잭은 그녀가 울고 있음을 알아차리겠지만, 그래도 그녀는 대답을 해야 했다. 텐트 속에서 담요를 끌어내자 담요와 함께 빈 병이 따라 나왔다. 그녀는 병을 한쪽으로 치운 뒤 담요를 판판하게 접어서 도로 제자리에 집어넣었다. 이어 나무 상자를 끌어내 그 안에서 술병과 잔을 꺼내 한쪽에 놓았다. 그 안에 『노동계급의 조건』과 『비상 착륙』, 그리고 다 닳아 빠진 조그만 성경도 함께 있었다. 손전등은 건전지가 다 닳았는지 꺼져 있었지만 그래도 스위치를 내려 책 옆에 놓았고, 나무 상자도 원래 자리에 밀어 넣었다. 그 모든 일이, 원래는 정리 정돈을 무척 잘하는 오빠가 슬픔 때문에 어쩔 줄 몰라 남겨 놓은 혼란을 대신 수습하는 경건한 속죄 행위처럼 느껴졌다.

"술병은 두 개밖에 없을 거야. 확실해." 그녀가 필요 이상으로 다락에 오래 머문다고 생각했는지, 잭이 말했다. 여동생이 자신의 비밀을 보고 만지는 것이 무척 난감했을 것이다. 그에게 그 비밀은 수치심이나 고통과 거의 구분되지 않는 것이었기 때문이다.

"내려가요." 글로리는 그렇게 대답만 해놓고 무릎을 꿇은 채 꼼짝도 하지 않았다. 자기 앞에 놓인 것들을 보며 깜짝 놀란 얼굴로, 마치 외로움과 슬픔이 시간이고 날씨인 어느 나라의 엄청난 불가사의를 밝혀 주는 증거라도 발견했다는 듯이…….

마침내 그녀가 병을 옆구리에 끼고 한 손에는 잔을 든 채 남은 손으로 사다리를 붙잡고 내려오기 시작했다.

"나, 여기 있다." 잭이 그렇게 말하며 사다리가 흔들리지 않도록 꽉 붙잡았다. 그런 다음 뒤로 물러나서 엉덩이에 손을 얹은 채 그녀를 바라보고 섰다. 소원하면서도 주저하는 듯한 그 얼굴에는, 그녀가 틀림없이 자신을 이제까지와는 다르게 평가할 것이라는 표정이 여실히 드러나 있었다. "흐음, 좀 지저분한가? 미안하다."

"괜찮아요. 이게 전부인 것 같던데…….."

잭이 고개를 끄덕였다.

"다른 것들은 지난번에 과수원에 다 쏟아 버렸어요."

"잘했다. 다락에서 손전등을 켜고 책을 읽으면 박쥐가 달려들더라고. 박쥐는 불빛을 보면 달려든다는 거 아니? 그래서 방수포를 쳤어. 그게 비를 막아 주기도 했지. 저 지붕은 거의 무용지물이거든."

11

 잭은 그녀가 과수원과 광에 들를 동안 기다리고 있다가 몇 발자국 뒤에서 그녀를 따라 집으로 들어왔다. "내일 내 오두막을 다 치울 거야. 또 떠나기 전에 여기저기 깨끗이 청소 좀 해볼까 하는데. 그동안 너무 많은 걸 그냥 내박쳐 뒀더라."
 "그래도 오빠 덕분에 집이 많이 깨끗해졌어요."
 그가 그녀를 위해 방충 문을 열어 줬다. "손에 묻은 기름얼룩을 지워야겠어. 그때까지는 영감님을 도와드릴 수 없을 것 같아. 그 양반이 내 손 꼬락서니를 무서워하시는 것 같거든."
 "아니에요. 아빠는 오빠가 자해했다는 생각을 싫어하실 뿐이에요."
 "생각을 싫어할 수도 있는 모양이구나. 참 재미있군. 그렇다면 나는 내 생각의 대부분을 싫어하는데." 그가 개수대 밑의 수납장을 열고 수세미를 찾아냈다.

"오빠 손이요, 쇼트닝으로 닦으면 지워질지도 몰라요. 그게 기름을 녹일 수 있을 거예요. 그냥 수세미로 박박 문지르기만 하면 손이 불에 덴 것처럼 빨갛게만 되고 소용없을 거예요." 글로리가 수납장에서 쇼트닝 깡통을 꺼내 한 숟가락 퍼서 그의 손바닥에 놓으면서 물었다. "오빠가 저한테 오빠 영혼에 대해, 그걸 구원하는 문제에 대해 말씀하신 거 기억나세요?"

잭이 어깨를 으쓱했다. "나를 다른 사람과 착각한 모양이구나."

"저는 지금 이대로의 오빠 영혼이 좋다고 했죠."

"다른 사람이랑 착각했다니까." 그가 계속 고개를 숙인 채 손을 문지르며 말했다.

"그 문제에 대해 곰곰이 생각해 봤는데, 그래도 그 생각은 전혀 바뀌지 않았어요. 하지만 그 문제 때문에 많이 당황스러웠어요. 전 아직도 영혼이 무슨 뜻인지 잘 모르거든요. 정말로 영혼이 뭐예요?"

잭이 고개를 들고 미소를 지으며 그녀의 얼굴을 찬찬히 뜯어보았다. "그걸 왜 나한테 물어?"

"오빠는 알 것 같아서요."

잭이 어깨를 으쓱했다. "내 방대한 지식과 경험을 바탕으로 이야기하자면…… 그건 어떤 모욕과 박탈과 폭력을 당해도 절대로 없어지지 않는 거지. 내가 하늘에 올라갈지라도 거기 계시며 내가 새벽 날개를 치며 바다 끝에 가서 거할지라도 거기 계시느니라(시편 139장-옮긴이)."

"그럴듯한 성경 구절을 고르셨네요."

"그냥 떠오른 것뿐이야. 너무 심각하게 생각하지 마."

"음, 제가 보기에는 오빠 영혼은 훌륭한 것 같아요. 영혼이 뭔지는 아직도 잘 모르겠지만, 아무튼 그건 사실이에요."

"고맙다, 짝꿍. 하지만 너는 나를 잘 몰라. 아니, 내가 주정뱅이라는 건 알겠구나."

"도둑놈이라는 것도요."

잭이 웃음을 터트렸다. "그래, 주정뱅이에 도둑놈. 게다가 지독한 겁쟁이이기도 하지. 내가 거짓말을 많이 하는 이유도 겁이 많아서 그래."

글로리가 고개를 끄덕였다. "저도 그런 줄 알았어요."

"정말인가 보네. 그 밖에 또 뭘 알고 있었지?"

"유혹에 약한 여자들에 대한 건 언급하지 않을게요."

"고마워. 가끔은 대단히 너그러우시군."

"저도 그렇게 생각해요." 글로리가 고개를 끄덕이면서 맞장구를 쳤다.

"꼴같잖게 또 자만심도 있어요. 게다가 자기방어도 제대로 못하는 주제에 지나친 적의를 내뿜기도 하고."

"그것도 알고 있었어요."

잭이 고개를 끄덕이며 말했다. "대신 교활하지는 못하지."

글로리가 수건을 가져와 비누칠을 한 다음 그의 손에서 더러워진 쇼트닝을 살살 닦아 내기 시작했다. 잭이 수건을 낚아채면서 말했다.

"그러니까 우리가 지금 내 소죄의 목록을 작성한 거로군." (가톨릭에서는 인간의 죄를 용서할 수 있는 소죄venial sin와 용서할 수 없는 대죄 mortal sain로 나눈다. – 옮긴이)

"장로교 신자들은 소죄라는 걸 믿지 않아요."

"분명히 나한테는 '장로교 신자'라는 딱지가 붙지 않은 걸로 아는데."

"어머나, 쉿!"

잭이 웃음을 터트렸다. "맞아. 장로교 신자들은 그걸 믿지 않지. 내친 김에 역시나 장로교 신자들이 믿지 않는 내 대죄의 목록도 나열해 볼까?"

"아니요."

"델라의 아버지이자 내 전기 작가인 마일즈 목사님께서는, 나를 골칫덩어리일 뿐이라고 말씀하셨지. 그 말이 사실 같아. 정말로 내가 아무것도 아닌 것처럼 느껴지거든." 잭이 글로리를 쳐다보며 말을 이었다. "겨우 육체만 지닌 아무것도 아닌 존재. 이 나이 먹도록 세상을 살면서, 그런 골칫덩어리 상태를 한 번도 벗어나지 못하고 그 주변에서만 맴돌았다는 느낌이 들어. 신기할 정도지. 그래서 남들과 어울리지 않으려는 거란다. 아니, 너 또 우는구나."

"다른 사람들이라고 그런 느낌이 들지 않을 것 같아요? 전 분명 그랬어요. 하지만 오빠도 델라와 함께 있을 땐 자신을 그런 식으로 느끼지 않으셨잖아요. 오빠가 너무 오래 혼자 있어서 그런 거예요. 그 점에서는 아빠가 옳아요. 우리가 오빠를 돕도록 허락해 줬다면 좋았을 텐데……."

"구치소에서 나온 지 이틀째 되던 날 엄마가 돌아가셨다는 소식을 들었다. 그러니 집에 오자면 올 수도 있었지만, 그 상태로 장로교 신자들과 어울려야 한다는 게 찜찜하더구나. 게다가 아버지가 눈치가 빠르시잖니. 구치소에서 나온 걸 눈치채실까 봐 그 양반 보기가 겁났다. 그래서 그 양반이 보내 주신 수표를 새 옷을 사는 데 써버렸지." 잭이 미소를 지으며 말을 이었다. "물론 그 수표는 감사하게 생각했어. 정말로 고마웠지. 그 양반이 수표를 보내신 호텔에는 한동안 가지 않았기에, 그게 주인을 찾아온 걸 보고 깜짝 놀랐다. 프런트 직원이 봉투에 둘린 검정 테두리 때문에 차마 봉투를 열어 보지 못하고 나한테 전해 준 거였지. 옷을 사고 남은 돈은 술집에서 다 탕진해 버렸다."

"하고 싶지 않은 말은 안 하셔도 돼요. 오빠가 구치소에 있었다고 해도 전 상관없어요."

"그래? 진짜로 감동적이네. 어쨌거나 구치소야말로 아무 희망도 없는 나 같은 놈에게는 제격이더라." 잭이 웃으면서 말을 이었다. "그래서 거기선 모범적으로 지냈어. 아무 잘못도 저지르지 않았지. 대신 구치소가 혼자 있기 좋아하는 내 기벽을 더 강화시킨 게 분명해."

"엄마가 돌아가신 지 10년도 넘었어요. 그러니까 구치소에서 나온 뒤로는 괜찮았다는 거네요."

"그래, 괜찮았지. 그런데 이제야 그게 착각이었다는 걸 깨달았어. 내 힘으로 버틸 수 있는 게 아무것도 없고, 여전히 나 자신을 믿을 수 없거든. 그래서 내 삶이 시작된 이곳으로 돌아온 거야." 잭이 미소를 지었다. "지금껏 내 많은 잘못을 용서해 줬으니, 내가 돌아온 이유도 용서해 줘. 하긴, 꼭 그럴 필요는 없지만……."

"제가 용서할 거라는 거 아시잖아요."

잠시 후 잭이 다시 입을 열었다. "나 같은 놈이랑 동거한 델라가 과연 어떤 여잔지 궁금하지?"

"프랑스어를 읽고 수를 놓고 성가대에서 노래를 부른다면서요?"

"말하지 않은 것도 있어."

글로리가 어깨를 으쓱했다. "어떤 것들은 물어보면 안 되는 신성한 거니까요. 그러고 보니 내가 어렸을 때 신성하다는 단어와 비밀이라는 단어를 늘 헷갈려 했죠."

잭이 웃음을 터뜨렸다. "그래, 바로 그거야. 아주 정확해." 잭이 행주로 손을 닦은 후 기름이 잘 지워졌는지 살펴보았다. "괜찮게 지워졌는데." 그러면서 검사해 달라고 손을 내밀었다. "최소한 저 양반이 내 손을 참고 봐주실 정도는 되지 않니? 얼굴도 어떻게 좀 할 수 있으면 좋을 텐데……."

"좀 주무시고 나면 괜찮아질 거예요."

"나쁜 생각은 아니네. 하지만 오늘 끝내야 할 일이 몇 가지 있거든."

"우선 두어 시간 잠부터 주무세요."

"그래, 그래야겠구나. 고맙다." 잭이 계단을 올라가다 중간에 멈춰 서서 말했다. "조금 전에 내가 구치소라고 했는데, 교도소라고 했어야 했어. 교도소에 있었단다." 그런 다음 반응을 살피려고 그녀를 바라봤다.

"교도소에 있었다고 해도 상관없어요." 하지만 글로리는 그 말을 하느라고 조금 애를 먹었고, 잭은 그 말이 과연 진심인지 확인하려고 그녀를 찬찬히 뜯어보면서 잠시 미소를 지었다.

"너는 정말 괜찮은 아이야."

잭은 저녁 식사 때가 되어서야 아래층으로 다시 내려왔다. "생각보다 오래 잤네. 미안해." 이제야 잭이 잭다워 보였다. 아니, 그는 항상 그 자신이었고 특히 지난 이틀 동안은 그 어느 때보다 그다웠다. 그는 아버지의 옛날 양복에 파란 줄무늬 넥타이를 매고 있었다. 또 말쑥하게 머리를 빗고 면도도 했다. 올드스파이스도 발랐다. 그가 양복 윗도리의 맨 위 단추를 잠갔다가 다시 풀더니 아예 윗도리를 벗었다. "벗는 게 더 나을 것 같군." 그가 그녀의 동의를 구하듯 쳐다봤다.

"이 더위에는 그렇죠."

"그러게, 하지만 넥타이는 괜찮겠지."

"괜찮아 보여요."

그에게 무슨 꿍꿍이가 있는 게 틀림없는데, 어쩐지 좋은 일일 것 같았다. 그에게서 일종의 긴장감과 침착함이 느껴졌다.

"저녁 식사는 뭐지?"

"토스트랑 크림을 얹은 닭고기요. 남아 있던 거예요. 이번에는 수제비는 없어요. 대신 복숭아 파이를 만들었어요."

"음, 괜찮다면 식당에서 먹으면 어떨까 싶은데……. 촛불을 켜놓고. 여기 불은 너무 환한 것 같거든. 빛을 두려워하고 어둠을 좋아하는 우리 같은 사람에게는 말이지."

잭이 웃음을 터트렸다. 아버지가 자기 모습을 보고 괴로워하지 않기를 바라서인 것 같았다.

"그러세요. 식당 창문도 열고 선풍기도 갖다 놓을게요. 이런 날씨에는 식당이 찜통 속 같거든요."

"그건 내가 알아서 할게."

글로리가 아버지 방으로 가보니 노인이 시름에 잠긴 채 깨어 있다가 그녀가 말을 걸자 입을 열었다.

"나는 사람들이 이야기하는 소리를 좋아한단다. 네 엄마는 이 집이 꼭 낡은 바이올린 같다고 했지. 어디서나 소리가 생겨난다고……. 내 생각에도 그 말이 맞는 것 같구나. 아주 멋진 집이지." 아버지는 아직도 비몽사몽 중인 것 같았다.

"일어나고 싶으세요, 아빠? 저녁 준비 다 됐어요. 오빠도 오후에 좀 쉬고 나서 지금은 식탁을 차리고 있어요."

"잭이?"

"네. 많이 나아진 것 같아요."

"그 애가 아픈지 몰랐다. 오냐, 일어나는 게 좋겠구나." 다른 걱정에 정신이 팔린 나머지 아버지는 자신의 몸이 말을 듣지 않는다는 사실을 깜빡 잊어버렸는지, 똑바로 앉느라고 허우적거리는 스스로에게 깜짝 놀라는 것 같았다.

"잠깐만요, 제가 도와드릴게요."

아버지가 놀라서 그녀를 바라봤다. "무슨 일이 있었구나?"

"이젠 다 끝났어요. 다 괜찮아요."

"애들이 여기 있었던 것 같은데…… 애들은 어디 있니?"

"다들 자기 집에 있어요, 아빠."

"집이 너무 조용하구나!"

"잠깐만요. 아빠가 저녁 드실 준비를 하는 동안 오빠한테 피아노를 쳐달라고 할게요."

"그러니까, 잭이 집에 있다는 말이지?"

"네, 집에 있어요."

글로리가 식당으로 가서 잭에게 피아노를 쳐달라고 부탁한 다음 다시 아버지에게 돌아왔다.

"〈예수가 우리를 부르는 소리〉구나. 아주 좋은 노래지. 쟤가 그레이스냐?"

"아니요, 잭 오빠예요."

"잭이 피아노를 친다니 믿어지지 않는구나. 그레이스일 것 같은데……."

글로리가 아버지를 모시고 복도로 나왔다. 피아노가 보이는 곳에 이르자 아버지가 걸음을 멈추더니 그녀의 팔을 놓고 어리둥절한 표정으로 흥미롭게 잭을 바라봤다.

"저 사람이 피아노를 아주 잘 치는구나, 그런데 저 사람이 왜 우리 집에 있지?"

"아빠를 뵈러 집에 온 거잖아요, 아빠."

"그래, 아주 잘됐구나. 그런다고 해로울 건 없겠지."

잭이 찬송가를 끝까지 다 치고 나서 그들을 따라 식당으로 들어왔다. 다시 양복 윗도리를 입고 있었다. 그가 아버지를 의자에 앉힌 다음 글로리의 의자도 빼주고 나서 아버지 옆에 자리를 잡았다. 노인이, 잭이 자기들과 함께 식탁에 앉는 것이 무례한 행동이라도 된다는 듯 그를 쳐다봤다. 그런데 불쾌하다기보다는 뜻밖이라는 표정이었다. "글로리, 네가 기도해 주겠니?"

"네. 그럴게요." 글로리가 눈을 감았다. "하늘에 계신 아버지, 우리를 도와주시옵소서. 우리가 사랑하는 모든 이를 도와주시옵소서. 아멘."

잭이 그녀를 쳐다보며 미소를 지었다. "고마워."

노인이 고개를 끄덕였다. "그 안에 참 많은 내용이 들어 있지."

그녀가 음식을 더는 동안 잭이 촛불이 비치지 않는 쪽으로 몸을 기울였다. 그는 머리를 뒤로 넘기고 넥타이를 와이셔츠 앞에 똑바로 늘어뜨린 다음, 손을 보이지 않아야 한다는 사실을 기억하려는 듯 무릎에 올려놓은 손은 주먹을 쥐었다. 아버지가 수시로 그를 곁눈질했다. 글로리가 아버지의 토스트를 잘라 주고 난 뒤 세 사람은 말없이 식사를 했다. 간간이 글로리가 더 필요한 것이 없느냐고 물을 때만 침묵이 깨졌다. 그녀는 며칠 동안 신문도 보지 않고 텔레비전이나 라디오도 켜지 않았기에 아이젠하워나 덜레스나 야구나 이집트 등 아버지를 비몽사몽에서 깨울 화제들을 꺼낼 수가 없었다. 그래도 아버지와 오빠가 저녁을 먹고 있는 것만도 어디인가.

이윽고 잭이 헛기침을 하더니, 아직도 쉰 목소리로 말을 꺼냈다. "아버지께 드릴 말씀이 좀 있습니다. 지금 말씀드려도 괜찮을까요?"

아버지가 잭을 향해 다정하게 미소를 지었다. "그렇게 격식 차릴 필요 없네. 이미 여러 해 전에 은퇴했는데……. 그냥 로버트라고 부르게."

잭이 글로리를 쳐다봤다.

"아빠, 커피 좀 갖다 드릴까요?"

"아니, 나는 됐다. 하지만 이 친구는 원할지도 모르겠구나."

잠시 후 잭이 말을 꺼냈다. "괜찮으시다면 말씀드릴게요. 꽤나 심사숙고한 끝에 말씀드리는 건데……." 잭이 글로리를 보며 미소를 지었다.

아버지가 고개를 끄덕였다. "목사가 되려고 생각하고 있나?"

잭이 숨을 깊이 들이마시고 나서 눈을 비볐다. "아닙니다."

"요즘에는 목사가 되려는 사람이 다시 많아졌다더군. 아주 잘된 일이지. 자네도 그 문제를 고려하나 본데……."

"예," 잭이 물 잔을 만지작거리며 생각에 잠겼다가 말을 이었다. "저도 여러 가지 이유로 무언가를 믿어 보려고 노력했습니다. 성경을 수도 없이 읽으면서 거기에 대해 생각도 많이 했습니다. 물론 읽을거리도 생각할 거리도 성경밖에 없었던 상황이긴 했지만요. 아버지께서, 제가 그러길 바라실 것 같아서요." 잭이 다시 글로리를 쳐다보며 말을 이었다. "하여간 노력 많이 했습니다. 그런데 그런 노력이 저를 더 고집불통으로 만든 것 같습니다. 저도 제가 왜 이런 꼴이 됐는지 잘 모르겠어요. 하지만 할 수만 있다면 저도 아버지 같은 사람이 되고 싶었습니다."

아버지가 이해가 안 간다는 표정으로 엄숙하게 잭을 쳐다봤다.

"원래는…… 신중하게 생각한 끝에 성경의 진리를 믿게 되었다고 아버지께 말씀드리려고 했어요. 테디도 그렇게 말하는 게 좋을 것 같다고 했고요. 아버지께서 제 걱정을 그만하시길 바라는 마음에서요. 하지만 제가 진심으로 말씀드릴 수 있는 건 이것뿐입니다.

저도 성경을 이해하려고 노력했다고, 좀 더 바람직한 삶을 살기 위해 노력했다고. 이제는 어떻게 해야 할지 모르겠지만, 아무튼 저도 노력은 했습니다."

노인이 그를 뚫어지게 쳐다보다가 입을 열었다. "잘했네. 여보게, 우리가 전에도 이야기를 나누었던가? 그런 것 같지는 않네만, 내가 틀릴 수도 있으니까."

잭이 의자에 기댄 채 팔짱을 꼈다. 이어 글로리를 쳐다보며 미소를 짓다가 나지막하게 속삭였다. "앗, 눈물이네!"

"잭 오빠가 아빠랑 얘기하고 싶대요. 아빠한테 무언가 말씀드리려고 하잖아요."

"그래, 잭이 집에 있다고 했지? 참 놀라운 일이로구나. 그 애는 거의 집에 없었잖니."

잭이 한숨을 깊이 들이마신 다음 입을 열었다. "제가 잭이에요."

노인이 아들을 유심히 살펴보려고 의자에서 거북하게 몸을 돌렸다. "내가 닮은 사람을 보고 있군." 아버지가 힘겹게 팔을 뻗어 촛대를 잡더니 잭에게 촛불을 비췄다. 잭이 손으로 얼굴을 덮으며 웃음을 터트렸다. "좀 닮긴 했는데 잘 모르겠네. 그 손 좀 치워 주게……."

잭이 무릎에 손을 내려놓고 눈길을 들지 않은 채 미소 띤 얼굴로 묵묵히 아버지의 시선을 받아들였다.

노인이 말했다. "그래, 난 이 애의 삶이 힘들 거라는 걸 알고 있었다." 그런 다음 잠시 생각에 잠겼다가 다시 말을 이었다. "그럴까 봐, 그게 두려워서 이제껏 그렇게 기도를 드렸건만, 결국은 그렇게 되었구나. 그러니까 잭이 집으로 돌아왔지. 그토록 오래 기다린 끝에……."

잭이 식탁 너머에 있는 글로리에게 미소를 지으며 고개를 저었다. 마치 이번에도 자신이 잘못 생각했다고, 이제 더 이상 할 수 있는 일은 아무것도 없다고 말하는 것처럼.

"오빠도 힘들게 집에 돌아온 거니, 좀 더 잘해 주세요."

잠시 후 아버지가 마침내 백일몽에서 깨어난 듯 말을 받았다. "이 애한테 좀 더 잘해 주라고? 나는 매일매일 하느님께 감사 기도를 드렸다. 이 애가 아무리 고통과 슬픔 속을 헤맨다 하더라도, 앞으로도 그런 인생을 살게 되고 내가 도움을 줄 수도 없다 하더라도 주님께 감사하다고 기도를 올렸다. 사람들은 자기 자식의 예쁜 점만 보면서 자식을 위해 살고 죽을 것처럼 생각하지만, 사실 자식의 인생을 지키고 보호하는 건 부모가 아니라 주님의 몫이지. 그런데 자식이 너무나도 자존감 없는 사람이 되면, 자신이 원래 어떤 사람이었는지 기억도 안 날 지경이 될 때까지 망가지기만 하더구나. 그건 품에 안은 자식의 죽음을 보는 것만큼이나 괴로운 일이지." 아버지가 잭을 쳐다보며 덧붙였다. "내가 바로 그랬다."

"아, 전 그런 줄 몰랐어요. 정말로 몰랐습니다." 잭이 손으로 얼굴을 감쌌다.

글로리가 말했다. "아빠, 그만하세요. 너무 끔찍한 말씀이세요."

"그냥 둬. 더 이상 잃어버릴 게 아무것도 없으니까." 잭이 말을 마친 후 모든 방어를 다 포기한 사람처럼 손을 떨어트렸다.

노인이 냅킨을 더듬더듬 찾다가 그만 바닥에 떨어트리자, 잭이 자기 것을 아버지에게 주었다. "고맙다." 아버지의 목소리에 울음기가 섞이더니 결국 눈물을 떨어트리고야 말았다.

"그건 오빠 잘못이 아니었어요. 아빠도 아시잖아요?"

"그럼 너는 왜 휠러 영감의 얼굴을 때렸니? 얘가 그랬다. 글로리가 그 사람을 때렸다고. 그 영감 집이 아기를 키우기에 너무 위험했기 때문이지. 망가지고 녹슨 물건들이 땅바닥 여기저기에 사방팔방으로 널려 있었다. 그 어린 것을 우리 집으로 데려올 수도 있었는데……. 네가 그 아이의 애비라고 주장하기만 했다면……. 잭, 넌 그 집에 있었으니 그곳이 어떤 곳인지 잘 알지 않았니?" 아버지가 비통하게 말했다.

잭이 의자에 깊숙이 몸을 파묻고 손으로 눈을 가렸다.

"그건 이미 오래전 일이잖아요. 그 이야기는 그만하시면 안 될까요, 아빠?"

"글로리, 그 일을 다 잊어버렸니? 우리는 네가 절대로 그 일을 잊지 못할 줄 알았다. 네가 그 어린 것의 죽음을 하도 애통해하는 바람에 네 엄마가 겁에 질려 죽을 뻔했어……."

"하지만 지금은 오빠가 돌아와 있잖아요. 오빠도 몹시 힘들고 슬프게 살았대요. 아무튼 지금은 집에 돌아왔잖아요. 돌아왔다고요."

"오냐, 그리고 지금 우리한테 작별 인사를 하고 있지. 너도 알지 않냐? 자기가 성경을 읽었다고 하는구나. 그런데 왜 굳이 그 사실을 나한테 말하려는 걸까? 저도 구원을 바랐다고 내게 알리기 위해서겠지. 하긴, 정말로 그랬는지도 모르고. 하지만 나한테 그 말을 한 진짜 이유는 따로 있다. 내가 제 영혼을 걱정하게 내버려 두고 여길 떠날 순 없기 때문이지. 여기서 몇 가지 허드렛일을 끝내고, 이 늙은이한테 한두 가지 확신을 던져 준 다음, 다시 문을 나서겠지."

잭이 미소 띤 얼굴로 부드럽게 속삭이듯 말했다. "전혀 그런 의도는 아니었어요." 이어 헛기침을 한 뒤 덧붙였다. "하지만 떠나기는 할 겁니다. 그건 맞습니다."

아버지가 고개를 떨어트렸다. "다들 고향 타령을 하면서도 정작 살겠다는 자식은 아무도 없구나."

잠시 후 잭이 다시 입을 열었다. "아버지도 제가 여기서 어슬렁거리는 걸 바라지는 않으시잖아요? 차라리 잊어버렸으면 하는 일들이나 떠올리게 하니까요." 여전히 거의 속삭이다시피 하는 목소리였다.

"아무리 노력해도 도저히 그 일들을 잊을 수가 없었다. 그게 바로 내 삶이었으니까. 지금 너도 그렇고." 아버지가 아들을 올려다보았다.

잭이 어깨를 으쓱하며 미소를 지었다. "죄송합니다."

아버지가 팔을 뻗어서 그의 손을 어루만졌다. "종종 네가 어떻게 살고 있는지 걱정스럽단다. 이제 내 삶이 어떻게 될지도 모르겠다만······." 그러더니 손가락으로 잭의 소매를 만지작거리며 유감스럽지만 인정한다는 듯이 말했다. "내가 내 교회를 잃었구나."

"오래전에 은퇴하셨잖아요."

노인이 고개를 끄덕였다. "그렇게 생각할 수도 있겠지." 저녁 바람에 촛불이 흔들리며 아른거리는 무늬를 만들어 냈다. "아내도 잃었다."

잭이 또 다른 비난을 예상하고 몸을 뒤로 뺐지만 아버지는 그저 고개만 흔들 뿐이었다. "내가 왜 뭐라도 하나 간직하기를 바랐을까?

인생은 그런 게 아닌데. 그나저나…… 에임스가 몹시 걱정되는구나. 어린 아들까지 있는데…….” 잠시 후 아버지가 말을 이었다. “집은 글로리에게 물려줄 거다. 다른 것도 다 정리되었고. 많지는 않지만 돈도 좀 남겼으니 너희들이 나눠 가지면 될 게다. 에임스 아들내미 몫도 좀 남겨 뒀다. 만일 네가 다시 이 집에서 살고 싶다고 하면 글로리도 무척 기뻐할 거다.”

잭이 식탁 너머의 글로리에게 미소를 지으며 말했다. “그렇다니 다행이네요.”

노인이 눈을 감았다. “마땅히 떠날 때가 됐는데도, 돌보아야 할 것들을 이렇게 많이 남겨 두고 하늘나라로 가야 한다는 게 썩 달갑지 않구나. 네 엄마가 물어보지는 않겠지만.” 아버지가 잠시 침묵을 지키다가 이윽고 말을 이었다. “그래도 네 엄마한테 잭이 집으로 돌아왔다고 말해 줄 수 있기를 바랐단다.”

잭이 아버지를 지긋이 바라봤다. 그의 얼굴에는 다정함이나 연민을 초월한, 말로는 표현할 수 없는 절대적인 무언가가 담겨 있었다. 마침내 잭이 속삭이듯 말했다. “엄마한테, 제가 사랑한다고 전해 주세요.”

노인이 고개를 끄덕였다. “그러마, 반드시 그렇게 하마.”



잭이 아버지를 침대에 눕혀 드린 후 부엌으로 돌아왔다. “장기 몇 판 둘래? 지금 당장은 잠이 올 것 같지 않아서…….”

"저도 그래요."

"좀 전의 일은 미안하다, 글로리. 도무지 내가 예상한 대로 일이 돌아가지 않네. 또 철없는 짓을 한 것 같아."

"선의에서 그런 거잖아요."

"그랬지."

"맞아요."

"그래." 잭이 고개를 끄덕였다. 마치 그녀의 그런 대답을 기다리며 지금까지 버텨 왔다는 듯. "아까 테디랑 의논할 때, 우선 네 제안부터 따져 봤어."

"우리 둘 다 그게 한번 해볼 만한 가치가 있다고 생각했잖아요."

"그러고서도 그러지 못했잖아. 저 양반한테 거짓말을 하려니까 갑자기 주눅이 들더라고."

"도리어 잘된 건지도 몰라요."

잭이 어깨를 으쓱했다. "그걸 어떻게 알까?"

그들은 말없이 세 판을 두었다. 잭의 마음이 몹시 산란했는지, 글로리가 아무리 지려고 애를 써도 내리 세 판을 다 이기고 말았다. 글로리는 이 판에 이름을 붙여 주고 싶었다. '보턴 집안의 장기' 혹은 '간디의 장기'라고.

"너 졸린 것 같구나."

"저기, 오빠. 제가 이 집을 물려받게 된다는 걸 저도 방금 전에야 알았어요. 저는 길리아드에 살 생각이 조금도 없었어요. 배은망덕한 소리 같지만 아무튼 기필코 길리아드를 떠날 생각이었죠. 그런데 아빠 말을 들으니, 표현이 좀 뭣하기는 하지만, 자꾸 소름이 끼치네요. 그래서 자고 싶기는 한데 잠이 올 것 같지가 않아요."

잭이 의자 등받이에 기댄 채 객관적인 시선으로 주변을 둘러보았다. "상당히 훌륭한 집이지. 공짜에 저당 잡힌 것도 없고…… 이 정도면 괜찮은 거라고."

"하지만 이 집은 제겐 악몽과도 같아요. 언니 오빠들은 다 나가서 자기들 삶을 시작하는데 나 혼자만 이 우스꽝스러운 가구와 읽을 수 없는 책들로 가득 찬 텅 빈 집에 남아 있었죠. 내가 그리워하고 있다는 걸 알고 누군가 찾아와 주기를 기다렸지만 아무도 그래 주지 않았죠."

잭이 웃으면서 말했다. "불쌍한 말 꼬랑지. 나는 그럴 때면 헛간에 숨어서 누군가 나를 찾아내기를 기다렸어. 하지만 아무도 찾지 못하더구나."

"그나저나 이 집을 물려받으면 그 헛간은 부숴 버릴 거예요. 제일 먼저 그것부터 할 작정이에요."

"좋지. 커피 좀 타 올까?"

"좋죠."

잭이 커피 메이커에 물을 가득 채운 다음 조리대에 기대섰다. "이제 네 헛간이니 마음대로 하렴. 물론 누굴 시켜서 지붕만 좀 고치면 몇 년은 더 쓸 수 있을 거야. 그냥 그렇다는 얘기야. 페인트칠을 하면 더 좋을 테고……."

글로리가 웃음을 터트렸다. "헛간을 그냥 놔두면 좋겠다는 말이군요. 또 뭘 그대로 놔둘까요?"

"또 뭘 없앨 작정인데?"

"으음, 바다 깔개, 커튼, 벽지, 스탠드, 의자, 소파. 수십 개의 기념 접시들이요. 자질구레한 조각상들도."

"좋지."

"책장 일부랑 할아버지의 오래된 신학 서적도요. 틀림없이 500권은 될걸요."

"에든버러 책은 가지고 있을 거지?"

"네. 그건 간직할 거예요."

"나머지 책들도 웬만큼은 다락에 넣어 둘 수 있을걸. 물건을 다른 데로 옮기면 여유 공간이 생길 테니까."

"그거 좋은 생각이네요."

잭이 홀을 가로질러 식당으로 가더니 손가락으로 촛불을 툭 튕긴 다음 엉덩이에 손을 올린 채 문간에 서서 말했다. "네가 왜 그러려는지 알겠다."

"〈골동품 상점〉(찰스 디킨슨의 소설-옮긴이)에 나오는 물건들처럼 보이거든요."

"맞아." 그는 그렇게 대답하면서 계속 사방을 둘러보았다. 식탁에 이어 사자 다리에 호전적인 발톱이 달린 찬장을 바라봤다. 냅킨으로 꽉 찬 찬장은 적자생존에서 밀려난 어떤 종(種)의 마지막 생존자처럼 보였다. 벽에 붙은 촛대는 활짝 핀 연꽃 모양으로, 수술이 있어야 할 자리에 백열전구가 달려 있었다. 잭은 미리부터 그 모든 것을 그리워하고 있는 것 같았다. '오빠가 이 세상에 살아 있는 한, 그가 죽었다는 소식을 듣지 못하는 한, 이 우중충하고 음산하고 어두컴컴한 호두나무 가구들을 그대로 간직해야 할 것 같군. 저 자줏빛 깔개도. 하기야, 오빠가 죽는다고 해도 이것들을 어떻게 버리겠어? 오빠가 이것들을 어떤 눈빛으로 바라봤는지 본 이상…….'

"이것들이 다 제자리에 있기를 바라시는 거죠?"

"뭐라고? 천만에, 아니야. 나와는 아무 상관도 없는 물건들인데. 언젠가 여기로 돌아올지도 모르지만." 말은 그렇게 했지만 어조로 보아 다시 돌아오지 않으리라고 생각하는 게 확실했다. 단지 예의상 그렇게 말한 것 같았다. "가끔 이곳에 대해 생각했단다." 잭이 어깨를 으쓱했다. 커피가 다 내려지자 잭이 글로리에게 한 잔 가득 따라 준 다음 자기 것도 따랐다.

"오빠뿐 아니라 아무도 무엇 하나 바뀌는 걸 원치 않을 거예요. 아빠가 돌아가시고 나면 언니 오빠들은 1년에 고작 한두 번쯤 오거나 아예 안 올지도 모르죠. 그러면서도 다들 이 모든 것이 그대로 있기를 바랄 거예요."

잭이 고개를 끄덕였다. "아니, 넌 이 물건들을 팔아도 돼. 사람을 시켜 헛간을 부숴도 되고. 눈송이 녀석의 추억을 영원히 사라지게 해도 된다고. 어쩌면 그게 모두를 위해 최선일지도 몰라." 잭도 자신이 터무니없는 말을 하고 있다는 걸 알았기에 미소를 지었다.

"아아!" 글로리가 탄식을 하며 두 팔로 머리를 감쌌다. "이런 일이 안 일어나기를 바랐는데……. 그런데도 어쩐지 항상 이 일이 나한테 떨어질 것 같더라니까요."

"꼭 그렇지는 않아. 그냥 불을 끄고 도망가도 돼. 이건 다른 사람한테 처리하게 하고. 아무도 널 비난하지 않을 거야. 나도 그럴 거고."

"하지만 그렇게 할 수는 없어요."
"그렇다니 마음이 놓이는구나, 글로리. 나한테 이런 말 할 권리가 없다는 건 알지만 아무튼 안심이 된다. 하지만 언제든지 마음을 바꿔도 돼." 잭이 카드 판을 가져오더니 솔리테어를 시작했다.

글로리는 자기 방으로 올라와 침대에 누운 채 방금 잭에게 거의 약속하다시피 한 말을 곰곰 되새겨 봤다. 여기 길리아드에 살면서 이 집을 옛날 그대로 지키겠노라고, 잡초는 더 무성해지고 가지치기도 자주 못하겠지만, 그래도 이곳을 전과 똑같이 보존하겠노라고 약속한 것이다. 설령 잭이 이 집을 다시 못 볼지라도 그렇게 하겠다고 했다. 이제 와 생각해 보니, 잭이 도와준 모든 일들은 이 집의 복구 작업이었다. 그는 엄마의 붓꽃 화단을 다시 가꾸고 흔들의자를 수리하고 뒤쪽 현관 계단의 디딤판도 교체했다. 예전에 아버지가 그랬듯이, 그가 집 여기저기를 분주하게 돌아다니며 이곳저곳 손을 본 것이 식구들에게 조금이나마 활력을 불어넣어 주었다. 처음 돌아왔을 때만 해도 마치 손님인 양 조심스럽고 어정쩡하게 굴면서 여전히 옛날 버릇대로 부엌문 주변을 어슬렁거렸건만…….

글로리가 헛간을 헐어 버리고 싶었던 건, 잭이 그의 삶에서 최악의 시간들을 거기서 보냈기 때문이었다. 또 그 안에 들어설 때마다 무슨 일이 벌어질 뻔했는지, 자신이 무엇을 발견할 뻔했는지 떠오를 것 같아서였다. 그건 그녀가 무슨 말로 설명하더라도 아버지에게는 오로지 재앙이었을 것이다. 물론 테디에게도 마찬가지였을 테고. 형제들 모두 그런 잭의 선택을 최후의 모욕으로 받아들이면서 절대로 용서하지 못했을 것이다. 하지만 그에게 그 은신처는, 그가 숨어서 자신을 위로했던 곳이자 자신의 소외감을 있는 그대로 드러낼 수 있었던 곳이리라. 다락에 숨는 놀이는 어린애나 하는 장난이라지만, 그는 그곳에서 어린 시절의 편안함을 떠올렸을지도 모른다. 하지만 그녀에게 그곳은, 그가 다시는 그런 짓을 못하도록 부숴 버려야 할 공간이었다. 그런데 지금 이 순간에도 그녀는 그의 행동에 간섭하지 않으려는 뿌리 깊은 습관 때문에, 아무것도 확인하지 못한 채 그저 불안한 밤을 지새우고 있었다. 그가 자신의 말대로 텐트를 헐어 버렸을까? 아니면 오늘 밤에도 다시 거기로 올라갔을까? 혹시 데소토 같은 또 다른 곳에 숨겨 둔 술을 꺼내서 마시고 있는 건 아닐까? 문득 잭이 아까 자고 있을 때 차에 가서 확인하지 않은 게 불찰이라는 생각이 들었다.

결국 변한 건 아무것도 없었다. 그는 엉망으로 술에 취한 채 무방비 상태로 그녀 앞에서 망신을 당했다. 그녀가 그 일로 그를 비난하지는 않았지만, 그는 절대로 그 사실을 잊을 수 없을 것이다. 그녀를 바라보는 그의 눈길과 애써 누그러트린 부드러운 목소리에서도 그 점을 알 수 있었다. 그는 아버지에게 선의의 거짓말을 시도하다 실패했고, 결국 그건 깊은 슬픔의 우물에 돌멩이 하나를 떨어트린 꼴이나 마찬가지였다. 그 결과 이토록 오랜 세월 후에, 그가 알지 못했던 끔찍한 진실만 알게 되었다. 아버지는 세상 모든 일을 까맣게 잊어버린 듯 보였지만 유독 그 일만은 똑똑히 기억해 냈고, 결과적으로 잭은 지금 한층 더 비참해진 기분으로 그 기억들을 떠올리고 있을 것이다. 잭은 그녀에게 다시는 자살을 시도하지 않겠다고 다짐했다. 그건 오로지 술 때문에 저지른 실수라면서. 하지만 그 말은 또 다른 술병이 있다면 또다시 그런 일이 벌어질 수도 있다는 뜻이었다.

시간이 흐르면서 희미하게 밝아 오는 햇살이 커튼 사이로 스며들었고 잭의 방에서 부스럭거리는 소리가 들렸다. 마침내 글로리는 잠이 들었고, 얼마 후 베이컨과 커피 냄새 속에서 서서히 잠에서 깨어났다.

잭은 그녀가 바람에 말리려고 베란다에 널어놓은 양복을 가지고 들어와 솔질을 하고 다림질을 했다. 바지 주머니와 옷깃 아래쪽의 몇 군데를 빼면 눈에 띄는 기름 자국은 없었다. 하지만 그는 지나칠 정도로 걱정을 하면서 양복을 몹시 조심스럽게 다뤘다. 윗도리를 잘 여미서 바지 얼룩을 가리면 양복은 전과 다름없이 어디 내놓아도 손색이 없을 것 같았다. 그걸 보고서야 잭이 비로소 마음을 놓았다. 그가 그녀에게 실과 바늘을 달라고 하더니 덜렁거리던 단추를 튼튼하게 다시 꿰맸다. 그녀는 그가 인상을 써가며 진지하게 바느질하는 모습을 재미있게 쳐다봤다. 잭의 이런 변화와 능력은, 그녀 혼자만 목격할 수 있는 특권이었다. 그런데 오늘 아침 그의 태도에는, 살짝 흥분한 것 같으면서도 무언가 의미심장한 기색이 불온하게 감돌고 있었다.

잭이 양복을 문틀에 걸고 뒤로 물러나서 살펴보았다. "그런대로 봐줄 만하지?"

"괜찮은데요."

"오븐 안에 토스트가 있어. 베이컨도 좀 튀겨 놨고, 계란말이도 해줄 수 있는데……."

"오늘은 아주 친절하시네요."

잭이 고개를 끄덕였다. "테디한테 전화했어."

그녀가 그 말을 제대로 알아듣지 못하고 되물었다. "테디 오빠한테 전화하셨다고요?"

"그래. 너무 일찍 걸어서 잠을 깨웠지만, 내 결심이 흔들리기 전에 전화하는 게 낫다고 생각했어."

그녀는 거기에 대해선 아무 말도 하지 않고 다만 이렇게 말했다. "토스트만 있으면 되겠네요."

"그러려무나." 잭이 토스트를 꺼내 접시에 담아서 잼, 버터, 커피와 함께 그녀 앞에 놓았다. "오늘 아침에 아버지를 보러 갔더니 내가 누군지 못 알아보시더구나. 당신이 누군지도 전혀 모르시고." 그가 조리대에 몸을 기댔다. "그래서 테디에게 알려야 할 것 같았어. 다른 식구들한테는 그 애가 전화하기로 했다. 테디 말이 화요일에는 올 수 있다고 하더라." 그러면서 잭이 그녀의 눈을 똑바로 쳐다봤다.

"알았어요. 준비를 해야겠네요. 잠자리도 마련하고 식료품도 좀 사고."

"화요일까지는 도와줄게. 그런 다음 난 사라질 거야."

"열흘은 더 계실 거라고 했잖아요? 편지를 기다려야 한다고 했잖아요."

잭이 미소를 지었다. "편지는 안 올 거야. 이 판국에 여기 더 있으라고 하지 마. 너도 알다시피 나도 나를 믿을 수가 없는 상태잖아. 또 추태를 부릴 수도 있어. 훨씬 더 심한 일도 얼마든지 저지를 수 있고." 그런 다음 부드럽게 덧붙였다. "저 양반이 돌아가실 수도 있다는 생각을 도저히 감당할 수가 없구나. 자꾸자꾸 눈물이 나와. 그래도 널 혼자 두고 떠나지는 않을게. 테디가 오다가 프레몬트에서 전화한다고 했거든. 그때까지는 있을게."

"그럼 오빠는 누가 돌봐 주고요?"

"난 괜찮아. 아무튼 내가 떠나는 게 나한테도 모두한테도 나을 거다."

"하지만 우린 오빠가 어디 있는지도 모를 거 아니에요."

"그게 무슨 상관이니?"

"어떻게 그렇게 말씀하세요? 어떻게 그럴 수가 있냐고요. 난 오빠가 무얼 두려워하는지 알아요. 그 때문에 가슴이 터질 것 같아요."

잭이 어깨를 으쓱했다. "그렇게 심각하게 걱정할 필요 없다니까. 나는 감동적인 실패의 역사가 있는 사람이야. 그건 그렇다고 치고, 아무튼 사람들이 놀랄 만큼 거기에 대해 관대하더라고. 경찰, 수녀, 구세군에 유혹에 약한 여자들까지."

"저한테 그런 농담은 하지도 마세요."

잭이 미소를 지었다. "나는 그저 진실을 있는 그대로 말했을 뿐이야."

"그럼 진실을 말하지 마세요. 그동안 오빠 걱정하느라고 식구들 모두 거의 죽을 뻔했어요. 겁에 질려 죽을 뻔했다고요. 그런데 이거야말로 정말 끝내주는 걸작이네요."

잭이 그녀를 쳐다봤다. 창백하고 침통하고 후회스러운 얼굴이었다. 그 순간 그녀는 더 이상 말할 필요가 없다는 것을, 방금 한 말도 하지 말았어야 했다는 것을 깨달았다. 그로서는 자신이 늘 달고 다니는 슬픔만으로도 벅찼을 것이다. "아버지는 내가 벌써 돌봐 드렸어. 오트밀을 먹여 드리고, 씻겨 드리고, 시트도 갈아서 자세를 바꿔 뉘어 드렸다. 그러니까 다시 잠드셨을 거야. 어젯밤에 너무 힘드셨겠지. 다 내 탓이다."

"아니에요. 오빠는 아빠를 위로하려고 한 것뿐이잖아요. 그런데도 이런 일이 벌어진 거고, 우리 모두 예상했던 일이에요."

잭이 고개를 끄덕였다. "나도 그럴 줄 알았어. 고마워, 글로리. 이제 다락에 가서 거기 있는 것들 좀 정리해야겠다. 오래 걸리지는 않을 거야."

글로리가 아버지를 들여다보러 방으로 갔더니 아버지는 오른쪽으로 누워 침착한 표정으로 깊이 잠들어 있었다. 머리카락이 하얀 솜털 구름처럼 빗겨져 있었다. 아무런 악의도 없는 열망처럼, 끊임없이 꿈을 꾸는 바람에 솟아나는 안개처럼…….

글로리는 에임스 목사에게 가서 사정을 전하면서 가족들에게 집으로 오라고 연락했다고 말했다. 목사가 그녀를 껴안은 다음 손수건을 주면서 말했다. "알았네. 아버지가 주무시고 계실 때 들여다보러 가지. 그런데 우선 처리해야 할 교회

일이 몇 가지 있어서……. 그나저나 잭은 어떤가?" 그녀는 잭이 원래 예정과는 달리 결국 떠날 결심을 했다고 털어놓고 말았다. 그러면서 하필 이런 때 떠나게 돼 너무 슬프고 고통스럽다고 걱정스럽게 덧붙였다. 하지만 잭이 떠날 수밖에 없는 진짜 이유는, 잭의 비밀이라고 생각돼 털어놓지 않았다. 또한 잭이 여기 더 있으면 추태를 부릴까 봐 두려워한다는 이야기도 발설하지 않았다.

"그렇군. 하지만 아버지는 잭이 가족들과 함께 있기를 바라실 텐데……. 그 애가 지금 떠나면 애석해하실 텐데……."

"그러시겠죠."

비밀을 다 털어놓지 못하면 위로도 제대로 받지 못하는 법이다. 글로리는 평소 습관대로 슬픔에 젖어 얼결에 잭에 대한 걱정을 털어놓을까 봐 목사에게 고맙다고 인사하고 얼른 그 집을 나섰다. 어린 시절 잭을 가장 화나게 했던 것은 형제들의 고자질이었다. 결국 그녀는 본의 아니게 에임스 목사에게 잭이 경우도 모르는 불한당이라는 인상을 남긴 채 서둘러 집으로 돌아와야 했다. '할 수 없지, 뭐. 집에 가서 언니 오빠들을 맞을 준비나 하는 수밖에…….'

그녀가 부엌으로 들어오니 잭이 양복을 입고 넥타이를 맨 채 모자챙의 먼지를 털고 있었다. "내 안에 눈곱만 한 마지막 희망이, 코딱지만 한 낙관의 불꽃이 깜박이고 있거든. 이 동네를 떠나기 전에 그것마저 완전히 꺼졌다는 걸 확인하고 싶구나." 그가 웃음을 터트리며 덧붙였다. "이렇게 냉소적으로 말하려던 건 아니었는데……. 사실 그런 불씨가 남아 있다고 기대는 안 하지만, 그래도 혹시나 해서 말이야. 아무튼 다시 한 번 에임스 목사님을 만나 볼 생각이다.

마지막으로 한 번만 더." 잭이 어깨를 으쓱했다.

"좋은 생각이에요. 방금 목사님을 뵙고 아빠 상태를 말씀드렸어요. 아침나절에 교회 일을 보시고 난 다음 집에 들르신다고 했어요. 그러니까 기다렸다가 그때 만나시면 돼요."

"아니, 목사님 교회까지 슬슬 걸어가 보려고. 어느 정도 고백이 담긴 그런 대화가 되겠지. 그렇게 해볼 작정이야." 잭이 미소를 지으면서 덧붙였다. "너무 심란한 얼굴 하지 마라. 이번에는 그 양반이 내 감정을 건드리게 그냥 놔두지는 않을 테니까. 적어도 방심한 채 멍하니 있다가 그냥 당하지는 않을 거란 말이다."

'오오, 하느님. 저 말이 사실이게 하소서! 어떻게 오빠에게, 또 목사님께 귀띔을 해줄 수 있을까. 지금 잭 오빠가, 내가 깔아 놓은 오해 속으로 걸어 들어가려 한다는 사실을.' '애석해하실 텐데.'라던 에임스 목사의 목소리에는 잭의 비행을 들을 때마다 억누르던 분노가 넌지시 드러나 있었다. 한편 잭은 상대방이 자신을 오해한다고 느낄 때면 복종하는 태도를 취하면서, 자신을 변호하는 대신 회피하는 버릇이 있었다. 잭은 에임스 목사가 자신을 신뢰하지 않는다는 걸 잘 알고 있었다. 그럼에도 자신의 마지막 희망의 불꽃이 혹시나 살아 있는지 확인하려고, 넥타이가 잘 매졌는지 점검하고 나서 모자에 손을 대고 가볍게 인사한 다음 에임스 목사를 찾아 교회로 출발했다.

아버지를 들여다보니 여전히 자고 있기에 글로리는 자기 방으로 올라가 무릎을 꿇고 간절히 기도했다. "하느님 아버지, 오빠를 도와주소서. 하느님 아버지, 오빠를 지켜 주소서. 제발 제 어리석음으로 인해 오빠가 고통받지 않도록 해주소서." 그 외에 다른 말은 떠오르지 않았다. 기도를 마친 다음 그녀는 침대에 누워 생각에 잠겼다. 좀 더 정확히 말하면 스스로 금기시했던 기억을 떠올렸다. 바로 그녀가 꿈꾸던 집이었다. 비록 한 번도 가져 본 적 없는 집이었지만, 이제야 비로소 완전히 포기할 수 있을 것 같았다. 모든 것이 검소하고 기능적이며 바람이 잘 통하고 햇볕이 잘 드는 수수한 집. 위압적인 것이라곤 약에 쓰려 해도 찾아볼 수 없는 집. 앞쪽으로는 마당이 내다보이는 널찍한 창이 달리고 뒤쪽에는 아담한 안뜰이 있는 집. 널찍하고 햇볕이 잘 드는 부엌 한쪽에는 하얀 페인트칠을 한 식탁이, 아니 식탁이 아니라 간단한 식사도 할 수 있는 탁자가 놓여 있는 집. 이따금 그녀는 그 상상의 집에 대해 약혼자와 얘기를 나누곤 했다. 그때마다 신통하게도 두 사람 마음이 어찌나 잘 통하던지 둘 다 깜짝 놀라곤 했다. 금박을 입힌 액자나 툭 튀어나온 배내기 장식은 둘 다 싫었다. 하지만 그녀가 아이 이야기를 꺼내자, 그는 몇 년 동안은 근검절약하며 살아야 할 거라면서 그 얘기는 나중에 해도 충분할 거라고 했다. 그래서 그녀 혼자 놀고 있는 아이들을 상상해야 했다. 아빠를 방해하지 않으려고 뒤뜰에서 발끝으로 살금살금 걸어 들어와 재미있게 생긴 조약돌을 엄마에게 보여 준 다음 도로 가만가만 밖으로 나가는 아이들의 모습을. 그녀는 아이들의 이름도 지어 놓았지만 그것은 아이들의 성격, 나이, 성별, 숫자 등에 따라 수시로 바뀌었다. 몇 주일 동안은 아이들 가운데 하나가 말을 더듬는 상상도 했다. 그녀가 학교에서 말을 더듬는 귀여운 아이와 지냈기 때문이다. 그러다가 갑자기 아이들이 갓난아기로 바뀌기도 했다. 아직은 어떤 특징도 드러내지 않은 채 그녀 품 안에 행복하게 안겨 있는……. 서늘한 밤마다 아이들은 플란넬 파자마를 입었고 그녀는 아이들에게 버려진 아이에 대한 노래를 불러 주었다. '새빨간 울새가 딸기 이파리를 가져와서 아이를 덮어 주네.' 아이들은 그 노래를 듣고 그녀의 품 안에서 울면서 그녀를 더욱 사랑하게 될 것이다. 자기 엄마는 자기들을 버리지 않고 언제까지나 안전하게 지켜 줄 테니까. 하지만 그녀에게 실제로 아이가 있었다면, 그런 슬픈 노래는 들려주지 않았을지도 모른다. 물론 그녀는 언니들이 자신에게 그런 노래를 불러 준 것을 한 번도 유감스럽게 생각하지 않았지만……. 오히려 나무 사이로 포효하는 거센 바람이 창문을 덜컹거리고 있는 동안, 언니들이 불러 주는 노래를 들으면서 든든하고 믿음직스러운 가족의 보살핌을 뼛속 깊이 느끼곤 했다. 특히 '새빨간 울새'라는 구절은 마치 솟구치는 핏방울처럼 선명하게 느껴졌었다.

약혼자는 양 발꿈치를 붙인 채 발가락을 바깥쪽으로 향하고 앉는 버릇이 있었다. 만족스럽다거나 남에게 호감을 보이고 싶을 때 특히 더 그랬다. 그녀는 그런 모습을 보며 실망을 느끼지 않을 수 없었다. 이따금 좀 더 품위 있게 발을 놓으라고 권하면 그 말을 따르기는 했지만 여간해서는 쉽게 고쳐지지 않을 버릇이었다. 그녀가 그에게 커피를 갖다 주면 그는 무릎에 팔꿈치를 올려놓고 커피 잔을 든 채 그녀를 향해 히죽거리곤 했다. 그럴 때면 그 웃음만으로도 못마땅한 판에 발까지 웃음을 흉내 내는 것 같았다. 그는 그녀에게 가족에 대한 자부심이 지나치게 강하다고 말했는데, 그건 사실이었다. 그래도 이유가 없는 건 아니었다. 비슬비슬한 풍채에도 불구하고 식구들 모두 품위가 있었고 그처럼 이를 드러내며 히죽거리지도 않았다.

그럼에도 불구하고 그녀는 그와 결혼하려고 했고, 가끔 그럴 수 있을지 의심이 들 때도 있었지만 오랫동안 다른 생각은 품지 않았다. 그런 과거를 새삼 떠올릴 때면 얼마나 비참했던지……. 편지가 오거나 전화벨이 울릴 때, 또는 그가 문 앞에서 노크하는 소리를 들었을 때 밀려오던 안도감을 떠올리는 것도 비참한 일이었다. 그는 호감이 가는 외모의 소유자였다. 튼튼하고 혈색이 좋았으며 투명한 푸른 눈에 물결치는 듯한 붉은 머리칼을 지니고 있었다. 비록 편지를 통해 갖게 된 그의 인상과 그의 실제 면면이 완전히 일치하는 건 아니었지만, 어쨌거나 그는 충분히 유쾌한 사람이었다. 가끔은 그녀를 소리 내서 웃게 하기도 했다. 그녀는 대체 그에게 얼마를 주었을까? 너무 까마득하게 느껴져 기억도 잘 안 나지만, 그녀는 자신이 그에게 얼마나 열중하고 심취했었는지 가늠하고 싶어 그 액수가 궁금했다. 그녀가 애써 의심을 억누르며 그의 장점을 발견하려 한 것은, 햇볕이 잘 드는 집과 자식을 갖기 위해서였다. 그녀의 행복을 가로막는 장애물만 없애 줄 수 있다면, 자신의 행복에 대한 생각이 무너지지 않도록 안전하게 지켜 줄 수만 있다면 그까짓 돈쯤은 얼마든지 포기할 수 있었다. 잭은 이 모든 이야기를 듣고 고통스럽지만 친근한 웃음을 터트렸었다. 마치 둘이 나란히 지옥을 향해 가면서 앞으로 닥칠지도 모르는 두려움과 권태를 사전에 제압하기 위해 수다라도 떠는 양……. 그녀 혼자 남몰래 품고 있던, 아이들과 양지바른 집에 대한 달콤한 상상은 이제 완전히 사라지고 말았다. 사실, 그녀도 그 희망을 깨끗이 정리하기 위해 잭에게 모든 것을 털어놓고 싶었다. 그러면 마치 그것들이 햇빛을 받고 스러지는 영혼처럼 사라질 수 있을 것 같았다. 하지만 실제로는 정말 그렇게 될까 두려워 결코 그것을 누설할 수 없었고, 앞으로도 그럴 터였다. 결국 그것들이 저절로 망각의 잠 속으로 흘러 들어가기를 바랄 수밖에…….

이제 글로리는 다른 식구들이 다들 고향이라고 부르는 곳에서 여생을 살아갈 것이다. 모두들 좀 더 자주 오려고 하나 실제로는 생각만큼 자주 올 수 없는 곳, 고향에서……. 만일 그녀가 이곳 고등학교 교장에게 사실은 예정했던 결혼을 하지 않았다고 털어놓는다면, 한동안 그 소문이 마을 사람들의 입방아에 오르내리겠지만, 오래지 않아 잊히리라. 그러면 교사 생활도 다시 시작할 수 있을 것이다.

잭이 부엌으로 들어와 냉장고 위에 모자를 올려놓는 소리가 났다. 그런 다음 아버지에게 가서 뭐라고 하더니 도로 부엌으로 와 물을 한 잔 따라서 아버지에게 가져갔다. 몇 분 후 잭이 피아노 뚜껑을 열고 찬송가를 치기 시작했다. "내 모든 시련과 고통이 끝나고 그 아름다운 바닷가에서 잠이 깼을 때…….." 고맙게도 일이 잘 풀린 게 틀림없었다. 그제야 글로리가 아래층으로 내려갔다.

찬송가가 끝나자 잭이 글로리를 돌아보며 부드럽게 말했다. "나쁘지 않았다. 아주 친절하게 대해 주셨지. 나를 위해 아무것도 해주실 수는 없으신 것 같았지만 그래도 친절하셨어. 목사님 말씀이 심장이 안 좋아져서 그리 오래 살지 못하실 거라고 하시더구나. 그래도 그분이 내 신원 보증을 서주실지도 모른다는 생각이 들었다. 내 평판을 극복하도록 도와주실지도 모른다는 생각이. 그래도 어쨌든 나는 떠나야 해. 괜히 그분을 번거롭게 해드린 거나 아닌지 모르겠다." 잭이 어깨를 으쓱했다.

"다행이네요."

잭이 고개를 끄덕였다. "어릴 때처럼 그 양반을 아빠라고 불렀어. 이번에는 그 양반을 조금은 기쁘게 해드린 것 같다." 잭이 혼자 싱긋 웃고 나서 말을 이었다. "그분께 거의 모든 걸 다 털어놨더니 이렇게 말씀하시더구나. '자네는 좋은 사람이네.' 상상이 가니?"

"음, 나도 오빠한테 좋은 사람이라고 말할 수 있었어요……. 사실은 다른 식으로 수도 없이 그렇게 말했잖아요."

잭이 웃음을 터트렸다. "너는 사람을 평가하는 데는 아주 젬병이지. 특히 나에 대해서는. 도무지 객관성이 없잖아."

아버지가 부스럭거리며 잠에서 깨는 소리를 듣고 잭이 아버지를 베란다에 있는 의자로 모셔 와서 담요를 둘러 드렸다. 잭이 신문을 읽어 드리는 동안 글로리는 아버지가 좋아하는 식으로 감자 수프를 만들었다. 양파를 빼고 버터를 듬뿍 녹여 넣은 다음 잘게 부순 크래커를 얹은 수프였다. 잭이 물 잔을 든 채 아버지에게 수프를 먹여 드렸다. 노인은 무표정한 얼굴로 잭의 도움을 받아들였다. 잭은 식사 시중을 끝내자 작업복으로 갈아입고 마당으로 나갔다. 아버지는 잭이 보이는 곳에서 졸음이 올 때까지 그를 지켜볼 작정인 듯했다. 잠시 후 잭이 베란다로 왔다가 웅크린 채 잠든 아버지의 몸에서 조심스럽게 실내복을 벗긴 후, 아버지를 안고 침대로 가 뉘였다. 잭의 태도에는 체념이, 마지막 희망이 사라지며 찾아온 평화가 겸손처럼 깃들어 있었다. 잭은 데소토를 손본 뒤 베란다에 앉아 해가 질 때까지 신문을 읽었다. 그런 다음 동네를 둘러보겠다며 산책을 나갔다가 한 시간 후에 멀쩡한 상태로 돌아왔다. 아마 그날이 그녀의 삶에서 가장 슬픈 하루였으리라. 잭의 삶에서는 가장 슬펐던 날들 가운데 하루였을 테고. 그런데도 대체로 보아 그리 나쁜 하루는 아니었다.

일요일이 되자 잭이 교회에 갔다. 잭의 말로는 에임스 목사에게 경의와 감사를 표하기 위해서라고 했다. 그가 글로리에게 헌금을 내게 2달러만 달라고 했다. 그가 그녀에게 돈이란 돈은 전부 보이지 않는 곳에 치우라고 했기에 피아노 의자에서 직접 꺼내 갈 수는 없었다. 심지어 에든버러에서 온 책들의 갈피에 숨겨 뒀던 지폐도 글로리에게 다 준 상태였다. 어린 시절 그는 훔친 돈을 거기 감춰 뒀다. 그 책은 아무도 들춰 보지 않을 거라는 걸 알았기에. 12달러가 『가공할 여인 부대』 여기저기에 흩어져 있었고, 『고통에 대하여』 속에는 19달러가 숨겨져 있었다. 아버지가 위대한 걸작이라고 했던 『해방된 머슴으로부터』에는 엉망진창인 성적표 몇 장과 윤리 선생이 아버지에게 보낸 편지가 들어 있었다. 선생은 그 편지에서 잭의 부정적인 점들만 지적하면서 다급하게 면담을 요청하고 있었다. 잭이 고개를 흔들면서 "내가 꽤나 냉소적인 꼬마였나 보다."라고 말하더니 웃음을 터트렸다. 글로리가 회개하는 의미로 거기 끼워 뒀던 돈을 헌금으로 내라고 제안하자 잭은 액수가 너무 커서 의심을 살 거라고 했다. "안 그래도 나한테서 나온 돈은 의심스러워 할 텐데."

아버지는 잭이 교회에 갔다는 말을 듣자 잠시 주저하면서도 유쾌한 반응을 보였다. 얼마 후 잭이 나갈 때와 마찬가지로 차분한 기분으로 돌아오자 아버지는 안도하는 기색이 역력했다. 글로리가 설교는 무슨 내용이었냐고 묻자 잭이 웃으면서 대답했다. "나에 대한 건 아니었어. 음, 우상 숭배와 물질 숭배에 대한 거였지. 한편으로는 과학적 합리주의 입장에서의 물질세계고, 다른 한편으로는 보턴가나 토템주의자들이 숭배하는 의자나 식탁, 낡은 자줏빛 커튼 같은 것들에 관한 이야기였지. 그걸 듣다 보니 옛날 생각이 나더라."

"걱정 마세요. 아무것도 안 바꿀 테니."

"네 마음대로 해도 돼."

"물론이죠."

잭이 다락을 치우는 동안 글로리는 저녁으로 쇠고기 구이와 롤빵을 준비했다. 잭은, 그녀가 치우기로 마음먹은 것들은 무엇이든 다 가져다 놓을 수 있도록 다락을 깨끗이 치웠다. 다시 한 번 그가 목표 의식에 불타고 있었다. 강 사진도 원래 있던 자리로 되돌려 놓은 것 같아 그녀는 열린 문틈으로 그의 방을 힐끗 들여다보다가 링컨 책꽂이에 꽂힌 키플링의 책들을 보았다. 이제 더 이상 해야 할 말도 없고 해야 할 일도 없었다. 아버지는 아무 말 없이 그들이 왔다 갔다 하는 모습을 초조하고 의아한 눈빛으로 지켜봤다. 글로리는 되도록이면 옛날 기억을 불러일으키지 않으려고 조심하면서 부엌에다 저녁을 차렸다. 다들 자리에 앉고 글로리가 식사 기도까지 올렸는데도, 아버지는 잭이 으깬 감자와 고기 국물을 먹여 드리겠다고 할 때까지 무릎 위로 주먹을 쥔 채 초조하게 앉아 있었다. 최근 며칠 동안 잭이 보여 준 고분고분한 태도는 매우 놀라웠다. 그런데 왜 놀랍다고 느끼는 걸까? 그가 얼마든지 고분고분할 수 있다는 걸 그녀는 진작부터 알고 있었다. '언젠가는 다른 형제들도 나만큼 잭을 잘 알고 싶어하도록 그 사실을 꼭 알려 주리라.' 그러면 설사 잭이 아무리 평판이 나쁘더라도, 언젠가 그가 형제들을 찾으면 누구에게라도 뜨거운 환영을 받을 것이다. 마침내 아버지가 음식을 먹는 체하면서 입을 열었다. "암만해도 이게 작별 인사인 것 같구나."

잭이 말을 받았다. "아직은 아닙니다."

노인이 고개를 끄덕이며 쓸쓸하게 중얼거렸다. "아직, 아직은 아니란 말이지."

"테디가 곧 여기로 올 겁니다."

"마치 만병통치약이나 되는 것처럼 청진기를 챙겨 들고 틀림없이 다시 올 줄 알았다."

잭이 헛기침을 했다. "집에 와서 참 좋았어요. 정말로 좋았습니다."

노인이 눈을 치켜뜨고 아들의 얼굴을 찬찬히 들여다보았다. "너는 이제까지 단 한 번도 날 아빠라고 부르지 않았다. 내 면전에서는 단 한 번도 그러지 않았어. 왜 그랬니?"

잭이 고개를 흔들었다. "저도 잘 모르겠습니다. 그저 저한테는 그럴 자격이 없는 것 같았어요."

"아아!" 아버지가 탄식을 내뱉으며 눈을 감았다. "네가 그렇게 불러 주기를 그토록 간절히 바랐는데."

글로리에게 주일을 감사해야 할 새로운 이유가 생겼으니, 주일에는 우편물이 배달되지 않기 때문이었다. 그 일요일은 서글픈 가운데 평온하게 흘렀다. 아버지는 조금 기운을 차린 것 같았고, 잭은 떠나겠다는 자신의 의지를 기정사실로 받아들이면서도 몹시 당혹스러워하고 유감스러워하는 두 사람을 염려했다. 월요일 아침, 잭이 자기 방에서 화장대를 정리하고 그녀가 주었던 아버지의 옷을 한쪽으로 치우는 소리가 났다. 그래야 그의 직성이 풀릴 테니까. 그녀가 아는 도둑이라고는 잭밖에 없기 때문에 그녀 생각을 일반화시킬 수는 없지만, 어쨌거나 글로리는 도벽이라는 게 내 것과 남의 것을 자기도 모르게 혼동하는 것과 상관 있지 않을까 하는 생각이 들었다. 양심의 경계를 구분하지 못하는 것과 상관이 있는 것 같았다. 잭이 집에서 아버지의 양말 한 짝도 들고 나가려 하지 않는 이유도 바로 그 때문일 것이다. 그 모든 엄격함이 글로리의 마음을 아프게 했다. 그가 썼던 손수건은 깨끗이 빨아서 다림질이 된 채 아버지의 서랍에 도로 들어가 있었다. 이제 그는, 부엌문 앞에 나타나 여행 가방을 하나 잃어버렸다고 말하던 빈털터리 잭으로 돌아갔다.

아니, 그녀가 아는 도둑이 또 한 명 있었다. 그녀에게 돈을 갚을 수 있으리라고 믿으면서 그녀가 준 돈을 기록하던 사내였다. 그는 아이에 대한 생각은 나중에 해도 충분하다고 말했고, 그녀는 그것이 진심이 아니라는 걸 알면서도 고개를 끄덕였다. 그는 군대 시절 동료와 사업을 시작할 참이라 돈이 필요하다고 했고, 얼마 후엔 더 많은 돈이 필요하다고 했다. 그녀는 그게 거짓인 줄 알면서도, 말하자면 그를 사랑하게 되어 어쩔 수 없이 돈을 줬다. 그리고 나중에는, 돈이 필요하다는 말을 그만하게 하려고, 아니 어쩌면 그를 자유롭게 놓아주려고 돈을 줬는지도 몰랐다. 그도 그 사실을 알았을 것이다. 그러면서도 그는 그녀의 감정을 나 몰라라 한 채 멀리 떠나 버렸다. 몇 가지 일은 아직도 떠오를 때마다 마음이 설렜다. 그가 어떤 식으로 그녀의 손을 잡았던가 하는 기억 따위……. 그녀가 그를 집으로 데려오던 날 루크와 다니엘 오빠, 페이스 언니 모두 거실에서 그들을 기다리고 있었다. 형제들은 놀란 기색을 감추고 더할 나위 없이 친절하고 따듯하게 그를 대했다. 그녀와 약혼자가 방에서 나올 때도 조금도 빈정대는 기미를 보이지 않았다. 또 그의 사람 됨됨이나 결혼 의사에 대해 의심을 품고 있다는 기색도 드러내지 않았다. 그럼에도 그가 그녀를 힐끗 바라보는 시선에는 초조한 기색이 어려 있었고, 곧이어 그는 그녀의 손을 잡았다.

우편물이 왔을 때 그녀는 그런 생각들에 잠겨 있었다. 루크와 호프가 그녀에게 보낸 편지와 함께 델라 마일즈가 잭에게 보낸 편지도 있었다. 그녀가 부엌으로 들어가 의자에 앉았다. 잭이 보낸 편지가 반송된 후로, 그녀는 델라와 관련된 일은 더 이상 일어나지 않을 거라 여기고 있었다. 글로리가 봉투에 주소를 써주었던, 로레인이라는 여자가 델라에게 잭의 편지를 전화로 읽어 줬다 해도, 그에 대한 답장치고는 너무 빨리 온 것 같았다. 편지는 멤피스에서 부친 것으로 항공 우편으로 보낸 것도 아니었다. 그녀의 머릿속이 어찔어찔했다. 편지에 무슨 안 좋은 내용이라도 써 있으면 어쩌나, 생각만 해도 끔찍한 일이었다. 편지를 태워 버릴까? 내가 먼저 뜯어볼까? 뜯어본 뒤에 태워 버릴 수도 있었다. '안 돼. 어떤 것들은 신성불가침한 법이야. 특히 상처를 주는 것일 경우는 더 그래. 아니, 상처를 주는 것이라니, 내가 왜 미리 그렇게 생각하는 거지?' 어쨌거나 그녀는 그 편지가 잭의 마음을 아프게 할 것임을 알았다. 글로리가 계단으로 가서 잭에게 내려오라고 소리를 지르자 그가 쏜살같이 내려왔다. 아버지 일로 도움을 청한다고 생각한 것 같았다.

"무슨 일이니?"

"아무 일도 없어요. 오빠한테 편지가 와서요."

그가 식탁에 놓여 있는 편지를 집어 들었다. "이런, 세상에!"

"혼자 있게 비켜 드릴까요?"

"괜찮다면 그래 줘. 고마워."

그녀는 거실로 가 라디오 옆에 앉아서 그녀를 필요로 하는 신호가 들리기만 기다렸다. 하지만 무거운 침묵만 계속될 뿐이었다. 마침내 그녀가 부엌문으로 다가갔다. 잭이 그녀를 올려다보며 미소를 지었다. "하나도 달라진 게 없구나." 잭이 헛기침을 했다. "그래도 그렇게 매정한 편지는 아니었다. 나는 괜찮아." 그런 다음 덧붙였다. "울고 싶으면 울어, 짝꿍. 마음껏 울어."

글로리는, 잭이 혼자 있기를 바라면 당장 비켜 주리라 생각하며 그의 옆에 앉았다. 간간이 잭이 글로리를 쳐다봤다. 무언가 할 말이 있는데 못하고 있는 눈치 같기도 하고, 둘 다 입을 다물고는 있지만 그녀의 마음도 자신과 같다는 걸 아는 눈치 같기도 했다. 마침내 잭이 입을 열었다. "그래도 테디가 전화할 때까지는 여기 있을 작정이야. 그다지 도움이 될 것 같지는 않지만." 그런 다음 덧붙였다. "지금 같아서는 누구라도 한 잔 마시고 싶을 거다."

그러다가 아버지가 일어나는 소리가 나자 글로리와 함께 아버지를 돌보러 갔다. 노인이 잭을 보더니 눈을 깜박이며 말했다. "지금 얘가 울고 있는데 내가 어찌해야 할지를 모르겠구나." 아버지는 둘이 자신을 씻기고 옷을 입히고 면도를 하도록 놔두었고, 글로리가 머리를 빗길 때도 가만히 있었다. 잭이 올드스파이스를 가져와 아버지 얼굴에 발랐다. 그런 다음 아버지를 거실로 모셔 와 안락의자에 앉혔다. 글로리가 달걀을 삶아서 아버지에게 먹일 동안 잭은 문에 기댄 채 그 모습을 바라봤다.

잠시 후 부엌문을 노크하는 소리가 나더니 에임스 목사가 환자를 방문할 때 들고 다니는 작은 상자를 들고 들어왔다. 에임스 목사가 인사를 건네며 날씨 이야기를 할 동안 아버지의 시선은 그 상자에 멍하니 머물렀다. 에임스 목사는 세 사람이 눈에 띄게 슬퍼하는 것을 알아차리고 한층 더 부드러운 목소리로 입을 열었다. 아버지는 초조할 때 으레 그러듯이 손가락으로 의자 팔걸이를 톡톡 두들겼다. 에임스 목사가 말했다. "로버트, 자네와 함께 성찬식을 하기를 바랐다네." 아버지가 고개를 끄덕였다. 그러자 목사가 작은 상자를 벽난로 위에 올려놓고 뚜껑을 열어서 은잔을 꺼냈다. 이어 그 잔에 가득 술을 따른 다음 글로리에게 빵을 좀 가져오라고 했다. 그녀가 일요일 저녁 때 만든 롤빵을 냅킨에 싸서 가져왔다. 에임스 목사가 안락의자의 넓은 팔걸이에 그것들을 놓았다. 잠시 침묵이 흐른 후 그가 입을 열었다. "주 예수께서 잡히시던 밤에 떡을 가지사 축사하시고 떼어 가라사대 이것은 너희를 위하는 내 몸이니 이것을 행하여 나를 기념하라 하시고……." 아버지가 말을 받았다. "식후에 또 한 이와 같이 잔을 가지고 가라사대, 너희가 이 떡을 먹으며 이 잔을 마실 때마다 주의 죽으심을 오실 때까지 전함이라." 그런 다음 두 노인은 침묵에 잠겼다. 그들은 그동안 이 구절을 수도 없이 읊었었다. 에임스 목사가 빵을 떼어 아버지에게 준 다음 글로리에게 주고 나서 잭에게도 주자 잭이 뒤로 물러섰다. 곧이어 에임스 목사가 잔을 들어 아버지의 입술에 대준 뒤 글로리에게도 그렇게 한 다음 나머지는 자신이 마셨다. 두 노인은 다시 굳게 침묵을 지켰다.

아버지가 고개를 끄덕이며 졸기 시작하자 에임스 목사가 부엌으로 들어왔다. 할 말은 없는 것 같았지만 그래도 그들이 권하는 대로 식탁에 앉아 커피를 받았다. 에임스 목사가 아버지를 보살피고 성찬식을 베푼 일이 그날의 서글픈 적막감을 한층 더했다. 목사는 곧장 돌아가지 않고 좀 더 머무르면서 이런저런 대화를 나누려고 애썼다. 잭은 너무 지쳐서 대화를 이어 나가기가 힘들었는지, 팔짱을 낀 채 의자 깊숙이 앉아 그를 바라보기만 했다. 글로리가 아버지가 잘 있는지 보러 갔다가 담요를 덮어 주고 돌아와 보니, 에임스 목사가 약간 당황하고 풀이 죽은 모습으로 문을 나가고 있었다.

"무슨 일 있었어요?" 글로리가 물었다.

"음, 저 양반이 나한테 돈을 주려고 하셨어. 떠나라면서. 그래서 안 그래도 떠날 예정이니까 신경 쓰실 필요 없다고 말씀드렸지."

"오빠도, 참."

"너도 알잖아? 저 양반이 내가 여기서 사라지기를 바란다는 거. 저 양반은 내가 아버지한테 무슨 일을 저질렀는지 아시니까."

"목사님이 그렇게 말씀하셨어요?"

"거룩하신 에임스 목사님께서? 물론 아니지. 저 양반은 내가 멤피스에 가고 싶어한다고 생각하시는 것 같았어."

"그야 당연히 그러시겠죠. 오빠랑 저도 멤피스에 갈 궁리를 한 적이 있었잖아요."

잭이 잠시 생각에 잠겼다가 웃음을 터뜨렸다. "정말 그랬네. 그런데 그 일이 왜 이렇게 까마득한 옛날처럼, 전생처럼 느껴지지? 네 말이 맞아. 그 불쌍한 양반이 없는 형편에 나한테 돈을 주려고 하셨는데……. 난 정말 바보야." 잭이 눈을 비볐다. "참 내, 호의에서 하신 일인데, 내가 그걸 알아챘어야 하는데……. 아무튼 그 양반이 나를 좋아하기 시작하셨나 보다."

그렇게 하루가 저물었다. 물론 즐겁게 보낸 날은 아니었지만 그래도 글로리는 그날을 소중하게 간직하고 싶었다. 테디도 말했듯이, 살아생전에는 다시 잭을 보기 힘들 것이다. '사랑하는 예수님, 이 도둑도 사랑해 주소서.' 글로리는 속으로 빌었다. 잠시 후 잭이 자리에서 일어나더니 이것저것 정리도 하고 그 밖에 계획한 일을 하러 밖으로 나갔다. 그는 광의 헐거워진 벽 판자에 못질을 하고 라일락 울타리에서 죽은 나뭇가지를 솎아 냈다. 장작도 한 무더기 쪼개 놓았다. 그런 다음 안으로 들어와 자동차 열쇠를 달라고 했다. "차가 제법 쓸 만하게 원상 복구된 것 같거든. 한번 시험해 보려고."

글로리가 베란다로 나가자 차에 시동이 걸리면서 서서히 움직이는 소리가 들렸다. 잭이 헛간 문을 열고 찬란한 오후의 햇빛을 받으며 후진으로 데소토를 끌고 나왔다. 그러더니 조수석 문을 열면서 말했다. "영감님 모시고 드라이브 좀 해볼까." 그들은 집 안으로 들어갔고 잭이 아버지를 안아서 모시고 나와 차에 태웠다. 세 사람은 차를 타고 교회 앞을 지났다. 아버지의 마음속에는 아직도 옛날 교회가 그 자리에 그대로 서 있으리라. 이어 스위트 부인의 옛집을 지나고, 트로츠키의 옛집을 거쳐 고등학교와 야구장을 지난 다음 동구 밖으로 나갔다. 거기서부터 읍은 시골로 이어졌다. 옥수수 밭이랑과 해질녘의 나무들과 굽이치는 목초지와 샛강의 갈라진 틈 사이로 늦은 오후의 푸르스름한 그림자가 길게 드리워져 있었다. 곡식이 여물어 가는 들판과 강물과 가축과 해질녘의 냄새가 바람을 타고 실려 왔다. 아버지가 말했다. "오냐, 정말로 좋구나. 지금 이 순간을 기억하마."

집으로 돌아오자 잭이 미소를 지으며 그녀에게 차 열쇠를 건네줬다. 그들은 아버지의 잠자리를 봐드린 후 부엌에 함께 앉아 애써 책을 읽다가 카드놀이를 했다. 잭이 온 다음부터 글로리는 잭이 잠자리에 들 때까지 자지 않고 버티는 게 습관이 되었다. 그가 떠날까 봐 그녀가 신경을 곤두세우고 있다는 것을 알면, 잭이 쉽사리 집을 떠나지 못할 것 같았기 때문이다. 잭이 2층으로 올라가자 반 시간쯤 후 그녀도 자기 방으로 올라갔다. 그런 다음 잭의 동정에 잔뜩 귀를 기울인 채, 다가올 그의 부재를 두려워하며 밤을 꼬박 새웠다. 잭이 없으면, 자신의 삶이 견딜 수 없을 정도로 길게 느껴질 것 같았다.

또 '나든 아버지든 보턴 집안사람 누구든지 간에 주님의 동정심에 호소한다면, 잭 오빠는 무사할 거야. 오빠에게 주어진 지옥은 우리 모두의 지옥이기도 하니까.'라는 생각도 들었다.

다음 날 새벽 글로리가 아래층으로 내려와 보니, 잭이 양복을 입고 넥타이를 매고 여행 가방을 문 옆에 내다 놓은 채 부엌에 내려와 있었다. "그동안 나 때문에 속 많이 썩었지? 미안하다." 그녀가 부엌으로 들어오자마자 잭이 그렇게 말했다. 마치 그 말을 하려고 단단히 벼르고 있었던 것처럼.

"아이 참, 오빠도."

글로리의 말에 잭이 웃음을 터트렸다. "바람직한 손님이 못 되었구나. 그러려니 이해해 줘."

"제가 딱 하나 유감스럽게 생각하는 건, 오빠가 떠나는 거예요."

잭이 고개를 끄덕이며 말했다. "고마워. 네가 없었다면 더 큰 사고를 쳤을 거야. 정말로 네 도움이 컸다."

"이제는 도움이 필요할 때 어디로 와야 하는지 아셨죠?"

"그럼. 피곤하고 지친 자들아, 집으로 돌아오라."

"아주 훌륭한 말이네요."

"나는 네가 꼭 여기 있어야 한다고 생각하지 않아. 설사 누가 그렇게 강요하더라도 절대로 받아들이지 않겠다고 약속해 다오. 혹시나 나를 위한답시고 여기 남아 있지는 마라. 지난번에 너한테 그런 식으로 말한 게 마음에 걸려서 그래."

"걱정 마세요. 그리고 언제든 집에 올 필요가 있으면 오세요. 제가 여기 있을 테니까. 그래도 확인차 먼저 전화부터 하시고요. 아니,

그럴 필요도 없겠네요. 난 여기 있을 테니까."

잭이 고개를 끄덕였다. "고마워."

잭이 글로리를 도와 아버지를 목욕시키고 옷을 입히고 아침을 먹여 드렸다. 8시가 되자 전화벨이 울렸다. 테디가 응급 호출 때문에 늦게 출발하는 바람에 밤새 차를 몰고 달려오다 잠시 커피를 마시려고 프레몬트에서 차를 세우고 건 전화였다. 전화를 끊고 잭이 말했다. "차비 좀 다오. 너무 많이 주지는 말고. 그럼 내가 또 술을 마실 수도 있으니까. 읍을 빠져나갈 수 있을 정도면 충분해." 글로리가 테디가 놓고 간 봉투를 내밀었다. 그 안에는 잭이 도착하던 날 내놓았던 10달러짜리 지폐와 에든버러 책 속에 숨겨져 있던 돈도 들어 있었다.

잭이 봉투 무게를 가늠해 보더니 글로리에게 돌려줬다. "이 돈으로 술을 얼마나 많이 마실 수 있는지 알지? 그럼 보나 마나 지옥행이야. 운이 좋아서 누가 이 돈을 뺏어 간다면 모를까."

"그럼 얼마를 드리면 돼요? 60달러? 그거 다 오빠 돈이에요. 저한테 땡전 한 푼 빚진 거 없어요."

"40달러면 될 거야. 그다음도 걱정할 필요 없어. 길리아드만 빼면 전국 방방곡곡에 설거지할 접시도 많고 벗겨야 할 감자도 널려 있으니까."

"나머지는 오빠를 위해 보관해 둘게요. 전화하세요. 아니면 편지를 하시든지."

"그럴게." 잭이 여행 가방을 들었다가 다시 내려놓더니 아버지가 안락의자에 앉아 있는 거실로 들어갔다. 그가 모자를 든 채 가만히 서 있자 노인이 엄숙한 표정으로 잭을 쳐다봤다. 주의를 집중하려고 애를 쓰거나 속으로 분노를 삭이고 있는 것 같았다.

잭이 어깨를 으쓱하며 말했다. "이제 그만 가봐야 할 것 같습니다. 작별 인사를 드리고 싶어서요." 잭이 아버지에게 다가가 손을 내밀었다.

노인이 손을 무릎으로 내리면서 고개를 돌렸다. "지긋지긋하구나!"

잭이 고개를 끄덕였다. "저도 그렇습니다. 정말 지긋지긋합니다." 잭이 1분도 넘게 아버지를 쳐다보다가 허리를 구부리고 그의 이마에 입을 맞췄다. 그런 다음 부엌으로 나와 여행 가방을 들었다. "야 인마, 잘 있어." 잭이 엄지손가락으로 동생의 뺨에 흐른 눈물을 닦아주었다.

"몸조심하셔야 돼요. 꼭이요."

잭이 모자를 기울인 채 인사를 하며 미소를 지었다. "그럴게."

글로리는 잭이 거리로 내려가는 모습을 지켜보려고 베란다로 나갔다. 잭의 몸은 몹시 수척했고 옷도 그렇게 칙칙해 보일 수가 없었다. 이제 그에게서 젊음의 흔적은 찾아볼 수 없고, 다만 재고(再考)도 후회도 거부하는 한 사내의 반짝하는 활기만 느껴질 뿐이었다. 아니, 그 옛날의 태연자약함은 어느 정도 남은 것도 같았다. 그런 그에게, 누가 굳이 친절을 베풀려고 할까? 슬픔으로 똘똘 뭉친 남자, 불행에 익숙한 남자, 사람들이 그에게서 얼굴을 돌리는 남자……. 아아, 잭 오빠.

얼마 후 테디가 도착해 짐을 풀었다. 그는 베란다에서 책을 읽다가 아버지를 목욕시키고 밥을 먹여 드리고 수시로 자세를 바꿔 주었다. 다른 형제들을 맞을 준비를 하는 글로리를 도와 식료품을 사러 가게에도 갔다. 그는 잭에 대해 별말을 하지 않았고, 그녀 또한 잭이 많은 도움이 됐고 친절했다는 말 외에는 많은 말을 하지 않았다. 잭은 그냥 잭일 뿐이었다. 그리고 설사 테디가, 잭이 어떻게 살아왔는지 능히 짐작할 만큼 그를 잘 안다 해도, 잭에 관한 이야기는 함부로 해서는 안 될 것 같았다. 그에 관한 이야기치고 비밀 같지 않은 것이 별로 없었기 때문이다. 머지않아 잭의 존재감이 다소 희미해지면 그때는 그녀도 좀 더 많은 것을 말할 수 있으리라.

한번은 테디가 무릎을 꿇고 앉아 저녁 식사 수발을 들고 있는데, 노인이 손을 뻗어 그의 머리와 얼굴을 쓰다듬으며 말했다. "네가 작별 인사를 하긴 했지만, 안 떠날 줄 알았다." 아버지의 눈이 그럴 줄 알았다는 듯 반짝거렸다.

잭이 떠난 뒤 이틀째 되던 날, 글로리는 마당에 나가 오이 줄기를 치우고 토마토를 땄다. 그사이 갑자기 날씨가 변하면서 서리가 살짝 내렸다. 길 저쪽으로 차 한 대가 서서히 지나갔다. 그녀는 아버지의 임종을 보러 자식들이 찾아왔는지 확인하러 온 아버지의 교회 친구나 지인인 줄 알았다. 그런데 특이하게도 차의 운전자가 흑인 여자였다. 길리아드에는 흑인이 하나도 없었다. 글로리가 허리를 구부리고 다시 일을 하는데 차가 도로 돌아오더니 근처 길가에 섰다. 앞좌석에는 흑인 여자 둘이, 뒷좌석에는 아이 하나가 타고 있었다. 그들은 다음에 뭘 해야 할지 생각하는 듯 몇 분 동안 집을 쳐다봤다. 그러다가 마침내 조수석에 앉아 있던 여자가 차에서 내려 걸어왔다. 앙상하게 마른 흑인 여자로 회색 정장에 회색 모자를 썼으며 머리를 뒤로 빗어 넘긴 모습이었다. 길리아드에 어울리지 않게 대단히 도시적이었는데, 본인도 그것을 의식하고 있는 듯했다. 여자가 뒤를 돌아보며 아이에게 말했다. "로버트, 너는 그냥 차 안에 있으렴." 그러자 아이가 한 발은 차에 걸친 채 한 발만 잔디밭을 디뎠다. 아이는 깔끔하고 단정한 차림으로 파란색 양복에 빨간 넥타이를 매고 있었다.

글로리가 여자를 맞으러 마당을 나와 보도로 갔다. "안녕하세요. 뭐 도와드릴 일이라도?"

"로버트 보턴 목사님 댁을 찾고 있습니다만." 여자의 목소리는 부드럽고 진지했다.

"이 집인데요. 하지만 아빠가 많이 편찮으세요. 저는 딸 글로리고요. 제가 뭐 도와드릴 일이라도 있나요?"

"아버님이 편찮으시다니 마음이 아프군요." 잠시 후 여자가 말을 이었다. "제가 찾는 사람은 그분의 아들 잭 보턴 씨예요."

"잭 오빠는 이제 여기 안 계세요. 화요일 아침에 떠났어요."

여자가 어깨너머로 꼬마를 바라봤다. 그녀가 머리를 흔들자 아이가 도로 차에 기대섰다. 여자가 다시 글로리를 향해 몸을 돌리며 물었다. "혹시 그 사람이 다시 돌아올까요?"

"아니요. 돌아오시지 않을 거예요. 당분간은 그럴 거예요. 오빠에게 무슨 계획이 있는지는 잘 몰라요. 어디로 가셨는지도 모르고요."

여자가 애써 실망을 감추며 장갑을 매만지다가 글로리를 올려다보며 말했다. "아버님이 편찮으시다고 하셔서, 그 사람이 여기 계속 있을 줄 알았어요." 여자가 얽히고설킨 덩굴이 벽을 타고 기어 올라가는, 좁은 창문이 높다랗게 달린 집을 쳐다봤다. "번거롭게 해드려서 죄송해요. 고마웠어요." 여자가 차를 향해 몸을 돌렸다. 소년이 손가락 끝으로 뺨을 닦았다.

여자의 태도에 무언가 심상찮은 분위기가 감돌았다. 아득히 먼 저편에서 나지막하게 속삭이는 느낌이라고나 할까. 게다가 좀 전에는 마치 글로리의 얼굴을 기억해 냈다는 듯 빤히 쳐다보기까지 했다.

"잠깐만요! 잠깐만 기다리세요." 글로리의 다급한 부름에 여자가 걸음을 멈추고 몸을 돌렸다. "혹시 델라 씨 아니신가요? 잭 오빠 부인이시죠?"

잠시 동안 여자가 아무 말 없이 가만히 있다가 이윽고 입을 열었다. "네. 맞아요. 제가 그 사람 아내고 편지도 보냈죠. 그런데 이제는 어디 가서 그 사람을 찾아야 할지 모르겠군요." 델라의 목소리가 낮게 가라앉은 채 슬픔으로 떨렸다. 그러면서 떡갈나무 줄기를 만져보려고 차에서 몇 발자국 나와 있던 아이를 쳐다봤다.

"저도 오빠가 어디로 가셨는지는 몰라요. 오빠는 중요한 일을 다 털어놓을 만큼 절 온전히 믿지 않으셨거든요. 항상 그랬죠. 저도 오빠한테 말하지 않은 게 많고요. 워낙 우리 남매가 그래요."

"하지만 오빠는 늘 편지에다 당신이 무척 잘해 준다고 썼어요. 정말 감사드려요."

"오빠도 저한테 잘하셨어요."

델라가 고개를 끄덕였다. "친절한 사람이죠." 그런 다음 잠시 침묵이 흘렀다. "이곳은 그 사람이 말한 그대로군요. 저 나무며 헛간이며 높다랗게 지은 커다란 집이며……. 그 사람은 로버트에게 저 나무에 올라가던 이야기를 해주곤 했어요."

"오빠 말고는 아무도 감히 꿈도 못 꿨죠. 제일 낮은 가지도 너무 높잖아요."

"나무에 그네가 걸려 있었다고 했어요. 그 그네 줄을 타고 맨 꼭대기 가지까지 올라갔다고 하더군요. 거기 숨어 있었다고요."

"이런, 엄마가 그 사실을 모르셨던 게 천만다행이네요. 항상 오빠 걱정을 많이 하셨거든요."

델라가 고개를 끄덕였다. 그러면서 글로리의 어깨 너머로 잘 가꾸어진 마당과 빨랫줄을 둘러본 다음 피튜니아 화분이 놓인 현관 계단을 다시 한 번 쳐다봤다. 그녀의 눈빛이 부드러워졌다. 마치 그 화분이 그녀를 위해 남겨 놓은 슬프고도 익살맞은 사랑의 메시지라도 된다는 듯……. 잭은 분명히 그들에게 이곳의 지도를, 과수원과 오솔길과 광을 그려 줬을 것이다. 평범하기 짝이 없는 이 모든 것에 대해, 다른 형제는 물론 글로리도 모르는 추억을 엮어서 들려줬을 것이다. 눈송이에 대한 이야기도. "안으로 좀 들어가시겠어요?"

"아니에요. 그럴 수는 없어요. 고맙습니다만, 어두워지기 전에 미주리로 돌아가야 하거든요. 특히 지금과 같은 상황에서는 더욱 그렇죠. 거기에 묵을 곳이 있어요. 운전하는 사람이 제 언닌데 몇 분만 있겠다고 약속했어요. 또 이곳을 찾느라고 중간에 길을 좀 헤매는 바람에 늦어지기도 했고요. 아들아이도 데리고 왔는데, 애 아빠가 우릴 만나고 싶지 않았나 봐요."

"오빠가 저한테 주소를 알려 주겠다고 하셨어요. 물론 그 말을 완전히 믿을 수는 없지만요. 테디 오빠한테는 전화할지도 모르니까 테디 오빠한테 당신이 여기 다녀갔다는 말을 전해 달라고 할게요. 너무 갑작스러워서, 제가 뭐 빠트린 건 없는지 걱정되는군요."

델라가 글로리의 눈물을 보고 미소를 지었다. 이미 들어서 알고 있던 또 하나의 사실을 확인이라도 했다는 듯.

"제가 늘 이 모양이랍니다." 글로리가 눈물을 닦으면서 말했다. "오빠가 당신과 아들을 보았더라면 얼마나 기뻐했을까요! 조금만 더 잡아 둘 걸 그랬군요."

"저희는 다시 세인트루이스로 돌아갈 거예요. 그 사람이 거기 구시가지로 와 있을지도 몰라요. 그 사람이 떠난 게 혹시 제가 보낸 편지 때문인가요? 그 점이 몹시 염려돼요." 델라의 목소리는 거의 속삭임에 가까웠다.

"그 편지가 오빠를 힘들게 한 건 사실이에요. 하지만 오빠 말로는 그게 그렇게 매정하게 느껴지지는 않는다고 했어요. 어차피 오빠는 떠날 예정이었어요. 오빠 나름의 이유가 있었거든요. 조금도 당신 탓은 하지 않았어요."

"고맙습니다. 하느님의 가호가 있으시길 빕니다. 이제 그만 가봐야겠군요. 친절하게도 언니가 여기까지 데려다 줬는데 언니를 화나게 하고 싶지는 않아요. 언니는 여기 오는 걸 탐탁지 않게 여겼어요.

언니 말고도 온 가족이 그랬죠."

"잠시만 기다려 주세요. 여기까지 오셨는데, 뭐라도 드려야 할 것 같아요. 잠깐만 기다려 주세요." 그렇게 말한 후 글로리는 집 안으로 들어왔다. 수많은 책과 자질구레한 물건들로 온통 뒤죽박죽인 집. 그녀는 처음에는 아무거나 가지고 나가려고 했다. 아이가 주머니에 도토리를 집어넣는 걸 보았기 때문이다. 탑이든 백조든, 어떤 장식품도 아이에겐 기념품이 되리라. 그런데 그 모든 것들이 하나같이 괴상하고 우스꽝스럽게 보였다. 커다란 책도 별로일 것 같았다. 결국 그녀는 잭이 쓰던 방으로 올라가서 액자에 담긴 강 사진을 떼어 들고 내려왔다. 그리고 그걸 델라에게 주면서 말했다. "오빠가 이 사진을 참 좋아했어요. 왜 그랬는지는 저도 잘 몰라요. 아무튼 이걸 방에 걸어 두고 있었어요."

델라가 고개를 숙이며 말했다. "고맙습니다." 아이가 제 엄마가 받은 게 뭔지 보려고 걸어왔다. 그녀가 액자를 아이에게 주자 아이가 자세히 들여다봤다. "강 사진이란다."

글로리가 아이에게 허리를 굽히고 손을 내밀자, 아이가 손을 잡아 주었다.

"네가 로버트구나."

"네, 아줌마."

"나는 글로리란다. 네 아빠 동생이야."

"네, 아줌마." 아이는 무언가를 기억해 내려는 듯 한참 동안 글로리를 바라봤다.

'오빠가 이렇게 예쁜 아이를, 예쁜 아들을 두었구나. 이 아이도

언젠가는 귀여운 모습을 잃어버리는 대신 보턴가 사람들의 개성적인 특징을 지니게 되겠지.'

"너, 야구 잘하니?"

아이가 미소를 지었다. "네, 아줌마. 야구를 좀 해요."

"얘는 전도사가 되려고 해요." 델라가 그렇게 말하며 아이의 머리를 쓰다듬었다. 델라의 언니가 운전석 쪽 문을 열고 나오더니 차 지붕 너머로 그들을 빤히 쳐다봤다. "이제 그만 가봐야 할 것 같군요."

"그러세요. 잭 오빠가 당신에게 연락할 방법을 알까요? 오빠가 여기로 전화하면 알려 드려야 할 것 같아서요."

델라가 아이를 뒷좌석에 앉힌 후 자동차 정리함에서 봉투를 꺼내더니 그 위에 몇 개의 전화번호와 이름을 썼다. 그녀의 언니가 시동을 걸었고 델라가 글로리에게 봉투를 주었다. "만나서 반가웠어요. 아버님께서 얼른 쾌차하시길 빌게요. 혹시라도 이걸 잭에게 전해 준다면 정말 감사하겠습니다." 인사를 마친 다음 그녀가 차 문을 닫았고, 차는 점점 멀어져 갔다.

글로리는 현관 계단에 앉은 채 생각에 잠겼다. 만일 잭이 집에 있었더라면 기쁨에 넘쳐 정신을 차리지 못했을 것이다. 아니, 기쁨보다 더한 평화가 피 속으로 차오르는 것을 느꼈으리라. 그녀로서는 누릴 수 없는 기쁨이기에 자존심이 상하기도 하겠지만 그래도 잭에게는 구원과도 같은 엄청난 기쁨이었으리라. 하긴, 글로리의 경우는 상대가 약혼자인데 비해 델라는 자기 입으로 잭의 아내라고 말했다. 그것은 엄청난 차이였다. 델라는 잭의 추억이 깃든 이 집을 애정 어린 눈으로 바라봤다. 마치 잭이 들려준 이야기들을 하나하나 확인이라도 하듯. 그 눈길은 지극히 부드러웠다. 다른 사람처럼 잭의 진실성을 의심하며 바라보는 눈빛이 아니었다. 글로리의 마음속에 문득 언젠가 잭이 한 말이 떠올랐다. "나도 여기 살았다. 그리고 내가 항상 멀리 나가 있었던 건 아니었어. 아버지가 생각하시는 것보다는 늘 집 가까이에 있었지." 그런데 왜 잭은 식구들에게 그토록 소원하게 보였을까? 그러면서도 그가 이곳을 사랑한다는 것은 또 얼마나 잔인한 일인가? 그의 어린 아들은 방금, 잭이 바닷소리를 낸다고 말했던 떡갈나무를 만지고 갔다. 이제 그녀는 이 집의 아무것도 바꾸지 못할 것 같았다. 잭이 아들을 까르르 웃게 하려고, 자신의 어린 시절을 들려주면서 이 집의 어떤 것을 신성화시켰는지 알지 못하기 때문이다. 잭은 여기에서 살기를 바랐다고 했다. 다른 형제들처럼 자기도 스스럼없이 문을 열고 들어오고 싶었다고 했다.

그런데 델라 자매는 집 안으로 들어오려 하지 않았다. 해가 지기 전에 서둘러 이곳을 벗어나야 했기 때문이다. 그들은 잭의 아들도 데리고 왔지만 잭이 이미 떠난 뒤라 가족 상봉은 이루어질 수 없었다. 하지만 만일 잭의 영혼이 그들 모자가 이 괴상한 낡은 집을 방문했다는 걸 안다면, 자신의 오랜 열망이 응답을 받았다고 생각하리라. 그 생각만으로도 잭은 집에 돌아올 수 있을 것이고, 그렇게 되면 이제 이 집은 그들 남매에게 지금까지와는 완전히 다르게 보일 것이다. 아버지가 지키고 간직했던 모든 것들이 정말로 신의 섭리처럼 여겨질 테고, 새로운 사랑이 과거의 사랑의 유물을 근사하게 탈바꿈시키리라.

델라가 잭을 만난 건 어느 비 오는 오후였다. 잭이 막 교도소에서 나온 때로, 새 양복을 입고 있었다. 어머니 장례식에 참석하라고 집에서 보내 준 돈으로 산 양복이었다. 그런데 막상 그 양복을 입으니 목사처럼 보여서 나중에 팔아 버렸다고 했다. 어쨌거나 그날 그는 그 양복을 입고 있었고 손에는 우산을 들고 있었다. 이제 영원히 가족에게 돌아가지 못하리라 생각하며 바라본 세상은, 두렵기도 하고 눈부시기도 했다. 그때 그의 앞에 도움을 필요로 하는 숙녀가 나타났다. 그가 우산을 씌워 주자 그녀가 말했다. "고맙습니다, 목사님." 온화한 눈길에 부드러운 목소리였다. 오랫동안 그는 누군가가 자신에게 상냥하게 말하는 목소리를 듣는 기쁨을 잊고 살아온 터였다. 그는 그녀에게 자신이 목사가 아니라고 털어놓았다. 아울러 그녀가 용서할 거라고 여겨지는 것은 무엇이든 다 털어놓았다.

잭은, 그녀가 얼마나 많은 걸 용서했는지 넌 모를 거야, 라고 말했었다. 델라는 과연 흑인 한 명 살지 않는 이 낯선 적대국 같은 길리아드를 용서할 수 있을까? 뒤처지고 수수하고 촌스러운 길리아드, 해바라기의 마을 길리아드를 용서할 수 있을까? 델라는 다른 사람이 의아한 눈길로 주시하고 있음을 의식한 듯 긴장한 자세로 서 있었다. 잭이, 그녀가 이곳으로 오지 못하리라고 생각한 데에는 다 그럴 만한 이유가 있었던 것이다. 그러면서도 잭은 그런 꿈을 꾸지 않고는 배길 수 없었을 것이다. 그녀는 자신이 아이까지 데리고 이곳에 오면 잭이 기겁을 할까 봐, 미리 미주리에 숙소를 마련해 두었던 것이리라. 따라서 어두워지기 전에 서둘러 미주리로 돌아가야 했으리라.

'언젠가는 어린 로버트가 이곳으로 돌아오겠지. 건들건들한 젊은 청년이 되어서. 그때 그 아이에게서 잭 오빠의 어떤 모습을 발견할 수 있을까? 그때쯤이면 나도 늙어 있을 텐데……. 웬 후리후리한 청년이 구부정한 자세로 엉덩이에 손을 얹은 채 떡갈나무 옆 도로에 서 있으면, 난 금방 로버트라는 걸 알아볼 거야. 내가 베란다로 올라오라고 하면 그 애는 남부 사람답게 정중한 태도로 대답하겠지. 예, 아주머니, 괜찮으시다면 그러겠습니다. 그 애는 나에게 매우 친절할 거야. 친절한 잭 오빠의 아들일 뿐만 아니라, 남부 사람들은 특히 나이 든 여자들에게 공손하니까. 그 아이는 이곳을 호기심 어린 눈길로 바라보겠지만 결코 예의 없는 행동은 하지 않을 거야. 나와 잠깐 이야기를 나누겠지만 너무 수줍은 나머지 자기가 왜 이곳에 왔는지 말도 꺼내지 못한 채 얼마 후 감사하다는 인사만 남기고 떠나겠지. 하지만 몇 발자국 뒤로 물러나면서 생각하겠지. '응? 헛간이 아직도 그대로 있네. 아니, 라일락도 피튜니아 화분도 그대로 있잖아. 그래, 여기가 우리 아버지 집이었어.' 하지만 아직 철들 나이는 아니지. 그러니 제 고모가 평생 그 순간을 기다리며 살아왔다는 것은 감히 상상도 못하겠지.

자신이 제 아버지의 기도에 응답했다는 것도…….

주님이 얼마나 놀라운 분이신지도…….

작품 해설

변화하는 시대정신까지 녹여낸 뛰어난 가정소설 — 김성곤

### 1. 『홈』을 읽는 즐거움

퓰리처상 수상 작가 메릴린 로빈슨은 언어의 마법사다. 수상작 『길리아드』나 『하우스키핑』도 그렇지만 『홈』 역시 스토리만 요약하면 너무나 단순하고 간단해서 별로 새로울 것이 없는 가정소설 같은 느낌을 준다. 성장한 후 집을 떠났다가 오랜 세월 후에 다시 고향 집으로 돌아와, 늙고 치매에 걸려 죽어 가는 아버지와 조우하는 두 남매의 이야기이기 때문이다. 더욱이 『홈』은 맨 마지막을 제외하면 눈이 번쩍 뜨이는 반전도 없고, 손에 땀을 쥐게 하는 액션도 없다. 그저 속삭이는 듯 나직한 목소리로 들려오는 회상과 심리적 갈등, 그리고 정치한 상황 묘사가 있을 뿐이다.

그럼에도 불구하고 『홈』은 한번 읽기 시작하면 도

중에 책을 내려놓을 수 없을 만큼 강력한 흡인력과 독특한 재미가 있다. 로빈슨의 재미있고 재치 있는 묘사들과 세련되고 정교한 문체는 말초적이고 찰나적인 대중문학의 홍수 속에서 독자들이 오래 잊고 살았던 정통 문학의 정수를 경험하게 해준다. 노벨문학상 수상 작가 솔 벨로는 통속적인 대중문학은 영혼이 없다고 비판한 적이 있는데,『홈』에서 독자들은 곳곳에서 벨로가 말한 영혼의 정수를 발견하게 되고, 진한 감동과 깨달음을 느끼게 되며, 인간관계와 가족관계, 그리고 더 나아가 인간의 존재론적 의미에 대해 심도 있는 성찰을 하게 된다. 능숙한 한국어 번역 또한 로빈슨의 유려한 문체의 맛과 정취를 그대로 살려 내는 데 성공했다.

그러나『홈』은 단순히 가족 간의 갈등과 화해를 다룬 가정소설은 아니다.『홈』은 개인의 삶과 그것에 지대한 영향을 끼치는 사회적·정치적 상황을 날줄과 씨줄로 정교하게 연결함으로써 중후한 사회 비판 소설로 확대된다. 예컨대 이 소설은 좌파와 우파, 그리고 진보와 보수가 첨예하게 대립하던 1950년대 미국의 정치적 상황을 당대의 종교 및 인종 문제와 연관해 여기저기서 다루고 있는데, 마지막에 가서야 그와 같은 상황이 얼마나 무겁게 개인의 삶을 짓눌렀으며 결국은 사람들을 비극적 파멸로 이끌어 갔는가를 보여 줌으로써 빼어난 가정소설에서 훌륭한 사회 비판 소설로 거듭나는 데 성공한다.

## 2. 『홈』: 실패자와 탕자의 귀환

『홈』은 나이 드는 것, 가족 관계, 탕자의 귀향, 그리고 세대교체에 대한 명상적 소설이자 붕괴되어 가는 가정, 인간에게 끼치는 종교적 영향, 닫힌 공동체에 영향을 주는 정치적·사회적 변화, 그리고 궁극적으로는 인종 문제를 다룬 탁월한 시대 비판 소설이다. 이 소설은 8남매 중 막내딸인 글로리(38세)가 자신의 돈만 갈취하고 떠난 약혼자에게 버림받은 후, 부친의 건강 악화 소식을 듣고 집으로 돌아오면서 시작된다. 어머니는 이미 타계한 텅 빈 집에서 혼자 살고 있던 연로하고 외로운 아버지는 상처받고 돌아오는 딸의 귀향을 진심으로 환영한다.

> "집에서 머물겠다고, 글로리?" 아버지의 말에 그녀의 가슴이 무겁게 내려앉았다. 아버지는 글로리의 귀향에 애써 기쁜 눈빛을 보이려 했지만 딸이 가여워 그만 눈시울을 축축이 적시고 말았다. "그래, 이번에는 한동안 머물겠다고?" 아버지는 얼른 고쳐 말하며 지팡이를 기운 없는 손으로 옮겨 쥔 후 딸의 가방을 받아 들었다. (15쪽)

글로리에게 있어서 집은 유년 시절의 추억이 담긴 곳이자 부모가 있는 곳이고 자신의 근원이 되는 곳이다. 마찬가지로, 아버지에게 있어서 여덟 자녀를 키워 낸 집은 모든 것의 터전이 되는 특별한 존재이고, 따라서 성장해서 집을 떠난 자녀들이 언제라도 돌아올 수 있는 아늑한 곳이다. 아버지에게 집은 자신의 삶 그 자체이자 인생의 반려자이고 역사의 현장이다. 그래서 아버지는 비록 남이 보기에는 볼품없어 보일 수도 있지만, 자신의 집을 좋아하고 집에 대해 남다른 정(情)과 자부심을 갖고 있다.

　　아버지에게 있어 이 집은 자신의 삶이 대체로 축복받았다는 사실을 두말할 필요 없이 구체적으로 드러내는 명백한 실체였다. 아버지는 항상 그 점을 뿌듯한 마음으로 인정했는데, 특히 슬픔에 맞서 집이 꿋꿋하게 우뚝 서 있을 때 더 그랬다. 어머니가 세상을 뜨자 아버지는 집이 마치 늙은 아내라도 되는 양 더 자주 그렇게 얘기했다. 이 집에서 누려 온 모든 안락과 오랜 세월 변함없이 지켜 온 우아한 자태에 찬사를 바치며. 물론 이 집이 누구의 눈에나 아름다워 보이는 건 아니었다. 정면은 밋밋했고 지붕은 납작했으며, 창문 위로 뾰쪽하게 튀어나온 돌출부로 인해 근처의 다른 집들에 비해 너무 높았다.
(16쪽)

　　영어 '홈(home)'은 가정과 집, 그리고 고향과 조국의 의미를 동시에 갖는 복합적이고도 특별한 단어이다. 그래서 영어가 모국어인 이들은 '홈'이라는 말에 강렬한 향수를 느낀다고 하며, "sweet home"이나 "There's no place like home." 또는 "Make yourself at home." 같은 표현들을 즐겨 사용한다. 아마도 이는 한국과는 달리, 자녀들이 비교적 일찍 부모의 품과 집과 고향을 떠나는 영미 문화의 특성에서 기인하는 현상처럼 보인다. 그래서 어린 시절 집을 떠난 영미인들에게 '홈'은 달콤하고 아늑하게 느껴지며, 강렬한 그리움과 향수를 수반한다. 뿔뿔이 흩어져 살다가도 추수감사절이나 크리스마스가 되면 '홈'으로 되돌아가고, '홈커밍(homecoming)' 또는 '커밍 홈(coming home)'이 특별한 의미를 갖는 것도 그런 이유에서일 것이다. 영어 사용자들은 심지어 모교에서 열리는 '클래스 리유니언(Class Reunion)'이라고 하는 동문회도 홈커밍이라고 부른다. 그런 의미에서 영어 '홈'은 고향을 지칭하는 독일어 '하이마트(heimat)'보다 더 실제적이고 포괄적인 의미를 담고 있는 듯하다. 예컨대 『차라투스트라는 이렇게 말했다(Also sprach Zarathustra)』에서 니체가 "오, 고독이여, 나의 고향 고독이여!(Oh Einsamkeit! Du meine Heimat Einsamkeit!)"라고 했을 때와 비교해 보면 그 뉘앙스의 차이를 느낄 수 있다.

 그러나 어린 시절의 추억이 살아 있는 '홈'이 비록 소중한 곳이기는 하지만, 그래서 향수 속에서 부단히 돌아가기는 하지만, 다시 거기서 살아갈 수는 없는 법이다. 부모는 죽거나 늙었고, 형제간의 갈등이 되살아날 수도 있으며, 과거의 기억 또한 언제나 아름다운 것만은 아니기 때문이다. 그래서 '홈'은 애정의 장소이면서도 극복하고 떠나야만 하는 모순적인 장소가 된다. 부모 역시 한때는 절대적으로 필요하고 의존해야만 하는 존재이지만, 자녀들이 성장하면서부터는 점차 불필요한 존재, 더 나아가 오히려 돌보아야만 하는, 짐이 되는 존재로 전락하게 된다. 그래서 비록 애정과 추억은 남아 있지만, 더 이상 예전으로 되돌아갈 수는 없는 곳, 그곳이 바로 '늙은 부모'가 지키고 있는 '홈'일 것이다.

> 잭을 뺀 모든 언니 오빠들은 집에 오는 것을 무척이나 좋아하면서도, 항상 다시 떠날 준비가 되어 있었다. 그들에게 옛날 집과 옛날 기억들은 말할 수 없이 소중한 것이지만, 그럼에도 그들은 머나먼 사방팔방에 뿔뿔이 흩어져 살고 있었다. 과거는 그 자체로 무척 아름다웠다. 하지만 아버지의 말마따나 '머물려고' 돌아와 보니, 과거의 기억이 불길하고 꺼림칙하게 변했다. (22쪽)

자녀들은 성장하면서 누구나 자기 부모의 집보다 더 좋은 집을 꿈꾸며, 더 나은 '홈'을 꾸미며 살겠다고 다짐한다. 그러나 현실이 언제나 만족스럽게 풀리는 것만은 아니어서 결국은 깨진 꿈을 안고 다시 집으로 돌아오는 경우도 많다. 약혼자와 헤어지고 상처 입은 채 다시 집으로 돌아온 글로리가 그렇고, 가출한 지 20년 만에 돌아온 탕자 잭이 그러하다.

집으로 돌아온다는 것은 무슨 뜻일까? 글로리는 길리아드보다 큰 읍이나 도시에 있는, 이 집보다 덜 시끌벅적하고 덜 볼품없는 가정을 꿈꾸었다. 그 집에서 절친한 친구이자 아이들의 아버지가 될 사람과 살 것이고, 아이는 넷 이상 낳지 않을 거라 생각했다. 또 수입에 맞게 취향을 살려 집을 꾸미겠다고, 아버지의 집에서는 나무토막 하나도 가져오지 않겠다고 다짐했다. 햇볕이 잘 드는 자신의 소박한 방은 아버지의 가구와는 어울리지 않을 테니까. (160~161쪽)

그러나 현실은 그녀의 꿈과는 너무 달랐고, 결국 그녀는 자신의 '홈'을 갖지 못한 채, 다시 어린 시절의 추억이 깃든 옛집으로 돌아온다. 특히 고향이 이 소설의 배경인 아이오와주 길리아드처럼 답답하고 조그만 시골 마을일 때, 젊은이들은 고향을 떠나 보다 더 큰 도시로 가서 살고 싶어하게 된다. 글로리 형제자매들도 모두 길리아드를 떠나고 싶어한다.

길리아드에서 맞이하는 또 한 번의 여름이었다. 진저리가 나게 단조롭고 졸린 길리아드의 시간이 헛되이 흐르고 있었다. 과연 누가 여기서 살고 싶어할까? 대학이나 바깥세상에서 돌아왔을 때, 그녀의 형제자매들은 아버지 몰래 늘 그런 질문들을 주고받았다. 과연 누가 여기서 살려고 할까? (423쪽)

그러나 삶에 실패하고 다시 고향 집으로 돌아온 글로리는 비로소 '홈'의 중요성을 깨닫게 된다. 비록 집은 낡았고 아버지는 늙어 치매기가 있지만, 그래도 '홈'에는 상처받은 영혼을 치유해 주는 무엇인가가 있었다.

고향, 세상에 이보다 더 다정한 곳이 어디 있을까? 그런데도 고향은 왜 유형지처럼 여겨졌을까? 왜 나와는 상관없는 낯선 곳처럼 무덤덤하게 여겨졌을까? 그때는 왜 나무 그루터기와 돌멩이 하나하나를 알아보지 못했을까? 아빠의 기대에 부응하며 행복하게 살았던 어린 시절의 당근밭을 왜 조금도 기억하지 못했을까? (424쪽)

그 고통을 완화시키려면 무엇이 필요한지, 어떻게 하면 영혼이 원래의 평안한 상태로, 고향에 있는 것 같은 평안한 상태로 돌아갈 수 있는지 생각하게 된다. 그리하여 돌아갈 고향이 있기만 하다면 마침내 영혼은 자기 고향을 찾아내고 만다. (425쪽)

그래서 집은 '수고하고 무거운 짐 진 자들'이 돌아가는 곳이자, 인간의 영혼이 쉴 수 있는 아늑한 곳이다. 문화비평가 레슬리 피들러가 지적했듯이, 미국 서부영화의 마지막 장면에서 남자 주인공은 언제나 여자와 가정을 이루기를 거부하고 새로운 모험을 찾아 지평선 너머 끝없이 펼쳐진 광야로 떠나간다. 그는 오직 나이 들고 병들었을 때, 그래서 지친 영혼이 쉼터를 요할 때 비로소 집으로 돌아온다. 문정희 시인은 여자는 정신적 집을 갖고 태어나지만 남자는 그렇지 못해 평생 집을 지으며 산다고 말하면서, 다음과 같은 시를 썼다.

> 태어날 때부터 여자들은
> 몸 안에 한 채의 궁전을 가지고 태어난다
> 그래서 따로이 지상의 집을 짓지 않는다
> 아시다시피, 지상의 집을 짓는 것은 남자들이다
> 철근이나 시멘트나 벽돌을 등에 지고

한 생애를 피 흘리는

저 남자들의 집짓기, 바라보노라면

홀연 경건한 슬픔이 감도는

영원한 저 공사판의 사내들

때로 욕설과 소주병이 나뒹구는

싸움을 감내하며

그들은 분배를 위한 논리와

정당성을 만들기 위한 계략을 세우기도 하지만

우리가 사랑하는 남자들은

이내 철거되고야 말 가뭇한 막사 한 채를 위하여

피투성이 전쟁터에서 생애를 보낸다

일설에 의하면 그들은 자신들이 태어난

여자들의 궁전으로 돌아와

자주 죽음을 감수하곤 한다고도 한다

역사는 아무리 생각해도 잘 모르겠고

그저 오묘할 뿐이다. 태어날 때부터 몸 안에

궁전을 가지고 태어나는 인간의 종(種)이 있다니……

그들이 박해를 받고

끝없는 외침(外侵)에 시달리는 것도

생각해 보면 당연한 귀결인 것 같다. (문정희의 詩「집 이야기」전문)

문정희 시인의 이 시는 집과 가정의 의미를 은유적으로 잘 나타내 준다.

## 3. 나이 듦과 세대 갈등

나이가 든다는 것은 서글픈 일이다. 그러나 아무도 가는 세월을 막을 수는 없다. 나이가 들면 몸은 기력을 상실하고 마음은 외로워진다. 자녀들은 모두 성장해서 떠나가 버리고, 친구들은 하나둘 세상을 떠나게 된다. 주위의 젊은이들로부터는 존경을 받는 것이 아니라 무시당하기 쉽고, 때로는 능멸을 당하기도 한다. 미국의 대학 교수들은 정년 퇴임이라는 것이 없다. 그런데도 많은 교수들이 70세나 75세가 되면 스스로 은퇴를 결심한다. 그 이유는, 젊은 교수들이 '저 노인은 왜 아직도 저러고 있지?'라는 식의 눈치(evil eye)를 주는 것 같아서라고 한다. 한때 학계에 명성을 날리던 석학도 나이가 들어 전성기가 지나가면 더 이상 힘을 쓸 수도 없고 합당한 대접을 받지도 못한다. 학교 보직에서 물러나면 권력도 없어지고, 평교수로 지내다 보면 아무래도 젊은 교수들의 눈치를 보게 된다. 교수 회의에 가면, '저 노인은 여기 뭐 하러 왔나?'라는 분위기를 느낀다는 원로 교수들도 많다.

『홈』에 등장하는 아버지인 보턴 목사 역시 70대 노인으로서 몸을 잘 가누지 못하며 치매 증상에 시달린다. 아내와 사별한 그는 자기 자녀들, 특히 글로리와 잭의 귀향을 진심으로 반긴다. 이 소설의 처음부터 끝까지 보턴 목사가 글로리와 잭에게 얼마나 부드럽게 말하고 대하는지를 살펴보면 가히 감동적이다. 그는 자신의 심기가 불편해도 단 한 번도 글로리나 잭의 마음을 상하게 할 만한 말은 하지 않는다. 한때는 성경에 입각해 자녀들을 엄하게 가르쳤던 그도 이제는 나이 들어 자식들의 눈치를 보는 유순한 아버지가 된 것이다.

'나이 듦'의 또 하나의 의미는 '정신적 성장'이다. 이 작품에 등장하는 글로리는 38세, 잭은 43세로 어느덧 중년의 나이가 되었다. 그리고 비록 실패자이며 탕자이기는 하지만, 두 사람은 시련을 겪은 후 그만큼 정신적으로 성장해 있다. 두 사람의 대화를 들어 보면, 서로에게 상처를 주지 않으려고 오누이가 얼마나 배려하고 노력하는가가 잘 드러나 있다. 글로리는 영문학 교사를 하면서 삶의 여러 양태에 대해 잘 알게 되고, 자신을 이용한 다음 떠나간 약혼자를 통해 인간관계의 어려움에 대해 커다란 깨달음을 얻게 된다. 집에 돌아온 후, 그녀는 아버지와 잭을 이해하려고 노력한다. 마찬가지로, 젊은 시절의 방탕과 반항심으로 사생아까지 낳고 교도소까지 다녀온 잭도 이제는 집에 돌아와 새로운 사람으로 거듭나는 것처럼 보인다.

이 소설에서 로빈슨은 'old'라는 단어를 다분히 긍정적으로 사용한다. 예컨대 집에 돌아온 글로리는 'old books'와 'old furniture'를 발견하고 좋아하며, 'old habits'와 'old life'를 회상하는 한편, 아버지를 'old man'이라고 부른다. 그러므로 이 작품에서 'old'는 친숙하고 낯익으며 성숙한 것을 지칭한다.

그럼에도 불구하고, 세대 간의 갈등은 분명 존재한다. 앨라배마주 몽고메리에서 일어난 경찰의 잔혹한 흑인 시위대 진압 광경을 텔레비전으로 보면서 잭은 흑인 편을 들지만, 아버지 보턴 목사는 흑인들이 쓸데없이 소동을 일으킨다고 말하며 6개월만 지나면 아무도 기억하지 않을 거라고 냉정하게 말한다. 흑인 문제에 대해 논쟁을 벌이면서 보턴 목사가 "이것 참 당황스럽구나. 나는 다르게 알고 있는데……."라고 말하자, 잭은 "아버지와 제가 서로 다른 신문을 읽었나 봅니다."라고 말한다. 이는 마치 조선·중앙·동아일보를 읽는 아버지와 한겨레·경향신문을 읽는 자녀들 사이의 대화 같아서 공감이 가는 구절이다. 한국 사회도 세대 간의 단절이 심각하기 때문이다. 민주당을 지지하는 잭과 공화당을 지지하는 아버지의 친구 에임스 목사 사이의 세대 간 갈등은 더욱 심각하다. 그래서 보턴 목사는 이렇게 말한다.

> 잭. 젊은이들은 세상이 바뀌기를 바라고 늙은이들은 세상이 그대로 있기를 바라지. 그러니 너하고 나 사이에서 누가 옳고 누가 그르다고 판단할 수 있겠니? 그냥 서로 용납할 수밖에. (154쪽)

가치관의 차이로 인해 발생하는 필연적인 세대 간 갈등은 서로의 차이를 인정할 때만 해소될 수 있다. 로빈슨의 소설은 아직도 미국의 1950년대식 이념적 갈등에서 벗어나지 못하고 있는 21세기 한국인들을 부끄럽게 만든다.


### 4. 사회 비판 소설로서의 『홈』

『홈』의 시대적 배경은 1956년이다. 1956년은 미국 대통령 선거가 있었고, 1952년 선거에 이어 또 한 번 공화당이 승리했던 해이다.

또 1950년대는 매카시즘과 더불어 미국이 반공 보수주의를 표방했던 시기다. 제2차 세계대전 후 평화를 원했던 미국인들은 1952년과 1956년에 있었던 대통령 선거에서 평화와 번영을 약속했던 공화당의 아이젠하워를 대통령으로 선출했다. 여러 가지 면에서 아이젠하워보다 더 유능한 정치인이었다는 평가를 받는 민주당 후보 아들라이 스티븐슨은 평등과 부의 분배를 선거 공약으로 내세웠으나 두 번 다 백악관 입성에 실패했다. 존 포스터 덜레스는 아이젠하워 내각의 국무 장관으로서, 미국의 국익을 위해 공격적인 외교정책을 펴고 미국의 보수화에 앞장섰던 정치인이다. 미국 작가 토머스 핀천은 소설 「제49호 품목의 경매(The Crying of Lot 49)」에서 이렇게 말한다.

> 시대를 잘못 이끌었던 지도자들인 제임스 장관(트루먼 대통령 행정부의 국방 장관), 존 포스터 덜레스 장관(아이젠하워 행정부의 국무 장관), 그리고 조지프 매카시 상원 의원은 지금 다 어디로 갔단 말인가? 그들은 이제 다른 세상에 속한 사람들이 되었고, 지금은 달라진 길의 패턴을 따라서 사라져 갔다. 일련의 결단들이 행해졌고, 신호등의 스위치가 내려졌는데, 그것들을 작동하던 얼굴 없는 선로 신호원들은 이제 모두 다른 데로 옮겨 가거나 도망쳤고, 감옥에 갔거나, 급히 그들의 흔적을 쫓아 추적한 수색대로부터 혼비백산하여 달아나…… 죽은 다음에도 다시는 찾을 수 없게 되어 버렸다. 그들은 어린 에디파를 시위행진이나 연좌데모에는 적합지 않은, 오로지 제임스 1세 시대의 작품 속에 나오는 이상한 '말'이나 추적하는 전문가로 만들어

버리는 데에 성공한 것이었다.

 핀천은 미국의 보수주의 정치가들이 1950년대 미국을 심각하게 다양성이 결핍된 '닫힌 사회'로 만들었으며, 미국인들로 하여금 '이것 아니면 저것'의 멘털리티를 갖게 했다고 비판한다. 또 다른 미국 작가 스티븐 킹도 「때로 그들은 돌아온다(Sometimes They Come Back)」라는 중편에서, 미국인들이 1950년대에 선택을 잘못해 연거푸 공화당 후보를 뽑은 결과 공화당이 부패해 1972년에 필연적으로 워터게이트 사건이 발생했다고 보고, 미국인들의 실수를 은유적으로 비판한다.
 로빈스의 소설 『홈』에는 중간중간 아이젠하워와 덜레스 장관 이야기가 나오고, 반공주의자 조지프 매카시 상원 의원에 대한 언급도 나온다. 1950년대의 미국은 위 세 정치 지도자의 보수 이데올로기에 따라 인종이나 이념이나 문화의 다양성을 인정하는 대신, 이것 아니면 저것으로 사물을 나누어 그중 한쪽만 옳은 것으로 선택해 지지하고 추구했던 '닫힌 사회'였다. 예컨대 1950년대 미국은 세상을 자유세계와 공산 세계, 백인과 유색인, 정상과 비정상, 안정과 혼란 등으로 구별해 첫째 것만 옳은 것으로 생각하고 추구하고 지지했다. 그 결과, 1950년대 미국은 공산주의, 유색인과의 결혼, 이혼, 동성애, 다문화주의 같은 것들이 사회적으로 용납되지 않았다. 〈플레전트빌(Pleasantville)〉이나 〈파 프롬 헤븐(Far from Heaven)〉은 바로 1950년대 미국 사회의 닫힘과 열림을 주제로 다룬 영화들이며, 셀린저의 『호밀밭의 파수꾼』이나, 제임스 딘이 주연한 영화

〈이유 없는 반항(Rebel Without a Cause)〉 같은 것들은 1950대 미국의 닫힌 사회와 단일 문화에 대해 저항했던 작품들이다.

주인공들의 고향인 길리아드 역시 전형적인 닫힌 사회로, 아직 흑인의 인권 운동에도 관심이 없고 백인과 유색인의 결혼도 용납하지 않는 곳이다. 로빈슨은 독실한 기독교인처럼 보이지만, 위와 같은 문제의 해결에 종교가 별 도움을 주지 못하고 있을 뿐 아니라, 때로는 종교가 정치적 보수주의와 맥을 같이 한다는 사실을 비판적으로 제시한다. 길리아드는 대단히 종교적인 마을이지만, 마을 사람들은 닫힌 마음과 경직된 편견에서 벗어나지 못한다. 목사인 아버지의 간곡한 부탁과 바람에도 불구하고 잭이 끝내 종교에 귀의하지 않는 이유도 바로 그러한 이유에서일 것이다.

작품의 마지막에 가서야 독자들은 비로소, 외부 여자와 결혼했다는 잭이 왜 자신의 '홈'을 이루지 못하고 그동안 그토록 심각하게 고뇌했는가를 깨닫게 된다. 방랑하던 도중 잭은 흑인 여자와 사랑에 빠진 후 결혼해서 아이까지 낳았지만, 자신의 고향 길리아드는 아직 유색인과의 결혼을 인정하고 받아들일 준비가 되어 있지 않았기 때문이다. 그래서 결국 잭은 길리아드를 떠난다. 어쩌면 잭은 다양성의 시대이자 흑인 인권법이 통과된 진보적인 1960년대에나 길리아드로 다시 돌아오게 될는지도 모른다. 그러나 아이러니컬하게도, 1960년대는 동시에 가정과 학교를 인간의 자유를 억압하는 관습적인 제도로 보고 그것으로부터 떠났던 시대여서, 1960년대 시대정신의 화신처럼 보이는 잭이 과연 다시 고향으로 돌아오게 될는지는 여전히 미지수로 남는다.

그럼에도 불구하고 '홈'은 우리 모두가 추억 속에서 부단히 다시 돌아가는 우리의 근원(origin)이자, 거기서 끊임없이 새로운 시작(beginnings)을 시도하는 시발점(point of reference)이라고 할 수 있다. 그래서 잭은 글로리에게 이렇게 말한다. "나도 여기 살았다. 그리고 내가 항상 멀리 나가 있었던 건 아니었어. 아버지가 생각하시는 것보다는 늘 집 가까이에 있었지." 작품의 마지막에 잭의 흑인 아내 델라는 잭의 아들을 데리고 길리아드의 '시댁'을 찾아온다. 비록 그들이 집 안으로 들어오지는 않았지만, 글로리는 그 엄청난 변화로 인해 자신의 낡은 집이 새로워질 것이라고 믿는다.

> 잭이 이미 떠난 뒤라 가족 상봉은 이루어질 수 없었다. 하지만 만일 잭의 영혼이 그들 모자가 이 괴상한 낡은 집을 방문했다는 걸 안다면, 자신의 오랜 열망이 응답을 받았다고 생각하리라. 그 생각만으로도 잭은 집으로 돌아올 수 있을 것이다. 그렇게 되면 이제 이 집은 그들 남매에게 지금까지와는 완전히 다르게 보일 것이다. 아버지가 지키고 간직했던 모든 것들이 정말로 신의 섭리처럼 여겨질 테고, 새로운 사랑이 과거의 사랑의 유물을 근사하게 탈바꿈시키리라. (485~486쪽)

그리하여 글로리와 잭의 추억이 깃든 길리아드의 낡은 '고향 집'은 유색인을 가족으로 받아들이는 열린 '홈'으로 탈바꿈하여 새롭게 다시 태어난다. 닫힌 시대인 1950년대의 산물로서 단일성에만 익숙해져 있다가 1960년대를 맞아 비로소 다양성에 눈을 뜨게 되는 토머스 핀천의 여주인공 에디파 마스처럼, 로빈슨의 주인공 글로리도 작품의 마지막에서 그동안 닫혀 있던 집을 활짝 열어 놓게 된다. 글로리의 '집'이 단순히 보턴가의 '집'에서 벗어나, 모든 사람들을 위한 진정한 '홈'이 되는 것은 바로 그 순간이다.

金聖坤 | 서울대학교 영문과 교수·문학평론가

# 메릴린 로빈슨
## MARILYNNE ROBINSON

1947년 미국 아이다호의 아름다운 고장 샌드포인트에서 태어나고 자랐으며, 브라운여자대학의 전신인 펨브로크대학과 워싱턴대학교 대학원에서 문학을 공부했다.

1980년에 발표한 처녀작 『하우스키핑(Housekeeping)』으로 퓰리처상 소설부문에 노미네이트되었고 펜/헤밍웨이문학상을 받았다. 이 작품은 2005년에 도리스 레싱의 『황금노트북』, 이언 매큐언의 『속죄』, 하퍼 리의 『앵무새 죽이기』, F. 스콧 피츠제럴드의 『위대한 개츠비』, 조지 오웰의 『동물농장』 등과 나란히 '타임 선정 100대 영문 소설'로 꼽혔다. 또한 2006년에는 뉴욕타임스가 저명한 작가, 평론가, 출판인 등 문단 인사들 수백 명과 함께 '지난 25년간 미국에서 발간된 최고의 소설'을 뽑는 자리에서 토니 모리슨의 『빌러비드』, 필립 로스의 『미국의 목가』에 이어 일곱 번째로 많은 지지를 얻은 바 있다. 1987년에는 빌 포시스 감독, 크리스틴 나티, 사라 워커 주연으로 영화화되기도 했다.

이후 20여 년 만인 2004년에 두 번째 소설 『길리아드(Gilead)』를 발표해 또다시 평단과 대중의 사랑을 한 몸에 받았다. 2004년 전미도서비평가협회상 수상, 2005년 퓰리처상 수상의 잇단 영예를 안은 이 작품은 버락 오바마 미국 대통령이 2007년 인터넷서점 아마존과 한 인터뷰에서 '가장 감명 깊게 읽은 책'으로 꼽아 화제가 되기도 했다. 2008년에 발표한 세 번째 소설 『홈(Home)』은 전작 『길리아드』의 자매편 격으로 배경과 등장인물이 겹치면서도 완전히 독자적인 문학적 성취를 보여주는 작품이다. 현대판 '돌아온 탕자'를 통해 가족과 종교, 복잡한 인간성의 본질을 묻는 이 작품으로 2009년, 가장 뛰어난 영어권 여성 작가의 작품에 주어지는 오렌지문학상을 심사위원 만장일치로 거머쥐었다.

데뷔 이래 근 30년간 단 세 편의 소설을 발표한 과작(寡作)의 작가이지만 작품 발표 때마다 독보적인 작가 정신과 기예로 호평과 사랑을 받는 가운데, 인문학 연구를 병행하여 논픽션 저술로 『모국(Mother Country)』 『아담의 조국(The Death of Adam)』 『정신의 부재(Absense of Mind)』를 발표하기도 했다. 현재 아이오와작가협회에서 미래의 작가들을 가르치고 있다.

## 유향란
옮긴이

서울대학교 사범대학 국어교육과와 연세대학교 교육대학원을 졸업했다. 2011년 현재 서울 상암중학교 국어 교사로 재직하고 있다. 옮긴 책으로 『하우스키핑』, 『그래도 계속 가라』, 『킹스 스피치』, 『달링짐』, 『눈 속의 독수리』, 『바그너의 니벨룽의 반지』, 『책 죽이기』 외 다수가 있다.

## 김성곤
작품해설

문학평론가. 서울대학교 영문과 교수로 재직중이며 계간 『21세기 문학』 편집위원. 미국 화이트파인(White Pine) 출판사 자문위원으로 활동하고 있다. 하버드대학교, 옥스퍼드대학교 등에서 연구교수를 지냈으며 한국 현대영미소설학회장, (주)문학과사상사 주간, 서울대학교 출판문화원장 및 언어교육원장 등을 역임했다. 황동규 시집 『미시령 큰바람』과 문정희 시집 『양귀비꽃 머리에 꽂고』의 영역판을 미국에서 출간한 바 있고, 저서로는 『탈모더니즘 시대의 미국문학』, 『뉴미디어 시대의 문학』, 『김성곤 교수의 영화에세이』, 『퓨전시대의 새로운 문화 읽기』, 『글로벌시대의 문학』, 『하이브리드시대의 문학』 등이 있다.

HOME

1판 1쇄 인쇄 2011년 9월 7일
1판 1쇄 발행 2011년 9월 19일

지은이 메릴린 로빈슨
옮긴이 유향란
해설 김성곤

발행인 양원석
총편집인 이헌상
편집장 송명주
교정교열 고나리
전산편집 김미선
제작 문태일, 김수진
영업마케팅 김경만, 임충진, 최준수, 주상우, 김혜연, 이수민, 권민혁
해외저작권 정주이, 정민애

펴낸 곳 랜덤하우스코리아(주)
주소 서울시 금천구 가산동 345-90 한라시그마밸리 20층
편집문의 02-6443-8850 구입문의 02-6443-8838
홈페이지 www.randombooks.co.kr
등록 2004년 1월 15일 제2-3726호

ISBN 978-89-255-4559-2 (03840)

※ 이 책은 랜덤하우스코리아㈜가 저작권자와의 계약에 따라 발행한 것이므로
   본사의 서면 허락 없이는 어떠한 형태나 수단으로도 이 책의 내용을 이용하지 못합니다.
※ 잘못된 책은 구입하신 서점에서 바꾸어 드립니다.
※ 책 값은 뒤표지에 있습니다.